D1215332

Miserere

Jean-Christophe Grangé

# Miserere

ROMAN

Albin Michel

© Éditions Albin Michel, 2008

*Pour Louis, Mathilde, Ysé,*
*Les soleils de ma vie.*

# I

# LE TUEUR

# 1

LE CRI était prisonnier des orgues.

Il sifflait dans les tuyaux. Résonnait dans toute l'église. Atténué. Feutré. Détaché. Lionel Kasdan fit trois pas et demeura près des cierges allumés. Il observa le chœur désert, les piliers de marbre, les chaises revêtues de skaï, couleur de framboise sombre.

Sarkis avait dit : « En haut, près de l'orgue. » Il pivota et se coula dans la spirale de pierre qui monte jusqu'à la tribune. À Saint-Jean-Baptiste, l'orgue a une particularité : ses tuyaux trônent au centre, comme une batterie de lance-missiles, mais son clavier se tient à droite, dissocié, formant un angle perpendiculaire avec le buffet. Kasdan avança sur le tapis rouge, longeant la rambarde de pierre bleue.

Le corps était coincé entre les tuyaux et le pupitre du clavier.

Allongé sur le ventre, jambe droite repliée, mains crispées, comme s'il était en train de ramper. Une petite mare noire auréolait sa tête. Partitions et livres de prières se répandaient autour de lui. Par réflexe, Kasdan regarda sa montre : 16 h 22.

Un instant, il envia cette mort, ce repos. Il avait toujours cru qu'avec l'âge, il ressentirait une angoisse, une appréhension intolérables à l'égard du néant. Mais c'était le contraire qui s'était produit. Au fil des années, une impatience, une sorte d'attirance magnétique pour la mort était montée en lui.

La paix, enfin.

Le silence de ses démons intérieurs.

À part la tache de sang, aucun signe ici de violence. L'homme avait pu succomber à une crise cardiaque et se blesser dans sa chute. Kasdan mit un genou au sol. Le visage du mort était invisible, caché dans son bras replié. *Non, un meurtre.* Il le sentait au fond de ses tripes.

Le coude de la victime s'appuyait sur le pédalier de l'orgue. Kasdan ne connaissait rien au mécanisme de l'instrument mais il devinait que la pédale actionnée avait ouvert les tuyaux d'étain et de plomb, amplifiant la résonance du cri. Comment l'homme avait-il été tué ? Pourquoi avait-il hurlé ?

Kasdan se releva et attrapa son téléphone. De mémoire, il composa plusieurs numéros. À chaque appel, on reconnut sa voix. Chaque fois, on lui répondit : « OK. » Chaleur dans ses veines. Il n'était donc pas mort. Pas tout à fait.

Il songea à *Secret Agent* d'Alfred Hitchcock, un de ces films en noir et blanc qu'il voyait pour s'occuper l'après-midi, dans les studios d'art et essai du Quartier latin. Deux espions découvraient un cadavre assis face au clavier de l'orgue, dans une petite église helvétique, les doigts figés sur un accord discordant.

Il s'avança vers la balustrade, contempla la salle sous ses pieds. La toile du Christ entouré par l'ange de saint Matthieu et l'aigle de saint Jean, au fond de l'abside. Les lustres à pendeloques. Le rideau doré de l'autel. Les tapis pourpres. C'était bien la même scène que dans le film d'Hitchcock, mais dans une version arménienne.

– Qu'est-ce que vous foutez là ?

Kasdan se retourna. Un inconnu, front bas, gros sourcils, se tenait sur le seuil de l'escalier. Dans le demi-jour, il ressemblait à un dessin satirique, tracé au feutre noir. Il avait l'air furieux.

Sans répondre, Kasdan fit un signe explicite : « chut ». Il voulait encore écouter le sifflement, devenu presque imperceptible. Quand la note fut bien morte, il s'avança vers le nouveau venu :

– Lionel Kasdan, commandant à la Brigade criminelle.

L'expression de l'homme vira à la surprise :

– Toujours en activité ?

La question valait toutes les réponses. Kasdan ne faisait plus illusion. Avec son treillis couleur sable, ses cheveux gris taillés en brosse, son chèche roulé autour du cou et ses soixante-trois piges bien frappées, il ressemblait plus à un mercenaire oublié sur un sentier de caillasse, Tchad ou Yémen, qu'à un officier de police en service.

L'autre était son exact opposé : jeune, vigoureux, sûr de son fait. Un souleveur de fonte, serré dans un Bombers vert luisant, portant haut son Glock à la ceinture de son jean baggy. Seule leur carrure les rapprochait. Deux quartiers de bœuf de plus d'un mètre quatre-vingt-cinq, pesant chacun dans les cent kilos.

– N'avancez pas, dit Kasdan. Vous allez foutre en l'air les indices.

– Capitaine Éric Vernoux, rétorqua le flic. Première DPJ. Qui vous a appelé ?

Il parlait à voix basse, malgré son irritation, comme s'il avait peur de troubler une cérémonie.

– Le révérend père Sarkis.

– Avant nous ? Pourquoi vous ?

– J'appartiens à la paroisse.

L'homme fronça ses sourcils qui formaient une seule barre noire.

– Vous êtes dans la cathédrale arménienne Saint-Jean-Baptiste, fit Kasdan. Je suis arménien.

– Comment êtes-vous arrivé si vite ?

– J'étais déjà là. Dans les bureaux administratifs, de l'autre côté de la cour. Quand le père Sarkis a découvert le corps, il est venu me chercher. Tout simplement. (Il montra ses mains.) Je suis allé chercher des gants dans ma voiture et je suis rentré, par la porte principale. Comme vous.

– Et vous n'avez rien entendu ? Je veux dire, avant. Des bruits de violence ?

– Non. Dans l'immeuble, on n'entend pas ce qui se passe dans l'église.

Vernoux plongea sa main dans son blouson et en sortit un téléphone cellulaire. Kasdan fixa la gourmette, la chevalière. Un vrai flic. Lourd. Vulgaire. Il éprouva un élan de tendresse pour ces détails.

– Qu'est-ce que vous faites ? demanda-t-il.

– J'appelle le Parquet.

– Déjà fait.

– Quoi ?

– J'ai contacté aussi mes équipes.

– Vos équipes ?

Des sirènes mugirent dehors, dans la rue Goujon. D'un coup, la nef se remplit de techniciens vêtus de combinaisons blanches tandis que d'autres montaient sur la tribune, munis de mallettes chromées. L'homme en tête arborait un large sourire sous sa cagoule. Hugues Puyferrat, un des responsables de l'Identité judiciaire :

– Kasdan... T'es donc increvable ?

– Le cadavre bande encore, sourit l'Arménien. Tu me fais la totale ?

– Ça roule.

Le regard de Vernoux fit la navette entre l'homme de l'IJ et l'ex-flic. Il paraissait ahuri.

– On descend, ordonna Kasdan. Y'a pas assez de place ici pour tout le monde.

Sans attendre de réponse, il plongea dans l'escalier et rejoignit la nef, alors que des techniciens relevaient déjà les empreintes entre les chaises, sacs à scellés dans les mains, et que les flashs crépitaient aux quatre coins de l'église.

Le père Sarkis apparut, à droite de l'abside. Col blanc. Costume sobre. Il avait des sourcils noirs et une chevelure grise, comme Charles Aznavour. Quand Kasdan fut tout proche, il murmura :

– C'est incroyable. Je ne comprends pas.

– On a rien volé ? Tu as vérifié ?

– Il n'y a rien à voler ici.

Le réverend père disait vrai. Le culte arménien interdit l'idolâtrie. Pas de statues, très peu de tableaux. Il n'y avait aucun objet dans cette église sinon une lampe à huile et quelques trônes à dorures.

Kasdan considéra le religieux en silence. Le vieil homme encaissait déjà. Ses yeux noirs s'étaient voilés de fatalisme. Ce fatalisme qui n'est jamais loin quand votre peuple a subi 2 000 ans de persécutions, qu'on a vécu soi-même une vie d'exil, qu'un génocide a tué votre famille – et que les auteurs de ce génocide refusent même d'avouer leur crime.

Il se retourna. Vernoux, de dos, à quelques mètres, chuchotait au téléphone.

Il s'approcha et tendit l'oreille :

– Je sais pas ce qu'il fout là... Ouais... Comment ça s'écrit ? J'en sais rien, moi ! Comme un casse-noix, non ?

L'Arménien éclata de rire derrière lui :

– Non. Comme un casse-couilles !

# 2

LE PREMIER TABLEAU représentait les chefs de la bataille d'Avaraïr, en 451, lorsque les Arméniens se sont soulevés contre les Perses. Le deuxième était un portrait de saint Mesrob-Machtots, l'inventeur de l'alphabet arménien. Le troisième était consacré à des intellectuels célèbres, déportés et tués durant le génocide de 1915.

Éric Vernoux scrutait ces personnages barbus peints sur le mur de la cour, alors qu'une vingtaine de gamins tournoyaient autour de lui, jouant à s'attraper. Il paraissait incrédule, désorienté, comme s'il venait d'atterrir sur la planète Mars.

– Nous sommes mercredi, expliqua Sarkis. Le cours de catéchisme vient de se terminer. Normalement, la plupart des enfants participent à la chorale. La répétition aurait déjà dû commencer. Leurs parents vont venir les chercher. On les a prévenus. En attendant, autant qu'ils jouent ici, non ?

Le flic de la première DPJ acquiesça. Sans conviction. Il leva les yeux vers la grande croix de tuf qui ornait le mur voisin de la fresque.

– Vous... vous êtes catholiques ?

Kasdan répondit, avec une nuance de perversité :

– Non. L'Église apostolique arménienne est une Église orthodoxe orientale autocéphale. Elle fait partie des Églises des trois conciles.

Les pupilles de Vernoux s'arrondirent.

– Historiquement, poursuivit Kasdan en montant la voix pour

couvrir les cris des gamins, l'Église arménienne est la plus ancienne Église chrétienne. Fondée dès le Ier siècle de notre ère, par deux apôtres du Christ. Ensuite, il y a eu pas mal de divergences avec les autres chrétiens. Des conciles, des conflits... Par exemple, nous sommes monophysites.

– Mono... quoi ?

– Pour nous, Jésus-Christ n'était pas un homme. Il était le fils de Dieu, c'est-à-dire d'essence exclusivement divine.

Silence de Vernoux. Kasdan sourit. Il était toujours amusé par le choc produit par le monde arménien. Ses règles. Ses croyances. Ses différences. Le flic sortit son calepin avec humeur. Il en avait marre qu'on lui fasse la leçon :

– Bon. La victime s'appelait... (Il lut dans son carnet.) Wilhelm Goetz, c'est ça ?

Sarkis acquiesça, les bras croisés.

– C'est un nom arménien ?

– Non. Chilien.

– Chilien ?

– Wilhelm n'appartenait pas à notre communauté. Il y a trois ans, notre organiste est rentré au pays. Nous avons cherché un remplaçant. Un musicien qui pourrait aussi diriger la chorale. On m'a parlé de Goetz. Organiste. Musicologue. Il dirigeait déjà plusieurs chorales à Paris.

– Goetz..., répéta Vernoux, d'un ton dubitatif. Ça sonne pas très chilien non plus...

– C'est allemand, intervint Kasdan. Une bonne partie de la population chilienne est d'origine germanique.

Le flic fronça les sourcils :

– Des nazis ?

– Non, fit Sarkis en souriant. La famille de Goetz s'est installée au Chili, je crois, au début du XXe siècle.

Le capitaine tapotait son carnet avec son feutre :

– Ça me paraît pas clair. Chilien, Arméniens, où est le point commun ?

– La musique, répondit Sarkis. La musique et l'exil, ajouta Kasdan. Nous autres Arméniens, nous comprenons les réfugiés. Wilhelm était socialiste. Il avait subi l'oppression du régime de Pinochet. Avec nous, il avait trouvé une nouvelle famille.

Vernoux reprit des notes. Tout cela semblait lui faire l'effet d'une monstrueuse galère. Pourtant, Kasdan le sentait, l'homme voulait cette enquête.

– Quelle était sa situation familiale, à Paris ?

– Ni femme ni enfant, je crois... (Sarkis parut réfléchir.) Wilhelm était un homme réservé. Très discret.

En son for intérieur, Kasdan tenta de dresser un portrait du Chilien. L'homme venait jouer deux dimanches par mois durant la messe, et il dirigeait chaque mercredi les répétitions de la chorale. Il n'avait pas d'amis au sein de l'Éphorie, l'administration de la cathédrale. La soixantaine, maigrichon, des manières effacées. Un fantôme qui longeait les murs, brisé sans doute par le calvaire du passé.

L'Arménien se concentra sur les paroles de Vernoux, qui demandait :

– Quelqu'un aurait pu lui en vouloir ?

– Non, dit Sarkis. Je ne pense pas.

– Pas de problèmes politiques ? Des anciens ennemis, au Chili ?

– Le coup d'État de Pinochet date de 1973. Goetz est arrivé en France dans les années 80. Il y a prescription, non ? D'ailleurs, la junte militaire ne dirige plus le Chili depuis des années. Et Pinochet vient de mourir. Tout ça, c'est de la vieille histoire.

Vernoux écrivait toujours. Kasdan évalua les chances du flic de conserver l'affaire. A priori, le Proc allait la refiler à la Brigade criminelle, sauf si Vernoux le persuadait qu'il tenait des éléments solides et qu'il pouvait rapidement sortir l'enquête. Kasdan paria pour cette version. Il l'espérait en tout cas. L'armoire à glace serait plus facile à manipuler que ses anciens collègues de la Crim.

– Pourquoi était-il là ? reprit le capitaine. Je veux dire : seul, dans l'église ?

– Il venait en avance, chaque mercredi, expliqua Sarkis. Il jouait de l'orgue en attendant les enfants. J'allais le saluer à ce moment-là. C'est ce que j'ai fait aujourd'hui...

– À quelle heure, précisément ?

– 16 h 15. Je l'ai découvert là-haut. J'ai aussitôt prévenu Lionel, qui est un ancien policier. Il a dû vous le dire. Puis je vous ai appelés.

Kasdan réalisa soudain la situation : quand Sarkis avait découvert le corps, le tueur était peut-être encore sur la tribune. Il avait pris la fuite lorsque le religieux était parti le chercher, lui. À quelques secondes près, il aurait pu le croiser dans l'escalier de pierre.

Vernoux se tourna vers Kasdan :

– Et vous, qu'est-ce que vous faisiez dans les bureaux ?

– Je dirige plusieurs associations, liées à la paroisse. Nous préparons des manifestations, pour l'année prochaine. 2007 est l'année de l'Arménie en France.

– Quelles manifestations ?

– En ce moment, nous organisons la venue d'enfants arméniens qui apprennent le français, pour le gala de charité de Charles Aznavour au Palais Garnier, au mois de février prochain. Nous les appelons les « jeunes ambassadeurs » et...

Son portable sonna.

– Excusez-moi.

Kasdan s'écarta et répondit :

– Allô ?

– Mendez.

– Où tu es ?

– À ton avis ?

– J'arrive.

Kasdan s'excusa à nouveau auprès de Sarkis et de Vernoux puis se glissa par la petite porte qui donne accès à la nef. Ricardo Mendez était un des meilleurs légistes de l'IML. Un vieux briscard d'origine cubaine. À la BC, tout le monde le surnommait « Mendez-France ».

Le légiste descendait l'escalier quand Kasdan parvint à l'entrée principale éclairée de cierges. Les deux hommes se saluèrent. Sans effusion.

– Qu'est-ce que tu peux me dire ? Comment est-il mort ?

– Aucune idée.

Mendez était un homme trapu, froissé dans un imper beige. Son visage avait la couleur d'un cigare, ses cheveux celle de sa cendre. Il tenait toujours un vieux cartable d'instituteur sous le bras, à la manière d'un prof en retard à son cours.

– Il n'y a pas de blessure ?

– Rien vu pour l'instant. Faut attendre l'autopsie. Mais a priori pas de plaie, non. Pas de déchirure des vêtements.

– Et le sang ?

– Y a du sang, mais pas de plaie.

– T'as une explication ?

– À mon avis, ça provient d'un orifice naturel. Bouche, nez, oreilles. Ou alors, une blessure au cuir chevelu. Cette région pisse beaucoup. Mais pour l'instant, je n'ai rien constaté.

– La mort pourrait avoir une cause naturelle ? Je veux dire : une maladie, une attaque ?

– T'en fais pas, ricana le Cubain. Ton mec s'est fait refroidir. Aucun doute là-dessus. Mais pour piger comment ça s'est passé, il faut que j'entre dans le vif du sujet, si je puis dire. J'en saurai plus long ce soir.

Mendez parlait avec un accent légèrement zézeyant, qui lui donnait l'air de sortir d'une opérette espagnole.

– Je peux pas attendre, fit Kasdan. Dans quelques heures, l'affaire m'échappera. Tu comprends ?

– Oh que oui. Je sais même pas pourquoi je te parle...

– Parce que je suis ici chez moi et qu'un salopard a profané l'église de mes pères !

– Quand le corps sera transféré à la Râpée, on sera plus chez toi, ma poule. Tu seras plus qu'un flic à la retraite qui emmerde tout le monde avec ses questions.

– Tu me rancarderas ?

– Appelle-moi. Mais ne compte pas sur une copie du rapport. Un tuyau ou deux, d'accord. Rien de plus.

Le Cubain dressa son index près de sa tempe, un salut de cowboy, et sortit en serrant son cartable. Kasdan observa la nef qui scintillait dans la lumière des projecteurs. Les quatre arches encadrant la salle, le baldaquin abritant le portrait de la Vierge. Chaque dimanche, il venait ici, pour assister à une messe de plus de deux heures, pleine de chants et d'encens. Ce lieu était pour lui comme un second manteau, porteur d'une chaleur, d'une solidarité incorruptibles. Les rites. Les voix. Les visages familiers. Et le sang d'Arménie, qui coulait au fond des veines.

Des pas dans l'escalier. Hugues Puyferrat descendait à son tour, arrachant sa capuche d'un geste. Au premier coup d'œil, l'Arménien devina qu'il avait quelque chose.

– L'amorce d'une chaussure, confirma le technicien. Parmi les éclaboussures de sang. Derrière les tuyaux de l'orgue.

– Le meurtrier ?

– Un témoin, plutôt. C'est du 36. Soit ton tueur est un nain, soit, et c'est ce que je pense, c'est un des mômes de la chorale. Et il a tout vu.

La rumeur des enfants dans la cour revint au premier plan sous le crâne de Kasdan. Il imagina la scène. Un gamin monte voir Goetz. Surprend l'affrontement entre l'organiste et son assassin. Se planque derrière les tuyaux puis redescend, sans rien dire, en état de choc.

Kasdan saisit son portable et appela Hohvannès, le sacristain.

– Kasdan. Les gosses sont toujours là ?

– Il y en a plusieurs qui partent. Leurs parents sont arrivés.

– Changement de programme. Aucun môme ne quitte l'église avant que je ne l'aie interrogé. Aucun, tu m'entends ?

Il raccrocha et planta ses yeux dans les pupilles de Puyferrat :

– Tu peux me rendre un service ?

– Non.

– Merci. Ne dis rien à Vernoux, le mec de la DPJ. Je veux dire : maintenant.

– Je vais rédiger mon rapport.

– On est d'accord. Mais Vernoux découvrira l'histoire de l'empreinte quand tu le lui donneras. Ça me donne deux ou trois heures d'avance. Tu peux faire ça, non ?

– Il aura mon rapport avant minuit, ce soir.

# 3

– COMMENT TU T'APPELLES ?

– Benjamin. Benjamin Zarmanian.

– T'as quel âge ?

– 12 ans.

– Où tu habites ?

– 84, rue du Commerce, dans le quinzième arrondissement.

Kasdan nota les renseignements. Puyferrat avait donné des précisions. Selon lui, les sillons de l'empreinte désignaient une basket de marque Converse. Le technicien avait ajouté : « J'ai les mêmes aux pieds. » Kasdan avait ordonné à Hohvannès de trouver le môme qui portait ces chaussures. Le sacristain avait ramené sept enfants, tous en baskets bicolores. Visiblement la chaussure de l'hiver 2006.

– Tu es dans quelle classe ?

– Cinquième.

– Quel collège ?

– Victor-Duruy.

– Et tu chantes dans la chorale ?

Bref signe de tête. C'était le troisième gamin qu'il interrogeait et il n'obtenait, chaque fois, que des monosyllabes, ponctuées de silences. Kasdan ne s'attendait pas à un témoignage spontané. Il traquait plutôt un trouble, des signes de traumatisme chez celui qui avait vu le crime. Pour l'instant, il ne voyait rien.

– Quelle est ta tessiture ?

– Ma quoi ?

– Ta place dans la chorale.

– Soprano.

Kasdan ajouta cette mention sur sa fiche. Cela n'avait rien à voir avec le meurtre mais, à ce stade, chaque détail devait être consigné.

– Qu'est-ce que vous répétez en ce moment ?

– Un truc pour Noël.

– Quel truc ?

– Un *Ave Maria*.

– Ce n'est pas un chant arménien ?

– Non. C'est de Schubert, je crois.

Sarkis avait dû autoriser cet écart à l'orthodoxie et cela ne lui plut pas. *Tout se perdait.*

– À part le chant, tu joues d'un instrument ?

– Du piano.

– Tu aimes ça ?

– Pas trop, non.

– Qu'est-ce que tu aimes ?

Nouveau haussement d'épaules. Ils étaient installés dans la cuisine, sous les bureaux de la paroisse. Les autres enfants attendaient à côté, dans la bibliothèque. L'Arménien passa à la chronologie des faits :

– Après le catéchisme, où tu es allé ?

– Dans la cour. J'ai joué.

– À quoi ?

– Au foot. On a une balle, avec les autres.

– Tu n'es pas rentré dans l'église ?

– Non.

– Tu n'es pas monté voir monsieur Goetz ?

– Non.

– Sûr ?

– Je suis pas un fayot.

Le môme avait dit cela d'une voix rocailleuse, étrangement grave pour son âge. Vêtu d'une chemise blanche, d'un pull jacquard et d'un pantalon de velours à côtes, il avait une tête de moins que les autres. De grosses lunettes achevaient de le cataloguer « fils à maman ». Pourtant, on sentait chez lui une sourde rébellion, une volonté de casser cette image. Il ne cessait de s'agiter dans son pull comme dans une peau qui l'aurait démangé.

– Combien tu chausses ?

– Je sais pas. 36, je crois.

Peut-être aurait-il dû suivre une autre méthode. Récupérer chaque paire de Converse. Les marquer. Les numéroter. Les donner au laboratoire scientifique pour analyses. Mais l'opération n'était pas fiable – le gamin terrifié avait pu rincer ses chaussures. Et surtout, il n'avait pas l'autorité pour engager une telle procédure.

– OK, conclut-il. Tu peux y aller.

Le gamin disparut. Kasdan jeta un coup d'œil sur sa liste. Le premier, Brian Zarossian, avait été le plus bavard. Un petit gars tranquille, âgé de 9 ans. Au terme de l'audition, Kasdan avait noté, en bas de sa fiche : *non*. Le second, Kevin Davtian, 11 ans, avait été plus coriace. Massif, front large, cheveux noirs, presque rasés. Il n'avait répondu aux questions de Kasdan que par onomatopées. Mais aucun signe de trouble. *Non*.

On frappa. Le quatrième gamin entra. Silhouette effilée, cheveux en bataille. Une parka étroite et noire, une chemise blanche, dont le col dessinait deux ailes pâles sous ses épaules. Il ressemblait au leader d'un groupe de rock.

David Simonian. 12 ans. Habitant au 27, rue d'Assas, sixième arrondissement. En cinquième au lycée Montaigne. Alto. 37.

– Tu es le fils de Pierre Simonian, le gynécologue ?

– C'est ça.

Kasdan connaissait son père, qui exerçait boulevard Raspail, dans le quatorzième. Il prit de ses nouvelles puis garda le silence, observant le gamin du coin de l'œil. Il tentait de capter, encore une fois, une résonance, une réverbération teintée de peur. Rien.

Il changea de cap :

– Monsieur Goetz, il était sympa ?

– Ça va.

– Sévère ?

– Ça va. Il était... (Il parut réfléchir.) Il était comme ses partitions.

– C'est-à-dire ?

– Il parlait comme un robot. C'était toujours : « soutiens ta note », « ta colonne d'air », « articule », ce genre de trucs... Il nous donnait même des points.

– Des points ?

– Y avait le point de chant, de scène, de tenue... Après chaque concert, il distribuait ses trucs. Personne en avait rien à foutre.

Kasdan imaginait Goetz dirigeant ses enfants, obsédé par des détails qui n'intéressaient que lui. Quel pouvait être le mobile pour tuer un bonhomme aussi triste, aussi inoffensif ?

– Il vous parlait, en dehors de la chorale ?

– Non.

– Il n'évoquait jamais son pays d'origine, le Chili ?

– Jamais.

– Tu sais où c'est, le Chili ?

– Pas trop, non. En géographie, on fait l'Europe.

– Tu jouais dans la cour, tout à l'heure ?

– Ouais. Comme tous les mercredis, après le caté.

– Tu n'as rien remarqué de bizarre ?

– Comme quoi ?

– Un de tes copains n'avait pas l'air effrayé ? Aucun ne pleurait ?

Le gamin lui lança un regard éberlué.

– OK. Fais entrer le suivant.

Kasdan fixa la croix sur le mur, au-dessus du frigidaire. Il regarda l'évier en inox et le robinet – il avait la gorge sèche mais ne voulait pas boire. Ne pas se détendre. Ne pas se relâcher. Il se répéta qu'un des mômes avait vu le tueur. Bon sang. Un témoin oculaire, ce n'était pas rien...

La porte s'ouvrit. Le cinquième gosse apparut. Petit mais déjà dandy. Des cheveux noirs, soigneusement décoiffés, passant sur ses yeux comme une biffure. Des yeux très clairs, presque laiteux. Il portait un treillis militaire et un sac à dos qui semblait rempli de pierres. Voûté, renfrogné dans sa veste, il manipulait une petite boîte plate. Un jeu vidéo. Kasdan scruta un instant l'objet et éprouva un bref vertige. Téléphone portable. Internet. MSN... Une génération téléchargée, saturée d'images, de sons, de hiéroglyphes incompréhensibles.

Il posa ses questions. Harout Zacharian, 10 ans. 72, rue Ordener, dix-huitième arrondissement. En CM2, à l'école primaire située rue Cavé. Soprano. 36. Le môme ne lâchait pas son jeu. Nerveux, mais sans plus. Kasdan tenta quelques questions périphériques pour n'obtenir que des réponses neutres. *Suivant.*

Ella Kareyan, 11 ans. 34, rue La Bruyère. En sixième au lycée Condorcet. Basse. 36. Signes particuliers : violoniste et judoka. Un vrai moulin à paroles. Il pratiquait l'art martial chaque mercredi, après la chorale. Il avait manqué son cours aujourd'hui, à cause de « tout ce truc ». Ce n'était pas comme ça qu'il décrocherait sa ceinture orange. *Suivant.*

Timothée Avedikian. 13 ans. Un simple coup d'œil à ses chaussures suffit à Kasdan pour saisir qu'il ne pouvait être son témoin. Très grand, le gamin chaussait au moins du 39. Pour la forme, il effectua son interrogatoire. 45, rue Sadi-Carnot, à Bagnolet. En quatrième. Basse. Le môme avait une passion : la guitare. Électrique, saturée, vrombissante. L'ex-flic le photographia du regard : cheveux raides, lunettes rondes. Un physique d'intello plutôt que de « guitar-hero ».

Entre 16 h et 16 h 30, Timothée était resté dans la cour, à discuter sur son portable avec sa « copine ». Dernier regard sur les binocles. Pas de double-fond. Pas de cachotteries.

– Tu peux y aller, conclut l'Arménien.

La porte de la cuisine se referma sur le silence – et la croix.

Kasdan regarda sa liste : rien.

Il avait planté sa meilleure chance d'avancer.

19 h 30.

Kasdan se leva. Il avait un plan pour la suite.

Mais il devait d'abord passer à Alfortville – prendre des vivres.

# 4

LES BUSTES DE MARBRE des anciens directeurs de l'Institut médico-légal se dressaient dans le hall du bâtiment. Orfila (1819-1822). Tardieu (1861-1879). Brouardel (1879-1906). Thoinot (1906-1918)...

– Franchement, tu deviens lourd.

Kasdan se retourna : Ricardo Mendez, blouse verte, badge « IML » autour du cou, venait d'apparaître. Dans cet accoutrement, il était directement passé de l'opérette espagnole à un épisode d'*Urgences.* Mais il conservait, avec son teint mat, un petit côté ensoleillé, un charme roussi des Caraïbes.

Kasdan lui fit un clin d'œil et désigna les statues :

– Tu te vois un jour avec ta tête ici ?

– Tu fais vraiment chier. Je t'ai dit que je t'appellerais.

L'Arménien brandit la bouteille de verre et le sac plastique qu'il tenait dans chaque main.

– T'as besoin d'une petite pause : je le lis dans tes yeux. J'ai apporté le dîner !

– Pas le temps. J'ai les mains dans la sauce.

L'ancien flic désigna le jardin central, derrière les vitres, plongé dans la nuit.

– Un pique-nique en plein air, Ricardo. On bouffe, on trinque, et je repars aussi sec.

– Vraiment chier. (Il retira ses gants et les fourra dans sa poche.) Cinq minutes, pas une de plus.

Depuis les années 90, sous l'impulsion du professeur Dominique Lecomte, directrice de l'Institut médico-légal, la cour de la morgue avait été transformée en jardin fleuri. Un lieu de recueillement, ponctué de buis, de muguet, de jonquilles, de lilas. Sur la gauche, un saule répondait à la fontaine centrale, à sec, mais bienfaisante avec son bassin rond et clair. Il y avait même des fresques murales, sur la façade de droite. Des femmes placides, immobiles, à moitié effacées, prenaient des poses languides au fond des voûtes de briques.

Les deux sexagénaires s'installèrent sur un banc qui avait l'air d'avoir été piqué dans un jardin public. Kasdan sortit des petits paquets enveloppés de papier d'aluminium. Avec précaution, il en ouvrit un en murmurant :

– Des *pahlavas*. Des crêpes fourrées au miel et aux noix.

– C'est roulé sous les aisselles ? glousssa Mendez.

– Goûte, fit Kasdan en tendant une serviette en papier. Tu parleras après.

Le légiste attrapa une des crêpes coupées en parts triangulaires et croqua. Kasdan l'imita. Les deux hommes savourèrent en silence. On percevait au loin la rumeur des voitures sur la voie express, qui courait derrière la morgue, et, de temps à autre, le sifflement du métro aérien.

– Tu as vu les nouvelles ? attaqua Kasdan pour faire diversion. Les choses bougent pour nous à l'Assemblée. Ils examinent une proposition de loi qui...

– Je te préviens, fit Mendez la bouche pleine. Si tu me parles du génocide arménien, je préfère tout de suite sauter le mur et me jeter sur la voie express.

– T'as raison. Il faut que je me surveille. Je commence à radoter.

– Tu as toujours radoté.

Kasdan rit et fouilla à nouveau dans son sac. Il en extirpa deux gobelets en plastique. Les remplit d'un liquide épais et blanchâtre :

– Du *mazoun*, expliqua-t-il. C'est à base de yogourt. Tu sais que ce sont les Arméniens qui ont inventé le yogourt ?

Ils trinquèrent. Mendez saisit une autre crêpe :

– C'est bon, tes vacheries. C'est toi qui les fais ?

– Non. Une copine. Une veuve d'Alfortville.

– Un coup, quoi.

– Une perle.

Le métro aérien siffla au-dessus de leurs têtes.

– Les veuves..., répéta le Cubain d'un ton songeur. Il faudrait que j'y pense, moi aussi. Dans ma branche, c'est pas ça qui manque.

Kasdan remplit à nouveau leurs gobelets et lança en riant :

– À la mortalité masculine !

Ils burent. Et se turent. Des panaches de buée s'échappaient de leurs lèvres. Kasdan posa son gobelet et croisa les bras :

– Je crois que je vais partir en voyage.

– Où ?

– Dans mon pays. Cette fois, je ferai le grand tour.

– Le grand tour ?

– Mon petit père, tu m'aurais écouté plus souvent, tu saurais que l'Arménie a été morcelée et rognée d'une manière scandaleuse. Sur les 350 000 km² de l'Arménie historique, il ne reste plus qu'un petit État qui fait le dixième de cette surface.

– Où est passé le reste ?

– En Turquie, principalement. Je vais changer de nom et franchir les frontières d'Anatolie.

– Pourquoi changer de nom ?

– Parce que, quand t'arrives en Turquie et que ton nom finit en « an », les emmerdes commencent. Si tu veux en plus aller sur le mont Ararat, t'as droit à une escorte militaire et t'es jamais sûr de revenir.

– Qu'est-ce que tu veux foutre là-bas ?

– Contempler les premières églises du monde ! Quand les chrétiens se faisaient encore bouffer dans les cirques de Rome, nous autres Arméniens, on construisait déjà nos églises. Je veux suivre la route de ces sites, construits à partir du Vᵉ siècle. Des « martyria », des mausolées destinés à recueillir les restes des martyrs, des chapelles creusées dans des falaises, des stèles... Ensuite, je visiterai les basiliques de l'âge d'or, le VIIᵉ siècle. J'ai déjà tracé mon itinéraire.

Mendez reprit une crêpe :

– Vraiment bon, tes saloperies...

Kasdan sourit. Il attendait que la nourriture fasse son effet. Le miel, les noix, le sucre. Le temps que ces éléments passent dans le sang du Cubain et toutes ses résistances seraient dissoutes. Le légiste mâchait toujours, sans savoir que la crêpe le mâchait en retour.

– Bon, fit enfin l'Arménien. Ce cadavre, qu'est-ce qu'il raconte ?

– Malaise cardiaque.

– Tu m'avais certifié que c'était un meurtre !

– Laisse-moi finir. Malaise cardiaque, provoqué par une violente douleur.

Kasdan songea au cri prisonnier des orgues.

– Pour être précis, une douleur dans les tympans. Le sang provenait des oreilles.

– On lui a percé les tympans ?

– Les tympans et le reste de l'organe auriculaire, ouais. Une experte ORL est venue vérifier tout ça. A priori, le tueur a enfoncé violemment une pointe dans chaque oreille. Quand je dis « violemment », je pèse mes mots. Si c'était plausible, je parlerais d'une aiguille à tricoter et d'un marteau.

– Donne-moi des détails.

– Nous avons observé l'organe à l'otoscope. La pointe a percé le tympan, détruit les osselets, atteint la cochlée. Pour toucher cette région, crois-moi, fallait en vouloir. Ton Chilien n'avait aucune chance. Son cœur s'est arrêté net.

– C'est si douloureux ?

– Tu as déjà eu une otite, non ? L'appareil auditif est bourré de ramifications nerveuses.

En 40 ans de vie de flic, Kasdan n'avait jamais entendu une histoire pareille.

– On peut mourir de douleur ? Ce n'est pas une légende ?

– Ce serait compliqué à t'expliquer en détail mais on possède deux systèmes nerveux, le sympathique et le parasympathique. Toutes nos fonctions vitales reposent sur l'équilibre entre ces deux réseaux : palpitations cardiaques, tension artérielle, respiration. Un violent stress peut perturber cette balance et avoir des conséquences décisives sur ces mécanismes. C'est ce qui se passe par exemple quand une personne s'évanouit à la vue du sang. Le choc émotionnel a créé un déséquilibre entre les deux systèmes et provoqué une vasodilatation des artères. On tombe aussi sec dans les pommes.

– On ne parle pas ici d'un simple évanouissement.

– Non. Le stress a été vraiment intense. L'équilibre s'est rompu d'un coup. Et le cœur a lâché.

Le tueur avait voulu que sa victime meure de douleur. C'était le but de la manœuvre. Qu'avait fait Goetz pour qu'on lui en veuille à ce point ?

– Sur l'instrument du crime, qu'est-ce que tu peux me dire ?

– Une aiguille. Très longue. Très robuste. En métal, sans doute. On en saura plus demain matin.

– Tu attends des analyses ?

– Ouais. On a prélevé l'os du rocher, qui contient la cochlée. On l'a envoyé au laboratoire de biophysique de l'hôpital Henri-Mondor pour la métallisation. À mon avis, ils vont trouver des particules, laissées par la pointe en frottant contre l'os.

– C'est toi qui vas recevoir les analyses ?

– D'abord mon experte ORL.

– Son nom ?

– Oublie. Je te connais : tu vas l'emmerder dès la première heure demain matin.

– Son nom, Mendez.

Ricardo soupira, en sortant de sa poche un cigarillo :

– France Audusson. Service ORL, à l'hôpital Trousseau.

Kasdan nota le nom dans son carnet. Sa mémoire faiblissait depuis plusieurs années.

– Et les analyses toxico ?

– Dans deux jours. Mais on trouvera rien. Le cas est clair, Kasdan. Pas banal, mais clair.

– Sur le tueur lui-même, qu'est-ce que tu peux me dire ?

– Une grande force. Une grande rapidité. Il a percé les deux tympans, tchac-tchac, avant que l'organiste ne s'écroule. Le geste a été fulgurant. Et précis.

– Tu dirais qu'il a des connaissances en anatomie ?

– Non. Mais c'est un mec habile. Il a visé juste.

– Tu peux déduire sa taille, son poids ?

– On peut rien déduire, à part sa force. Je te répète qu'il fallait une puissance prodigieuse pour percer l'os. À moins qu'il ait utilisé une technique qu'on n'imagine pas encore.

– Tu n'as pas trouvé d'empreintes sur une partie du corps ? Sur les lobes d'oreilles par exemple ? Des traces de salive ou d'autres éléments, qui permettraient une analyse ADN ?

– Que dalle. Le tueur n'a pas touché sa victime. La pointe a été le seul contact.

Kasdan se leva et posa la main sur l'épaule du légiste :

– Merci, Mendez.

– Pas de quoi. Pour le même tarif, je te donne un conseil. Laisse tomber. Tout ça, c'est plus de ton âge. Les gars de la Crim vont gérer le coup aux petits oignons. Dans moins de deux jours, ils auront identifié le salaud qui a fait ça. Prépare ton voyage et n'emmerde plus personne.

Kasdan murmura – la buée précédait ses paroles :

– Ce tueur a profané mon territoire. Je le retrouverai. Je suis le gardien du temple.

– T'es surtout le roi des emmerdeurs.

Kasdan lui offrit son plus beau sourire :

– Je te laisse les crêpes.

# 5

WILHELM GOETZ habitait au 15-17, rue Gazan, face au parc Montsouris.

Kasdan traversa la Seine sur le pont d'Austerlitz et remonta le boulevard de l'Hôpital jusqu'à la place d'Italie. Là, il suivit le métro aérien, boulevard Auguste-Blanqui, puis, place Denfert-Rochereau, emprunta l'avenue René-Coty, qui porte déjà en elle le calme et l'ampleur du parc Montsouris situé au bout de l'artère.

Parvenu aux jardins, il tourna à gauche et se gara avenue Reille, à quelque trois cents mètres de son objectif. Simple réflexe de prudence.

Tout le trajet, il avait ruminé son échec auprès des enfants. Il s'était précipité sur cette opportunité et n'avait rien obtenu. Or, un interrogatoire mal engagé signifiait un gâchis sans retour. On n'obtiendrait plus rien des mômes. Il avait vraiment merdé.

« C'est plus de ton âge », avait dit Mendez. Peut-être avait-il raison. Mais Kasdan ne pouvait laisser filer ce meurtre. Que la violence soit venue le chercher au fond de son trou était un signe. Il devait résoudre l'affaire. Ensuite, cassos. Le grand voyage. Les églises primitives. Les croix de pierre. Les stèles des origines.

Kasdan s'assura que l'avenue était bien déserte puis alluma son plafonnier. Il avait piqué à l'Éphorie la fiche de Wilhelm Goetz, remplie par l'organiste lui-même à ses débuts. Le Chilien n'avait pas écrit grand-chose. Né en 1942, à Valdivia (Chili). Célibataire. Vivait à Paris depuis 1987.

Heureusement, Sarkis avait interrogé lui-même le musicien et ajouté, au crayon, quelques notes en bas de page. Goetz avait suivi ses études musicales à Valparaiso jusqu'en 1964. Piano, orgue, harmonie, composition. Il s'était ensuite installé à Santiago où il était devenu professeur de piano au conservatoire central de la ville. Il avait alors participé à la vie politique du pays et accompagné Salvador Allende dans son ascension jusqu'au pouvoir. 1973. Coup d'État de Pinochet. Goetz avait été arrêté et interrogé. Ensuite, trou noir. Goetz réapparaissait en France, en 1987, avec le statut de réfugié politique.

En vingt années, le Chilien s'était fait sa place à Paris, occupant le poste d'organiste dans plusieurs paroisses et dirigeant quelques chorales. À cela, s'ajoutaient des cours particuliers de piano. Rien de folichon, mais de quoi survivre dans la capitale et y goûter les douceurs d'une bonne vieille démocratie. Wilhelm Goetz avait réussi le rêve de tout immigré : se fondre dans la masse.

Kasdan appela l'image mentale du Chilien. Rougeaud. Des cheveux d'un blanc très vif. Une tignasse plantée haut et fort, frisée comme le pelage d'une brebis. À part ça, pas grand-chose à dire. Des yeux enfouis sous des sourcils épais. Un regard fuyant. Kasdan s'était toujours méfié de lui. Un Odar. Un non-Arménien...

L'ex-flic balaya cette poussée de raciste primaire et réalisa, par contrecoup, à quel point il avait éprouvé peu de compassion pour la mort du bonhomme. Était-il indifférent ? Ou simplement trop vieux pour réagir ? Au fil de sa carrière, son cuir n'avait cessé de s'épaissir. Surtout les dernières années, à la BC, où la viande froide et les histoires sordides étaient monnaie courante.

Kasdan éteignit le plafonnier. Attrapa dans la boîte à gants une lampe-stylo Searchlight, des gants de chirurgien et un fragment de radiographie. Il sortit de la voiture. La verrouilla, inspectant au passage sa carrosserie. Il gratta avec précaution une minuscule fiente d'oiseau puis observa le véhicule avec satisfaction. 5 ans qu'il bichonnait le break Volvo qu'il s'était payé à sa retraite. Impeccable.

Il descendit à pied l'avenue Reille en direction de la rue Gazan, longeant les grilles du parc et respirant l'atmosphère particulière de ce quartier, aux confins du quatorzième arrondissement.

Calme. Silence. S'il n'y avait pas eu la rumeur lointaine du boulevard Jourdan, on aurait pu se croire dans une ville de province.

L'air était d'une douceur inquiétante pour un 22 décembre. Cette douceur inexplicable, qui filait les jetons à tout le monde en l'an 2006 parce qu'elle annonçait, à plus ou moins long terme, la fin du monde.

Cette pensée en appela une autre. Il songea aux générations futures. À son fils, David, dont il n'avait aucune nouvelle depuis deux ans – depuis la mort de Nariné, sa femme. Morsure à l'estomac. Où était David aujourd'hui ? Était-il toujours à Erevan, en République d'Arménie ? Lorsqu'il était parti, il l'avait prévenu qu'il allait « bouffer l'Arménie ». Comme si des générations d'envahisseurs ne s'en étaient pas chargés avant lui...

La brûlure dans son ventre se mua en colère. On lui avait tout volé – sa famille, et avec elle, la possibilité de la protéger, cette mission qui avait constitué sa colonne de direction durant près de 30 ans. Il aurait voulu que sa rage soit tournée contre le ciel, le destin, mais au fond, elle était tournée contre lui-même. Comment avait-il pu laisser partir son fils ? Comment avait-il pu laisser l'orgueil, la colère, l'entêtement, se dresser entre eux ? Il avait tout sacrifié pour ce môme et une engueulade, une seule, avait suffi à couper les ponts entre eux.

La rue Gazan croisa l'avenue Reille. Le 15-17 était à quelques numéros sur la droite. Un de ces blocs mochards datant des années 60 et dont la seule vue vous filait le cafard. Façade de crépi beige. Baies crasseuses de pollution. Balcons maculés, aux barreaux de geôle. Le Chilien avait sans doute obtenu ce logement social grâce à son statut de réfugié politique.

Kasdan utilisa sa clé PTT et pénétra dans le hall. Pénombre. Faux marbre. Portes vitrées. L'Arménien avait vécu dans un bâtiment de ce genre durant des années. Des constructions qui étaient à l'habitat ce que le Formica est au bois. Du faux, du toc, du lisse, où les existences se suivent et se ressemblent, sans laisser de trace.

Il s'approcha des boîtes aux lettres et repéra un index indiquant le nom des locataires et leur appartement. Goetz vivait au deuxième étage, appartement 204. Kasdan grimpa les marches en silence puis inspecta le couloir. Personne. On entendait seulement une télévision, étouffée par une cloison. Il s'approcha du 204.

Une porte de contreplaqué brun verni, branlant sur ses gonds. Le verrou cadrait avec le reste. Un « deux points » qui ne posait pas de problème. Pas de ruban de non-franchissement croisant le chambranle. Les flics n'étaient pas encore venus. À moins que Vernoux ait déjà fait un saut, en toute discrétion. Il avait dû trouver les clés dans les poches de Goetz...

Kasdan colla son oreille à la paroi. Aucun bruit. Il sortit la radiographie qu'il avait roulée dans sa poche et la glissa entre la porte et le chambranle. Le verrou n'était pas fermé – Goetz ne se méfiait pas. Kasdan opéra un mouvement de haut en bas, sec et rapide, tout en poussant la porte de l'épaule. En quelques secondes, il était à l'intérieur.

Il n'avait pas fait un pas dans le vestibule qu'un bruit résonna dans l'appartement.

L'ouverture d'une porte-fenêtre.

Il hurla : « Police ! On bouge plus ! » et se précipita dans le couloir. Dans le même mouvement, sa main se serra sur le vide – il n'avait pas emporté d'arme. Il se cogna contre un meuble, jura, avança encore, lançant des regards incertains vers les pièces qu'il croisait et qui ne lui renvoyaient que leur propre obscurité.

Au bout du couloir, il trouva le salon.

Porte-fenêtre ouverte : le voilage flottait dans la pénombre.

Kasdan bondit sur le balcon.

Un homme courait le long de la grille du parc.

L'Arménien ne comprit pas comment le mec avait pu sauter la hauteur des deux étages. Puis il repéra la camionnette stationnée juste sous le balcon. Son toit portait encore la marque de l'impact. Sans réfléchir, Kasdan enjamba la balustrade et sauta.

Il rebondit sur la tôle, roula sur le côté, se rattrapa maladroitement à la galerie de l'estafette et dégringola le long de la portière. Pieds au sol, il mit quelques secondes à retrouver ses repères : la rue, les immeubles, la silhouette, sac à dos tressautant sur les épaules, qui courait et tournait déjà à gauche, dans l'avenue Reille.

Kasdan rugit dans son col :

– Putain de blawel !

Il partit au pas de charge. Sa discipline quotidienne – jogging tous les matins, musculation, régime alimentaire strict – allait enfin servir à quelque chose.

Avenue Reille.

L'ombre courait deux cents mètres devant lui. Dans la nuit, elle semblait désarticulée, les bras partant en tous sens, sac à dos bringuebalant à contretemps de la course. Le fuyard paraissait jeune. On percevait sa panique à travers sa cadence irrégulière. Kasdan sentait au contraire son propre corps parfaitement lancé, montant en puissance à mesure qu'il se chauffait. Il allait rattraper le salopard.

Le pantin franchit l'avenue René-Coty sans tourner à droite, dans la direction de Denfert-Rochereau – Kasdan aurait parié pour cette direction – et poursuivit tout droit, sur le trottoir de gauche, face aux réservoirs de Montsouris. Kasdan traversa à son tour. Il gagnait du terrain. Plus que cent mètres. Les pas des deux coureurs résonnaient dans la rue sombre, ricochant contre le mur aveugle de l'immense édifice, sorte de temple maya gigantesque, aux versants obliques.

Cinquante mètres. Kasdan tenait le rythme. Mais il devait rattraper l'homme au plus vite. Dans quelques minutes, il n'aurait plus assez de jus pour se propulser et le plaquer au sol. De plus, il sentait que le fuyard connaissait le quartier. Il ne s'enfonçait pas par hasard dans cette artère. Il avait un plan. Une bagnole ?

En réponse, le fugitif traversa l'avenue et se dirigea vers un poteau d'autobus. Il agrippa le panneau indiquant l'itinéraire, se hissa d'une traction, puis plaça son autre main sur la pancarte du sommet. Il coinça son pied au-dessus du premier panneau, se propulsa et parvint à attraper le rebord du mur du réservoir. De maladroit, le mec devenait carrément agile. Il roula sur le côté, se relevant et courant à nouveau, en équilibre sur la crête du mur. Le tout n'avait pas pris cinq secondes.

Kasdan ne se voyait pas tenter la même prouesse. D'autant plus que ni le poteau ni le panneau ne résisteraient à ses cent dix kilos. Trop tard pour trouver d'autre solution. Il traversa la chaussée. Lança sa main au-dessus de la pancarte, la plus haute. Se hissa en un bond. Le panneau céda mais son autre main avait déjà attrapé l'arête du mur. Il agrippa la pierre, plaça un coude, opéra une traction et roula à son tour, lourdement. Il toussa, cracha, se releva. Entre deux pulsations cardiaques, un sentiment de fierté. Il y était parvenu.

Il leva les yeux. La proie courait au sommet du tumulus, se détachant bien nette sur la toile de la nuit. Une vision cinématographique. Digne, encore une fois, d'un bon vieux film de Hitchcock. L'ombre filant sur le ciel, encadrée par les deux belvédères de céramique qui brillaient sous la lune.

Sans réfléchir, Kasdan imita le fuyard, montant les marches de pierre puis attrapant la rampe de fer de l'escalier extérieur, qui permettait d'accéder au toit plat de la pyramide. Cassé en deux, à bout de souffle, l'Arménien parvint au sommet.

Ce qu'il vit acheva de lui couper la respiration.

Trois hectares de gazon, un véritable terrain de football, suspendu au-dessus de Paris. Les lumières des rues, en dessous, créaient tout autour un halo irréel, transformant le temple maya en un vaisseau spatial luminescent.

Et toujours, au ras de cette surface, l'ombre qui courait, véritable trait métaphysique, résumant à lui seul la solitude de l'homme dans l'univers. Du sang plein la tête, les poumons en feu, Kasdan se paya encore une petite comparaison esthétique. La scène ressemblait à un tableau de De Chirico. Paysage vide. Lignes infinies. Omniprésence du néant.

Kasdan reprit sa course, haletant, au bord de l'évanouissement. Il avait maintenant un point de côté et les genoux douloureux. Il traversa la surface immense, miroir de la nuit, éprouvant le moelleux de la pelouse sous ses semelles. Le petit bonhomme courait toujours devant lui...

Soudain, le type s'arrêta. Un champignon de verre affleurait le toit. Il se pencha, souleva un panneau, provoquant un reflet de lune, puis disparut.

L'homme avait plongé dans les réservoirs de Montsouris.

# 6

L'ARMÉNIEN parvint près de la lucarne, restée ouverte. Une confirmation : le fuyard connaissait les lieux. Il était parvenu à ouvrir cette trappe vitrée en un temps record. Avait-il les clés ? On était en plein délire. La main appuyée sur son point de côté, Kasdan emprunta l'escalier qui descendait droit dans les ténèbres.

Spirale. Rampe de fer. Et déjà, l'humidité. Au bas des marches, il s'immobilisa, laissant le lieu se révéler, se matérialiser dans la pénombre. Il savait où il se trouvait. Il avait vu un documentaire à la télé sur ces réservoirs. Un tiers de l'eau potable des Parisiens était stockée ici. Des milliers d'hectolitres d'eau de source, détournés de plusieurs rivières, placés à l'abri de la chaleur et des impuretés, en attendant que les Parisiens les utilisent pour boire, se laver, faire la vaisselle...

Kasdan se serait attendu à des citernes, des bassins protégés. Or, l'eau était là, à ses pieds, à découvert. Une immense surface verte, plantée de centaines de colonnes rouges, vaguement visibles dans l'obscurité. À cette heure de la nuit, on était à marée haute. Pas vraiment l'heure de la douche. Il sortit sa lampe et inclina son faisceau vers la surface. Au fond de l'eau, il pouvait distinguer des numéros, inscrits au pied des colonnes, comme des mosaïques antiques englouties. E34, E38, E42...

Kasdan tendit l'oreille. Pas un bruit au fond de l'antre, à l'exception de quelques clapotis et d'une résonance indicible, profonde, aquatique. Où était le fuyard ? Soit déjà loin, ayant emprunté un passage qu'il ne pouvait soupçonner, soit, au contraire tout proche, tapi dans une niche qu'il n'allait pas tarder à découvrir...

Il promena son faisceau pour mieux voir le décor. Il était sur une coursive, qui s'ouvrait de part et d'autre sur un couloir voûté. Il opta pour la droite et plongea dans le boyau. Les parois suintaient. Le sol était percé de flaques. De temps à autre, sur sa gauche, le mur s'arrêtait à mi-corps et révélait les bassins. Masse liquide aux tons verts, limpide, immobile. Les piliers se rejoignaient en arches, dessinant de multiples ogives, à la manière d'un monastère roman. Les couleurs, vert pour l'eau, rouge pour les colonnes, évoquaient même des motifs maures, des tons vifs d'émaux. Un Alhambra pour troglodytes.

Sa lampe accrocha autre chose. Le mur de gauche était percé d'aquariums creusés dans la pierre. À l'intérieur, des truites allaient et venaient, au-dessus d'un lit de graviers. L'ex-flic se souvint du reportage. Jadis, ces truites étaient placées dans les eaux pour en tester le degré de pureté. Au moindre signe de pollution, les poissons mouraient. Aujourd'hui, les fontainiers possédaient d'autres méthodes de surveillance mais on avait gardé les truites. Sans doute pour l'ambiance.

Toujours pas un bruit. Il allait finir par se perdre, lui, dans ce dédale. Une autre comparaison lui vint. Le labyrinthe du Minotaure. Version aquatique. Il imaginait un monstre marin traquant ses victimes, les épuisant dans ces flots immobiles...

Une toux résonna.

Le bruit fut si bref, si incongru, que Kasdan crut l'avoir rêvé. Il éteignit sa lampe. La froideur du lieu lui pénétrait les os et, curieusement, lui faisait du bien. Son corps s'apaisait au fil des minutes.

De nouveau, la toux.

L'homme se terrait quelque part – et il était en train de grelotter. Kasdan reprit sa marche, à l'aveugle, soulevant ses pas au maximum. Le bruit n'avait résonné qu'à quelques dizaines de mètres.

La toux, encore une fois.

Plus que quelques pas.

Kasdan sourit. Cette toux frêle, maladive, impliquait une faiblesse chez l'adversaire. Une vulnérabilité qui collait avec la silhouette qu'il avait aperçue le long de la grille.

– Sors de ton trou, dit-il de sa voix la plus rassurante. Je ne te ferai pas de mal.

Silence. Clapotis. Ses pieds s'enfonçaient dans la boue. Une odeur de cave inondée lui crispait les narines.

Kasdan changea de ton :

– Sors de là ! Je suis armé.

Un temps encore, puis :

– Ici...

Kasdan alluma sa torche et la dirigea vers la voix. Sous une voûte écaillée, un homme était recroquevillé. L'Arménien braqua son faisceau sur le gars, histoire de renforcer sa menace. Le type se blottit dans la niche. Kasdan pouvait entendre ses dents claquer. La peur, plus que le froid. Lentement, il détailla sa proie acculée, passant son rayon du visage aux épaules, des épaules aux pieds.

Un Indien.

Un jeune homme au teint noir et aux cheveux plus noirs encore.

Sauf que le gamin avait les yeux verts. Des iris d'une clarté surnaturelle, comme s'il portait des lentilles de contact. Une transparence qui coïncidait bizarrement avec le grand bassin qui stagnait dans leur dos. Kasdan songea à ces sang-mêlé créoles et hollandais qu'on rencontre sur certaines îles des Caraïbes.

– Qui es-tu ?

– Me faites pas de mal...

Kasdan l'empoigna et l'arracha de sa planque. D'un seul mouvement, il le remit sur ses pieds. Soixante kilos tout mouillé, pas plus.

– QUI ES-TU ?

– J'm'appelle... (Une toux l'arrêta puis il reprit :) J'm'appelle Naseerudin Sarakramahata. Mais tout le monde m'appelle Naseer.

– Tu m'étonnes. D'où tu viens ?

– De l'île Maurice.

L'exotisme continuait. Un flic arménien interrogeait un Mauricien au sujet d'un maître de chœur chilien. Ce n'était plus une enquête mais de la « world kitchen ».

– Qu'est-ce que tu foutais chez Goetz ?
– Je suis venu récupérer mes affaires.
– Tes affaires ?
Un frêle sourire se dessina sur les lèvres roses de l'Indien. Un sourire que Kasdan eut aussitôt envie d'écraser à coups de poing. Il commençait à deviner de quoi il s'agissait.
– Je suis un ami de Willy. Enfin, de Wilhelm.
Kasdan lâcha sa prise.
– Explique-toi.
Le jeune homme se tortilla d'une manière déplaisante. Il reprenait du poil de la bête.
– Son ami... Son boy-friend, quoi.
Kasdan observa son prisonnier. Minceur de la silhouette. Attaches fines et fragiles, portant bagues et bracelets. Jean taille basse. Autant de détails qui sonnaient comme des confirmations.
Mentalement, l'Arménien battit ses cartes et réordonna son jeu. Wilhelm Goetz avait une raison d'être si discret sur sa vie privée. Un pédé à l'ancienne. Qui dissimulait ses préférences sexuelles comme un secret honteux.
Kasdan inspira une grande bouffée d'air humide puis ordonna :
– Raconte.
– Qu'est-ce... qu'est-ce que vous voulez savoir ?
– Tout. Pour commencer.

# 7

– J'AI CONNU Willy à la Préfecture de police. On faisait la queue pour nos papiers. Notre carte de séjour.

Quand il était flic, Kasdan respectait toujours cette vérité. Plus une histoire paraît absurde, plus elle a des chances d'être vraie.

– On était tous les deux réfugiés politiques.

– Toi, un réfugié ?

– Depuis la victoire du Mouvement socialiste mauricien et le retour au pouvoir d'Aneerood Jugnauth, je...

– Tes papiers.

Le Mauricien palpa son blouson et en sortit un portefeuille. Kasdan lui arracha des mains. Des photos des îles, de Goetz, de minets huilés. Des préservatifs. L'Arménien eut un haut-le-cœur. Il luttait contre son dégoût et sa violence, qui lui battaient sous la peau et ne demandaient qu'à jaillir.

Enfin, il trouva la carte de séjour et le passeport. Kasdan les empocha et balança le reste à la tête du minet :

– Supprimés.

– Mais...

– Ta gueule. Cette rencontre, c'était quand ?

– En 2004. On s'est vus. On s'est... enfin, on s'est compris.

Le minou parlait d'une voix nasillarde, avec un accent indolent, mi-indien, mi-créole.

– Depuis quand tu es à Paris ?

– 2003.

– Tu vivais chez Goetz ?

– Je dormais chez lui trois soirs par semaine. Mais on s'appelait tous les jours.

– Tu as d'autres mecs ?

– Non.

– Te fous pas de ma gueule.

Le minet se contorsionna avec langueur. Tout en lui respirait la féminité. Kasdan avait les nerfs en pelote. Vraiment allergique aux lopettes.

– Je rencontre d'autres hommes, oui.

– Ils te payent ?

L'oiseau exotique ne répondit pas. Kasdan lui braqua la lampe dans la gueule et l'observa plus en détail. Un visage de félin sombre, aux mâchoires avancées. Un nez court, des petites narines rondes, collées près de l'arête comme des piercings. Des lèvres sensuelles, plus claires que la peau. Et ces yeux clairs, éclatants dans ce visage cuivré, sous des paupières légèrement gonflées de boxeur. Pour ceux qui aimaient ça, le petit mec doré devait être à croquer.

– Ils me donnent des sous, oui.

– Goetz aussi ?

– Aussi, oui.

– Pourquoi tu es venu chercher tes affaires, justement ce soir ?

– Je... (Il toussa encore, puis cracha.) Je veux pas d'ennuis.

– Pourquoi tu aurais des ennuis ?

Naseer leva des yeux langoureux. Des larmes accentuaient l'éclat de ses iris.

– Je suis au courant pour Willy. Il est mort. Il a été assassiné.

– Comment le sais-tu ?

– Ce soir, on avait rendez-vous. Dans un café, rue Vieille-du-Temple. Il est pas venu. Je me suis inquiété. J'ai appelé l'église. Saint-Jean-Baptiste. J'ai parlé au curé.

– Saint-Jean-Baptiste est une église arménienne. Nous n'avons pas de curé, mais des pères.

– Oui, enfin, je lui ai parlé. Et il m'a dit.

– Comment avais-tu les coordonnées de la cathédrale ?

– Willy m'avait donné un planning. Une sorte d'emploi du temps. Les lieux, les heures, les coordonnées des églises, des familles où il donnait des cours. Comme ça, je savais toujours où il était...

Il eut un mince sourire. Doucereux. Poisseux. Dégueulasse.

– Je suis plutôt du genre jaloux.

– Ce planning, file-le-moi.

Sans broncher, Naseer ôta son sac à dos et en ouvrit la poche avant. Il en sortit une page pliée. Kasdan l'attrapa et la parcourut. Il n'aurait pu rêver meilleure pêche. Les noms et adresses des paroisses où travaillait Goetz, ainsi que les coordonnées de chaque foyer chez qui il donnait des cours de piano. Pour collecter ces seuls renseignements, Vernoux allait mettre au moins deux jours.

Il empocha la liste et revint au petit Indien :

– Tu n'as pas l'air bouleversé.

– Bouleversé, si. Surpris, non. Willy était en danger. Il m'avait dit que quelque chose pouvait lui arriver...

Kasdan se pencha, intéressé :

– Il t'avait dit pourquoi ?

– À cause de ce qu'il a vu.

– Qu'est-ce qu'il a vu ?

– Au Chili, dans les années 70.

La piste politique revenait au galop.

– OK, articula Kasdan. Maintenant, on va y aller lentement. Tu vas me raconter, avec précision, ce que Goetz t'a raconté à ce sujet.

– Il n'en parlait jamais. Je sais seulement que Willy a été emprisonné en 1973. Il a été interrogé. Torturé. Il a subi des choses horribles. Compte tenu du contexte actuel, il avait décidé de témoigner.

– Quel contexte ?

Un nouveau sourire apparut sur le visage de Naseer. Mais cette fois, c'était une moue teintée de mépris. Kasdan fourra ses poings dans sa poche pour ne pas le frapper.

– Vous ne savez pas que les tortionnaires de ce temps-là sont aujourd'hui poursuivis ? Au Chili ? En Espagne ? En Grande-Bretagne ? En France ?

– J'en ai entendu parler, si.

– Willy voulait témoigner contre ces salauds. Mais il se sentait surveillé...

– Il avait contacté un juge ?

– Willy n'en parlait pas. Il disait que moins j'en saurais, mieux ce serait pour moi.

L'histoire lui paraissait rocambolesque. Il ne voyait pas comment l'organiste pouvait se sentir menacé à ce point, pour des histoires vieilles de 35 ans et des procès qui n'avaient jamais lieu, les accusés mourant de leur belle mort avant la fin de la procédure, comme l'avait fait Augusto Pinochet quelques mois auparavant.

– Il t'a donné des noms ?

– Je vous répète qu'il ne me disait rien ! Mais il avait peur.

– Ces gens savaient donc qu'il s'apprêtait à parler ?

– Oui.

– Et tu n'as aucune idée de ce qu'il voulait révéler ?

– Je ne sais qu'un truc : ça concernait le plan Condor.

– Le quoi ?

– Vous êtes nul.

Kasdan leva la main. L'Indien rentra la tête dans ses épaules. Face à la carrure de l'Arménien, il paraissait minuscule.

– Vous ne connaissez que la violence, murmura Naseer d'un ton buté. Willy luttait contre les gens comme vous.

– Le plan Condor, c'est quoi ?

Le Mauricien prit son souffle :

– Au milieu des années 70, les dictatures d'Amérique latine ont décidé de s'unir pour éliminer tous leurs opposants. Le Brésil, le Chili, l'Argentine, la Bolivie, le Paraguay et l'Uruguay ont créé une sorte de milice internationale, chargée de traquer les gauchistes qui s'étaient exilés. Ils étaient décidés à les retrouver partout en Amérique latine, mais aussi aux États-Unis et en Europe. Le plan Condor prévoyait de les enlever, de les torturer puis de les tuer.

Kasdan n'avait jamais entendu parler de ça. Comme pour l'enfoncer, Naseer ajouta :

– Tout le monde connaît cette histoire. C'est la base.

– Pourquoi Goetz aurait-il détenu des informations sur cette opération ?

– Peut-être qu'il avait entendu quelque chose quand il était prisonnier. Ou simplement qu'il pouvait reconnaître ses tortionnaires. Des gars qui avaient joué un rôle dans cette opération. Je sais pas...

– Quand allait-il témoigner ?

– Je sais pas, mais il avait pris un avocat.

– Tu as son nom ?

– Non.

Kasdan songea qu'il faudrait étudier son relevé téléphonique – à moins que la vieille pédale se soit méfiée et ait utilisé une cabine. Il imagina son mode de vie paranoïaque, se méfiant de tous et de tout. En même temps, il se souvint que sa porte n'était pas verrouillée. Il comprit, avec un temps de retard, que c'était le petit Indien qui avait ouvert les verrous.

– Tu avais les clés de l'appartement de Goetz ?

– Oui. Willy me faisait confiance.

– Pourquoi es-tu venu prendre tes affaires ?

– Je veux pas être mêlé à ça. Avec la police, on a toujours tort. Je suis étranger. Je suis homosexuel. Pour vous, j'ai deux fois tort.

– Je te le fais pas dire. À 16 h, aujourd'hui, où t'étais ?

– Vous me soupçonnez ?

– Où t'étais ?

– Au hammam des grands boulevards.

– On vérifiera.

Il avait dit cela machinalement. Il ne vérifierait rien du tout, pour la simple raison qu'il ne soupçonnait pas le minet. Pas une seconde.

– Parle-moi un peu de votre vie à deux.

Naseer haussa une épaule et oscilla des hanches.

– On vivait cachés. Willy ne voulait pas que ça se sache. Je ne pouvais venir chez lui que la nuit. Il avait peur de tout. Moi, je crois que Willy était traumatisé par ses années de torture.

– Il avait d'autres amants ?

– Non. Willy était trop timide. Trop... pur. Il était mon ami. Mon vrai ami. Même si notre relation était difficile. Il était pas d'accord avec ce que je pouvais faire... à côté. Il était même pas d'accord avec lui-même. Il acceptait pas ses propres tendances... Il était déchiré par sa foi, vous comprenez ?

– Plus ou moins. Pas de femmes ?

Naseer gloussa. Kasdan enchaîna :

– À ton avis, il aurait pu avoir des ennemis, en dehors de son passé politique ?

– Non. Il était doux, calme, généreux. Il n'aurait pas fait de mal à une mouche. Il n'avait qu'une passion : ses chorales. Il avait un don avec les enfants. Il comptait mettre en place une formation pour les chanteurs qui muaient et qui voulaient continuer la musique. Vous l'auriez connu, il...

– Je le connaissais.

Naseer leva un regard d'incompréhension.

– Comment vous pouvez le...

– Laisse tomber. Quand tu as fui tout à l'heure, tu es venu droit ici. Tu connaissais l'endroit ?

– Oui. On venait dans ces bassins, avec Wilhelm. On aimait se cacher et, enfin, vous voyez... (Il gloussa encore.) Pour les sensations...

Kasdan eut une vision bien nette. Les deux hommes s'envoyant en l'air au-dessus de la masse d'eau verdâtre. Il ne savait pas s'il avait envie de vomir ou d'éclater de rire.

– File-moi ton portable.

Naseer s'exécuta. D'un doigt, Kasdan enregistra ses propres coordonnées et se baptisa « flic ».

– Mon numéro. S'il te revient quoi que ce soit, tu m'appelles. Je m'appelle Kasdan. Facile à se rappeler, non ? Tu as une piaule ?

– Une chambre de bonne, oui.

– Ton adresse.

– 137, boulevard Malesherbes.

Kasdan nota l'adresse puis enregistra le numéro de son cellulaire. En guise de geste d'adieu, il saisit son sac à dos, le retourna et le vida sur le sol boueux. Une brosse à dents, deux livres, des chemises, des débardeurs, des bijoux en toc, quelques photos de Goetz. Une petite vie de pédé triste, résumée en quelques objets.

L'Arménien en éprouva de la pitié et cette pitié même le débecta. Malgré lui, il se baissa pour aider le môme à ramasser ses affaires.

À ce moment, Naseer attrapa doucement sa main :

– Protégez-moi. Peut-être qu'ils vont me tuer, moi aussi. Je ferai ce que vous voudrez...

Kasdan retira vivement ses doigts :

– Casse-toi.
– Et mes papiers ?
– Je les garde.
– Je vais les récupérer quand ?
– Quand je l'aurai décidé. Casse-toi.
L'Indien ne bougeait pas, le regard langoureux. Kasdan hurla pour de bon :
– Casse-toi avant que je t'éclate !

# 8

PARQUET FLOTTANT.

C'était bien le mot. Le sol de l'appartement s'enfonçait sous ses pas et lui donnait l'impression de tanguer. À la manière d'un pont de navire filant au ras des cimes du parc, qu'on apercevait par la porte-fenêtre encore ouverte.

Kasdan la verrouilla, ferma les rideaux, chercha, le long du châssis, un commutateur. Il devinait qu'un système commandait un store roulant. Il trouva le bouton et l'actionna. Le volet descendit lentement, fermant la pièce au monde extérieur et à la clarté des réverbères.

Quand l'obscurité fut complète, Kasdan ferma les deux portes de la pièce, à tâtons, puis sortit sa Searchlight, en quête d'un autre interrupteur : celui de la lumière. Il ne risquait plus d'être aperçu du dehors. Il alluma un lustre. Un salon bon marché se révéla. Un canapé affaissé. Une bibliothèque en contreplaqué. Des fauteuils dépareillés. Goetz ne s'était pas ruiné en mobilier.

Aucun tableau au mur. Pas de bibelots sur les étagères. Aucune note personnelle dans la décoration. L'ensemble évoquait plutôt un meublé à deux balles. Kasdan s'approcha de la bibliothèque. Des partitions, des biographies de compositeurs, quelques livres en espagnol. Goetz avait appliqué son goût de la discrétion à son propre appartement : il n'y aurait rien à trouver ici.

L'Arménien enfila ses gants de chirurgien et regarda sa montre : presque minuit. Il prendrait le temps qu'il faudrait mais passerait l'appartement au peigne fin.

Il commença par la cuisine. À la lueur des réverbères. De la vaisselle propre sur l'égouttoir, à côté de l'évier. Des assiettes et des verres alignés dans les placards. Goetz avait le sens de l'ordre. Le frigo : presque vide. Le congélateur : rempli de plats surgelés. L'organiste n'était pas un chef cuistot. Kasdan nota un détail. Il n'y avait pas ici l'ombre d'une épice ou d'un produit chilien. Goetz avait fait table rase du passé, même dans ses goûts culinaires. Et aucun détail ne trahissait la présence du petit Naseer : Goetz ne conservait même pas ici les céréales de son amant.

Il passa à la chambre, se livrant de nouveau au manège du store. Lumière. Un lit au carré. Des murs nus. Des vêtements usés et ternes dans une penderie. Pas le moindre détail qui trahisse la personnalité du locataire, à l'exception de deux livres de la collection « Microcosmes ». L'un sur Bartók, l'autre sur Mozart. Et une croix suspendue au-dessus du lit. Tout cela sentait la vie bien réglée du retraité sans fantaisie. Une vie qu'il connaissait bien...

Mais Kasdan devinait autre chose. Une discrétion, une volonté de neutralité qui dissimulait un arrière-fond. Naseer, bien sûr. Mais aussi, Kasdan l'aurait juré, d'autres versants cachés. Où le musicien avait-il planqué ses secrets ?

Salle de bains. Bien rangée, sans plus. Goetz faisait le ménage lui-même et avait interdit à Naseer d'apporter le moindre de ses produits de soins. Pas de médicaments non plus. Pour son âge, le Chilien pétait la forme.

Reprenant le couloir, Kasdan découvrit une deuxième pièce. Un salon de musique, où trônaient un piano et une chaîne hi-fi à l'ancienne, énorme. Goetz avait tapissé le plafond d'emballages d'œufs, sans doute pour insonoriser l'espace. Store. Lumière. Les multiples alcôves du plafond projetèrent des ombres démultipliées, dignes d'un tableau de Vasarely.

En scrutant les murs, Kasdan comprit qu'il se rapprochait ici de l'intimité de Goetz. Ce salon respirait la passion de l'organiste : la musique. Deux cloisons étaient couvertes de CD mais aussi de disques vinyle. Des collectors. Versions historiques d'opéras, de symphonies, de concertos pour piano. Cette pièce trahissait aussi une minutie, un chichi de vieux garçon. Malgré la grandeur du sujet – la musique –, quelque chose de mesquin, de ratatiné, planait entre ces murs et couvrait tout comme une fine couche de poussière.

Kasdan s'approcha du piano. Un modèle électrique sur lequel était branché un casque. Il s'attarda sur la chaîne hi-fi. Ampli intégré de marque Harman-Kardon. Deux enceintes colonnes. Caisson de basses. Du matos de pro. Tout le fric de l'organiste devait passer dans cette qualité du son.

Le boîtier d'un disque reposait sur le lecteur. Kasdan contempla la jaquette. L'enregistrement d'une œuvre vocale, le *Miserere* de Gregorio Allegri. L'Arménien lut le dos de la boîte et eut une surprise : le chef de chœur était Wilhelm Goetz en personne. Il tira le livret de son conditionnement et le feuilleta. Une photo de groupe sur deux pages. Parmi les enfants vêtus en blanc et noir, Goetz, plus jeune, regardait l'objectif, l'air enjoué. On discernait dans ses yeux une lueur de fierté, un éclat que Kasdan ne lui connaissait pas. L'homme aux cheveux déjà blancs rayonnait parmi son chœur, sa machine à produire des sons célestes...

Kasdan ouvrit le tiroir de la chaîne et vérifia que le disque était bien le *Miserere*. Toujours muni de ses gants, il attrapa le casque du piano, le brancha sur l'ampli, démarra le disque, s'assurant que la musique ne sortait pas en même temps des enceintes.

Tout de suite, ce fut un choc.

Il était habitué aux œuvres chorales. Chaque dimanche, la cathédrale Saint-Jean-Baptiste résonnait des chants arméniens a cappella. Mais il s'agissait de voix d'hommes, graves et martiales. Ici, rien de tel. Le *Miserere* semblait être une partition destinée aux enfants. Une polyphonie qui tissait des accords d'une innocence, d'une pureté bouleversantes.

L'œuvre commençait par de longues notes tenues, comme compressées encore par la prise de son. On croyait entendre les sons ronds et flûtés d'un orgue humain, dont les tuyaux auraient été des gorges d'enfants...

Kasdan s'assit à terre, casque sur les oreilles. Tout en écoutant, il parcourut la notice intérieure du livret. À l'évidence, le *Miserere* était un tube de la musique vocale. Une œuvre mille fois enregistrée. Elle avait été écrite durant la première moitié du XVIIe siècle. Gregorio Allegri était un membre du chœur de la chapelle Sixtine et l'exécution annuelle de cette pièce était demeurée un évènement rituel pendant plus de deux siècles. Un détail frappa Kasdan. Le contraste entre le nom lugubre de l'œuvre, *Miserere*, et celui du compositeur, Allegri, qui évoquait plutôt la joie, la fête, l'allégresse.

Soudain, une voix aiguë jaillit des écouteurs. Une voix d'une douceur si étrange, si intense, qu'elle brisait quelque chose à l'intérieur de vous-même et vous nouait instantanément la gorge. La voix d'un petit garçon, suspendue, inaccessible, se détachant au-delà des accords, suivant une ligne mélodique très haute, comme lancée au-dessus du monde.

Kasdan sentit ses yeux se voiler. Bon Dieu, il allait pleurer, là, chez un mort, à minuit, assis par terre avec son casque et ses gants de chirurgien. Pour contrer l'émotion qui le submergeait, il se focalisa sur la notice. Le texte était rédigé par Wilhelm Goetz lui-même. Il racontait comment, lors d'un après-midi de pluie de 1989, il avait obtenu cet enregistrement quasi divin, alors que rien ne le laissait prévoir. Quelques minutes plus tôt, les petits chanteurs jouaient encore au football dans les jardins de l'église Saint-Eustache de Saint-Germain-en-Laye où la prise de son devait avoir lieu. Puis l'enfant soliste, un gamin du nom de Régis Mazoyer, avait lancé sa mélodie dès la première prise, les genoux encore maculés de boue. Alors, dans la chapelle glacée, le miracle s'était produit. La voix stupéfiante s'était élevée sous les voûtes de la nef...

Les lignes se troublèrent de nouveau sous ses yeux. Kasdan vit défiler des souvenirs. Nariné. David. D'un coup, il ressentit une immense tristesse, celle qu'il essayait toujours d'enfouir au fond de lui mais qu'il savait jamais oubliée ni enterrée. Tel était le pouvoir du petit choriste, ce Régis Mazoyer. Par sa seule voix, il parvenait à exhumer la mélancolie la plus profonde, à ressusciter en vous les disparus. Ceux qui ne vous laissent jamais en paix.

Kasdan arrêta la musique. Il éteignit la chaîne et prit conscience du silence qui l'entourait, entre ces murs de disques et ce plafond en boîtes d'œufs. Alors, ce fut comme un signal subliminal. Un avertissement. Une des clés du meurtre se trouvait dans cette voix ensorcelante. Ou dans l'œuvre chantée : le *Miserere*. Il se leva, sortit le disque du tiroir, le remit dans sa boîte et empocha le tout. Cette œuvre avait encore des choses à lui dire. Il éteignit la lumière. Ouvrit le volet roulant. Sortit.

De retour dans le salon, il se livra à une fouille attentive des tiroirs. Il dénicha la comptabilité personnelle de Goetz. Feuilles de Sécurité sociale, relevés bancaires, contrats d'assurances, bulletins de paie, émanant d'associations et de paroisses régies par la loi 1901. L'Arménien parcourut rapidement ces documents – sans intérêt. Et il n'était pas d'humeur à étudier des chiffres.

Puis l'idée lui vint. Naseer avait dit : « Willy se sentait surveillé. » Pouvait-il être sur écoute ? Dans ce cas, ce serait une écoute à l'ancienne, avec mouchard intégré au combiné. L'Arménien dévissa l'appareil téléphonique. Il possédait une solide expérience en matière d'écoutes illégales. Sa période « cellule antiterroriste ». Rien, bien sûr. Pas l'ombre d'un micro.

Il s'assit dans un fauteuil. Réfléchit. Sur Goetz, son opinion était faite : pas seulement discret mais obsédé par le secret. S'il y avait quelque chose à trouver ici, il faudrait démonter l'appartement. Kasdan n'en avait ni le temps ni le pouvoir. Son regard se posa sur l'ordinateur posé sur un bureau, dans le coin du salon. Là non plus, rien à faire. La machine était sans doute scellée par un mot de passe et, si elle abritait des secrets, Goetz avait dû prendre soin de les cacher, aussi bien que le reste.

Kasdan laissa sa pensée divaguer. Il soupesait l'information essentielle de la soirée : Goetz homosexuel. Cela ouvrait une possibilité nouvelle : un crime passionnel. Pas Naseer mais un autre amant, parallèle au petit Mauricien. Un dingue qui en voulait au Chilien pour une raison ou une autre et avait voulu le tuer par la douleur. Autre possibilité : la mauvaise rencontre d'un soir. Kasdan avait beau lutter contre ses préjugés, pour lui, tous les homosexuels étaient des queutards, des baiseurs jamais apaisés. Goetz avait-il croisé un psychopathe sur sa route ?

Il laissa errer son regard à travers la pièce. Il détaillait chaque recoin, chaque plinthe, à la recherche d'il ne savait quoi. Soudain, son regard s'arrêta sur une anomalie, au-dessus de la tringle à voilages de la baie vitrée. Il attrapa une chaise et se hissa à hauteur du châssis. Il observa la zone qui présentait une différence de couleur, entre la porte-fenêtre et le plafond. À l'évidence, on avait repeint cette bande étroite. Kasdan la palpa, à la recherche d'un relief. Ses doigts captèrent une bosse. Il passa sa main plusieurs fois dessus. Une forme circulaire, de la taille d'une pièce d'un euro.

Il partit dans la cuisine chercher un couteau et remonta sur son perchoir. Avec précaution, il creusa autour de la forme puis glissa la lame dessous. D'un coup sec, il fit craquer la peinture et détacha l'objet.

Une onde de glace le traversa.

Il tenait dans sa paume un micro.

Et pas n'importe lequel : un des modèles de marque coréenne qu'utilisait l'atelier de la PJ ces dernières années. Lui-même l'avait souvent posé quand il sonorisait les appartements des suspects. Le mouchard contenait un capteur de sensibilité, qui l'actionnait selon un certain seuil de bruit – le claquement de la porte d'entrée par exemple.

Le froid se dilua dans ses veines à mesure que ses idées se précisaient. Wilhelm Goetz était bien sous surveillance mais pas d'une milice chilienne ou de barbouzes sud-américains. Il était écouté par les services de la PJ ! Ou encore les RG ou la DST. Dans tous les cas, du pur jus franchouillard.

Kasdan contempla sa pièce à conviction puis observa le téléphone fixe. Le fait qu'il n'ait pas trouvé de micro dans le combiné ne prouvait rien. Aujourd'hui, les lignes étaient surveillées par la police à la source, à travers France Télécom ou les opérateurs de téléphones portables. Cela, il pouvait le vérifier en passant quelques coups de fil.

Il empocha le zonzon et recommença sa fouille de l'appartement. Cette fois, il savait ce qu'il cherchait. En moins d'une demiheure, il découvrit trois micros. Un dans la chambre. Un dans la cuisine. Un dans la salle de bains. Seul, le salon de musique avait été épargné. Kasdan fit jouer dans sa paume gantée ses quatre mouchards. Pourquoi les flics épiaient-ils le Chilien ? Était-il vraiment sur le point de témoigner dans un procès de crime contre l'humanité ? En quoi cela pouvait-il intéresser la Boîte ?

Kasdan retourna vérifier si ses « prélèvements » ne laissaient pas de traces trop apparentes. Si Vernoux et ses acolytes ne fouillaient que superficiellement l'appartement, ils n'y verraient que du feu. L'Arménien remit les meubles en place, éteignit les lumières, releva les stores et partit à reculons, refermant la porte d'entrée en douceur.

Il en avait assez pour cette nuit.

# 9

LE CRI LE TRAVERSA de part en part.

Ce n'était pas lui, Cédric Volokine, qui avait hurlé, mais son ventre. Une souffrance inouïe, jaillie du plus profond de ses tripes, se transformant en sillon de feu dans sa gorge. Il avait vomi. Et vomi encore. Maintenant, ce n'était plus qu'une poussée, une convulsion, déchirant tout sur son passage, résonnant contre ses cartilages, lacérant son cerveau, le propulsant aux limites de l'évanouissement.

À genoux au-dessus de la cuvette des gogues, Volokine sentait la brûlure palpiter dans sa trachée. Et la peur, déjà, de la prochaine décharge...

Loin, très loin, il perçut des pas.

Son voisin de piaule venait voir s'il n'était pas en train de crever.

– Ça va pas ?

Il lui fit signe de se casser. Il voulait souffrir jusqu'au bout. Seul. Toucher le fond, pour ne plus jamais remonter. L'autre recula alors que, déjà, un nouveau spasme le propulsait dans le trou.

Il tremblait au-dessus de la lunette. Un filet de bave coulait de ses lèvres, gouttant jusqu'à la bile qui reposait au creux des chiottes. Volokine ne bougeait plus. Le moindre geste, le moindre déglutissement pouvait réveiller la bête...

En même temps, il se voulait stoïque. Il ne prendrait aucun traitement. Ni méthadone ni Subutex. On l'avait transféré ici, dans ce foyer de l'Oise, le temple du « non-médoc ». Eh bien, il s'en tiendrait à ce « non » radical jusqu'au bout.

La crise reculait. Il le sentait. La fièvre s'atténuait, pour laisser place au froid. Un jus glacé dans ses artères, cliquetis de cristaux, blessant les parois de ses veines.

Il en était à son deuxième jour sans came.

L'un des pires, avec le troisième.

Et, pour dire la vérité, pas mal de ceux qui allaient suivre.

Mais il fallait s'accrocher. Pour se prouver à soi-même qu'on n'était pas malade. Ou du moins que la maladie n'était pas incurable. On pouvait s'en sortir. Il le savait. On lui en avait parlé. Dans son esprit violenté par le manque, cette idée sonnait comme un mythe. Une rumeur invérifiable.

Il se redressa. Se laissa choir sur le cul, dos au mur, bras gauche posé sur la lunette, bras droit ouvert, comme en attente d'un fix. Il baissa les yeux sur ce membre, détaché de lui-même, jaune, bleu, violacé, aussi maigre qu'une liane. Il éclata d'un rire bref, sinistre. *Tu tiens pas la grande forme, Volo...* Il se massa lentement l'avant-bras, sentant la peau, dure comme une écorce, les muscles, les os là-dessous, serrés, rongés.

*Deux jours sans came.* Aujourd'hui, il avait essuyé le trou noir classique. Le calme avant la tempête. Quand le monstre sort du puits pour exiger sa nourriture. Il avait attendu que l'hydre jaillisse, sorte sa tête hideuse. Elle était apparue sur le coup de minuit et voilà 2 h qu'il se débattait avec elle, façon héros de l'Antiquité.

Il noua les deux bras autour de ses épaules et tenta de réprimer ses tremblements. Il claquait tellement des dents et des os, que la lunette à côté de lui tressautait à contre-rythme. Il sentit son estomac se soulever à nouveau et crut qu'il était bon pour un tour. Mais non. Après un rot sec, son ventre se relâcha brusquement. *Tu tiens le bon bout...* Il allait pouvoir ramper jusqu'à sa chambre et prier pour que le sommeil l'emmène au moins jusqu'à l'aube.

De jour, l'enfer avait tout de même une autre gueule.

Il trouva la chasse d'eau. Actionna le mécanisme.

À quatre pattes, il commença à avancer. Sa chemise trempée de sueur lui collait au dos. Des frissons lui faisaient vibrer les bras, comme lorsqu'on en est à sa centième pompe...

Retourner dans la chambre.

Se blottir dans son duvet.
Supplier le sommeil.

Quand il se réveilla, sa montre indiquait : 4 h 20. Il était resté sans connaissance plus de 2 h mais n'avait pas dépassé la porte des chiottes. Il s'était simplement évanoui, là, sur le carreau, au sens propre du terme.

Il reprit sa marche. Rythme de limace. Se recroquevillant encore, s'arc-boutant dans ses frusques raides de sueur séchée, il parvint jusqu'au couloir. Un vague espoir s'insinua en lui. Il allait ressortir plus fort de ce cauchemar. Oui. Plus fort et tatoué au fer rouge, jusque dans les moindres replis de son cerveau. *Plus jamais ça.*

Il parvint à se mettre debout, épaule contre le chambranle. Se glissa dans le couloir dos au mur, soulevant sa carcasse de quelques centimètres pour la lancer un peu plus loin. Le crépi, puis le contreplaqué d'une porte. Et ainsi de suite. Dans chaque chambre, il devinait les autres suppliciés, les tocards dans son genre, tous en cure de désintox...

Une porte. Deux portes. Trois portes...

Enfin, il attrapa la poignée de sa piaule et franchit le seuil. Un demi-jour régnait dans l'espace de quinze mètres carrés. Il ne comprenait pas. Comme pour achever sa confusion, il entendit les cloches du village d'à côté. Il fixa sa montre : 7 h. Il s'était évanoui une nouvelle fois et avait fini sa nuit, sans même s'en rendre compte, dans le couloir.

Il révisa ses plans.

Plus la peine de dormir. Un café, et en route.

Avec une lucidité nouvelle, il photographia du regard chaque détail de sa chambre. Le tapis élimé couvert de taches. Le linoléum rougeâtre. Le duvet. La table avec sa lampe Ikea. Les motifs graffités sur le papier peint. La fenêtre où pleurait un jour de suie.

Une convulsion l'arracha à sa contemplation.

Il grelottait. Depuis deux jours, il oscillait entre ces états brûlants et ces chutes glacées, dans des frusques toujours moites. Du blanc des yeux aux orteils, il avait la même teinte jaunâtre. Ses urines étaient rouges. Ses fièvres noires. Au fond, le manque s'apparentait à une maladie tropicale. Une saleté qu'il aurait contractée dans un pays lointain, pourri, qu'il connaissait bien : les terres boueuses de l'héroïne.

Il avait besoin d'une douche bien chaude mais il ne voulait pas retourner dans le couloir. Il opta pour un café. Il avait ici tout ce qu'il lui fallait. Un réchaud, du Nes, de l'eau. Il se dirigea jusqu'à l'évier, fit couler de la flotte dans une gamelle de camping, puis revint près du réchaud. D'une main tremblante, il gratta une allumette et resta immobile, hypnotisé par la flamme bleutée. Il demeura ainsi jusqu'à ce que la morsure du feu le rappelle à l'ordre. Il gratta une autre allumette, puis une autre encore.

À la quatrième, il parvint à allumer la couronne du réchaud. Il pivota et saisit la cuillère avec précaution. Il la plongea dans la boîte de Nescafé. Alors que l'eau crépitait déjà dans la casserole, il stoppa de nouveau son geste. La cuillère. La poudre. Il réalisa qu'il apportait un soin particulier à cette opération comme s'il s'agissait du rituel qu'il cherchait à oublier.

Il répandit le Nes dans le verre. Tomba de nouveau en pâmoison devant la surface de l'eau qui frémissait. Les cloches sonnèrent. Une heure était encore passée. Le temps était désormais dilaté. Une chose molle qui évoquait les toiles de Dalí où les aiguilles des horloges sont fléchies comme des rubans de réglisse.

Il enfonça sa main dans sa manche. Saisit l'anse de la casserole. Fit couler l'eau dans le verre, qui se remplit aussitôt d'un liquide brunâtre collant parfaitement à cette heure morne du jour.

Alors seulement, il se souvint qu'il avait rendez-vous.

Cette nuit, avant la crise, il avait reçu un appel.

Un signe dans les ténèbres...

Il sourit en songeant au télex qu'on avait détourné pour lui.

Un meurtre, une église, des enfants : tout ce qu'il lui fallait.

La situation tenait désormais en un axiome.

Cette enquête avait besoin de lui.

Mais surtout, il avait besoin d'elle.

# 10

COMME CHAQUE FOIS, l'homme roule dans la poussière.

La poussière rouge de la terre africaine.

Empêtré dans sa djellaba, il tente de se relever mais la ranger le cueille au ventre, puis sous le menton. L'homme se cambre, s'écroule. Coups de pied. Au visage. Dans le ventre. Dans l'entrejambe. Les bouts ferrés trouvent les pommettes, les côtes, les os fragiles à fleur de chair. L'homme ne bouge plus. L'agresseur peut calculer ses coups à son aise. La mâchoire, les dents, l'arête du nez, les lèvres, le fond des yeux. La peau éclate, dénudant les muscles, les fibres, en une boue sanglante mêlée de terre.

Les mains attrapent le jerrican. L'odeur du gas-oil supplante celle du sang. La coulée s'attarde sur la figure, le cou, les cheveux. Le briquet claque et tombe sur le torse. Le feu prend en un souffle brusque. Flamme violacée qui vire tout de suite au rouge. Soudain, l'homme se redresse : c'est un lézard. Un lézard géant, dont la gueule effilée jaillit de la capuche, et les pattes griffues des manches de la djellaba...

Lionel Kasdan se réveilla, le cœur affolé. Il avait encore dans les narines l'odeur de la toile brûlée, associée à celle, atroce, des chairs et des cheveux grillés. Il mit plusieurs secondes à comprendre que le bruissement des flammes n'était que la sonnerie du téléphone.

– Allô ?

– C'est moi.

Ricardo Mendez, le légiste roucoulant.

– Je te réveille ?

– Ouais. (Il jeta un œil à sa montre : 8 h 15.) Et tu fais bien.

– Statistiquement, un vieux dort quatre heures de plus qu'un homme d'âge moyen.

– Écrase.

– La mauvaise humeur, un autre truc de vieux. Bon. Je vais me coucher. J'ai passé la nuit sur ton Chilien. Tu veux les conclusions définitives ?

Kasdan se leva sur un coude. La terreur se dissolvait dans son sang.

– En résumé, continua Mendez, je confirme ce que je t'ai dit hier. Arrêt cardiaque, lié à une douleur intense, elle-même provoquée par une pointe enfoncée dans les deux organes auriculaires. Le fait nouveau, c'est qu'il y avait un état antérieur.

– Qu'est-ce que tu appelles un « état antérieur » ?

– Notre homme a eu des problèmes cardiaques. Son cœur portait des lésions significatives d'infarctus. Aspect rougeâtre, tigré du muscle. Je te passe les détails. Le mec a eu la breloque à l'arrêt. Plusieurs fois dans sa vie.

– Ce qui veut dire ?

– D'ordinaire, un cœur pareil trahit des excès : clopes, alcool, bouffe... Mais Goetz a des artères de jeune homme. Aucune trace d'abus d'aucune sorte.

– Donc ?

– Je penche pour de brefs arrêts cardiaques, des spasmes coronariens, provoqués par des stress intenses. Des peurs extrêmes. Des souffrances aiguës.

Kasdan se frotta le visage. Sa lucidité revenait. Le cauchemar et son odeur de porc brûlé s'éloignaient.

– Goetz est passé entre les mains de la junte chilienne. Il a été torturé.

– Cela pourrait expliquer ces traces de lésions. Et aussi autre chose.

– Quoi ?

– Des cicatrices. Sur la verge, le torse, les membres. Mais surtout la verge. Je dois encore bosser dessus. Les observer au microscope pour les dater avec exactitude. Et imaginer avec quoi on lui a fait ça.

Kasdan se taisait. Il songea à la cause de la mort de Goetz : la douleur. Il existait un lien entre son passé de martyr et les circonstances de sa mort. Des bourreaux chiliens revenus l'exécuter ?

– Dernier détail, continua Mendez. Ton bonhomme a subi une intervention chirurgicale pour une hernie discale. Il porte une prothèse numérotée, d'origine française. Avec la marque et le numéro de série, je peux retrouver la trace de l'opération.

– Pour quoi faire ?

– Vérifier que notre bonhomme est bien arrivé en France sous le même nom. (Mendez roula un rire.) Faut toujours se méfier avec les immigrés !

– Tu m'avais parlé d'analyses à Mondor, sur l'organe auriculaire...

– Pas encore reçu.

– Et ton experte, à Trousseau ?

– Pas encore eue au téléphone. J'espère que t'as pas dans l'idée de débouler là-bas avec ta gueule de croquemitaine. C'est un hôpital pédiatrique, rempli d'enfants sourds, pour qui c'est jamais Noël.

– Merci, Ricardo.

Kasdan raccrocha et s'étira dans son lit. Le rêve revint, par fragments. Il avait lu des bouquins sur l'univers onirique, notamment ceux de Freud. Il connaissait les grands principes du travail du rêve. Condensation. Déplacement. Mise en images. Et toujours, derrière ces scènes décalées, le désir sexuel. Que cachait cette exécution sauvage, qui le hantait depuis des dizaines d'années ? L'Arménien secoua la tête. À son âge, il se mentait encore, faisant mine de croire que son rêve était un simple cauchemar, alors qu'il s'agissait d'un souvenir.

Salle de bains. L'Arménien vivait depuis trois ans dans une série de chambres de service, situées au coin de la rue Saint-Ambroise et du boulevard Voltaire. Il avait acheté la première piaule en 1997 pour son fils. Puis, dans les années 2000, on lui avait proposé les trois chambres voisines. Il les avait acquises et rénovées en prévoyant de les louer pour améliorer sa pension.

Le sort avait changé la donne. Sa femme, Nariné, était morte.

Son fils était parti. Il s'était retrouvé seul dans l'appartement qu'il avait occupé durant 20 ans, près de la place Balard. Il avait préféré tourner la page et s'était installé dans cette suite de chambres qui sentaient encore la peinture fraîche. Idéales pour un homme seul, à condition d'aimer la vie en file indienne. L'autre problème était le plafond mansardé. Dès que Kasdan franchissait une certaine ligne latérale, il devait se pencher. Il vivait à cinquante pour cent cassé en deux, ce qui lui semblait bien résumer l'humiliation de la retraite.

Sous la douche, il songea à son enquête. D'ordinaire, chaque matin, il suivait le même emploi du temps. Lever. Virée au bois de Vincennes. Jogging. Exercices physiques. Retour à la maison. Petit déjeuner. Revue de presse jusqu'à 11 h. Après ça, paperasses, Internet, courrier jusqu'à midi. Déjeuner. L'après-midi, il traitait ses « affaires » – les différentes associations arméniennes dont il avait la charge. Des trucs dont personne n'avait rien à foutre. Même pas lui. Enfin, à 16 h, il s'enfouissait dans le Quartier latin, *Pariscope* en poche, en quête d'un bon vieux film de jadis. Parfois, il poussait la balade jusqu'à la Cinémathèque, qui avait eu la mauvaise idée de s'expatrier aux confins de Paris, à Bercy.

Il sortit de la cabine et s'observa dans le miroir. La calotte grise des cheveux ras accentuait encore l'aspect rugueux du visage. Des traits musclés, qui refusaient de s'empâter. Des rides profondes, comme de la peinture au couteau. Un nez énorme, piton rocheux d'où partaient des travées d'amertume. Dans ce paysage aride, une exception : deux yeux gris qui ressemblaient à deux flaques d'eau. Les oasis de son Ténéré.

Il repassa dans sa chambre. S'habilla. Passa à la cuisine et se concocta le cocktail du moment. Un comprimé de Depakote 500 mg et un cachet de Seroplex 10 mg. En 40 ans de soins, il n'avait jamais vraiment voulu connaître les mécanismes de tout de ce qu'il ingurgitait. Mais voilà ce qu'il avait compris : le Depakote était un normothymique. Un régulateur d'humeur. Le Seroplex un antidépresseur nouvelle génération. Par une balance mystérieuse, l'association des deux médicaments parvenait à le maintenir, lui, à flot.

À 63 ans, Kasdan savourait ce calme relatif. Il avait tout vu, tout connu, en matière psychiatrique. Dépressions. Hallucinations. Délires... Et aussi en matière de traitements. À lui tout seul, il était un vrai Vidal. Teralithe et Anafranil dans les années 70. Depamide et Prozac dans les années 80. Sans compter les neuroleptiques qu'il avait dû ingurgiter au moment de ses crises maniaco-dépressives. Ce qu'on appelait les « épisodes psychotiques aigus ». Au fil des décennies, il avait vu les traitements s'affiner, se préciser, au point de lui offrir maintenant du sur-mesure. Sans effets secondaires. Ce n'était pas du luxe.

Il se prépara un café. À l'ancienne. Poudre. Filtre. Goutte-à-goutte. Il avait renoncé aux machines à capsules quand on lui avait demandé, dans une boutique aux tons chauds et aux hôtesses souriantes, de remplir un formulaire sur ses goûts les plus intimes en vue d'acquérir une carte de membre. Il avait répondu qu'il voulait simplement boire du bon café, pas entrer dans une secte. Il ne supportait plus cette société de consommation, saturée de jeux-concours et de cartes de fidélité. Société matérialiste, mesquine, craintive, où le sommet du risque était de voir son meilleur ami allumer une cigarette et le top du bonheur de faire ses courses de Noël, en payant uniquement avec des chèques-cadeaux. Il sourit. Au fond, il ne supportait plus rien. Mendez avait raison : la mauvaise humeur, un « autre truc de vieux ».

Emportant sa chope, il s'installa à son bureau et déplia le document qu'il voulait étudier en priorité. L'emploi du temps que Goetz avait rédigé à l'attention de son giton. Il chaussa ses lunettes et lut la liste. L'organiste ne chômait pas. Hormis la cathédrale arménienne, il œuvrait pour trois autres églises à Paris : Notre-Dame-du-Rosaire, rue Raymond-Losserand, dans le quatorzième arrondissement ; Notre-Dame-de-Lorette, rue Fléchier, dans le neuvième ; l'église Saint-Thomas-d'Aquin, place Saint-Thomas-d'Aquin, dans le septième. Kasdan surligna au stabilo chaque coordonnée. Goetz avait pris soin, sans doute pour rassurer son amant, de noter les noms des sacristains et des aumôniers à contacter, « en cas d'urgence ». Kasdan n'avait plus qu'à décrocher son téléphone et sonner aux portes.

Le musicien donnait aussi des cours particuliers de piano et rayonnait dans tout Paris. Kasdan grimaça. Il allait devoir se farcir chaque famille. Non. Il se contenterait d'un simple appel. Mais il ne devait exclure aucune possibilité. Pas même celle d'une liaison scabreuse avec un élève, crime passionnel ou vengeance de parents horrifiés.

Il replia sa liste. La glissa dans sa poche de jean. Avant sa tournée, il avait plusieurs coups de fil à passer.

Il commença par Puyferrat, de l'Identité judiciaire.

– Rien de neuf sur notre organiste ?

– Non. Les paluches sur le balcon appartiennent toutes à la victime. On n'a rien trouvé d'autre. Le seul scoop, je te l'ai filé hier : l'empreinte de la Converse. (Il s'arrêta, faisant claquer les feuilles de son rapport.) Ah si... Un autre détail. On a trouvé des particules de bois sur la tribune. Des esquilles, des échardes.

– Quelle essence ?

– Trop tôt pour le dire. Je les ai envoyées au labo de Lyon pour analyses. À mon avis, ce sont des parcelles de l'orgue. Goetz a dû se cramponner dans la bagarre.

Kasdan visualisa la scène de crime. Le buffet des tuyaux. Le meuble du clavier. Puyferrat se trompait. Les surfaces étaient nickel. Aucune trace de coup d'ongle. Le bois venait d'ailleurs.

– T'as rendu ton rapport ?

– Il part maintenant.

– Par mail ?

– Par mail et par courrier.

L'avance qu'il avait sur Vernoux était donc cuite. Le jeune flic allait convoquer au poste tous les mômes chaussés de Converse. Obtiendrait-il plus de résultats que lui-même ? Non. Vernoux comprendrait seulement que Kasdan avait tenté sa chance en solo et l'appellerait pour l'engueuler.

– Tu me rappelles quand tu as les résultats ?

– Pas de problème. On m'en a raconté une bonne, cette nuit. C'est Superman qui aperçoit Wonderwoman sur le toit d'un immeuble et...

– Je la connais. Rappelle-moi.

Kasdan composa le numéro du SCOAT – Service Central Opérationnel Assistance Technique. Une dizaine de gars, chargés de sonoriser les appartements des suspects. Des types qui avaient plus à voir avec une équipe d'installateurs de chaînes câblées qu'avec un département de haute technologie. Ils étaient basés au Chesnay, une petite ville du 78.

Kasdan tomba sur une ancienne connaissance : Nicolas Longho.

– C'est à quel sujet, ma vieille ?

– Une sonorisation. Wilhelm Goetz. 15-17, rue Gazan, quatorzième arrondissement.

– Qu'est-ce que tu espères ?

– Le mec est mort. J'ai retrouvé votre matos dans son appart, planqué au-dessus des rideaux.

– Ça ne me dit rien.

– C'est pourtant votre style. Un amplificateur, ajusté dans l'axe de la tringle.

– Pourquoi tu fourres ton nez là-dedans ?

– Le mec a été retrouvé mort dans ma paroisse, la cathédrale arménienne.

– C'est un Arménien ?

– Non. Un Chilien. La présence du micro démontre qu'il faisait l'objet d'une procédure. Je veux savoir laquelle. Et connaître le nom du juge qui a ordonné les zonzons.

– Et toi, t'es saisi par qui ?

– Je suis à la retraite depuis 5 ans.

– C'est bien ce que je me disais.

– Tu peux vérifier ?

– J'en parle aux collègues. Mais si c'est un Chilien, je serais toi, j'appellerais plutôt la DST. Ou la DGSE.

Longho avait raison. Il y avait de fortes chances que les Affaires étrangères soient sur le coup. Mauvaise nouvelle : Kasdan les avait souvent croisés dans sa carrière, toujours dans un climat de rivalité, voire d'hostilité. Il ne pourrait obtenir aucune info de ce côté-là.

Il composa un nouveau numéro. Un vieux pote qui avait intégré une brigade nouvelle, spécialisée dans les suspects en cavale, la BNRF, Brigade Nationale de Recherche des Fugitifs. L'homme, un ancien des Stups, se nommait Laugier-Rustain. Tout le monde l'appelait Rustine.

Kasdan le cueillit sur son portable. Reconnaissant la voix, le flic éclata de rire :

– Comment ça va la pêche à la ligne ?

– Je t'appelle justement pour une histoire de pêche. De pêche au gros.

– Ne me dis pas que tu joues encore aux fouineurs.

– Juste un renseignement. Ta nouvelle brigade, ça marche dans les deux sens ?

– Qu'est-ce que tu appelles les « deux sens » ?

– Vous cherchez les Français en cavale à l'étranger mais aussi les étrangers cachés en France ?

– On a des accords avec les autres polices européennes, ouais.

– Tu as des criminels de guerre en stock ?

– Notre créneau, c'est plutôt les malfrats, les tueurs en série, les pédophiles.

– Tu pourrais jeter un œil ?

– Tu cherches qui exactement ?

– Des Chiliens. Des anciens du régime de Pinochet. Des mecs qui auraient au cul un mandat d'arrêt international et qui se seraient planqués en France.

– Le Chili, c'est un peu loin de Schengen. Je ne sais même pas si on a des conventions d'entraide judiciaire avec ce pays.

– Ce n'est peut-être pas la justice du Chili qui les recherche. Le mandat peut émaner d'un autre pays. Espagne, Grande-Bretagne, France... Les plaintes proviennent des pays des ressortissants. Beaucoup de victimes au Chili étaient originaires d'Europe.

– Merci pour la leçon, mon vieux, mais si tu veux tout savoir, c'est encore plus compliqué que ça. Parce que tes mecs restent chiliens et pour être à leurs trousses, il nous faut un accord avec leur pays d'origine. Pas avec celui des plaignants, tu piges ?

– Mais tu peux vérifier ?

– Tu as des noms ?

– Non.

– Des signalements ?

– Que dalle.

– Tu crois que j'ai que ça à faire ? Courir après des fantômes ?

– Hier, un Chilien s'est fait tuer. Un réfugié politique. Il semblerait qu'il voulait témoigner contre ses tortionnaires. Je te demande juste de regarder si un ou plusieurs de ces salopards sont sur tes listes.

– C'est drôle que tu me parles du Chili...

– Pourquoi ?

– Un collègue a reçu une demande concernant ce pays, il y a moins d'une heure. Quitte pas.

Kasdan patienta. Rustine revint à l'appareil :

– Éric Vernoux, première DPJ. Tu connais ?

– C'est mon outsider. Le flic officiel sur ce coup. Tu me rappelles en express ?

– Je vais voir avec mon collègue. À nous deux, on aura les infos dans la journée.

– Je pourrais les avoir avant Vernoux ?

– Pousse pas trop, Kasdan.

Il raccrocha. Le nom du flic de la DPJ impliquait deux vérités. D'une part, le capitaine avait conservé l'affaire. D'autre part, le flic au Bombers ne lâchait pas son hypothèse – la piste politique.

L'Arménien se leva et endossa son treillis.

Il était temps, avant d'aller se faire les églises, d'enrichir sa culture.

# 11

*LE DOSSIER PINOCHET.*
*L'or des dictatures.*
*L'introuvable démocratie autoritaire.*
*Pinochet face à la justice espagnole.*
*20 ans d'impunité.*
*Condor : le projet de l'ombre...*

Le Chili et ses bouleversements politiques occupaient trois étagères de la librairie. Pinochet et sa dictature deux d'entre elles. Kasdan sélectionna les livres les plus intéressants, sauta de son escabeau puis se dirigea vers l'escalier pour remonter au rez-de-chaussée.

Il se trouvait dans le sous-sol de L'Harmattan, sa librairie préférée, au 16 de la rue des Écoles. Une librairie dédiée en priorité à l'Afrique et qui paraissait construite en bouquins tant les murs étaient uniformément tapissés de livres. Les cloisons d'ouvrages montaient si haut qu'on donnait une échelle à chaque client pour accéder aux rayons.

Kasdan paya – cher – ses livres et regretta l'époque bienheureuse des notes de frais. Une fois dehors, il respira une goulée d'air. La librairie était située au bout de la rue des Écoles, là où les immeubles semblent en finir avec le Quartier latin pour s'ouvrir sur d'autres zones : la rue Monge qui monte on ne sait où, la boutique de pianos Hamm, qui s'avance comme l'étrave d'un paquebot, les derniers cinémas Action...

L'Arménien vérifia son portable. Un message du révérend père Sarkis. D'une pression, il rappela.

– Qu'est-ce qui se passe ?

– Un autre flic est venu me voir.

– De la Brigade criminelle ?

– Non. De la « B » quelque chose. Il y avait le mot « mineurs » dedans.

– BPM. Brigade de Protection des Mineurs.

– C'est ça.

Kasdan tiqua. Le rapport de Puyferrat, mentionnant l'empreinte de basket, était parvenu à Vernoux aux environs de 9 h. Il était 11 h. Le capitaine avait-il aussitôt contacté la BPM, pour que les gars encadrent l'interrogatoire des petits choristes ? Bizarre. Vernoux n'avait aucun intérêt à saisir une autre brigade.

– Le flic, comment il était ?

– Spécial.

– C'est-à-dire ?

– Jeune. Sale. Pas rasé. Assez beau. Il avait plutôt l'air d'un musicien de rock. Il a même joué de l'orgue.

– Quoi ?

– Je te jure. En m'attendant, il est monté sur le balcon. Il y a toujours les grands rubans jaunes. Il est passé dessous et s'est installé au clavier. Il l'a allumé et a commencé à jouer le début d'un tube des années 70...

Sarkis se mit à fredonner quelques notes de sa voix rauque. Kasdan reconnut le morceau :

– *Light my fire*, des Doors.

– Peut-être, oui.

Kasdan cherchait à visualiser ce flic. Un jeune gars peu soigné, piétinant une scène de crime et jouant un air des Doors dans « son » église. Pas banal, en effet.

– Il t'a donné son nom ?

– Oui. Je l'ai noté... Cédric Volokine.

– Connais pas. Il t'a montré sa carte ?

– Oui. Pas de problème.

– Qu'est-ce qu'il t'a demandé, exactement ?

– Des précisions sur l'heure de la découverte du corps, sur sa position, sur les traces de sang... Mais il voulait surtout interroger les gamins. Comme toi. Les gamins chaussés de baskets Converse.

Aucun doute : Vernoux avait vendu la mèche. Mais pourquoi ? Ne se sentait-il pas capable d'interroger lui-même les mômes ?

– Je vais me renseigner, conclut Kasdan. Rien de neuf à part ça ?

– Le flic d'hier, Vernoux, a téléphoné. Il veut lui aussi interroger les enfants. Vous ne pourriez pas tous...

Quelque chose ne cadrait pas. Si Vernoux souhaitait aussi auditionner les mômes, alors le flic rock venait d'ailleurs. Comment avait-il été informé de l'affaire ?

– Vernoux : tu lui as dit que je les avais déjà interrogés ?

– J'étais obligé, Lionel.

– Comment a-t-il réagi ?

– Il t'a traité de vieux con.

– Je te rappelle. Ne t'en fais pas.

Kasdan s'achemina vers sa voiture. Une fois installé, il composa le numéro du capitaine de la première DPJ. L'officier ne lui laissa pas le temps de parler :

– Qu'est-ce que c'est que ce bordel ? Vous jouez à quoi, nom de Dieu ?

– J'avance. Tout simplement.

– Au nom de quoi ? Au nom de qui ?

– Cette église est mon église.

– Écoutez-moi. Si je vous retrouve, ne serait-ce qu'une seule fois sur ma route, je vous fous en garde à vue. Histoire de vous calmer.

– Je comprends.

– Vous ne comprenez rien mais je vous jure que je le ferai !

Après un bref silence, Vernoux reprit, un ton plus bas :

– Les mômes, ils vous ont parlé ?

– Non.

– Putain. Quel gâchis. Vous salopez mon enquête !

– Calme-toi. Quelque chose cloche. Je ne suis pas le roi des psychologues et je ne m'attendais pas à des confessions cash. Mais j'aurais dû percevoir un signe. Un trouble chez le gamin qui a été témoin du meurtre.

– Aucun n'avait l'air choqué ?

– Non. Il doit y avoir une autre explication. Toi, tu en es où ?

– Vous voulez un rapport signé ? J'ai rien à vous dire. Et n'approchez plus de mon affaire ! (Sa colère montait à nouveau.) Comment avez-vous pu interroger ces mômes sans la moindre autorisation ? Sans la moindre précaution ?

Kasdan ne répondit pas. À chaque phrase, il attendait que la résonance retombe. Et avec elle, la colère. Enfin, il prononça :

– Un dernier détail : tu as contacté la BPM ?

– La BPM ? Pourquoi j'aurais fait ça ?

Sans répondre, Kasdan changea de ton :

– Écoute-moi. Je comprends que tu fasses la gueule. Tu dois te dire que tu n'as pas besoin d'un vieux ringard dans mon genre. Mais n'oublie pas une chose : tu n'as qu'une semaine pour sortir l'affaire.

– Une semaine ?

– Oui. Le délai de flagrance. Après ça, un juge sera nommé et les compteurs seront remis à zéro. Tu devras demander la permission pour la moindre perquise. Pour l'instant, tu es seul maître à bord.

Vernoux se tut. Il connaissait la loi. La découverte d'un corps donne les pleins pouvoirs pendant huit jours au service saisi par le procureur. Les flics en charge de l'enquête n'ont alors besoin d'aucune commission rogatoire. Perquises, auditions, gardes à vue : tout est possible.

– Mais tu as besoin d'aide, reprit Kasdan. Le meurtre a été commis chez les Arméniens. Et il concerne une autre communauté : les Chiliens. Un vieil immigré comme moi peut te filer des tuyaux. À l'arrivée, c'est toi qui récolteras les lauriers.

– Je me suis renseigné sur vous, admit Vernoux. Vous avez été un grand flic.

– Le passé composé. C'est le temps qui convient. Vous avez fini l'enquête de proximité ?

– On a interrogé le quartier, oui. Personne a rien vu. La rue Goujon est un désert.

– Et l'autopsie ?

Vernoux lui expliqua ce qu'il savait déjà. Il put ainsi tester sa franchise. Ce flic-là n'était pas un tordu. Plutôt un jeune qui en voulait.

– Quelle est ton hypothèse ? relança-t-il.

– Je crois à la piste politique. Je cherche à savoir qui était Goetz au Chili.

– Tu as appelé l'ambassade ?

– Ouais. Mais le seul attaché qui pourrait me renseigner, un mec du nom de Velasco, est en déplacement pour deux jours. Et il n'y a pas d'officier de liaison pour le Chili à Paris. Je vais contacter celui d'Argentine, on sait jamais. J'ai aussi appelé la DRI, la Division des Relations Internationales, et Interpol. Je veux être sûr qu'il n'y a pas d'arrêts internationaux.

– Contre Goetz ?

– Pourquoi contre Goetz ? Non. Je pense à des bourreaux, des salopards de l'ancien régime, qui en voudraient au Chilien. J'ai aussi contacté la BRNF. Ils m'ont déjà rappelé. Ils n'ont aucun Chilien sur le gril. Dans le même temps, j'ai balancé les empreintes de Goetz dans le fichier international. Au cas où... Goetz pourrait aussi être quelqu'un d'autre. J'aurai les résultats demain.

– Bien joué. Quoi d'autre ?

– J'ai lancé une recherche sur le SALVAC pour voir s'il n'y avait pas eu d'autres meurtres de ce type. En France ou en Europe. Je veux dire : un meurtre par les tympans.

Le « Système d'Analyse des Liens de la Violence Associés aux Crimes » était un nouveau système informatique recensant les meurtres commis sur le sol français. Un truc à l'américaine tout récent, dont Kasdan avait vaguement entendu parler. Le moins qu'on puisse dire, c'était que Vernoux s'agitait.

– Et vous ?

Kasdan tourna sa clé de contact et démarra :

– Moi ? Je me réveille, mentit-il.

– Qu'est-ce que vous allez faire ?

– Mon jogging. Après ça, je gratterai dans les archives de nos paroissiens. On ne sait jamais, il y a peut-être chez les Arméniens un repris de justice...

– Pas de conneries, Kasdan. Si vous traversez encore ma route, je...

– J'ai compris. Mais sois sympa : tiens-moi au courant.

Il raccrocha. La conversation s'était achevée en eau de boudin. La confiance n'était pas passée et, dans ce jeu de dupes, il était difficile d'évaluer ce que chacun gardait pour lui-même. Pourtant, Kasdan sentait une collaboration en marche.

Descendant la rue des Fossés-Saint-Bernard, le long de la faculté de Jussieu, Kasdan songea de nouveau au flic dépenaillé qui était venu jouer de l'orgue à Saint-Jean-Baptiste. Il ne voyait qu'une solution pour expliquer sa présence : l'État-Major. Pour chaque affaire d'importance, on rédige un rapport à l'attention de la Place Beauvau. Ce qu'on appelle un « télex ». Vernoux avait dû envoyer le sien hier soir. D'une façon ou d'une autre, Volokine était informé des coups qui tombaient. Qui le renseignait ? Ce service se résumait à quelques femmes qui se partageaient la permanence, 24 heures sur 24.

Kasdan tenta une hypothèse : une des fliquettes en pinçait pour le flic rebelle. Même Sarkis avait remarqué la beauté du jeune gars. Mais comment Volokine avait-il su pour l'empreinte ?

Kasdan rappela Puyferrat. Le technicien réagit aussitôt :

– Putain, Kasdan, c'est du harcèlement, je...

– Est-ce qu'un flic de la BPM t'a appelé, ce matin, à propos de Goetz ?

– Juste après ton appel, oui. Il était pas 9 h.

Frissons sur ses avant-bras. Il pouvait sentir la rapidité, l'électricité du jeune flic.

– Tu lui as parlé de l'empreinte ?

– Je sais plus... Je crois, oui. Mais il était au courant, non ? Lui-même m'a parlé des mômes...

Un quiproquo. Volokine avait simplement appelé l'Identité judiciaire pour flairer le meurtre. Il avait évoqué les choristes. Puyferrat en avait déduit qu'il était déjà affranchi, à propos des Converse. Et il avait lâché son scoop.

– Tu ne t'es pas demandé comment il était au courant ? grogna Kasdan. Alors que tu n'avais même pas envoyé ton rapport à Vernoux ?

– C'est vrai, merde, j'y ai pas pensé. C'est grave ?

– Laisse tomber. Rappelle-moi quand tu as les résultats d'analyse.

Kasdan regarda sa montre : 11 h. Il parvenait au bout du quai d'Austerlitz, barré par le métro aérien. Sur la gauche, de l'autre côté de la Seine, se dressait l'immense pyramide à toit plat du palais omnisports de Bercy. L'Arménien tourna dans cette direction. Il était l'heure d'aller interroger l'experte ORL, à Trousseau. Elle devait avoir reçu les analyses de l'organe auriculaire de Wilhelm Goetz.

# 12

L'HÔPITAL Armand-Trousseau ressemblait à un village de mineurs, dont on aurait déplacé les pavillons de briques pour en former des carrés successifs. À chaque nouveau patio, les façades grises, roses, crème, semblaient se rapprocher encore pour vous écraser entre leurs murs. On tournait en voiture dans ce dédale comme un rat dans une cage.

Kasdan haïssait les hôpitaux. Toute sa vie, à intervalles réguliers, il avait dû séjourner dans ces lieux lugubres. Sainte-Anne et Maison-Blanche, à Paris. Mais aussi Ville-Évrard, à Neuilly-sur-Marne, Paul-Guiraud, à Villejuif... Ces campus avaient abrité sa vie de soldat sans guerre. Ou plutôt sa guerre personnelle dont le champ de bataille était son propre cerveau. Le délire et le réel ne cessaient de s'y affronter jusqu'au moment de la trêve. Toujours précaire. Kasdan quittait alors l'hôpital, fragile, apeuré, ne possédant qu'une seule certitude : un de ces quatre, une nouvelle crise le ferait revenir ici.

Pourtant, son pire souvenir d'hôpital ne concernait pas sa propre folie mais Nariné, sa femme. Kasdan l'avait connue quand il avait 32 ans, lors d'un mariage arménien, alors qu'il était un des héros de la BRI. Il l'avait d'abord passionnément aimée, puis simplement estimée, puis vraiment détestée, jusqu'à ce qu'elle ne devienne qu'une simple présence, intégrée à sa vie aussi sûrement que son ombre ou son arme de service. Il n'aurait pu résumer ces vingt-cinq années d'union. Ni même les décrire. Une chose était sûre : Nariné était la personne qu'il avait le mieux connue dans son existence. Et réciproquement. Ils avaient traversé ensemble tous les âges, tous les sentiments, toutes les galères. Pourtant, aujourd'hui, quand il évoquait son souvenir, il ne voyait plus qu'une scène, une seule, toujours la même. La dernière fois qu'il l'avait visitée, dans sa chambre de l'hôpital Necker, quelques heures avant sa mort.

Cette femme-là n'avait plus rien à voir avec celle qui avait partagé son destin. Sans maquillage, sans perruque, elle ressemblait à un bonze décharné, en robe de papier vert. Son élocution était devenue étrange, distante, à cause de la morphine et chacun de ses mots, qui n'avait plus aucun sens, était comme une petite mort, déposée au creux du cerveau de Kasdan.

Pourtant, il souriait, assis à son chevet, détournant son regard, observant les appareils qui entouraient son épouse. Les sillons verdâtres du Physioguard. La lente perfusion dont l'éclat translucide renvoyait la lumière blanche des néons. Ces instruments, ces goutte-à-goutte évoquaient pour lui le cérémonial intime d'un drogué – shoot d'héroïne ou pipe d'opium. Il y avait dans cet attirail, et les gestes réguliers qu'il impliquait, quelque chose de méticuleux, d'assassin. Les choses finissaient donc comme elles avaient commencé. Sous le signe de la drogue. Car Kasdan s'en souvenait, quand il avait appris le prénom de sa future femme, « Nariné », il l'avait aussitôt associé au mot « narguilé »...

Nariné parlait toujours. Et ses paroles absurdes le maintenaient à distance. C'était un spectre, déjà imprégné par la mort, comme infusé par elle, qui s'exprimait. Un souvenir très lointain lui revenait. Cameroun, 1962. Une nuit, des villageois avaient organisé une fête. Des tambours, du vin de palme, des pieds nus frottant la terre rouge. Il se rappelait une danseuse en particulier. Elle levait son visage vers le ciel étoilé, ouvrant les bras avec indolence, tournant sur elle-même, un sourire figé, absent, sur les lèvres. On aurait dit une somnambule. Son regard, surtout, était fascinant. Un regard tendu, projeté si loin qu'il en devenait hautain, insaisissable. Kasdan avait mis quelques minutes à capter la vérité. La danseuse était aveugle. Et ce qu'elle regardait, c'était le cœur sourd du rythme. L'envers de la nuit.

Nariné lui faisait penser à cette danseuse. Ses paroles flottaient dans l'ombre. Ses yeux regardaient ailleurs. Vers un au-delà indicible. Ce soir-là, Kasdan avait renoncé à sa voiture. Il avait erré, à pied, dans le quartier de Duroc. Il avait croisé d'autres aveugles – l'Institut pour les Non-Voyants n'est qu'à quelques pas de Necker. Il avait eu l'impression d'évoluer dans un monde de zombies, où il était le seul être encore vivant.

Quand il était enfin rentré chez lui, un message l'attendait : Nariné s'était éteinte. Pendant son errance. Il avait alors compris qu'il se souviendrait toujours de la curieuse créature qu'il venait de quitter. C'était ce spectre qui occulterait toutes les autres images.

Kasdan s'arrêta au volant de sa voiture, sur le campus de l'hôpital. Il ferma les paupières. Serra ses tempes entre ses paumes, pour compresser la force des souvenirs, et respira un grand coup. Quand il ouvrit les yeux, il avait repris sa place dans le temps présent. Trousseau. L'experte ORL. L'enquête.

Il dénicha le pavillon André-Lemariey au fond d'une cour. Un bâtiment de briques claires, avec coulées coagulées plus sombres. La porte 6 indiquait les différentes spécialités du bloc, dont le département ORL.

Dès le hall, le ton était donné. Rhinocéros, lions et girafes collés aux murs. Cabanes de bois, bancs colorés disposés en carré. Jouets en pagaille... Kasdan se souvint des paroles de Mendez : « Un hôpital pédiatrique, rempli d'enfants sourds, pour qui c'est jamais Noël. » Des guirlandes et des boules multicolores étaient suspendues au plafond. Un sapin clignotait dans un coin alors que les néons étaient déjà allumés.

Au centre de la pièce, des infirmières coiffées de bonnets verts à grelot, installaient un théâtre de bois et de feutre.

Il s'avança vers elles, captant en même temps la chaleur du lieu et les effluves de médicaments. Son malaise grandissait. Il surprenait, sans l'expliquer, un lien entre le cadavre de Goetz et cette atmosphère mortifère d'enfants coupés du monde.

– Je cherche le Dr France Audusson.

Les rideaux rouges du théâtre miniature s'ouvrirent. Une femme aux larges épaules apparut :

– C'est moi. Qu'est-ce que vous voulez ?

France Audusson devait avoir 50 ans. Ronde, massive, ses cheveux gris coiffés en deux arches symétriques. Elle ressemblait aux publicités de jadis pour Mamie Nova. Elle se releva et se déporta sur la gauche. Elle était aussi déguisée en lutin. Chasuble à bretelles, d'un vert pétant. Chaussures noires à grosses boucles en forme de papillons. Bonnet à grelot.

Kasdan sortit la carte tricolore qu'il avait conservée en douce. Comme tous les flics mélancoliques, il avait déclaré sa carte perdue six mois avant la retraite. Il avait obtenu un nouveau document, qu'il avait rendu au moment de son départ. Quant à l'ancienne, il l'avait gardée bien au chaud, comme un fétiche.

– J'appartiens au groupe d'enquête chargé du meurtre de Wilhelm Goetz, dit-il enfin.

France Audusson retira son bonnet dans un bruit de clochettes :

– J'ai reçu ce matin les résultats de Mondor. Venez avec moi.

Kasdan lui emboîta le pas sous les regards intrigués des autres infirmières-lutins. Ils longèrent plusieurs cabanes de bois jusqu'à ce que l'ex-flic comprenne qu'il s'agissait de vrais bureaux et non de décors. L'experte ORL déverrouilla l'avant-dernière porte, décorée d'un profil de renne.

– Nous préparons le spectacle de Noël, précisa-t-elle. Pour les enfants.

L'intérieur était minuscule. Un bureau plaqué contre le mur de droite, un fauteuil dans la continuité, un autre placé latéralement, le tout enseveli sous les dossiers, schémas de coupes de tympans, scanners épinglés. Avec ses cent dix kilos, Kasdan n'osait plus bouger.

– Asseyez-vous, proposa-t-elle, en ôtant sur sa droite une pile de dossiers du fauteuil.

Kasdan s'exécuta avec précaution alors que la femme faisait sauter les bretelles de sa chasuble et s'extirpait de son déguisement. Elle portait un sous-pull et un jean noirs, qui moulaient son corps épais. Sa poitrine était lourde et son soutien-gorge blanc pointait sous les mailles sombres, dessinant de petits sommets enneigés. Kasdan sentit passer une onde de chaleur dans son entrejambe. La sensation lui plut.

– Il y a un problème avec les résultats, dit-elle en attrapant une enveloppe posée contre le mur. (Elle s'assit et l'ouvrit.) Le labo n'a rien trouvé.

– Vous voulez dire : pas de particules ?

– Rien. Les gens de Mondor ont observé l'intérieur de l'os du rocher au microscope électronique. Ils ont pratiqué des tests chimiques. Il n'y a rien. Pas l'ombre d'un éclat, d'une limaille, rien.

– Qu'est-ce que ça signifie ?

– L'aiguille utilisée devait être composée d'un alliage si compact qu'il ne s'est pas effrité au contact de l'os. Ce qui est vraiment bizarre. Parce que l'aiguille s'est insinuée entre les osselets et s'est enfoncée jusqu'à la cochlée. Il y a donc eu frottement. Or, l'instrument n'a laissé aucune trace.

– L'aiguille, comment l'imaginez-vous ?

– Très longue. Elle s'est déplacée dans l'appareil auriculaire comme une onde sonore de très grande puissance. La pointe a brisé les cellules ciliées de la cochlée, dans laquelle se trouve l'organe de Corti. Je vais vous montrer les clichés pris au microscope électronique.

Elle déploya sur son bureau des tirages en noir et blanc. Les images montraient des espèces de plaines sous-marines, dont les algues auraient été désordonnées. Ces clichés semblaient sortir d'un cauchemar. D'abord, parce qu'ils montraient une vie microscopique, fourmillante, ténébreuse. Ensuite, parce que le chaos des cils évoquait le bouleversement d'un raz de marée.

– Les cellules ciliées externes que vous voyez, continua la spécialiste, sont les parties sensitives qui captent et amplifient les vibrations du son. Comme vous pouvez le voir, les cils ont été cassés par l'arme. Si la victime avait survécu, elle aurait été sourde le restant de ses jours.

Kasdan releva les yeux. Son regard tomba à nouveau sur les seins mais, cette fois, la vision ne lui fit aucun effet.

– Le Dr Mendez m'a parlé d'une aiguille à tricoter. Qu'en pensez-vous ?

– Ce n'est pas ça. L'extrémité de l'aiguille est beaucoup plus fine.

La femme se leva et désigna un schéma accroché au mur : une sorte d'escargot bigarré. Elle pointa l'index sur un passage étroit :

– Sur ce schéma de l'organe auriculaire, vous pouvez voir les osselets, qui forment un très mince couloir, ici. L'aiguille s'est insinuée dans cet interstice. Ce qui suppose une pointe très effilée. J'imagine que cette pointe était munie d'une poignée, le tout fondu dans le même alliage, très solide, pour ne pas se briser.

France Audusson se rassit. Kasdan eut soudain une idée. Une idée rocambolesque :

– Cette pointe aurait pu être en glace ? L'eau gelée n'aurait laissé aucune trace...

– Non. Une aiguille de glace de cette finesse se serait cassée contre l'os. Je vous parle d'une arme de quelques microns. Fabriquée dans un alliage... inconnu. Un truc de science-fiction.

Elle sourit, réalisant ce qu'elle venait de dire :

– Excusez-moi, je regarde trop de séries télévisées. Ce que je veux dire c'est que le mystère est là. Dans l'arme du crime.

Kasdan posa de nouveau les yeux sur les tirages. Ces plaines charbonneuses étaient comme des images pétrifiées, matérialisées, de la souffrance de la victime. De nouveau, son intuition : une connivence existait entre la cause de la mort, la douleur, et le mobile, peut-être venu du Chili et de ses tortionnaires.

– J'ai eu la chance d'arriver très rapidement sur les lieux du crime, expliqua-t-il. Le cri de la victime résonnait encore dans les tuyaux de l'orgue. Wilhelm Goetz a dû pousser un sacré hurlement. Ricardo Mendez pense qu'il est mort de douleur. Cela vous paraît plausible ?

– Tout à fait. Nous avons effectué pas mal d'études ici sur le seuil douloureux du tympan. C'est une région très sensible. Nous soignons toute l'année des barotraumatismes, liés à de brusques différences de pression, lors de plongées sous-marines ou de voyages en avion. Selon tous les témoignages, la douleur est très aiguë. Dans le cas de ce meurtre, la pointe est allée beaucoup plus loin. La souffrance a dû bouleverser tout le métabolisme du corps et provoquer l'arrêt cardiaque.

L'Arménien se leva en faisant gaffe de ne rien faire tomber puis prononça de sa voix grave :

– Merci, docteur. Je peux emporter les clichés et les résultats ?

L'experte s'immobilisa. Une lueur de méfiance passa dans son regard.

– Je préfère suivre la procédure normale. J'envoie l'ensemble à l'Institut médico-légal. Vous recevrez la copie à votre bureau.

– Bien sûr, fit Kasdan en s'inclinant. Je voulais simplement brûler une étape. Vous m'avez déjà fait gagner pas mal de temps.

France Audusson attrapa une carte de visite puis inscrivit un numéro de téléphone :

– Mon portable. C'est tout ce que je peux vous donner.

Kasdan attrapa le bonnet et le secoua, provoquant un bruit de clochettes :

– Merci. Et joyeux Noël !

# 13

APRÈS TROUSSEAU, Kasdan visita les trois paroisses où Goetz était également organiste et chef de chœur. À Notre-Dame-du-Rosaire, dans le quatorzième arrondissement, il ne trouva personne pour le renseigner. L'aumônier était souffrant et le prêtre officiant absent. À Notre-Dame-de-Lorette, rue Fléchier, il interrogea le père Michel, qui lui fit un portrait standard de Goetz. Discret, paisible, sans histoire. Kasdan fila à Saint-Thomas-d'Aquin, près du boulevard Saint-Germain, où il fit encore chou blanc. Le personnel religieux était en voyage pour deux jours.

À 15 h 30, Kasdan rentra chez lui. Il alla dans la cuisine et se prépara un sandwich. Pain de mie. Jambon. Gouda. Cornichons. Buvant en même temps un café tiède, il se dit qu'il n'avait pas envie de téléphoner aux familles chez qui Goetz donnait des cours de piano. Pas plus qu'il ne souhaitait se plonger dans l'histoire récente du Chili. En revanche, l'idée du jeune flic bizarre excitait sa curiosité. Il devait évaluer la concurrence.

Avalant son sandwich en quelques bouchées, il se servit un nouveau café et s'installa à son bureau. Il composa directement le numéro de Jean-Louis Greschi, vieux collègue de la Crim qui avait pris la direction de la Brigade de Protection des Mineurs.

– Comment ça va ? s'exclama le commissaire. Tu casses toujours les dents ?

– Les miennes, surtout. Sur la mie de pain.

– Quel mauvais vent t'amène ?

– Cédric Volokine : tu connais ?
– Un de mes meilleurs éléments. Pourquoi ?
– Ce type a l'air d'enquêter sur un meurtre qui concerne ma paroisse. La cathédrale arménienne.
– Impossible. Il est en disponibilité. Pour une durée illimitée.
– En quel honneur ?
Greschi hésita. Il reprit un ton plus bas :
– Volokine a un problème.
– Quel problème ?
– La défonce. Accro à l'héroïne. Il s'est fait choper avec une shooteuse dans les chiottes de nos bureaux. Ça fait désordre. On l'a envoyé en cure de détox.
– Il a été révoqué ?
– Non. J'ai étouffé le coup. Je deviens sentimental avec l'âge.
– Le centre, où est-il exactement ?
– Dans l'Oise. « Jeunesse & Ressource ». Mais tout le monde l'appelle « Cold Turkey ».
– Ça veut dire quoi ?
– C'est l'expression anglo-saxonne pour désigner le sevrage à sec, sans médicaments ni substance chimique. Ils soignent là-bas par la parole, paraît-il. Et aussi le sport. Des vieux babas. Des héritiers de l'antipsychiatrie.
Kasdan rumina l'expression. Il imagina des pipes d'opium, des minarets, des narguilés sous une pluie glacée, à Istanbul. Puis il comprit qu'il faisait fausse route. « Turkey » ne désignait pas le pays mais la volaille. « Cold Turkey » signifiait simplement « dinde froide ». Allusion transparente aux symptômes du manque : suées glacées et chair de poule...
– Selon toi, insista-t-il, c'est impossible qu'il se soit rancardé sur mon affaire ?
– Il a été interné il y a trois jours. À mon avis, il est plutôt en train de claquer des dents dans son duvet.
– Quel âge a-t-il ?
– Je dirais : dans les 27-28 ans.
– Quelle formation ?
– Maîtrise de droit, maîtrise de philo, Cannes-Écluse. Une grosse tête, mais pas seulement. Premier au tir. Il a été aussi champion national d'un art martial, je ne sais plus lequel.

– Et côté boîte ?

– Deux ans aux Stups, d'abord. C'est là qu'il a plongé dans la dope, à mon avis.

– Et tu l'as pris ensuite dans ta brigade ?

– Il n'y avait pas marqué « junkie » sur son front. Et il tenait à venir. On ne refuse pas un mec qui a un cursus pareil. Aux Stups, il affichait un taux d'élucidation de 98 %. Ce gars-là est bon pour le Livre des records.

– Quoi d'autre ?

– Musicien. Pianiste, je crois.

Kasdan assemblait chaque morceau et était de plus en plus intéressé par le résultat. Un flic vraiment original.

– Marié ?

– Non. Mais un vrai tombeur. Toutes les filles en sont folles. Les nanas adorent ce genre de mecs. Mignon. Tourmenté. Insaisissable. Il attire les gonzesses comme un aimant la limaille.

Kasdan avait donc vu juste. À tous les coups, Volokine avait tourné le cœur d'une des filles de l'État-Major, ce qui lui permettait de guetter les affaires qui le branchaient.

– Il s'est porté candidat à la BPM. Tu sais pourquoi ?

– C'est le nerf de la guerre. Il a un mobile personnel, j'en suis sûr. Volokine est orphelin. Il a traîné ses basques dans pas mal d'orphelinats, de foyers, d'instituts religieux. De là à imaginer qu'il est lui-même passé à la casserole, y a qu'un pas. Et de là à penser qu'il a un compte à régler avec les pédos, y a plus qu'un orteil.

– Un peu simpliste, non ?

– Plus c'est simpliste, plus ça a des chances d'être vrai, Kasdan, tu le sais comme moi.

L'Arménien ne releva pas. Ses quarante piges à la maison Poulaga lui avaient apppris en effet que l'espèce humaine n'a pas d'imagination. Chaque matin, dans la vie d'un flic, la loi des clichés se vérifie.

– En tout cas, continua Greschi, il est souvent bord-cadre. Il a démoli un pédo récemment. À la brigade, on a glissé sur l'affaire et on a promis au pointu une cellule pleine d'assassins s'il portait plainte. Mais j'ai pris le môme entre quat'z'yeux. On n'est pas là pour dérouiller les suspects. Même si, chez nous, on vit avec cette tentation permanente.

Kasdan cadrait le chien fou. Doué. Intelligent. Dangereux. Pourquoi s'intéressait-il au meurtre de Saint-Jean-Baptiste ? Parce que des gamins étaient concernés ?

Greschi poursuivait :

– Mais sa grande qualité rattrape tout. Son feeling avec les mômes. Notre problème, à la brigade, ce sont les gosses. La plupart du temps, ils sont nos seuls témoins à charge. Des enfants terrifiés. En état de choc. Impossible de leur tirer un mot. Sauf Volokine.

Kasdan songea à son échec auprès des petits choristes :

– Comment fait-il ?

– Mystère. Il sait les prendre. Les mettre en confiance. Il comprend leurs silences. Leurs phrases avortées. Il sait aussi déchiffrer leurs dessins, leurs gestes. Un vrai psy, j'te jure. Et acharné. Il travaille jour et nuit. Une blague circule sur lui à la boîte, comme quoi il connaît mieux les femmes de ménage qui bossent la nuit que ses propres collègues.

L'Arménien se demanda tout à coup s'il n'avait pas trouvé un allié potentiel. Un mec à la marge, comme lui, mais avec 35 ans de moins et un savoir-faire qu'il ne possédait pas.

– Tu as les coordonnées exactes du centre ?

Greschi donna l'adresse du foyer, situé à cinquante kilomètres de Paris, tout en répétant son scepticisme. À cette heure, Cédric Volokine devait être couché, malade comme un chien. Kasdan salua le commissaire.

Il avait envie d'en savoir plus. Il se donna une heure pour creuser le portrait du flic et commença par Cannes-Écluse. Il demanda à parler à l'officier orientateur. Avec de l'assurance, un numéro de matricule et une certaine manière de s'exprimer, on obtenait n'importe quel renseignement auprès de n'importe quel collègue.

– Je me souviens, fit l'officier. Il était chez nous de septembre 1999 à juin 2001. Quittez pas, je vais chercher son dossier. (Une minute passa puis l'homme reprit l'appareil :) On en a peu de ce calibre. Il est sorti major de sa promotion. Des notes exceptionnelles. Dans tous les domaines. Et, si vous me passez l'expression, des couilles comme ça. Ses rapports de stages insistent sur ce point. Courageux. Tenace. Instinctif.

– En juin 2001, quand il est sorti de l'école, il avait quel âge ?

Le flic tiqua :

– Vous avez pas sa date de naissance ?

– Pas sous les yeux.

– Il allait avoir 23 ans. Il est né en septembre 1978.

– Où ?

– Paris, neuvième arrondissement.

– Selon mes notes, après l'école il a intégré la brigade des Stups.

– C'est ce qu'il a demandé. Vu ses résultats, il aurait pu choisir beaucoup mieux.

– Justement. Pourquoi pas un poste plus ambitieux ? Le ministère de l'Intérieur ?

– Les bureaux, c'était pas son truc. Pas du tout. Il voulait être dans la rue. Bouffer du dealer.

Kasdan remercia l'officier et coupa. Greschi avait précisé que Volokine était orphelin. Kasdan composa le numéro de la Ddass. Volokine n'était pas né sous X. Il n'était pas non plus orphelin de naissance. Les enfants abandonnés portent toujours des noms composés de prénoms – Jean-Pierre Alain, Sylvie André. D'autre part, leur naissance est toujours déclarée dans le quatorzième arrondissement, là où siège la Ddass. Une convention qui signifie surtout que ces mômes sont nés sous une mauvaise étoile.

Comme il s'y attendait, Kasdan tomba sur un fonctionnaire verrouillé à double tour. L'homme ne lâcha que quelques monosyllabes, entre ses dents serrées. Pourtant, Kasdan obtint une adresse. Le premier centre d'accueil de Cédric Volokine, en 1983, à Épinay-sur-Seine. Il avait 5 ans.

Après avoir parlé à plusieurs personnes, il s'entretint avec une vieille femme qui se souvenait du gamin. L'Arménien inventa une histoire d'article à rédiger dans le journal interne de la PJ et ajouta une circonstance : Cédric Volokine avait gagné une citation pour un fait de bravoure.

– J'en étais sûre ! se rengorgea la mamie. J'étais sûre que Cédric réussirait...

– Comment était-il ?

– Il avait tous les dons ! Vous savez qu'il a appris le piano tout seul, sans professeur ? Il chantait à la messe, aussi. Une voix d'ange. Il aurait pu entrer chez les Chanteurs à la Croix de bois, s'il y avait pas eu son grand-père paternel. Un sale bonhomme.

– Dites-m'en plus.

– Vous avez vraiment besoin de tous ces renseignements ?

– Racontez-moi ce qui vous revient. Je ferai le tri.

– Nous avons recueilli Cédric à 5 ans. Son père était mort peu de temps après la naissance. Un alcoolique. Un bon à rien, qui vivait d'expédients.

– Et la mère ?

– Elle buvait aussi. Avec un problème mental, en plus. À la naissance de Cédric, elle a commencé une espèce de régression. Quand on lui a retiré l'enfant, elle ne savait plus ni lire ni écrire.

– Pourquoi le grand-père n'a pas gardé l'enfant ?

– Parce qu'il valait pas mieux que son fils. Un Russe. Un sale type.

– Il venait le voir chez vous ?

– De temps en temps. Un homme mauvais. Aigri. Haineux. Je me suis toujours félicitée que Cédric n'ait pas vécu avec lui. Pourtant, quelques années plus tard, il l'a placé dans un autre centre. Des religieux, je crois. Il avait récupéré la tutelle. (La vieille baissa la voix pour demander :) Je peux vous donner mon avis ?

– Bien sûr.

– Je pense qu'il avait fait ça pour l'argent. Il espérait toucher des subsides sociaux. Mais le cancer l'a rattrapé. Il est mort et Cédric a été transféré encore ailleurs. Je ne sais pas où.

– Vous avez eu de ses nouvelles, ensuite ?

– Durant une dizaine d'années, non. Puis il est revenu me voir. Il venait d'avoir son baccalauréat. À 17 ans ! Il était beau comme un dieu. À partir de là, il est passé plusieurs fois chaque année. Ou il me téléphonait. J'ai encore de ses nouvelles, vous savez...

Kasdan prenait des notes. Volokine avait dû rebondir de foyer en foyer jusqu'à sa majorité. Comment avait-il payé ses études ?

Avait-il été aidé par le SAV, le Service d'Accueil en Ville, qui alloue une petite pension aux orphelins ?

L'Arménien remercia la vieille dame et fit ses comptes. Si Volokine avait eu son bac avant d'avoir 18 ans, cela signifiait qu'il l'avait décroché en juin 96. Ensuite, il avait dû s'inscrire à la Sorbonne, à la faculté d'Assas ou de Nanterre pour faire son droit. Contacter ses professeurs ? Non. Kasdan préférait s'orienter vers ses prouesses sportives. Il en restait peut-être des traces sur le Net.

Il n'eut pas à chercher loin. En tapant les mots-clés « kick-boxing » (une discipline qu'il avait choisie au hasard), « champion » et « France », il tomba sur un site très complet : « LA BOXE PIEDS-POINGS ». Le site traitait à la fois du kick-boxing, du full-contact, de la boxe française et du muay thaï – la « boxe thaïe ». Une des entrées proposait les listes des champions par décennies, toutes disciplines confondues : « années 80 », « années 90 », « les champions de demain »...

Dans la catégorie « 90 », Kasdan trouva sans difficulté le palmarès de Volokine, assorti d'une photo de mauvaise qualité :

> CÉDRIC VOLOKINE
> Deux fois champion de France Junior de muay thaï en 1995 et 1996. Né le 17 septembre 1978, à Paris. Taille : 1, 78 m. Poids : 70-72 kg. Palmarès : 34 combats, 30 victoires (23 victoires par K-O), 2 nuls, 2 défaites.

L'article signalait que l'athlète était toujours resté fidèle à son club, le « Muay Thaï Loisirs », à Levallois-Perret. Kasdan appela.

– Allô ?

Ton essoufflé. Kasdan tombait en plein cours. Il se présenta et demanda à parler au directeur.

– C'est moi. Je suis l'entraîneur du club.

– Je vous téléphone au sujet de Cédric Volokine.

– Il a des ennuis ?

– Pas du tout. Nous mettons simplement à jour nos dossiers.

– Vous êtes de la police des polices ?

L'homme s'annonçait coriace. Kasdan prit son ton le plus chaleureux :

– Non. Ma requête est purement administrative. Il nous faut

le cursus exact de nos meilleurs éléments. Pour prendre des décisions d'avenir en ce qui les concerne, vous comprenez ?

Silence. L'entraîneur n'avait pas l'air convaincu – et ce n'était en effet pas très convaincant.

– Qu'est-ce que vous voulez savoir ?

– D'après nos informations, Cédric a arrêté la compétition en 1996, après avoir été deux fois champion de France Junior.

– C'est exact.

– Pourquoi n'a-t-il pas continué ? Il n'a jamais combattu dans la catégorie Senior ?

Nouveau silence. Plus long. Plus renfrogné.

– Désolé. Secret professionnel.

– Allons. Vous n'êtes ni médecin, ni avocat. Je vous écoute.

– Non. Secret professionnel.

Kasdan se racla la gorge. Il était temps d'abandonner le velours pour la matraque.

– Écoutez. Tout cela concerne une affaire peut-être plus importante que ce que j'ai bien voulu vous dire. Alors, soit on parle ensemble, maintenant, au téléphone, et tout est fini en trois minutes, soit je vous promets du papier bleu pour demain matin. Convocation au 36 et tout le bazar.

– Le 36, c'est pas la Brigade criminelle ?

– Pas seulement.

– Vous êtes de quelle brigade ?

– Les questions, c'est moi. Et j'attends toujours votre réponse.

– Je sais plus où j'en étais, marmonna l'entraîneur.

– Toujours au même endroit. Pourquoi Volokine n'a-t-il pas participé à d'autres championnats ?

– Il y a eu un problème, admit-il. En 1997. Un contrôle antidopage.

– Volokine était dopé ?

– Non. Mais ses urines n'étaient pas claires.

– Qu'y a-t-on trouvé ?

Nouvelle hésitation, puis :

– Traces d'opiacés. Héroïne.

Kasdan remercia le coach et raccrocha. L'information était primordiale. Et redéfinissait complètement le jeu. On lui avait présenté un jeune gars modèle, tombé dans la dope à 25 ans, au contact des dealers et des drogués.

Mais ce n'était pas l'histoire.

Pas du tout.

Bien avant la brigade des Stups, Volokine était *déjà* défoncé. Kasdan voyait plutôt se dessiner un môme fermé sur ses traumatismes. Un gamin qui avait tâté très tôt de la horse. Tentative pour oublier ce qu'il avait vécu dans les foyers ou auprès de son salopard de grand-père.

La même question revint le tarauder. Comment le jeune Volokine s'était-il démerdé financièrement durant ses études ? Ce n'était pas avec les mille francs mensuels du SAV qu'il avait pu s'acheter sa dose quotidienne. Il n'y avait qu'une seule solution, facile à imaginer. Volokine avait dealé. Ou s'était livré à d'autres activités criminelles.

Kasdan appela un de ses anciens collègues de la PJ et lui demanda d'effectuer un passage fichier. Après s'être fait tirer l'oreille, l'homme accepta de fouiller du côté du permis de conduire de Cédric Volokine et des appartements qu'il avait occupés durant ses études.

En 1999, alors que Volokine passait sa maîtrise de droit, l'étudiant habitait au 28, rue Tronchet, un trois-pièces de cent mètres carrés près de la Madeleine. Au bas mot, un loyer de vingt mille francs...

Dealer.

Kasdan demanda quel véhicule il conduisait. L'ordinateur mit quelques secondes à répondre. En 1998, il avait acquis une Mercedes 300 CE 24. La bagnole la plus chère et la plus branchée de l'époque. Le modèle du pur frimeur. Volokine avait 20 ans.

DEALER.

Il demanda enfin une vérification au STIC (Système de Traitement des Infractions Constatées). Le fichier qui mémorise tout – du moindre PV à la condamnation ferme. Aucun résultat. Cela ne signifiait rien. Volokine avait pu avoir des ennuis mineurs et bénéficier de l'amnistie des élections présidentielles de l'époque. Dans ces cas-là, on effaçait tout et on recommençait...

Kasdan raccrocha et se posa la question à mille euros. Qu'est-ce qui pouvait pousser un dealer défoncé, dans la force de l'âge, à s'inscrire à l'école des flics et à endosser l'uniforme pour deux années ? La réponse était à la fois limpide et tordue. Volokine avait oublié d'être con. Il savait qu'un jour ou l'autre, il finirait par tomber – et qu'il crèverait à petit feu, en taule, en état de manque. Or, où peut-on se procurer de la drogue, tout en bénéficiant d'un maximum de sécurité ? Chez les flics. Volokine était passé de l'autre côté, simplement pour s'approvisionner en toute impunité. Et à l'œil.

Tout cela n'était ni très moral, ni très sympathique.

Mais Kasdan se sentait attiré par ce chien fou qui avait bricolé avec la vie, au point de bousculer tous les repères. L'Arménien pressentait une autre vérité. La drogue et le passage aux Stups ne constituaient qu'une étape pour le Russe. Kasdan le sentait : profondément, Cédric Volokine avait choisi d'être flic pour une autre raison.

Au bout de 2 ans, il était passé à la BPM. Y mettant une fureur particulière. Le vrai combat, la vraie motivation de Volokine, c'était les pédos. Protéger les enfants. Pour cela, il lui fallait sa dose et il avait dû bosser aux Stups pour établir ses réseaux. Alors seulement, il était passé aux choses sérieuses. Sa croisade contre les prédateurs pédophiles.

En parcourant ses notes, Kasdan avait l'impression de lire la biographie d'un super-héros, comme il en lisait autrefois dans les bandes dessinées Marvel ou Strange. Un super-flic doté de nombreux pouvoirs – intelligence, courage, expertise du muay thaï, habileté au tir – mais possédant aussi une faille, un talon d'Achille, comme Iron Man et son cœur fragile, Superman et sa sensibilité à la kryptonite...

Pour Cédric Volokine, cette fêlure avait un nom : la came. Un problème qu'il n'avait jamais réussi à régler. Comme en témoignait son séjour actuel en désintox.

Kasdan sourit.

Dans toute sa carrière, il n'avait connu qu'un seul flic aux motivations aussi tordues.

Lui-même.

# 14

L'ENQUÊTEUR OFFICIEL, Éric Vernoux, ne posait pas de problème.

C'était l'autre, l'Arménien, qui allait lui casser les couilles.

Après avoir visité la cathédrale Saint-Jean-Baptiste, Volokine avait appelé les familles des six gosses chaussés de Converse. Il s'était fait recevoir. Les enfants avaient déjà été interrogés par le commandant Lionel Kasdan. Volo n'avait pas insisté. Le révérend père Sarkis avait déjà évoqué Kasdan, « membre actif de la paroisse », officier de police retraité, sur place au moment de la découverte du corps...

À midi, Volokine s'était rendu à l'ambassade du Chili et s'était cette fois pris les pieds dans le sillage de l'autre flic, Vernoux, déjà passé au 2, avenue de la Motte-Picquet. Encore une fois, on ne comprenait pas pourquoi un deuxième policier posait les mêmes questions. Trop de flics pour un seul cadavre.

Volo avait fait le point. Faute d'avancer sur le mort, il allait avancer sur les vivants. Ses rivaux. Un coup de fil avait suffi pour cadrer Vernoux. 35 ans. Capitaine à la 1re DPJ depuis trois ans. Bien noté par sa hiérarchie. Assez efficace pour avoir convaincu le Proc de garder l'enquête. Un gugus consciencieux qui allait consacrer sa semaine de flagrance à débusquer le tueur. Ce gars-là ne le gênerait pas. Pour une raison simple : il suivait la piste politique et Volo savait que le meurtre n'avait rien à voir avec le passé chilien de la victime.

Le problème, c'était *l'autre.*

Il avait pris des renseignements sur le retraité arménien. Lionel Kasdan. 63 ans. Des états de service longs comme le bras. Volo connaissait vaguement son nom. L'Arménien était un ancien de la BRI, celle de la grande époque, dirigée par Broussard. Il avait aussi effectué un passage au Raid puis avait fini sa carrière à la Crim, en apothéose, bossant sur des affaires célèbres, dont celle de Guy George.

Concernant les faits d'armes, Volo n'avait entendu que des histoires exagérées – et il ne pouvait s'y fier. Mais Kasdan apparaissait comme un flic du pavé, tenace, violent, possédant un sens très sûr des hommes et du crime. Un mec de terrain, mais pas un mec de pouvoir, qui avait fini commandant presque malgré lui, à force de citations et de résultats.

Plusieurs fois, Kasdan avait bravé le feu. On parlait aussi, à la Crim, des taux d'élucidation record – mais pas mieux que ses propres résultats à lui. On évoquait également son flair, sa ténacité, son héroïsme, sa camaraderie. Toutes ces valeurs à la con dont lui, Volo, n'avait rien à foutre. Des valeurs de flic à l'ancienne, facho sur les bords, brave con au milieu. À l'époque où il entendait ces contes, lui bossait aux Stups, entre seringue et menottes, obsédé par sa dose et l'élaboration de ses filières. Lionel Kasdan avançait au son de *La Marseillaise.* Lui carburait aux paroles de Neil Young : « *I've seen the needle and the damage done / A little part of it in every one / But every junkie's like a settin' sun.* »

Volo voulait des détails. Des dates. Des faits. Dans l'après-midi, il avait rejoint les archives de la PP, où le dossier de chaque flic est consigné. Les dates étaient là, noir sur blanc. Et les faits ne démentaient pas la légende.

1944.

Naissance à Lille, avec passeport iranien. 1959. Pensionnat et bourse à Arras. Obtient la nationalité française, grâce à l'obstination de ses parents, tanneurs dans le troisième arrondissement de Paris. 1962. Service militaire. Appelé au Cameroun, où se déroule – ce que Volo ignorait – une « opération de maintien de l'ordre », comme en Algérie. 1964. Retour en France. Trou noir jusqu'en 1966. Kasdan passe le concours administratif de gardien de la paix. Devient le matricule « RY 456321 ». Intègre la deuxième BT (Brigade Territoriale), dans le dix-huitième arrondissement.

Habitué à la guerre, l'homme doit sacrément se faire chier à patrouiller dans la rue. Mais à ce moment, c'est la guerre qui le rejoint dans la rue. Mai 1968. Durant les événements, Kasdan quitte l'uniforme et se noie dans la masse, pour participer à la grande bataille.

À ce point de l'histoire, Volo, installé derrière un petit bureau au fond des archives de la PP, avait joué du téléphone, afin d'étoffer les faits du dossier. Il connaissait assez d'anciens pour nourrir ces éléments bruts d'anecdotes circonstanciées.

C'est face aux barricades que l'Arménien rencontre Robert Broussard, alors que toutes les forces de police sont réquisitionnées contre la racaille gauchiste. Broussard sait reconnaître un flic quand il en voit un. Il repère le colosse arménien qui n'a pas froid aux yeux.

Trois ans plus tard, quand Broussard intègre la BRI, il se souvient de l'ancien soldat. En 1972, « Casse-dents », qu'on surnomme aussi « Doudouk », du nom de l'instrument arménien, rejoint l'Antigang. Ce sont les années Giscard. Les années du grand banditisme. Mesrine. Les frères Zemour. François Besse. Attaques à main armée en série, prises d'otages... Doudouk est sur tous les coups, Manurhin au poing.

Chaque année, le dossier d'un flic comporte une note, allouée par son supérieur direct – cette note, de un à sept, joue un rôle-clé pour son avancement. À chaque Noël, Kasdan se prenait un « sept sur sept ». Volokine sentait naître en lui une admiration pour le vieil Arménien mais aussi une sourde irritation contre ce bon petit soldat de la République. Lui qui plafonnait toujours à « quatre », traînant sa réputation de soufre, alors qu'il devait être dix fois plus génial que « Doudouk ».

Volokine avait aussi déniché dans le dossier la photocopie d'un passage des Mémoires de Broussard. Le commissaire avait écrit : « Lionel Kasdan était un des plus durs de la brigade. Un homme de poings et d'idées. Ses poings, il les réservait pour les truands. Ses idées, il les gardait pour lui. J'ai toujours soupçonné que l'Arménien était un intellectuel, un vrai, mais il n'a jamais assommé quiconque avec ses discours. Silencieux, précis, solitaire, il savait faire équipe et était toujours d'une loyauté sans faille. »

Sept années de « saute-dessus », durant lesquelles Kasdan avait tout connu.

La blessure.

En 1974, à Brest, un cadre licencié prend en otage huit membres de la société où il travaille. L'Antigang intervient le soir même. Kasdan s'approche jusqu'aux portes de l'entreprise. À ce moment, un journaliste allume un projecteur. Le forcené aperçoit le reflet de Kasdan dans la porte vitrée. Surpris, il tire. Une gerbe de cinquante-quatre plombs touche l'Arménien à la poitrine et au cou. Il est miraculeusement sauvé par les chirurgiens du CHU de Brest. Trois mois de convalescence. Avec, en prime, une lettre de félicitations du ministre de l'Intérieur et une citation à l'ordre du Mérite – qu'on reçoit plutôt d'habitude à titre posthume.

La bavure.

En 1977, un malfrat marseillais est interpellé à Paris, dans le huitième arrondissement, après une poursuite musclée jusqu'à l'impasse Robert-Estienne. Quelques heures plus tard, dans les bureaux du 36, l'homme meurt, après avoir été interrogé par Kasdan. Ce dernier prononce, comme seule défense, regardant ses mains ouvertes : « J'ai rien vu venir. » L'autopsie, elle, conclut à une commotion cérébrale, provoquée par un choc. Ce choc a-t-il eu lieu durant la poursuite ou pendant l'interrogatoire ? Réponse impossible à établir. Non-lieu pour Kasdan.

1979.

Pendant trois années, Doudouk disparaît. Volokine est incapable de trouver le moindre document sur cette période. L'Arménien réapparaît en 1982. Les années Mitterrand. Surnommées aussi les « années zonzon », à cause des écoutes illégales ordonnées par le président lui-même. Kasdan est impliqué dans l'affaire. Christian Prouteau, fondateur du GIGN, vient de monter sa cellule antiterroriste. Il propose à Kasdan de le rejoindre – ils se sont connus sur les stands de tir. L'Arménien intègre la cellule qui devient rapidement un bureau de coordination, c'est-à-dire d'espionnage interne. Sans doute, Kasdan participe à ces missions d'écoutes illégales, visant des rivaux politiques, des personnalités, des journalistes. Il témoignera d'ailleurs lors du procès de Christian Prouteau, en 1998. Mais en sortira indemne.

1984, nouvelle disparition.

En 1986, Pierre Joxe, alors ministre de l'Intérieur, crée le RAID (Recherche, Assistance, Intervention, Dissuasion), une sorte de GIGN pour les flics. C'est Broussard, encore une fois, qui supervise le groupe. De nouveau, il se souvient du capitaine Kasdan. L'Arménien a près de 40 ans. Il a une femme et un fils de 5 ans. Il a passé l'âge de jouer au cow-boy. Il devient formateur des tireurs d'élite. Kasdan est un spécialiste des pistolets semi-automatiques. Il sera l'artisan de la généralisation de ces modèles au sein des forces de police.

Les années passent à Bièvres, où les gars du RAID s'entraînent. En 1991, Kasdan rempile sur le terrain. Il intègre la Brigade criminelle. Jusqu'alors, Doudouk n'a jamais été un pur enquêteur. Homme d'action, barbouze, instructeur, il ne s'est jamais colleté avec la recherche d'indices, la paperasse, les procédures, les analyses scientifiques... À 47 ans, Kasdan devient un investigateur prodigieux. Un expert capable de repérer les indices, de décortiquer des faits, de recoller les pièces et de retourner les suspects...

Sur cette période, Volokine avait pu discuter avec un collègue de Kasdan. L'Arménien s'était révélé dans sa peau de limier. Un homme qui avait toujours les oreilles qui traînaient. Un sens du détail qui confinait à l'hyper-mémoire. Un mec qui avait la capacité de lire sur les lèvres, de mémoriser les visages aperçus une seule fois, et surtout un flic qui possédait l'art de sonder les esprits, les motivations, les mensonges.

Volokine devinait qu'à cet âge, Kasdan possédait une grande expérience du mal et de la violence et qu'il avait réussi à la reverser, la canaliser dans la traque des assassins. Il était devenu un artisan de la patience, prenant le temps qu'il fallait, jusqu'à identifier le coupable.

1995.

Kasdan devient commandant, à 51 ans, et part à la retraite à 57 ans, l'âge réglementaire. Depuis ce jour, plus personne à la PJ n'avait entendu parler de lui. Il n'était jamais revenu traîner ses pompes dans les bureaux du 36. Il n'avait jamais cassé les burnes à quiconque avec une nostalgie de mauvais aloi.

Kasdan avait tourné la page pour de bon.

16 h. Volokine quitta les archives, saluant les fonctionnaires, avec la gueule pénétrée du mec en pleine enquête. Les informa-

tions bourdonnaient dans sa tête. Kasdan, quarante années de bons et loyaux services, sans peur et sans reproche. Un condé. Un vrai. Pas une de ces tapettes qu'on croisait dans les romans policiers, qui jouait du violon le week-end ou se passionnait pour la philologie. Regagnant sa bagnole, Volo fut saisi par une idée. Derrière ce profil, Volokine sentait quelque chose d'autre. Une faille qu'il n'arrivait pas à nommer mais que son instinct avait repérée.

Il prit la direction d'un cybercafé et s'installa dans le box le plus au fond. Objectif : trouver des traces de Kasdan sur la Toile. Coupures de presse, participations à des associations arméniennes, discours de mariage... N'importe quoi, pourvu que cela soit d'ordre *privé*.

Quelques clics plus tard, Volokine n'en croyait pas ses yeux.

Il avait découvert une source inespérée. L'autobiographie du flic arménien, signée de sa propre main ! Non pas un ouvrage édité, ni même un texte chronologique structuré, mais une série d'articles parus dans un magazine mensuel de la communauté arménienne, *Ararat*, lié à l'association UGA (Union Générale Arménienne), implantée à Alforville. Depuis plusieurs années, Kasdan rédigeait un article mensuel, sur un thème donné, partant toujours d'une anecdote personnelle pour rejoindre son thème favori : son Arménie bien-aimée.

Cette chronique abordait toutes sortes de sujets. Problème des passeports des Arméniens. Monastère de San Lazzaro, situé sur une île au large de Venise. Les romans de William Saroyan. La carrière d'Henri Verneuil, réalisateur français, de son vrai nom Achad Malakian. Kasdan avait même rédigé un texte sur un groupe de néo-métal américain, « System of a down », dont les membres étaient tous d'origine arménienne. Ce détail étonna Volokine. Il écoutait depuis des années ce groupe de Los Angeles – et il imaginait mal Papy écouter *Chop-Suey* ou *Attack*, tubes lacérés de hurlements et de guitares saturées.

Au fil de sa lecture, son étonnement ne cessait de se renforcer. L'Arménien se montrait raffiné, nuancé, complexe. « Un intellectuel », avait dit Broussard. En tout cas, on était loin du flic brutal, borné, qui n'avait « rien vu venir » quand un suspect lui avait claqué entre les doigts.

L'article sur San Lazzaro degli Armeni était particulièrement touchant. Après son retour du Cameroun, en 1964, Kasdan s'était exilé sur cette île, habitée exclusivement par des moines arméniens. Là, il avait plongé dans cette culture et amélioré sa connaissance de la langue. Les mots de Kasdan, sa façon de décrire sa solitude, son apaisement, avaient réveillé des souvenirs chez Volokine, qui avait connu lui aussi des moments de retraite – ses périodes de décrochage. Lui aussi avait savouré cette paix, en plus agité, quand il s'était écarté – ou avait tenté de s'écarter – du chaos de son existence, marquée par la violence et la drogue.

Un autre article était frappant. Sur un peintre, Arman Tatéos Manookian, un Américain d'origine turque qui s'était passionné pour Hawaï et s'était installé à Honolulu, dans les années 30. Une sorte de Gauguin, aux toiles pleines de couleurs, qui s'était donné la mort par empoisonnement, à 27 ans, foudroyé par une dépression.

Le texte de Kasdan était bouleversant. L'Arménien décrivait les deux visages de l'artiste. Les lignes pures et les aplats colorés des toiles, les ténèbres de son cerveau. Volo n'était pas dupe. Kasdan parlait de la dépression *de l'intérieur*. Le flic avait connu des troubles psychiques.

Le dernier portrait marquant était celui d'Achad Malakian, alias Henri Verneuil. Le réalisateur français avait tout pour séduire le flic. D'abord, il était un immigré, comme Kasdan, et son œuvre exprimait souvent, en filigrane, ce sentiment d'exil. Par ailleurs, Verneuil était l'homme du cinéma d'action des années 60. Celui de Jean-Paul Belmondo et d'Alain Delon. Volokine pressentait que Kasdan s'était toujours identifié à ce genre de flics. Après tout, il était une sorte de Belmondo réel, le héros de *Peur sur la ville*.

Plus profondément encore, Volokine devinait l'amour de Kasdan pour le cinéma en noir et blanc. Cette esthétique de contrastes, d'ombres portées, de visages traités comme des paysages. Oui, Kasdan voyait la vie en blanc et noir. Il se considérait lui-même comme un héros de polar, aux valeurs dépassées, à l'accent traînant. Jean Gabin dans *Mélodie en sous-sol*.

Volokine quitta le cybercafé à 18 h. L'heure de la soupe allait bientôt sonner au foyer. Il plongea dans le RER, tout à ses pensées. Il tenta une synthèse sur Kasdan. 63 ans, un mètre quatre-vingt-huit, cent dix kilos. Un as du flag, un barbouze, un instructeur, un limier. Mais aussi un Arménien, un exilé mélancolique, se pointant à l'église chaque dimanche, imitant Charles Aznavour dans les mariages – il tenait ce détail d'un autre flic arménien qu'il avait eu au bout du fil –, nourrissant sa propre personnalité de sa communauté. Un être tourmenté, peut-être dépressif, abritant en lui tout un tas de valeurs contradictoires. Une sorte d'intellectuel, plutôt radin, qui passait aussi pour un « chaud lapin » mais n'avait jamais quitté sa femme.

En arrivant au foyer, une image frappa l'esprit de Volo. Kasdan était une bombe à fragmentation. Un ensemble d'éclats compressés, toujours prêts à sauter. Si Doudouk n'avait jamais explosé, lançant des fragments meurtriers aux quatre coins du décor, c'était grâce à son boulot de flic, qui l'avait toujours tenu entier – et debout.

Volokine ouvrit le portail sans sonner et se glissa dans le terrain vague qui tenait lieu de jardin au centre. Il s'installa dans une brouette, près du potager. Sa planque habituelle pour se rouler un joint. Il statua sur son rival. Un partenaire potentiel, avec qui il ne partageait aucun point commun, à l'exception d'un seul. Sa vocation de keuf. Le principal, en somme.

Au fond de sa brouette, sentant déjà le froid nocturne s'insinuer dans ses os, Volokine ouvrit lentement, avec un ongle, une Craven dans sa longueur et répandit le tabac blond dans deux feuilles à rouler collées ensemble. Le bruit du portail lui fit lever les yeux – et stopper son geste.

Volokine resta bouche bée.

Dans l'encadrement de la grille, approchait la bombe à fragmentation en personne.

Lionel Kasdan, avançant d'un pas d'ours mal léché.

Treillis couleur sable et chèche roulé autour du cou.

Volo sourit.

Il s'attendait à cette visite, mais pas si tôt.

# 15

– SALUT, dit Kasdan.
Pas de réponse.
– Tu sais qui je suis, non ?
Silence.
À la lueur d'une des ampoules de la grille, Kasdan pouvait détailler son visage. Bien plus nettement que sur la photo. La première chose qui le frappa, c'était la beauté du mec. Sarkis n'avait pas menti : le jeune homme, malgré ses cheveux collés de pluie et sa barbe de trois jours, resplendissait. Des traits réguliers, de grands yeux clairs, sous des sourcils épais, juste ce qu'il fallait pour ne pas ressembler à une fille, une bouche sensuelle, bien dessinée, qui évoquait les jeunes chanteurs de rock hérités de l'école grunge.

– Tu es sans doute dans ta phase « légume », reprit-il. Mais je n'y crois pas. Pas du tout.

Volokine ne leva même pas un cil. Talons calés contre les parois de la brouette, il fixait un point lointain, indifférent à la bruine qui lui poissait les mèches.

L'Arménien posa son regard aux alentours : des piquets étaient posés sur des tréteaux. Il opta pour les grands moyens. En un seul geste, il attrapa un des bâtons à deux mains, façon sabre japonais, pivota et l'abattit violemment sur la tête du junkie.

Tout ce qu'il réussit à faire, ce fut l'amorce du mouvement. Volokine lui avait déjà bloqué les deux bras en l'air de la main gauche. Quant à la droite, Kasdan pouvait sentir la vibration du poing serré, arrêté à quelques millimètres de sa propre gorge. Un courant glacé lui descendit dans les chaussettes – la conviction qu'en un seul coup, le jeune rebelle aurait pu le briser net, lui, ses cent dix kilos et sa soi-disant puissance.

– Je vois que les réflexes reviennent.

Volokine acquiesça d'un signe de tête. Le tabac blond, déposé dans une feuille à rouler dans les plis de sa veste, n'avait pas bougé.

– Ils valent mieux que les vôtres, Papy.

Kasdan se recula, se libérant de l'emprise. Il balança son « sabre » par terre.

– Je n'en doute pas, mon garçon. Mais je préférerais que tu laisses tomber les surnoms désobligeants. (Il frappa dans ses mains.) Si on passait aux présentations ?

– Pas besoin. Je me suis renseigné sur vous.

– C'est ce que je veux savoir. Que sais-tu sur moi ?

– Lionel Kasdan. Croisé arménien. Prêt à défendre, par tous les moyens, la veuve, l'orphelin, et les innocents... Surtout s'ils viennent du pays.

– Pour le meurtre, comment tu as su ?

– L'État-Major. Une copine place Beauvau fait la permanence. Elle me file les tuyaux qui m'intéressent.

Depuis le début, Kasdan avait vu juste. Il voulut la jouer complice.

– Tu la sautes ? demanda-t-il en faisant un clin d'œil.

– Non. (Volokine acheva de rouler sa cigarette, sans doute un joint en devenir, qu'il renonçait maintenant à « épicer ».) Je ne suis pas comme vous.

– Comme moi ?

– On m'a dit que même un trou dans un mur, vous vous l'enfileriez.

L'Arménien éprouva un sentiment mitigé. Flatté qu'on puisse encore lui prêter cette réputation d'étalon. Vexé pour la même raison. Cette légende qu'il avait soigneusement entretenue durant sa carrière, en partie fausse, lui paraissait aujourd'hui vulgaire. Face à lui, ce jeune homme émacié, mal rasé, dégageait une forme de pureté bien plus séduisante.

– Passons. Tu as donc eu entre les mains le télex de Vernoux ?

– Par mail, oui.
– À quelle heure ?
– Hier soir. Vers 23 h.
– Et ce matin, tu as appelé l'Identité judiciaire ?
– Arrêtez les questions. Vous connaissez les réponses.
– Ce que je ne sais pas, c'est pourquoi cette affaire t'intéresse.
– Elle concerne des enfants.
– Elle concerne *un* enfant. Un témoin. Tu te considères comme un spécialiste ?
Le Russe lui lança un sourire. Une éclaboussure sensuelle, du bout des lèvres, qui devait faire craquer plusieurs étages de secrétaires à la Préfecture de Police.
– Kasdan, vous aussi vous connaissez mon pedigree. Alors, gagnons du temps.
– Tu es un flic de la BPM. Un obsédé des pédophiles. Pas un spécialiste des crimes de sang. Ni un psychologue chargé d'interroger les enfants impliqués dans cette affaire.
Le Russe alluma sa cigarette et la pointa vers Kasdan :
– Vous avez besoin de moi.
– Pour interroger les mômes ?
– Pas seulement. Pour saisir les enjeux de cette affaire.
Kasdan éclata de rire.
– Ne sois pas dur : donne-moi une piste.
Le jeune flic aspira une longue bouffée et lança un coup d'œil au vieux briscard. Ses yeux brillaient d'un éclat cristallin, sous la pluie qui redoublait. Des gouttes perlaient sur ses cils. Kasdan comprit. L'état de manque, l'apathie, la vulnérabilité du mec en plein sevrage, tout cela, c'était du camouflage – un leurre.
Sous l'épave, il y avait un génie.
Un soldat qui pouvait constituer un partenaire de choc.
– Les empreintes de baskets.
– Eh bien ?
– Ce ne sont pas celles d'un témoin.
– Non ?
– Ce sont celles du tueur.
Les yeux clairs s'enfoncèrent dans les pupilles de Kasdan.
– Le tueur est un môme, Kasdan.

– Un môme ? répéta stupidement l'Arménien.
– Mon hypothèse, c'est que Goetz était pédophile. Un des enfants de la chorale lui a réglé son compte. Voilà l'histoire. Une vengeance de gamin violé. Une conspiration de gosse.

# 16

SUR LA ROUTE DU RETOUR, une phrase trottait dans sa tête. Une réplique fameuse de Raimu, dans un film de Henri Decoin, *Les inconnus dans la maison*. Jouant le rôle d'un avocat alcoolique, l'acteur lançait à la barre : « Les enfants ne sont jamais coupables ! » Kasdan répéta à voix haute dans sa voiture, imitant l'accent méridional du comédien : « Les enfants ne sont jamais coupâbleeeeees... »

En écho à cette réplique, il entendait celle du jeune loup. « Le tueur est un môme. » Absurde. Choquant. Stupide. En 40 ans de carrière, Kasdan n'avait jamais entendu parler d'un meurtre commis par un enfant – à part, très rarement, dans les pages des faits divers. Voilà où il en était. Il avait parcouru cinquante bornes, perdu trois heures de son temps, pour entendre une connerie.

Son opinion sur Volokine était faite. Le jeune Russe était givré. Un homme sous tension qui avait dû subir un traumatisme dans son enfance et voyait partout des prédateurs pédophiles. Une poignée de main, un échange de numéros de portables, et Kasdan lui avait fait comprendre qu'il devait en rester là. Se reposer dans son foyer et ne plus le gêner, lui, dans cette enquête.

Il regarda sa montre. 21 h. Dans moins de trente minutes, il serait rentré chez lui. Il se concocterait un café bien chaud et se plongerait dans ses bouquins spécialisés. La piste politique sonnait la plus juste. Demain matin, il serait incalable sur l'histoire politique du Chili.

Il parvenait sur le boulevard périphérique quand son portable sonna.

– Mendez.
– Tu as du nouveau ?
– Non. Oui. Les tests toxico sont négatifs, comme prévu. Mais il y a autre chose. (Le légiste toussa puis reprit :) Un détail qui cloche. J'ai fini l'anapath des cicatrices – celles de la verge, notamment. Je les ai observées au microscope.
– Et alors ?
– Elles ne datent pas des années 70. Pas du tout. Certaines contiennent même de l'hémosidérine. Des traces de fer, c'est-à-dire de sang. Ce qui signifie qu'elles viennent à peine de se refermer...
– Il aurait été torturé cette année ?
– Pas torturé, non. À mon avis, c'est un truc plus glauque...
– Comme ?
– Il s'est mutilé lui-même. Ses cicatrices sur le sexe sont caractéristiques de certaines pratiques. Tu te garrottes le membre pour provoquer des sensations...
L'Arménien conservait le silence. Mendez continua :
– Si tu savais ce qu'on voit parfois... Pas plus tard que la semaine dernière, j'ai reçu un morceau de phallus. Une tranche de bite, je te jure. Par la poste. Le morceau était...
– Selon toi, Goetz serait un pervers ?
– Un SM, oui. Ce n'est pas une certitude à 100 %. Mais j'imagine bien le mec se tailler la teube...
Kasdan songea à Naseer, le petit pédé. Pouvait-il être son partenaire dans ces jeux malsains ? Il se souvenait de leurs pratiques érotiques au fond du réservoir. Cela ouvrait une autre piste : le monde tordu des pervers. Et l'hypothèse d'un compagnon de jeu, caché, sadique, assassin.
– C'est tout ?
– Non. Il y a aussi un mystère du côté de la prothèse.
– Quelle prothèse ?
– Je t'ai expliqué hier que Goetz avait subi une opération...
– OK. J'y suis.
– Grâce au numéro de la prothèse, j'aurais dû retrouver son origine et le lieu d'intervention.
– Ce n'est pas le cas ?
– Non. J'ai bien l'origine – l'objet a été fabriqué par un grand

labo français – mais impossible d'identifier la clinique ou l'hosto qui l'a acquis. La prothèse s'est volatilisée.

– Comment tu expliques ça ?

– A priori, elle a été exportée. Mais il y aurait une trace aux douanes. Or, il n'y a rien. Elle est sortie de France mais n'a jamais franchi aucune frontière. Incompréhensible.

Kasdan ne savait quoi penser de ce détail. Peut-être une simple bourde administrative. Pour l'heure, l'Arménien était intéressé par l'autre découverte – les possibles pratiques SM du Chilien.

Kasdan remercia Mendez – encore une vérité qu'il possédait quelques heures avant Vernoux – puis raccrocha.

Sortie du périphérique. Il se glissa dans la rue de la Chapelle et savoura la fluidité du trafic. D'ordinaire, cette artère était toujours bouchée. Il appréciait aussi la brillance, la vivacité du Paris nocturne sous la pluie. 40 ans à arpenter sa ville de nuit et il ne s'en lassait pas.

Nouveau coup de fil.

Kasdan décrocha en attrapant la rue Marx-Dormoy.

– Monsieur Kasdan ?

– C'est moi, dit-il sans reconnaître la voix.

– Je suis le père Stanislas. Je dirige la paroisse Notre-Dame-du-Rosaire, dans le quatorzième arrondissement.

Un des prêtres qu'il avait manqués aujourd'hui, lors de sa visite aux églises.

– J'ai appris la nouvelle à propos de Wilhelm Goetz. C'est terrible. Incompréhensible.

– Qui vous l'a dit ?

– Le père Sarkis. Il m'a laissé un message. Nous nous connaissons bien. Vous êtes l'inspecteur chargé de l'enquête ?

« Inspecteur » : pendant combien de siècles encore utiliserait-on ce terme complètement caduc ? Ce n'était pas le moment de faire la fine gueule.

– C'est bien moi, répondit Kasdan.

– Que puis-je pour vous ?

– Je cherche des informations sur Goetz. Je cherche à savoir qui il était.

Le père déballa le portrait habituel. L'immigré modèle, passionné de musique. Par esprit de contradiction, Kasdan lança :

– Vous saviez qu'il était homosexuel ?
– Je m'en doutais, oui.
– Ça ne vous gênait pas ?
– Pourquoi cela m'aurait-il gêné ? Vous ne m'avez pas l'air très... ouvert d'esprit, inspecteur.
– À votre avis, Goetz pouvait-il mener une vie cachée ?
– Liée à son homosexualité, vous voulez dire ?
– Ou à autre chose. Des goûts pervers, des pratiques de détraqué...
Kasdan s'attendait à une réplique offusquée – il poussait exprès le bouchon. Mais il n'eut droit qu'à un silence. Le prêtre semblait réfléchir.
– Vous aviez remarqué quelque chose ? insista l'Arménien.
– Ce n'est pas ça...
– Qu'avez-vous à me dire ?
– Cela n'a peut-être aucun rapport... Mais nous avons eu un problème.
– Quel problème ?
– Une disparition. Au sein de notre chorale.
– Un enfant ?
– Un enfant, oui. Il y a 2 ans.
– Que s'est-il passé ?
– Le choriste a disparu, c'est tout. Du jour au lendemain. Sans laisser de trace. Au début, on a pensé à une fugue. L'enquête a montré que le gamin avait préparé ses affaires. Mais sa personnalité ne laissait pas prévoir une telle... décision.
– Attendez. Je me gare.
Kasdan était parvenu sous le métro aérien, boulevard de la Chapelle. Il se rangea à l'ombre des structures de fer, coupa le contact, sortit son carnet.
– Le nom du gosse, souffla-t-il en décapuchonnant son feutre.
– Tanguy Viesel.
– Il était juif ?
– Non. Catholique. Il a peut-être une origine juive, je ne sais pas. Son nom s'écrit avec un « V ».
– Quel âge avait-il ?
La voix se crispa :
– Vous en parlez au passé. Rien ne dit qu'il soit mort.

– Quel âge avait-il au moment des faits ?
– 11 ans.
– Dans quelles circonstances a-t-il disparu ?
– Après une répétition. Il a quitté la paroisse, comme les autres enfants, le mardi soir, à 18 h. Il n'est jamais rentré chez lui.
– Quelle date, exactement ?
– Au début de l'année scolaire. En octobre 2004.
– Il y a eu une enquête ?
– Bien sûr. Mais cela n'a rien donné.
– Vous vous souvenez du nom de la brigade qui s'est occupée de l'affaire ?
– Non.
– Le nom de l'enquêteur ?
– Non.
– La BPM : ça ne vous dit rien ?
– Non.
– Pourquoi vous me parlez spontanément de cette histoire ? Wilhelm Goetz a été soupçonné ?
– Bien sûr que non ! Qu'allez-vous chercher ?
– Il a été interrogé ?
– Nous avons tous été interrogés.
Bref silence. Kasdan sentait l'imminence d'une révélation.
– Mon père, si vous savez quelque chose, c'est le moment d'en parler.
– Il n'y a rien de plus à dire. Wilhelm est simplement la dernière personne à avoir vu Tanguy ce soir-là.
L'homme reculait. L'Arménien poursuivit :
– Parce qu'il dirigeait la chorale ?
– Pas seulement. Quand Wilhelm finissait sa répétition, il quittait lui aussi la paroisse. Il faisait donc un bout de route avec certains élèves. Les policiers lui ont demandé s'il avait accompagné Tanguy...
– Et alors ?
– Wilhelm Goetz a répondu par la négative. Il n'empruntait pas le même chemin.
– Quelle est l'adresse de l'enfant ?
– C'est important pour votre enquête ?
– Tout est important.

– Les Viesel vivent dans le quatorzième arrondissement. Au 56, rue Boulard, près de la rue Daguerre.

Kasdan nota et reprit :

– C'est tout ce que vous pouvez me dire sur Goetz ?

– Oui. Et encore une fois, il n'a jamais été soupçonné de quoi que ce soit dans l'affaire Viesel. Je regrette de vous en avoir parlé.

– Ne vous en faites pas. J'ai bien compris. Je passerai vous voir demain.

– Pourquoi ?

Kasdan faillit répondre : « Pour lire dans tes yeux ce que tu ne m'as pas dit », mais il se contenta d'un : « Simple formalité. » Une fois qu'il eut raccroché, un frisson courut dans ses membres. La disparition du môme et le meurtre de Goetz avaient une chance d'entretenir un rapport.

Il rangea son carnet, son feutre, puis fixa un instant les hautes structures en arcs du métro aérien. Il songea aux révélations de Mendez. Le soupçon de perversité. Et maintenant cette disparition d'enfant... Kasdan se demanda si Goetz était si blanc que ça... Il luttait pour ne pas associer ces trois termes : homosexuel-pervers-pédophile.

Se pouvait-il que Volokine ait raison ?

Kasdan se raisonna. La technique même du meurtre contredisait la voie d'un enfant assassin. La pointe utilisée. L'alliage inconnu. La partie visée du corps – les tympans. Tout cela allait à l'encontre d'une vengeance de gamin.

Kasdan enclencha une vitesse et reprit le boulevard de Rochechouart.

*Les enfants ne sont jamais coupables.*

La réplique de Raimu sonnait creux maintenant.

Elle n'apparaissait plus comme un axiome définitif.

# 17

CÉDRIC VOLOKINE s'était fait beau.

Costume noir, plus de la première jeunesse. Chemise blanche, en coton trop épais, dont le col rebiquait. Cravate sombre chiffonnée, du genre de celles que portent les enfants, dont le nœud factice dissimule un élastique sous le col. Le tout était englouti sous un lourd treillis kaki.

Il y avait dans ce look quelque chose de touchant – de maladroit, de naïf. Sans compter les baskets qui ne cadraient pas avec l'effort d'ensemble. Justement des Converse. Kasdan perçut dans ce détail la preuve matérielle de la proximité de Volokine avec les gamins de la cathédrale.

Le Russe attendait le long de la grille de Cold Turkey, tel un auto-stoppeur. Dès qu'il vit la Volvo de Kasdan s'approcher, il attrapa son sac et courut dans sa direction.

– Alors, Papy ? On a changé d'avis ?

Kasdan l'avait appelé à la première heure pour l'avertir qu'il passerait le prendre sur le coup des 10 h. Le deal était simple : une journée pour interroger à nouveau les enfants et prouver d'une manière quelconque que son hypothèse était la bonne. Parallèlement, il avait contacté Greschi, le patron de la BPM, pour le prévenir qu'il sortait le gamin du frigo. « En stage ». Le commissaire avait eu l'air plutôt étonné mais n'avait pas posé de questions.

– Monte.

Volokine contourna la voiture. Kasdan remarqua que son sac

était une gibecière de l'armée. Une de ces sacoches que les soldats de la guerre de 14-18 portaient en bandoulière pour trimballer leurs grenades.

Le Russe s'installa. L'Arménien démarra. Les premiers kilomètres filèrent en silence. Au bout d'une dizaine de minutes, le jeunot reprit son manège de la veille. Feuilles à rouler. Tabac blond...

– Qu'est-ce que tu fais ?

– À votre avis ? C'est le directeur du centre qui nous donne le shit. Il prétend qu'il est bio. Dans le réfectoire, un panneau prévient : « Vive le chanvre ! » Vous voyez le genre ?

– On t'a jamais dit que c'était mauvais pour les neurones ?

Volokine passa sa langue sur la partie adhésive du papier à cigarette et colla deux feuilles.

– Là d'où je viens, c'est un moindre mal.

Kasdan sourit :

– Au Cameroun, on disait : une balle dans le cul, ça vaut mieux qu'une balle dans le cœur.

– Exactement. Le Cameroun, c'était comment ?

– Loin.

– De la France ?

– Et d'aujourd'hui. Parfois, j'ai même du mal à croire que j'y suis allé.

– J'ignorais qu'il y avait eu une guerre là-bas...

– Tu n'es pas le seul. Et c'est tant mieux.

Volokine sortit avec précaution une barrette de cannabis de son emballage d'aluminium. À l'aide d'un briquet, il brûla l'un des angles et l'émietta au-dessus du tabac. L'odeur ensorcelante de la drogue se répandit dans la voiture. Kasdan ouvrit sa vitre en se disant que la journée prenait déjà une tournure étrange.

Il décida d'entrer dans le vif du sujet.

– Tanguy Viesel : comment tu étais au courant ?

– Qui ?

– Tanguy Viesel. Le môme disparu de la chorale de Notre-Dame-du-Rosaire.

– Quel môme ? Quelle chorale ?

Kasdan lança un bref regard à Volokine – il était en train d'encoller son joint.

– Tu ne savais rien ?

– J'le jure, Votre Honneur, répondit-il en levant son joint de la main droite.

Kasdan rétrograda et se glissa sur la voie d'accès de l'autoroute. Durant la nuit, il avait identifié le groupe d'enquête en charge de la disparition du petit Tanguy : des gars de la 3e DPJ, avenue du Maine, et non la BPM. Après tout, le Russe n'était peut-être pas au jus.

Il se fendit d'une explication sommaire :

– Un gosse a disparu, il y a 2 ans. Il appartenait à une des chorales que dirigeait Goetz. Notre-Dame-du-Rosaire.

– Je ne savais même pas que Goetz en dirigeait plusieurs. Quelles sont les circonstances de la disparition ?

– Le môme a quitté un soir la paroisse et n'est jamais rentré chez lui.

– Il a peut-être fugué.

– Il semble avoir préparé un sac, en effet. L'enquête n'a rien donné. Tanguy Viesel s'est évaporé.

– Cela pourrait confirmer mon hypothèse de pédophilie, mais il ne faut pas s'emballer.

– T'as raison. Parce que rien ne dit que Goetz est dans le coup. Absolument rien.

Volokine alluma son cône. L'odeur du haschisch redoubla dans la voiture. Kasdan avait toujours aimé ce parfum. Il lui rappelait l'Afrique. Il nota le contraste entre l'odeur exotique, chaleureuse, et l'absolue désolation de la vue : champs noirs, pavillons sales, zone commerciale aux couleurs criardes.

– J'ai passé la nuit sur différents fichiers, reprit-il. Pour savoir si Goetz avait des antécédents. Je n'ai rien trouvé. (Il fit claquer l'ongle de son pouce sous ses dents.) Pas ça. J'ai épluché le FIJAIS. J'ai consulté les archives de ta brigade, la BPM. J'ai gratté du côté de l'OCRVP. Jamais le nom de Goetz n'est apparu où que ce soit. Le mec est blanc comme neige.

Volokine souffla lentement la fumée par les narines :

– Si vous êtes venu me chercher, c'est que vous n'en êtes pas si sûr. (Il tira une nouvelle taffe, longue et appliquée.) D'ailleurs, dans le domaine des pointus, il faut se méfier des fichiers. J'ai connu pas mal de pédos qui avaient réussi à passer entre les mailles du filet durant des années. Le pédo est un animal extrêmement méfiant. Et malin. Certainement pas un de ces malfrats abrutis auxquels vous êtes habitué. Il se méfie non seulement des flics, mais aussi de tous. Et même de Dieu. Il est à rebours du monde. Il sait qu'il est un monstre. Que personne ne le comprend. Qu'en prison, les autres voyous lui feront la peau. Ça donne des ailes pour devenir invisible...

Kasdan haussa une épaule et continua son exposé.

– Je n'ai rien trouvé non plus sur Naseer.

– Qui ?

– Le minet de Goetz. Tu savais au moins que le Chilien était pédé ?

– Non.

L'Arménien soupira :

– Naseer est un Mauricien d'une vingtaine d'années, d'origine indienne. Il était maqué avec Goetz depuis plusieurs années et tapine en douce. Je suis d'ailleurs étonné de ne pas avoir dégoté un dossier sur lui, à la BPM. À mon avis, ce mec s'est déjà fait ramasser, place Dauphine, dans le Marais ou sur les extérieurs. Et il était mineur.

– Je ne savais pas tout ça.

– Tu m'as l'air de ne rien savoir du tout, en effet.

Kasdan ne le disait pas mais cette ignorance même renforçait son admiration. Sans le moindre élément, le gamin avait peut-être vu juste à propos de Goetz. Le Russe lui proposa le joint. L'Arménien refusa d'un signe de tête.

– Vous ne me dites pas tout, rétorqua le jeune flic. Quand je vous ai parlé de ma théorie hier, celle d'un Goetz pédophile et d'un enfant vengeur, vous m'avez pris pour un fou. Aujourd'hui, vous venez me chercher. Entre-temps, vous avez peut-être découvert que Goetz était pédé. Et aussi qu'un gamin a disparu. Mais il y a autre chose, j'en suis sûr.

– C'est vrai, admit Kasdan. Le légiste m'a appelé hier soir. Goetz porte des cicatrices sur le corps, notamment sur la verge. J'ai d'abord cru qu'il s'agissait de souvenirs du Chili de Pinochet. Mais ces blessures sont toutes fraîches. Goetz a l'air de se mutiler lui-même. À moins que ce soit son minou qui lui travaille le zgueg.

– Je vous vois venir. Vous passez allègrement de pédé à pervers. Et de là à penser qu'il aimait les petits garçons...

– Tu n'es pas d'accord ?

– Non. Vous parlez de trois choses complètement différentes.

– Un pédé ne fait pas un pédophile, OK. Mais Goetz commence à avoir un profil vraiment tordu, non ? Et son petit mec, Naseer, ne me paraît pas franc du collier non plus. Une pute mâle habituée à satisfaire les désirs les plus bizarres...

Porte de la Chapelle. Les voies d'autoroute se croisaient, se chevauchaient, s'enchevêtraient comme une végétation inextricable. Les bouches noires des tunnels s'ouvraient à la manière de gueules terrifiantes. Il fallait passer l'épreuve des ténèbres pour accéder à la cité.

Volokine se roulait un nouveau joint. Kasdan se demandait s'il allait tenir à ce rythme. Le bruissement du papier, l'odeur du shit se mêlaient au vacarme des klaxons et des moteurs du dehors. Il s'engagea sur le boulevard périphérique, direction porte de Bercy.

Le Russe passa encore sa langue sur les feuilles et déclara :

– Jouons cartes sur table. Vous avez besoin de moi. J'ai besoin de vous. J'ai l'expérience que vous n'avez pas dans le domaine des enfants. Et disons que vous possédez une autorité que je ne posséderai jamais. Pourtant, nous restons deux flics à la marge, totalement illégitimes. Même si je crois qu'on peut se faire le salopard, on peut aussi passer totalement à côté de l'affaire, vu notre manque de moyens.

– Et alors ?

– Alors rien. Dans tous les cas, nous aurons appris l'un de l'autre. Nous sommes en stage, vous et moi.

Kasdan ouvrit la boîte à gants, sans lâcher d'une main son volant :

– Pour toi.

Tenant son pétard avec deux doigts, Volokine plongea sa main gauche dans la boîte. Il en ressortit un Glock 19 – compact, polymères et acier, avec chargeur de quinze balles. Kasdan observa l'expression du môme. Neutre :

– Vous en faites pas un peu trop, non ?

Kasdan sentait lui-même le poids de son arme, un P. 226, 9 mm

Para, de marque Sig Sauer, qu'il avait exhumé de son coffre le matin même.

– Être prêt pour le pire. Première règle du stage.

Sans lâcher son joint, Volokine glissa le flingue dans sa ceinture, après avoir vérifié sa sécurité. Puis il alluma tranquillement son cône. Le port d'une arme ne semblait lui faire ni chaud ni froid.

– Quelles sont les autres règles ?

– Hormis pour les mômes, c'est moi qui interroge. Toujours. Et c'est moi qui présente l'équipe. J'ai au fond de ma poche une vieille carte qui fait encore illusion. Même si je n'ai pas la bonne tête pour interroger des enfants, j'ai encore la bonne gueule pour impressionner les adultes.

– Je vous crois.

– Au premier bug, je te ramène à ton asile. Un mot de travers, une crise de manque ou je ne sais quelle connerie, et c'est le retour à la case départ, OK ?

– Pas de problème.

– Et je parle même pas de dope.

– Je suis clean, Kasdan.

– Tous les criminels que j'ai connus étaient innocents. Tous les junks étaient clean. Si jamais j'ai le moindre soupçon que tu repiques au truc dans la journée, je t'expédie direct à la Dinde Froide. Mais avant, je t'aurai explosé la gueule. *Capisci* ?

Volokine cracha une bouffée en souriant :

– C'est bon de se sentir materné. Et Vernoux ?

– Vernoux, je m'en charge.

Volokine ricana, trop fort – les effets du shit :

– À nous deux, je suis sûr qu'on va faire un flic potable.

Kasdan avait la tête qui tournait. Il se demanda s'ils n'allaient pas mener leur enquête perpétuellement envapés. Pour contrer son vertige, il prit sa voix d'instructeur militaire :

– Pas de question ?

– Non.

– Pas de règles de ton côté ?

– Non. C'est ce qui fait ma force.

Volokine balaya d'un geste la fumée qui se déployait devant ses yeux et observa les panneaux au-dessus de la voie. Kasdan venait de prendre la sortie PORTE DE VINCENNES.

– Où on va là ?

– On reprend l'enquête à zéro. Tu vas interroger les mômes de la cathédrale, l'un après l'autre. On va vérifier ton fameux pouvoir. Si un des gosses est l'assassin, comme tu le penses, tu n'auras aucun mal à le démasquer.

– Il y a école aujourd'hui, non ?

– Exactement. On doit se taper chaque collège. J'ai la liste.

– J'ai bien fait de mettre ma cravate.

– T'as raison. J'espère simplement que Vernoux ne s'est pas encore manifesté. Sinon, tout est foutu.

# 18

– C'EST QUOI, TON NOM ?

– Kevin.

– Le père Noël, il va t'apporter la Wii ?

– Le père Noël, c'est mon père. On est allés tous les deux à Score Games.

– T'es sûr de ton coup ? T'es bien sur la liste ?

– La première vague, sourit l'adolescent. J'suis inscrit depuis septembre.

– Zelda. Need for Speed Carbon. Splinter Call Double Agent : lequel tu kiffes le plus ?

– Need for Speed Carbon. La version Wii : ça a l'air trop top.

– Tu sais qu'on parle d'une version PES pour la Wii ?

– Trop.

La conversation continuait ainsi, dans une langue inintelligible pour Kasdan. Mais une chose était sûre : le courant passait. Le ton. La voix. Tout était différent. Kasdan, lui, restait en retrait. Adossé contre le mur, à quelques mètres du face-à-face, dans la salle de classe vide.

Ils étaient parvenus au lycée Hélène-Boucher à 11 h 30. Le moment du déjeuner à la cantine – idéal pour isoler l'enfant. La directrice du collège n'avait fait aucune objection. Les parents de Kevin Davtian avaient déjà évoqué le drame en amenant leur fils à l'école et Vernoux ne s'était pas encore pointé. Le rythme d'une enquête officielle avait sa propre inertie. Inertie qu'ils ignoraient, eux, électrons libres...

Volokine entra dans le vif du sujet :

– Goetz, il était sympa ?

– Sympa, ouais. Sans plus.

– Si tu devais le décrire en quelques mots, qu'est-ce que tu dirais ?

Kasdan laissa son collègue à son audition. Il remonta le couloir. Il doutait que Volo obtienne plus de résultats que lui-même, malgré son ton de complicité. Mais peut-être surprendrait-il une faille, un détail, qui trahirait l'enfant-témoin ou l'enfant-coupable...

Il descendit l'escalier – ils étaient au premier étage. L'architecture du lycée était impressionnante. Immense édifice de briques rouges, déployant des espaces hauts et majestueux, rappelant ces constructions des villes d'Amérique du Sud qui rivalisent avec les plaines et les montagnes du dehors.

Kasdan sortit son portable. Pas de signal. Il se dirigea vers le portail. Le lieu était vraiment écrasant : du bronze, du marbre, des briques. Toujours pas de signal. Il franchit le seuil et accéda au cours de Vincennes. Enfin, les barres sur l'écran. Il composa le numéro d'un ancien collègue à qui il demanda de consulter certains fichiers sur ordinateur.

S'il acceptait l'idée d'un enfant assassin, alors il y avait du boulot. Un môme capable de passer à l'acte, ce n'était pas rien. Il avait peut-être des antécédents. Psychologiques. Judiciaires. Il fallait vérifier pour chaque nom de la liste.

Le collègue rechigna. Chaque consultation de fichier est mémorisée par un logiciel qui agit comme un mouchard général, capable de retrouver le jour, l'heure et le matricule du flic qui a effectué la connexion. Rien ne se perd. Rien ne s'oublie. Kasdan négocia encore et parvint à convaincre le mec au bout du fil, se disant que ces « passages fichiers » par téléphone n'auraient qu'un temps.

Au bout d'une demi-heure, il n'avait rien trouvé. Pas l'ombre d'un délit ni même d'une hospitalisation psychiatrique au nom d'un des gamins. Kasdan rangea ses lunettes et remercia l'homme qui le prévint en retour :

– Je sais pas ce que tu magouilles, Doudouk. Mais c'était la dernière fois.

Kasdan retourna dans le hall. Volokine marchait à sa rencontre :

– Alors ?

– Alors, rien. Il ne sait rien et je le vois mal en train de buter l'organiste.

L'Arménien ne put retenir un sourire. Le chien fou reprit :

– Quel est le prochain ?

– On passe Rive gauche. David Simonian. 10 ans. Lycée Montaigne, dans le sixième arrondissement.

Ils filèrent jusqu'à la place de la Nation, empruntèrent le boulevard Diderot, le descendirent jusqu'au pont d'Austerlitz. Sur l'autre rive, ils remontèrent les quais en direction de Notre-Dame. Les immeubles de pierre avaient la couleur du ciel, les gaz d'échappement tissaient une atmosphère de grisaille. Dans ces moments-là, Paris semblait construit en une seule matière : l'ennui.

Kasdan braqua à gauche. Remonta la rue Saint-Jacques. Au sommet, il prit une petite artère à droite, la rue de l'Abbé-de-l'Épée, traversa le boulevard Saint-Michel, enquilla sur la rue Auguste-Comte et tomba pile devant le lycée Montaigne. Volokine ne lâcha pas un mot sur cette prouesse d'orientation. Il savait, comme Kasdan, que n'importe quel flic peut se reconvertir en chauffeur de taxi à la fin de sa carrière.

Au sein de l'établissement, même manège. Présentation d'une carte invalide. Bluff sur la soi-disant enquête officielle. Un coup de fil, un seul, du proviseur aux parents ou à la PJ, et ils étaient morts. Mais on alla chercher David Simonian, en plein repas, et on le plaça dans le réfectoire.

Lorsque Kasdan revit le gamin tout en longueur, à la coupe ébouriffée, la proximité avec Volo lui sauta aux yeux. Ils avaient l'air d'appartenir au même groupe de rock. Il s'exila une nouvelle fois. Il voulait essayer un autre truc. Si Goetz était bien un pédocriminel, s'il avait fait quoi que ce soit qui ait pu traumatiser un enfant et lui inspirer une vengeance, alors il fallait aller au bout du raisonnement. L'enfant-assassin pouvait appartenir à une autre chorale. Celle de Notre-Dame-du-Rosaire ?

Il repartit à zéro et rappela le père Stanislas. Il s'était juré d'aller le visiter en personne mais il ne voulait pas lâcher Volo – on verrait plus tard. Docilement, le prêtre lui dicta la liste de ses choristes.

Kasdan se creusa le ciboulot et trouva encore, à l'arraché, un flic qui accepta de faire la recherche à sa place.

Lunettes sur le nez, l'Arménien dictait les noms, faisant les cent pas dans le hall du lycée, attendant chaque consultation, appréciant au passage les différences d'architecture avec l'établissement précédent. Ici, régnait la pierre de taille. Claire. Immortelle. Le bahut devait avoir au moins trois siècles et il avait été entièrement rénové. Pierres blanches. Jardins impeccables. Vastes espaces où les pas résonnaient comme des marches funèbres.

Une demi-heure plus tard, il n'avait rien pêché et Volokine réapparaissait avec une expression fermée. Rien, lui non plus.

À 14 h, ils débarquaient au lycée Victor-Duruy, boulevard des Invalides.

Benjamin Zarmanian, 12 ans.

Volokine demanda à Kasdan d'aller acheter des sandwiches pendant qu'il s'entretenait avec le gamin. Kasdan repartit, éprouvant la désagréable sensation d'être l'assistant du jeunot.

Le temps qu'il revienne avec les vivres, Volokine ressortait déjà de la salle de classe. Zéro, encore une fois. Secrètement, Kasdan se réjouissait de ces échecs. Volokine n'était pas plus malin que lui.

14 h 45. Brian Zarossian.

Lycée Jacques-Decourt, avenue de Trudaine, neuvième arrondissement.

Chou blanc.

15 h 30. Harout Zacharian.

École Jean-Jaurès, rue Cavé, dix-huitième arrondissement.

Que dalle.

Kasdan assistait maintenant Volokine durant chaque interview. Il ne comprenait pas un mot de leur conversation sur les jeux vidéo, les personnages de séries télévisées ou les nouveaux modes de communication. Cela semblait être le passage obligé pour un vrai échange entre l'homme et l'enfant. De toute façon, cette complicité ne menait nulle part. Pas l'ombre d'un trouble. Pas un mot qui trahisse le moindre secret.

16 h 45. Ella Kareyan.

Lycée Condorcet, rue du Havre.

Au cœur du quartier de la gare Saint-Lazare, le trafic ne cessait de s'intensifier. À mesure que l'après-midi s'écoulait, les deux partenaires s'enfonçaient dans un carcan de pierres et de bagnoles. Bredouilles, encore une fois.

À 18 h, il ne restait plus qu'un enfant à interroger.

Timothée Avedikian, 13 ans, à Bagnolet.

Ils hésitèrent. La nuit était tombée. Avec les embouteillages, cela signifiait que leur fin de journée était grillée.

Ils filèrent tout de même. Dans une enquête, ne pas achever une liste revient à ne pas l'avoir commencée. Volokine ne desserrait plus les dents. Kasdan se demanda si cette journée stérile expliquait son cafard ou si les effets du manque se faisaient sentir.

Porte de Bagnolet, Kasdan se risqua à sonder l'orage :

– Qu'est-ce que tu en penses ?

– Rien. Ils sont opaques. Ou innocents. Tout simplement.

Ils sillonnèrent Bagnolet. Banlieue terne. Banlieue noire. Comme engluée dans du goudron. Timothée Avedikian avait déjà quitté l'étude. Kasdan avait son adresse. Ils rejoignirent le pavillon rue Paul-Vaillant-Couturier.

Une fois les présentations effectuées avec la famille, Volokine commença à cuisiner le gosse.

L'Arménien s'installa dans le jardin, sur une vieille balancelle déglinguée, redoutant que les parents viennent lui demander des précisions. La mauvaise humeur de Volokine l'avait contaminé. La colère, surtout, montait en lui. Que foutait-il ici ? Il avait gâché une journée, au nom d'un mirage. Il avait accordé un crédit démesuré aux intuitions d'un jeune flic drogué, au point de brûler des heures précieuses, dans cette enquête qui était une course contre la montre.

Kasdan était d'autant plus furieux qu'il tenait une autre voie – la piste politique. Wilhelm Goetz était sur écoute. Les RG ou la DST s'intéressaient à l'organiste. Il y avait quelque chose à creuser de ce côté. Il aurait dû remuer ces services pour obtenir des informations sur le passé politique du Chilien. Il aurait dû éplucher ses notes de téléphone pour trouver le numéro de l'avocat qu'il avait contacté. Il aurait dû aussi appeler les familles où Goetz donnait des cours de piano. Toutes ces démarches, Vernoux était en train de les mener alors que lui, flic expérimenté, gâchait une journée auprès d'un junk obsédé par la pédophilie.

Au fond, il savait pourquoi il avait écouté le gamin. Il vivait avec une blessure et elle l'avait guidé. Cette blessure, c'était le départ de son fils. Or, le ciel lui avait envoyé un partenaire du même âge. Un jeunot en lequel il retrouvait David. En beaucoup plus proche. Un flic. Un homme de la rue. Kasdan ne l'oubliait jamais : la vraie pierre de rupture avec son fils, le silex tranchant qui avait coupé leur lien, c'était ce métier de condé.

David ne détestait pas les keufs. Il les méprisait. Un jour, il lui avait dit, mi-haineux, mi-ironique : « Un flic, c'est un truand qu'a pas réussi. » Et il le pensait. Ce gamin, appartenant à cette génération grisée par les start-up, les nouvelles technologies et le fric facile, ne comprenait pas comment son père avait pu traîner dans les rues pendant 40 ans, pour un salaire de misère.

Oui, il s'était trouvé de bonnes raisons de s'associer avec Volokine. Simplement pour partager du temps avec un gosse qui lui plaisait, qui lui rappelait ses belles années et effaçait ses échecs avec son propre enfant. Il avait été aveuglé. Il avait... Non, ce n'était pas vrai non plus. Il n'avait pas été à ce point fasciné par Volokine. S'il était venu chercher le Russe, s'il avait voulu interroger de nouveau les mômes avec ce flic à peine plus âgé qu'eux, c'était parce qu'il sentait, avec son ventre, que le drogué touchait une vérité de l'enquête. Le gosse qui avait laissé son empreinte sur le balcon de la cathédrale n'était pas un simple témoin. Il aurait pu maintenant le jurer.

Des pas dans son dos.

Volokine, dans son petit costume de plouc et sa parka, arrivait tête baissée, rajustant sa cravate.

– Alors ?

– Rien.

– Il va peut-être falloir réviser ta théorie, non ?

– Non. Je ne peux pas m'être trompé. Pas à ce point-là.

– L'entêtement : le pire ennemi du flic...

Le Russe leva les yeux et fixa Kasdan. Ses pupilles ressemblaient à deux lucioles dans les ténèbres. Il attrapa une Craven. L'alluma. Les muscles de ses mâchoires se tendirent puis se dénouèrent pour aspirer une taffe.

– J'ai toujours écouté mon instinct, fit-il en crachant sa première bouffée. Et ça m'a toujours réussi.

– Tu as 30 ans. Il est encore un peu tôt pour déduire des grands principes.

Volokine tourna les talons, dans un panache de fumée blonde :

– Venez. J'ai une autre idée.

Kasdan quitta avec difficulté sa balancelle rouillée. Il rattrapa Volokine, déjà dans la rue. À ses côtés, il avait l'impression d'être le sixième du groupe d'enquête. Celui qui interroge les témoins qui n'ont rien vu et visite les lieux à un kilomètre de la scène de crime.

– Quelle idée ?

– On va chez Goetz.

– J'ai déjà fouillé là-bas. Il n'y a rien.

– Vous avez fouillé son ordinateur ?

– Non. Pas l'ordinateur. Je ne suis pas assez calé dans ce...

– Alors, on y va.

Kasdan, en une enjambée, se dressa devant lui :

– Écoute-moi. Goetz était un homme secret. Un vrai parano. Jamais il n'aurait laissé quelque chose de compromettant. Ni dans son ordinateur, ni ailleurs.

Pour la première fois depuis le début de l'après-midi, Volokine sourit :

– Les pédophiles, c'est comme les limaces. Malgré leurs efforts, ils laissent toujours un sillage. Et ce sillage est dans leur ordinateur.

# 19

– UN MAC POWER PC G4, murmura Volokine en découvrant l'ordinateur dans l'appartement noyé de ténèbres. Plus connu sous le nom de « G4 ». Un vieux modèle. (Il alluma la machine après avoir fermé le volet roulant de la pièce.) On va le laisser charger ses programmes.

– Mac Intosh : c'est un problème pour toi ?

– Non. PC ou Mac : j'opère indifféremment. Chaque salopard a ses préférences. Et ils ne doivent avoir aucune chance. Ni d'un côté, ni de l'autre.

– Tu t'y connais tant que ça en informatique ?

Volokine hocha la tête. La lumière de l'ordinateur flattait ses traits par en dessous, accrochant ses pupilles comme deux larmes de nacre. Un pirate découvrant un trésor.

– J'ai été formé en Allemagne, par les meilleurs hackers d'Europe. Les gars du Chaos Computeur Club.

– Qu'est-ce que c'est ?

– Des surdoués de l'informatique. Ils se décrivent eux-mêmes comme une « communauté galactique » qui œuvre pour la liberté d'information. Ils montent des coups, visant à mettre en évidence les dangers des technologies pour la société. En Allemagne, ils ont cassé plusieurs fois des banques, informatiquement. À chaque fois, ils ont rendu l'argent le lendemain.

– Comment tu les as connus ?

– Une affaire de pédos, entre Paris et Berlin, sur laquelle ils nous ont aidés. Grâce à eux, on a remonté la trace de l'ordure. Je vous le répète. Le talon d'Achille des pervers, c'est leur bécane. La machine conserve le moindre vestige de leurs recherches, de leurs contacts. J'ai passé des nuits à traquer des photos et des vidéos sur le Net, grâce à des logiciels « peer to peer ». La chasse cybernétique, c'est l'arme définitive contre les pointus.

Kasdan se plaça derrière le jeune flic. Il se sentait dépassé. Le fond d'écran de Goetz représentait un désert de sel, blanc et infini. Sans doute un paysage chilien.

– Pas de mot de passe pour ouvrir la machine, fit Volokine. Un bon début. Sinon, on était morts. À moins d'embarquer l'ordinateur dans un atelier, pour lui ouvrir les tripes.

Kasdan ne comprenait pas. Sur l'écran, venait justement de s'afficher un cadre, demandant un mot de passe. Volokine devina sa confusion :

– Le code qu'il nous demande concerne seulement la session. Pour consulter spécifiquement les documents de Goetz. C'est très différent. Parce que ce mot de passe-là, je peux le contourner.

Il ôta son treillis puis pianota sur le clavier. Avec son petit costard noir, sa chemise trop épaisse et sa cravate postiche, il évoquait un broker qui aurait tout ignoré des us et coutumes de son propre monde, notamment la loi des marques chères. Il ressemblait plutôt à un jeune péquenaud endimanché, sorti d'une nouvelle de Maupassant.

Kasdan le regardait faire. Au début de sa retraite, il s'était pris de passion pour Internet, se réjouissant d'avance des plaisirs qu'il pourrait tirer de cette nouvelle discipline. Il avait déchanté. Le monde du Web s'était révélé une sorte de fast-food de l'information, superficiel, étanche à toute nuance, toute profondeur. Une *machine aliénante*, comme disent les marxistes. Aujourd'hui, il se contentait de commander ses livres et ses DVD sur le réseau, l'utilisant comme le bon vieux Minitel de jadis.

– Qu'est-ce que tu fais ? demanda Kasdan.

– Je passe en mode « shell ».

– Parle français, s'il te plaît.

– Le langage du système d'exploitation. Pour l'ordinateur, la langue humaine n'est qu'un logiciel parmi d'autres. Il fait semblant de comprendre le français – il est programmé pour donner cette illusion – mais ne saisit que les chiffres, et encore, binaires...

Kasdan regardait courir les lignes en caractères courrier. La définition même de ces signes était plus fine, plus fragile que les caractères habituels. Il songea au film *Matrix*. Les frères Wachowski avaient su exploiter la ressemblance entre le langage informatique et la calligraphie asiatique.

– Où tu en es ?

– J'ai créé un fichier de configuration. Une sorte de « superutilisateur » qui va passer au-dessus des utilisateurs habituels pour accéder à la liste des fichiers.

Volo fit redémarrer l'ordinateur. Le bourdonnement recommença puis l'écran demanda à nouveau un mot de passe. Cette fois, le Russe écrivit quelques lettres. L'ordinateur proposa docilement sa liste d'icônes.

– Je remonte maintenant à la racine du programme. Les ordinateurs fonctionnent comme des arbres généalogiques. Il faut suivre la chaîne des sous-répertoires, enchâssés les uns dans les autres : système, applications, fichiers...

Des colonnes de noms apparaissaient, foisonnantes.

– Les documents créés et mémorisés par Goetz. Les textes, les images, les sons...

L'écran déroulait sigles, chiffres, lettres à une vitesse hallucinante. Les lignes se tordaient, virevoltaient à la manière d'herbes folles secouées par le vent.

– Comment tu peux comprendre *ça* ?

– Je ne cherche pas à comprendre. Je filtre. Je passe ces listes à travers un programme que j'ai importé par le Net. Une sorte de filet qui repère les mots-clés, mêmes cryptés, utilisés par les pédophiles.

Les hiéroglyphes filaient toujours. De temps à autre, Volokine stoppait la liste et ouvrait un document. Puis la myriade repartait de plus belle.

– Putain, marmonna-t-il. Il n'y a rien. Ce Mac, c'est le kit du parfait petit musicien chilien. Même les mails ont l'air clean. Il se méfiait, le salopard.

– Je te rappelle que, pour l'instant, Wilhelm Goetz est une victime. Un homme âgé de 63 ans qui s'est fait perforer les tympans.

– Vous oubliez qu'il était sur écoute. C'est vous-même qui me l'avez dit.

– On ne sait pas vraiment par qui. Ni pourquoi. Il n'y a que toi qui aies décrété que Goetz était un pervers sexuel.

Volokine fit de nouveau claquer les touches :

– On va passer aux consultations Internet. En général, c'est une mine d'or.

– En admettant que Goetz ait consulté des sites pédophiles, il aurait aussitôt effacé l'historique de ses manipulations, non ?

– Bien sûr. Mais sur un ordi, rien ne s'efface. C'est une chose impossible, vous comprenez ?

– Non.

– Accorder cette fonction aux utilisateurs impliquerait de leur révéler, indirectement, les rouages fondamentaux du système. Le code initial. Celui qui permet de créer un disque dur. Or, ce code est un des secrets les mieux gardés au monde. Sinon, n'importe quel quidam pourrait créer son propre disque et il n'y aurait plus de marché informatique. Dans un ordinateur, tout se passe en surface. On donne l'impression à l'utilisateur qu'il efface ses données mais c'est seulement une concession accordée à sa petite logique humaine. Dans l'univers des algorithmes, dans les couches profondes des structures binaires, tout se conserve. Toujours.

– Même des consultations furtives ? Des trucs qui n'ont duré que le temps d'un clic ?

Volokine sourit et tourna l'écran vers l'Arménien :

– Tout. À chaque consultation, l'ordinateur crée ce qu'on appelle un fichier temporaire. Il mémorise la page consultée et la reconstruit à l'écran. De cette façon, on a l'impression de consulter un serveur mais en réalité la machine a déjà mémorisé l'image et c'est cette image qu'on consulte.

Il pianota encore.

– Ces fichiers temporaires sont archivés dans un coin de la mémoire et on peut toujours les consulter, pour peu qu'on connaisse les sésame.

– Le langage shell ?

– Non. Maintenant, il faut parler à l'ordinateur avec son alphabet spécifique : le code ASCII. C'est un autre niveau. Ça a l'air compliqué comme ça mais ce sont des gestes, des logiques à choper. Kasdan, pour questionner les machines, il faut parler leur langage à elles. Et suivre leur logique.

Nouveaux claquements de touches. Nouveaux symboles à l'écran.

– Les fichiers temporaires. Mémorisés par ordre de fréquentation. Les sites que vous sollicitez le plus souvent se trouvent en haut de la liste, prêts à l'emploi. Je vais soumettre ces nouveaux fichiers à mon programme de détection. Des milliers de sites pédophiles sont identifiés et mémorisés. Nous connaissons leurs coordonnées, leur code, leurs mots-clés... Merde.

– Quoi ?

– Je n'obtiens rien non plus. Pas même un truc gay ou une commande de Viagra. C'est impossible.

– Pourquoi impossible ?

– Vous n'avez jamais consulté de sites porno ?

Kasdan ne répondit pas. Des noms de sites flottaient dans son esprit. Big Natural Tits. Big Boobies Heaven. Il n'aurait pas aimé que Volokine vienne fouiner dans son Mac Intosh.

– Je n'ai pas dit mon dernier mot, fit Volo. Il reste les inodes.

– Qu'est-ce que c'est encore que ce truc ?

– Un ordinateur, c'est comme une ville. Chaque fichier est une maison, avec une adresse unique. Ce qu'on appelle l'inode. Je vais décrypter les documents à travers leur inode et non plus leur nom – la façade. En général, pour brouiller les pistes, les mecs qui ont quelque chose à cacher créent plusieurs documents portant le même nom. Des coquilles vides, placées en évidence, alors que le vrai fichier, compromettant, est enfoui dans les méandres de la mémoire.

Volokine frappa plusieurs lignes de chiffres. Une nouvelle liste s'afficha. Kasdan tenta de raisonner le gamin :

– Volo, on est en train parler d'un vieux bonhomme qui dirigeait des chorales. Je ne le vois pas créer des leurres informatiques, des...

– Je vous le répète : le pédophile est un animal hyper-méfiant. Il sait qu'il évolue au ban de la société. Il sait que la plupart des gens n'ont qu'un désir : lui couper les couilles. Ça aide à devenir un informaticien de génie.

Les signes couraient toujours. Kasdan avait l'impression de s'enfoncer dans une jungle profonde, inextricable. Volo semblait au contraire en terre d'intelligence. Il tapait avec une rage contenue – la tension du chasseur qui « sent » le gibier mais avance avec discrétion.

– Merde de merde de merde !

– Tu n'as rien ?

– Que dalle. Goetz a dû être formé par des spécialistes. Il est insaisissable.

– Tu pousses un peu, non ?

– Les pédos sont solidaires. Ils se tiennent les coudes. Un expert forme les autres et ainsi de suite. Croyez-moi, j'ai l'expérience de ces enculés.

Il se baissa et plongea sa main dans sa gibecière :

– Il me reste l'arme fatale.

Volokine brandit un CD scintillant, qu'il glissa d'un geste dans l'ordinateur :

– Un programme « undelete ». Une sorte de sonde qui plonge dans les couches ultimes de l'ordinateur. Ce qu'on appelle le bas niveau. Ce logiciel procède par balayage dans les entrailles de la machine et récupère tout ce qui est censé être effacé. C'est un programme hyper-rapide qu'on utilise pendant les gardes à vue.

L'ordinateur grondait toujours comme un moteur. Le souffle de la ventilation semblait courir après lui, pour l'apaiser et l'empêcher d'exploser. De nouvelles listes apparurent. Chaque ligne commençait par un point d'interrogation :

?uytéu§(876786«àn ;tnièrpuygf
?hgdf654 ! »à)89789789ç(‘v jhgjhv
?kjhgfjhgdg5435434345
?iuytiuyY64565465RC
?yutuytyutzftvcuytuyw

Volokine chuchota, comme s'il était en train de surprendre la vie intime d'un monstre endormi :

– L'ordinateur n'efface jamais. Il cède simplement la place à de nouvelles informations. Pour dégager cet espace, il écarte le fichier précédent en occultant sa première lettre, d'où les points d'interrogation. La suite de l'intitulé reste la même, ce qui nous permet de les reconnaître facilement.

Kasdan regardait les lignes toujours initiées par un « ? ». Il ne voyait pas ce qu'on pouvait retrouver dans ce charabia mais le gamin semblait sûr de lui. Les secondes s'écoulaient, scandées par le moteur.

L'Arménien demanda, lui aussi à voix basse :

– Qu'est-ce que tu repères ?

– Toujours la même merde inoffensive. Goetz, c'était saint Wilhelm.

– C'est possible, non ? Cet homme pouvait simplement occuper son temps entre les chorales et les souvenirs de son pays. Même s'il avait des pratiques bizarres avec son amant.

– Kasdan, vous êtes plus âgé que moi. Vous connaissez la nature humaine. Wilhelm Goetz était homosexuel. Naseer n'était pas son premier mec. Ni le seul. Les pédés sont chauds comme des baraques à frites. Or, il n'y a ici aucune trace du moindre contact. Je ne vois qu'une explication : il utilisait une autre machine. Ailleurs.

Volokine sortit son CD de la machine et cracha un long soupir.

– Ou alors Goetz utilisait la méthode préférée des terroristes : le contact humain. Pas de technologie, pas de trace. Dans ce cas, il est mort avec ses secrets.

Le jeune flic continuait à tricoter ses touches. Kasdan devinait qu'il effaçait les traces de son propre passage.

Enfin, Volokine éteignit l'ordinateur.

– Cette rage contre les pédophiles, pourquoi ? demanda Kasdan en conclusion.

– Je vous vois venir, fit le Russe en souriant. Si je m'acharne sur ces ordures, c'est parce que j'ai un compte à régler avec eux. Le petit orphelin qui est passé à la casserole dans son enfance...

– Ce n'est pas le cas ?

– Non. Désolé de vous décevoir. Je n'ai pas rigolé tous les jours chez les prêtres mais je n'ai jamais eu ce genre de problème.

Volokine boucla sa gibecière et se leva.

– Je vais vous dire les traumatismes qui m'ont bouleversé. Ils s'appellent « viols », « fissures anales », « tortures », « infections », « meurtres », « suicides ». Ils sont entassés dans les archives de la BPM. Mes traumatismes, ce sont tous ces mômes que je connais pas, sous toutes les latitudes, qu'on force à faire des trucs dégueulasses. Des trucs qu'ils ne comprennent pas. Des trucs qui détruisent leur monde à eux. Et les laissent en miettes quand ce n'est pas tout simplement morts. Pour traquer les enculés qui leur ont fait ça, je n'ai pas besoin d'être passé par la case vécu. Il suffit que je pense à ces gosses.

Kasdan conserva le silence. Il était d'accord, bien sûr, mais il savait aussi, par expérience, que lorsqu'un homme met ses tripes sur la table, c'est qu'il possède une raison intime de le faire.

Il ouvrit le store roulant et désigna la porte d'entrée :

– Et si on retournait interroger Naseer, le giton de Goetz ? Un bon vieux face-à-face à l'ancienne ? Avec un être humain, des mots humains et, si besoin est, quelques bonnes baffes humaines ?

# 20

NASEERUDIN SARAKRAMAHATA habitait au 137, boulevard Malesherbes, non loin du parc Monceau. Un immeuble haussmannien, imposant, ciselé de blasons et de cariatides. Kasdan se souvenait : le Mauricien avait précisé qu'il créchait dans les hauteurs de l'édifice, à l'étage des chambres de bonne.

Clé universelle. Puis une autre porte, barrée par un interphone. Pas de concierge. Et pas question de sonner à l'aveugle pour laisser une trace de leur passage. Sans un mot, les deux hommes s'appuyèrent contre les murs qui se faisaient face. Ils se détendirent, position repos, dans la pénombre du hall. Il n'y avait plus qu'à attendre qu'un résident entre ou sorte.

Au bout de quelques secondes, Kasdan sourit :

– Ça me rappelle ma jeunesse. Mes premières années à la BRI.

– Moi, dans ma jeunesse, je n'attendais pas qu'on m'ouvre la porte. Je passais par la fenêtre.

– Tu veux dire : à l'époque où tu dealais ?

– Je dealais avec mon destin, Kasdan. C'est pas pareil.

L'Arménien secoua la tête, feignant une admiration ironique. Le bruit de l'ascenseur claqua. Une femme, manteau de fourrure et sac de soirée, ouvrit la porte vitrée. Elle lança un regard méfiant aux deux escogriffes qui la saluèrent poliment.

Ils montèrent directement à l'étage des chambres. Le long couloir rappela à Kasdan celui de son propre domicile. Mais surtout, ce boyau grisâtre cadrait avec le petit sac du pédé minable qu'il avait fouillé avec répugnance. Tout ici était à l'aune de cette vie misérable. Peinture écaillée. Vasistas fêlés. Chiottes à la turque...

Ni l'un ni l'autre n'appuyèrent sur le minuteur.

– On va pas frapper à toutes les portes.

– Non, fit Kasdan en attrapant son téléphone.

L'Arménien composa le numéro de Naseer. Dans le silence du couloir, une frêle sonnerie retentit. D'un signe de tête, Kasdan invita Volokine à lui emboîter le pas. Ils avancèrent dans le noir. Passèrent sous deux lucarnes. Frôlèrent le bruit assourdi d'une télé. Une voix parlait au téléphone, en langue asiatique.

Et toujours, la sonnerie qui les guidait...

Naseer ne décrochait pas.

Ils avancèrent encore. Les rais bleutés de la nuit, filtrant par les vasistas, ressemblaient à des traits de laque barrant un tableau sombre. Enfin, ils parvinrent à la porte. Derrière, le portable sonnait. Pourquoi le petit pédé ne répondait-il pas ?

L'Arménien frappa :

– Naseer, ouvre. C'est Kasdan.

Pas de réponse. La sonnerie s'obstinait.

– Ouvre, putain. Ou j'enfonce la porte.

L'Arménien contenait sa voix. Deux Philippines apparurent sur un seuil. Volokine braqua sa carte tricolore. Les deux filles disparurent comme si elles n'avaient jamais existé.

La sonnerie s'arrêta. Kasdan écouta. Il entendit le message du répondeur. La voix indolente de Naseer. Au fond de son cerveau, cette voix agit comme un signal.

Sans se concerter, les deux hommes dégainèrent. Kasdan se plaça face à la porte alors que Volokine se plaquait contre le mur, côté droit, arme au poing.

Un coup de pied : pas de résultat.

Un autre : la porte s'arrache de ses gonds et revient en force.

Kasdan s'est déjà tourné sur le côté, pour encaisser le retour d'un coup d'épaule.

Il s'engouffre dans la piaule, Sig Sauer devant lui.

Volokine sur ses talons.

La première chose qu'il voit est l'inscription sur le plafond mansardé.

DÉLIVRE-MOI DU SANG,
DIEU DE MON SALUT,
ET MA LANGUE PROCLAMERA TA JUSTICE.

La deuxième chose est le corps assis sur le sol de tommettes, déjà raide. Le minet minable, aussi froid que le mur de plâtre qui le soutient.

La troisième chose qu'il aperçoit est la balafre qui déchire son visage. On lui a ouvert les commissures des lèvres d'une oreille à l'autre, tranchant ses chairs en un rictus immonde. Un souvenir lui revient : une mutilation particulière, réservée aux balances dans les prisons. Le sourire tunisien. Une lame glissée dans la bouche ouvrant la joue d'un seul coup. Tchac. Ici, le sourire s'ouvre des deux côtés. Un clown monstrueux.

La quatrième chose qu'il repère est le filet de sang qui a coulé de l'oreille gauche de la victime. Naseer a la tête légèrement tournée de côté. Un trois quarts figé, verni, exhibant cette clarté sinistre de la peau refroidie. Le minet a été tué comme son micheton. Par les tympans. Kasdan comprend qu'un tueur, enfant ou non, est en train de se faire une série – en éliminant les noms d'une liste connue de lui seul.

– Bougez-vous, Kasdan. On respire pas ici. Et on peut pas s'éterniser.

L'Arménien lance un regard circulaire. Le gamin a raison. La pièce ne doit pas excéder cinq mètres carrés et il se tient au centre, occupant tout l'espace avec ses cent dix kilos.

– File-moi des gants.

Volokine, à genoux près du corps, lui lance une paire de gants de chirurgien. Kasdan les enfile, le visage brûlant. La sueur s'écrase au bout de ses doigts. Il se baisse et attrape le poing serré de Naseer.

Il parvient à ouvrir les doigts crispés du mort.

À l'intérieur, du sang.

Un caillot de sang.

De l'index, il tâte la masse noirâtre.

Non : pas un caillot, un organe.

Kasdan saisit l'objet et le fait rouler dans sa paume gantée.

C'est la langue sectionnée de Naseer.

Kasdan lève les yeux.
Les lettres écrites avec la langue en guise de pinceau :

DÉLIVRE-MOI DU SANG,
DIEU DE MON SALUT,
ET MA LANGUE PROCLAMERA TA JUSTICE.

# 21

MACDONALD'S de l'avenue de Wagram, 21 h.
À quelques pas de l'Étoile.
Volokine attaquait son deuxième Royal Bacon. Des étuis de frites et une boîte de neuf nuggets égayaient aussi son plateau, ainsi qu'un Sundae caramel et une flopée de sachets de ketchup et de mayonnaise. Au centre, trônait un Coca Zéro, taille maxi. Le môme pataugeait là-dedans comme un bébé goret dans son auge.

Kasdan contemplait le tableau, plutôt sidéré. Il n'avait pris qu'un café. Il avait le cuir dur mais n'avait jamais réussi à se départir, au contact des cadavres, d'un malaise, d'un questionnement qui lui emportait un morceau chaque fois. Volokine semblait appartenir à une autre espèce. Le spectacle de la mort le laissait indifférent. L'Arménien soupçonnait même que le macchabée l'avait mis en appétit.

Le Russe surprit son regard :

– Je ne sais pas comment vous faites avec votre carcasse. Vous ne bouffez rien.

Kasdan ignora la réflexion et dit :

– J'ai perdu assez de temps avec toi. Ta journée est terminée. Nous n'avons rien trouvé et le meurtre de Naseer coupe court à tes conneries.

– Pourquoi ?

– Ton hypothèse d'enfant-tueur me semblait absurde mais je pouvais, à l'extrême rigueur, imaginer un gamin violé, privé de tout repère, éliminant son tortionnaire. Et encore, il fallait mettre de côté la méthode du meurtre. Une technique trop sophistiquée pour un gosse. Maintenant, avec ce deuxième meurtre, il est clair qu'il s'agit d'une fausse piste.

– Parce que le gosse pourrait tuer un violeur, mais pas deux ?

– Je ne vois pas un gamin mener une enquête, retrouver l'amant de Goetz, monter chez lui, l'amadouer puis lui percer les tympans et lui couper la langue. Trop, c'est trop, tu piges ?

Volokine plongea son sandwich dans une flaque rosâtre, mélange immonde de ketchup et de mayonnaise. De son autre main, il attrapa une poignée de frites.

– Vous n'avez pas remarqué l'écriture ?

– Quoi, l'écriture ?

– L'inscription. Des lettres rondes et appliquées. L'écriture d'un enfant.

– Je ne veux plus entendre tes conneries.

– Vous avez tort.

– C'est toi qui as tort. Nous avons interrogé une deuxième fois les enfants de la chorale. On a rien obtenu. Ces gamins sont innocents.

Le Russe ouvrit la boîte de nuggets puis décapsula la boîte de sauce barbecue :

– Ceux-là, peut-être. Mais Goetz dirigeait d'autres chorales.

– J'ai vérifié aussi les antécédents des chanteurs de la chorale de Notre-Dame-du-Rosaire, à laquelle le petit Tanguy Viesel appartenait. Aucun gosse n'a un casier ni d'antécédents psychiatriques. Nous avons affaire à des mômes parfaitement normaux, dans un monde parfaitement normal. Putain. Il faut prendre une autre voie !

Kasdan but une goulée de café. Aucun goût. Il se demanda si on ne lui avait pas refilé un thé par erreur. Ils s'étaient placés au fond d'un box, près d'une poubelle à ouverture pivotante. Autour d'eux, s'élevait le brouhaha standard d'un fast-food. La touche originale était la décoration de Noël qui scintillait mollement, ajoutant une couche de tristesse au lieu aseptisé.

– Toute ta théorie tient sur l'idée que Goetz est pédophile, reprit Kasdan. J'ai passé ma nuit sur les fichiers spécialisés. Jamais son nom n'est apparu où que ce soit. Nous avons retourné son ordinateur, sans trouver le moindre indice. Goetz était homosexuel. OK. Il avait un mec et sans doute des pratiques bizarres. D'accord. Mais c'est tout. Finalement, c'est toi qui as des préjugés. On peut être pédé, SM, sans être pour autant un pédocriminel.

Volokine plaça devant lui son Sundae caramel :

– Et mon instinct ? Que faites-vous de mon instinct ?

Kasdan plaça les boîtes et autres débris de repas sur le plateau et fit pivoter l'ensemble dans la gueule de la poubelle.

– C'est votre réponse ? sourit Volokine.

L'Arménien planta son regard dans les iris du jeune flic :

– Le pire, dans tout ça, c'est que j'aurais peut-être pu éviter le meurtre de Naseer. Si j'étais retourné l'interroger plus tôt, je...

– Kasdan, vous n'y croyez pas vous-même. Vous avez fini votre sermon ?

– C'est toi qui as fini. Ton dîner. Ton enquête. Je te ramène à la Dinde Froide.

Le jeune Russe ne répondit pas. Il jouait tranquillement de sa cuillère en plastique dans la crème de son Sundae. Il demanda enfin, l'air narquois :

– À votre avis, d'où provient l'inscription sanglante, sur le plafond ?

– Aucune idée.

– C'est un extrait du *Miserere.*

– Le chant ?

– Avant d'être un chant, le *Miserere* est un psaume. Le Psaume 51 ou 50. Ça dépend de quelle notation on parle. Hébraïque ou romaine. Dans la liturgie chrétienne, cette prière est un must. On la prononce le plus souvent dans les offices du matin. C'est la prière du rachat. L'appel au pardon. Les rares ordres monastiques qui pratiquent encore la flagellation, comme les Rédemptoristes, se fouettent en récitant le *Miserere.* Pour se purifier encore et encore. Plus loin dans le texte, il y a un passage qui dit : « Lave-moi, je serai plus blanc que la neige... »

Kasdan scrutait le jeune homme famélique, mélange contradictoire d'énergie et de maladie, de maigreur et d'appétit dantesque. Un homme qui semblait d'une extrême vulnérabilité mais qui aurait pu le neutraliser en une seconde, lui, et le tuer à mains nues la seconde suivante.

– Comment tu sais tout ça ?

– Dix ans d'écoles religieuses. J'ai bouffé du curé jusqu'à plus soif.

Tout à coup, Kasdan se souvint de sa conviction inexplicable, l'avant-veille, lorsqu'il écoutait le *Miserere* au casque. Ce chant jouait un rôle dans l'affaire. Il se surprit à demander :

– À ton avis, pourquoi le tueur a-t-il inscrit cet extrait sur le mur ?

– C'est un don.

– Un don ?

– Le tueur s'est vengé, mais il a fait preuve de miséricorde. En écrivant ces mots sur le mur, il implore le Seigneur de pardonner à Naseer. À mon avis, le tueur est religieux. Il croit en la vertu sacrée des mots. Vous savez, pour celui qui a la foi, la prière est un signal envoyé à Dieu, mais c'est aussi un signal qui « contient » Dieu. Écrire ces mots, c'est déjà faire naître le pardon...

– Pourquoi n'y avait-il pas d'inscription sur la scène de crime de Goetz ?

– Le tueur a peut-être été surpris. Il n'a pas eu le temps de finir le boulot. Ou bien il considère que Goetz ne mérite pas de pardon alors que le petit Naseer, si. L'enfer pour l'un. Le purgatoire pour l'autre. On doit gratter encore, Kasdan.

– Si je ne te ramenais pas à la Dinde Froide, que ferais-tu ce soir ?

– Je filerais au Service des disparus, rue du Château-des-Rentiers, voir s'il n'y a pas eu d'autres disparitions d'enfants dans le sillage de Goetz, depuis qu'il est en France. Parmi toutes les chorales qu'il a dirigées. Ensuite, je foncerais à la BPM, vérifier le pedigree de tous les petits chanteurs de toutes ces chorales.

– Je l'ai déjà fait et je n'ai rien trouvé.

– Vous avez vérifié pour Saint-Jean-Baptiste et Notre-Dame-du-Rosaire. Il reste, si je me souviens bien, Saint-Thomas-d'Aquin et Notre-Dame-de-Lorette. De plus, vous avez vérifié par téléphone. Moi, je veux passer les archives au peigne fin. Rien ne vaut une bonne recherche dans les cartons.

– C'est tout ?

– Non. J'appellerais toutes les familles chez qui Goetz donnait des cours de piano. Puis je checkerais le profil de chaque môme. Je chercherais aussi le dossier d'enquête de Tanguy Viesel. À mon avis, la BPM a une copie. Je fouillerais dans le passé de Goetz, côté Chili. C'est impossible à vous expliquer, Kasdan, mais je sens que le mec n'est pas clair.

– Tu ne dors donc jamais ?

– Rarement. Et ce n'est pas moi qui décide. En revanche, vous, je vous conseille de rentrer tranquillement chez vous et de peaufiner votre culture.

– En matière religieuse ?

– En matière criminelle. Les enfants-tueurs. Cherchez sur le Net. Vous verrez qu'il ne s'agit pas d'une aberration. J'ai 30 ans mais c'est vous le bleu.

Il y eut un silence. Kasdan réfléchissait. Devait-il encore donner une chance au gamin ?

Volokine lui répondit, comme par télépathie :

– Donnez-moi encore cette nuit et une autre journée. Laissez-moi vous prouver que j'ai raison. Ces deux mecs ont péché et ce péché concerne des enfants. Mes couilles sur la table.

Kasdan attrapa son cellulaire.

– Qui appelez-vous ?

– Vernoux. Il faut bien que quelqu'un fasse le ménage boulevard Malesherbes.

# 22

SERVICE DES DISPARITIONS, Brigade de Répression de la Délinquance Contre la Personne.

Rue du Château-des-Rentiers, treizième arrondissement.

Au cœur de cet étrange bâtiment, construit en demi-lune, Volo évoluait comme un chasseur solitaire. Il contemplait les archives des disparus. Dans des tiroirs métalliques, étroits et profonds, se serraient des milliers de fiches cartonnées de différentes couleurs. Chaque couleur pour une année, chaque fiche pour une personne disparue. Les fiches étaient classées par ordre alphabétique, portant le signalement du disparu ainsi qu'une photo.

Volo se frotta les mains avec satisfaction.

De bonnes vieilles archives à feuilleter, fouiller, éplucher.

Il respira à pleins poumons l'atmosphère saturée de poussière puis ouvrit le premier tiroir, sous l'éclairage des rampes. Attaquant le boulot, une partie de son cerveau se concentra alors que l'autre dérivait vers d'autres pensées.

24 h de plus sans came. Chaque pas, chaque minute l'éloignaient un peu plus de l'abîme – trou béant, genre cyclone, au fond de sa propre chair. Il ramait, ramait, sur sa pauvre barque, pour s'éloigner de la bonde géante qui ne cessait de l'attirer. Une boule orange et noire qui le brûlait en son centre et l'appelait sans relâche : « ... *every junkie's like a settin' sun...* »

Dans la journée, il avait eu deux crises. Deux visages distincts du manque. La première fois, en route vers Bagnolet, une torsion, une flamme l'avait traversé, du coccyx à la nuque. Il avait cru que ses organes allaient éclater, alors que sa colonne vertébrale se tordait, et avec elle la moelle épinière et sa myriade de nerfs. Il avait étouffé un cri dans sa gorge. Il avait ouvert sa fenêtre, respiré un grand coup, compté les secondes.

La deuxième fois, la crise était survenue sur la route du retour. Apathie totale. Nerfs plombés. Léthargie agissant comme un ciment frais qui « prenait » au fond de son corps. Dans ces moments-là, lever la main était mission impossible. La moindre pensée d'avenir relevait de l'utopie. Des suées glacées sur ses tempes et, dans une horrible morsure d'estomac, la bête se retournait au fond de ses tripes et lui murmurait : « suicide ».

Chez Goetz, face à l'ordinateur, il s'était senti mieux. Malgré son nez qui coulait. Malgré ses nausées. Et cette pensée chaleureuse, derrière les autres pensées, ce mouvement derrière chaque mouvement : il ne prenait rien. Le temps qui passait était une douleur, mais c'était du temps *clean*.

La présence de Kasdan le rassurait aussi. Il sentait que le gros nounours avait aussi ses secrets mais son âge, son calme, sa masse avaient quelque chose de réconfortant. Et surtout, il sentait que le vieil Arménien avait besoin de lui. Cela renforçait sa propre énergie à vivre, à s'accrocher, à se battre...

Kasdan avait besoin de lui pour sa jeunesse, son énergie, son électricité. Mais aussi pour sa connaissance des vices humains. L'Arménien était trop carré pour cette enquête.

Volo n'avait pas ce genre de problèmes.

Il était lui-même un être tordu, vicieux, corrompu.

Un junkie. Menteur, voleur, instable. Jamais à l'heure à un rendez-vous. Jamais fidèle à une parole. Un zombie à qui il était impossible de faire confiance. Un mec qui bandait seulement quand il voyait un dealer. En ce sens, il était comme ceux qu'il pourchassait. La racaille, les malfrats, les pourris de tous poils. Des êtres centrés sur un noyau obscur, déviant, illégal. Il pouvait prévoir leurs réflexes, leurs pensées, leur logique. Parce qu'il était *eux*. Son taux d'élucidation record, il le devait à ce fait. Il était un criminel parmi d'autres. Et il n'y a pas de meilleur chasseur que celui qui chasse les siens...

Volo feuilletait toujours les fiches – une partie de sa conscience lisait chaque date, chaque âge, chaque signalement. En même temps, sa vie de junk défilait, avec ses souvenirs de cauchemar.

*Amsterdam.* 1995. Au fond d'un squat. Quand ses compagnons de défonce s'étaient aperçus qu'un des leurs avait fait une OD, ils n'avaient eu qu'une idée : se débarrasser du corps. Pas de cadavre, pas d'emmerdes. Mais c'était une idée molle, informe. Une idée de camés. C'était lui, Volo, alors qu'il vacillait encore sous les effets de l'héroïne, qui s'y était collé. Il avait trouvé une bâche plastique au dernier étage de l'entrepôt. Il avait roulé le macchabée à l'intérieur puis l'avait laissé glisser sur les eaux noires du fleuve, sous les fondations du squat.

Chaque nuit, il revoyait cet étrange sarcophage, flottant dans les ténèbres. Il entendait le bruissement du paquet dans les flots, et le silence des autres freaks qui regardaient leur pote emporté par le courant. Ce convoi sordide, c'était ce qui les attendait. Tous. Mort anonyme, glauque, dégueulasse, qui surviendrait demain ou dans quelques années. À ce moment, Volo n'avait pas 17 ans.

Il se souvenait aussi d'une fiancée espagnole qu'il avait eue à Tanger, alors qu'il avait fait le voyage dans l'espoir de trouver de la dope moins chère. Leur histoire avait duré peu de temps. La fille s'était perdue dans la Médina, en quête d'un fix. On l'avait retrouvée violée, le crâne défoncé à coups de pierre.

Il avait appris la nouvelle par d'autres junks – répercutée à mi-voix, à travers le souk. Une chance sur deux pour que cela soit vrai. Volo était allé à l'hôpital et avait trouvé la fille. Trépanée. La moitié de son crâne était rasée. Quand il était entré dans la chambre, elle ne l'avait pas reconnu. Il avait eu alors cette conviction. On lui avait retiré la moitié du cerveau qui le concernait, lui. Pour elle, il n'existait plus. Et la vraie question, dans ce couloir ensoleillé, était : pour qui existait-il, vraiment ?

D'autres souvenirs.

D'autres trucs merdiques.

*Paris.* Attente interminable d'un dealer. Finalement, Volo fonce à son atelier – le gars est soi-disant peintre. Il le découvre inanimé, secoué de convulsions, en pleine OD. Il faudrait alerter les pompiers, appeler le SAMU. Au lieu de ça, Volo retourne la pièce en quête de petits papiers pliés. Quand il trouve les doses, sous une latte du parquet, il se fait aussitôt un fix dans la salle de bains. Alors seulement, il reprend ses esprits. Il appelle la PJ pour qu'ils rappliquent avec du secours. Il les attend, une cinquantaine de grammes dans la poche, prétendant que l'agonisant est son indic.

Les camés. Ils cherchent toujours à avoir l'air normal, aimable, ouvert. Ils font semblant d'entretenir avec les autres des rapports sains, souriants, curieux. Ils essaient de convaincre, en toutes circonstances, qu'il y a *partage*. Mais rien n'est plus faux. Les élans d'un drogué ne vont jamais bien loin. Ses questions, ses raisonnements ne dépassent jamais un mur invisible – celui de la came. En avoir ou pas. La seule question qui compte. Lui-même avait couché avec des filles parce qu'elles dealaient de la poudre. Il avait flatté des connards friqués parce qu'ils organisaient des soirées pourvues. Il avait volé des taulards, des dealers, des potes.

De la merde.

Volokine s'écroula dans l'allée de rayonnages. Un violent spasme venait de le casser en deux. Il crut qu'il allait vomir. Ses Royal Bacon et le reste. Mais non, la convulsion passa. Il se redressa sur un genou, alors qu'un jet de bile lui brûlait la gorge comme une giclée de napalm.

Il sourit. Un sourire de tête de mort. Jamais il ne pourrait s'en sortir sans défonce. La drogue appartenait à son métabolisme profond. Quand il songeait à son état, il songeait aux diabétiques. Il était exactement dans la même situation. Il souffrait d'une déficience physiologique. Il y avait au fond de son sang une carence, un dysfonctionnement que seule la drogue pouvait soigner. À moins que le trou noir ne soit, au départ, psychique... Peu importait. La paix, la sérénité était au bout de l'aiguille. Reproche-t-on aux diabétiques de s'injecter de l'insuline ? Aux dépressifs de prendre leurs antidépresseurs ?

Sa main s'accrocha aux tiroirs ouverts. Il parvint à se remettre debout. Malgré les tremblements qui l'agitaient dans son costume, il se fit une promesse. Il ne prendrait rien avant d'avoir identifié le coupable de l'affaire Goetz. Un môme, il le savait, il le sentait, avait décidé de se venger parce qu'on lui avait fait du mal. Il ne prendrait pas un gramme avant d'avoir mis la main sur ce gamin. Non pas pour l'arrêter, mais pour le *sauver*...

# 23

DES ENFANTS ASSASSINS.

Des gamins cruels, malsains, pyromanes.

Des adolescents tueurs en série, armés jusqu'aux dents.

Kasdan en était à sa deuxième heure devant l'écran.

Les faits, tout proches, incrustés au fond des yeux.

2004, Ancourteville, Seine-Maritime.

Pierre Folliot, 14 ans, tue à coups de fusil sa mère, sa sœur, son petit frère puis son père, tout en regardant, entre chaque meurtre, une vidéocassette de *Shrek*.

1999, Littleton, État du Colorado.

Éric Harris et Dylan Klebold sèment la panique dans le lycée Columbine, en tirant par rafales dans les classes. Ils abattent un professeur et douze élèves, blessent plus de vingt autres personnes, avant de mettre fin à leurs jours en tournant leurs armes contre eux-mêmes.

1999, Los Angeles.

Mario Padilla, 15 ans, assassine sa mère de 47 coups de couteau, aidé par Samuel Ramirez, 14 ans, qui utilise un tournevis. Ils portent tous deux le costume du tueur du film *Scream*.

1993, Liverpool.

Robert Thompson et Jon Venables, 11 ans, torturent et tuent James Bulger, 3 ans, à coups de briques et de barres de fer. Ils l'abandonnent sur une voie ferrée afin que le corps soit coupé en deux.

1993, État de New-York.

Éric Smith, 13 ans, bat à mort puis étrangle Derrick Robie, 4 ans, dans un parc public. Il sodomise ensuite le corps avec un bâton.

1989, Californie.

Erik et Lyle Menendez assassinent de plusieurs coups de fusil dans le dos leur père et leur mère dans l'espoir de toucher un héritage.

1978, banlieue d'Auxerre.

Quatre garçons, entre 12 et 13 ans, lapident un clochard et l'abandonnent à son agonie.

Face à son ordinateur, Kasdan avait simplement tapé « enfants meurtriers » et la litanie avait commencé. Il connaissait plusieurs de ces faits divers mais placés bout à bout, ils donnaient l'impression d'une chaîne de cauchemars. Une boîte de Pandore. On se poignardait à l'école pour une casquette. On tuait ses parents. On violait à l'âge de 8 ans...

Kasdan tenta d'atténuer la violence de la liste en cherchant des explications. Appeler le rationnel au secours de l'horreur. Se rassurer avec des commentaires analytiques face aux faits bruts.

Il trouva rapidement sur le Web des rapports psychiatriques, analyses psychologiques, expertises – la plupart en langue anglaise – dont la confusion et les contradictions n'avaient rien de rassurant. Certains parlaient d'héritage génétique : il y avait un gène de la violence, qui prédisposait au crime. D'autres cherchaient une explication dans la folie : l'enfant-tueur était schizophrène, souffrant d'un dédoublement de personnalité. D'autres évoquaient l'influence du milieu social et familial : pauvreté et violence poussaient au meurtre dès le plus jeune âge. La culture de masse – télévision, Internet, jeux vidéo – était aussi invoquée pour expliquer des comportements d'extrême violence chez l'enfant.

Seul problème, aucune de ces explications ne pouvait s'appliquer à *tous* les enfants-tueurs. Il n'existait pas un profil type pour ces assassins. Ce qui revenait à dire qu'il n'y avait pas une solution clé. Ou bien alors : la plus simple. L'homme était mauvais et, par conséquent, le « petit d'homme » ne valait guère mieux...

À minuit et demi, Kasdan lâcha son écran. Écœuré, accablé, épuisé. Il partit dans la cuisine se préparer un café. Revint dans le salon. S'approcha de la fenêtre, à demi voûté sous le toit mansardé. Du septième étage, il avait une vue imprenable sur le boulevard Voltaire et l'église Saint-Ambroise.

Son portable sonna. Il songea à Volokine. C'était Vernoux.

– Alors ? demanda-t-il aussitôt.

– Personne n'a rien vu, expliqua-t-il. Mendez fait l'autopsie. Et j'attends les premiers résultats de l'Identité judiciaire. Mais a priori, on a pas la queue d'un indice. L'inscription a été effectuée avec la langue de la victime, et l'organe a été manipulé avec des gants. Sinon, pas un cheveu, pas un brin de salive. Le tueur est un pro. Et toujours cette technique bizarre des tympans. Vous saviez que la métallisation de l'organe auriculaire de Goetz n'avait rien donné ?

Kasdan ne répondit pas. Vernoux continua. Il paraissait sonné par le meurtre de Naseer. Il voulait maintenant collaborer. Il fallait unir ses forces contre cet ennemi beaucoup plus dangereux que prévu.

Le seul coup de chance de Vernoux était que le boulevard Malesherbes était sous sa juridiction. Il avait donc hérité de cette nouvelle affaire. Mais il lui serait difficile de convaincre le Proc de conserver ces deux enquêtes criminelles. Du tout cuit pour la BC.

En retour, l'Arménien donna à Vernoux quelques os à ronger, notamment les informations sur l'inscription issue du *Miserere*. Il ne faisait que répéter les mots de Volokine. Mais il ne lâcha rien sur la disparition du petit Tanguy Viesel ni sur le soupçon de pédophilie. Il voulait conserver cette piste. Foireuse ou non.

– Et Goetz ? conclut-il. La piste politique ?

– Le mec de l'ambassade n'est toujours pas rentré. J'ai contacté l'officier de liaison argentin. Il ne sait rien sur le Chili. Il a l'air de prendre le Chili pour un pays de cons.

Kasdan songea aux zonzons. Un bref instant, il fut tenté d'en parler à Vernoux. Puis se ravisa.

– Tu as épluché ses notes de téléphone ? questionna-t-il au hasard.

– En cours. Pour l'instant, rien de spécial.

– Goetz n'avait pas contacté un avocat, récemment ?

– Pourquoi un avocat ?

– Je ne sais pas, éluda-t-il. Peut-être qu'il se sentait en danger.

– On vérifie tous les numéros. Mais on n'a rien noté dans ce sens.

Vernoux ne parlait pas des enfants de Saint-Jean-Baptiste. Dans la tourmente, le flic n'avait sans doute pas eu le temps de convoquer les familles. Il ignorait donc que l'Arménien l'avait doublé une deuxième fois. Avec un autre flic, issu de la BPM.

Kasdan raccrocha. Consulta sa montre. 1 h du matin. Le sommeil ne viendrait pas de lui-même. Il partit dans la cuisine prendre deux Xanax – piqûres de moustiques sur le cuir d'un buffle – puis s'installa de nouveau derrière son ordinateur.

Google. Enfants. Guerre. L'horreur se resserra d'un cran, passant des crimes particuliers aux crimes de masse. Enfants-soldats du Mozambique. Enfants-cannibales du Liberia. Enfants-coupeurs de mains de la Sierra Leone. Enfants-monstres, hallucinés, drogués, vicieux, indifférents, qui se répandaient sur l'Afrique comme un cancer incontrôlable...

Un clic, et l'horreur se déporta en Amérique latine. Colombie. Bolivie. Pérou. Les gangs. Les « baby-killers » des narcotrafiquants. Dans ces pays, la plupart des contrats sont assurés par des gosses de la rue, défoncés, élevés dans la haine et la violence.

Kasdan se forçait à lire, la nausée au ventre. La sonnerie de son portable le sauva. Coup d'œil à l'horloge du Mac. 1 h 45 du matin. Il songea encore une fois à Volokine mais reconnut la voix de Puyferrat, de l'Identité judiciaire.

– Je te réveille pas ?

– Non. T'as quelque chose ?

– Je veux. Je suis en train de rédiger mon PV sur la scène de crime de Nasiru... Enfin, tu vois qui je veux dire...

– Je vois.

– J'ai d'autres empreintes de chaussures. Elles n'étaient pas visibles à l'œil nu mais j'ai fait luminer la piaule.

Le Luminol est un produit vieux comme Hérode. Une substance qui révèle la moindre particule de fer, donc la moindre trace de sang. Dix années après un meurtre, une tache d'hémoglobine, nettoyée à l'eau de Javel, brille encore au contact de cette substance.

– Des empreintes de basket, continua Puyferrat.

– Du 36 ?

– Exactement. C'est dingue.

La théorie de Volokine revenait en force. Kasdan inspira. Pourquoi fallait-il que sa dernière enquête repoussât les limites de l'horreur ? Le Russe avait dit : « J'ai 30 ans mais c'est vous le bleu. » Il avait raison.

– Mais il y a pire, poursuivit le technicien. Il y en a plusieurs.

– Plusieurs empreintes ?

– Plusieurs mômes.

– Quoi ?

– Il n'y a aucun doute. À moins que le meurtrier se marche lui-même sur les pompes.

Trou d'air dans son estomac. Éclairs au fond du cerveau. Sentiment d'être dans un avion au bord du crash. Kasdan se souvint d'un autre détail. Lors de leur première rencontre, Volokine avait parlé d'une « conspiration de gosse. » Il en parlait au singulier mais le mot était juste. Comme si le Russe entrevoyait déjà la vérité.

– Les empreintes se croisent. Toutes de petite taille. Si j'avais fumé, je dirais que le mec s'est fait refroidir par une bande de gosses en délire. Certaines empreintes sont plus nettes que la première fois. Je les ai envoyées à l'IRCGN, au fort de Rosny-sous-Bois. Ils ont des catalogues pour tout. Fusils, empreintes dentaires, empreintes d'oreilles. Ils possèdent aussi un index de moulages de chaussures.

– Tu n'es plus sûr que ce soit des Converse ?

– Non. Finalement, le dessin n'est pas tout à fait le même.

– Putain. Je bosse depuis deux jours sur une fausse piste ?

– Tu bosses sur rien du tout, Doudouk. Je suis déjà bien gentil de t'appeler.

Kasdan ravala sa rage.

– C'est tout ?

– Non. On a aussi d'autres parcelles de bois.

Les échardes trouvées sur la tribune de la cathédrale. L'élément lui était complètement sorti de la tête.

– C'est le même bois que la dernière fois ?

– Trop tôt pour le dire. J'ai même pas les résultats d'analyse du premier prélèvement. On l'a envoyé encore une fois au labo, à Lyon. Ça va pas tarder à revenir.

– OK. Rappelle-moi vite. Et... merci.
– Pas de quoi, ma vieille.
L'Arménien sentit – ou crut sentir – les effets des Xanax. Son cerveau réagissait avec distance. La décontraction l'envahissait. Ses pensées reculaient. Son esprit s'épanchait à la manière d'une flaque de thé tiède. Il mit en marche son imprimante afin d'éditer les dernières pages qu'il avait mémorisées sur les enfants-soldats.
Il se leva pour récupérer les feuilles puis s'arrêta net.
Un autre bruit venait de retentir.

# 24

UN BRUIT LÉGER, lointain, régulier.

Il songea à un mécanisme, frigo ou autre engin électroménager, et écouta attentivement, retrouvant d'un coup sa concentration. Tic-tic-tic... Le bruit ne provenait pas de l'appartement mais du couloir. Dehors. Il songea aux chiottes du palier.

Ce n'était pas un clapotis.

Ni un contact contre les vitres des vasistas.

Plutôt un tapotement, faible et persistant à la fois. Comme le contact d'une canne d'aveugle. Il était 2 h du matin. Qu'aurait foutu un aveugle à cette heure-ci dans le couloir ?

Il se leva, l'ouïe toujours tendue vers le mur. Marcha vers le commutateur. Il éteignit la lumière du salon après avoir sorti son Sig Sauer du holster. S'approcha de la porte d'entrée. Oreille collée au bois, Kasdan écouta. La cadence ne cessait pas. Tic-tic-tic-tic...

Le bruit se rapprochait. Ou du moins évoluait à l'intérieur du couloir. Kasdan chercha à imaginer la source du son. Une canne d'aveugle, oui. Ou un fragment de sureau, très souple, utilisé comme une sonde...

Ce simple bruit provoqua en lui un mécanisme d'angoisse. Il sentait la sueur perler sur son front. Sa circulation sanguine fourmiller à la surface de la peau. Il leva le cran de sécurité du 9 mm Para puis tira à lui, très lentement, la culasse de l'arme. Avec plus de précaution encore, il tourna la molette du verrou supérieur. Il ouvrit sa porte. Le silence se dilatait autour de lui, prenant une densité, une masse de plus en plus oppressante.

Le couloir, absolument noir. Le visiteur, si visiteur il y avait, avançait sans visibilité. Kasdan se pencha et écouta. Le bruit persistait. Ni plus proche, ni plus lointain.

Tic-tic-tic-tic-tic...

Kasdan se raisonna. Peut-être un voisin qui rentrait chez lui... Un porte-clés qui se balançait... Le frottement d'un sac contre une cloison...

Il se glissa à l'extérieur, à pas prudents. Les ténèbres de son appartement se mélangeaient avec celles du couloir comme des eaux noires. Sur une impulsion, Kasdan opta pour la bonne vieille sommation policière.

Il se plaça au centre du couloir, son arme dressée vers le plafond :

– On bouge plus. Police !

Le bruit s'arrêta net.

De sa main gauche, Kasdan tâtonna le mur, à la recherche du commutateur. Il n'en trouva pas et se souvint qu'il devait faire quelques pas en avant pour trouver la minuterie.

Il marcha, le Sig Sauer maintenant braqué devant lui comme une torche, hésitant, ne voyant absolument rien. Pourtant, il pouvait sentir la présence, face à lui, au bout du couloir.

Un pas. Deux pas. Et toujours pas de commutateur.

L'adrénaline, à flots continus dans son sang.

Kasdan se sentait prêt à exploser.

Une seconde plus tard, il craqua et hurla :

– Qui va là, putain ?

Le silence en retour puis, soudain, du fond du couloir, un chuchotement :

– *Qui va là, putain ?*

Kasdan se pétrifia, comme si on lui avait enfoncé une sonde de givre dans le cul. Sa main gauche trouva le commutateur.

Lumière.

Le couloir était vide.

Mais la terreur ne le quittait pas.

La voix qui venait de lui répondre était une voix d'enfant.

# 25

LA SONNERIE DU TÉLÉPHONE le réveilla en sursaut

Cœur qui cogne.

Visage chauffé à blanc.

Esprit au bord du vide. Prêt à replonger...

Nouvelle sonnerie.

Non, pas le téléphone... La porte d'entrée. Kasdan eut un éclair de lucidité. Le fait en soi était étrange – il y avait un interphone en bas. On ne sonnait donc jamais directement, sur le seuil de l'appartement. À moins d'être un voisin.

Il se souleva et mesura dans quel état il était. Littéralement inondé. Pas une parcelle de son corps qui ne soit trempée. Il avait exsudé ses rêves. Sa peur. Les draps plissés étaient imbibés des traces de sa terreur. Et son corps déjà froid, comme enveloppé de cette fine pellicule figée.

La porte, encore.

Il se leva sans prendre la peine d'enfiler ni pull ni pantalon.

– C'est qui ?

– Volokine.

Il regarda sa montre. 8 h 45. Presque 9 h. Bon Dieu. Il se levait de plus en plus tard. Que foutait le gamin sur son palier ? Il se sentit vexé d'être surpris ainsi au saut du lit. Pourtant, il ouvrit la porte en caleçon et tee-shirt, acceptant sa vulnérabilité.

– Room-service.

Volokine tenait un sac en papier, frappé du logo d'une boulangerie. Son costume était encore plus froissé que la veille.

– Comment as-tu eu mon adresse ?
– Je suis flic.
– Et l'interphone ?
– Même réponse.
– Entre et ferme la porte.

Kasdan tourna les talons et traversa le salon pour accéder à la cuisine.

– Pas mal, chez vous. On dirait une péniche.
– Il ne manque que le fleuve. Café ?
– Merci, ouais. Bien dormi ?

Il saisit un filtre sans répondre et le remplit de poudre brune.

– J'ai fait pas mal de cauchemars, dit-il enfin. À cause de toi.
– De moi ?
– Les enfants-tueurs. Je me suis farci toutes ces merdes une partie de la nuit.
– Édifiant, non ?

Kasdan lança un regard à Volokine. Appuyé sur le chambranle de la porte, il lui offrait un large sourire. L'Arménien hocha la tête. Il mentait. Il n'avait pas rêvé des mômes assassins. Il n'avait pas besoin de nouveaux cauchemars – il avait les siens.

Cette fois, il était à la poursuite d'une expédition punitive dans la brousse africaine. Des soldats qui avaient perdu tout repère, tout contact avec l'ordre et la rigueur militaires. Des salopards de Blancs qui se livraient au pillage, au viol, au meurtre... Kasdan, dans son rêve, avait les yeux irrités par un microbe ou un virus. Il avançait sous la pluie, comptant les points de l'horreur, suivant les exactions du bataillon fantôme. Avant que la porte ne sonne, il avait découvert enfin la horde. Des soldats dépenaillés, ensanglantés, pataugeant sous la pluie rouge. À cet instant, il avait compris la vérité. Cette troupe était la sienne. Leur chef était lui-même, les yeux gonflés, irrités, par les larmes et la pluie.

Kasdan mit en marche la machine. Les secondes se mirent à crépiter, se résolvant en un mince filet noir, odorant et appétissant.

– Et toi, demanda-t-il, tu as dormi ?
– Quelques heures.
– Où ?
– Aux archives des disparus. J'ai des rapports compliqués avec

le sommeil. Quand il vient, je l'accueille à bras ouverts, où que je sois. Le problème, c'est que je n'ai pas fait le tiers de ce que j'avais prévu. Je peux prendre une douche ?

Kasdan considéra le jeunot. Malgré sa chemise blanche et sa cravate, il avait l'air d'un SDF. Un chien errant, sous son treillis et sa gibecière en bandoulière.

– Vas-y. Le temps que le café passe.

– Merci. (Il sortit de sa sacoche un dossier cartonné assez épais.) Tenez. Ma moisson de la nuit. J'ai photographié les documents avec mon appareil numérique et j'ai tout fait imprimer ce matin, chez un copieur.

– Qu'est-ce que tu as trouvé ? demanda-t-il en plaçant les croissants dans une coupe en porcelaine.

– Un autre disparu. Une autre chorale. En 2005. Celle de Saint-Thomas-d'Aquin, dirigée par feu monsieur Goetz.

– Tu déconnes.

– C'est nous qui déconnons. On aurait dû vérifier tout ça en priorité. Goetz dirigeait quatre chorales. Dans deux d'entre elles, en deux années, il y a eu deux disparitions. Vous pouvez toujours parler de hasard, de coïncidences. Moi, je vous dis que Goetz est mouillé jusqu'à l'os. L'os de la bite, si vous n'avez pas compris.

Kasdan attrapa la liasse de documents et la feuilleta.

– Goetz est impliqué dans ces disparitions, insista le gamin. C'est un pédo, nom de Dieu. Et un môme a décidé de se venger. De lui et de son minet.

– Tu ne sais pas tout.

L'Arménien expliqua à Volo la découverte de la nuit. Les empreintes qui démontraient que le tueur était plusieurs. Plusieurs gosses.

Le Russe parut à peine étonné :

– Cela confirme ce que je pense, fit-il. Les mômes se sont retournés contre leur agresseur.

– Il est trop tôt pour...

– Lisez. J'ai aussi chopé le dossier de Tanguy Viesel. Je file sous la douche.

Volo disparut. Kasdan parcourut le dossier. En entendant les robinets s'ouvrir, il se demanda si le gamin n'était pas en train de se faire un fix. La douche : la ruse préférée des junks pour squatter la salle de bains et se livrer à leur rituel, couvert par le bruit de l'écoulement.

Aussitôt, une autre pensée vint le saisir, sans lien avec la première. Il ne parlerait pas de l'étrange visite de cette nuit. *Qui va là, putain* ? L'avait-il rêvée ? Un enfant était-il vraiment venu, au fond du couloir, tapotant le sol avec une baguette de bois ? Était-ce aussi terrifiant qu'il l'avait ressenti ?

Les données sur la disparition de Tanguy Viesel n'apportaient rien. Les gars du quatorzième avaient mené leur enquête, sans résultat, puis avaient refilé le dossier aux « disparus ». Le fait que le gamin ait emporté des vêtements semblait confirmer l'idée d'une fugue. Malgré son jeune âge, 11 ans, l'enfant avait peut-être réussi à vivre sa vie en solo, loin de sa famille.

Le cas avait rejoint le flux continu des disparitions en France. Chaque année, la Brigade de Répression de la Délinquance Contre la Personne (BRDCP), un service dont la compétence était limitée à l'Île-de-France, traitait environ 3 000 « dispas », sans compter les 250 cadavres inconnus et les 500 amnésiques dont il fallait réveiller la mémoire.

L'autre disparition, un gamin du nom de Hugo Monestier, 12 ans, habitant dans le cinquième arrondissement, était similaire à celle de Tanguy. Évaporé sur le chemin de l'école. Affaires emportées, qui laissaient penser à une fugue. Pas le moindre résultat après plusieurs semaines d'enquête. Les keufs avaient comparé les deux affaires. Noté les similitudes. Deux membres de chorales. Deux sopranos. Dirigés tous deux par monsieur Goetz. Le Chilien avait été interrogé et était ressorti des auditions blanc comme neige.

L'Arménien lâcha ses feuilles et but une goulée de café. Par association, il songea au père Paolini, qui dirigeait la paroisse de Saint-Thomas-d'Aquin. Le prêtre devait justement rentrer de voyage ce matin. Il saisit son portable. Composa le numéro de l'église – la douche bruissait toujours.

On répondit à la quatrième sonnerie. Kasdan demanda à parler au père.

– C'est moi, fit une voix de baryton bien appuyée.

Kasdan se présenta et évoqua l'affaire Hugo Monestier.

– J'ai déjà tout dit à l'époque.

– Des faits nouveaux nous font rouvrir la procédure.

– Quels faits nouveaux ?

– Le secret de l'enquête m'interdit de vous répondre.

– Je vois. Que voulez-vous savoir ?

– Que pensez-vous de Wilhelm Goetz ?

– Je comprends maintenant ce qui vous amène. La mort de Goetz.

– Vous êtes au courant ?

– Oui. Le père Sarkis, de la cathédrale Saint-Jean-Baptiste, m'a laissé un message. C'est terrible.

Sarkis avait décidément fait la tournée des paroisses. La voix était grave, lente, doucement chaloupée par l'accent corse.

Kasdan enquilla :

– Je précise ma question : quelle est votre conviction sur un lien éventuel entre la disparition de Hugo Monestier et Wilhelm Goetz ?

– Wilhelm était innocent. Les policiers ont rapidement abandonné cette piste. Au départ, je me souviens, ils tournaient autour de lui comme des vautours. C'est malheureux à dire, mais son homosexualité semblait constituer, aux yeux de vos collègues, une circonstance aggravante.

– Vous saviez qu'il était homosexuel ?

– Un secret de Polichinelle. Malgré ses efforts pour cacher sa vie privée, Goetz ne pouvait nier cette évidence.

– Il n'a jamais eu une attitude limite avec les enfants ?

– Non. Il était parfaitement correct. Et c'était un grand musicien, doublé d'un excellent pédagogue. Si j'étais vous, je chercherais ailleurs la cause de sa mort.

– Vous avez une autre idée ?

– Pas une idée. Une impression. Wilhelm Goetz avait peur. Terriblement peur.

– De quoi ?

– Je ne sais pas.

Kasdan regarda sa montre : 10 h.

– J'aimerais parler de tout ça avec vous, de vive voix.

– Quand vous voulez.

– Je serai là dans moins d'une heure.

– Je vous attends dans la sacristie. Nous sommes place Saint-Thomas-d'Aquin, près du boulevard Saint-Germain.

L'Arménien raccrocha alors que Volokine apparaissait sur le seuil de la cuisine, peigné, rasé, brillant comme un sou neuf. Il portait toujours son costume froissé mais renvoyait maintenant de vrais reflets de lumière, à la manière d'un paysage trempé de rosée. Il attrapa un croissant dans la coupe et l'avala en deux bouchées.

Il désigna le dossier posé sur la table :

– Ça vous a plu ?

– Bon boulot. Mais le taf ne fait que commencer.

– Je suis d'accord. J'ai déjà lancé une autre recherche. Au Service des disparus et à la BPM. Pour voir s'il n'y a pas d'autres petits chanteurs envolés.

– Dans des chorales qui n'étaient pas dirigées par Goetz ?

– Une idée comme ça. On se focalise sur le Chilien. Mais l'autre point commun de ces mômes est qu'ils avaient une voix – pure, juste, innocente. Je sais de quoi je parle : moi-même, j'ai été chanteur. C'est un don. Une grâce dont on ne se rend pas compte quand on est gosse. Un truc tombé du ciel, qui disparaît avec la mue.

– Ces voix pourraient être un mobile des disparitions ?

– J'en sais rien. Peut-être qu'il y a derrière tout ça une perversion à base de chants religieux. J'ai vu tellement de trucs zarbis...

Kasdan songea au *Miserere* qu'il avait écouté chez Goetz, le premier soir. Cette voix qui l'avait bouleversé et qui avait attiré, comme un aimant, à la surface de sa conscience, ses blessures les plus sensibles. Il s'arracha à cette sensation irrationnelle et dit d'une voix ferme :

– OK. On se partage le boulot. Je fonce à Saint-Thomas-d'Aquin. Parler avec le prêtre de la paroisse. J'ai l'impression qu'il a des choses à me dire.

Volokine prit un autre croissant :

– Moi, je file à Notre-Dame-de-Lorette, dans le neuvième. Ce matin, avant de venir ici, je me suis procuré la liste des chanteurs des quatre chorales de Goetz puis j'ai consulté les dossiers de la BPM, concernant les enfants délinquants. Si nous avons bien affaire à des enfants assassins, ils ont peut-être eu des antécédents.

– J'ai déjà vérifié pour les chorales de Saint-Jean-Baptiste et de Notre-Dame-du-Rosaire.

– Moi, j'ai checké les deux autres et je suis tombé sur un nom. Sylvain François. 12 ans. Un môme de la Ddass. Admis dans la chorale de Notre-Dame-de-Lorette pour ses qualités de chanteur et aussi parce que la paroisse veut faire œuvre de charité. Ils ont tiré le gros lot. Le môme a l'air ingérable. Vol. Voies de fait. Fugue. Ils répètent ce matin au grand complet, pour la messe de minuit. Je vais choper le petit Sylvain et le sonder. On ne sait jamais : c'est peut-être notre « tueur ».

– Tu y crois vraiment ?

– Je crois que s'il a quelque chose à dire, il me le dira. La mauvaise graine, ça me connaît. On garde le contact sur nos portables.

# 26

L'ÉGLISE SAINT-THOMAS-D'AQUIN était spacieuse et raffinée. Un pur produit du Second Empire. Sous ses voûtes claires, des grands tableaux sombres et mordorés se déployaient, comme dans un musée. La noblesse, la dimension impériale dominaient ici l'atmosphère liturgique.

Kasdan s'avança dans la nef. Il jugeait avec mépris cette décoration trop riche, trop sophistiquée. Le mépris d'un Arménien, habitué à des églises rudes, sans fioritures, où toute représentation divine est interdite. Côté catholique, il ne trouvait ses repères que dans les églises romanes, brutales et nues. L'expression d'une vraie foi, sans bla-bla ni symbole inutile.

– Vous êtes le policier du téléphone ?

Kasdan se retourna. Deux hommes en soutane noire se tenaient près de l'autel. L'un était petit, couronné d'une tignasse grise ondulée. L'autre, costaud et chauve. À leur contact, on remontait le temps d'un siècle ou deux. Ils avaient l'air de sortir des *Lettres de mon Moulin*.

– C'est moi. Lionel Kasdan. Vous êtes le père Paolini ?

Il s'était adressé au plus petit mais les deux hommes répondirent « oui » à l'unisson. Devant l'étonnement de Kasdan, les prêtres sourirent :

– Nous sommes frères.

– Pardon ?

Leur sourire s'accentua. Le petit expliqua :

– Dans le monde séculier, nous sommes frères.

Le second ajouta :

– Dans le monde de Dieu, nous sommes pères.

Ils rirent franchement, heureux de leur vanne, qu'ils devaient servir à chaque visiteur. Kasdan tendit la main. Tour à tour, les curés l'emprisonnèrent avec énergie. L'Arménien en profita pour les détailler.

Le petit, tout sourire, exhibait une dentition éclatante. Le plus grand souriait les lèvres fermées, comme s'il marmonnait un air d'allégresse. Malgré leur différence de taille et de coiffure, les deux frères se ressemblaient. Même teint d'olive noire. Même nez en bec de toucan. Même accent corse. En revanche, ils n'évoluaient pas à la même vitesse. Le modèle réduit avait la morgue d'un cortège funéraire. Le grand frangin s'agitait comme un danseur. Son crâne chauve évoquait une cagoule. Kasdan songea au célèbre catcheur masqué, Santo.

– Venez avec nous, fit Cheveux Gris.

– Nous serons plus à l'aise dans notre salle paroissiale, ajouta Santo.

Ils quittèrent l'église et traversèrent la place déserte qui longe le boulevard Saint-Germain. Le petit Paolini déverrouilla une porte surmontée d'un vitrail en forme de croix. Ils plongèrent dans l'ombre. La salle paroissiale n'offrait aucune surprise. Des tables d'école disposées en carré. Des affiches exhortant à suivre « la Voie de Jésus ». Deux fenêtres donnant sur une cour grise. Le prêtre chauve alluma le plafonnier et fit signe à Kasdan de s'installer derrière un des angles droits du carré. Les deux curés se placèrent des deux côtés de l'angle opposé.

Kasdan commença par évoquer le meurtre de Wilhelm Goetz. Il résuma la situation. Le lieu, l'heure, l'environnement. Et la chorale. Il la joua « enquête de proximité ». Faute de mobile et de suspect, la police se concentrait sur la victime et son profil.

– Vous vous entendiez bien avec Wilhelm Goetz ?

– Plus que bien, fit Cheveux Gris. Je suis pianiste, moi aussi. Nous avons joué ensemble.

– Moi aussi, ajouta Santo. Des œuvres pour deux pianos.

– Oui. Franck. Debussy. Rachmaninov...

Kasdan comprit que les deux frères allaient répondre chacun

leur tour aux mêmes questions, façon Dupont et Dupond. Il sortit carnet et lunettes :

– Je voudrais avoir votre sentiment personnel. Qu'avez-vous pensé lorsque vous avez appris le meurtre de Goetz ?

– J'ai pensé que c'était une erreur, fit le petit. Une erreur sur la personne.

– Ou alors, fit le grand, le fruit du hasard.

– Du hasard ?

– Goetz a été tué par un fou, qui a frappé sans mobile.

– Selon vous, il n'avait rien à se reprocher ? Personne n'aurait pu lui en vouloir ?

Cheveux Gris parla avec lenteur :

– Goetz était un vieil homme, qui coulait des années heureuses auprès de Dieu. Discret, souriant, humain. Il avait bien mérité sa retraite, après les atrocités du Chili.

– Vous saviez qu'il était homosexuel ?

– Nous l'avons toujours su, oui.

Il n'y avait décidément qu'à Saint-Jean-Baptiste que personne n'avait deviné les mœurs de l'organiste.

– Pourquoi ?

– Une intuition. Les femmes étaient étrangères à son univers.

– Il y avait un mur invisible, insista Santo. Un mur qui maintenait les femmes à distance et le protégeait, en quelque sorte. Son monde était un monde d'hommes.

Kasdan regarda le petit Paolini :

– Au téléphone, vous m'avez dit que Goetz avait peur. Il vous en a parlé ?

– Non.

– Pourquoi cette remarque ?

– Il avait l'air nerveux. Agité. C'est tout.

Santo compléta, d'une voix rapide :

– Une fois, il nous a demandé si quelqu'un était venu nous interroger à son sujet.

– Qui ?

– Il n'a pas précisé.

– Il se sentait donc épié ?

– Difficile à dire, fit Cheveux Gris. Il venait jouer de l'orgue. Faisait répéter la chorale. Et repartait chez lui.

L'Arménien sentait qu'il n'arriverait à rien avec ce tandem.

– OK, reprit-il. Quels étaient ses rapports avec les enfants ?

– Parfait. Rien à dire. Beaucoup de patience.

– Goetz était un merveilleux pédagogue, surenchérit Santo. Il ne vivait que pour les enfants. Il avait toujours un tas de projets...

Kasdan changea d'aiguillage :

– En réalité, je suis venu vous parler de la disparition de Hugo Monestier.

– Vous pensez qu'il y a un lien entre cette disparition et le meurtre de Wilhelm ?

– Et vous ?

– Pas du tout, fit Cheveux Gris. Pas le moindre lien.

– Parlez-moi de cette affaire.

– Nous ne savons rien. Hugo a disparu, c'est tout. Il y a eu une enquête. Une campagne d'affichage. Des appels à témoins. Ça n'a rien donné.

– Vous y pensez, parfois ?

– Chaque jour, oui.

– Nous prions pour lui, ajouta Santo.

Les frères Ping-Pong commençaient à lui donner mal à la tête. Il révéla :

– On m'a parlé d'une autre disparition, en 2004. Au sein d'une chorale, également dirigée par Goetz.

– Nous en avons entendu parler. Des policiers sont venus nous interroger à ce sujet. Ils avaient l'air de soupçonner Wilhelm. Mais savez-vous combien de mineurs disparaissent chaque année ?

– Près de six cents. C'est mon métier.

– Cela laisse la place à une coïncidence, non ?

Kasdan perdait son temps ici. Il songea à Volokine, qui interrogeait au même moment un petit délinquant pour savoir s'il n'était pas un tueur religieux et mutilateur. Une autre mauvaise direction.

– Je voulais vous demander..., reprit Cheveux Gris. À propos de l'assassinat de Wilhelm. Dans cette affaire, il y a eu d'autres meurtres ou non ?

Kasdan hésita. Il n'avait aucune raison de répondre. Pourtant, il hocha la tête affirmativement. L'homme enchaîna :

– Cela ne pourrait pas être l'œuvre d'un tueur en série ?

– Un tueur en série ?

– Nous nous intéressons aux meurtriers récidivistes, précisa Santo. Nous cherchons à pénétrer leur mystère.

« Allons bon », pensa Kasdan. D'un ton patient, il rétorqua :

– Plutôt bizarre pour des prêtres, non ?

– Au contraire, ces hommes sont les êtres les plus éloignés de Dieu. Ils sont donc à sauver en priorité. Nous en avons visité plusieurs en prison...

– Je vous félicite. Mais nous n'avons pas affaire à un tueur en série.

– Vous en êtes sûr ? Y a-t-il des différences entre les meurtres ?

L'Arménien ne répondit pas. Puis, mû par son instinct, il livra quelques explications. Il parla des tympans crevés. Des différences entre le premier et le deuxième meurtre. Du sourire tunisien. De la langue coupée. Et aussi de l'inscription issue du *Miserere*.

Les deux frères lui offrirent un même sourire en réponse.

– Nous avons une théorie sur les tueurs en série, dit Cheveux Gris. Vous voulez la connaître ?

– Allez-y toujours.

– Vous connaissez les variations Diabelli ?

– Non.

– Une des plus belles œuvres de Beethoven. Son chef-d'œuvre. Certains disent même le chef-d'œuvre de la musique pour piano. C'est un peu excessif mais dans tous les cas, on peut la considérer comme une quintessence de l'écriture pianistique. Au départ, il y a un thème, presque insignifiant, qui s'amplifie, se déploie, varie à l'infini...

– Je ne vois pas le rapport avec les meurtres.

Santo hocha la tête :

– Nous avons connu un grand pianiste qui refusait d'enregistrer les Variations en studio. Il voulait les jouer seulement en concert, sans s'interrompre. L'œuvre devient alors un vrai voyage. Un processus émotionnel. Chaque variation s'enrichit des autres. Chaque fragment contient la fatigue du précédent, la promesse du suivant. Un réseau se constitue, des jeux d'échos, de correspondances, selon un ordre secret...

– Je ne vois toujours pas le rapport.

Cheveux Gris sourit :

– On peut considérer une série de meurtres comme des variations sur un thème. D'une certaine façon, le tueur écrit une partition. Ou bien c'est cette partition qui l'écrit. En tout cas, son développement est inéluctable. Chaque meurtre est une variation par rapport au précédent. Chaque meurtre annonce le suivant. Il faut trouver, derrière la combinaison, le thème initial, la source...

Kasdan planta ses coudes sur la table et prit un ton ironique.

– Et comment je devrais faire, d'après vous, pour découvrir ce thème ?

– Observer les points communs. Mais aussi les nuances, les différences entre chaque crime. Le thème se dessine ainsi, par défaut.

L'Arménien se leva et conclut, toujours sur le mode sarcastique :

– Excusez-moi, mais vous dépassez mes compétences.

– Vous avez lu Bernanos ?

– Il y a longtemps.

– Songez à cette phrase qui finit *Le Journal d'un curé de campagne* : « *Qu'est-ce que cela fait ? Tout est grâce...* » Tout est grâce, commandant. Même votre assassin. Derrière les actes, il y a toujours une partition. Il y a toujours la volonté de Dieu. Vous devez trouver le thème. Le leitmotiv. Alors vous trouverez votre tueur.

# 27

PUTAINS de guirlandes de Noël.

Elles surplombaient chaque avenue et lui piquaient les yeux comme des aiguilles.

Volokine ruminait dans son taxi. Les lampions, les étoiles, les boules scintillantes, tout cela lui plombait les nerfs, comme tout ce qui se rapportait aux fêtes en général, et celles destinées aux mômes en particulier. En même temps, quelque chose en lui aimait encore Noël. Un morceau de sa chair réagissait encore.

La voiture contourna l'opéra Garnier et dut stopper à l'intersection du boulevard Haussmann. Les Galeries Lafayette, un samedi 23 décembre. En termes de trafic, on pouvait difficilement faire pire.

Volokine contempla les vitrines. Un ours géant à l'air débile était couché à l'horizontale, assailli par des légions d'oursons. Il y avait aussi d'autres nounours enfermés dans des boules de Noël translucides, qui ressemblaient à des fœtus suspendus. Des mannequins de femmes, filiformes, évoquant des spectres anorexiques, se dressaient dans des poses bizarres, avec des lapins albinos à leurs pieds, qui avaient l'air naturalisés. Flippant.

Mais le pire, c'était la foule béate. Ces parents gagas, tenant leur progéniture comme s'ils tenaient leurs propres rêves perdus, qui s'extasiaient devant ces scènes naïves. Des vitrines qui ne faisaient que leur rappeler que le temps avait passé, que leur enfance était close et que le cimetière se rapprochait. « Les enfants poussent aux tombeaux », disait Hegel.

À travers sa rage, son mépris, Volokine sentit pointer encore l'autre sentiment. Sa nostalgie d'enfant. Des souvenirs jaillirent, façon images saccadées. Il eut mal, au fond de lui. Et la nausée monta, comme chaque fois qu'il se souvenait. Réaction instantanée : l'idée d'un shoot. Il connaissait au moins trois dealers à deux pas d'ici, dans les hauteurs de Pigalle et de la rue Blanche. Un coup de fil, un détour, ni vu ni connu, et l'étau de l'angoisse s'ouvrirait.

Il serra les poings. La promesse qu'il s'était faite à lui-même. Pas le moindre gramme avant le dénouement de l'enquête. Pas un seul fix avant de regarder dans les yeux le ou les assassins.

Il éclata en sanglots. De chaudes larmes, coulant sur sa sale gueule de défoncé. La morve lui sortit du nez, lui mouilla les lèvres, avec un goût de mer salée. Il songea à ses dents branlantes, à son corps pourri de junk en rémission – et ses larmes redoublèrent.

– Ça va pas, m'sieur ?

Le chauffeur de taxi lui lançait des coups d'œil circonspects dans le rétroviseur.

– Ça va. C'est Noël. Je supporte pas.

– Alors ça, moi non plus. Avec tous ces cons qui...

Le conducteur se lança dans une diatribe contre les jours fériés. Volo n'écoutait pas. Ses sanglots lui faisaient du bien. Ils agissaient comme une purge. Repoussaient l'appel de l'héroïne. La circulation reprit. Il vit surgir la rue Lafayette avec soulagement. Le chauffeur se faufila dans sa voie réservée puis braqua rue Laffitte, droit vers Notre-Dame-de-Lorette. Enfin, il se gara rue de Châteaudun, tout près de la rue Fléchier.

Volo paya et s'extirpa du taxi en s'essuyant les yeux. Il gravit les marches. Poussa la porte à tambour. Chaque église avait son petit truc en plus, son trésor caché. À l'évidence, le morceau de bravoure de celle-ci était le plafond à caissons. Dès qu'on levait les yeux, on découvrait dans la pénombre une série de reliefs boisés et travaillés, qui luisaient dans l'ombre comme des ruches.

Il fit quelques pas le nez en l'air quand un nouveau choc le cueillit. La chorale retentissait dans l'église, jaillissant de quelque part comme un pur cauchemar. Le Russe avait prévu le coup mais le contact était plus violent encore qu'il n'aurait cru. Il s'écroula sur une chaise. Merde. Tant d'années passées et sa phobie des voix était toujours là, intacte, à fleur de nerfs...

Tout son corps vomissait le chant. Il ne pouvait plus entendre des chœurs d'enfants. Il ne pouvait les supporter, sans savoir pourquoi. Il pressa ses mains sur ses oreilles quand une voix s'éleva, toute proche :

– Qu'avez-vous, mon fils ? Je suis le père Michel.

Un prêtre se tenait devant lui, les yeux mi-clos, à la manière d'un chat près de s'assoupir. Le flic eut envie de lui défoncer le portrait mais, dans le même temps, le silence s'imposa dans la nef. Les voix s'étaient tues. Le calme revint dans ses veines.

– Nous préparons la messe de minuit, reprit le prêtre à voix basse, d'un ton onctueux. Nous...

Le religieux s'arrêta. Volokine venait de se lever et lui braquait sous le nez sa carte tricolore. La stupeur du prêtre lui redonna du baume au cœur. Il était heureux de lui prouver qu'il n'était pas un clodo de plus et qu'il n'en avait rien à foutre de sa compassion. Il était un flic, nom de Dieu. Un mec capable de lui pourrir sa journée...

Volo expliqua brutalement qu'il enquêtait sur le meurtre de Wilhelm Goetz et qu'il souhaitait interroger Sylvain François.

– Vos soupçons se portent sur... Sylvain ?

– Je dois l'interroger, c'est tout.

Le prêtre était tout pâle. Volokine fut magnanime :

– C'est la procédure. Nous devons interroger les personnes dans l'entourage de Wilhelm Goetz qui ont un casier judiciaire.

– Sylvain n'a pas de casier.

– Parce qu'il est mineur. (Volo retrouvait son assurance.) Écoutez-moi, mon père. Je ne bosse pas à la Crim mais à la BPM. La Brigade de Protection des Mineurs. Ils m'ont envoyé ici parce que j'ai l'habitude d'interroger des gamins, et souvent des pas commodes. Alors, accordez-moi quelques minutes avec Sylvain et tout se passera bien.

– Je... Bon. Très bien. Mais un policier est déjà venu, avant-hier et...

– Je sais. Lionel Kasdan, on bosse ensemble.

Rassuré, l'homme tendit une longue main vers le fond de l'église. Dans le demi-jour, le Russe aperçut une file de mômes qui descendaient l'escalier de la tribune. Tout de suite, il repéra Sylvain François. Ou crut le repérer.

Roux, coiffé en brosse, il dépassait les autres d'une tête. Il paraissait avoir vécu plus d'années que les autres. Des années sourdes, vicieuses, qui comptaient double ou triple.

– Sylvain est celui qui...

– C'est bon, fit Volo au flanc. Je l'ai reconnu. Où peut-on se mettre pour parler un peu ?

Quelques minutes plus tard, Cédric Volokine était installé face au rouquin, dans un petit bureau qui ressemblait à une cabine de télégraphiste du début du XXe siècle. Une ampoule nue descendait bas, au-dessus de la table en bois. Dans un coin, des paperasses, des imprimés : des invitations à des messes, des incitations au recueillement, agrémentées de mauvaises photos et de lettrages ringards. Volokine eut une pensée pour la tristesse et l'isolement de la foi catholique puis se concentra. Il sortit son paquet de Craven et en proposa une au gamin.

Sylvain François, planqué au fond de sa méfiance, prit une cigarette comme un loup happe le morceau de viande qu'on lui tend. Ils se tenaient de part et d'autre de la petite table, leur profil à se toucher.

– Ça fait combien de temps que tu chantes dans cette chorale ?

– Deux ans.

– Ça craint, non ?

– Ça va.

Le gamin refusait toute complicité. Dans un coin de sa tête, Volo nota ce fait : Sylvain François devait chausser du 40. Il ne pouvait donc être l'un des assassins. Pourtant, le Russe sentait que quelque chose pouvait sortir de l'entrevue.

– Wilhelm Goetz n'est pas là aujourd'hui. Tu sais pourquoi ?

– Il a été assassiné. Ils parlent que de ça, les autres.

Le gamin tira une taffe géante sur sa cigarette. Volokine regarda mieux son client. Des pupilles noires, un teint blanc de rouquin, des traces d'acné qui lui donnaient un côté pas net. Sa coupe en brosse lui enveloppait la tête comme un étau. Un étau pour des pensées serrées.

Derrière ce visage, Volo voyait autre chose. Une géographie cérébrale bien spécifique. Il avait lu des livres sur les aires fonctionnelles du cerveau : les zones dédiées aux sens, au langage, à l'émotion... C'était l'éducation qui définissait ces régions. Leur place. Leur étendue dans le cerveau. Le Russe se souvenait de cette phrase d'un spécialiste : « Si l'enfant-loup, découvert au XIXe siècle dans l'Aveyron, avait pu subir les tests dans nos machines, on n'aurait sans doute discerné aucune des régions spécifiques à l'homme. En revanche, sa cartographie cérébrale aurait été proche de celle du loup, si c'est bien cet animal qui s'est chargé de son éducation. Des tests olfactifs auraient démontré un vaste territoire dans son cortex pour ce sens... »

Voilà ce qu'il lisait à travers le regard de Sylvain : un cerveau spécifique, différent de celui des autres enfants. Le cerveau d'un môme abandonné, qui avait poussé dans une jungle d'emmerdes. Parents au-dessous de tout, défonce et alcool au quotidien, châtaignes et gueulantes en guise d'affection. Oui, une géographie bien précise, avec de larges territoires dédiés à la méfiance, la peur, l'agressivité, l'intuition...

– Goetz, comment il était ?

– Un pauvre mec. Tout seul, tout vieux. Avec ses partoches.

– À ton avis, qui l'a tué ?

– Une vieille pédale, comme lui.

– Comment sais-tu qu'il était homosexuel ?

– J'ai le nez pour ce genre de trucs.

– Il ne t'a jamais approché ?

Nouvelle taffe. Longue. Lente. Imitation réussie du « gros dur » impassible.

– Toi, t'es vraiment un obsédé de la bite. Mais Goetz, c'était pas un pervers.

D'instinct, Volokine comprit qu'il n'obtiendrait rien en la jouant ami-ami, ni en cherchant des trésors de psychologie. Il décida de lui tenir le langage qu'il aurait voulu qu'on lui tienne, à lui, au même âge.

– OK, ma couille, dit-il. Tu sais ce que je cherche, alors on va la jouer franco. Cinquante euros pour toi si t'as un scoop. Mon poing dans la gueule si tu me sors un truc bidon.

Sylvain François sourit. Il lui manquait une dent, à droite. Ce trou noir dans ce visage de pré-adolescent avait quelque chose de terrifiant. Une lucarne, un soupirail, ouvert sur son cerveau primitif.

– T'aurais pas de quoi fumer, plutôt ?

Volokine plaça sur la table une barrette de shit de dix centimètres, enveloppée de papier d'argent. Sous l'ampoule nue, elle brillait comme un mystérieux petit lingot.

– Réserve personnelle. L'info, ducon. Et tu fumeras à ma santé.

Sylvain François écrasa sa cigarette sous le bureau puis commença :

– Goetz, il m'aimait bien. Y disait que j'avais des dons pour le chant. Des fois même, y me faisait des confidences. Un jour, on était dans la sacristie. Il a fermé la porte à double tour. J'me suis dit : c'est tout l'un ou tout l'autre. Un coup dans la gueule ou un coup dans le cul. Mais il voulait juste me parler.

– Qu'est-ce qu'il t'a raconté ?

– Les conneries habituelles. Que j'avais des super-qualités de voix, que je pouvais aller loin...

– C'est tout ?

– File-moi une autre clope.

Une Craven, du feu. Il espérait que le petit con ne le menait pas en bateau.

– Comme il voyait que j'en avais rien à branler, il s'est mis à me menacer. Des punitions à la con. Le pire qui pouvait m'arriver, selon lui, c'était d'être viré de la chorale. Je me suis marré.

– Alors ?

– Il a changé de ton. Il m'a dit que si ça continuait, l'Ogre allait s'en mêler.

– L'Ogre ?

– Ouais. Il a répété ça plusieurs fois. En fait, il l'a dit en espagnol : « El Ogro. »

– Qu'est-ce que ça signifiait ?

– Je sais pas. Mais il déconnait pas, j'te jure. Il s'est mis à parler d'un Ogre qui nous surveillait et qui pouvait nous punir d'une manière atroce...

Sylvain regarda l'extrémité incandescente en gloussant doucement :

– El Ogro, putain le con...

– Ton histoire, elle vaut pas un clou.

– Parce que j'ai pas fini.

– Alors, continue.

Sylvain souffla quelques ronds parfaits. Un autre numéro réussi.

– Goetz, il a continué à déconner comme ça sur El Ogro. Une espèce de géant sans pitié qui nous écoutait chanter. Qui pouvait se mettre en colère. Il commençait à me gonfler avec ces histoires débiles. Et pis tout à coup, j'ai senti un truc. Goetz, il y croyait vraiment...

– Comment ça ?

– C'est lui qu'avait peur. Il avait les jetons. Comme si tout ça, c'était vrai.

– Comment ça s'est fini, votre petite conversation ?

– On est retournés dans l'église et on a repris la répète. Goetz, il a alors posé sa main sur mon épaule, et là, j'ai su que j'avais raison. Cette main, c'était pour lui-même. Il avait l'impression de m'avoir lâché un truc terrible. Un truc que j'avais pas compris et finalement, c'était mieux comme ça. Son secret, c'était trop lourd, trop grave pour un môme, tu piges ?

Volokine réfléchit. Il ne s'attendait pas à ça. Pas du tout. El Ogro : qu'est-ce que cela pouvait signifier ? La menace que redoutait Goetz ? La menace qui l'avait tué *de douleur* ? Son imagination partit en vrille. El Ogro. Peut-être était-ce lui qui avait enlevé Tanguy Viesel, puis Hugo Monestier... Un monstre qui était attiré par les voix pures et innocentes, pour une raison qu'il ne pouvait encore discerner. Pour la première fois, il sentit son intuition se fissurer. Peut-être avait-il tout faux, depuis le départ, avec ses histoires de pédophilie et de vengeance.

– Cette histoire, c'était quand ?

– Y a pas longtemps. Trois semaines.

Il poussa la barrette argentée vers le rouquin :

– De l'afghane. Le top sur le marché.

Le gamin tendit le bras. Volo referma sa main dessus.

– Attention. Si jamais tu touches à l'héro ou au crack, je le saurai. Je connais tous les dealers de Paris. Je vais leur donner ton nom et ton signalement. Si j'apprends quoi que ce soit, je te jure que je reviendrai te péter la gueule. À partir d'aujourd'hui, je t'ai à l'œil, mon salaud.

Sylvain François cilla. La crainte apparut dans ses yeux. Volokine lui sourit. Il savait pourquoi le môme avait peur. Le gosse de la Ddass avait vu passer dans les pupilles du flic, comme dans un miroir, la même géographie cérébrale que la sienne. Des aires internes, entièrement dévouées à l'instinct, la peur, la violence. Un cerveau primitif, un « tout-au-ventre » qui aboutissait à une brutalité précise, efficace, sans rémission.

La géographie cérébrale de l'enfant-loup.

# 28

KASDAN attendait devant Notre-Dame-de-Lorette depuis une demi-heure. Il s'était garé à la diable, dans la rue circulaire de l'église, à cheval sur le trottoir, ajoutant encore au bordel du quartier. Il avait laissé un premier message, prévenant le Russe qu'il venait le chercher. Pas de réponse. Un deuxième message pour lui dire qu'il était devant l'église. Pas de réponse non plus.

Il allait tenter un nouvel appel quand Volokine déboula. Avec son treillis et sa gibecière, il ressemblait à un militant d'une cause altermondialiste, des tracts plein le sac, prêt à mobiliser des troupes sous le frontispice des églises.

Le chien fou descendit les marches quatre à quatre. Quand il fut installé à la place passager, Kasdan fulmina :

– Jamais t'écoutes ton portable ?

– Désolé, Papy. Grande conférence. Je viens seulement de consulter ma messagerie.

– Du nouveau ?

– Ouais, mais pas ce que j'attendais.

– Quel genre ?

– Sylvain François n'est pas notre coupable. D'ailleurs, il chausse du 40 ou du 42.

– Alors quoi ?

Volokine résuma. La peur de Goetz. El Ogro. Cette idée d'un monstre qui enlèverait les enfants pour leur voix. Kasdan ne comprenait pas l'intérêt de ces nouvelles informations.

– Que des conneries, quoi.

Volokine sortit son nécessaire à joints. Kasdan grogna :

– Tu peux pas t'arrêter un peu, non ?

– C'est bon pour ce que j'ai. Roulez. Y a des keufs partout, ici.

Kasdan démarra. Conduire le détendait et il en avait besoin.

– Et vous ? demanda Volokine les yeux baissés sur ses feuilles.

– Je suis tombé sur les deux seuls prêtres criminologues au monde.

– Ça donne quoi ?

– Des théories bidon, mais contagieuses.

– Comme ?

Kasdan ne répondit pas. Il remonta la rue de Châteaudun jusqu'à la station de métro Cadet puis tourna à droite, dans la rue Saulnier. Il avait un objectif. Il prit à contresens la rue de Provence sur plusieurs centaines de mètres, faisant comme s'il possédait un gyrophare et une carte de flic valable. Enfin, il tomba dans la rue du Faubourg-Montmartre, bourrée de passants, et stoppa devant les Folies-Bergère.

– Pourquoi ici ? demanda Volo, en lissant son joint qui avait la perfection d'un sceptre d'Égypte.

– La foule. Pas de meilleure planque.

Le Russe acquiesça en allumant sa mèche de papier. Les volutes parfumées se répandirent dans l'habitacle. En réalité, Kasdan se livrait ici à un pèlerinage personnel. À la fin des années 60, il avait été amoureux d'une danseuse des Folies-Bergère. Ce souvenir ne l'avait jamais lâché. Les attentes, en uniforme, dans sa bagnole pie. La femme bondissant sur le siège passager, après le spectacle, les seins saupoudrés de paillettes. Et ses tergiversations. Elle était mariée. Elle n'aimait ni les flics ni les mecs fauchés...

Kasdan souriait en silence. Il voguait tranquille sur ses souvenirs. Il était à un âge où chaque quartier de Paris est le lieu d'un mémorial.

– Putain, ricana Volo. C'est moi qui fume et c'est vous qui planez.

L'Arménien se secoua de ses rêveries. Dans la voiture, les bouffées avaient dressé un épais brouillard. On n'y voyait plus à cinq centimètres.

– Tu peux ouvrir ta fenêtre ?

– Pas de problème, fit le Russe en s'exécutant. Alors, ces théories ?

Kasdan monta la voix pour couvrir le bruit de la foule qui s'engouffrait à l'intérieur :

– Les deux prêtres ont mis le doigt sur un fait particulier. Un truc qui devient évident.

– Quel fait ?

– L'absence de mobile. Il n'y avait aucune raison d'éliminer Goetz. Je t'ai suivi sur tes histoires de pédophilie mais on n'a pas trouvé la queue d'un indice.

– Et la piste politique ?

– Des suppositions, rien de plus. En admettant que d'anciens généraux éliminent des témoins gênants, ce qui en soi est déjà limite, il n'y a aucune raison pour qu'ils suivent un modus operandi aussi compliqué. Les mutilations, l'inscription, tout ça.

– Donc ?

– Les curés m'ont parlé d'un tueur en série. Qui agirait sans autre mobile que la jouissance du meurtre.

Volokine cala ses talons sur le tableau de bord :

– Kasdan, on sait qu'ils sont plusieurs. On sait que ce sont des mômes.

– Tu sais ce qu'a dit Freud ? « Nous sommes tous fascinés par les petits enfants et les grands criminels. » Nos « petits enfants » sont peut-être aussi de « grands criminels ». Tout cela, *à la fois.*

– Hier encore, vous n'admettiez même pas l'idée de violence chez un gosse.

– La faculté d'adaptation. Essentielle pour un flic. Les deux prêtres m'ont mis la puce à l'oreille. Les crimes suivent un rituel. Un rituel qui évolue. Les tympans et la douleur pour Goetz. La même chose pour Naseer, avec quelques atrocités supplémentaires. Le sourire tunisien. La langue coupée. L'inscription sanglante. Le ou les tueurs nous parlent. Leur message évolue.

Volokine cracha une longue langue de fumée vers le dehors, façon lézard :

– Développez.

– Dans une des quatre chorales que Goetz dirigeait, il y a deux ou trois mômes, apparemment semblables aux autres, mais en réalité différents. Des bombes à retardement. Un signal va provoquer leur crise meurtrière. Quelque chose chez Goetz va transformer ces enfants en tueurs. Ce « quelque chose » est très important parce que ça nous force à considérer Goetz à nouveau, à le détailler encore, jusqu'à trouver chez lui ce qui a pu provoquer ce passage à l'acte. Le Chilien abrite, dans sa personnalité, son métier, son comportement, un signe, un détail qui a suscité la pulsion criminelle des enfants. Quand nous aurons trouvé ce signe, nous serons tout près de ceux que nous cherchons.

– Et Naseer ?

– Peut-être qu'il porte le même signe. Ou que le complot criminel englobait le Mauricien, pour une raison qu'on ignore. Ou bien encore Naseer a été tué parce qu'il avait vu quelque chose. Mais maintenant, les tueurs suivent leur voie. La machine est lancée.

– Ce signal, ça pourrait être une faute, un acte coupable, non ? Dans ce cas, on reviendrait à ma première théorie : la vengeance.

– Sauf qu'en deux jours, on a pas trouvé de preuve d'une faute chez Goetz.

– D'accord. Vous avez une autre idée ?

– Je pense à la musique.

– La musique ?

– Quand Goetz a été tué, il était en train de jouer de l'orgue. Peut-être qu'une mélodie particulière a provoqué la crise chez les enfants.

– Vous êtes sûr que vous n'avez rien pris, aujourd'hui ?

Kasdan se tourna vers son partenaire. Sa voix se renforçait. Il ouvrit ses mains :

– Il est 16 h. Les mômes jouent dans la cour, derrière la cathédrale Saint-Jean-Baptiste. Tout à coup, les notes de l'orgue résonnent, discrètement. Dans le brouhaha, nos enfants entendent la mélodie. Ils sont attirés, aspirés par ce fragment. Ils plongent sous la voûte qui mène à l'intérieur de l'église... Ils poussent la porte entrebâillée... Ils pénètrent dans la nef et montent les marches de la tribune... La musique les hypnotise, les fascine...

– On reviendrait donc à des membres de la chorale de Saint-Jean-Baptiste ?

– Je ne sais pas.

– Et cette mélodie : vous pensez à un morceau spécifique ?

– Le *Miserere* de Gregorio Allegri.
– C'est une œuvre vocale.
– On doit pouvoir l'interpréter à l'orgue.
– Pourquoi Goetz aurait-il joué ça, justement ce jour-là ?
– Je n'ai pas d'explication. Mais je suis sûr que le *Miserere* joue un rôle dans l'affaire. Laisse-moi continuer. La ligne mélodique résonne. Les fameuses notes très hautes. Tu connais sans doute...
– C'est le do le plus aigu de toute la musique écrite. Il ne peut être chanté que par un enfant ou un castrat.
– OK. Ces notes rentrent dans la tête des enfants. Elles leur rappellent quelque chose. Elles transforment leur personnalité. Ils doivent stopper cette mélodie. Détruire celui qui joue. Oui. Je suis sûr que la musique est une clé dans cette histoire.
Le Russe reprit une taffe de son cône :
– Eh bien, mon vieux... Touchez jamais à la drogue, ça pourrait être dangereux...
Kasdan poursuivit son raisonnement :
– Ce premier crime a été un coup d'envoi. Pour le suivant et peut-être ceux à venir. Pour moi, le meurtre de Naseer révèle la nature profonde des tueurs. Les mutilations. L'inscription. Il y a un rite. Il y a peut-être une vengeance. Il y a surtout assouvissement d'un désir. C'est un crime sadique. Les assassins ont pris du plaisir à le commettre. Ils ont pris leur temps pour agir. Ils se sont repus de sang et de chair meurtrie. Quand ils ont terminé leur sacrifice, il se sont sentis comblés et heureux. Alors, ils ont écrit à Dieu... Ils...
La sonnerie de son portable l'interrompit. D'un geste, il répondit :
– Ouais ?
– Vernoux. Où vous êtes, là ?
– Faubourg Montmartre.
– Rejoignez-moi à l'église Saint-Augustin, dans le huitième. Magnez-vous.
– Pourquoi ?
– On en a un autre.
– Quoi ?
– Un autre meurtre, putain ! Tout le monde est là.

# 29

ILS S'AVANCÈRENT dans la nef après avoir montré leur insigne. Grand espace d'ombre, plus noir, plus froid encore que le jour maussade du dehors. La clarté parcimonieuse des vitraux tentait une percée. En vain. Les rais de lumière ne prenaient pas. Ne parvenaient pas à se diluer dans l'obscurité de pierre. Cet échec semblait stigmatisé par l'odeur de l'encens. Parfum fermé lui aussi, crispé, amer, qui se recroquevillait sur les ténèbres. Au-delà des bénitiers, des policiers en uniforme tendaient des cordons de non-franchissement. Les deux partenaires brandirent leur carte encore une fois et empruntèrent l'allée centrale.

En tant qu'ancien « enfant de chœur intérimaire », Volokine connaissait pas mal d'églises à Paris mais il n'était jamais venu à Saint-Augustin. Elle était immense. Déjà, dehors, il avait été étonné par son dôme et ses croix, qui lui donnaient un air byzantin. Maintenant, il était frappé par le sentiment d'oppression qui y régnait. Des ondes négatives, un sillage funeste planaient ici.

Au bout de l'allée, les gars de l'Identité judiciaire installaient leurs projecteurs. De loin, l'aura de lumière prenait une connotation de fête. Un scintillement inhabituel qui promettait de l'extraordinaire, comme lorsqu'on croise un tournage de film dans la rue. En vérité, Volokine devinait qu'il y avait un gars là-bas, près de l'autel, qui n'était pas à la fête...

Ils marchaient toujours. Volokine lançait des coups d'œil furtifs. L'église était construite en lave ou en lignite. Elle semblait sortir du fond des âges. Ou du fond des âmes. Née d'une idée sombre, d'un repli obscur du cerveau.

Maintenant que ses yeux s'habituaient à l'obscurité, il repérait des chapelles, à gauche et à droite, plus noires encore, surplombées par des vitraux blancs et gris. À eux seuls, ces vitraux glaçaient le sang. Ils avaient la couleur argentée de certains pansements dentaires. Volokine éprouvait cette froideur au fond de ses mâchoires. Il scruta les personnages contournés de plomb qui se dessinaient dans les fenêtres et songea à des anges froids, sans pitié, dont la logique n'avait rien à voir avec celle des humains.

Pas de tableaux, ou tellement enfoncés dans l'ombre qu'on ne les distinguait pas. Des sculptures, droites, hiératiques, aussi raides que les colonnes qui soutenaient la voûte. Tout l'espace était plaqué de structures métalliques, façon tour Eiffel, qui révélaient la véritable époque de construction de l'église : fin XIXe, début XXe. Les lustres avaient également un côté Belle Époque. Des boules réunies en grappes, dont les pieds courbes évoquaient les lampadaires fonctionnant jadis au gaz.

– Putain. C'est la merde.

Un colosse venait à leur rencontre. Il avait des sourcils charbonneux et portait un Bombers couleur vert luisant. Volokine devina : Éric Vernoux, le chef de groupe de l'enquête.

L'autre le repéra en retour. Il demanda à Kasdan :

– Qui c'est ?

– Cédric Volokine. BPM. (L'Arménien se tourna vers le Russe.) Éric Vernoux, 1re DPJ.

Volokine tendit la main. L'autre ne daigna pas la saisir. Il murmura à Kasdan :

– Si c'est encore une de vos combines...

– J'ai besoin de lui, assura Kasdan. Fais-moi confiance.

Volokine lança son regard jusqu'au bout de l'allée. Les cosmonautes de l'Identité judiciaire s'agitaient sur les marches qui menaient à l'autel. Les flashes claquaient, en rajoutant encore dans la blancheur. Au-dessus, un baldaquin trônait. Une sorte de catafalque d'au moins dix mètres de haut, fermé par un rideau couleur de cuivre bruni, frappé de motifs brillants. Cette seule teinte rappelait une activité industrielle, une énergie sombre, qui avait à voir avec les structures en zinc et en plomb de l'église. Ce mort avait vraiment choisi son lieu...

– Suivez-moi, ordonna Vernoux.

Il écarta les flics en uniforme. Dans la flaque blanche, au pied de l'autel, juste devant la première rangée de chaises, un homme nu était étendu, le buste posé sur les marches montant vers l'estrade. Ses jambes étaient serrées, un bras baissé, un bras levé. « Une position de martyr », pensa le Russe.

Le corps brillait sous les projecteurs. Sa crudité était indécente et, en même temps, cette peau obscène, exhibée, avait un caractère irréel. La chair semblait se nourrir de lumière et se dématérialiser à son contact. Volokine songea à une sculpture de marbre blanc, luminescente, genre la *Pietà* de Michel-Ange. Une sculpture qui n'avait rien à faire dans cette église de lave et de plomb.

– Vous savez qui c'est ? demanda Kasdan.

– Un des prêtres de la paroisse. Le père Olivier. On a trouvé ses vêtements un peu plus loin. Il a été déshabillé et mutilé post mortem.

Pas besoin d'être légiste pour repérer les blessures. Les deux orbites pleuraient des larmes de sang. Sa bouche, pâteuse d'hémoglobine, exhibait une plaie béante, s'étirant des commissures des lèvres jusqu'aux oreilles. La victime tenait ses deux poings serrés. Si on suivait la logique du tueur, il était facile de deviner ce que ses doigts cachaient. Dans la main droite, la langue. Dans la main gauche, les yeux. Ou inversement.

– Il a dû être tué dans l'après-midi, commenta Vernoux. On n'a pas le moindre témoin. Faut le faire. Un tel carnage dans une église, et personne n'a rien vu. Apparemment, y a jamais personne ici dans la journée.

Volokine et Kasdan s'avancèrent vers le corps. Vernoux tendit son bras :

– Stop. Vous allez marcher sur le principal.

Les deux flics se figèrent. À leurs pieds, sur le parquet noir, une inscription se déployait en reliefs croûtés de sang :

CONTRE TOI, ET TOI SEUL, J'AI PÉCHÉ,
CE QUI EST MAL À TES YEUX, JE L'AI FAIT.

La phrase, en arc-de-cercle, était tournée vers la nef, à l'attention des fidèles qui arriveraient plus tard. Volokine réprima un frisson. C'était la même écriture que chez Naseer. Ronde. Régulière. Naïve. Une écriture d'enfant.

– C'est une série..., marmonnait Vernoux à l'arrière. Une putain de série...

Kasdan se retourna et lui demanda :

– Où tu en es ?

– Nulle part. Mais il y a pire.

Volokine s'approcha. Il voulait entendre ce qui pouvait être « pire ».

– J'ai reçu des appels, murmura Vernoux. Des pressions.

– Qui ?

– La DST. Les RG. Ils disent que cette affaire les concerne. Ils ont déjà fait une perquise chez Goetz.

Kasdan lança un regard d'intelligence à Volokine : les micros.

- Ils vont me retirer l'enquête, poursuivit Vernoux d'un ton de rage froide. Et putain, je sais même pas pourquoi. En tout cas, j'avais raison depuis le départ : y a quelque chose de politique là-dessous.

– Ça ressemble plutôt à des meurtres rituels, non ?

Vernoux lança un coup d'œil à Volokine qui venait de parler. Il se passa la main sur le visage et s'adressa à Kasdan :

– C'est ça qu'est dingue. C'est un tueur en série et, en même temps, c'est politique. J'en suis sûr !

– Qu'est-ce qu'on sait sur le prêtre ? reprit l'Arménien.

– Rien, pour l'instant. On commence tout juste l'enquête de proximité.

Volokine repéra un petit homme aux cheveux gris et à la peau de bronze, roulé comme un cigare dans son imper. Il tenait un cartable sous son bras. Une espèce de lieutenant Colombo qui avait l'air parfaitement à l'aise dans cette boucherie. Le légiste, à tous les coups.

Kasdan abandonna Vernoux pour aller lui parler. Volokine resta seul. Il revint au décor. Ce site avait son importance. Un lieu de purification, de pardon. Ce meurtre coïncidait avec une nouvelle rédemption.

Tout naturellement, son regard se leva et se posa sur la grande croix de cuivre rouge qui trônait au milieu de l'autel. Elle lançait des éclats de miel dans la lumière. Toute la scène était un tableau. Le corps nu répondait à cette croix en une composition verticale, le tout rappelant les toiles tourmentées du Greco.

Volokine rejoignit Kasdan qui parlait avec Colombo. Il arriva pour entendre le toubib dire :

– La même chanson que les deux autres fois.

– Il a été tué par les tympans ?

– Je pense, oui.

Le médecin parlait avec un accent espagnol, un genre de roucoulade d'opérette, plutôt marrante, mais Kasdan ne souriait pas.

– Et les mutilations ?

– Le tueur n'a pas coupé la langue, comme pour l'Indien. Il a arraché les yeux. Toujours post mortem. Comme tu l'as sans doute deviné, les deux organes sont dans l'une et l'autre main. Il faut ajouter aussi le « sourire tunisien », qui m'a l'air d'être seulement là pour l'ambiance.

– L'ambiance ?

– Pour ajouter à la terreur de l'ensemble, ouais. Plutôt réussi, non ?

Volokine lança un regard vers la victime et se força à scruter la plaie atroce du visage. Ce rire noir, ouvert d'une oreille à l'autre. Il n'avait pas osé en parler à Kasdan – trop fou pour lui – mais il sentait aussi derrière cette mutilation quelque chose d'enfantin, de clownesque, dans une version d'épouvante.

– Sur les mutilations, reprit Kasdan, qu'est-ce que tu peux me dire ? C'est le boulot d'un pro ?

– Pas du tout. Du brutal. Du sauvage. Et du vite fait. Le meurtrier ne cherche pas à faire dans la dentelle. Il veut simplement arracher ce qui a un lien avec la citation sanglante. « Ce qui est mal à tes yeux, je l'ai fait. »

– C'est tout ?

– Non. J'ai une bonne nouvelle pour toi. A priori, l'opération de « métallisation » a donné quelque chose pour la victime précédente.

– Dans les oreilles ?

– Non. Dans la bouche. L'ablation de la langue a produit des particules. Du métal. Actuellement en analyse. J'aurai les résultats ce soir. Au plus tard demain matin.

– Super. Tu me fais signe ?

– Bien sûr, mon canard. Mais il faudra que tu reviennes me nourrir le soir...

Kasdan afficha enfin un sourire :

– Tu y prends goût, mon salaud ! T'en fais pas, je reviendrai avec mes crêpes. Appelle-moi dès que t'as fini l'autopsie.

L'Arménien se dirigea vers les techniciens de l'Identité judiciaire, à droite de l'autel. Le Russe lui emboîta le pas. Kasdan se mouvait ici comme un requin dans les eaux profondes de l'océan. Il s'adressa à l'un des techniciens de l'IJ. Le gars avait abaissé sa capuche et affichait une longue tête en pain de sel.

Quand Volo parvint à leur hauteur, il disait :

– On pourrait penser à des échantillons du parquet mais ce n'est pas le cas. Pour moi, c'est la même essence que la première fois.

– Et sur la scène de crime de l'Indien, boulevard Malesherbes, tu en as trouvé aussi ?

– Dans le couloir, ouais.

– Le même bois ?

– Je te dirai ça dans quelques heures.

Le technicien tenait sa paume ouverte. Il portait des gants de latex. On discernait, au fond des plis verdâtres, des esquilles de bois brun. Il ajouta :

– Je crois qu'une sacrée surprise nous attend de ce côté-là.

– Pourquoi ?

– Je t'appelle.

Le cosmonaute rejoignit ses collègues, qui s'agitaient sous les flashes. À chaque giclée de lumière, ces spectres blancs semblaient passer du positif au négatif. Devenir tout noirs, pour aussitôt réintégrer leur clarté. Dans ce lieu sacré, leur métamorphose furtive prenait une résonance miraculeuse. Des éclairs de sainteté qui voltigeaient au fond d'un lieu de ténèbres.

– Viens. On se casse.

En bon toutou, Volokine suivit son maître. À l'intérieur de lui-même, le Russe souriait. Parce que lui, et lui seul, possédait la seule information valable sur cette scène de crime.

Ils franchirent le portail, rehaussé de médaillons de lave. Sur le parvis, la foule grandissante était contenue par les plantons. Dans leurs rangs, pointaient des caméras aux logos familiers. TF 1, I-TÉLÉ, LCI, FRANCE 2... Des gars portaient aussi en bandoulière des magnétophones aux couleurs de radios majeures : RTL, EUROPE 1, NRJ.

La meute était donc sur le coup. Enfin. Les journalistes tentaient de franchir le cordon de sécurité, appelant à la « liberté de la presse » et au « droit de savoir ».

Volokine se sentait étrangement léger, furtif, sans entrave.

La grande parade des médias commençait.

Mais personne ne savait encore que les vrais enquêteurs de cette affaire étaient deux tricards anonymes.

# 30

– AU CAS où vous l'auriez pas deviné, l'inscription provient aussi du psaume 51. Du *Miserere.*

Kasdan ne répondit pas. Il se fit seulement la réflexion qu'il n'avait même pas pris la peine, la veille, de lire le texte complet de ce psaume. Bon Dieu : il vieillissait. Il vieillissait et ils en étaient au point zéro.

– Ce texte est au centre de tout.

– Sans blague ? fit l'Arménien avec mauvaise humeur.

Il but une gorgée de café. Dégueulasse. Pour faire le point, ils s'étaient choisi un café-brasserie de la rue La Boétie. Les appliques lumineuses lui rappelaient les globes de Saint-Augustin. Il régnait ici le même relent de cabaret bizarre, sauf que ce troquet était en pleine lumière. Un éclat renforcé par la nuit orageuse qui régnait dehors.

Volokine se pencha vers lui. Il faisait tourner sa canette de Coca Zéro entre ses deux paumes. Kasdan commençait à s'habituer à ses sautes d'humeur. Le gamin faisait de l'auto-allumage. Sans doute un effet du manque. À moins qu'il ne prenne quelque chose en douce...

– Je peux vous parler un peu du psaume ?

– Pas de problème. Tu m'as l'air en forme.

– La plupart des prières du Livre des Louanges sont censées avoir été écrites par le roi David en personne. David, le Roi-Prophète. Le Roi-Poète...

– Et alors ?

– Alors, David est la figure incarnée de la faute et du pardon.

– Pourquoi ?

– Un peu d'histoire biblique vous fera pas de mal. Un jour, David aperçoit une femme qui se baigne. C'est la femme d'Urie le Hittite. Il la désire. Il la courtise. Seul problème : elle a un mari. Vous voyez qu'on n'a rien inventé depuis 3 000 ans. Mais David est un roi, un être de puissance. Il convoque Joab, le chef de ses armées, et lui ordonne : « Place Urie en première ligne, au plus fort de la bataille, puis recule derrière lui : qu'il soit frappé et qu'il meure... » Le péché de David est donc double : adultère et meurtre. D'ailleurs, son destin était écrit.

– Pourquoi ?

– Parce qu'il est rouquin. David est le roi rouge. Celui qui a du sang sur les mains. Sur la peau. Il est marqué à la naissance.

– Comment l'histoire se finit ?

– David implore Son pardon au Seigneur et obtient sa libération. Il sera de nouveau « blanc comme la neige », dit le *Miserere*.

– Merci pour la leçon. Où veux-tu en venir ?

– Toujours au même truc. Ces extraits du *Miserere* englobent à la fois la faute et le pardon. Les tueurs sacrifient ces pécheurs pour les châtier. Mais aussi pour les sauver. C'est pour cette raison que, symboliquement, ils les mutilent.

– Depuis le départ, on n'a pas le début d'une preuve que nos victimes soient coupables.

Volokine s'envoya une rasade de Coca Zéro. Sa voix pétilla de la gorgée glacée :

– Pour les deux premières victimes, je suis d'accord. Mais pour le mort d'aujourd'hui, c'est différent. Je connais la faute du père Olivier.

– Qu'est-ce que tu racontes ?

– Dans le civil, le mec s'appelle Alain Manoury. Je l'ai tout de suite remis. Bien connu de nos services, comme on dit. À la BPM, je veux dire.

– Pour quel motif ?

– Pédophilie. Exhibition, attouchement, agression et tout le reste. Mis en examen en 2000 et 2003. Manoury était preste à sortir quéquette. Mais il y a eu des magouilles internes. Sous l'influence de l'archevêché, les parents ont retiré leurs plaintes.

Manoury n'a même pas perdu son poste. La preuve : sa présence à Saint-Augustin aujourd'hui. Une chose est sûre : le père Olivier est bien un pécheur.

Kasdan était bluffé. Le Russe avait décidément plus d'un tour dans son sac.

– Le châtiment, enchaîna Volokine. C'est la clé des meurtres. Un châtiment qui fusionne avec les paroles de la prière. La première inscription était : « Délivre-moi du sang, Dieu de mon Salut, et ma langue proclamera Ta justice. » Le tueur a coupé la langue de Naseer. La deuxième était : « Contre toi, et toi seul, j'ai péché, ce qui est mal à tes yeux, je l'ai fait. » Le tueur prélève les yeux du prêtre. Ces mutilations sont des actes sacrificiels. Ils donnent corps aux paroles du *Miserere*. Ils incarnent la prière. Pour renforcer le pouvoir de pardon des mots...

Kasdan se sentait épuisé. Il fit signe au garçon de café. Il voulait payer. Se casser. Ne plus entendre toutes ces conneries.

Mais Volokine reprit – un vrai moulin à paroles :

– Je vais vous dire ce qui cloche dans cette affaire. On nage parce que tout est vrai. *En même temps*. Les éléments s'accumulent. Rien ne se dément jamais. Impossible d'écarter une piste.

Kasdan tendit un billet au serveur. Volokine était lancé :

– Vous croyez à la piste politique ? Vous avez raison. Goetz est mort parce qu'il possédait des informations sur ses bourreaux chiliens. Première vérité. Il était sur écoute parce que son témoignage concerne *aussi* le gouvernement français. Deuxième vérité. Par ailleurs, Goetz n'était pas clair. Même s'il n'était pas pédophile, il a commis une faute qui concerne des enfants, j'en suis sûr. Troisième vérité. Donc, les auteurs de ces meurtres, des enfants, vengent ces actes coupables. Quatrième vérité. D'autre part, vous pensez à un tueur en série. D'une manière ou d'une autre, vous avez raison. Les enfants de cette histoire sont détraqués. En proie à une vraie folie. Vous imaginez que le signal de leur pulsion criminelle est la musique ? Là encore, je suis sûr que vous voyez juste. Plus largement, je suis certain que ces meurtres sont liés à la voix humaine. À la voix des enfants. Enfin, derrière tout ça, il y a quelque chose d'autre. Une menace. Celui que Goetz appelait « El Ogro ». Voilà notre problème, Kasdan : tout est vrai. On ne doit pas procéder, comme d'habitude, par élimination mais plutôt par accumulation. On doit trouver une vérité qui fera cohabiter tous ces faits.

L'Arménien restait muet. Il se leva et attrapa son téléphone portable, vérifiant machinalement ses messages. Il avait éteint son cellulaire en pénétrant dans l'église et avait oublié de le rallumer. Il venait de recevoir un appel de Puyferrat, de l'IJ.

D'une seule pression, il rappela le technicien.

– Viens me rejoindre, fit l'autre dès qu'il reconnut la voix.

– Où ?

– Au Jardin des Plantes. La serre botanique. Entre par la grille de la rue Buffon. Elle sera ouverte.

– Pourquoi ?

– Viens. Tu le regretteras pas.

# 31

RUE BUFFON, 18 H.

Kasdan se parqua à cheval sur le trottoir minuscule, le long de la rue la plus droite de Paris. L'orage avait éclaté. La pluie tombait si dense, si dru, que les ténèbres disparaissaient derrière le voile liquide. Des rayures de nuit affleuraient à peine le lac argenté, sur lequel flottaient les réverbères comme des bouées luminescentes.

Ils coururent sous la flotte, ne voyant pas à trois mètres.

Ils ouvrirent la grille du jardin. Coururent encore en direction du bâtiment de verre. La serre brillait dans la nuit à la manière d'un iceberg sur une mer noire. Avec difficulté – les gouttes tombaient avec la violence de coups de matraque –, ils trouvèrent l'entrée principale. Kasdan songeait aux animaux du Jardin des Plantes qui devaient se prendre la saucée avec résignation. Des loups. Des vautours. Des fauves.

On leur ouvrit. Puyferrats, visage étroit, cheveux noirs de Cheyenne. Kasdan, qui s'était enveloppé la tête dans son treillis, laissa retomber sa veste sur ses épaules. Il maugréa :

– T'as intérêt à m'expliquer ce bordel.

Le technicien de l'Identité judiciaire sourit. Il avait des lèvres fines, pincées, faites pour fumer la pipe.

– T'en fais pas, ma poule.

Il fronça les sourcils en découvrant Volokine. Cette fois, Kasdan fit les présentations :

– Cédric Volokine. BPM. Puyferrat. IJ.

Les deux hommes se serrèrent la main. Kasdan observait déjà l'empire qui les attendait sous la verrière. Une jungle foisonnante, crachant du vert et du blanc, en vapeur. Les troncs, énormes, étaient presque invisibles derrière le treillis des feuillages. On apercevait seulement leur écorce velue, leurs corps prisonniers des lianes. Un enchevêtrement indicible, étouffant, organique, qui respirait lentement sous la gigantesque cloche de verre.

Puyferrat prit un sentier dallé dans cette forêt artificielle. Les deux partenaires le suivirent. On n'entendait que le frôlement de leurs vestes contre les feuilles et le martèlement de la pluie sur le dôme. Kasdan ressentait une nouvelle immersion. Il y avait eu l'eau. Il y avait maintenant le corps de l'eau – les bras de feuilles, les torses d'écorce, les pieds de terre... Sans un mot, les enquêteurs marchaient, faisant l'impasse sur les aberrations de l'instant. L'heure de la visite. L'absence de tout personnel du musée.

Ils parvinrent dans une sorte de clairière, où les arbres et les plantes daignaient s'écarter. Une femme les attendait. Petite, épaules tombantes, elle était enveloppée dans un ciré dont les manches mangeaient ses mains. Visage long, pâle, cerné par des cheveux noirs qui formaient une capuche. Il y avait quelque chose chez elle d'oriental. Peut-être ses longs sourcils noirs. Ou les cernes sous ses yeux sombres, liquides, pleins de langueur.

– Je vous présente Avishân Khajameyi.

Kasdan lui serra la main – il ruisselait de l'averse et de l'humidité des plantes. Volokine fit un signe de tête, en retrait.

– Bonsoir. Vous êtes botaniste ?

– Pas du tout. Professeur d'araméen. Et aussi spécialiste en histoire biblique.

L'Arménien lança un regard à Puyferrat.

– Le botaniste du musée n'a pas pu nous rejoindre. Mais il m'a autorisé à venir ici pour te montrer ça.

Le technicien se tourna et désigna un arbre gris, dont les branches exhibaient des épines inextricables – un foisonnement meurtrier qui rappelait celui des feuillages des autres essences de la serre, mais en version sèche et cruelle.

– L'acacia seyal. Et encore, une espèce particulière de la famille.

– C'est quoi ?

– Le bois dont on a retrouvé les particules sur le balcon de

Saint-Jean-Baptiste et dans le couloir des chambres de bonne, chez Naseer. Pour être précis, ce que j'avais pris pour des esquilles étaient des épines. Il ne s'agit pas d'un bois ordinaire. Pas du tout. Quand j'ai eu les résultats du labo, j'ai appelé le Jardin des Plantes. C'est comme ça que j'ai appris que cet acacia ne pousse que dans les zones semi-arides d'Orient. Plus particulièrement dans le désert du Néguev et dans le Sinaï, en Israël.

– Ça ne pousse pas en Europe ?

– Que dalle. Cet acacia a besoin de chaleur, de soleil, et de souffle mystique...

– Pourquoi mystique ?

La femme reprit la parole :

– Cette essence est très présente dans la Bible. Mais surtout, il pourrait s'agir du bois dans lequel on a fabriqué la couronne d'épines du Christ. Les légionnaires auraient utilisé des branches de cet arbre pour « couronner » Jésus et se moquer de lui.

La professeur parlait avec un accent iranien aux inflexions indolentes, aux vertus hypnotiques. Kasdan songea au serpent Kaa, dans *Le Livre de la jungle.*

– En réalité, continua l'experte, on ne connaît pas le matériau exact de la couronne du Christ. Il y a plusieurs écoles. Certains hésitent entre le Paliurus Spina-Christi, le Sarcopoterium Spinosum, le Zizyphus Spina-Christi, le Rhamnus catharticus. Et aussi l'Euphorbia Milii Splendens, surnommé justement « l'épine du Christ ». Mais pour ce dernier, il s'agit d'un contresens : on appelle ainsi cet arbre à cause de ses épines et de ses fleurs rouges qui figurent les taches de sang. En réalité, il n'était pas connu en Palestine à cette époque. Non, pour moi, c'est bien l'acacia seyal qui a été utilisé. En hébreu, on utilise toujours le pluriel « shittim », à cause des épines qui s'enchevêtrent...

Kasdan se tourna vers Puyferrat qui reprit la parole en souriant :

– OK. Je vais te parler un langage de flic. Il y a au moins deux vérités là-dedans. La première, c'est que cette essence n'a rien à foutre à Paris. Nous sommes dans le seul endroit de la capitale où on peut la trouver. La deuxième, mais je pense que tu l'as déjà captée, c'est sa valeur symbolique. Je ne sais pas ce que le tueur fout avec cette plante. S'il porte une couronne d'épines sur la tête ou des chaussures en acacia tressé, mais à l'évidence, il y a un lien avec le Christ.

Silence.

Et toujours la pluie qui frappait, appelant l'eau au fond des corps...

– Un lien avec le Christ, répéta le technicien. Et le péché.

– Ce que veut dire votre collègue, enchaîna l'Iranienne, c'est que ce bois symbolise à la fois la souffrance du Christ et le rachat des péchés des hommes. Plus le Christ a souffert, physiquement, plus, symboliquement, il a absorbé les péchés des hommes.

L'esprit de Kasdan partait en vrille. Il entendait maintenant, très nettement, le tic-tic-tic qui avait résonné la veille dans son couloir. Une canne. Une baguette. Le tueur avait une canne, qu'il utilisait comme un aveugle, pour « tâter » le terrain. Et cette canne était taillée dans le bois de la Sainte-Couronne...

Une autre idée jaillit. Une verge. Une verge avec laquelle on se flagelle. L'Arménien se souvenait de ce détail : le *Miserere* est la prière que les derniers moines pratiquant la flagellation récitent quand ils se fouettent. Il ne parvenait pas à ordonner ces éléments mais tout cela appartenait au même ensemble. Le *Miserere*. La flagellation. Le bois du Christ. Le châtiment. Le pardon...

Puyferrat conclut :

– Je t'ai gardé le meilleur pour la fin. Avant de te faire signe, j'ai voulu pousser un peu plus loin l'étude de ces particules de bois. La palynologie, tu sais ce que c'est ?

– Non.

– La science de la dispersion des poussières organiques trouvées sur un objet – pollens, spores... Cette discipline permet de déterminer les régions dans lesquelles un objet a séjourné. On place un ruban adhésif sur l'échantillon puis on recueille les poussières qu'on soumet ensuite à un examen microscopique. Au Fort de Rosny, ils ont un service qui mène ce genre de recherches. Je leur ai donné mes échantillons, pour savoir, exactement, d'où ils proviennent. Ils ont un matos qui...

Kasdan le coupa avec irritation :

– Tu as les résultats, oui ou non ?

– Je viens de les recevoir. D'après les pollens et les spores découverts, le bois a *réellement* séjourné en Palestine. Peut-être même dans les environs de Jérusalem. Autrement dit, c'est vraiment le bois de la couronne du Christ. Dans sa version moderne, j'entends...

L'Arménien regarda Volokine, dont les yeux brillaient intensément. Le Russe paraissait possédé par ces nouvelles informations. Puyferrat acheva son exposé :

– On a trouvé aussi des pollens caractéristiques d'autres régions. Chili. Argentine. Et aussi des régions tempérées de l'Europe. Le moins qu'on puisse dire, c'est que cet acacia a voyagé...

Un nouvel élément capital, dont Kasdan ne savait pas quoi faire. Il songeait à des hiéroglyphes. Une pierre de Rosette dont il ne possédait pas la clé. Pourtant, il se voyait bien en Champollion, déduisant la signification de tout ce bordel, grâce à un symbole, un seul, dont il comprendrait le rôle véritable...

– Merci pour la démonstration, fit-il en serrant la main de Puyferrat. Faut qu'on y aille.

– Je vous raccompagne. J'attends encore l'analyse des empreintes de chaussures.

– Je compte sur toi quand tu les auras.

Nouveaux feuillages. Nouveaux bruissements. Sur le seuil de verre, Puyferrat retint Kasdan par la manche et laissa s'éloigner Volokine :

– Il est en service ?

– En disponibilité.

Puyferrat eut un sourire :

– Votre équipe, c'est vraiment l'armée du Zaïre.

# 32

ILS COURURENT jusqu'à la Volvo, la tête sous leur treillis. La pluie ne désemparait pas. Une fois installé dans la bagnole, le Russe proposa :

– Il y a un MacDo tout près, au début de la rue Buffon.

– Tu commences à me faire chier avec tes MacDos.

– Ho, ho, ho : je sens comme une pointe de mauvaise humeur...

– Y a pas de quoi peut-être ? On est dans la merde jusqu'au cou. Et plus on avance, plus on s'enfonce.

Volokine ne dit rien. Kasdan lui lança un regard – le chien fou, sous ses cheveux dégoulinants, lui souriait. Il se moquait de lui, mais avec tendresse.

– Si tu sais encore quelque chose, dis-le.

– Le coup du bois du Christ, c'est cohérent avec le reste, non ?

– Tu parles.

– La bonne femme avait raison. Ce bois, c'est le bois de la souffrance. Mais une souffrance qui rachète. Le Christ est venu « éponger » les fautes des hommes. Les prendre à son compte pour qu'elles soient pardonnées. C'est une transmutation : les péchés terrestres, Jésus les a pris dans ses mains... (Il mima le geste.) Puis il les a, pour ainsi dire, lancés vers le ciel. (Il ouvrit ses mains.) Ce bois rappelle ce geste. Nos tueurs sont purs. Ils souffrent pour les fautes de ceux qu'ils tuent. En retour, ils les font souffrir. Pour mieux sauver leur âme.

Derrière le volant de sa voiture, Kasdan consultait la messagerie de son portable.

– Voilà ce que je sens, Kasdan. Ce bois est pur comme la main qui tue. Goetz, Naseer, le père Olivier ont été à la fois châtiés et rachetés. Et les mains qui les ont frappés sont celles de véritables anges. Des êtres de pureté. Des...

– J'ai un message de Vernoux.

Kasdan brancha son cellulaire sur le haut-parleur de la voiture et composa le numéro :

– Allô ?

La voix de Vernoux retentit dans l'habitacle, brouillée par le fracas de la pluie.

– Kasdan. Je suis avec Volokine. Du nouveau ?

– C'est officiel : je suis viré. La Crim reprend l'enquête.

– Qui à la Crim ?

– Un chef de groupe nommé Marchelier.

– Je connais.

– Ce con pourra s'entendre avec la DST et leurs magouilles.

Kasdan tenta la compassion :

– Je suis désolé.

– Je vous ai pas appelés pour les condoléances. J'ai un scoop. Mon attaché d'ambassade du Chili est rentré. Il s'appelle Simon Velasco. Je viens de lui parler. Il s'est bien marré quand je lui ai dit que nous enquêtions sur la mort d'un réfugié politique. Une victime de la dictature de Pinochet.

– Pourquoi ?

– Parce que, selon lui, Wilhelm Goetz n'a jamais subi la moindre torture durant le régime. Au contraire, il était de l'autre côté de la barrière.

– QUOI ?

– Comme je vous le dis. Goetz s'est réfugié en France parce qu'à la fin des années 80, le vent a tourné pour les bourreaux. Des procédures d'enquête ont commencé. Des plaintes des familles, provenant du Chili mais aussi d'autres pays. La piste politique, Kasdan, j'ai toujours su que la clé était là.

– Ton mec, où je peux le trouver ?

– Chez lui. Il vient de rentrer de voyage.

Vernoux dicta les coordonnées de Simon Velasco, à Rueil-Malmaison.

– Foncez, conclut-il. Vous avez quelques heures d'avance. Je n'ai rien dit à Marchelier.

– Pourquoi ce coup de pouce ?

– Je sais pas. La solidarité des tricards, sans doute. Bonne chance.

Kasdan laissa le silence s'imposer dans la voiture. Un silence fouetté, griffé, secoué par la pluie du dehors. Il comprenait maintenant une évidence. Depuis le départ, tout ce qu'il savait sur le passé de Goetz provenait de Goetz lui-même. Un tissu de mensonges qu'il n'avait jamais vérifiés. Bonjour le flair.

Au bout de quelques secondes, il demanda :

– Je parle ou tu parles ?

– Allez-y. J'ai usé toute ma salive sur la couronne du Christ.

– On tient deux vérités. La première, c'est qu'on a enfin la faute de Goetz. S'il était un tortionnaire au Chili, ça fait de lui un sacré coupable. La deuxième, c'est que si Goetz avait décidé de témoigner contre ses collègues de l'époque, son témoignage était sérieux. Jusqu'ici, je ne voyais pas ce qu'il pouvait avoir à raconter, après avoir été torturé dans une cave, les yeux bandés. Mais s'il faisait partie de l'équipe des salopards, alors ça change tout. Rien n'est plus dangereux qu'un repenti. On a pu vouloir aussi le faire taire...

– Deux mobiles, c'est un de trop, Kasdan.

– Je suis d'accord. Mais je crois que notre cœur penche du même côté.

Les partenaires se turent.

Ils sentaient désormais la même vérité.

Le temps du châtiment était venu à Paris.

Et des anges aux mains pures se chargeaient du boulot.

# II

# LES BOURREAUX

## 33

– VOUS NE M'EN VOUDREZ PAS, j'espère, mais j'ai beaucoup ri quand j'ai appris que vous pensiez que Wilhelm Goetz avait été une victime de la dictature chilienne.

Kasdan et Volokine se regardèrent. Ils n'étaient pas d'humeur.

– Nous ne sommes pas des spécialistes, répliqua l'Arménien.

– Il suffisait de regarder les dates, sourit Velasco. Goetz a fui le Chili en 1987. Les réfugiés politiques, je veux dire ceux qui avaient des raisons de craindre Pinochet, ont fui en 1973, juste après le coup d'État.

– On nous a dit que Goetz avait des ennuis avec la justice chilienne quand il est parti. Comment est-ce possible s'il était du côté du pouvoir ?

– Même là-bas, les choses ont évolué. Des organisations démocratiques, aidées par l'Église catholique, ont recueilli des renseignements sur les personnes torturées, disparues ou exécutées, et ont constitué des dossiers. L'équipe d'avocats de l'organisme « Vicariat de la solidarité », par exemple, a fait du bon boulot. À partir des années 80, les premières plaintes sont tombées. Pour enlèvements, tortures, meurtres. Ce que les militaires appelaient : arrestation, interrogatoire, élimination. On estime qu'il y a eu environ 3 000 disparus durant les années dures. Parmi eux, il n'y avait pas que des Chiliens. Les « étrangers » étaient même enlevés en priorité. Espagnols, Français, Allemands, Scandinaves... Ils étaient nombreux. Avant Pinochet, le régime de Salvador Allende offrait une sorte d'Internationale du socialisme. Une utopie réalisée qui attirait tous les militants du monde. La belle époque ! Enfin, pour ceux qui croyaient à ces idées-là...

Cela n'avait pas l'air d'être le cas de Simon Velasco. Un grand barbu poivre et sel. Ses gestes étaient amples. Et son sourire plus ample encore, qui vous enveloppait d'une présence réconfortante. Il parlait un français sans accent, excepté peut-être une inflexion légèrement snob, sans doute acquise au fil de ses soirées diplomatiques. Le Chilien avançait à visage découvert : un grand bourgeois de la société de Santiago, qui n'avait jamais dû voir de près une geôle ni un gauchiste.

L'homme leur proposa une citronnade glacée, ce qui était plutôt curieux par ce temps. Mais Velasco semblait vivre au fil d'un long été indien, situé en altitude, à Santiago du Chili. Il les avait reçus dans son bureau – bois verni, cuir acajou, parfum de cigares. Dans la pénombre, Kasdan repérait les reliures mordorées des ouvrages de La Pléiade. Il avait chaussé ses lunettes et lu : Montaigne, Balzac, Maupassant, Montherlant... Un pur francophile.

Une fois qu'il eut rempli les verres, Velasco posa la carafe en cristal et s'installa face à eux.

– Dans les années 80, une amnistie larvée, qui ne disait pas son nom, protégeait les tortionnaires. D'abord, il y avait le problème des disparus. Sans corps, pas de victimes. Ensuite, le mot « torture » n'existe même pas dans le code pénal chilien. A priori, les militaires ne craignaient rien. A priori seulement, parce qu'il y avait d'autres pays plaignants. Les demandes d'extradition se sont multipliées. Au Chili même, on parlait de plus en plus de ces plaintes. Les journaux les évoquaient. Des manifestants se risquaient dans les rues. Pinochet vieillissait. Et le monde lui-même changeait : les dictatures, l'une après l'autre, s'effondraient. L'apartheid vacillait en Afrique du Sud. Les murs de l'Est tremblaient. Même les États-Unis ne soutenaient plus aussi franchement les dictatures sud-américaines. La question devenait donc sérieuse : le Chili allait-il extrader ses assassins ?

Kasdan glissa une question :

– C'est ce qui s'est passé avec Pinochet, non ?

– Pas tout à fait. Pinochet avait des ennuis de santé. Il s'est rendu à Londres pour se faire opérer d'une hernie lombaire. Il ne s'est pas assez méfié. En réalité, il n'y avait pas de plaintes anglaises contre lui mais le juge Balthazar Garzon, de Madrid, a pu faire valoir une plainte espagnole sur le territoire du Royaume-Uni. Les deux pays ont des accords. Le piège s'est refermé sur Pinochet. Il ne bénéficiait plus d'aucune immunité. Sauf son âge et sa soi-disant sénilité. C'est comme ça qu'il s'en est tiré.

Volokine remit la balle au centre :

– Revenons à Wilhelm Goetz. Savez-vous quel a été son rôle au moment de la répression ?

– Pas un rôle important, ni officiel. Wilhelm Goetz n'était pas un militaire. Il n'était pas non plus un fonctionnaire du régime. Mais il était proche des tortionnaires, notamment des dirigeants de la DINA, la police secrète de Pinochet.

– Que faisait-il ?

Velasco se passa le dos de la main sous la barbe :

– On ne sait pas trop. Il n'y a pas eu beaucoup de survivants à ces interrogatoires. Pourtant, son nom est revenu dans plusieurs plaintes. Il est évident qu'il a assisté à des séances de torture.

– Il y a une chose que je ne comprends pas, intervint Kasdan. Si ces plaintes proviennent d'Europe, pourquoi Goetz est-il venu justement se réfugier en France ? Pourquoi se jeter dans la gueule du loup ?

– Question intéressante... Il y a là un mystère. Goetz semblait ne rien craindre en France. Comme s'il bénéficiait ici d'une immunité. Il y a eu des rumeurs à ce sujet.

– Des rumeurs ?

Le Chilien joignit les mains, l'air de dire : « N'ouvrez pas le tonneau des Danaïdes. »

– Politiquement, les années 70 ont été une période complexe. Les pays avaient parfois entre eux des accords incompréhensibles. Et secrets. On a dit que certains Chiliens bénéficiaient d'une protection en France.

– Pourquoi ?

– Mystère. Mais Goetz n'est pas le seul à être venu se réfugier ici. Des membres de la DINA ont été accueillis. Ils ont tous bénéficié du statut de réfugié politique. Un comble.

– Vous avez la liste de ces « réfugiés » ?

– Non. Il faudrait faire des recherches. Je peux m'en occuper, si vous voulez.

Kasdan réfléchit. Ce nouveau fait pouvait expliquer les zonzons chez Goetz. Son témoignage posait un problème au gouvernement français et la DST ne voulait pas être prise de court.

Il choisit de jouer franc jeu :

– Nous pensons que Wilhelm Goetz s'apprêtait à témoigner dans un procès pour crimes contre l'humanité au Chili, avez-vous entendu parler de quelque chose ?

– Non.

– Cela vous paraît plausible ?

– Bien sûr. Il n'y a pas d'âge pour avoir des remords. Ou bien Goetz avait une raison pragmatique de se mettre à table. Peut-être a-t-il été rattrapé par un dossier quelconque. Peut-être voulait-il monnayer sa liberté. Les choses s'accélèrent en ce moment dans ce domaine.

– Qu'est-ce que vous voulez dire ?

– La mort de Pinochet a électrisé tout le monde. Cela a donné un coup de fouet aux procédures en cours. La disparition du général a démontré que la plupart des responsables de la dictature allaient mourir de leur belle mort, sans avoir été inquiétés. Les magistrats s'agitent actuellement. Les procès vont avoir lieu et les têtes vont tomber.

– Vous parlez en Europe ou au Chili ?

– Un peu partout.

– Connaissez-vous des avocats en France spécialisés dans ce type d'affaires ?

– Non. Je ne suis pas impliqué dans ces poursuites. Ce n'est pas mon rôle. En revanche, je peux vous donner un nom qui vous sera utile. Un réfugié politique. (Il eut un bref sourire.) Un vrai. Un « sobreviviente », un survivant qui a subi des interrogatoires terribles avant d'atterrir en France. Cet homme a fondé une association visant à retrouver les tortionnaires, où qu'ils soient.

Volokine sortit son carnet Rhodia :

– Comment s'appelle-t-il ?

– Peter Hansen. Un Suédois. Toujours l'Internationale de gauche... C'est pour ça qu'il est encore vivant. Son gouvernement l'a tiré des geôles chiliennes.

Velasco se leva, contourna son bureau puis ouvrit un tiroir. Il chaussa ses lunettes et feuilleta un agenda revêtu de cuir. Il soumit les coordonnées du Scandinave. Volokine les recopia.

– Dernière question, fit Kasdan. Pure curiosité personnelle. Comment savez-vous tout ça, vous ? Vous m'avez l'air sérieusement impliqué dans ces dossiers...

Velasco joua de son sourire :

– Je ne suis attaché d'ambassade que depuis 5 ans. Un poste honorifique, pour occuper ma retraite. Auparavant, j'étais juge d'instruction.

– Vous voulez dire...

– Je suis un des juges qui ont poursuivi Augusto Pinochet, oui. Sur son propre territoire, et croyez-moi, la partie était difficile. Le général possédait encore de nombreux appuis et personne, au Chili, je parle des notables, n'avait envie de sortir les cadavres du placard.

– Vous avez interrogé Pinochet ?

– Je l'ai même assigné à demeure !

L'intérêt de Kasdan redoublait pour ces moments historiques :

– Les interrogatoires, comment se sont-ils passés ?

– C'était plutôt ubuesque. D'abord, il n'était pas question qu'il se déplace. C'est donc moi, avec ma greffière, qui lui rendais visite dans sa villa de Santiago. Je sonnais, tout simplement. Avec une armée de journalistes derrière moi.

– Et ensuite ?

– Il me proposait du thé et nous parlions tranquillement du sang qu'il avait sur les mains.

Kasdan imaginait la scène : ce général tyrannique, qui avait prononcé la phrase célèbre : « Aucune feuille ne bouge dans ce pays sans que je le sache », soudain mis au pied du mur, forcé de rendre des comptes à cet aristocrate élégant...

– Vous savez, poursuivit Velasco, Pinochet n'était pas du tout comme on le pensait. Il s'était forgé un personnage de dictateur omniscient, sans pitié, mais c'était un petit bonhomme. Un lèche-cul sans envergure. Un mari sous la coupe d'une épouse ambitieuse, plus haute que lui socialement. Elle l'avait surpris à la tromper quand il était âgé de la trentaine. Depuis ce temps, il filait droit Avant 1970, Pinochet n'avait qu'un rêve : devenir douanier, ce qui lui paraissait plus prometteur que militaire.

Velasco but une gorgée de citronnade. Même avec le recul des années, il paraissait encore étonné par le surréalisme de ces évènements.

– Le plus fou, enchaîna-t-il, c'était que « Pinocchio », un de ses surnoms, était contre le coup d'État. Il avait peur ! Il s'est retrouvé aux commandes du pays par hasard. Les Américains ont simplement posé sur le trône le général le plus ancien du corps de l'armée de terre. Augusto Pinochet. Là, il s'en est donné à cœur joie. Comme un enfant cruel à qui on donnerait un pays. Les Américains ont pu se réjouir : il s'est acharné sur les socialistes comme s'il s'agissait d'éradiquer une maladie contagieuse. À cette époque, les généraux disaient : « Il faut tuer la chienne avant qu'elle fasse des petits. »

Ces propos rappelèrent à Kasdan les paroles de Naseer à propos du plan Condor qui visait à éliminer le « cancer communiste » où qu'il soit. Il évoqua ce projet. Velasco répondit :

– Peut-être que Goetz possédait des informations sur ce point spécifique. Peut-être avait-il participé à des opérations... Comment savoir ? Il est mort avec ses secrets. À moins bien sûr qu'il n'ait déjà témoigné. À vous de trouver son avocat.

Volokine lui rendit son agenda et ferma son bloc. Le diplomate se leva et ouvrit la porte de son bureau. En manière de conclusion, il dit :

– Vous avez dû le comprendre, je n'étais pas du côté des socialistes. Pas du tout. J'appartenais à la haute société chilienne et je l'avoue, à l'époque d'Allende, j'avais peur, comme tous les nantis. Nous avions peur de perdre nos biens. Peur de nous retrouver aux mains des Russes. Peur de voir le pays s'écrouler. D'un point de vue économique, le Chili était au bord du gouffre. Alors, quand il y a eu le putsch, nous avons dit « ouf ». Et nous avons détourné les yeux quand les militaires ont assassiné des milliers de personnes dans le stade de Santiago. Quand des commandos de la mort ont sillonné le pays. Quand les étudiants, les ouvriers, les étrangers ont été fusillés dans les rues. Ensuite, nous avons retrouvé nos vieilles habitudes bourgeoises alors que la moitié du pays crevait dans des geôles.

Les deux partenaires suivirent le Chilien jusqu'au vestibule de sa maison. Une demeure hispano-américaine, pleine de petites pièces percées de fenêtres étroites, dotées de grilles en fer forgé, dans le style castillan.

Sur le seuil, Kasdan demanda :

– Pourquoi avoir poursuivi Pinochet alors ?

– Un hasard. Le dossier est tombé sur mon bureau. Il aurait pu arriver dans le bureau voisin. Je me souviens exactement de ce jour... Vous connaissez Santiago ? C'est une ville grise. Une ville aux couleurs de plomb et d'étain. Dans ce dossier, j'ai vu un signe de Dieu. On m'offrait une chance. De racheter mon péché d'indifférence et de complicité. Malheureusement, Pinochet est mort sans avoir été châtié et moi, je joue encore à l'aristocrate, dans votre pays, en buvant ma citronnade...

– En tout cas, Goetz, lui, a expié sa faute. Sa mort a été son châtiment.

– Vous pensez que son meurtre est lié à toutes ces vieilles histoires ?

Kasdan lui servit une réponse de fonctionnaire :

– Pour l'instant, nous n'excluons aucune possibilité.

Velasco acquiesça. Son sourire, enfoui dans sa barbe, semblait dire : « Vous êtes dans la merde et je connais bien ce bain. » Il ouvrit la porte, laissant l'averse s'engouffrer sur le seuil :

– Bonne chance. Je vous appelle quand j'aurai la liste des tortionnaires « importés » en France.

Kasdan et Volokine coururent rejoindre le break. La maison de Velasco se trouvait dans un quartier résidentiel de Rueil-Malmaison. De part et d'autre de la chaussée, on ne voyait que des buissons épais et des arbres centenaires.

Volokine tenait toujours son bloc Rhodia, où étaient inscrites les coordonnées de Peter Hansen, le réfugié politique, chasseur de bourreaux chiliens. Ils n'eurent pas besoin de se consulter : ils avaient la nuit pour fouiller la piste politique.

# 34

UNE DEMI-HEURE plus tard, Kasdan manœuvrait dans un quartier exigu du dix-huitième arrondissement, suant à grosses gouttes à l'idée d'accrocher sa bagnole. Rue Riquet. Rue Pajol. Puis, enfin, à gauche, rue de la Guadeloupe. Sous la pluie torrentielle, le boyau ressemblait à un tambour de machine à laver battant les voitures stationnées.

Peter Hansen vivait au 14. Un immeuble sans âge, serré comme un carton poussiéreux parmi d'autres édifices. Clé universelle. Quelques mots au concierge et les voilà partis pour le cinquième étage. Sans ascenseur. L'escalier embaumait l'encaustique mais la minuterie ne marchait plus. Ils grimpèrent les étages, guidés par la lumière des réverbères qui filtrait par la fenêtre de chaque palier.

Parvenus au cinquième, ils repérèrent le seuil de Hansen – son nom était écrit au feutre sur une carte. Kasdan remonta sa ceinture, rajusta son treillis puis se composa une tête sympathique. Le bon gros nounours de la maison Poulaga. Il sonna. Pas de réponse. Il sonna encore. Rien. Bref coup d'œil à Volokine : de la lumière filtrait sous la porte.

Il frappa violemment et avertit :

– Police. Ouvrez !

Le Russe tenait déjà son Glock. L'Arménien dégaina à son tour, marmonnant un juron. De l'épaule, il poussa la porte pour simplement éprouver les verrous. Rien n'était fermé. Il prit son recul en vue d'enfoncer la paroi d'un coup de talon.

À ce moment, la porte s'ouvrit. Un homme, grand échalas, cheveux longs et barbe grise, apparut sur le seuil.

– Qui êtes-vous ? demanda-t-il très calmement.

Kasdan plaqua son arme contre sa cuisse, derrière son treillis.

– Nous sommes de la police, fit-il d'une voix douce. Je suis le commandant Kasdan. Voici le capitaine Volokine. Vous êtes bien Peter Hansen ?

L'homme acquiesça. Il tenait une cuillère en bois et portait un tablier de toile beige. Il ne semblait pas étonné par les deux gaillards qui se révélaient dans la clarté électrique du vestibule. Posé, décontracté, le Suédois ressemblait à ce qu'il était sans doute : un vieux célibataire en train de préparer sa popote un peu tard, selon l'horaire latin.

– On peut entrer ? Nous avons quelques questions à vous poser.

– Aucun problème.

Hansen pivota et les invita à le suivre. Les deux partenaires rengainèrent discrètement et marchèrent dans un couloir étroit jusqu'à un salon minuscule. Un canapé affaissé, deux fauteuils usés encadraient une malle de marin noire qui tenait lieu de table basse. Des ponchos multicolores étaient suspendus contre les murs. Des masques de cuir, des objets en lapis-lazuli, des poteries de terre rouge, des étriers en bois sculpté, des instruments anciens de navigation en cuivre complétaient la décoration. Kasdan se dit que les brocantes de Santiago ou de Valparaiso devaient proposer le même genre de bric-à-brac.

– Je n'ai passé que quelques années au Chili, commenta Hansen. Les pires de ma vie. Pourtant, j'ai adhéré totalement à cette culture...

Kasdan considéra le vieil homme, chandail informe, jean délavé sous son tablier. Il semblait sortir d'une manifestation contestataire des Seventies. L'Arménien demanda d'une voix plus calme encore, essayant de casser son ton naturel de flic :

– Nous avons frappé plusieurs fois. Pourquoi vous n'avez pas ouvert ?

– Je n'ai rien entendu, excusez-moi. J'étais dans la cuisine.

L'Arménien lança un coup d'œil à Volokine, qui semblait ne pas comprendre lui non plus : l'appartement ne devait pas excéder soixante mètres carrés. Ils n'insistèrent pas. Hansen désigna le mobilier du salon :

– Asseyez-vous, je vous en prie. Vous voulez du vin ? Du maté ?

– Du vin. Très bien.

– J'ai un délicieux vin rouge du Chili. Du « vino tinto ».

Il parlait avec un curieux accent, mi-scandinave, mi-espagnol, et hachait les syllabes comme de fines rondelles d'oignons. Il repartit dans la cuisine. Kasdan écrasa sa masse dans l'un des fauteuils, imitant Volokine, déjà recroquevillé dans le canapé. Des effluves émanaient de la cuisine. Haricots. Potiron. Piments. Maïs...

L'Arménien pouvait observer leur hôte par la porte de la cuisine. Il ressemblait à Velasco. Le même genre de grande saucisse à barbe grise, aux gestes élégants et au sourire facile. Mais il y avait quelque chose de dépareillé, de négligé chez le Suédois qui évoquait plutôt une version beatnik de l'aristocrate. Dans les années 70, quand Velasco s'inquiétait de l'avenir du Chili, dans les clubs huppés de Santiago, Peter Hansen devait refaire le monde avec ses amis socialistes.

L'homme réapparut avec une bouteille noire, un tire-bouchon, trois verres ballons. Il s'installa dans le deuxième fauteuil et entreprit d'ouvrir le « grand cru ». Ses mains étaient longues et fines comme des mandibules.

– Vous savez qu'il y a une grande tradition viticole au Chili ? On dit qu'elle vient des conquistadores, qui ont semé des grains de raisin d'Espagne pour produire du vin de messe... (Il déboucha la bouteille.) On dit beaucoup de choses au Chili... Un chanteur a écrit : « Un pays plein d'espoir où personne ne croit en l'avenir, Un pays plein de souvenirs où personne ne croit au passé »...

Il remplit lentement les verres.

– Goûtez-moi ça.

Les enquêteurs s'exécutèrent. Cela faisait une éternité que Kasdan n'avait pas bu de vin. Son premier réflexe, au contact du breuvage, fut de penser à son cerveau – et à son traitement. Il espérait que le mélange comprimés/alcool n'allait pas le rendre malade.

– Alors ?

– Excellent.

Kasdan avait répondu au hasard – il ignorait tout des vins. Et il ne fallait pas compter sur le fumeur de joints qui reniflait son verre comme un chien indécis.

– Que puis-je faire pour vous ? demanda le Scandinave.

Kasdan attaqua posément, exposant de la manière le plus vague possible l'objet de leur investigation. Ce qui ressortait de son discours, c'était qu'ils enquêtaient sur un meurtre, « peut-être » lié à des tortionnaires de la junte chilienne, « peut-être » installés en France...

Hansen répondit, sans paraître le moins du monde étonné :

– Vous avez des noms ?

– Nous pouvons commencer par Wilhelm Goetz. Fixé à Paris depuis 20 ans.

Hansen sursauta. Il demanda, d'une voix tremblante :

– Vous avez une photo ?

Kasdan sortit le portrait qu'il avait piqué à l'Éphorie. L'homme observa attentivement le tirage et, en quelques secondes, se transforma. Son visage se creusa. Ses yeux, ses rides, ses lèvres : tout devint plus profond, plus sombre. Puis sa peau changea d'aspect. Grise, terne, elle parut se fondre dans la barbe. Hansen se muait en statue du Commandeur.

– Le Chef d'orchestre, murmura-t-il en rendant la photo.

– Le chef d'orchestre ?

Hansen ne répondit pas. Au bout d'une bonne minute de silence, les yeux fixes, il grommela, de sa voix grave :

– Excusez-moi. L'émotion. Je pensais avoir dépassé tout ça mais... (Il se reprit.) Je pensais surtout que cet homme était mort. (Un fantôme de sourire se dessina parmi les poils de sa barbe.) Disons plutôt que je l'espérais...

Le Suédois paraissait bloqué. La violence des retrouvailles. Ou l'aspect de Kasdan, trop massif, trop militaire. Volokine intervint. Il était l'ange de l'équipe.

– Nous comprenons votre émotion, monsieur Hansen. Prenez tout votre temps. Que pouvez-vous nous dire sur cet homme ? Pourquoi l'appelez-vous le « chef d'orchestre » ?

Hansen prit son souffle :

– J'ai été arrêté en octobre 1974. Je déjeunais dans ma maison. Sans doute une dénonciation des voisins. À l'époque, il suffisait d'être étranger pour être arrêté. Certains étaient même fusillés dans la rue, en bas de chez eux, sans autre forme de procès. Souvent, les dénonciateurs étaient tués eux aussi, avec les autres. C'était le chaos total. Bref, les membres de la police paramilitaire ont débarqué chez moi. Ils m'ont tapé dessus et m'ont amené à la station de police la plus proche où j'ai encore été battu. Je ne me plaignais pas. Là-bas, c'était un vrai carnage. Un étudiant avait été blessé par balle dans le dos. Les soldats sautaient à pieds joints, à tour de rôle, sur sa blessure...

Hansen se tut. Le flux des souvenirs, trop fort, lui coupait le souffle. Volokine usa de sa voix la plus douce :

– Que s'est-il passé ensuite ?

Après un temps, le Suédois reprit, avec son accent monocorde :

– On m'a placé dans une des camionnettes bleues de la DINA. On les appelait les « mouches bleues ». On m'a mis de la ouate humide dans les oreilles et un masque de cuir sur le visage qui m'empêchait de voir quoi que ce soit. On a roulé. Les pensées que j'avais à ce moment étaient curieuses. Je ne vous ai pas dit le principal : je n'appartenais pas à l'Unité Populaire. J'étais à peine socialiste... À cette époque, j'étais simplement allé au bout de mon destin nomade. Beaucoup de drogues, beaucoup de sexe, un peu de méditation... En 1970, j'ai échoué à Katmandou. C'est là-bas que j'ai rencontré des Chiliens qui m'ont parlé du régime d'Allende comme d'un pays de cocagne. Une sorte de réalisation du rêve communautaire beatnik. Je suis allé à Santiago, par pure curiosité. Je fumais du cannabis. J'allais aux réunions politiques du MIR (Mouvement de la Gauche Révolutionnaire)... Surtout pour draguer les militantes. Donc, je ne savais pas grand-chose. Pourtant, ce jour-là, dans le bus, je me suis fait une promesse. Ne rien dire. La torture et la peur sont des choses étranges. Des forces qui vous secouent, au sens propre et au sens figuré. Vous vous révélez : un lâche ou un brave. Moi, quand j'ai vu ces salopards se mettre en quatre pour me faire souffrir, j'ai décidé de ne plus rien dire. De devenir un héros. Même inutile. Après tout, je n'avais rien fait d'exceptionnel jusqu'ici. Autant finir en beauté !

Kasdan prit la parole :

– Où vous a-t-on conduit ?

– Je ne sais pas. À la Villa Grimaldi, sans doute. Le haut lieu de la torture à Santiago. Mais je n'avais pas de notion de temps ni de distance. Quand vous n'entendez rien, que vous ne voyez rien, et que vous recevez des taloches de temps en temps, comme ça, sans raison, toute mesure devient relative...

– C'est à ce moment que vous avez vu Goetz ?

– Non. Cette nuit-là... Enfin, il me semblait que c'était la nuit... J'ai eu affaire à des militaires. Des coups. Des injures. Puis la baignoire. Ils m'ont noyé plusieurs fois. Parfois dans de l'eau. D'autres fois dans de la paraffine brûlante ou des excréments. Je ne parlais toujours pas. Ensuite, ils ont voulu utiliser l'électricité. C'était presque drôle parce qu'à l'évidence, ils ne savaient pas se servir de leur machine. Alors, les Français sont apparus.

– Des Français ?

– Je crois qu'ils étaient français, oui. À l'époque, je ne parlais pas votre langue.

– Que faisaient-ils là ?

Hansen eut un sourire. Il but une gorgée de vin et reprit des couleurs.

– C'était assez simple à deviner. Ils formaient les Chiliens. Ils leur montraient comment ces instruments marchaient, comment il fallait appliquer la pointe électrifiée. D'ailleurs, j'ai entendu aussi des voix qui parlaient en portugais. Sans doute des « élèves » venus du Brésil. Oui, j'étais au centre d'une espèce de stage...

Les deux flics échangèrent un regard. Des Français, sans doute des militaires, en délégation au Chili afin de livrer une formation concernant la torture. Des instructeurs aidant la junte de Pinochet à mieux briser le front subversif. Si la France était mouillée dans la répression du coup d'État, alors le gouvernement avait de sérieuses raisons de surveiller Wilhelm Goetz, qui avait soudain la langue trop pendue...

Volokine reprit le fil de l'histoire :

– Combien de temps êtes-vous resté dans ces... bureaux ?

– Je ne sais pas. Je m'évanouissais, je revenais à moi... Bientôt, on m'a emmené. De nouveau la camionnette. De nouveau, les bouchons de ouate et le masque de cuir. Cette fois, on a roulé vraiment longtemps. Au moins une journée. Puis je me suis retrouvé dans un endroit totalement différent. Un hôpital. Je sentais les odeurs de médicaments. Mais c'était un hôpital bizarre, qui semblait surveillé par des chiens. Les aboiements nous suivaient partout.

– Ce transfert, c'était pour vous soigner ?

– C'est ce que j'ai cru. J'étais naïf. En réalité, l'interrogatoire continuait... Ou plutôt, pour être précis, l'expérience...

– L'expérience ?

– J'étais une sorte de cobaye, vous comprenez ? Mes bourreaux avaient compris que je n'avais rien à dire. En revanche, mon corps pouvait encore les renseigner. Je veux dire : il était devenu un matériau pour tester les limites de la souffrance, vous voyez ?

Kasdan écoutait, renfrogné dans son fauteuil. Toute cette merde lui était familière. Il savait, il l'avait toujours su, que cette enquête liée au Chili les emmènerait au cœur de la saloperie humaine.

– À l'hôpital, demanda-t-il, que vous a-t-on fait ?

– Je ne portais plus de bandeau. Les murs de faïence blanche, les odeurs aseptiques, les cliquetis des instruments. J'étais abruti de fatigue et de souffrance mais la peur se frayait tout de même un chemin jusqu'à mon cerveau. Je savais que j'étais déjà mort. Je veux dire : j'étais un « *desaparecido* ». Un disparu. Un homme qui n'existait plus dans aucun registre. Vous savez que la DINA ne possédait pas d'archives écrites ? Aucune trace, aucune vérité. Une machine d'anéantissement total qui...

Volokine le recadra, en douceur :

– Monsieur Hansen, que s'est-il passé à l'hôpital ?

– Les médecins sont arrivés. Ils portaient des masques chirurgicaux.

– Et Goetz, l'homme de la photo ? Il était là ?

– Il est apparu à cet instant, oui. Il ne portait ni blouse ni masque. Il était habillé en noir. Il ressemblait à un prêtre. Un des chirurgiens s'est adressé à lui. Par son nom. Les mots qu'il a prononcés alors étaient tellement extraordinaires que je ne les ai jamais oubliés...

– Quels mots ?

– « Le concert peut commencer. »

– Le concert ?

– Je vous assure. C'est ce qu'il a dit. Et c'est en effet ce qui s'est passé. Au bout de quelques minutes, alors que les médecins choisissaient leurs instruments, j'ai entendu des voix... Des voix d'enfants. C'était sourd, ouaté, comme dans un cauchemar...

– Ces enfants, que chantaient-ils ?

– À l'époque, j'écoutais beaucoup de musique classique. J'ai tout de suite reconnu l'œuvre. C'était le *Miserere* de Gregorio Allegri. Un ouvrage a cappella, très connu...

Un coin de la mosaïque se dévoilait. Par une perversité unique, les Chiliens opéraient leurs cobayes au son d'une chorale.

Donnant voix à ses pensées, Hansen continua :

– Des bourreaux mélomanes... Ça ne vous rappelle rien ? Les nazis, bien sûr ! La musique était au cœur de leur système maléfique ! Au fond, tout cela n'était pas étonnant.

– Pourquoi ?

– Parce que mes médecins étaient allemands. Ils parlaient allemand entre eux.

De très anciens cauchemars se levaient, reproduisant les mêmes schémas de terreur. Nazisme. Dictatures sud-américaines. Une filiation presque naturelle.

Après une hésitation, l'Arménien se décida à poser la question cruciale :

– Ces médecins, que vous ont-ils fait ?

– Je préfère ne pas en parler. Ils m'ont blessé, tailladé, opéré... À vif, bien sûr. J'ai vécu un enfer sans nom, entendant toujours, au fond, ces voix d'enfants, mêlées aux bruits des instruments, à mes hurlements, alors que la douleur éclatait partout dans mon corps.

Hansen se tut. Les deux visiteurs respectèrent son silence. Ses yeux sombres étaient exorbités. Kasdan se résolut à lui arracher un mot de conclusion.

– Comment en êtes-vous sorti ?

Hansen sursauta. Puis, très lentement, un sourire revint jouer sur ses lèvres :

– C'est ici que mon histoire devient intéressante... Je veux dire : vraiment originale. Les médecins m'ont prévenu qu'ils allaient m'anesthésier complètement.

– Pour stopper vos souffrances ?

Le Suédois éclata de rire et vida son verre :

– Ce n'était pas le genre de la maison. Pas du tout. Ils voulaient simplement se livrer à un petit jeu avec moi.

– Un jeu ?

– Les chirurgiens se sont penchés sur moi et m'ont expliqué que j'avais une chance de sauver ma peau. Il suffisait que je leur donne une bonne réponse... Ils allaient m'opérer. Procéder à l'ablation d'un organe. Puis ils attendraient que les effets de l'anesthésie se dissipent et que je me réveille. Alors, il faudrait que je reconnaisse ma douleur. Il faudrait que je devine quel organe ils m'avaient arraché. À cette seule condition, j'aurais la vie sauve. Si j'échouais, ils effectueraient d'autres prélèvements, cette fois à vif, jusqu'à ce que ma mort les arrête.

Le silence s'imposa dans le petit salon. Un silence glacé comme un permafrost. Ni Kasdan ni Volokine n'osait relancer l'interrogatoire.

Enfin, Hansen enchaîna :

– Je me souviens de cela comme d'un rêve... Je me suis doucement endormi au son de la voix des enfants... J'étais dans une sorte de transe. Des images flottaient au fond de mon esprit : un rein brunâtre, un foie noir, des testicules sanglants... Qu'allaient-ils me voler ? Allais-je pouvoir identifier ma souffrance ?

Le Suédois s'arrêta. Les deux partenaires ne respiraient plus. Ils attendaient la conclusion du récit.

– Au fond, chuchota Hansen, j'ai eu de la chance. Les organes que les médecins m'ont prélevés – parce qu'il y en avait deux – étaient très faciles à deviner.

D'un geste, il releva les mèches grises qui entouraient son visage.

À la place des oreilles, il avait deux plaies couturées dont les cicatrices évoquaient des barbelés. Kasdan se força à regarder. Volokine détourna les yeux.

Le supplicié conclut d'une voix sourde :

– Il ne faut pas vous étonner que je ne réponde pas quand on frappe à ma porte. J'ai seulement vu qu'elle bougeait tout à l'heure, quand vous l'avez poussée. Et depuis que vous êtes ici, je lis sur vos lèvres. Finalement, le *Miserere* des enfants est la dernière chose que j'ai entendue dans mon existence.

# 35

– ARNAUD ? Kasdan.

– Tu m'appelles pour Noël ?

– Non. Pour un renseignement.

– On est rangés des voitures, mon vieux. T'es pas au courant ?

– Des instructeurs français, qui seraient allés donner des cours de torture au Chili, dans les années 70, ça te dit quelque chose ?

– Non.

La voix de Jean-Pierre Arnaud résonnait dans l'habitacle de la voiture. Volokine écoutait en silence : il était en train de brûler un carré de shit bien compact. Son visage brillait à la flamme comme au fond d'un tabernacle. Il semblait cette fois bouleversé par le témoignage de Hansen, alors que les morts de Naseer et du père Olivier ne lui avaient fait ni chaud ni froid.

– Tu pourrais vérifier ? continua Kasdan.

– J'ai pris ma retraite il y a 8 ans. Comme toi. Nous sommes à deux jours de Noël et je viens d'arriver chez mes enfants. Voilà la situation, mon petit père. Ni toi ni moi n'y pouvons rien.

Jean-Pierre Arnaud était un colonel du 3e RPIMA qui avait intégré les services du Renseignement militaire dans les années 80 et avait achevé sa carrière comme instructeur-armurier. Kasdan l'avait connu à cette époque. Ils fréquentaient tous deux les mêmes stages de formation, organisés par les fabricants d'armes automatiques et semi-automatiques.

– Est-ce que tu pourrais te renseigner ? insista Kasdan. Rappeler les collègues ? Trouver les noms de ces experts français ?

– C'est de la vieille histoire. Ils doivent être tous morts.

– Nous sommes bien vivants, nous.

Arnaud éclata de rire :

– T'as raison. Je vais voir ce que je peux faire. Mais après les fêtes.

– Non. Ça urge !

– Ben voyons. Kasdan, tu es une vraie caricature.

– Tu peux secouer le cocotier ou non ?

– Je te rappelle demain.

– Merci, je...

– Tu m'en dois une, c'est ça ?

– Exactement.

Le colonel raccrocha en riant. Il paraissait à la fois amusé et consterné par l'attitude de Kasdan, vieux retraité qui se donnait des airs de flic sur la brèche.

Volokine murmura :

– Vous me prêteriez votre bagnole, cette nuit ?

Kasdan le regarda sans répondre. Le gamin venait d'allumer son joint. Il ajouta en souriant :

– J'ai bien compris que vous faisiez un transfert sur votre Volvo.

– Transfert mon cul. Pouquoi veux-tu ma bagnole ?

– Je dois vérifier des trucs.

– Quels trucs ?

– Je veux creuser encore du côté des enfants. Et aussi des voix. El Ogro : je suis sûr qu'il y a là un élément important. Le Chilien travaillait à Paris depuis 20 ans. Je veux retrouver tous les chanteurs qui ont bossé sous sa direction. Même les plus âgés. Surtout les plus âgés. Ils se souviendront. Ils me parleront.

Kasdan tourna sa clé de contact :

– Il y a mieux à faire. Il faut gratter encore la piste politique. D'une façon ou d'une autre, le passé a rattrapé Goetz.

– Tout est lié. Les enfants assassins. Le *Miserere*. La dictature chilienne. Les trois victimes, qui sont aussi des coupables. Donnez-moi jusqu'à demain matin pour vaquer à mes affaires. Première heure, on s'attaque aux magouilles franco-chiliennes de l'époque. Promis.

Kasdan emprunta la rue de la Chapelle, en direction du métro aérien.

– OK, fit-il d'un ton de lassitude. Je me dépose et je te laisse la caisse. Mais tu fais gaffe, hein ? On réattaque demain matin à 8 h. Noël joue pour nous. La Crim sera plus lente que d'habitude. Mais pas non plus immobile…

– Le mec qui a repris l'enquête, Marchelier, qu'est-ce qu'il vaut ?

– Pas mauvais. Très arriviste. À la boîte, on le surnomme « Marchepied ».

– Dans quel style ?

– Sournois. Furtif. Le genre qui fait l'amour à sa femme sans la réveiller.

Volokine sourit encore, les yeux mi-clos. Ils arrivaient en vue de la place de la République. La rumeur de la circulation. Les lumières. La grande liesse du Paris nocturne. Kasdan avait le cafard de rentrer chez lui. Il aurait aimé sillonner la ville, toute la nuit, en compagnie du jeune chien fou.

Il stoppa boulevard Voltaire, devant l'église Saint-Ambroise, laissant tourner le moteur :

– Tu as l'habitude de ce genre de voitures ? Tu dois faire hyper-gaffe à l'allumage, elle…

– Vous en faites pas. Oubliez-moi. La nuit est à moi.

# 36

KASDAN se prépara du café bien noir, assorti des pahlavas que sa veuve d'Alfortville lui avait déposés sur son paillasson dans la journée. Il ne lut pas son message. Pas d'humeur pour les roucoulades. Sa vie ronronnante de retraité continuait mais il était sorti des rails. Il avait réintégré sa peau de flic. Son cuir de combattant.

Il s'installa dans sa chambre, allongé sur le lit, avec son café et ses crêpes posés sur un plateau d'argent – un trophée qu'il avait gagné à un tournoi de tavlou, une sorte de backgammon arménien. Il aurait pu éteindre la lumière et s'endormir, là, tout de suite, mais il songea à Volokine et cette vision lui redonna du jus. Il voulait aussi rattraper le temps perdu, d'une certaine façon, chez Hansen. Embarqués par son histoire, ils ne l'avaient pas interrogé sur les autres tortionnaires vivant en France, ni sur les avocats spécialisés dans les affaires de crimes contre l'humanité.

Il attrapa les bouquins sur l'histoire récente du Chili, au bas de son lit. Il ouvrit le premier livre, sentant ses neurones excités par le café.

D'abord, un regard d'ensemble sur les évènements. Le gouvernement socialiste, qui avait duré 3 ans, de 1970 à 1973. Puis la dictature, qui en avait duré dix-sept. À propos de la période du putsch, Simon Velasco avait dit : « D'un point de vue économique, le Chili à cette époque était au bord du gouffre. » Il avait raison. Grèves des ouvriers, rébellion des paysans, pénurie alimentaire... Le socialisme d'Allende avait plongé le Chili dans le marasme. En réalité, les États-Unis travaillaient en sous-main à ce naufrage, sabotant chaque mesure du président socialiste, montant la tête aux syndicats, conditionnant l'opinion. Après avoir bien savonné la pente, Washington avait carrément scié le plongeoir. En 1971, les Américains du Nord avaient stoppé tout crédit en direction du Chili. Il ne restait plus qu'à financer l'armée, en vue du coup d'État.

Pourquoi tant de haine ? Kasdan obtint des réponses au fil des pages. Aux yeux des gouvernants américains, Salvador Allende avait deux torts. Un tort idéologique : il était socialiste. Un tort économique : il projetait de nationaliser les exploitations minières de cuivre, principale ressource du pays, appartenant pour la plupart à des compagnies américaines. L'Oncle Sam n'aime pas qu'on lui reprenne ce qu'il a volé. L'histoire des États-Unis n'est qu'un hold-up à main armée.

Été 1973. Rien ne va plus. Les grèves se succèdent. Le pays est bloqué, asphyxié. C'est l'état d'urgence. Salvador Allende veut organiser un référendum, espérant gagner une nouvelle légitimité auprès du peuple mais il n'en a pas le temps. Le 11 septembre 1973, les fascistes du parti « Patria y Libertad » – ceux que les socialistes appellent les « valets de l'impérialisme américain » et dont le symbole est une araignée noire rappelant le svastika nazi – renversent le gouvernement populaire.

Kasdan n'était pas mécontent de se rafraîchir la mémoire. Comme tout le monde, il avait entendu parler du coup d'État de Pinochet, de l'attaque du palais présidentiel, la Moneda, de la mort héroïque de Salvador Allende. Mais il était d'abord et avant tout un flic et, à l'époque, toutes ces histoires étaient des histoires de gauchistes. Or, la gauche signifiait pour lui « trouble », « utopie », « merdier ».

Il feuilleta encore ses livres. Les troupes avaient bombardé le palais, sommé Allende de se rendre, déclaré son gouvernement destitué. Seul contre tous, l'homme d'État avait fait évacuer les siens puis avait verrouillé son bureau et décroché du mur le fusil que lui avait offert Fidel Castro. Du pur héroïsme tel que notre époque contemporaine en avait oublié jusqu'à l'existence.

Il y avait dans la fin d'Allende quelque chose de pathétique, et en même temps d'intensément beau, qui serrait la gorge. Kasdan resta un moment à observer la photo célèbre – la dernière – d'Allende. Le portrait du petit moustachu, en col roulé, portant son casque de travers et sa vieille pétoire. Un héros mort pour son idéal. Lors de son dernier message radio, Allende avait déclaré : « Je paierai de ma vie la loyauté que le peuple m'a confiée. » Et aussi : « On n'arrête pas une société en marche par le crime ni par la force. L'Histoire est avec nous et ce sont les peuples qui font l'Histoire. »

Kasdan se pinça les lèvres. Les socialistes avaient tort sur toute la ligne mais il devait en convenir, ils avaient des couilles. Voilà pourquoi, au fond de lui-même, il admirait ces idéalistes. Il savait que leur grand rêve ne mourrait jamais. C'était un idéal, un appel, qui prendrait de multiples visages, et se résumerait toujours à cette phrase, mille fois répétée par les militants : « Quand un révolutionnaire tombe, il y a toujours dix mains pour ramasser son fusil. »

L'histoire de la répression l'intéressait moins. Toujours les mêmes atrocités. Les chiffres, les dates, les massacres, qui ne cessaient de se répéter au fil de l'histoire humaine. Aujourd'hui, on estimait à dix mille les personnes tuées durant le coup d'État. Quatre-vingt-dix mille détenus avaient été retenus dans les geôles durant les premiers dix-huit mois du régime de Pinochet. Cent soixante-trois mille Chiliens avaient été contraints à l'exil. Trois mille avaient totalement disparu. Ni morts, ni vivants. Effacés. Évaporés.

Kasdan survola la litanie des tortures pratiquées, d'abord dans le stade de Santiago, où les prisonniers avaient été concentrés, puis dans les geôles et les centres d'interrogatoire, dont la célèbre Villa Grimaldi. Chocs électriques, viols, baignoires, brutalités en tous genres... Tout cela, Kasdan connaissait.

En revanche, il ne trouvait dans ces pages aucune trace du mystérieux endroit où avait été emmené Peter Hansen. Qui étaient ces Allemands, mélomanes et chirurgiens de cauchemar ? Où Wilhelm Goetz avait-il dirigé des chorales d'enfants alors qu'on opérait à vif des prisonniers ? Qui étaient les militaires français venus assister les bourreaux du régime et mettre au point leurs techniques de persuasion ?

Pas un mot là-dessus dans sa documentation. Aucune trace

d'experts français, ni de nazis recyclés dans la torture. Ses bouquins parlaient plutôt de brutes épaisses, des soldats affublés de surnoms ridicules. « Mano Negra » (la Main Noire) ou « Muñeca del Diablo » (Poupée du diable). Des paysans illettrés qui s'étaient fait connaître pour leur sauvagerie et leur absence de scrupules.

L'Arménien se frotta les paupières. 2 h du matin. Il n'avait rien appris. Rien en tout cas qui puisse éclairer la série de meurtres actuels. S'il avait eu le goût du feuilleton, il aurait pu imaginer ceci : des vieillards chiliens, d'origine allemande, qui craignaient pour leur tranquillité, avaient envoyé en France des enfants meurtriers éliminer des témoins gênants...

Absurde. Et cela ne rendait même pas compte de la totalité des faits. Pourquoi, dans ce cas, avoir tué le père Olivier ? Pourquoi les chorales semblaient-elles tenir une place centrale dans cette série d'assassinats ? Pourquoi les meurtres eux-mêmes respectaient-ils un rituel ? Et quel lien les anciennes disparitions d'enfants entretenaient-elles avec ces crimes ?

Kasdan s'arrêta face au nombre de questions et à l'absence de réponses. Un frisson le secoua. Il réentendit la petite voix, dans l'obscurité, de la nuit dernière. *Qui va là, putain ?* Une voix étrangement douce. Rieuse. Une voix qui voulait *jouer...* Il comprit qu'il avait peur. D'un coup, il eut envie de téléphoner à Volokine mais se raisonna.

Soudain, son portable sonna.

– Mendez. Les résultats précis de la métallisation des plaies du Mauricien, ça t'intéresse ?

– Je t'écoute.

– Des particules de fer. Du fer noir. A priori un couteau. Plutôt ancien. Un instrument qui daterait au moins du XIXe siècle. On a aussi des échantillons d'os.

– D'os ?

– Oui. De yack. Sans doute des traces du fourreau de l'arme. J'ai passé quelques coups de fil. L'arme utilisée pourrait être un couteau rituel, provenant du Tibet. Une sorte de talisman qui vise à chasser les spectres et les terreurs nocturnes. Bref, encore un truc incompréhensible.

Kasdan réfléchit mais sa fatigue coupait court à tout développement. Et d'ailleurs, ce nouvel élément faisait déborder la coupe. Trop d'éléments étranges. Disparates.

Il salua le légiste et rejoignit le salon, se fermant à toute réflexion. Il alla s'asseoir dans son fauteuil, chope de café en main, près d'une des fenêtres mansardées qui s'ouvraient sur l'église Saint-Ambroise.

Là, il rechercha la paix en ruminant d'autres tortures, d'autres horreurs, qui lui étaient cette fois familières. Quitte à être empoisonné par des cauchemars, autant que cela soit les *siens.*

La forêt dense se forma, un sentier de latérite se dessina.

Il se cala au fond du siège en cuir et se laissa partir en direction du Cameroun.

Vers la scène primitive, qui expliquait tout.

# 37

LA NUIT AU BOUT DU FIL.

Volo était d'abord retourné au 15-17, rue Gazan et avait fouillé le salon de musique de Goetz. Jusqu'à dénicher les archives professionnelles du Chilien. Des archives plutôt curieuses : elles ne se présentaient pas sous la forme d'une liste de chorales mais d'une série d'œuvres que Goetz avait dirigées. Sur la même ligne, on pouvait trouver, après la date du concert et le nombre de chanteurs, le nom de l'église où le récital avait eu lieu.

Un motet de Duruflé avait été interprété à Notre-Dame-des-Champs, en 1997. Un *Ave Verum* de Poulenc à l'église Sainte-Thérèse, en 2000. *L'adagio* de Barber à Notre-Dame-du Rosaire en 1995... La liste était longue. Goetz avait aussi enregistré plusieurs disques. Un *Miserere* en 1989, une *Enfance du Christ* en 1992...

Que de la merde en barre. Il connaissait ces œuvres et rien qu'à y penser, il avait envie de gerber. Il s'était concentré sur les noms, les dates, et avait occulté la musique qui résonnait dans sa tête. En tout, sur un peu moins de 20 ans, Goetz avait dirigé huit chorales différentes, chaque fois durant 6 ou 7 ans.

Volokine avait inscrit les noms des paroisses sur son bloc, dont les quatre qu'il connaissait, et avait appelé, l'un après l'autre, les presbytères.

Sur huit, sept avaient répondu. Des prêtres ou des sacristains ensommeillés qui ne comprenaient pas ce qu'il se passait. Volokine les prévenait : qu'ils se tiennent prêts avec leurs archives, parce qu'il arrivait, lui, et ce n'était pas pour rigoler. Il bossait sur une enquête criminelle concernant un triple homicide.

Il traversait Paris dans le tacot de Kasdan. Déboulait dans la sacristie. Étudiait les archives de la chorale. En général, le registre était bien tenu et il trouvait sans problème la liste des enfants qui avaient chanté sous la direction de Goetz, ainsi que les coordonnées de leurs parents.

Alors, il téléphonait. En pleine nuit. En pleine illégalité. Il n'avait pas le droit de mener cette enquête. Encore moins de faire chier les gens en pleine nuit, à l'aube d'un dimanche 24 décembre. Mais tout résidait dans sa force de persuasion au moment du contact.

Cela donnait à peu près ceci :

– Capitaine de police Cédric Volokine, Brigade de Protection des Mineurs.

– Quoi ?

– C'est la police, monsieur. Réveillez-vous.

– C'est une blague ?

Voix nasale, empâtée de sommeil. Volo enchaînait direct :

– Vous voulez mon numéro de matricule ?

– Mais on est en pleine nuit !

– Votre fils a bien appartenu à la chorale de Notre-Dame-du-Rosaire, en 1995 ?

– Mais... oui. Enfin, je crois... Je... Pourquoi ?

– Vit-il encore chez vous ?

– Heu... non. Je ne comprends pas...

– Vous pouvez me donner ses nouvelles coordonnées ?

– Qu'est-ce qui se passe ?

– Ne vous inquiétez pas. Il y a simplement un problème avec le maître de chœur de l'époque.

– Quel problème ?

– Il a été assassiné.

– Mais mon fils...

À ce moment précis, Volo montait le ton :

– Vous me donnez ses coordonnées ou vous préférez que je débarque chez vous avec un fourgon ?

En général, il obtenait le numéro de téléphone dans la minute. Il appelait alors l'ex-choriste. Pour tomber de nouveau sur une voix chiffonnée et des réponses évasives. Les gamins devenus grands ne se souvenaient de rien.

Il fallut écumer trois paroisses, passer une quarantaine de coups de fil, faire un stop au MacDo de la place Clichy, le seul ouvert jusqu'à 2 h du matin, pour reprendre des forces avant de tomber, enfin, sur du sérieux. À l'église Saint-Jacques-du-Haut-Pas, dans le cinquième arrondissement.

Volo avait appelé les parents de Régis Mazoyer à 3 h 40. Après s'être fait tirer l'oreille, le père, un ouvrier au parler de titi parisien, avait craché le morceau. Son fils, qui avait été chanteur virtuose, avait enregistré la voix solo sur le disque du *Miserere* de 1989, enregistré à l'église Saint-Eustache de Saint-Germain-en-Laye. Aujourd'hui, à 29 ans, il avait monté un atelier de réparation mécanique à Gennevilliers. Il vivait et dormait sur son lieu de travail.

Volokine composa le numéro et là, surprise. Une voix vive, alerte, répondant à la deuxième sonnerie. Avant le moindre mot d'introduction, le flic demanda :

– Vous ne dormez pas ?

– Je suis matinal. Et j'ai du boulot en retard.

Le Russe se présenta et attaqua ses questions, s'attendant aux traditionnelles réponses, fondées sur de vagues souvenirs. Mais Régis Mazoyer se rappelait le moindre détail. Volo devinait que le garagiste avait été passionné par cette discipline et que le disque qu'il avait enregistré sous la direction de Goetz constituait un sommet dans sa vie.

L'homme demanda :

– Que se passe-t-il avec M. Goetz ? Un problème ?

Volo marqua un temps. Prit sa voix de croque-mort. Annonça la nouvelle. Il y eut un silence. Sans doute, dans l'esprit de son interlocuteur, se télescopaient deux époques. Un passé révolu, émouvant, et un présent effrayant, violent, qui mettait un point final à toute mélancolie.

– Comment... Je veux dire, comment a-t-il été tué ?

– Je vous passe les détails. Parlez-moi de lui. De son comportement.

– Nous étions très proches.

– À quel point ?

L'homme rit doucement au bout du fil.

– Pas comme vous le pensez, capitaine. Vous autres flics, vous voyez le mal partout...

Volo, les dents serrées, eut envie de répondre que le mal, en effet, était partout. Mais il se contenta d'ordonner :

– Décrivez-moi vos rapports.

– Monsieur Goetz se confiait à moi.

– Pourquoi ?

– Parce qu'il m'avait pris en main. Il pensait que je pouvais aller loin en tant que chanteur. Mais il fallait aller vite. Notre temps était compté. J'avais déjà 12 ans. Je n'avais plus qu'un an ou deux devant moi, avant la mue.

– Vous semblait-il inquiet ?

– Plutôt, oui.

– En 1989 ?

Volokine avait lancé un coup de sonde à l'aveugle. Il était le premier surpris de tomber juste.

– Parfois, continua Mazoyer, nous restions à répéter tous les deux, le soir, et je sentais qu'il était angoissé. Je garde l'impression d'un malaise. D'ailleurs, je sais de quoi il avait peur.

– De quoi ?

– Un soir, alors que je travaillais le *Miserere*, en vue de l'enregistrement du disque, Goetz avait l'air particulièrement nerveux. Il n'arrêtait pas de lancer des regards aux quatre coins de l'église, comme si quelque chose allait apparaître.

– Continuez.

– Après ça, il s'est effondré en larmes. Ça m'a fait un choc. Pour moi, les adultes ne pleuraient pas.

– Qu'est-ce qu'il vous a dit ?

– Un truc bizarre... Il m'a dit que les enfants avaient raison de croire aux contes qu'on leur racontait. Que parfois, les ogres existaient, dans la réalité...

Volokine sentit les poils de son cou se hérisser :

– Il vous a parlé d'ogres ? A-t-il formulé l'expression « El Ogro » ?

– Oui. Je me souviens. C'est le terme qu'il a utilisé. En espagnol.

– Donnez-moi votre adresse.

– Mais...
– Votre adresse.
Mazoyer dicta ses coordonnées. Volokine annonça :
– J'apporte les croissants.
Le Russe se trouvait toujours dans l'église Saint-Jacques-du-Haut-Pas. Le sacristain était reparti se coucher, lui demandant de sortir par la porte latérale, restée ouverte.
Avant de quitter les lieux, il voulait vérifier un autre fait. Quelque chose qui le taraudait depuis un moment. Il composa le numéro de cellulaire d'un flic espagnol, travaillant à Tarifa. Le type parlait français. Ils avaient bossé ensemble sur le cas d'un pédophile qui récupérait des enfants africains clandestins et leur faisait tourner des films « gonzo ». Le pire du pire, avec un petit truc dégueulasse en plus.
– José ?
– *¿ Qué ?*
– C'est Volokine, José. Réveille-toi. Je suis sur un coup en urgence.
L'homme se racla la gorge et trouva quelques mots de français au fond de son cerveau embrumé :
– Qu'est-ce qui se passe ?
– Juste une information, qui concerne un mot en espagnol.
– Quel mot ?
– El Ogro : qu'est-ce que ça veut dire ?
– L'Ogre, comme en français.
– C'est tout ?
Le flic espagnol parut réfléchir. Volokine l'imaginait dans l'obscurité de sa chambre, en train de se débarrasser de ses rêves pour retrouver quelques idées claires.
– Disons que c'est un peu plus que ça.
– C'est-à-dire ?
– « El Ogro », c'est l'équivalent du « croque-mitaine » en français. Ou du « boogeyman » en langue anglaise.
– Celui qui vient chercher les enfants pendant leur sommeil ?
– C'est ça.
– Merci, José.
Il claqua son portable. Fourra ses notes dans sa gibecière. Enfila

son treillis. Il sortait de la pièce quand il perçut un craquement suspect, près du portail, au bout de la nef.

Il lança un regard circulaire. Seule l'ampoule du bureau éclairait la salle de pierre. Sens en alerte, Volo éteignit et attendit. Très faiblement, la lumière des réverbères du dehors perçait par les vitraux. Pas un bruit. Pas un frottement. Mais l'église lui paraissait remplie de sons infimes, à fleur de silence. Qui était là ?

Nouveau craquement, au fond du chœur, vers l'autel. Le Russe monta sur la base d'une colonne, surplombant les rangées de chaises.

Il ne voyait rien mais acquit une conviction.

Il n'était pas seul et « ils » étaient plusieurs...

Soudain, il aperçut une ombre, effilée comme un poignard, projetée sur l'allée centrale par la faible clarté de la rosace. C'était l'ombre étirée d'un corps, portant à son sommet un petit chapeau. Ou une casquette.

Tout disparut. Un autre frôlement retentit de l'autre côté, près de l'autel. Le temps que Volokine tourne la tête, il aperçut une silhouette furtive, entre l'angle du buffet et une colonne. Un fantôme qui ne dépassait pas un mètre quarante. Avec un chapeau vert sur la tête. Bon Dieu : qu'est-ce qu'il se passait ? Il avait l'impression d'être en pleine descente d'acide.

Une minute passa, dans le plus parfait silence. Au moment où il croyait avoir rêvé, un ricanement étouffé retentit. Puis un autre, ailleurs. Puis un autre encore... Des feux follets sonores.

Volokine sentit une étrange chaleur dans ses veines, se mélangeant aux courants glacés de la peur. Sur ses lèvres, sans même qu'il y prenne garde, un sourire se dessina. « Vous êtes là... », murmura-t-il d'une voix qui revenait de très loin.

Et il ouvrit ses bras, tel saint François d'Assise parlant aux oiseaux.

L'instant suivant, la panique reprit le dessus, l'arrachant à son délire. À l'arrière de son crâne battait cette conviction : il n'avait aucune chance face à *eux*.

La porte laissée ouverte par le sacristain n'était qu'à quelques mètres. Un craquement, sous les orgues, fut le signal. Volokine fit trois pas de côté. Trouva le chambranle. Disparut comme un voleur de reliques.

# 38

LA DÉFENSE. Nanterre-Parc. Nanterre-Université...

Volokine filait sur l'autoroute qui surplombait la plaine grise de la banlieue et la coupait à la manière d'un cutter. Il connaissait cette route. C'était son chemin quand il allait voir la vieille Nicole, au foyer d'accueil d'Épinay-sur-Seine. Ces visites, il les rendait à reculons. Il n'avait aucune tendresse pour la vieille éducatrice. Il ne souhaitait pas livrer son cœur à un ersatz de famille. Il n'avait pas de parents. Il n'en avait jamais eu. Pas question de se bricoler un mensonge de ce côté-là. Volokine se voulait dur. Et aussi, d'une certaine façon, pur. Un vrai orphelin. Détaché. Sans racines ni passé.

Pour chasser ces pensées, il mit la radio. France-Info. Un message tournait en boucle à propos du meurtre du père Olivier. Ce n'était pas toutes les veilles de Noël qu'un prêtre se faisait tuer dans une église. Volokine écoutait ces news avec satisfaction. Pas un mot sur le meurtre de Goetz. Ni sur celui de Naseer. Pour l'heure, les médias se concentraient sur le passé du père Olivier, alias Alain Manoury, mis en examen pour agression sexuelle en 2000 et 2003. Les journalistes avaient rapidement découvert les casseroles du prêtre. Et pour cause : c'était Volokine *himself* qui leur avait refilé le tuyau par téléphone, anonymement. Il avait préféré les placer sur une fausse piste pour ne pas les avoir dans les pattes. Le Russe en était convaincu maintenant. Il ne s'agissait pas de pédophilie. Pas au sens classique, en tout cas.

Les indications de Régis Mazoyer étaient limpides. Suivre la sortie « Port de Gennevilliers » puis se repérer par rapport à une haute cheminée qu'on ne pouvait pas perdre de vue. L'atelier de mécanique jouxtait le parvis d'un ensemble d'immeubles, la cité Calder, elle-même située au pied de la cheminée.

Il n'était pas question de GPS dans la voiture de Kasdan. Il n'était même question d'aucune technologie récente. En quelques gestes, le Russe avait retrouvé des vieux réflexes – ceux des bagnoles datant des années 80. Sensibilité du levier de vitesse. Ronronnement du moteur. Odeur de cuir et de graisse de l'habitacle. Il éprouvait une espèce d'affection pour cette vieille guimbarde bourrée de sensations. Cette carcasse ressemblait à Kasdan lui-même...

Port de Gennevilliers. Il quitta l'autoroute. Plongea dans la banlieue. Paysage troublant à force de laideur. Succession infinie de cités et d'usines. Blocs aux teintes de métal et de boue. Un univers jailli de la terre, qui en conservait les scories et racontait, par ses tons monocordes, la genèse des roches, des métaux. Parfois, çà et là, quelques petites plaies saignaient. Façades en briques. Panneaux aux lettres rouges, CASINO, SHOPPI. Puis le grand gris reprenait ses droits.

Il trouva la rue des Fontaines. Une de ces artères commerçantes qui poussent au pied des cités, alignant boutiques et troquets en rangs serrés. Le parvis et ses immeubles surplombaient cette rue, la faisant ressembler à une douve de vie sous une forteresse de béton. Volokine repéra une boulangerie qui ouvrait à peine – il était 7 h – et choisit de nouveaux croissants. Il avait déjà bouffé ceux qu'il avait achetés à Paris.

Il longea la rue et découvrit le garage de Mazoyer. En réalité plusieurs boxes aménagés en atelier. Le mécanicien n'avait pas levé son rideau de fer mais de la lumière filtrait sur le pas de la porte.

Volokine se gara et frappa contre la paroi métallique. Il était propre et rasé. Avant de quitter Paris, il avait fait l'ouverture d'un bains-douches public. Un lieu utilisé par les clodos qui voulaient sauver les apparences.

Valait-il mieux que ça ? Une chose était sûre : pas question de retourner dans sa piaule, rue Amelot. Trop de souvenirs, trop d'hallucinations l'attendaient là-bas. Les ombres chinoises de ses vieux shoots étaient encore incrustées sur les murs, façon théâtre balinais. Autant d'invites à repiquer au poison...

Il frappa encore. Sous la douche, il avait surtout voulu se laver de son cauchemar. L'hallucination qui l'avait surpris dans l'église. S'était-il endormi ? Avait-il rêvé ?

Enfin, le rideau de fer se leva.

Régis Mazoyer mesurait un mètre quatre-vingt-dix et portait un bleu de chauffe, ouvert sur une laine polaire. C'était un gaillard aux épaules larges et aux cheveux noirs et bouclés, qui luisaient comme de la soie. En guise de salut, il offrit un sourire immense, qui lui remontait jusqu'aux oreilles et respirait une jeunesse intacte, vibrante, qui vous fouettait comme un jet d'eau froide.

– Vous avez amené les croissants ? Cool. Entrez. J'ai du café.

Volokine passa sous le rideau à demi levé et découvrit un garage à l'ancienne. Une fosse centrale, des pneus, des outils, et des modèles de voitures d'un autre temps, comme destinés à des lilliputiens. Fiat 500, Mini Rover, Austin...

– Il n'y a que ça qui marche, lança Mazoyer à travers l'atelier. Les Parisiens adorent les modèles réduits. Ils en sont dingues !

Le garagiste nettoyait ses mains au fond d'un seau de sable. La meilleure méthode pour ôter la graisse. Volokine s'en souvenait : c'était le truc qu'il utilisait quand il retapait lui-même des bagnoles volées, avec ses collègues dealers.

La machine à café crépitait, posée sur l'établi, entre clés de douze et tournevis. Le parfum de l'arabica se mêlait aux odeurs d'huile et d'essence.

Mazoyer marcha vers lui, se frottant encore les mains :

– Depuis votre appel, j'ai réfléchi. Toute cette époque m'est revenue... Mon heure de gloire ! J'étais un des solistes de la chorale, vous savez ? Je suivais des stages. On donnait des concerts. La fierté de mes parents, je vous explique pas... Vous voulez écouter le CD ? Je l'ai ici...

À l'idée d'entendre ça, le sang de Volokine se glaça :

– Non, merci. Je n'ai malheureusement pas le temps, là...

Régis parut déçu. Il enchaîna sur un ton plus grave :

– Tout de même, c'est dingue cette histoire... Comment ça s'est passé ?

Volokine ne pouvait plus faire l'économie de quelques détails.

Il parla de meurtre, de blessures effectuées à l'aide d'un « poinçon », mais n'en dit pas plus. Rien sur l'énigme de l'arme. Rien sur la souffrance de la victime. Pas un mot sur le fait que cet assassinat avait initié une série de meurtres.

Le mécanicien servit le café dans des chopes, retrouvant son sourire. Il respirait une vitalité, une bonne humeur qui firent du bien au Russe. Détail curieux : Mazoyer avait enfilé des gants de feutre blanc.

Volokine attrapa un croissant. Il avait encore la fringale. Celle des mecs en manque, qui se gavent pour oublier l'autre faim, la vraie, celle du sang.

Le mécanicien puisa à son tour dans le sac en papier et mordit une pointe dorée :

– Qui a pu faire ça, à votre avis ?

Le Russe la joua complice :

– Je vous cache pas qu'on patauge grave. C'est pourquoi nous creusons le moindre indice.

– Je suis un indice ?

– Non. Mais ce que vous m'avez raconté tout à l'heure sur « El Ogro » m'intéresse. Ce n'est pas la première fois qu'on m'en parle. Je me demande ce qui se cache derrière ce mot bizarre. Goetz avait peur, c'est sûr. Et ce mystère a peut-être un lien avec son meurtre...

– Ne prenez pas trop à la lettre ce que je vous ai dit. Ce sont des souvenirs de môme.

Volokine s'était assis sur un cric géant. Il se sentait vraiment mieux. Il aimait cette salle aux allures de grenier chaleureux, familier. Un radiateur électrique tournait à plein régime, derrière une pile de pneus.

– Parlez-moi de Goetz, fit-il. De son rapport aux voix, à la chorale. Fouillez au plus profond de votre mémoire.

Mazoyer ne répondit pas tout de suite. Il rassemblait ses souvenirs.

– Goetz cherchait la pureté, dit-il enfin. Je pense qu'il était très chrétien. (Volokine se souvenait du crucifix, suspendu dans sa chambre de la rue Gazan.) L'ascèse chrétienne : c'était sa voie. C'est pour ça qu'il dirigeait les chorales d'enfants. Il aimait cette atmosphère. Cette concentration d'innocence...

– Vous voulez dire... à cause des voix ?

– Bien sûr. Rien n'est plus pur qu'une voix d'enfant. Parce que notre corps aussi est pur.

– Développez, s'il vous plaît.

– Nous n'avions pas encore connu la puberté. Pas de sexe. Pas de désirs clairement formés. C'était cela que Goetz aimait. Moi, j'étais déjà âgé. J'avais compris que Goetz aimait les hommes. Je crois qu'il vivait cette homosexualité comme une souillure. À notre contact, il se lavait de ses péchés, vous comprenez ?

Volokine s'était planté sur toute la ligne. Goetz n'avait jamais pollué les enfants avec ses désirs d'adulte. C'était l'inverse qui s'était produit. Les enfants le purifiaient avec leur innocence. D'ailleurs, Goetz n'avait pas seulement son homosexualité sur l'estomac. Il avait aussi ses années de crimes, de tortures, de complicité silencieuse aux côtés des bouchers chiliens et allemands...

La voix du garagiste lui revint aux oreilles – elle était devenue rêveuse :

– Nous aussi, on était heureux d'être purs... On n'en avait pas vraiment conscience mais cette inconscience même était un signe de pureté. On déconnait dans les couloirs. On râlait quand il fallait chanter et puis d'un coup... (il claqua des doigts)... notre timbre s'élevait dans la nef et révélait la transparence de notre être.

Volokine attaquait son troisième croissant. Pour un garagiste, le gusse lui paraissait plutôt intello. Il acheva sa tirade dans un murmure.

– Oui, vraiment, on était des anges... Mais des anges menacés.

– Par qui ?

– Par quoi plutôt. La mue. Nous savions que cet état de grâce n'allait pas durer. Une parenthèse enchantée.

L'homme en bleu de chauffe se leva et se servit une nouvelle rasade de café :

– J'ai beaucoup réfléchi à ce phénomène. La mue, c'est la puberté. Et la puberté, c'est le sexe. Oui, nous perdions nos voix d'anges quand notre corps accueillait le désir. Le péché. À mesure que le mal se répandait en nous, notre voix changeait. La puberté, c'est la chute du paradis, au sens biblique du terme...

Volokine remplit sa tasse à son tour. Il sentait qu'il touchait là un point crucial de l'enquête. Il retourna s'installer sur son cric :

– C'est ce que pensait Goetz ?

– Bien sûr. Il redoutait pour nous l'arrivée de la mue. J'ai souvent pensé à lui. Plus tard, quand j'ai eu 20 ans. Ses paroles me sont revenues. J'ai compris pas mal de trucs...

Il but quelques gorgées de café en silence. Sa mélancolie l'enveloppait, comme matérialisée par la fumée de sa tasse. Volokine avait envie de se rouler un joint, mais il se dit que ça la foutrait mal. Quoiqu'il fût certain que l'autre aurait tiré avec plaisir le cul de la vieille.

Régis reprit, d'une voix lointaine :

– Je m'étais trompé sur certains mots, certains gestes de Goetz.

– Lesquels ?

– Eh bien, ce fameux « Ogro » dont Goetz m'avait parlé... À l'époque, j'ai cru qu'il emportait les enfants qui chantaient mal. Pour les punir. Mais finalement, je crois que c'était le contraire...

– Le contraire ?

– L'Ogre dont parlait Goetz était attiré par les voix parfaites. Plus nous chantions juste, plus nous avions des chances d'être enlevés.

Volokine songea à Tanguy Viesel. À Hugo Monestier. Sa conviction revint en force. Une histoire d'enlèvement d'enfants, dont le mobile serait la voix. Il devait se renseigner sur le timbre et le niveau vocal des deux enfants. Savoir s'ils étaient des virtuoses du chant.

– Je crois que Goetz avançait avec cette angoisse. Il nous faisait travailler, nous perfectionnait, tout en redoutant que nous montions trop haut, trop fort. Parce que cette perfection allait attirer le monstre...

– Vous avez des preuves de ce que vous avancez ?

– Bien sûr que non. (Il regarda le fond de sa chope.) Ce n'est pas vraiment... rationnel.

– Laissez-vous aller.

– Eh bien, cette fameuse séance dont je vous ai déjà parlé. Quand nous étions tous les deux à répéter le *Miserere*. Je n'arrêtais pas de merder. Je lançais la fameuse ligne du soliste. Je ne sais pas si vous connaissez...

– Je connais. Je suis musicien.

– Super. Bon, je chantais et je merdais. Goetz me demandait de reprendre. Il était de plus en plus nerveux. Il n'arrêtait pas de regarder le balcon de l'orgue, comme si, dans l'ombre, il y avait quelqu'un d'autre. Un bonhomme venu m'écouter, vous voyez ?

– Je vois.

– Le plus étrange, c'était l'attitude de Goetz. D'un côté, il s'énervait face à mes fausses notes. Mais, de l'autre, il paraissait soulagé. Comme si j'étais en train de rater un casting, et qu'il en était plutôt heureux. Enfin, tout ça, c'est l'analyse que j'en fais aujourd'hui.

Volokine imaginait un Ogre, un « mangeur de voix », particulièrement attiré par quelques notes. La ligne mélodique du *Miserere*.

Mazoyer conclut tout haut ce que Volokine pensait tout bas :

– Je sens que, ce jour-là, je l'ai échappé belle. C'est pour ça que Goetz a pleuré. D'émotion. Et peut-être aussi de joie. J'avais raté l'épreuve et j'avais la vie sauve. Le plus ironique, c'est qu'ensuite, nous avons enregistré le *Miserere* et qu'alors, j'ai chanté parfaitement. Mais le danger était passé...

Volokine rangeait ces données au fond de sa tête. El Ogro existait. Wilhelm Goetz, chef de chœur, était son rabatteur.

Au bout de quelques secondes, le garagiste reprit :

– Je ne sais pas si ça a un rapport mais, l'année suivante, il y a eu l'histoire de Jacquet.

– Quelle histoire ?

– Nicolas Jacquet. Un môme qui a disparu dans notre chorale, en 1990.

– Quoi ?

– On l'a jamais retrouvé. Je me souviens des flics, de l'enquête, de la peur. À l'époque, nos parents parlaient que de ça.

Putain de Dieu de merde. Volokine se maudit lui-même. Il avait cherché toute la nuit dans le passé des chorales un ancien chanteur capable de lui parler d'El Ogro mais il avait négligé le principal. Vérifier s'il y avait eu d'autres disparitions dans ces chorales.

– Racontez-moi, ordonna-t-il.

– Il n'y a rien à dire. Un jour, la rumeur a couru que Jacquet avait disparu. On ne l'a jamais revu. C'est tout ce que je sais. Il avait le même âge que moi. 13 ans. Je crois que les flics ont plutôt pensé à une fugue.

– Il était bon chanteur ?

– Le meilleur. Je peux vous dire qu'il ne se plantait pas quand il fallait monter jusqu'au do, dans le *Miserere*. Le jour de l'enregistrement, il était enroué. C'est pour ça que j'ai interprété la partie soliste. En temps normal, c'était lui notre soprano-vedette. À l'époque, quand j'ai appris sa disparition, je me suis dit, mais d'une manière très vague, que l'Ogre l'avait emporté... Lui et sa voix... L'année suivante, j'ai mué et j'ai cessé d'aller à la chorale. Mes angoisses se sont envolées.

Volokine vida sa tasse d'un trait. Le café était encore chaud, mais lui était glacé. Il pensait à Jacquet, le préadolescent disparu. À Tanguy Viesel. À Hugo Monestier. Que leur était-il arrivé ?

Il leva les yeux. L'autre parlait toujours. Il le voyait, mais à travers un voile rouge, et ne l'entendait plus. Ses yeux tombèrent sur les mains gantées de feutre et il s'accrocha à ce détail, pour sortir de son état.

– Vos gants, pourquoi ?

Mazoyer regarda ses mains :

– Une vieille habitude... Je suis allergique au contact du plastique. Alors dès que je cesse de manipuler mes moteurs et mes clés, je mets des gants. Ça m'évite de réfléchir à la composition de chaque objet.

Volokine sut, à cet instant précis, que Mazoyer mentait.

Or, ce simple grain de sable remettait en cause tout son témoignage.

Régis Mazoyer remonta le zip de son bleu de chauffe, en signe de conclusion :

– Tout ça ne doit pas vous sembler très concret.

– C'est ce que j'ai entendu de plus concret depuis longtemps.

# 39

LE PETIT DÉJEUNER avait désormais valeur de rituel. Volokine apportait les croissants. Kasdan concoctait le café.

Et les deux partenaires échangeaient leurs infos de la nuit.

Le Russe avait sonné aux alentours de 9 heures, réveillant Kasdan, encore une fois – ça aussi, cela faisait partie du rituel. Le vieil Arménien s'était endormi sur ses souvenirs, dans son fauteuil, sur le coup des 3 heures du matin. Il n'avait reçu aucune visite étrange et n'avait pas repris ses lectures historiques. Il s'était simplement assoupi, comme une vieille patate poussiéreuse. Il ne se souvenait pas d'avoir rêvé. Le trou noir. Et c'était bon.

Tandis qu'il mettait la table et que la machine à café tournait, Volokine résuma sa nuit. Le fait essentiel était le témoignage d'un garagiste, ancien chanteur, Régis Mazoyer. Le nom provoqua un déclic dans le cerveau de Kasdan. La voix bouleversante qu'il avait écoutée le premier soir, dans l'appartement de Goetz. L'enfant qui attirait les souvenirs douloureux à la manière d'un aimant psychique.

Le mécanicien lui avait parlé encore une fois d'El Ogro et lui avait révélé qu'un autre enfant, Nicolas Jacquet, 13 ans, chanteur virtuose, avait disparu en 1989, dans le sillage de Wilhelm Goetz.

À partir de ce témoignage, Volokine avait monté un conte à dormir debout. L'organiste rabattait des chanteurs d'exception pour une espèce de monstre qui se nourrissait de voix. Volo avait déjà vérifié : Tanguy Viesel et Hugo Monestier possédaient, eux aussi, un timbre d'une grande pureté.

Plus rocambolesque encore était la théorie de Volokine à propos des meurtres :

– C'est une vengeance. Des enfants se rebellent face à ce système. Ils éliminent les hommes qui travaillent à l'enlèvement des leurs. Qui nous dit que le père Olivier n'était pas, lui aussi, un « rabatteur » ? Je vais vérifier ce matin s'il n'y a pas eu de disparitions à Saint-Augustin et...

– Pour l'instant, tu vas rester avec moi.

– Pourquoi ?

– Café ?

– Café.

Kasdan servit deux tasses, puis partit dans la salle de bains. Il attrapa ses boîtes de médicaments. Depakote. Seroplex. 9 h 30. Ce retard sur l'horaire habituel l'angoissait. Il avait toujours peur que l'effet des molécules ne se dissipe au moindre écart. Il accompagna ses pilules d'un verre d'eau, songeant à Volokine : chacun sa came.

Quand il revint, le Russe s'était déjà envoyé deux croissants.

– Vous ne m'avez pas répondu. Quel est le plan pour aujourd'hui ?

– Arnaud, le colonel. Il m'a appelé ce matin. Je n'ai pas entendu. Je suis sûr qu'il a quelque chose pour nous.

Disant cela, il composa le numéro du militaire et mit son appareil sur la position « mains libres » afin que Volokine profite de la conversation. Trois sonneries et la voix de clairon du militaire.

– Kasdan. Tu m'as appelé. Tu as du nouveau ?

– Pas mal, ouais. J'ai gratté une partie de la nuit. Vous êtes sur du lourd.

Les deux enquêteurs échangèrent un regard. Arnaud continua :

– Je laisse tomber le cours d'histoire mais il faut que vous ayez quelques dates en tête. En 1973, la dictature militaire s'impose au Chili. Elle règne déjà en Argentine depuis 66, au Brésil depuis 64, au Paraguay depuis 54. Les militaires se sont également imposés en Bolivie en 73 et en Uruguay en 71. Bref, ces six pays décident d'associer leurs efforts pour traquer les « terroristes », où qu'ils soient. C'est-à-dire de pourchasser leurs opposants, dans les pays où ils se sont cachés, en Amérique du Sud et en Europe. C'est la loi dite de « sécurité nationale ».

Kasdan intervint :

– Le plan Condor.

– Exactement. Les accords secrets entre les pays sont signés en 1975, à Santiago. Autour de la table, une délégation pour chaque État expose ses méthodes spécifiques de répression. Les idées sont mises en commun. Des stages d'entraînement, des sessions de travail sont organisés. J'imagine la tête des bonshommes dans leur uniforme : ça devait payer.

– Je t'avais demandé de te renseigner sur des officiers français...

– J'y viens. Traquer des gauchistes, sur un territoire étranger, est une opération illégale. Et pas facile. De plus, les dictateurs ne veulent pas seulement les éliminer. Ils veulent les faire parler. Cela suppose des actions spécifiques telles que « enlèvements », « séquestrations », « torture ». Les dictatures militaires ne sont pas préparées pour ces missions. Il leur faut des conseils. Des experts. On pourrait penser qu'ils se tournent vers les États-Unis, leur allié naturel, mais bizarrement, ils contactent l'Europe.

« En matière de torture, les Sud-Américains sollicitent les meilleurs : nous. La France possède une expérience toute fraîche dans ce domaine, avec l'Algérie. Il y a aussi d'autres raisons à cette collaboration. Des anciens de l'OAS sont sur place. Ils ont trouvé refuge en Amérique latine. Une mission militaire française permanente à Buenos Aires fournit également des conseillers aux troupes argentines. Sans compter la présence du général Paul Aussaresses en tant qu'attaché militaire au Brésil. Des stages spécifiques sont organisés au Chili par l'armée française et la DST, dès 1974.

– Des stages sur la torture ?

– La vérité historique. Récemment, des députés français ont voulu créer une commission d'enquête pour faire la lumière sur ce scandale. Ils ont été déboutés en 2003. L'année suivante, Dominique de Villepin, alors ministre des Affaires étrangères, a nié encore une fois toute coopération entre la France et les dictatures latino-américaines.

– Tu as pu avoir les noms des officiers français... en délégation ?

– J'ai obtenu trois noms. Avec difficulté. Ce n'est pas une période très glorieuse de notre politique étrangère.

Volokine attrapa son bloc.

– Je t'écoute.

– Trois colonels, à l'époque. Trois anciens de l'Algérie. J'ai pu en localiser un de manière précise : Pierre Condeau-Marie, devenu général dans les années 80. À la retraite depuis 1998. Il vit dans les hauteurs de Marnes-la-Coquette.

– File-moi l'adresse.

Arnaud donna les coordonnées en ajoutant :

– Tu as intérêt à avoir une raison valable pour le déranger.

– Trois meurtres : ça te paraît suffisant ?

– Je te parle d'une commission rogatoire, qui te désigne comme responsable de l'enquête.

Kasdan répondit par un silence. Le militaire éclata de rire :

– Fais attention où tu mets les pieds, Kasdan. Papy a le bras long ! Il a survécu à je ne sais combien de gouvernements. À la fin de sa carrière, il dirigeait une branche importante du renseignement militaire. Un vrai condottiere.

– Les deux autres ?

– Je n'ai que les noms. Peut-être qu'ils sont morts. Le général François La Bruyère et le colonel Charles Py. Le premier, s'il vit encore, doit avoir 120 ans. Une grande expérience des colonies. Il était en Indochine. Ensuite, l'Algérie, Djibouti, la Nouvelle-Calédonie... Le deuxième, Py, a une réputation de soufre. Il doit être plus jeune. En Algérie, il était sacrément efficace, paraît-il. À côté de lui, Aussaresses passait pour un animateur de colo.

– Tu peux gratter encore sur eux ? Ils doivent bien avoir un dossier archivé, non ?

Kasdan avait monté le ton. Ces périodes remuaient en lui une vase nauséabonde. Arnaud répondit, d'une voix tranquille :

– Calme-toi. Le ministère des Armées, c'est pas le Who's who. De plus, je te rappelle que nous sommes le 24 décembre.

– Ça urge, Arnaud. Sinon, je ne te ferais pas chier avec...

– Bien sûr. T'as pas changé, ma vieille. Toujours droit sur le pont d'Arcole !

Kasdan retrouva son sourire :

– Merci, Arnaud. Tu as fait du bon boulot.

– Cadeau de Noël.

L'Arménien raccrocha. Le silence s'étira. Kasdan vida sa tasse et rompit la pause :

– Un ange passe...
– En Russie, on dit : « Un flic naît. »
– T'as raison. (Le sexagénaire frappa dans ses mains.) Bon. On va aller voir ce général. Je suis certain que Goetz tenait quelque chose contre lui et ses collègues. Un témoignage qui allait foutre la pétaudière dans notre bonne vieille armée...
– Je vous rappelle que, dans le témoignage de Hansen, Goetz n'est apparu qu'auprès des boches, dans un endroit perdu du Chili. Pas aux côtés des experts français. Il n'y a aucun lien entre Goetz et cette histoire de colonels.
– Et moi, je te rappelle que des flics ont mis sur écoute notre organiste. Et que la DST a l'air de s'intéresser de près aux meurtres. Il y a une logique dans ce bordel. À nous de dérouler la pelote.
Volokine se servit un nouveau café. Kasdan s'aperçut qu'il était douché, peigné, rasé de frais.
– Où tu as dormi ? demanda-t-il.
– Pas dormi.
– Et la douche ?
– Des bains-douches que je connais.
Face à l'expression de l'Arménien, Volokine sourit :
– Tous les junkies ont une âme de clodo.
La ligne fixe sonna. Kasdan, d'un seul geste, mit le haut-parleur. Il n'avait plus de secrets pour son partenaire. Puyferrat, de l'Identité judiciaire.
– C'est ta semaine de chance. J'ai d'autres résultats pour toi.
– Quoi ?
– Les empreintes de chaussures. Fort Rosny. Ils ont enfin terminé leurs analyses. Ça a pris du temps. Parce que les résultat sont plutôt... étonnants.
– Ce ne sont pas des empreintes de baskets ?
– Non. Mais alors, pas du tout ! Je me suis fait piéger par le motif des semelles. En réalité, il fallait inverser la lecture de l'empreinte. Ce que j'avais pris pour des sillons en creux, c'étaient en réalité des reliefs. Des marques de crampons et...
– Putain, accouche. Ce sont des empreintes de quoi ?
– Des chaussures allemandes. Très anciennes. Des chaussures de la Seconde Guerre mondiale.

– Je peux pas te croire.

– Attends la suite. Le mec du Fort est un passionné de godasses. Et aussi d'histoire. Je te passe son discours sur la possibilité de lire le déroulé des batailles à travers les chaussures que portaient les...

– Ouais, passe-le-moi.

– OK. Selon le bonhomme, ces pompes sont très spécifiques. Elles ont été fabriquées durant la guerre, dans la région d'Ebersberg, en haute Bavière, et étaient destinées seulement aux enfants. Des enfants particuliers.

– C'est-à-dire ?

– Ce sont les chaussures des Lebensborn. Les haras humains où les SS faisaient naître de petits Aryens pour réaliser leur rêve dément d'une race pure.

L'Arménien murmura :

– Ça n'a pas de sens.

– Le technicien du Fort est catégorique. Il a comparé nos marques avec ses propres modèles. Il va m'envoyer les clichés.

– Je te rappelle. Il faut que je digère le coup.

– Lâche plutôt l'affaire, Doudouk. File dans ta famille et va manger des huîtres !

– C'est ça. Meilleurs vœux. Et merci.

Tonalité. Les deux enquêteurs l'avaient compris : leur enquête était un cyclone et ils étaient à l'intérieur de l'œil. Il n'y aurait aucun moyen de s'arrêter jusqu'à son terme. Et surtout pas de rationaliser les données de plus en plus cinglées qui leur tombaient dessus.

Kasdan composa un numéro, toujours en mains libres.

– Qui vous appelez ?

– Vernoux.

– Vernoux n'est plus de la fête.

– Je veux vérifier quelque chose.

La voix du capitaine retentit dans la cuisine au bout de six sonneries. Il ne parut pas enchanté d'entendre celle de l'Arménien. L'homme avait tourné la page. Il était en train de préparer son réveillon de Noël et d'acheter des cadeaux pour ses enfants.

Kasdan lui remit les idées en place :

– Je voudrais que tu me rancardes sur les enquêtes de proximité. Goetz. Naseer. Olivier.

– J'ai tout filé à la Crim.

– Tu as bien gardé les doubles au bureau, non ?

– Je ne suis pas au bureau. Et je ne bosse plus jusqu'au 3 janvier.

– Écoute-moi bien. Je comprends que tu aies mis ton mouchoir sur toute l'histoire. Je comprends aussi que tu sois écœuré. Mais il y a encore deux flics qui s'accrochent. Moi et Volokine. Un dernier coup de main, c'est possible, non ?

– Qu'est-ce que vous cherchez exactement ?

– On a la preuve quasi irréfutable qu'il s'agit d'enfants. Des enfants-tueurs, âgés entre 10 et 13 ans. Nous en sommes à trois meurtres, en quatre jours. À des heures distinctes, dans des quartiers différents, en plein Paris. Il est impossible que personne n'ait rien vu. Il doit bien y avoir un témoignage, même indirect, qui nous donnerait un détail, un indice, révélant la présence de mômes sur les lieux des crimes.

Silence au bout du fil. Kasdan imaginait le capitaine aux gros sourcils, les bras chargés de jouets. L'Arménien lui parlait maintenant de gosses capables de tuer et de mutiler froidement des adultes.

– Je crois que j'ai vu passer un truc, fit enfin le flic. Un détail absurde. Quelques lignes auxquelles je n'ai pas prêté attention mais... (Il s'arrêta. Sa respiration résonnait dans le haut-parleur.) Laissez-moi contacter la boîte. Je vous rappelle tout de suite.

Kasdan raccrocha. Volokine fixait la coupelle de croissants. Vide. L'Arménien se leva. Ouvrit un placard. Attrapa un sac de biscuits arméniens. Il le posa devant le Russe. Le chien fou plongea sa main dans le sac et s'empiffra, sans un mot, mais avec beaucoup de miettes.

Le téléphone sonna. Kasdan décrocha avant la fin de la première sonnerie :

– Je savais que j'avais lu quelque chose, dit Vernoux. Hier soir, dans le cadre de l'enquête de voisinage de Saint-Augustin, mon sixième de groupe m'a parlé d'un témoignage délirant. Un vieux bonhomme. Mais alors très vieux, le gars... Au moins 90 ans. Il habite dans les hauteurs du quartier Monceau, à cinq cents mètres de l'église Saint-Augustin.

– Qu'est-ce qu'il a vu ?

– Selon le rapport, il préparait son dîner, la fenêtre ouverte sur la rue. Il était 16 heures, tu vois le genre ?

– Continue.

– Selon lui, des enfants partaient à un bal costumé.

– C'est-à-dire ?

– Ils portaient des costumes bavarois. Culottes de peau, gros croquenots, petit chapeau de feutre vert. Le vieux a reconnu le costume parce que, pendant la dernière guerre, il a fait trois ans dans une ferme en Bavière. (Vernoux éclata de rire :) C'est plus « Elle voit des nains partout », c'est « Il voit des chleuhs partout » !

Kasdan ne riait pas du tout.

– Il a dit combien ils étaient ?

– Trois ou quatre. Il n'a pas su dire. Pour moi, le mec est gâteux.

– Ils sont partis comment ?

– Dans un 4 × 4 noir.

– Merci, Vernoux. Tu peux me mailer le PV ?

– Je vais dire à mes gars de t'envoyer ça. Mais tu sais, à midi, tout le monde ferme.

– Je sais. Bon Noël.

– Bonne chance.

Kasdan appuya sur le bouton pour libérer la ligne. Les deux hommes se regardèrent. Ils n'avaient pas besoin de se parler pour voir passer devant eux le même tableau. Des enfants à chapeaux verts, en culottes courtes, chaussés de godasses allemandes, évoluant dans Paris comme des créatures surnaturelles. Des enfants qui utilisaient, d'une manière ou d'une autre, le bois de la Couronne du Christ.

Non, ils n'avaient pas besoin de parler pour confronter leur conclusion unique.

Ils avaient bien affaire à des anges du châtiment.

Et ces anges étaient nazis.

# 40

– CE NE SONT PAS des bons souvenirs.

Le général Philippe Condeau-Marie se tenait debout, les mains dans le dos, face à la fenêtre de son bureau, dans la noble position du stratège avant la bataille. La noblesse s'arrêtait là. Le général était un petit bonhomme rondouillard et chauve. Sa seule caractéristique était son extrême pâleur. Le sexagénaire, visage exsangue, paraissait à deux doigts de s'évanouir.

Quand les deux partenaires avaient sonné au portail de la villa de Marnes-la-Coquette, ils s'étaient dit que l'entrevue était foutue. On était dimanche et le général recevait sa famille. À travers les vitres, des enfants montés sur des chaises décoraient un sapin de Noël alors qu'une femme, sans doute la mère des gamins, fille ou belle-fille de l'officier, disposait des boules de gui dans le salon. On ne pouvait pas tomber plus mal.

Pourtant, le majordome – un Philippin râblé, en sweat-shirt et jean – les avait fait entrer dans une pièce annexe puis était monté prévenir « michieu ».

Quelques minutes plus tard, le général les accueillait. Pantalon de toile yachting, pull en V bleu marine sur polo blanc, chaussures de bateau Dockside. Il semblait plutôt prêt pour l'America's Cup que pour une bataille d'infanterie.

Très calme, mains dans les poches, il avait simplement prévenu :

– Je vous donne dix minutes.

Kasdan s'était lancé, encore une fois, présentant l'enquête, oubliant de préciser leur statut exact dans l'affaire. À la fin de l'exposé, Condeau-Marie avait considéré ses interlocuteurs et les avait gratifiés d'un sourire :

– Pendant la guerre d'Algérie, je me souviens de deux harkis qui avaient été faits prisonniers par les gars du FLN. Ils avaient été déshabillés, torturés, relâchés. Des militaires français les avaient arrêtés à leur tour, les prenant pour des rebelles. Puis d'autres soldats les avaient reconnus, en prison, estimant qu'ils étaient déserteurs. Au moment de leur jugement, ils ne ressemblaient plus à rien. Ni Algériens, ni Français, ni militaires, ni civils, ni héros, ni déserteurs. (Son sourire s'accentua, miroitant sur son visage de céramique blanche.) Vous me faites penser à ces gars-là.

– Merci du compliment.

– Passons dans mon bureau.

Ils avaient monté un étage – larges marches de bois, armes suspendues au mur – puis pénétré dans une grande pièce au plafond en pente, strié de poutres noires. Condeau-Marie s'était posté devant sa fenêtre, n'attendant plus de questions. Il savait ce qu'il lui restait à faire. Se mettre à table. Il attendait sans doute depuis longtemps deux va-nu-pieds dans leur genre. Deux émissaires du Jugement dernier. Il acceptait maintenant d'accomplir son devoir. Une sorte d'expiation pour Noël.

– Ce ne sont pas des bons souvenirs, répéta-t-il.

Puis il attaqua, sans hésitation :

– Au fond, à cette époque, tout le monde craignait l'invasion communiste. Mieux valait encore ces grandes gueules d'Américains qui marchaient sur la Lune que les Soviétiques qui menaçaient de nationaliser la planète entière. Voilà pourquoi, lorsque le coup d'État chilien s'est produit, tout le monde s'est écrasé. C'était pourtant une honte. Les Américains avaient asphyxié le pays, financé des ordures d'extrême droite, saboté le régime d'Allende de toutes les manières possibles. Voilà comment est mort un régime qui avait été élu démocratiquement, représenté par des hommes d'une extrême valeur.

Kasdan était étonné par l'introduction. Il avait assez roulé sa bosse pour savoir que les militaires sont rarement de gauche. Puis il se souvint de sa propre émotion quand il avait relu l'histoire éphémère du gouvernement populaire de Salvador Allende. Pour une fois, les bons et les méchants étaient clairement identifiables. Et les héros étaient bien du côté des Rouges.

– Quand les militaires de « Patria y Libertad » nous ont fait du pied, avant même le coup d'État, il n'y a pas eu d'hésitation. Il fallait barrer la route aux socialistes. Nous savions, de toute façon, que le gouvernement populaire ne tiendrait pas. La diplomatie est toujours fondée sur le même principe. Voler au secours de la victoire. Autant être du bon côté le plus tôt possible et contribuer, dans la mesure du possible, à faire les choses « proprement ».

Kasdan intervint :

– Excusez-moi. On parle bien de torture, là ?

Condeau-Marie plaça de nouveau ses mains dans ses poches. Il avait ces gestes très étudiés des hommes petits qui cherchent à se donner une densité particulière.

– En Algérie, nous avions compris certaines vérités. La torture est une arme capitale. On ne l'a pas utilisée de gaieté de cœur mais nos résultats ont balayé tout état d'âme. Rien n'est plus important que de pénétrer le cerveau de l'ennemi. Et ce n'est pas près de changer en ces périodes de terrorisme.

Il y eut un silence. Condeau-Marie fit quelques pas puis reprit :

– Tout passait par l'ambassade de France. Officiellement, nous étions là pour des missions d'apprentissage des forces armées. Ce n'était pas faux. Les Chiliens étaient de piètres militaires. Dans leurs rangs, il y avait surtout des paysans illettrés qui avaient troqué la charrue contre un fusil.

Kasdan enfonça le clou :

– Mais vous, vous étiez là pour la torture, non ?

– Oui. Nous étions trois. Moi, La Bruyère, Py. Nous sommes d'abord venus faire un état des lieux, au lendemain du putsch. L'idée était de nettoyer le pays, le plus vite possible.

– J'ai lu pas mal de documents, rétorqua Kasdan, de plus en plus agressif. Le stade, la DINA, les commandos de la mort. Vous n'avez pas chômé. Vous avez du sang sur les mains, général !

Volokine lança un regard étonné à Kasdan. Condeau-Marie sourit. Sa pâleur de cire était comme un miroir dans lequel on pouvait se regarder.

– Quel âge avez-vous, commandant ?

– 63 ans.

– Vous avez servi en Algérie ?

– Au Cameroun.

– Le Cameroun... On m'en a souvent parlé. Ce devait être passionnant.

– Ce n'est pas le mot que j'utiliserais.

Kasdan commençait à voir rouge. Il monta la voix :

– Vous tournez autour du pot, putain ! Vous étiez au Chili pour former des tortionnaires ! Alors, racontez-nous ce que nous voulons entendre. Qu'est-ce que vous avez enseigné aux militaires ? Qui étaient vos collègues ? Vos élèves ? Quelles étaient vos techniques de salopards ?

Condeau-Marie contourna son bureau et s'installa derrière le plateau vierge de tout document. Il posa ses petits doigts sur le sous-main de cuir sombre. Encore un geste de densité.

– Asseyez-vous, proposa-t-il calmement aux deux enquêteurs.

Ils s'exécutèrent. Le général noua ses mains, posément.

– Nous sommes arrivés en mars 1974, après la première vague de violence. Les militaires se défoulaient sur les gauchistes et les étrangers. Sans jeu de mots, on peut dire que nous leur avons apporté l'électricité.

Kasdan avait déjà compris. L'histoire n'est qu'un éternel recommencement.

– Ils l'utilisaient déjà, mais de manière chaotique. Ils avaient cette méthode qu'ils surnommaient le « gril », qui consistait en un lit métallique sur lequel le prisonnier recevait des décharges électriques. Plutôt sommaire. Nous les avons orientés vers un instrument venu d'Argentine, la « picaña ». Une pointe électrifiée qui permettait un travail plus... précis. Nous leur avons enseigné les points sensibles. La durée de contact. Le seuil de tolérance. Le sens de notre formation était de montrer qu'on pouvait faire mal rapidement. Efficacement. Sans laisser de traces. Tout en respectant une sorte de... cadre scientifique. Nous avons par exemple imposé un médecin au cours de chaque séance.

– Combien de temps ont duré ces stages ?

– Je ne sais pas pour les autres. Moi, je n'ai pas fait long feu. J'ai réussi à rentrer en France au bout de quelques mois.

– On nous a parlé du plan Condor.

– Nos conseils servaient à toutes les opérations, dont le plan

Condor, c'est vrai. L'avantage de l'électricité est la taille réduite du matériel. Les dictatures de l'époque pouvaient envisager d'installer des centres d'interrogatoire n'importe où. Même en territoire étranger.

– Vous étiez les seuls instructeurs ?

– Non. Nous étions une sorte... de groupe. Des bourreaux venus d'un peu partout. On enseignait. On faisait également, disons, des recherches. Cette répression offrait une opportunité unique. Du matériel frais, quasiment inépuisable. Les prisonniers politiques que le régime arrêtait en masse.

– Parmi les autres instructeurs, y avait-il d'anciens nazis ?

Condeau-Marie répondit sans la moindre hésitation :

– Non. Les nazis étaient à la retraite, au fin fond de la pampa ou au pied de la Cordillère. Ou bien au contraire recyclés à Santiago ou à Valparaiso, dans des postes de bureaucrates. (Il se tut, paraissant réfléchir, puis reprit :) Maintenant que j'y pense, il y avait bien un Allemand, oui. Un personnage vraiment... terrifiant. Mais il était trop jeune pour avoir été nazi. Il était arrivé au Chili, je crois, dans les années 60.

– Comment s'appelait-il ?

– Je ne me souviens plus.

– Wilhelm Goetz ?

– Non. Plutôt un nom en « man »... Hartmann. Oui, je crois que c'était Hartmann.

Kasdan nota le nom dans son carnet, improvisant l'orthographe.

– Parlez-moi de lui.

– Il nous dépassait tous. Et de très loin.

– De quelle manière ?

– Il connaissait les techniques de la souffrance... de l'intérieur.

– Comment ça ?

– Il les expérimentait sur lui-même. Hartmann était religieux. Un mystique, dont la voie était celle de la pénitence. Un fanatique qui vivait pour et par le châtiment. Il s'automutilait. Se torturait lui-même. Un vrai cinglé.

– Avait-il des techniques de prédilection ?

– Une de ses obsessions était l'absence de traces, de marques, de cicatrices. Cette exigence avait quelque chose à voir avec son credo religieux – un respect du corps, de sa pureté. Je ne me souviens plus très bien. En tout cas, il privilégiait l'électricité et aussi des méthodes plus singulières.

– Comme ?

– La chirurgie. Les techniques, balbutiantes à l'époque, non invasives. Les interventions sans ouverture qui passent par les orifices naturels : la bouche, les narines, les oreilles, l'anus, le vagin... Hartmann parlait de choses effroyables : des sondes brûlantes, des câbles aux crochets repliés, s'ouvrant à l'intérieur des parois organiques, des coulées d'acide dans l'œsophage...

Kasdan tressaillit. Cette caractéristique tendait un lien direct avec le modus operandi des meurtres – les tympans. France Audusson, l'experte ORL, avait parlé d'un instrument mystérieux, qui avait percé les tympans de Goetz, et n'avait pas laissé la moindre particule.

– Comment était-il, physiquement ?

Condeau-Marie fronça les sourcils. La lumière de la fenêtre venait caresser son crâne brillant, qui donnait l'impression de fondre comme une bougie.

– Je ne comprends pas. Ces vieilles histoires ont un intérêt pour votre enquête ?

– Nous avons la conviction que la clé des meurtres se trouve dans le passé du Chili. Alors répondez. À quoi ressemblait Hartmann ?

– Il avait encore des allures de jeune homme mais il devait avoir 50 ans. Une tignasse noire, très drue, et des petites lunettes, qui lui donnaient l'air d'un étudiant en sociologie. Vraiment un type étonnant. Vous savez, j'ai pas mal voyagé dans ma vie. Notamment en Amérique du Sud. C'est une terre où on doit s'attendre à tout, en permanence, parce que c'est en effet ce qui survient. Hartmann était un pur produit de ces terres de solitude, encore barbares.

– C'est tout ce dont vous vous souvenez ? Un détail qui nous permettrait de l'identifier ?

Le général se leva. Pour se délier les jambes. Réveiller ses souvenirs. Il se posta à nouveau devant la fenêtre. Silence.

– Hartmann était musicien.

– Musicien ?

Le petit homme eut un haussement d'épaules :

– En Allemagne, il avait fait ses classes au conservatoire de Berlin. C'était un musicologue et il avait des théories sur la question.

– Comme ?

– Il prétendait qu'il fallait torturer en musique. Qu'une telle source de bien-être jouait un rôle aggravant dans l'opération d'anéantissement de la volonté. Ces flux contradictoires – musique et souffrance – brisaient un peu plus l'homme torturé. Il parlait aussi de suggestion...

– De suggestion ?

– Oui. Il défendait l'idée qu'ensuite, le prisonnier, au moindre son de musique, se placerait lui-même en position de victime prête à parler. Il disait qu'il fallait empoisonner l'âme. Vraiment un drôle de lascar.

Kasdan n'avait pas besoin de regarder Volokine pour savoir qu'il pensait comme lui.

– Avez-vous entendu parler, à l'époque, d'un hôpital où auraient été pratiquées des vivisections humaines sur fond de chorales ?

– On m'a parlé de pas mal d'horreurs mais pas de celle-ci.

– Les médecins auraient été allemands.

– Non. Ça ne m'évoque rien.

– Le nom de Wilhelm Goetz vous dit-il quelque chose ?

– Non.

Kasdan se leva, imité aussitôt par le Russe.

– Merci, général. Nous aimerions interroger le général La Bruyère et le colonel Py. Savez-vous où nous pouvons les trouver ?

– Pas du tout. Je ne les ai pas vus depuis 30 ans. À mon avis, ils sont morts. Je ne sais pas ce que vous cherchez dans ces vieilles histoires mais pour moi, tout cela est mort et enterré.

Kasdan se pencha vers le petit homme. Il le dépassait de trois têtes :

– Vous devriez venir faire un tour à la morgue. Curieusement, c'est là-bas que vous comprendriez que ces histoires sont bien vivantes.

# 41

– VOUS AVEZ UN PROBLÈME avec l'Algérie ou quoi ?

– Non.

– Si. Quand l'autre en a parlé, vous avez failli tout casser. C'était moins une qu'on perde le témoin avec vos conneries.

– Ça s'est bien fini, non ?

– Pas grâce à vous. Les prochains militaires, je me les fais tout seul.

– Pas question. Tu es un môme et tu ne connais rien à ces problèmes.

– C'est ce qui me permettra de les interroger en toute neutralité. Vous m'avez l'air un peu trop sensible de ce côté-là.

Kasdan ne répondit pas. Il avait les doigts serrés sur le volant, les yeux rivés sur l'autoroute. Après un temps, Volokine demanda :

– Qu'est-ce qui s'est passé au Cameroun ?

– Rien. Tout le monde s'en fout.

Volokine eut un court éclat de rire :

– OK. Qu'est-ce qu'on fait maintenant ?

– On se sépare. Je m'occupe de Hartmann.

– L'Allemand ? Mais ce n'est qu'un taré venu du passé, croisé à 12 000 kilomètres...

– L'homme réunit trois paramètres. La torture. La religion. La musique. C'est suffisant pour moi. C'est peut-être contre lui que l'organiste voulait témoigner.

– Condeau-Marie nous a dit qu'à l'époque, le mec avait 50 ans. Il aurait donc au moins 80 ans...

– Je veux creuser cette voie.

Volokine eut un nouveau rire, plus bref encore :

– Et moi ? Je me farcis les avocats ?

– Exactement. Trouve le bavard que Goetz a contacté. Trouve aussi quelque chose sur les autres Chiliens qui sont arrivés en France avec Goetz. Rappelle Velasco. Ces mecs sont quelque part en France et ils ont des choses à nous dire. Dès que j'en aurai fini avec l'Allemand, je te rejoindrai.

– Arrêtez-moi là. Il y a un cybercafé.

Ils étaient parvenus porte de Saint-Cloud. Kasdan s'engagea dans l'avenue de Versailles et stoppa quelques mètres plus loin. Le cybercafé ne payait pas de mine. Une vitrine, pas d'éclairage, quelques écrans scintillants autour desquels s'agglutinaient des gamins.

– Tu es sûr que ça ira ?

– Sûr. Avec un écran et un téléphone, je vous retrouve n'importe quoi.

– Tu as la grosse tête, mon petit.

Volokine sortit d'un bond. Il se pencha avant de refermer sa portière :

– Faites gaffe à votre cœur, Papy. Pas de pétage de plombs !

– J'ai mes pilules. On reste en contact sur nos portables.

Le Russe courut jusqu'au café connecté. Kasdan l'observa. Une silhouette tendue, concentrée. Un chasseur étranger au monde inoffensif qui l'entourait : les lampions suspendus aux arbres, les passants aux bras chargés de cadeaux, les écaillers déguisés en marins, bichonnant leurs huîtres et leurs crustacés devant les brasseries de la place.

Il ne démarra pas aussitôt. Le calme revenait dans ses veines. Le calme... Et aussi le vide. En réalité, il ne savait pas où aller. Par où commencer son enquête sur Hartmann. Il n'en avait pas la moindre idée.

Que possédait-il au juste ? Un nom – dont Condeau-Marie n'était même pas sûr –, une orthographe approximative, quelques dates... C'était peu. Comment retrouver la trace d'un tel bonhomme, à Paris, un 24 décembre ? Il songea d'abord à l'ambassade du Chili, puis à Velasco. Mais il ne voulait pas revenir en arrière. Repasser une couche sur ceux qu'il avait déjà interrogés.

Alors, il utilisa sa bonne vieille méthode. Il appela mentalement son bréviaire de répliques de cinéma. Et en cueillit une, au hasard. Ce ne fut pas celle qu'il attendait. Michèle Morgan, les cheveux trempés, ballottée dans une cabine de bateau, en pleine tempête. La femme aux yeux de chat était en train de s'engueuler avec son mari. La violence des mots répondait aux secousses du plancher et aux fouets d'écume sur les hublots.

Kasdan n'eut aucun mal à identifier la scène.

*Remorques.* Jean Gremillon. 1940.

Michèle Morgan hurlait au visage de son mari : « On connaît bien les gens quand on les déteste ! »

L'Arménien comprit qu'il avait fait une bonne pioche. *On connaît bien les gens quand on les déteste.* Voilà la clé. Pour pister Hartmann, musicologue berlinois, qui avait sans doute, dans sa prime jeunesse, flirté avec le nazisme, il fallait se tourner vers les pires ennemis des nazis. Ceux que ces derniers avaient persécutés, massacrés, brûlés : les Juifs.

Depuis 50 ans, les meilleurs services de renseignements du monde, ceux d'Israël, traquaient les nazis réfugiés partout sur la planète. Patiemment, ils avaient retracé leurs parcours, établi leurs points de chute, démasqué leurs identités. Ils les avaient enlevés, jugés, exécutés. Des décennies de persévérance. Rien que pour rendre justice à leur peuple.

Kasdan attrapa son téléphone.

Lui aussi, avec un portable, il pouvait trouver n'importe quoi.

En quelques coups de fil, il identifia les coordonnées du Mémorial de la Shoah, 17, rue Geoffroy-l'Asnier, en plein quartier du Marais. Ce lieu abritait un centre de documentation unique, le CDJC (Centre de Documentation Juive Contemporaine), dont la vocation était d'établir la liste des Juifs victimes de la Shoah en France, en s'appuyant sur les documents originaux déposés dans ses archives.

La sonnerie retentit. Plusieurs fois. On était dimanche – et une veille de Noël. Mais les Juifs ne suivaient pas ce calendrier.

– Allô ?

Kasdan donna son nom, sa qualité et demanda si le Mémorial

accueillait aujourd'hui le public. La réponse fut « oui ». Le CDJC était-il ouvert lui aussi ? Oui. Les experts responsables du Centre de Documentation étaient-ils présents ?

– Pas tous, fit la voix. Nous tournons à faible régime.

– Y aurait-il au moins un spécialiste de la Seconde Guerre mondiale et du nazisme ?

– Il y a un jeune chercheur aujourd'hui. David Bokobza. Vous voulez que je vous le passe ?

– Dites-lui simplement que j'arrive.

# 42

LE MÉMORIAL DE LA SHOAH n'était pas situé, comme Kasdan le croyait, au cœur du Marais, mais en bordure du quatrième arrondissement, dans un quartier ouvert, aéré, face à l'île Saint-Louis. C'était un bâtiment moderne qui regardait la Seine d'un air froid et surplombait les autres immeubles, dont la plupart dataient du XVIIe ou XVIIIe siècle.

Kasdan s'annonça et demanda qu'on prévienne David Bokobza. Le hall accueillait une exposition photographique. De grands tirages noir et blanc, au grain épais, qui semblaient dater d'un bon demi-siècle.

L'Arménien s'approcha et mit ses lunettes. Sur un des clichés, un jeune homme et une jeune femme marchaient dans une plaine. Leurs beaux visages tenaient tête au vent. Ils auraient pu composer un couple magnifique mais la femme était nue et l'homme tenait un fusil. La légende disait : « Estonie, 1942. Une femme est conduite près d'une fosse commune pour y être exécutée par un soldat des Einsatzgruppen. »

Kasdan se redressa, pris de dégoût. 63 ans et il ne s'y faisait toujours pas. D'où venait le mal ? Cette pulsion de destruction ? Cette indifférence à l'égard du bien le plus précieux : la Vie ? Kasdan se souvint d'une phrase qu'avait crachée un gardien d'Auschwitz au prisonnier Primo Levi : « Ici, il n'y a pas de pourquoi. »

Ce qui le choquait aussi, c'était la misère, la lâcheté des bourreaux. Si on tuait, alors on devait accepter d'être tué soi-même.

N'accorder aucun prix à sa propre existence. Mais non. Les oppresseurs étaient toujours cramponnés à leur pauvre souffle. Himmler, visitant le camp de Treblinka, s'était trouvé mal. Les nazis prisonniers dans les camps russes étaient sales, apeurés, pitoyables, craignant la faim et les coups. Les accusés de Nuremberg avaient tout tenté pour limiter leur responsabilité, sauver leur misérable peau. Des ordures sans dignité, dont la seule force avait été d'être du bon côté du manche.

– Vous vouliez me voir ?

Kasdan se retourna et ôta ses lunettes. Un jeune homme se tenait devant lui. Il portait la kippa et une chemise Oxford à fines rayures, aux manches retroussées. Ce qui frappait dans son visage plein de taches de rousseur, c'était la franchise du regard. Un regard limpide, rieur, qui disait tout et attendait en retour la pareille.

L'Arménien donna son nom, son grade et évoqua une enquête criminelle, sans donner plus de détails. David Bokobza secoua la tête, avec amusement. Il semblait n'éprouver aucune crainte, ni même d'étonnement face à la carrure colossale de Kasdan.

Il dit d'une voix douce, caressée par un léger accent :

– Je pensais qu'on partait à la retraite beaucoup plus tôt dans la police française...

– Je suis à la retraite. Je suis consultant pour la PJ.

L'Israélien se cambra, feignant une admiration exagérée.

– Je n'ai pas de bureau. Allons dans la pièce où je travaille.

Kasdan lui emboîta le pas. Ils prirent un escalier aux marches suspendues, tendance architecture moderne, puis traversèrent plusieurs salles. Des fichiers occupaient tous les murs – casiers de fer, tiroirs en bois, dossiers suspendus. Des noms, des chiffres, des références... Au centre, de longues tables, sur lesquelles trônaient des ordinateurs, offraient des postes de travail.

Les pièces étaient presque désertes mais Kasdan éprouvait tout de même la sensation de se trouver dans un bastion, une forteresse. Passionné d'armes et de stratégie militaire, il admirait le peuple juif – qu'il tenait pour une redoutable machine à combattre. L'une des plus efficaces du monde contemporain.

– Voilà. Nous sommes ici chez moi.

La salle était semblable aux autres. Murs tapissés de petits tiroirs de bois, surmontés d'étiquettes. Fenêtre s'ouvrant sur la Seine. Longue table supportant des dossiers, un ordinateur, un engin de projection.

– Vous voulez un café ?

– Non merci.

Bokobza poussa une chaise d'école vers Kasdan :

– Alors commençons. En réalité, je n'ai pas beaucoup de temps.

Kasdan s'installa, redoutant, comme d'habitude, que la chaise cède sous sa masse.

– Ma requête est un peu spéciale.

– Ici, rien n'est spécial. Nos archives abritent les histoires les plus bizarres.

– Je ne recherche pas un Juif.

– Bien sûr. Vous n'êtes pas juif vous-même.

– Comment le savez-vous ?

Bokobza eut un large sourire, en osmose avec son regard :

– J'en vois tous les jours. (Il frotta ses pouces contre ses autres doigts.) C'est presque... paranormal. Une vibration, un feeling. Qui cherchez-vous, alors ?

– Un nazi.

Le sourire de Bokobza disparut.

– Les nazis sont tous morts.

– Je cherche... C'est difficile à expliquer. Je cherche un sillage. Je pense que mon homme a fait école. Et que cette école est liée aujourd'hui aux meurtres qui m'intéressent.

– Que savez-vous sur lui ?

– Il s'appelle Hartmann. Je n'ai même pas son prénom, ni l'orthographe exacte de son patronyme. Ce dont je suis sûr, c'est qu'il n'a pas fui l'Allemagne après la Seconde Guerre mondiale. Il n'a même pas été inquiété à cette époque. Il était trop jeune. Il a fui plus tard au Chili. Dans les années 60.

– C'est vague.

– Je possède deux autres éléments. Hartmann est devenu un maître de la torture au Chili. Un spécialiste qui a servi Pinochet. Il avait alors une cinquantaine d'années. Il était aussi musicien. Il maîtrisait des connaissances très poussées dans ce domaine.

Les yeux francs du chercheur s'étaient voilés. Kasdan n'aurait su dire ce qu'ils exprimaient maintenant, mais toute clarté était rentrée dans l'ombre des cils, comme si le monde, dans son état actuel, ne méritait pas la lumière, la spontanéité naturelle de son regard.

– Hartmann est un nom très répandu en Allemagne, finit-il par dire. Il signifie : « homme fort ». Dans le domaine musical, le Hartmann le plus célèbre de cette époque est Karl-Amadeus. Un grand musicien, né en 1905. Il n'est pas connu du public mais les spécialistes le considèrent comme un des plus grands symphonistes du XXe siècle.

– Je ne pense pas que ce soit le mien.

– Moi non plus. Karl-Amadeus a assisté avec consternation à l'institution du régime nazi, s'enfermant dans un exil intérieur, se retirant de la scène musicale. Je connais d'autres Hartmann. Un pilote d'aviation. Un autre dans la Waffen SS. D'autres qui ont pris la fuite : des psychologues, des philosophes, des peintres...

– Tous ces hommes ne correspondent pas à mon profil.

Le sourire de Bokobza revint d'un coup, franc, glacé comme l'eau d'une rivière :

– Je vous fais marcher. Je connais votre Hartmann. Je le connais même très bien.

Il y eut un silence. Kasdan ressentit une crispation – il n'aimait pas trop jouer au chat et à la souris. Surtout quand il tenait le rôle de la souris.

– Vous savez, reprit l'Israélien, c'est drôle de voir débouler des gens comme vous.

– Comme moi ?

– Des novices, des ignorants complets du monde dans lequel ils avancent. Ils marchent à tâtons, comme des aveugles. Vous, par exemple, vous croyez chercher un homme de l'ombre. Vous pensez traquer un secret. Je suis désolé de vous le dire mais le premier spécialiste venu, possédant quelques notions sur les nazis cachés en Amérique du Sud, connaît Hans-Werner Hartmann. C'est une figure. Presque un mythe dans ce domaine.

– Affranchissez-moi.

Bokobza se leva et se mit à consulter les étiquettes des tiroirs.

– Hartmann était un musicien, c'est vrai, mais c'était surtout un spécialiste de la torture. Durant les années Pinochet, il possédait son propre centre d'interrogatoire et des centaines de prisonniers sont passés entre ses mains.

Bokobza ouvrit un tiroir. Feuilleta des fiches. En saisit une. La lut avec attention. Puis il se tourna vers une armoire en fer, qu'il déverrouilla à l'aide d'une clé du trousseau qu'il portait à la ceinture. Cette fois, il sortit une chemise cartonnée qui semblait contenir, non pas des documents papier, mais des planches de diapositives.

– Mais avant tout, après la guerre, Hans-Werner Hartmann était un gourou.

– Un gourou ?

Le chercheur saisit le carrousel de l'engin de projection. Il glissa les diapositives dans chaque compartiment avec une dextérité impressionnante.

– Un leader religieux. Hartmann a fondé une secte dans le Berlin en ruine puis s'est exilé, avec ses disciples, au Chili. Là-bas, son groupe est devenu très puissant...

Bokobza rejoignit la fenêtre. Tira un épais rideau doublé de toile noire. D'un coup, la pièce fut plongée dans les ténèbres. Il descendit ensuite un écran blanc, à l'ancienne, comme lorsqu'on projetait à Kasdan, jeune soldat, des images d'Afrique ou des plans de bataille.

L'Israélien revint à son carousel. Alluma la machine. Testant son mécanisme, il murmura :

– L'histoire de Hartmann est fascinante. C'est une de ces histoires qui ne sont possibles qu'à l'ombre des grandes guerres et des empires du Mal.

# 43

PREMIÈRE IMAGE. Noir et blanc. Un jeune homme à l'allure stricte, serré dans un costume cintré, portant une petite cravate jaillissant d'un col rond.

– Hans-Werner Hartmann. 1936. Il vient d'obtenir son diplôme du conservatoire de Berlin. Prix de piano. Harmonie. Composition. Il a 21 ans. Sa mère est française. Son père bavarois. Des petits-bourgeois dans le textile.

Le musicien n'avait rien d'un blondinet aryen. Brun, maigre, il avait une tête de fanatique, dans le style des terroristes des romans russes. Ses cheveux étaient particuliers : très noirs, très épais, ils lui poussaient droit sur le crâne, comme si ses idées passionnées avaient pris corps dans cette matière électrique. Des yeux sombres, enfoncés dans leurs orbites, semblaient embusqués derrière des pommettes hautes, sur lesquelles on aurait pu affûter un couteau. Des lèvres fines complétaient l'expression dure, pénétrée d'une intensité terrible. Une tête à la Jack Palance.

– À cette époque, on peut supposer qu'il est partagé, voire déchiré, entre deux tendances. Sa passion pour la musique et son obsession patriotique. En tant que musicien, il ne peut ignorer que les grands compositeurs allemands ou autrichiens sont Mahler, Schönberg, Weill... Or, tous ces artistes sont déjà bannis par le régime nazi. C'est l'époque de la « Gleichschaltung », la « mise au pas ». On brûle les livres de Freud ou de Mann dans les rues. On décroche les tableaux dans les musées. On interdit les concerts de musique juive. Hartmann est partie prenante de cette réforme.

Il appartient aux Jeunesses hitlériennes. En tant qu'esthète, il ne peut souscrire à cet aveuglement. En même temps, il est un enfant de son époque. Amer. Haineux. Élevé dans le ressentiment de la défaite de 1918.

Kasdan songea à son fils. Le mauvais âge. L'âge où les enfants deviennent soi-disant des adultes. L'âge où ils sont en vérité le plus vulnérables, s'embarquant dans n'importe quel voyage.

– Je crois surtout qu'il est un musicien raté, poursuivit Bokobza. Il a décroché son diplôme mais sait déjà qu'il n'a aucune originalité en tant que compositeur ni aucune chance de devenir pianiste concertiste. Ce constat d'échec doit renforcer son amertume. Il est mûr pour l'enthousiasme barbare des nazis. Finalement, c'est l'expédition Schäfer qui va le sauver d'une carrière classique de cadre hitlérien.

Le carrousel tourna. Une image ancienne de Lhassa, capitale du Tibet, jaillit sur l'écran. Les hautes tours du palais du Potala surplombaient la Cité interdite.

– Vous savez que les nazis étaient obsédés par le problème des origines, la race pure et tous ces mirages ? Dans ce domaine, ils avaient une obsession spécifique : la montagne. À leurs yeux, c'était le lieu des origines par excellence. Le lieu de la grandeur, de la pureté. Le Reichsführer Heinrich Himmler, chef des SS, dirigeait à cette époque une bande de fumistes, soi-disant spécialistes, qui avaient réécrit l'histoire du monde, mélangeant des rites païens et des croyances farfelues sur l'existence de civilisations perdues. Ils avaient même inventé une théorie, selon laquelle les ancêtres des Aryens, congelés dans la glace, auraient été délivrés par la foudre. Dans ce contexte, les Tibétains, vivant en altitude et en toute pureté, constituaient des cousins possibles à ces Lohengrin descendus des glaces. Il fallait aller vérifier... Ce fut l'expédition Schäfer.

Un claquement. Une nouvelle diapositive. Des Occidentaux et des Tibétains assis par terre, autour d'une table basse. Au milieu, un barbu placide...

– Au centre, c'est Ernst Schäfer, zoologiste, racialiste, soi-disant expert de la race aryenne. À côté, Bruno Berger, qui va passer son temps à mesurer des crânes et à « tester » la pureté des Tibétains. Ces aventures ont un côté comique, sauf qu'elles ont débouché sur la Solution finale. Je préfère vous le dire : toute ma famille a disparu à Auschwitz. À gauche, entre deux Tibétains, on reconnaît Hartmann. Il s'est laissé pousser la barbe.

Kasdan repérait surtout les croix gammées et les sigles SS qui décoraient la maison hymalayenne. Hallucinant. L'horreur nazie, à quatre mille mètres d'altitude...

– Hartmann, demanda-t-il, que faisait-il dans cette expédition ?

– Il s'occupait de la musique. Je veux dire : la musique des Tibétains. Il était à la fois diplômé du conservatoire et hitlérien. Le profil idéal. On a retrouvé ses notes, dans les archives de l'expédition. Hartmann a reçu un véritable choc au Tibet. Une révélation. On ne sait pas vraiment de quoi. À son retour, il ne se considère plus comme un musicien ni même un musicologue, mais comme un chercheur. Il va travailler sur les sons, les vibrations, la voix humaine...

– Quand sont-ils revenus ?

– En 1940.

Bokobza manipula son carrousel. Nouvelle image. Des baraquements. Des matons. Des spectres en costume de toile. Un camp de concentration.

– Hartmann n'a pas le temps de se lancer dans ses recherches. C'est la guerre et le jeune homme, toujours proche du pouvoir, est envoyé dans les camps, en tant que conseiller.

– De quoi ?

– De l'activité musicale des prisonniers. Une autre obsession des nazis : la musique. Ils en mettaient partout. Quand les déportés sortaient des trains de la mort, ils étaient accueillis par une fanfare. Quand ils travaillaient, c'était en chantant. On torturait aussi en musique. Des exécutions massives de populations civiles juives de l'Est se sont déroulées sur fond musical, diffusé par des haut-parleurs. C'est sans doute ce qu'on appelle « l'âme allemande »...

Kasdan songea à ce qu'avait raconté l'homme mutilé, Peter Hansen, sur le chœur qui accompagnait les expériences chirurgicales, et au témoignage de Condeau-Marie : comment Hartmann suggérait d'associer musique et torture. Tout était né de l'horreur nazie.

Bokobza joua de son appareil. Un autre camp. Toujours des baraques alignées, toujours ce parfum de mort...

– Hartmann a d'abord fait un passage au camp de Terezin. Vous en avez entendu parler ?

– Oui. Mais je ne suis pas contre un rafraîchissement.

– Theresienstadt, en Tchécoslovaquie, est un des mensonges les plus funestes des nazis. Un camp modèle, une vitrine, qu'ils montraient aux membres des commissions de la Croix-Rouge et aux diplomates, leur faisant croire que tous les camps étaient structurés sur ce type de « colonie juive ». Des activités artistiques, des travaux moins pénibles... Terezin est célèbre parce que le camp a abrité la crème des artistes juifs. Certains compositeurs ont écrit là-bas des chefs-d'œuvre. Robert Desnos, le poète français, y est mort. En réalité, Terezin était la dernière station avant Auschwitz. C'est d'ailleurs à Auschwitz que Hartmann est ensuite parti.

– Il a connu les massacres des camps ?

Le chercheur eut un rire sinistre.

– Il était aux premières loges. Les vraies douches avant les fausses, pour mieux dilater les pores de la peau et laisser pénétrer le gaz. Les cadavres qu'on sortait, dix minutes après, d'une trappe pour les faire brûler. Les bébés qui survivaient parfois, tétant le sein de leur mère et échappant au gaz mortel, qu'il fallait achever d'une balle dans le crâne...

D'un coup sec, Bokobza fit glisser une nouvelle diapositive. Des cendres humaines dégueulant de fours en forme de sarcophages.

– ... Les enfants brûlés ou enterrés vivants, faute de temps, faute d'espace...

L'Israélien jouait de sa machine avec une rage à peine contenue. Sa voix prenait une inflexion de plus en plus dure :

– ... Les milliers de corps brassés au bulldozer, dirigés vers des charniers ! Les cheveux coupés des cadavres, afin d'en confectionner de la moquette pour les sous-marins allemands...

Nouveau claquement, nouvelle horreur. Les scènes qui saliront l'espèce humaine à jamais. Celles de *Nuit et brouillard*, rappelant les toiles de Jérôme Bosch. Des corps et des os indistincts, poussés, roulés, broyés par des pelleteuses, déplacés en collines blanchâtres de déchets humains.

– Hartmann, que faisait-il, durant ces... activités ?

– Il est devenu capitaine SS. Il n'a pas de responsabilité effective – je veux dire, concernant l'extermination. Il a en réalité deux casquettes. Sans jeu de mots. Il organise les fanfares, les chorales, les orchestres et, parallèlement, il se livre à ses recherches personnelles.

– Quelles recherches ?

– On a des notes là-dessus, encore une fois, de sa propre main. Des trucs confus. Hartmann étudiait la voix humaine, les cris, les vibrations de la souffrance. Il analysait l'impact des sons sur le monde matériel et le cerveau humain. Ce qu'il appelait les « forces et turbulences des ondes sonores ».

Bokobza passa à une autre image. Hartmann assis à un bureau, un casque audio sur les oreilles, souriant à l'objectif, devant une grosse bécane qui devait être l'ancêtre des magnétophones.

– Les magnétophones à bande existaient déjà, à cette époque ?

– Les premiers ont été inventés par les Allemands, puis utilisés par les nazis. Hitler faisait un grand usage de cette technique. Tous ses discours radiophoniques étaient préenregistrés, pour éviter un attentat dans le studio de la radio. Personne n'a jamais soupçonné la supercherie.

L'Arménien observait le musicologue en uniforme. Son regard fiévreux, son sourire mince, ses mains osseuses posées sur la machine comme s'il s'agissait d'un trésor...

– Il enregistrait les concerts des prisonniers ?

– Non. Il captait les cris de terreur des déportés. Il avait placé des micros dans les couloirs des douches, dans les salles de vivisection. Ses assistants poursuivaient, micro en main, les détenus jetés vivants dans les fours. Il traquait je ne sais quoi à travers ces hurlements. Mais je l'imagine assez bien prenant des notes, réécoutant ses bandes, étranger au cauchemar en marche. En cela, Hartmann est un vrai nazi. Il partageait avec les autres cette indifférence radicale à l'égard du martyre des victimes. Il avait cette espèce de trou noir au fond de la conscience. Vous avez dû voir des images du procès de Nuremberg. Ces types qui semblaient parfaitement normaux mais dont l'âme était en réalité atrophiée, difforme, monstrueuse. Il leur manquait la compassion humaine. Le sens moral. Il leur manquait ce qui fait l'humain.

Kasdan contemplait toujours sur l'écran l'homme hiératique, au physique d'intellectuel, aux yeux de fou. Il l'imaginait au cœur de l'enfer, se préoccupant seulement de ses notes et de la qualité de ses enregistrements. Oui. Son visage ruisselait d'indifférence.

– À la fin de la guerre, Hartmann a été fait prisonnier ?

– Non. Il a disparu. Évaporé.

Nouvelle diapositive. Berlin en ruine.

– On le retrouve dans la ville détruite, en 1947. Arrêté par la police paramilitaire américaine, aux abords du quartier de « Onkel Toms Hütte ». La zone investie par les occupants américains.

Des monceaux de gravats devant des maisons détruites. Des caniveaux remplis de poussière. Des tas de bois mort brûlés par le soleil. Des passants étiques, au regard hanté, qui semblent chercher quelque chose à manger. Le Berlin sectorisé de l'immédiate après-guerre. Un corps urbain frappé par une lèpre, dévasté par les ulcères...

– Nous n'avons pas de photos de Hartmann à ce moment-là mais le rapport américain le décrit comme un dément. Un clochard mystique, un prédicateur, sale comme un poux. Son état de santé est critique. Malnutrition. Déshydratation. Des engelures aux pieds. Et aussi des marques de fouet sur tout le corps. Ces cicatrices ont décontenancé les Américains. Hartmann semblait avoir été torturé. Mais par qui ? Le musicien s'en est expliqué. « Traitement personnel », a-t-il répondu quand on l'a interrogé. Il parlait anglais, à la différence des criminels nazis interviewés par des psychiatres, à Nuremberg. J'ai pu récupérer un enregistrement. Je vous donnerai une copie : c'est plutôt impressionnant.

– Dans quel sens ?

– Vous verrez par vous-même.

L'Arménien regardait les ruines grises. Des pans de murs qui ne s'emboîtaient plus dans rien. Des trous, des crevasses qui ressemblaient à de grands yeux blancs – des yeux crevés...

Nouvelle diapositive.

La même ville, en voie de reconstruction.

– 1955. Berlin renaît de ses cendres. Hartmann renaît lui aussi. Il n'est pas si fou que ça. Je veux dire qu'il s'est organisé. À l'époque du « Berlin année zéro », le musicologue, à coups de discours illuminés, a réuni une sorte de groupe. Des femmes, des hommes et surtout des enfants. Berlin grouille d'orphelins. Cette bande se constitue en faction parareligieuse.

– Une secte ?

– Un genre de secte, oui. Ils ont un local, en zone soviétique. Ils vivent de différents boulots, notamment de couture. Ils chantent dans la rue. Ils mendient. On sait peu de chose sur le culte enseigné par Hartmann. Il semble que cela soit très... régressif.

– Dans quel sens ?

– Les enfants s'habillent de manière traditionnelle, à la bavaroise. Les membres n'ont pas le droit de toucher certains matériaux, ni d'utiliser des instruments modernes.

Kasdan songeait au témoignage de l'ancien combattant, aux alentours de Saint-Augustin. Des enfants à chapeaux verts, culottes de peau et galoches de la Seconde Guerre mondiale. Les faits collaient. Un vieux salopard, nazi et mystique, mort sans doute depuis des années, avait envoyé à Paris, à travers les couches du temps et de l'espace, des petits tueurs endoctrinés. Il lui fallait des dates.

– Quand Hartmann est-il parti au Chili ?

– En 1962. Il avait des ennuis à Berlin. On a parlé de pédophilie mais cela n'avait pas l'air fondé. D'autres rumeurs évoquaient des sévices physiques, des séquestrations de mineurs, et ça semblait beaucoup plus proche de la vérité. Le credo de Hartmann s'appuyait sur le châtiment. La seule voie pour accéder à la grâce, à la fusion avec le Christ, est la souffrance. Ce qui n'est pas nouveau. Mais Hartmann paraît avoir poussé très loin cette profession de foi. Les enfants, « ses » enfants comme il disait, ne devaient pas rire tous les jours.

Déclic du carrousel. Un portrait de groupe. Au premier rang, des enfants blonds, sans chapeau, portant tous la culotte de peau typique de la Bavière. Au deuxième rang, des hommes et des femmes, jeunes, à l'allure vigoureuse, en chemise blanche et pantalon de toile. À droite, Hartmann, droit comme un instituteur. Grand, maigre, il portait toujours sa tignasse noire, épaisse et drue, et ses petites lunettes rondes.

– Vous voyez Hartmann ? Son air gaillard ? Il a l'air d'un animateur emmenant en excursion sa colonie. En fait d'excursion, c'est plutôt un voyage en enfer qu'il prépare. Le gourou a sélectionné ses élus avant de partir.

– Il voulait créer une communauté aryenne ?

– Pas au sens génétique, non. Même si on raconte qu'Hartmann a toujours contrôlé les naissances dans son groupe.

– Comment ?

– Il déterminait les couples. Il choisissait l'homme et la femme qui pouvaient s'unir. Mais cette sélection n'était pas centrale dans son « œuvre ». Il travaillait plutôt à une mutation spirituelle. Une métamorphose qui passait par la foi et le châtiment. Il ne s'agit pas d'eugénisme. Même si progressivement, au Chili, il s'est entouré de médecins, de spécialistes...

Kasdan songeait aux chirurgiens fêlés qui avaient torturé Peter Hansen. Hartmann était dans le coup, aucun doute. Tout cela s'était peut-être même passé au sein de son groupe.

– Où était installé Hartmann au Chili ?

– Au sud, à près de six cents kilomètres de Santiago, entre la ville de Temuco et la frontière de l'Argentine. Les autorités de l'époque lui ont accordé un statut particulier de « société de charité » et lui ont alloué des terres vierges. Des milliers d'hectares, au pied de la Cordillère des Andes. L'accord tacite était : « Réveillez cette zone et nous vous foutrons la paix. » Hartmann a respecté sa partie du contrat. Au-delà de toute mesure. Face aux paysans chiliens, plutôt flemmards, les Aryens disciplinés ont fait des prodiges.

Nouvelle image. Vue aérienne d'une immense exploitation agricole. Des champs découpés en carrés, rectangles, losanges, déposés au pied des Andes comme des pièces de tissu. Des maisons en bois, des rivières courant à travers les prairies. Un véritable décor de train électrique.

– En quelques années, l'enclave allemande est devenue la zone la plus prospère du pays. Une agriculture rigoureuse. Une production intensive. Personne n'avait jamais vu ça au Chili. À ce moment, Hartmann a acheté ces terres. Il a dressé un enclos et transformé sa propriété en forteresse dont il aurait levé le pont-levis. Il l'a baptisée « Asunción ». En hommage à un groupe de missionnaires espagnols du XVIe siècle partis évangéliser les Indiens Guaranis au Brésil. Aucun rapport avec la capitale du Paraguay.

Le mot signifie « Assomption ». Je ne vous fais pas un dessin. Durant des années, les supermarchés chiliens ont été remplis de produits « Asunción ». La figure souriante de la fertilité dissimulait le visage du mal.

– Il torturait les enfants ?

– Il parlait plutôt de « quintessence », de « purification », de « maîtrise de la douleur »... Tout cela participait d'un cheminement complexe. La souffrance visait à être elle-même dépassée. Le corps tourmenté devenait pour l'âme une sorte de véhicule, qui permettait de devenir plus fort et de rejoindre le Seigneur. Voilà ce que proposait Hartmann dans sa communauté, qu'on a bientôt appelée « la Colonie ». La *Colonia*. Une renaissance de l'esprit par la chair.

Kasdan regardait toujours la vue aérienne de l'enclave. Se pouvait-il que le cauchemar d'aujourd'hui soit parti de là, de cette surface verdoyante et fertile ?

– D'après mes informations, dit l'Arménien, Hartmann a participé aux opérations de torture du régime Pinochet.

– Bien sûr. C'était un spécialiste. Il connaissait les techniques. Et aussi leurs effets, puisque lui et ses enfants s'infligeaient les pires traitements. Dès le coup d'État, la Colonie est devenue un centre de détention très efficace. Une véritable annexe de la DINA, la police politique chilienne. Ils étaient connectés par radio avec Santiago, jour et nuit.

– Comment un religieux pouvait-il prêter main-forte à des militaires ?

– Hartmann se moquait des généraux et de leur dictature. Il voulait racheter l'âme des gauchistes. Des égarés. Des pécheurs. Il les purifiait par la souffrance. D'autre part, Hartmann se considérait comme un chercheur. Il étudiait les zones de la douleur, les seuils de tolérance de l'homme... Ces prisonniers politiques lui offraient un cheptel idéal... Plus prosaïquement, l'Allemand savait qu'en rendant service aux généraux, il s'assurait une immunité totale et de nombreuses subventions. Il avait aussi obtenu des autorisations d'extraction sur le sol chilien : titane, molybdène, des métaux rares utilisés dans les industries d'armement. Et bien sûr, l'or.

– Dans les années 80, les tortionnaires chiliens ont commencé à avoir des ennuis...

– Hartmann n'a pas fait exception à la règle. De nombreux prisonniers avaient disparu au sein de la *Colonia*. Des plaintes se sont élevées contre la secte. Des familles de paysans ont aussi attaqué la Communauté pour « enlèvements » et « séquestrations » de mineurs. Comme la première fois, en Allemagne. Il faut comprendre le système Hartmann. Il avait fait construire un hôpital gratuit, créé des écoles, des centres de loisirs. Les villageois lui confiaient leurs enfants afin qu'ils apprennent les méthodes de culture, des principes agronomiques, ce genre de choses. Mais lorsque ces parents voulaient récupérer leur progéniture, c'était une autre histoire. Hartmann vivait en maître sur cette région médiévale. C'était une sorte de Gilles de Rais, régnant sur ses serfs. D'ailleurs, c'était son surnom. El Ogro.

– El Ogro ?

– Ou en allemand : « *Der Oger* ». Un Barbe-Bleue omniscient, omniprésent...

L'Arménien eut une pensée pour Volokine. Le gamin avait donc vu juste, encore une fois.

– Vous n'avez pas d'autres photos ?

– Non. Personne n'est jamais entré au sein la *Comunidad*. Je veux dire : des étrangers à la secte. Il y avait une partie publique – l'hôpital, les écoles, le conservatoire, le comptoir agricole. Pour le reste, c'était un territoire interdit. Des gardes. Des chiens. Des caméras. Hartmann avait les moyens de se payer ce qu'il y avait de mieux dans le domaine de la sécurité.

– Que s'est-il passé ensuite ?

– Quand les plaintes ont été trop nombreuses, Hartmann a de nouveau disparu, avec sa « famille ». Ils ont monté un réseau de sociétés anonymes afin de récupérer leur argent et échapper au démantèlement, puis ils se sont enfuis.

– Où sont-ils allés ?

– Personne ne le sait. On ignore même si l'Allemand était encore vivant à ce moment-là. J'ai appelé plusieurs journalistes à la *Nación*, un journal important de Santiago. On a raconté beaucoup de choses. On a dit que Hartmann avait quitté depuis longtemps la Colonie, qu'il la dirigeait à distance. Ou qu'il avait fui aux Caraïbes, à la fin des années 80. On a dit aussi qu'il n'avait jamais quitté les lieux, qu'il vivait dans les souterrains, là même où les prisonniers chiliens avaient été torturés. Il est impossible de connaître la vérité. Ni même de savoir s'il existe une vérité...

– Aujourd'hui, vous pensez que Hans-Werner Hartmann est mort ?

– Sans aucun doute. Il aurait plus de 90 ans. Au fond, ça n'a pas beaucoup d'importance. Il a fait école. Il a même un fils, je crois, qui a dû prendre le relais...

Kasdan se décida à lâcher sa bombe :

– Si je vous disais que des enfants de la Colonie frappent actuellement en plein Paris, que diriez-vous ?

Le chercheur éteignit son projecteur. La pièce fut d'un coup plongée dans le noir.

– Je ne serais pas étonné, fit-il en extrayant son carrousel de la machine. Quand on donne un coup de pied dans la fourmilière, les fourmis survivent. Elles trouvent refuge ailleurs. Jusqu'à creuser d'autres galeries. Constituer un autre foyer. La clique de Hartmann s'est peut-être installée dans un autre pays d'Amérique du Sud. Ou même en Europe. Rien n'est fini. Tout continue.

Bokobza ouvrit les rideaux. Le jour terne se répandit dans la pièce.

– Je pourrais emporter quelques documents sur papier ? Un portrait de Hartmann ? Des témoignages ?

– Pas de problème. J'en ai des tonnes.

Le chercheur eut un mouvement vers les tiroirs tapissant la pièce :

– Ces archives regorgent d'exemples de réapparitions du Mal. Les néo-nazis sont partout. Le nazisme fait des petits et ne cessera jamais d'en faire. Nous tentons seulement ici de pratiquer une veille morale.

Kasdan regarda les tiroirs. Il avait soudain l'impression d'être entouré de vivariums voilés, abritant des monstres abjects. Ou encore de bocaux remplis de virus, de microbes véhéments. Bokobza était une sentinelle du Mal, guettant les foyers d'infection.

– Comment faites-vous pour vivre... là-dedans ?

– Je suis un homme et je vis parmi les hommes. C'est tout.

– Je ne comprends pas.

Bokobza se retourna et eut un sourire fatigué :

– Dans une autre pièce, je pourrais vous montrer un film édifiant montrant des Israéliens brisant à coups de pierres les membres d'un adolescent palestinien. La haine est le don le mieux partagé.

– Je ne comprends toujours pas.

Le chercheur croisa les bras. Son sourire restait suspendu. Il ressemblait à une goutte glacée, au bout d'une stalactite. Tant qu'elle demeurait ainsi, en équilibre, on aurait pu la croire vive, gaie, scintillante. Mais lorsqu'elle se détachait et s'écrasait sur le sol, elle révélait sa vraie nature : c'était une larme.

– Ce qui est triste, conclut Bokobza, ce n'est pas seulement que le nazisme ait existé, qu'il ait contaminé un peuple entier et provoqué le massacre de millions de personnes. Ni que cette monstruosité persiste encore aujourd'hui, partout sur la planète. Le plus triste, vraiment, c'est qu'il y ait une telle haine au fond de chacun de nous. Sans exception.

# 44

17 H et Volokine était toujours dans son cybercafé.
L'avocat ne lui avait pas posé de problème.
Il l'avait déniché en trente minutes.

Il s'était d'abord connecté aux sites dédiés à la défense des droits de l'Homme et, plus précisément, aux disparus des dictatures militaires latino-américaines. Il avait dressé la liste des magistrats et avocats français impliqués dans ces dossiers fondés sur des plaintes contre le régime chilien. Il avait ensuite contacté France-Télécom et fait valoir sa qualité de flic, donnant son matricule d'une voix ferme. Il avait alors appelé chaque bavard à son domicile (on était dimanche) ou sur son portable, en pleines courses de Noël.

Au huitième appel, il était enfin tombé sur Geneviève Harova, avocate au barreau de Paris, spécialisée dans les affaires de crimes contre l'humanité, travaillant notammment pour le Tribunal Pénal International sur le dossier de l'ex-Yougoslavie et celui du Rwanda.

– Wilhelm Goetz m'a téléphoné, oui, avait admis maître Harova, prévenant aussi qu'elle était chez le coiffeur.

– Quand ?

– Il y a une dizaine de jours, environ.

– Vous a-t-il dit ce qu'il avait en tête ?

– Un témoignage spontané. Contre des personnes liées à des affaires de disparition, de séquestration et de torture au Chili.

La femme parlait d'un ton condescendant, où se mêlaient l'impatience et le mépris. Il pouvait entendre, en fond, les bruits caractéristiques du salon de coiffure. Ciseaux. Séchoirs. Murmures.

– Pourquoi vous a-t-il appelée, vous ?

– Je m'occupe de plusieurs dossiers de ce type, concernant la disparition de ressortissants français, dans les années 73-78.

– Quels sont les noms de vos suspects ?

– Le général Pinochet est notre cible principale. « Était », puisqu'il vient de mourir. Il y en a d'autres. Des responsables du corps d'infanterie de Santiago. Des chefs de la DINA.

– Pouvez-vous me donner leurs noms ?

– Il y en a une trentaine.

Volokine avait donné son adresse e-mail et demandé à l'avocate de lui transmettre cette liste avant d'attaquer son réveillon de Noël.

– Que vous a-t-il dit d'autre ?

– Pas grand-chose. Nous devions nous rencontrer pour en parler de vive voix. Je n'étais pas sûre de croire à son histoire. Vous savez, nous recueillons beaucoup de témoignages de victimes. Des hommes, des femmes qui ont été emprisonnés sans raison, qui ont été torturés. Mais il est très rare d'obtenir le témoignage d'un tortionnaire. Goetz se présentait comme un bourreau repenti. Son témoignage était donc de première importance. Ou bidon.

– Au téléphone, il ne vous a rien dit sur les exactions auxquelles il a participé ?

– Pas un mot. Il m'a seulement dit une chose étrange.

– Quoi ?

– « Les crimes continuent. » Il parlait comme s'il possédait des informations sur des délits actuels.

– Vous ne l'avez pas rencontré, finalement ?

– Non. Nous avions rendez-vous avant-hier. Il n'est pas venu. Cela a confirmé mon intuition. Un mythomane. Je n'ai plus trop le temps, là... (Elle avait eu un petit rire, à la fois désolé et hautain.) J'ai une couleur sur la tête, vous comprenez ?

Volokine n'avait pas résisté à la tentation de la remettre à sa place :

– Wilhelm Goetz a été assassiné. Et je peux vous assurer une chose : il n'était pas bidon.

– Assassiné ? Quand ?

– Il y a quatre jours. Dans une église. Je ne peux rien vous dire de plus.

– C'est fou. Les journaux n'ont pas...

– Nous nous efforçons au maximum de discrétion. Je vous rappellerai quand nous aurons du solide. Et n'oubliez pas : l'e-mail avant ce soir.

Volokine avait raccroché. *Les crimes continuent.* C'était le moins qu'on puisse dire. Sauf que Goetz ne parlait pas alors des trois meurtres à venir. Il faisait allusion à d'autres faits. Lesquels ? Sur quelles victimes ? Voulait-il témoigner contre El Ogro en personne ? Pourquoi avait-il soudain décidé de tout balancer ?

Le flic avait remisé ces questions en forme d'impasses puis orienté ses recherches vers une de ses hypothèses à lui. Les enfants volés. Il avait décidé d'alterner son travail – une série d'appels pour Kasdan, une série pour lui-même. Les deux voies d'enquête n'étaient pas contradictoires, car *tout était vrai.*

Il avait contacté de nouveau la paroisse de Saint-Augustin, afin de vérifier si le père Olivier n'avait pas été lui-même mêlé à une ou plusieurs disparitions d'enfants. Il était tombé sur un curé pressé et réticent.

– Je ne vous connais pas, avait-il répondu.

– Chaque groupe d'enquête comprend six membres et...

– Je ne veux parler qu'au capitaine Marchelier. D'ailleurs, je n'ai pas du tout le temps et...

– Voilà ce qu'on va faire, mon père, fit Volokine en changeant de ton. Soit vous répondez à mes questions, tout de suite, sans discuter, soit je rappelle mes amis des médias.

– Vos amis des... ?

– C'est moi qui leur ai signalé les vices du père Olivier, alias Alain Manoury.

– Mais...

– Je pourrais en remettre une louche. Leur parler par exemple des magouilles du diocèse pour que les parents retirent leurs plaintes.

– Les choses ne se sont pas...

– Fermez-la et répondez à mes questions ! C'est moi qui ai mené l'enquête à l'époque. Je peux vous dire que je l'avais plutôt mauvaise quand les deux affaires m'ont claqué entre les doigts. Alors je répète ma question : y a-t-il eu, oui ou non, des disparitions au sein de votre chorale durant les années où le père Olivier officiait ?

– Une, oui.

Des frissons électriques, des mains jusqu'aux épaules :

– Le nom. La date.

– Charles Bellon. En avril 1995. L'enquête a conclu à une fugue et...

– Épelez-moi le nom.

Le prêtre s'était exécuté. Volokine était sorti pour éviter les cris des mômes devant leur ordinateur et le fracas assourdissant des jeux. L'avenue de Versailles était à peine moins bruyante.

– Olivier a été interrogé ?

– Bien sûr. Mais à l'époque, il n'avait pas encore eu les problèmes... Enfin, vous voyez ce que...

Volo écrivait sur son bloc, le cellulaire coincé entre l'oreille et l'épaule. Quatre disparitions. Trois pour Goetz. Une pour Olivier. *Des rabatteurs de voix.*

– Qui a mené l'enquête ?

– Je ne me souviens pas.

– Faites un effort.

– Je suis allé signer ma déposition. Les bureaux étaient rue de Courcelles.

La 1re DPJ, responsable du huitième arrondissement. Volokine n'obtiendrait rien de plus du curé. Il avait raccroché. Goût amer dans la gorge. 5 ans après cette disparition, il avait lui-même enquêté sur Alain Manoury et n'avait jamais entendu parler de cette histoire. Il n'y avait que dans les films que les services de police échangeaient leurs informations.

La 1re DPJ. Une idée, toute chaude.

Il avait appelé Éric Vernoux, qui bossait là-bas :

– Je ne veux plus entendre parler de cette histoire.

– Des hommes sont assassinés. Des mômes sont enlevés. Si tu ne veux pas arrêter ça, il faut que tu changes de boulot.

– Qu'est-ce que tu veux au juste ?

Volokine s'était expliqué. Le dossier d'enquête complet de l'affaire Bellon. Vernoux ne se souvenait pas de l'affaire. Il n'était pas encore en poste et personne ne lui en avait jamais parlé.

– C'est pour maintenant, je suppose ?

– Pour hier.

– Comment je te le fais parvenir ?

– Tu me le mailes.

– 1995. Les PV n'étaient pas encore numérisés.

– Tu te faxes à toi-même les pages principales du dossier, sur ton ordinateur. Tu crées un document et tu me l'envoies, *capito* ?

– Vous êtes sur une piste ?

– N'oublie pas de m'envoyer une photo du gamin.

Il avait raccroché en sentant la sueur couler dans son cou. L'excitation de l'enquête avait du bon. Son corps transpirait, son nez coulait, et sa tête restait intacte. Depuis ce matin, l'idée d'un fix ne l'avait même pas traversé. Il fallait qu'il tienne encore...

17 h.

La nuit tombait.

Il attrapa une clope. Respira à pleins poumons l'air acide de la fin d'après-midi, puis alluma sa tige, inhalant profondément le parfum de la Craven. Il sentait ses poumons brûler, alors que ses membres étaient perclus de courbatures. Sensations positives. Châtiment mérité.

Aucune nouvelle de Kasdan. Tant mieux. Il voulait encore avancer. Dans son coin et à sa manière. Il songea un instant à contacter les parents du petit Bellon, mais il ne se voyait pas remuer ces évènements tragiques la veille de Noël. Impossible.

Il balança sa cigarette à moitié consumée et retourna dans son refuge pour vérifier sa boîte aux lettres électronique. Vernoux s'était bougé le cul. L'e-mail était déjà là. Volokine lut le dossier. Rien d'essentiel. L'enquête avait été rapidement classée. Le Russe était ulcéré de voir dans quelle indifférence ces enfants s'étaient dilués dans l'air.

Il ouvrit le document PDF. Le portrait du petit garçon. Sans même le regarder, il l'édita sur l'imprimante du cybercafé. Il partit récupérer la feuille puis la disposa devant lui, sur le clavier de l'ordinateur, aux côtés des trois autres gosses volatilisés – il avait récupéré, le matin même, le dossier et le portrait de Nicolas Jacquet.

Nicolas Jacquet.

Disparu en mars 1990. 13 ans. Saint-Eustache, Saint-Germain-en-Laye.

Charles Bellon.

Disparu en mai 1995. 12 ans. Saint-Augustin, Paris huitième.

Tanguy Viesel.

Disparu en octobre 2004. 11 ans. Notre-Dame-du-Rosaire, Paris quatorzième.

Hugo Monestier.

Disparu en février 2005. 12 ans. Église Saint-Thomas-d'Aquin, Paris septième.

Combien d'autres encore ? Il retint son souffle et observa posément chacun des visages. Les quatre gamins ne se ressemblaient pas. Le mobile du voleur d'enfants se situait ailleurs. Le mobile, Volokine en était certain, était *à l'intérieur*.

C'était la voix des enfants.

Des timbres dont l'Ogre, d'une manière ou d'une autre, se nourrissait...

Volokine se prit à imaginer un instrument humain, un orgue dont chaque tuyau serait une délicate et précieuse gorge d'enfant. Pour jouer quelle œuvre ? Pour atteindre quel but ? Sa vision vira au cauchemar. Il vit des mômes battus, torturés, dont les hurlements constituaient le registre de l'instrument maléfique...

Le Russe sentait sourdre en lui l'angoisse. L'idée de ces gamins perdus lui tordait l'estomac. Il ne croyait plus au motif pédophile. Ni à l'idée d'une perversité qui aurait inclus les voix d'enfants. Non. Autre chose. Une œuvre. Une expérience. Un projet qui impliquait l'utilisation de voix innocentes. Et de la souffrance. Beaucoup de souffrance...

Les idées commençaient à se chevaucher dans son cerveau. Depuis le départ, il imaginait une vengeance enfantine. Des gosses ligués pour tuer les rabatteurs – ceux qui avaient fait du mal aux leurs.

Mais si c'était l'inverse ?

Si ces enfants appartenaient au contraire aux troupes de l'Ogre ?

Des signes parlaient en faveur de cette théorie. Les chaussures.

L'habillement des gamins. L'utilisation du bois de la Sainte-Couronne. Tout cela faisait penser à une secte rétrograde. Sans compter la technique des meurtres, les mutilations, qui évoquaient une mystique dépravée. La secte de l'Ogre ? Ce serait alors le « maître » qui enverrait ses enfants pour éliminer ses propres sentinelles. Pourquoi ?

17 h 30. Toujours pas de nouvelles de Kasdan. Volokine attaqua sa deuxième mission « officielle ». La recherche des collègues exilés de Goetz. Les Chiliens, proches du régime, qui avaient migré en France à la fin des années 80.

Il composa le numéro de Velasco, qui s'apprêtait justement à rappeler Kasdan. Il avait retourné ses archives et trouvé trois noms. Reinaldo Gutteriez. Thomas Van Eck. Alfonso Arias. Trois bourreaux présumés qui, comme Goetz, avaient choisi la France. Et avaient été accueillis par le gouvernement de l'époque.

Nouveau coup de fil. Avec les noms et la nationalité des ressortissants chiliens, il était facile de les pister dans les archives informatiques des visas. Seul problème : on était dimanche, une veille de Noël. Volokine contacta ses copines en permanence à l'État-Major et joua de sa voix de velours. Les filles effectuèrent la recherche. Les quatre Chiliens, Goetz compris, avaient débarqué à Paris sur le même vol, l'AF 452, le 3 mars 1987.

Volokine demanda aux fliquettes de tracer les mecs depuis leur arrivée, via le service de l'Immigration. Département des cartes de séjour. Tout de suite, une anomalie apparut : si Wilhelm Goetz était bien venu « pointer » au bout de trois mois, pour obtenir sa carte de résident, les trois autres Chiliens s'étaient éclipsés. Aucune demande de carte. Aucun renouvellement de visa. Rien.

Le trio avait donc quitté le territoire français. Cela aussi, c'était facile à vérifier. Mais Volokine eut une nouvelle surprise. Les bourreaux n'avaient jamais franchi aucune frontière de l'Hexagone. Où étaient-ils allés ? Bénéficiaient-ils d'un statut particulier ? Le Russe avait contacté le Quai d'Orsay. Pour obtenir nada.

Il ne s'attendait pas à un mystère de ce côté-là. Trois hommes arrivent sur le sol français en 1987. Ils ne quittent pas le territoire. Pourtant, ils ne sont plus en France. Où sont-ils ? Ont-ils changé de nom ? Impossible d'imaginer ces trois Chiliens, tout frais débarqués à Paris, possédant des connexions suffisantes pour endosser aussi sec une nouvelle identité. À moins qu'ils aient bénéficié d'une aide interne – un coup de pouce de l'État. Non. Trop tiré par les cheveux. Les lascars n'avaient pas même effectué une demande pour obtenir le statut de « réfugiés politiques ». Ils étaient partis *ailleurs.* Où ?

18 h.

Le Russe tenta de joindre Kasdan. Répondeur. Il laissa un message puis se leva. Paya. Se jeta sur l'avenue de Versailles. Il n'en pouvait plus de ce gourbi saturé de bruits de mitrailleuses. Que faire maintenant ? La nuit était tombée, ajoutant encore une couche aux délices de Noël. Sous les arches lumineuses, les passants se pressaient, comme si une sirène avait annoncé un bombardement imminent. On approchait de l'heure fatidique. Le seuil terrible du réveillon.

Il eut une pensée pour la Dinde froide. Comment les zombies du foyer allaient-ils fêter Noël ? En mangeant de la dinde chaude ? Peut-être. Mais surtout, en dégustant un bon vieux gâteau au shit pour le dessert...

Volokine s'offrit une crêpe au Nutella, en guise de repas de réveillon, et se dirigea vers la station de taxis de la porte de Saint-Cloud. Il vérifia dans ses poches : il avait encore quelques dizaines d'euros. Mais aucune idée de destination. Quand il grimpa dans la voiture, il eut un déclic. Dans une enquête, quand on se retrouvait bloqué, il fallait prendre le large.

Il était temps de lâcher le concret pour le concept.

Quitter les faits matériels pour l'abstraction.

Sourire.

Il savait quelle direction allait prendre son envol.

# 45

– MON PETIT CÉDRIC, comment ça va depuis la dernière fois ?

– Ça va.

– Tu t'es enfin décidé ?

Volokine sourit.

– Non, professeur, je viens vous voir pour une autre raison.

– Entre.

Le vieil homme s'effaça et fit pénétrer le Russe dans son cabinet feutré de la rue du Cherche-Midi. Il était 18 h 30 mais le bonhomme ne semblait pas pressé d'aller réveillonner. Il se situait, comme toujours, hors du temps, hors de l'espace. Son esprit habitait un lieu étrange, indicible – qui fascinait Volokine.

Dès sa première année à la BPM, le jeune flic s'était passionné pour la psychologie infantile. Il avait lu tous les bouquins qui lui tombaient sous la main, étudié de multiples écoles, interviewé des thérapeutes. Volo avait un feeling naturel avec les gosses mais il voulait être aussi blindé du côté de la théorie, des rouages secrets de l'innocence enfantine, plus complexe, plus volatile encore que la psyché des adultes.

Un jour, Volokine était tombé sur un article à propos du cri primal. La méthode datait des années 60 et fleurait bon la liberté du « Flower Power ». Arthur Janov, l'inventeur de cette thérapie, prétendait qu'on pouvait, à force de questions, faire remonter la psyché humaine jusqu'à la naissance et ses traumatismes premiers. Il fallait alors crier. Crier sa souffrance. Crier sa naissance. Si Volokine avait bien compris, on hurlait alors pour deux raisons. D'abord, parce qu'on remontait à la violence originelle – celle du *venir au monde.* Mais on criait aussi parce que ce cri, jaillissant du fond de la gorge, provoquait une nouvelle douleur, physique, intolérable... Alors seulement, quand on avait expectoré cette souffrance dans la souffrance, ce cri enchâssé dans le cri, on était libéré. On devenait un homme « réel », qui n'entretenait plus avec le monde un rapport dévié, symbolique, névrotique...

Volokine s'était passionné pour cette technique. D'autres l'avaient fait avant lui. Surtout dans le monde du rock. John Lennon avait pratiqué le cri. Le groupe Tears for fears (« Des pleurs, pas des peurs ») avait choisi son nom en hommage à Arthur Janov. Quant aux allumés de Primal Scream, leur nom se passait de commentaire. Leur album « XTRMNTR », en 2000, avait littéralement changé la vie de Volokine.

Or, un spécialiste du cri primal exerçait à Paris. Bernard-Marie Jeanson, psychiatre, psychanalyste. L'homme se risquait à appliquer cette méthode aux enfants – plutôt aux adolescents qui avaient vécu un trauma. Selon lui, le sujet pouvait accéder ainsi à une seconde naissance. Extérioriser le choc pour mieux repartir avec une psyché purifiée...

Volokine avait passé des heures à écouter le vieil homme et ses histoires vraiment pas ordinaires. Jeanson prétendait devoir mettre parfois des boules Quiès au moment crucial du cri, tant ce dernier était chargé de souffrance. Un bloc de douleur, insoutenable, qui risquait de déchirer celui qui l'écoutait. Il racontait aussi qu'il avait vu des patients se lover sur le sol, après avoir crié, en larmes, n'étant plus capables que de bredouiller un babil de bébé...

Le flic pénétra dans le bureau sombre et, comme d'habitude, eut l'impression de se trouver au fond d'une gorge humaine.

– Tu es sûr que tu ne veux pas commencer une séance ?

– Non, professeur. Pas aujourd'hui, désolé. Je dois vous parler d'un sujet particulier.

Depuis trois ans qu'ils se connaissaient, Jeanson tannait le flic pour qu'il s'essaie lui-même à la technique du cri. Le jeune Russe en avait, selon le professeur, un « besoin urgent ». Volokine n'en doutait pas – il avait besoin de ça, et sans doute de bien d'autres choses – mais il refusait. À l'idée de bousculer ses structures profondes, il était saisi d'angoisse. Même si ses fondations étaient pourries, même si son équilibre psychique tenait à des périodes de défonce et de vaines tentatives pour en sortir, même si à ce rythme, il n'allait pas faire long feu, il ne voulait toucher à rien. Tout valait mieux que retourner le passé et revenir au trauma d'origine qu'il avait oublié. Cette zone opaque qui le hantait.

– Alors, assieds-toi et explique-moi.

Volokine prit son temps. Il aimait ce lieu. Cette petite pièce au parquet sombre et aux murs blancs, dont les seuls motifs de décoration étaient une cheminée minuscule et une bibliothèque consacrée à la psychanalyse et à la philosophie. Un bureau au vernis craquelé, deux fauteuils aux accoudoirs élimés et un lit – le fameux « divan » pour les séances d'analyse – complétaient le tableau.

Jeanson ouvrit un tiroir et en sortit un cigare – un Monte-Cristo :

– Ça ne te dérange pas ?

Volokine nia de la tête, connaissant le rituel. Le barreau de chaise serait la seule concession du professeur au soir de Noël.

– Alors, demanda-t-il de sa voix douce, tout en coupant l'extrémité du cigare, qu'est-ce que tu veux ?

– Je suis venu vous parler de chorales. De chorales d'enfants.

– La voix des anges. Le sommet de la pureté.

– Précisément. Que pouvez-vous me dire sur ces voix ? Sur cette pureté ?

Jeanson ne répondit pas. Il alluma son Monte-Cristo en faisant jaillir des flammes à chaque bouffée. Le cigare ressemblait à une torche de champ pétrolifère.

Laissant aller sa tête en arrière, le psychiatre répandit un épais nuage au-dessus de lui. La fumée était lourde et lente. De la peinture bleue se diluant dans de l'eau.

– C'est assez simple, fit-il à voix basse. La tessiture des enfants est pure parce que leur esprit est pur. Je schématise, bien sûr. La psyché des enfants n'est pas plus pure que celle des adultes, mais le désir, dans sa version consciente, sexuelle, n'est pas encore d'actualité. Voilà pourquoi les enfants sont des anges. Les anges n'ont pas de sexe. Ensuite, tout change. L'enfant découvre le désir. Sa voix s'approfondit. Son âme atterrit en quelque sorte...

Le garagiste, Régis Mazoyer, lui avait dit la même chose, avec ses mots à lui.

– Y a-t-il une explication physiologique à ce phénomène ?

– Bien sûr. À l'âge de la puberté, la testostérone, l'hormone mâle, afflue. Les cordes vocales s'allongent. Le larynx grossit. Comme il est normal en acoustique, l'étirement des cordes les fait vibrer moins vite et donc émettre des sons plus graves. Imagine un violon qui se transformerait en violoncelle. (Il eut un bref sourire.) D'une certaine façon, c'est l'arrivée du désir qui « décroche » la voix. C'est le sexe qui transforme l'ange en simple être humain.

Volokine revoyait Régis Mazoyer, le garagiste aux gants de feutre. Un ange qui avait atterri. Un homme qui ne lui avait pas dit toute la vérité...

Jeanson continuait :

– D'une façon plus générale, la voix traduit notre chair. Et notre âme. Elle est un vaisseau, tu comprends ? Voilà pourquoi elle est au centre de la psychanalyse. Le travail psychanalytique consiste à identifier d'anciens traumatismes refoulés mais cette prise de conscience n'est pas suffisante. Pour que l'esprit soit soulagé, il faut « dire » le trauma. La voix a un effet cathartique, Cédric. Elle est le « grand véhicule », comme on dit dans le bouddhisme. Prendre conscience. Prendre voix. Voilà la seule... « voie » pour être libre. Toi, mon petit, tu ferais bien d'y passer.

– On en a déjà parlé.

Jeanson souffla une bouffée, digne d'une berline à vapeur :

– Moi, j'en ai parlé. Toi, tu n'as rien dit.

– Professeur, sourit Volokine, j'en ai tellement sur l'estomac que si je me lâchais, mes tripes viendraient avec...

– La catharsis absolue.

– Ou la mort instantanée.

– Tu ne prendrais pas le risque ?

– Pas pour l'instant.

– Refouler les traumas ne peut aboutir qu'à la dépression. L'âme humaine se comporte exactement comme le corps. Si un élément étranger ne parvient pas à être rejeté par les mécanismes naturels de défense, c'est le pourrissement assuré. La gangrène...

– Eh bien, j'attendrai l'amputation.

– Je te parle de ta psyché. On ne peut s'en débarrasser.

– Revenons aux chorales. Vous avez travaillé là-dessus ?

– J'ai eu mes périodes, oui. J'ai même écrit quelques livres.

– Lisibles ?

– Pas vraiment, non. Mais j'ai travaillé sur ce sujet. Rencontré des maîtres de chœur. Assisté à des concerts, des répétitions... Ce qui m'intéressait, c'était le rapport entre la voix et la foi. Primitivement, le culte chrétien n'admettait que l'art vocal. La voix humaine est l'instrument privilégié pour faire le lien avec le Très-Haut. Le mot « religion » vient d'ailleurs du latin *religare* qui signifie « relier ». La voix est au cœur de toute liturgie.

L'idée vint soudain à Volokine que Jeanson avait croisé Wilhelm Goetz. Il posa la question au hasard. Le vieux psy répondit :

– Je le connais, oui. Un homme charmant. (Il recracha une nouvelle bouffée, avec un bruit de valve. L'atmosphère devenait irrespirable.) Mais à mon avis, pas franc du collier. Pas du tout.

Cette coïncidence confirmait la conviction de Volokine : écouter son instinct, toujours. Il fronça les sourcils, pour se vieillir un peu, et prononça :

– Wilhelm Goetz vient d'être assassiné et j'enquête sur ce meurtre.

Le médecin conserva le silence. Il était à peine visible derrière son rempart bleuté. Il demanda enfin, la voix enrouée par la morsure de ses inhalations :

– Une affaire de mœurs ?

– C'est ce que j'ai cru, au début. Maintenant, je pense que c'est plutôt son rôle de maître de chœur qui est en jeu. Une affaire complexe, qui mêle religion, châtiment et voix humaine.

– Tu savais qu'il avait écrit un livre ?

– Non.

Jeanson se leva et se dirigea vers la bibliothèque. De dos, il ressemblait à une vieille racine grise, dont le tronc se serait pris la foudre et qui fumerait encore. Volokine se réjouissait. Il était venu voir ce spécialiste à titre de simple détour et ce détour replaçait la balle au centre.

Le psychiatre posa sur le bureau un petit livre gris – le genre de livres dont il faut soi-même découper les pages. Volokine le saisit et se dit qu'il avait mal fouillé chez l'organiste. Goetz en possédait forcément plusieurs exemplaires.

En lettres noires, le titre se déployait :

RICERCARE,
LE SENS CACHÉ D'UNE OFFRANDE

– C'est un livre consacré à *L'Offrande Musicale* de Jean-Sébastien Bach, tu connais ?

– Oui. Souvenez-vous : j'ai été pianiste.

– Et aussi champion de boxe thaïe. C'est ce que j'aime chez toi, Cédric. Toutes ces promesses.

– Jamais tenues, j'en ai peur.

– Au contraire. Tu avais le choix et tu as pris ta décision. Tu as choisi d'être flic. C'est le sens de ta vie. Si je me laissais aller à parler comme un vieux psy, je dirais même que c'est cette vocation qui t'a choisi...

Volokine contemplait la couverture à grain épais :

– Vous l'avez lu ?

– Bien sûr. Tu n'as pas vu ? Il y a une dédicace...

Le Russe feuilleta les premières pages. Goetz avait noté, d'une écriture penchée et nerveuse :

*Pour mon très cher Bernard-Marie,*
*Qui sait mieux que personne que :*
*Derrière chaque mot, il y a une offrande,*
*Derrière chaque offrande, il y a un sens caché.*
*Amitiés,*
*Wilhelm Goetz*

– Tu connais l'histoire de *L'Offrande* ?

Volokine feuilleta les pages découpées. Elles laissaient encore des peluches sur les doigts.

– Je ne suis pas très sûr. Une histoire avec le roi de Prusse ?

– *L'Offrande Musicale*, le fameux BWV 1079, a été composée en 1747, durant la période où Bach vivait à Leipzig. Cette année-là, Frédéric II de Prusse reçoit le musicien à sa cour et lui fait essayer plusieurs instruments à clavier. Frédéric II était un mélomane qui se piquait de jouer et de composer. Le soir, il soumet à Bach une mélodie de son cru à la flûte et demande au musicien d'improviser à partir de ce thème. Bach se met au clavecin. La légende raconte qu'il joue sans discontinuer, ajoutant chaque fois une voix à son développement. Il arrive ainsi à un contrepoint à six voix, sans avoir écrit une seule note.

– Il l'a écrit ensuite.

– Le soir même. L'idée de Bach était d'en faire cadeau au souverain. Toute la nuit, il a noté ses idées musicales. Des canons, des fugues, une sonate, et des *ricercare*...

Les souvenirs s'agitaient dans l'esprit de Volokine, sans parvenir à se préciser :

– Le *ricercare* : c'est une sorte de fugue, non ?

– Son ancêtre. Une forme contrapuntique moins élaborée. En France, on appelle cela une « recherche ». On en trouve dans le répertoire d'orgue du haut baroque...

Volokine songea à Jean-Sébastien Bach. Il évitait comme la peste la musique vocale du maître allemand mais, dès que l'occasion se présentait, il rejouait au piano les préludes et fugues du *Clavier bien tempéré*. L'œuvre des œuvres. Un prélude et une fugue pour chaque tonalité. Et toujours un accord final sur le mode majeur. Parce qu'une pièce doit toujours s'achever dans la lumière de Dieu...

Chaque fois qu'il jouait ces œuvres, sans pédale, à sec, courait sous ses doigts du plaisir pur. Des lignes musicales qui se croisaient, se décroisaient, s'enlaçaient, dessinant des motifs, s'harmonisant, tissant *quelque chose d'autre*, au-dessus des voix. Pour lui, ces contrepoints étaient le matériau même de ses souvenirs sentimentaux, de ses états d'âme de chaque époque. La fugue en ré. Son premier amour. Le prélude en si bémol. Son premier lapin. La fugue en do mineur. L'attente d'un coup de fil qui n'était jamais venu...

– Cédric, tu ne m'écoutes plus...

– Pardon ?

– Je te parlais du *ricercare*...
– Oui.
– Le fait paradoxal, c'est que Bach appelle « ricercare », dans son *Offrande*, des œuvres d'une extrême complexité, qui n'ont rien à voir avec les recherches habituelles. En réalité, il a une raison d'utiliser ce mot.
– Quelle raison ?
– Il a eu l'idée d'un acrostiche. Une phrase qui se dessine en prenant la première lettre de phrases successives. Ou la première lettre de chaque mot dans une phrase...
Volokine ne voyait pas où Jeanson voulait en venir.
– Bach, enchaîna le psychiatre, dans sa dédicace au roi, a écrit en latin : « *Regis Iussu Cantio Et Relique Canonica Arte Resoluta* », ce qui signifie : « La musique faite par ordre du roi, et le reste résolu par l'art du canon. » Une phrase qui se lit, en retenant la première lettre de chaque mot : « R.I.C.E.R.C.A.-R.E. » Le nom de l'œuvre est contenu dans la dédicace, tu comprends ?
– Pourquoi me racontez-vous ça ?
– C'est ce dont parle Goetz dans son livre. Et plus généralement, de tout ce qui peut se cacher au sein de la musique. Il trouve d'autres acrostiches dans l'œuvre de Bach. Purement musicaux. Par exemple, les Anglo-Saxons et les Germaniques désignent les notes de musique par des lettres de l'alphabet, une tradition héritée de la Grèce antique. Une mélodie peut donc désigner un mot. Bach lui-même a écrit des contrepoints sur son propre nom, dont les lettres, B.A.C.H., donnaient la cellule de notes « Si bémol-la-do-si... »
– Excusez-moi, coupa Volokine. Je ne vois toujours pas le rapport avec...
– Sais-tu pourquoi Wilhelm Goetz a été assassiné ?
– Je ne suis pas sûr. Je pense qu'on a voulu le faire taire.
– Il avait donc un secret ?
– Un secret dangereux, oui.
– Tu l'as identifié ?
– Non. Il avait contacté une avocate pour le révéler. Mais plus j'y pense, plus je me dis qu'il a dû assurer ses arrières et planquer son secret quelque part.

– Alors, je te le dis, le Chilien l'a caché dans la musique. Il a dû dissimuler son message parmi les notes d'une partition. Ou dans le titre d'une œuvre. Ou encore dans une dédicace.

– Quelle œuvre ? Quelle dédicace ? Goetz n'était pas compositeur.

– Il était maître de chœur. Il dirigeait des œuvres. Cherche de ce côté-là...

Jeanson se recula dans son siège et agita son cigare comme la baguette d'un chef d'orchestre :

– Prends le livre. Tu me le rendras plus tard. Lis-le. Tu comprendras ce que je veux dire.

Volokine glissa l'ouvrage dans sa gibecière et regarda sa montre. 19 h 30. Il s'était donné une heure pour sa digression – et l'heure était passée. Il se leva.

– Merci, professeur.

– Je te raccompagne. Mais tu dois me promettre une chose.

– Quoi ?

– Après cette histoire, reviens me voir. Nous crierons ensemble.

– Promis, professeur. Mais alors, attention aux murs !

Le vieil homme escorta le flic jusqu'au seuil. Il murmura :

– Tu sais ce que disait Janov sur les névroses ?

– Non.

– *La névrose est la drogue de l'homme qui ne se drogue pas.*

Volokine acquiesça en rajustant sa sacoche. Il ne comprenait pas la phrase mais il aurait pu ajouter une autre réflexion, à son propre sujet. Lui avait opté pour la totale. La drogue, et aussi les névroses...

# 46

QUAND ILS SE RETROUVÈRENT, à 20 h, Kasdan exigea un débriefing complet.

Ils étaient place Saint-Michel, au chaud, dans le break Volvo.

Le Russe déballa tout. L'avocate, Geneviève Harova, qui lui avait relaté le coup de fil sibyllin de Goetz. *Les crimes continuent.* Ses vains efforts, à lui, pour dénicher les trois Chiliens arrivés en France avec Wilhelm Goetz, le 3 mars 1987.

– Répète un peu ce que tu viens de dire.

– Ces types sont entrés en France et n'en sont pas ressortis. Pourtant, ils sont introuvables. Tout se passe comme s'ils avaient été avalés par le territoire.

– Étrange, fit Kasdan. Quelqu'un a déjà utilisé ces mots dans cette enquête, à propos d'un autre sujet. Je ne me souviens pas dans quel contexte...

– Les ravages de l'âge.

– Ta gueule. Quoi d'autre ?

Volokine avait gardé le meilleur pour la fin. La disparition de Charles Bellon, 13 ans, en mai 1995. Appartenant à la chorale de Saint-Augustin, sous la direction du père Olivier.

Kasdan joua à Candide :

– Et alors ?

– Ça nous fait quatre disparitions d'enfants dans cette affaire. Trois du côté de Goetz, une du côté d'Olivier. Et je suis sûr qu'il y en a d'autres. Des chefs de chœur organisaient ces disparitions. Un vrai réseau.

– Quelle est ton idée ? Toujours une vengeance ?

– Non. Je pense maintenant le contraire. C'est l'Ogre lui-même qui fait le ménage. Un homme très puissant, qui « consomme » des voix d'ange et qui envoie ses enfants-tueurs pour éliminer ses propres rabatteurs. Il réduit au silence des témoins gênants.

– Eh bien mon coco...

Le ton était ironique. Volo ne s'en formalisa pas. Il savait que sa théorie était cinglée. Il ajouta simplement :

– Je suis sûr que je brûle. La voix est la clé de l'affaire. La voix des enfants et leur pureté.

– C'est tout ?

– Non.

Volokine raconta son dernier rendez-vous. Bernard-Marie Jeanson. Il glissa cette idée selon laquelle Wilhelm Goetz avait caché son secret, d'une façon ou d'une autre, au sein des œuvres chorales qu'il dirigeait.

– Je ne te laisserai plus seul, conclut Kasdan. C'est délire sur délire.

– Et vous ?

– Moi ? Je crois que j'ai trouvé ton ogre...

L'Arménien raconta l'histoire de Hans-Werner Hartmann. Musicologue. Hitlérien. Chercheur. Gourou spirituel. Maître de torture. Un destin tourmenté, sur fond de Seconde Guerre mondiale et de dictature chilienne.

Volokine n'aurait pu rêver plus belle coïncidence :

– Putain, souffla-t-il. Tout colle.

– T'emballe pas. Tout ça, ce ne sont que des fragments, des présomptions, rassemblés d'une manière artificielle. Concrètement, nous n'avons que trois meurtres sans lien entre eux. Un soupçon d'enfants-tueurs. Et un gourou lointain, mort depuis longtemps.

Volokine ne répondit pas. Kasdan n'avait pas démarré. À travers le pare-brise, le Russe observait la place Saint-Michel et ses dragons. Déserte. Cette fois, l'alerte avait bien sonné. Les Parisiens s'étaient retranchés dans leurs foyers dorés et chaleureux. Noël se déroulerait à huis clos.

– Qu'est-ce que tu proposes ? lâcha enfin l'Arménien.

– On fonce chez Goetz. On vérifie les œuvres chorales qu'il a dirigées ces dernières années. On prend la première lettre de chacune d'elles et on voit ce que ça donne.

– Ça me paraît vaseux.

– Vous avez une autre idée pour Noël ?

– Oui. Et ce n'est pas incompatible avec tes recherches. (Il tourna la clé de contact.) On y va.

La Volvo s'arracha. Contourna la place. Remonta la rue Danton puis la rue Monsieur-le-Prince, en direction du boulevard Saint-Michel. Les deux hommes ne parlaient plus. Le Russe pouvait le sentir : à cet instant, ils goûtaient la même sensation. La chaleur de leur enquête. Leur solitude partagée. Leur réveillon qui, pour une fois, ne rimerait pas avec « abandon ».

Place Denfert-Rochereau. Avenue du Général-Leclerc.

Docilement, Kasdan entama une large boucle afin d'emprunter la voie autorisée pour tourner à gauche. Volokine pensa : « Ce mec a la loi dans le sang. » Puis, carré au fond de son siège, il observa l'avenue René-Coty qui défilait. Elle avait la quiétude sereine d'un paquebot illuminé, glissant sur des eaux noires. Des ateliers d'artistes. Des écoles en briques rouges. Et les arbres du terre-plein central qui avaient la noblesse altière d'une allée menant au château.

Le château, c'était le parc Montsouris. Kasdan braqua à gauche. Descendit l'avenue Reille. La rue Gazan, calme et obscure, semblait les attendre.

Clé universelle. Escalier. Cordons de sécurité. Ils pénétrèrent chez le Chilien comme s'ils étaient chez eux. L'ordinateur était toujours là. Les forces de police ne se pressaient pas pour l'embarquer. Noël, comme du sucre dans le sang, avait englué toute rapidité d'action.

Ils refermèrent la porte. Passèrent dans le salon de musique. Verrouillèrent le volet roulant et allumèrent. Tout de suite, Volokine plongea dans les partitions de Goetz. Il savait où chercher. Il avait mené la même fouille la nuit précédente. Il feuilleta les archives de l'organiste et détailla les œuvres chorales qu'il dirigeait pour ce Noël 2006.

Quatre pièces distinctes pour quatre chorales. L'*Ave Maria* de Schubert pour l'église Saint-Jean-Baptiste. Un fragment du

*Requiem* de Tomas Luis de Victoria pour Notre-Dame-du-Rosaire. Un extrait de l'oratorio *Jeanne d'Arc au bûcher* de Arthur Honegger pour Saint-Thomas-d'Aquin. Un autre *Requiem*, celui de Gilles, un musicien du XVIIe siècle, pour Notre-Dame-de-Lorette.

Volokine sortit son carnet et nota les titres en lettres capitales : « AVE MARIA », « REQUIEM », « ORATORIO », « REQUIEM »... Soient A. R. O. R. Ça ne donnait rien. Le Russe tenta un autre ordre : ARRO. Puis un autre encore : ROAR. Aucun sens. Encore une idée à la con...

Il tourna la tête pour voir où en était Kasdan. L'Arménien s'était assis par terre et semblait écouter de la musique au casque. Les lumières des vumètres de l'ampli éclairaient son visage. Il ressemblait à un vieil espion de la Stasi en train d'écouter une cible.

– Qu'est-ce que vous foutez ?

Kasdan appuya sur le bouton pause de la platine CD :

– Le type que j'ai rencontré cet après-midi, le chercheur israélien... Il m'a donné un document sonore. L'interrogatoire de Hans-Werner Hartmann, réalisé à Berlin par un psychiatre américain, en 47. Plutôt instructif. Et même terrifiant.

– Vous m'en faites profiter ? Mes conneries de mots croisés ne donnent rien.

# 47

KASDAN, les mains gantées, manipula les boutons de la chaîne puis débrancha le casque. Il appuya sur PLAY. L'enregistrement repartit à son début. D'abord un bruit de souffle, puis des crachotements. Le contraste entre le matériel moderne de Goetz et cette sonorité ancienne était frappant.

Une voix grave dit en anglais :

– Dr Robert W. Jackson, 12 octobre 1947. Interrogatoire de Hans-Werner Hartmann, interpellé le 7 octobre 1947, près de la station de métro Onkel Toms Hütte.

Suivaient des bruits de chaises, de feuilles. La voix du psychiatre retentit à nouveau, s'adressant cette fois à son interlocuteur et posant les questions d'usage. Identité. Lieu de naissance. Adresse. Activité.

Après un long silence, Hans-Werner Hartmann répondit en anglais. Sa voix était étonnante. Aiguë, nasillarde, saccadée. L'homme parlait vite, comme s'il était pressé d'en finir. Un nouveau contraste. Ton posé et grave pour le psychiatre. Voix, nerveuse, à peine sexuée, pour Hartmann. Son accent allemand accentuait encore l'aigreur de ses inflexions.

Le psychiatre :

– J'ai ici des notes concernant les sermons que vous prononcez dans les rues de Berlin. Certains de vos propos sont inattendus. Vous avez dit par exemple que la défaite des Allemands était juste. Qu'entendez-vous par là ?

Bref silence, comme si on armait une mitraillette, puis le débit, en rafales :

– Nous sommes des pionniers. Des précurseurs. Il est normal que nous soyons sacrifiés.

– Des pionniers de quoi ?

– Les années du conflit n'ont été que les premiers pas d'un progrès logique et nécessaire.

– Un progrès ? L'élimination de centaines de milliers de victimes ?

Un bruit mat. Peut-être un verre d'eau qu'on repose. Tout en écoutant, Volokine saisit les feuillets que l'Israélien avait donnés à Kasdan. Parmi eux, un portrait photographique de Hartmann. Une tête terrifiante. Yeux noirs, enfoncés, pommettes hautes, cheveux épais et drus. Cette tête de mort collait avec la voix de crécelle.

– Vous ne regardez pas dans la bonne direction, monsieur Jakobson.

– Je m'appelle Jackson.

– Vous êtes sûr ?

– Que voulez-vous dire ?

– Je pensais que vous étiez juif.

– Pourquoi ?

Hartmann laisse échapper un bref rire. Sifflant comme le chuintement d'un serpent.

– Je ne sais pas. La démarche, l'attitude... Je sens ces choses-là.

– Vous voulez dire que vous « sentez » les Juifs ?

– Ne vous méprenez pas. Je ne suis pas antisémite. Tant qu'ils restent à leur place, qu'ils ne viennent pas s'immiscer dans la pureté de nos lignées, ils ne me dérangent pas.

– Et dans les fours, ils ne vous dérangeaient pas non plus ?

La phrase avait échappé au psychiatre. Sa répulsion était palpable, entre les crachotements de l'enregistrement. Après un silence, l'Allemand répondit :

– Vous manquez de sang-froid, Jakobson. Pardon... Jackson.

Nouveau silence. Le médecin reprit d'un ton glacé :

– Vous disiez que je regardais dans la mauvaise direction.

– Il faut considérer le projet. Nous avons commencé une œuvre. Il reste encore un long chemin à parcourir.

– Qu'est-ce que vous appelez « l'œuvre » ? Le meurtre en masse des peuples conquis ? Le génocide érigé en stratégie militaire ?

– Vous vous situez à la surface des choses. Le vrai dessein est scientifique.

– Quel est ce dessein ?

– Durant ces quelques années où nous avons pu travailler sérieusement, nous avons étudié les rouages élémentaires de l'homme. Et nous avons commencé à les corriger. Nous avons éliminé ce qui est inférieur. Nous avons perfectionné les forces utiles.

– Les forces utiles, ce sont celles du IIIe Reich ?

– Encore la guerre... Je vous parle de l'espèce humaine, de l'évolution inéluctable de notre race. La nation allemande est biologiquement supérieure, c'est vrai. Mais cette supériorité n'est que le ferment d'une progression. Les tendances sont là. Il faut les approfondir.

– Ce ne sont pas des paroles de vaincu.

– Le peuple allemand ne peut être vaincu.

– Vous vous considérez comme invincible ?

– Les hommes, non. Notre âme, oui. Vous prétendez nous combattre mais vous ne nous connaissez pas. L'Allemand n'admet jamais l'erreur. Encore moins la faute. L'Allemand n'accepte pas non plus la défaite. Quoi qu'il arrive, il suit son destin. Aux accents de Wagner. Les yeux fixés sur l'épée de Siegfried.

Bruit de feuilles, toux. Le malaise de Jackson, manifeste.

– Je vois ici que vous avez séjourné au camp de Terezin puis à Auschwitz. Qu'y avez-vous fait ?

– J'ai étudié.

– Étudié quoi ?

– La musique. Les voix.

– Soyez plus précis.

– Je supervisais l'activité musicale. Orchestre, fanfares, chants... En réalité, j'étudiais les voix. Les voix et la souffrance. La convergence entre ces deux pôles.

– Parlez-moi de ces recherches.

– Non. Vous ne comprendriez pas. Vous n'êtes pas prêt. Personne n'est prêt. Il suffit simplement d'attendre...

Nouvelle pause.

– À Auschwitz, vous avez vu des prisonniers souffrir. Dépérir. Mourir. Par milliers. Qu'avez-vous ressenti ?

– L'échelle individuelle ne m'intéresse pas.

Le souffle et les crachotements revinrent au premier plan.

– Vous n'avez rien compris, reprit Hartmann de sa voix de souris. Vous croyez punir aujourd'hui des coupables. Mais les nazis n'ont été que les instruments maladroits, imparfaits, d'une force supérieure.

– Hitler ?

– Non. Hitler n'a jamais eu conscience des forces qu'il réveillait. Peut-être qu'avec d'autres, nous serions allés plus loin.

– Dans le génocide ?

– Dans la sélection naturelle, inéluctable.

– Sélection, cette barbarie ?

– Toujours le jugement. À Nuremberg, vous avez mis en route votre lourde machine, avec vos textes anciens, votre justice rudimentaire. Nous n'en sommes plus là. Rien ni personne n'empêchera la race d'évoluer. Nous...

Bruit. Un poing venait de frapper la table. Jackson laissait libre cours à sa colère :

– Pour vous, les hommes, les femmes, les enfants qui sont morts dans les camps ne sont rien ? Les centaines de milliers de civils, froidement exécutés, dans les pays de l'Est, rien non plus ?

– Vous avez une vision romantique de l'homme. Vous pensez qu'il faut l'aimer, le respecter pour sa bonté, sa générosité, son intelligence. Mais cette vision est fausse. L'homme est une malformation. Une perversité de la nature. La science ne doit avoir qu'un but : corriger, éduquer, purifier. Le seul objectif est l'Homme Nouveau.

Silence. Bruits de feuilles. Jackson s'efforçait de se calmer.

Il reprit, d'une voix de procureur :

– Nous sommes ici pour établir votre degré de culpabilité dans les évènements qui ont frappé l'Europe de 1940 à 1944. Vous allez me dire que vous suiviez des ordres ?

– Non. Les ordres n'étaient rien. Je menais mes recherches, c'est tout.

– Vous pensez vous en tirer comme ça ?

– Je ne cherche pas à m'en tirer. Au contraire. D'autres après moi reprendront mes travaux. Dans cinquante ans, dans cent ans, on aura oublié ce qui s'est passé. La peur, le traumatisme, le sempiternel « jamais plus », tout cela sera effacé. Alors, la force pourra se lever à nouveau. À une échelle supérieure.

– Vous citez dans vos sermons les paroles du Christ, de saint François d'Assise. À votre avis, comment Dieu juge-t-Il la force criminelle du nazisme ?

Un crachotement étrange. Kasdan et Volokine se regardèrent. Au même instant, sans doute, ils devinèrent : ce bruit parasite, c'était le rire de Hartmann. Sec, bref, aigre.

– Cette force criminelle, comme vous dites, *c'est* Dieu lui-même. Nous n'avons été que son instrument. Tout cela participe d'un progrès inévitable.

– Vous êtes fou.

Une nouvelle fois, la phrase avait échappé à Jackson. Elle sonnait curieusement dans la bouche d'un psychiatre. Le médecin changea de direction, la voix chargée de mépris :

– À votre avis, à quoi reconnaît-on les gens comme vous ? Je veux dire : les nazis ?

– C'est facile. Nos vêtements empestent la chair brûlée.

– Quoi ?

Nouveau rire. Une poussière sonore parmi d'autres.

– Je plaisante. Rien ne nous distingue des êtres inférieurs. Ou plutôt : il vous est impossible de noter cette différence. Parce que justement, vous nous considérez d'en bas. Du fond de votre bon gros sens humain, de ce que vous croyez avoir à partager avec les autres : le sentiment de pitié, de solidarité, de respect entre vous. Nous n'éprouvons pas cela. Ce serait un frein à notre destinée.

Soupir de Jackson. La fatigue remplaçait le mépris. La consternation la colère.

– Que faire de gens comme vous ? Que faire des Allemands ?

– Il n'y a qu'une seule solution : nous éliminer, jusqu'au dernier. Vous devez nous éradiquer. Sans quoi, nous travaillerons toujours à notre œuvre. Nous sommes programmés pour cela, vous comprenez ? Nous abritons, dans notre sang, les prémices d'une race nouvelle. Une race qui dicte nos choix. Une race qui possédera bientôt de nouveaux attributs. À moins de tous nous exterminer, vous ne pourrez jamais empêcher cette suprématie en marche...

Bruits de chaise : Jackson se levait.

– Nous allons en rester là pour aujourd'hui.

– Je peux avoir une copie de l'enregistrement ?

– Pourquoi ?

– Pour écouter la musique des voix. Ce que nous avons dit aujourd'hui... entre les mots.

– Je ne comprends pas.

– Bien sûr. C'est pour cela que vous êtes inutile et que je resterai dans les livres d'Histoire.

– On va vous raccompagner dans votre cellule.

Nouveaux bruits, sans équivoque.

Jackson frappait à la porte de la cellule, afin qu'on vienne les chercher.

Le silence numérique, absolument parfait, succéda aux scories du vieil enregistrement. Kasdan appuya sur la touche EJECT et récupéra le disque.

– Hartmann n'a plus été inquiété, expliqua-t-il. On n'a jamais pu prouver sa participation à la moindre exécution et son état mental le mettait à l'abri de réelles poursuites. Quelques semaines plus tard, il était de nouveau libre. Il a fondé sa secte et est resté plus de dix ans à Berlin. Ensuite, des plaintes contre son groupe l'ont forcé à fuir l'Allemagne. Il a rejoint le Chili et fondé la colonie d'Asunción. La suite, du moins ce que nous en savons, je te l'ai racontée tout à l'heure.

Volokine se leva et s'étira :

– Je ne vois pas pourquoi on écoute ces vieilleries. C'était un cauchemar et il est révolu.

– C'est toi qui dis ça ? D'une façon ou d'une autre, ce cauchemar, comme tu dis, s'est réveillé. Il est de nouveau parmi nous.

# 48

KASDAN se dirigeait vers la porte d'entrée quand Volokine l'interpella :

– Attendez.

– Quoi ?

– J'ai un dernier truc à faire.

Sans en dire plus, le Russe vira à gauche dans le salon et alluma l'ordinateur. Il portait toujours ses gants de chirurgien. Kasdan se posta derrière lui :

– Qu'est-ce que tu fous ?

– J'écris un mail.

– À qui ?

– Personnel.

– Tu crois qu'on n'a que ça à foutre ?

– J'en ai pour quelques secondes.

Kasdan s'approcha. Volokine répéta :

– C'est personnel.

– À qui tu écris, à cette heure, un soir de Noël ?

– À ma fiancée.

Volokine était sûr de son effet mais le silence de Kasdan était particulièrement comique. On aurait dit qu'il avait reçu un coup de marteau sur le crâne.

Au bout de quelques secondes, l'Arménien ne résista pas :

– Tu as une fiancée, toi ?

– Disons : une sorte de fiancée.

– Où est-elle ?

– En prison.
– Une dealeuse ?
– Non. Je l'ai connue en taule, c'est tout.
– Qu'est-ce que tu foutais dans une prison de femmes ?
– Je peux finir mon message, ouais ?
Kasdan s'installa dans un fauteuil. La pièce était noyée d'obscurité. Le Russe acheva ses quelques lignes. Il n'obtiendrait pas de réponse. Il n'en avait jamais obtenu. *Encore un e-mail à la mer...*
Il appuya sur la touche ENVOYER puis ferma sa boîte aux lettres.
Au fond du salon, le vieil Arménien patientait. Volokine ne couperait pas à une explication et l'idée de raconter son histoire – son secret – au colosse ne lui déplaisait pas.
– 2004, attaqua-t-il. Les Stups m'avaient dans le collimateur. J'apparaissais plusieurs fois sur leurs bandes de surveillance, mais pas du bon côté, vous voyez ?
– Tu te fournissais en dope ?
Volokine sourit sans répondre.
– Ils ont contacté Greschi, mon supérieur hiérarchique, et l'ont prévenu qu'ils allaient avertir les Bœufs. Greschi les a calmés puis m'a mis au vert. Il m'a inscrit à un programme à la con. Un truc de formation dans les prisons, portant sur le muay thaï.
– Tu as donné des cours de boxe thaïe en taule ?
– Une initiation, ouais. Un stage assorti d'un discours philosophique. Le message spirituel des arts martiaux, tout ça. Les mecs au trou n'en avaient rien à foutre. Tout ce qu'ils retenaient, c'était qu'ils pouvaient devenir, grâce à ces techniques, un peu plus forts, un peu plus dangereux.
– Quel est le lien avec ta nana ?
– Bizarrement, la liste des taules comprenait aussi des prisons de femmes. En octobre, je suis allé plusieurs fois à Fleury, dont une fois côté meufs. J'ai fait mon petit baratin sous les ricanements des nanas.
– C'est là que tu as rencontré ta fiancée ?
– Ouais.
– Tu l'as sautée dans les vestiaires ?
Volo ne répondit pas, brutalement saisi par les souvenirs.

Dans le gymnase, les détenues formaient un arc de cercle autour de lui. Elles gloussaient. Se poussaient du coude. Volo éprouvait un malaise. Il pouvait repérer les gouines, ouvertement hostiles. Et les autres. Fébriles. Frémissantes. Des femmes qui n'avaient pas été touchées par un homme depuis des années, hormis le médecin du bloc. Celles-là distillaient de puissantes ondes de désir. Mais c'était un désir vicié, mué en rage sourde. Le Russe s'imaginait suspendu aux anneaux du gymnase, victime d'une tournante au féminin.

Dans ce cercle, il l'avait reconnue. Francesca Battaglia. Trois fois championne du monde de muay thaï féminin, de 1998 à 2002. Quatre fois championne d'Europe, durant la même période. Il l'avait même admirée, en personne, lors d'une exhibition à Bercy, en novembre 1999. C'était bien la pasionaria de la boxe thaïe, perdue parmi ces éclopées de la vie. Que foutait-elle là ?

Après son show, les détenues s'étaient précipitées dans la cour pour fumer une clope et échanger leurs impressions sur le petit minet qui s'était trémoussé devant elles. Francesca n'était pas du lot. Volokine avait interrogé les matonnes à son sujet puis était revenu sur ses pas. Elle était assise sur un tapis de sol, jambes croisées, visage coupé par les lignes d'ombre des grilles.

Son mode de vie ici était singulier. Elle avait obtenu l'autorisation de suivre son régime végétarien. Elle ne portait sur elle aucun produit d'origine animale. Pas même un lacet de cuir. Elle ne portait pas non plus la moindre marque, le moindre logo, qui pouvait rappeler la vaste exploitation du monde. Volokine l'observait. Elle était un corps pur. Un souffle nu. Comme une bouche qui n'aurait jamais porté de plombages.

Volo lui proposa de s'en rouler un petit. Elle refusa. Il demanda s'il pouvait s'asseoir. Elle refusa. Le Russe s'assit tout de même, bien décidé à jouer au lourd. Il commença à préparer le joint, l'observant du coin de l'œil. Elle avait les cheveux très noirs, coupés à la Cléopâtre. Une gueule de tragédie grecque. Elle portait un débardeur noir et un pantalon de jogging. Son buste, ses jambes étaient squelettiques. Il n'avait connu cette maigreur que chez les junks, dont les chairs sont brûlées par la drogue.

Cette apparente fragilité était une illusion. Francesca Battaglia pouvait briser sept planches de plâtre accumulées, d'un seul coup de talon. Il l'avait vue faire, à Bercy, quand les tours de force deviennent des tours de foire.

– Pourquoi tu es ici ?

– Actes terroristes.

– Quel genre de terrorisme ?

– Altermondialisme.

La voix n'était pas rauque comme il s'y attendait – toutes les Italiennes ont la voix rauque. Elle avait un accent qui donnait un poids particulier à chaque syllabe. Une sorte d'effet retard, qui conférait un rythme lancinant, incantatoire, à chacune de ses phrases.

Volokine alluma son joint. Ses mains tremblaient.

Il reprit, sur un ton ironique qu'il regretta aussitôt :

– Tu veux rétablir la grande balance de la planète ? Forcer les multinationales à rendre leur liberté à leur main-d'œuvre ?

– Je veux qu'un jour, les multinationales ne puissent plus parler de « leur » main-d'œuvre. Qu'il n'y ait plus de possessif possible. Parce qu'il n'y aura plus d'exploiteurs ni d'exploités.

Volokine expira lentement un filet de fumée :

– C'est irréel. C'est de l'utopie.

– C'est de l'utopie. C'est pour ça que c'est réel.

Francesca disait vrai. L'homme est fait pour rêver, c'est-à-dire pour combattre et non subir. C'est la loi de l'évolution. Et surtout, l'homme est fait pour la poésie. Or, l'utopie est poétique. Et la poésie aura toujours raison contre le réalisme.

– Qu'est-ce que tu viens m'emmerder ? demanda-t-elle tout à coup. Tu es venu voir la bête dans sa cage, c'est ça ?

Volokine sourit. Il s'allongea. Ses tremblements passaient. Le joint faisait son effet :

– Je t'ai déjà vue, une fois. À Bercy. 1999.

– Et alors ?

– Tu sais ce qui me ferait plaisir ?

– Si tu lâches un truc de cul, je te brise le nez.

– Les douze taos du hsingh-i. Rien que toi et moi.

Sans répondre, elle s'allongea à ses côtés, sur le tapis de sol, et ferma les yeux. Elle paraissait capter un murmure, une ligne de vérité, sous la lumière des fenêtres.

Volokine se releva sur un coude et se pencha sur elle. Il ajouta à voix basse, une main sur sa propre poitrine, en signe de déférence :

– Ce serait un honneur pour moi.

Sans rien dire, elle se leva puis se plaça au centre du gymnase. Volokine ôta sa veste de treillis et la rejoignit. Elle esquissait déjà sa garde. Position « Pi Quan ». Bras écartés, puis lentement rejoints l'un au-dessous de l'autre, droit devant soi.

Alors, comme le déclic d'une arme, son bras droit recula, son bras gauche se détendit. Tout son corps se mit en place. Genoux fléchis. Torse en recul. Main gauche à l'oblique vers le plafond. Main droite en retrait, coude replié.

Volokine reconnaissait l'élan de la nuque, reculant une dernière fois avant de se fixer. Geste gracile qui l'avait déjà frappé à Bercy. À ses côtés, il imita sa position.

Elle chuchota :

– Le singe.

En un seul mouvement, ils se voûtèrent et reculèrent d'un pas. Puis pivotèrent doucement et dressèrent leurs bras en ciseaux, devant leur torse. Ils enchaînèrent trois pas, leurs pieds se soulevant à peine, puis leurs jambes se croisèrent, reproduisant à la perfection la posture des bras. Tout n'était que légèreté, souplesse, malice dans leurs gestes. Ils étaient, littéralement, le « singe ».

– Le tigre.

Leurs bras se tendirent, s'écartèrent puis s'enroulèrent vers leur torse, comme pour englober une puissance venue de leur ventre. Ils se tenaient dans l'axe des fenêtres. Les treillis d'acier formaient un quadrillage éclaboussé de lumière.

Un pas à droite, un pas à gauche. Chaque fois, leurs bras repliés se détendaient, paumes tournées vers l'extérieur. Le tigre attaquait, avec ses grosses pattes, chargées de puissance...

Volokine sentait la sueur l'enduire, les effets du shit s'exsuder. Ses membres se fluidifiaient. Et toutes ces promesses d'énergie intérieure, celles qu'il avait oubliées, se rappelaient à son bon souvenir. Le *Chi*.

D'une voix sourde, il prononça :

– L'hirondelle.

Ils dessinèrent un cercle avec leur bras droit avant de décocher un coup de poing. Puis, avec une légèreté de danseurs, ils s'immobilisèrent dans la même position. Bras ouverts. Poing serrés. Tête tournée vers l'arrière, en équilibre sur un pied.

L'hirondelle ouvrait ses ailes.

Nouvelle volte-face. Leur poing droit jaillit au même instant, puis le gauche, dressé en lame. Ils pivotèrent. Regroupèrent leurs mains, face à face, comme se concertant pour une nouvelle attaque.

« Parfait », pensa Volokine, mais il n'avait toujours pas admiré ce qu'il attendait. Le célèbre coup de pied de Francesca Battaglia.

Il proposa :

– Le dragon.

Elle partit en retrait, avant de déplier sa jambe vers le soleil, talon en avant. On n'aurait pu imaginer geste plus furtif, plus rapide, et en même temps plus épanoui, plus déployé. La femme s'inclinait déjà, abaissant son pied droit, révérence au sol, avant de se détendre en une sorte d'entrechat.

Volokine l'imita et eut l'impression de peser des tonnes. « La belle et la bête », pensa-t-il.

Ils enchaînèrent ainsi les positions de l'aigle, du serpent, de l'ours, alors que le jour reculait entre les châssis blindés. Ils tournaient, volaient, virevoltaient, frappaient l'air ou demeuraient en suspens, avec une simultanéité parfaite.

Deux êtres humains tendant leur énergie en offrande à une liberté rêvée, gagnant en échange une harmonie, une complicité qu'ils n'auraient pu espérer dans aucun autre contexte. Pas même dans l'amour physique. Surtout pas dans l'amour physique.

– Tu l'as sautée ou non ?

Dans son genre, Kasdan pesait aussi des tonnes.

– Non. Je ne l'ai pas sautée. Nous avons vécu un truc différent, c'est tout.

– Ben mon vieux. La jeune génération...

Volokine se rappela encore. Quand les ténèbres étaient tombées sur le gymnase, il avait tenté sa chance, oui. Il s'était rapproché d'elle et, sans vraiment saisir ce qu'il faisait, il avait essayé de l'embrasser. Elle s'était esquivée en douceur. Sans agressivité.

– Pas question. Pas ici. Pas comme ça.

Volokine s'était reculé, acquiesçant d'un hochement de tête.

– Je comprends.

En vérité, il ne comprenait rien. Il acquiesçait pour une autre raison. Pour l'étrange lueur dans les yeux de la femme. Pour l'absolue netteté de l'instant, échappant à toute analyse, à toute raison.

Volokine balaya son souvenir.

Pianota sur le clavier, effaçant les traces de son passage sur l'ordinateur de Goetz.

Kasdan désigna l'écran d'un signe de tête :

– Elle te répond ?

– Jamais.

L'Arménien ouvrit la bouche, sans doute pour lâcher encore une vanne, mais son téléphone portable sonna :

– Arnaud ? fit Kasdan. Tu as du nouveau ? On te rappelle dans cinq minutes, de la bagnole.

Les deux hommes refermèrent la porte de l'appartement. Se glissèrent dans la rue, sans rencontrer âme qui vive. Une minute encore et ils étaient dans la Volvo, moteur tournant, chauffage en marche.

La voix d'Arnaud retentit dans l'habitacle :

– J'ai logé le deuxième général.

– T'es pas en train de réveillonner ?

– M'en parle pas. Je me suis planqué au premier étage. C'est triste à dire mais je ne supporte pas les fêtes de famille.

– Bienvenue au club. Qu'est-ce que tu as pour nous ?

– L'adresse de La Bruyère. Toujours vivant. Les décorations, ça conserve, apparemment... Mais attention, je te garantis pas l'état du bonhomme. J'ai eu du mal à le tracer parce qu'il a été placé à la retraite prématurément. Il n'est plus en circulation depuis la fin des années 80. Raisons médicales.

– Quel genre ?

– Psychiatriques. La Bruyère souffre de troubles mentaux. Il a été interné plusieurs fois, pour... mortifications. Automutilations. Ce genre de trucs. Il souffre de délires masochistes.

Volokine fixa le parc Montsouris. Absolument vide. Absolument noir. Cette surface, comme un miroir, lui renvoyait une évidence. Goetz souffrait du même trouble. Cela ne pouvait être un hasard. Avaient-ils subi la même influence ? La même expérience ?

– La Bruyère a été d'abord envoyé au Val-de-Grâce, continuait Arnaud. Puis dans des instituts spécialisés de Paris ou de la région parisienne. Sainte-Anne. Maison-Évrard. Paul-Guiraud...

– C'est bon. Je connais.

Le Russe lança un regard à Kasdan. Il remisa ce détail dans un coin de sa tête.

– Et maintenant ? demanda l'Arménien avec impatience.

– Il croupit chez lui, paraît-il. Un pavillon à Villemomble. Il ne doit plus avoir la force de se cisailler la queue. Mais on murmure autre chose.

– Quoi ?

– Drogue. La Bruyère allégerait la fin de sa vie à coups d'injections. Héroïne ou morphine. Il doit être dans un drôle d'état. À ramasser à la petite cuillère, si je puis dire...

– Tu n'as trouvé aucun lien avec notre affaire de Chiliens, hormis les anciens stages là-bas ?

– Bizarrement, si. La Bruyère, même à la retraite, a supervisé des échanges internationaux. Notamment avec le Chili. Des consultations ponctuelles.

– Mais encore ?

– Il semble qu'il se soit occupé du transfert de certains militaires, des « réfugiés politiques », en France, à la fin des années 80.

– Tu pourrais vérifier la liste de ces militaires ?

– Non. Je n'ai aucun moyen de le faire. Je vous répète juste ce qu'on m'a dit. Seul La Bruyère sait ce que sont devenus ces invités...

Kasdan demanda l'adresse précise du général. Volokine la nota sur son bloc.

– Merci, Arnaud, conclut l'Arménien. Tu peux penser au troisième général ?

– Bien sûr. Mais un 24 décembre, à 22 h, mes pistes vont plutôt tourner court.

Quand il eut raccroché, les deux hommes n'échangèrent pas un mot. Ils s'étaient compris.

Leur réveillon continuait.

# 49

BLEU SUR BLEU.

L'autoroute contre le ciel.

Le goudron contre l'indigo.

Sur le coup de minuit, ils plongèrent dans la banlieue profonde. Un bayou de cités et de pavillons meulières. Absolument désert. À minuit trente, ils stoppèrent devant le 64 de la rue Sadi-Carnot à Villemomble.

Ils regardèrent en silence le portail de fer et les murs de briques. Au-dessus du rempart, des cimes noires s'agitaient lentement. Il ne manquait plus que des tessons de verre englués dans du ciment pour compléter le tableau. La propriété du général La Bruyère cadrait bien avec cette nuit de Noël qui évoquait plutôt une nuit de fin du monde. Ils sortirent dans le froid.

Le portail était ouvert. Volokine n'eut qu'à tourner la poignée pour pénétrer dans le jardin. Il lança un coup d'œil à Kasdan, dont l'énorme silhouette occultait les halos blancs des réverbères, et lui fit signe de le suivre.

Les ténèbres se refermèrent sur eux. Murs d'enceinte. Arbres centenaires. Aucune fenêtre éclairée. Les deux partenaires repérèrent un sentier et le suivirent. Le jardin était à l'abandon. Mauvaises herbes et chiendent remplaçaient fleurs et gazon. Des buissons jaillissaient, noirs, désordonnés, évoquant de monstrueux moutons de poussière. Les ronces enserraient l'ensemble, comme des rouleaux de fils barbelés.

– On fait fausse route, murmura Kasdan. Le mec est mort. Ou parti depuis longtemps.

– On va voir.

En quelques pas, ils atteignirent les marches du pavillon. Une construction imposante, presque un manoir, dans le style début du XXe siècle, avec des fioritures de château. Briques noires. Tours pointues. Marquise en arc de cercle. Le seuil affichait des circonvolutions vaguement Art déco, qui rappelaient certaines bouches de métro anciennes. Mais c'était tout. Le bâtiment était fermé comme un bunker. Tous les volets étaient clos. Des gravats étaient tombés parmi les taillis. Des fragments de vitres constellaient le perron. Vraiment une ruine.

Volokine commençait à rejoindre le point de vue de Kasdan : on n'habitait plus ici depuis des lustres. Arnaud n'avait pas récupéré des informations de première main.

Ils montèrent les marches. La porte à claire-voie était verrouillée mais la lucarne vitrée était brisée, offrant un trou entre les ciselures de fer forgé. On pouvait passer la main et actionner le verrou intérieur.

Pour la forme, il joua de la sonnette. Pas de résultat. Il frappa dans la foulée, pas trop fort, pour ne pas qu'on l'entende depuis les pavillons voisins. Aucun bruit en retour. Sans se presser, il fouilla dans sa gibecière, attrapa deux paires de gants de chirurgien. Il en donna une à Kasdan et enfila l'autre. Il passa sa main dans le trou de verre et tourna la molette du verrou intérieur. La porte s'ouvrit dans un grincement lugubre. Le Russe demeura immobile sur le seuil, comptant mentalement jusqu'à dix, guettant un mouvement dans les ténèbres. Rien. Il enjamba les morceaux de verre. Pénétra dans le vestibule absolument noir.

La première sensation fut l'odeur de poussière. L'air était ici si lourd, si chargé de scories que Volokine eut l'impression de respirer de la fumée grasse. Il mit aussitôt au point un système de souffle, par la bouche, à coups de brèves inhalations, qui lui permettait de respirer sans se polluer les narines. La deuxième sensation était le froid. Il faisait aussi glacé ici qu'à l'extérieur. Sauf que l'agression était plus humide, comme approfondie par une hygrométrie inhabituelle.

De la main gauche, Volo saisit dans son sac sa lampe-stylo et l'alluma. À droite, le châssis d'une double porte n'offrait plus que des gonds à moitié arrachés, encadrant une béance sombre. Il choisit cette direction, suivi par Kasdan qui venait d'allumer sa propre lampe. Leurs pas silencieux étaient scandés par les nuages de buée qui s'échappaient de leurs lèvres et matérialisaient les faisceaux de lumière.

Ils accédèrent à une première pièce. Le mobilier paraissait fabriqué en poussière et nids d'araignées. Masses sombres, informes, qui provoquaient une répulsion instantanée. Sur le sol, des journaux souillés d'immondices, des pages de livres arrachées, une bouteille vide... Les seuls bruits qu'on pouvait percevoir étaient des froissements furtifs, des craquements, évoquant des bestioles qui n'étaient pas habituées aux visites.

Volokine tendait sa lampe à mi-corps. Des tableaux trop sombres pour évoquer quoi que ce soit. Un papier peint à rayures verdâtres, cloqué, déchiré, couvrait les murs comme un linceul poisseux. Des toiles d'araignées suspendues aux quatre coins du plafond, atténuant les angles, reliaient les meubles à la manière d'une salive grisâtre.

Le Russe s'approcha d'une commode et toucha les objets qui s'y agglutinaient. Flacons. Bibelots. Photos encadrées. Tout était recouvert d'une sorte de fourrure sombre. Tout pourrissait ici comme un vieux fromage.

Il ouvrit un tiroir. Des photos. Des documents. Collés ensemble par le même duvet immonde. Il glissa la main avec prudence. Un rat pouvait jaillir du désordre. Il essuya les clichés pour voir ce qu'ils représentaient. Derrière lui, Kasdan fouillait d'autres recoins, balayant l'espace avec sa torche.

Volo n'était pas sûr de ce qu'il voyait. Un enfant handicapé, caparaçonné dans des structures de fer. Ou à la torture, écartelé, coupé, broyé par une instrumentation inconnue. D'autres photos. Des mains d'enfant aux ongles arrachés. Des visages innocents, tailladés, déchirés, défigurés par un travail de pinces et de pointes.

Il feuilleta encore. Des listes, tapées à la machine, soigneusement tenues. Des dates. Des lieux. Des noms à consonance slave ou espagnole. Puis d'autres images. Un nourrisson, aux mains et aux pieds cloués sur une planche en bois. Une petite fille, au bras tranché net, épaule arasée, debout, nue, blanche, dans une pièce plus blanche encore.

Kasdan apparut derrière lui. Volo referma le tiroir.

– On se casse, murmura le Russe. On est chez un démon. Mais le démon est mort.

L'Arménien éclaira le visage de son partenaire. Ce qu'il vit lui fit dire, à voix basse :

– Pas de problème. On...

– Anita ?

Les deux hommes se figèrent. Une voix venait de retentir. Écorchée, fissurée, étouffée par un bâillon. Les infos d'Arnaud, soudain d'actualité. Un vieillard agonisait dans ce sanctuaire.

– Anita ? Espèce de vieille pute ! Me fais pas attendre...

Des coups résonnèrent. Non pas sur le sol mais dans les tuyaux. Comme si un maton passait avec sa matraque le long des canalisations de chauffage. Volokine tenta de repérer d'où provenait le martèlement. Sa torche zigzaguait dans la pièce, attrapant de nouveaux détails. Une cheminée. Des armes suspendues à un râtelier. Une tête de sanglier naturalisée.

TOM-TOM-TOM...

Chocs de plomb ou de zinc. Ça résonnait dans la baraque comme dans une monstrueuse timbale, accordée sur du néant. Un vide où pouvaient s'engouffrer toutes les trouilles, toutes les frayeurs de gosse jamais exorcisées.

Les coups s'arrêtèrent. Volokine attrapa l'épaule de Kasdan et murmura :

– Au premier.

Kasdan prit la tête de l'équipe. Au-delà du salon, un couloir. Au bout du couloir, un escalier. Ils foulèrent les marches. Leurs pas étaient absorbés par la poussière.

TOM-TOM-TOM...

La voix s'échappait, entre les coups :

– Anita... salope... besoin... crever !

Premier étage. Volo marchait sur des sables mouvants. Au-delà des sons terrifiants, un élément lui retournait l'estomac. Une peur venue d'un passé indicible. Quelque chose qui l'habitait et qui ne l'avait jamais lâché. C'était la madeleine de Proust, mais dans une version de cauchemar.

TOM-TOM-TOM...

Soudain, il sut. La voix. Cette espèce de craquement de vieillard habité par une colère blanche lui rappelait son grand-père. Il n'avait aucun souvenir du salopard, à l'exception de cette voix, justement. L'ordure, lorsque la vodka l'avait allumé, partait dans des rages livides, haineuses, meurtrières... Volokine ne se souvenait que de ça. Ce rugissement, ce tremblement au fond de la gorge, qui présageait le pire. Mais il ne se rappelait jamais la suite. Ni les coups. Ni les humiliations. Ni les châtiments.

– ANITA !

La seconde porte, sur la gauche. Volokine demanda :

– On frappe ou quoi ?

– On n'en est plus là.

Kasdan saisit la poignée quand l'homme hurla derrière la porte :

– SALOPE ! JE... JE... JE...

Ils entrèrent. Volokine s'attendait à tout, surtout au pire, mais ce qui s'offrit à lui était simplement familier. Une chambre dans un désordre total. Des vêtements sur le sol. Des assiettes contenant de la bouffe rancie. Des cafards courant dessus. Des murs noyés d'ombre, avec toujours le même papier peint boursouflé et humide. Le tout éclairé par deux petites lampes de chevet, mordorées, brillant comme des bougies.

Un lit énorme envahissait la pièce, englouti sous les couvertures, les draps froissés, les oreillers en bataille.

Le Vieux n'était pas là.

Et sa voix s'était tue.

Volo eut une idée mais Kasdan fut plus rapide. Il attrapa les couvertures et les écarta d'un seul geste. Un être minuscule se tenait recroquevillé au fond du lit, semblant renifler ses propres déjections. Cramponné aux draps, l'homme tremblait par secousses rapides. Volokine avait l'impression qu'ils venaient de soulever une pierre – pour découvrir une scolopendre pleine de pattes, au dos luisant.

Kasdan se pencha et le retourna. Une tête de mort, crâne nu, lèvres rentrées, striées de plis et de rides, comme une momie. Les yeux enfoncés très loin, au fond des orbites, inaccessibles. Une peau de poisson, irisée à force d'être fine et translucide. Le mort-vivant balbutia entre ses sanglots :

– Anita... Il m'en faut... Il m'en faut ou je vais crever...

Kasdan se redressa :

– Qu'est-ce qu'il a ? Faut trouver ses médocs. Il va nous claquer dans les doigts !

Volokine ne répondit pas. Il s'était trompé. Ce n'était pas la voix qui lui était familière. Ni la chambre du vieillard. Mais une absence mystérieuse. Dans la voix. Dans le corps. Dans la pièce. Le manque. Le manque déchirant qui bouffait le cœur du Vieux. Voilà ce qu'il avait senti dans l'air, dans la maison, en cette nuit de Noël, absolument désespérée.

La Bruyère avait besoin de sa dose.

– Bougez pas, murmura-t-il.

Il ressortit de la chambre. Dévala l'escalier. Se perdit dans des pièces trop grandes, trop sombres, se cognant contre les meubles et les chambranles. Enfin, il trouva la cuisine. Frigo. La lumière jaillit des rayonnages. Des vieilles sardines. Des restes de pâtes à la tomate. Du beurre. Des fromages. Le tout en quantités minuscules. Comme pour nourrir une souris.

Volokine se baissa et fouilla le compartiment à légumes. Des boîtes en fer. Il ouvrit la première : les seringues. La seconde : le caoutchouc pour le garrot et des petites cuillères. La troisième : des sachets de papier cristal. Pas besoin de les ouvrir pour savoir ce qu'ils contenaient. Le traitement du général n'était pas remboursé par la Sécurité sociale.

Le Russe sortit le matos puis fit chauffer de l'eau dans une casserole, jusqu'à ébullition. Il plaça dedans une passoire puis posa à l'intérieur les deux premières boîtes en fer, improvisant un autoclave.

Il rentra ses mains dans ses manches. Saisit la passoire. Fit basculer son contenu dans le pli de son coude. Il ouvrit encore le réfrigérateur et trouva une moitié de citron racorni. De sa main libre, il attrapa dans la dernière boîte un sachet blanc. Ses doigts tremblaient. Une suée glacée, malgré la vapeur, l'inondait de la racine des cheveux aux ongles des orteils. Le contact de la dope. La proximité du fix...

Il fallait qu'il résiste.

*Il le fallait.*

Il monta à l'étage. Balança la paperasse qui traînait sur un bureau. Installa le matos. Il ôta son treillis. Releva ses manches. La sueur lui engluait le visage.

– Qu'est-ce que tu fous, bordel ?
– Je réveille le témoin. Notre mec est en manque, c'est tout.
– À son âge ?
– Le démon de minuit, Papy. Ça ne vous dit rien ?

La Bruyère, toujours en position de fœtus, était agité de convulsions. Le Russe ouvrit de ses mains gantées une des boîtes brûlantes. Il attrapa une cuillère puis saisit la feuille pliée. D'un doigt, avec précaution, il l'ouvrit. La poudre était là. Ses doigts tremblaient mais il faisait face. Il avait l'impression de flotter au-dessus de lui-même.

Il y avait là-dedans plus d'un gramme. Il ne savait pas si l'héroïne était coupée mais opta pour un traitement de choc. La dose complète. Il laissa le sachet ouvert puis fila dans la salle de bains. Il lui manquait du coton. Il n'en trouva pas mais dénicha, au fond d'une armoire à pharmacie bourrée de produits périmés, de la gaze. Il trouva aussi de l'alcool à 90°.

Il retourna dans la chambre. Le général, dans ses draps humides, claquait toujours des dents, murmurant des injures incompréhensibles. Volo attrapa la cuillère. Incurva son manche. Pressa le citron au-dessus comme s'il s'agissait d'une huître. Saupoudra le contenu du sachet dans le jus.

Il saisit un carré de gaze et le plaça dans un cendrier qui traînait là. Il ouvrit la bouteille d'alcool, appuya son pouce sur l'ouverture et en imbiba le pansement. Palpant ses poches, il trouva son briquet et alluma le brûlot. La flamme était douce, régulière, bleutée. Il plaça la cuillère au-dessus. La surface du liquide se mit à frémir. Volokine transpirait tellement que les gouttes de son front s'écrasaient sur le rebord du bureau.

Il attrapa un nouveau carré de gaze. Le plongea dans la mixture brûlante. Posa avec délicatesse la cuillère et saisit une seringue dans l'autre boîte en fer. Il en éjecta la moindre parcelle d'air en actionnant la pompe plusieurs fois puis planta l'aiguille dans la gaze imbibée, qui jouait le rôle de filtre. Il tira lentement le piston. Le poison montait, dangereux et désirable à la fois. Sa main était prise de secousses.

– Tu veux que je le fasse ? demanda Kasdan dans son dos.
– Pas question, ricana-t-il. Je ne veux pas corrompre la police.

Son corps était au supplice. La moindre particule de sa chair était aspirée par la seringue. Comme Ulysse attaché à son mât face au chant des sirènes.

Quand le piston fut tiré au maximum, il souffla à Kasdan :

– Tenez-moi ça.

Volokine lui confia la shooteuse et s'approcha du squelette. Il plaça un genou sur le lit. Glissa ses mains sous les aisselles du vieil homme. Le releva lentement, sans effort. Le général ne pesait pas quarante kilos.

Le fou avait les yeux qui brûlaient :

– Tu n'es pas Anita.

– Je suis pas Anita, Papy, mais j'ai ce qu'il te faut.

– Vous avez préparé la piqûre ?

– Toute chaude. Fais-moi voir tes veines.

Volokine releva la manche gauche du pyjama. Le pli du coude révéla un entrelacs de croûtes et de veines noirâtres. Même topo à droite. Le Russe poussa les couvertures et ausculta les pieds du grabataire. Guère mieux. Ce n'étaient que couches de sang accumulées, veines infectées et hématomes, dévorant la peau jusqu'à la cheville. Anita, la douairière qui devait lui faire ses piqûres, était aussi bonne à ce jeu-là que lui au crochet.

Il ouvrit sa veste de pyjama. Nouvelle horreur. Le torse du vieillard était lacéré, tailladé en tous sens. Arnaud les avait prévenus : La Bruyère s'automutilait depuis des années. Impossible de piquer un lascar pareil.

Volokine vérifia les points d'injection les plus intimes. Sous la langue. Sous les couilles. Impossible. L'homme n'était qu'une infection. Partout, il flirtait avec la gangrène.

Il ne restait plus qu'une solution.

Un truc qu'il n'avait jamais essayé. Ni sur lui. Ni sur personne.

– La seringue.

La shooteuse tomba dans sa main. Spasmes. De nouveau, l'héroïne lui brûlait les doigts. En un flash, il se vit, lui, avec l'aiguille dans la chair. Il sentait déjà les fourmillements de bien-être au bout de ses membres.

– Tenez-le. Je vais le piquer.

– Où ?

– Dans l'œil.

– T'es dingue ?

– Le fix de la dernière chance. Un mythe chez les junks.

– Et si tu lui crèves l'œil ? Ou s'il en crève ?

– C'est ça ou on se casse.

Kasdan passa à gauche du lit et agrippa les épaules de l'épouvantail. Le général eut un éclair de lucidité. Ses yeux jaillirent à fleur d'orbites. Un voile jaunâtre, infecté, les recouvrait. Un liquide de fièvre et de terreur.

– Bouge plus, Papy. Dans cinq minutes, tu me béniras...

Le vieillard hurla. Volokine lui écrasa le visage de côté. Du pouce et de l'index, il lui écarquilla l'œil droit. L'iris et la pupille se blottirent près du nez puis partirent à l'opposé, comme cherchant à prendre la fuite. Volo approcha l'aiguille. Il voyait le réseau des capillaires, près de la racine du nez.

Il visa. Retint son souffle. Glissa l'aiguille dans la cornée. Aucune résistance. Volo appuya encore. Le général ne criait plus. Il était resté bloqué sur son propre hurlement, virant maintenant au craquement suraigu. Le Russe appuya sur le piston et ce fut comme si ses propres veines se vidaient. Loin, très loin à la périphérie de sa conscience, il nota des points positifs. Le blanc de l'œil ne s'emplissait pas de sang. La Bruyère ne paraissait pas souffrir. Et le globe oculaire ne lui avait pas sauté à la gueule.

Il compta jusqu'à dix puis retira l'aiguille très lentement. Il s'attendait à il ne savait quoi. Un geyser de sang. Des glaires débordant de la plaie. Rien ne se passa. Volokine se recula, sonné, la pompe en main, alors que le vieil homme paraissait se ratatiner dans ses oreillers, inondé de calme.

Kasdan, tenant toujours le gaillard, leva les yeux :

– Ça va ?

Volokine sourit. Ou crut sourire :

– Moins bien que lui mais ça va.

– Dans combien de temps cela va-t-il faire effet ?

– L'héro est déjà en train de lui réchauffer le cerveau. Dans quelques secondes, il sera à point.

# 50

VOLOKINE DISAIT VRAI. Trente secondes plus tard, le général ouvrit les yeux. Ses pupilles étrécies brillaient d'un éclat rieur, apaisé. Ses lèvres dessinèrent un sourire :

– Je suis bien...

Il conclut sa phrase d'un petit gloussement, à usage strictement personnel. Puis il parut se réveiller à la réalité et prendre conscience des deux escogriffes qui se tenaient à son chevet.

– Qui êtes-vous ?

– Les pères Noël, dit Kasdan.

– Vous êtes des voleurs ?

La Bruyère recouvrait une certaine dignité. Le ton de la voix, le maintien de la nuque : tout était revu à la hausse. L'officier émergeait. L'épave reculait. Une violente toux vint briser cette poussée. Puis, à nouveau, il se reconstitua.

– Qui êtes-vous, nom de Dieu ?

Volokine se pencha sur lui :

– C'est la police, Papa. On te pose quelques questions et on te laisse réveillonner avec tes petits papiers. Ça te va ?

– Des questions sur quoi ?

La voix, de plus en plus dure. Le gradé se souvenait maintenant qu'il avait donné des ordres toute sa vie.

– Hans-Werner Hartmann. Chili, 1973.

L'homme referma les pans de sa veste, cachant ses cicatrices en un geste réflexe. Il ressemblait à un portrait peint à l'huile, croûté, desséché.

– Il ne doit pas voir ça.

– Hartmann ?

– Il ne doit pas voir ça. La profanation du corps est contraire à sa conception de la souffrance.

Kasdan s'assit à l'extrémité du lit, à gauche. Volokine l'imita, à droite. Deux hommes au chevet d'un grand-père malade.

– On va tout reprendre à zéro, prévint Kasdan. 1973. Pinochet passe au pouvoir. Que se passe-t-il avec la France ?

– Pourquoi je parlerais ?

– Pour qu'on ne vous envoie pas les Stups demain matin.

– On ne peut rien contre moi.

Volokine, de l'autre côté du lit, se pencha :

– On pourrait aussi balancer dans les chiottes ta petite réserve. J'ai trouvé ta planque, mon salaud.

L'homme se racla la gorge. Très noble. Très valeureux. Puis il roula soudain des yeux terrifiés.

– Vous les avez vus ?

– Qui ?

– *Los niños.* Les enfants.

– Où ?

– Dans les murs. Ils sont dans les murs !

Les deux partenaires échangèrent un regard.

– 1973, reprit Kasdan. Racontez-nous le Chili et on se casse.

Le vieillard s'enfonça dans ses oreillers. Son visage, ses épaules traversèrent plusieurs cycles rapides. Terreur. Bien-être. Dignité. Il s'éclaircit de nouveau la voix. Le général était de retour.

– On avait des accords. Des séminaires spécialisés. Un service rendu au Chili.

– On a déjà rencontré le général Condeau-Marie.

– Un lâche. Rien dans le froc. Il a pris la fuite !

– Nous savons que vous avez été envoyé là-bas dans le cadre du plan Condor. Nous savons que vous avez formé des officiers du Chili, de l'Argentine, du Brésil, et d'autres pays encore. Que pouvez-vous nous dire sur cette formation ?

La Bruyère gloussa :

– Il se passait de drôles de choses, à cette époque, en Amérique du Sud. On parle aujourd'hui de l'axe du mal. (Il ricana à nouveau.) Foutaises ! L'axe du mal, je l'ai connu. Il ne s'agissait pas de lutte politique. Il s'agissait, comme toujours, de solution finale. Éradiquer, purement et simplement, les éléments subversifs ! Où qu'ils soient. Non seulement eux, mais les membres de leur famille, de leur entourage. Tous ceux qui pouvaient être contaminés. Pour que le cancer rouge ne puisse plus se reproduire. Jamais !

– Vous, quel était votre rôle exact dans ces séminaires ? relança Kasdan.

– Je leur apprenais la discipline, le contrôle, l'efficacité. Je réfrénais leurs instincts barbares. La torture ne doit pas être une boucherie. Et surtout, ne jamais être une ivresse ! (Il ricana encore.) Le sang appelle le sang. Tout le monde sait ça. Je veux dire : les hommes. Les vrais. Ceux qui ont connu le front.

– Parlez-nous de vos collègues. Les autres formateurs.

– Eux aussi, il fallait les tenir ! Des apprentis sorciers. Un Américain du Nord ne jurait que par le napalm. Il découpait aux ciseaux les fragments de peau brûlée et les faisait bouffer au prisonnier. Un Paraguayen avait dressé son chien pour qu'il viole les prisonnières et...

– Parlez-nous de Hartmann.

La Bruyère joua des mâchoires, sans ouvrir les lèvres, comme s'il mâchait des aliments répugnants, mais qui possédaient aussi une certaine saveur. Puis il fixa tour à tour ses deux visiteurs. L'éclat des iris, sous les cils gris, se fit cruel et rusé.

– Avec lui, nous n'étions plus les maîtres, mais les élèves. Et même, dans une certaine mesure, des cobayes parmi d'autres.

– Des cobayes ?

– Au même titre que les sujets que nous traitions, oui. Pour Hartmann, les autres militaires étaient aussi l'occasion d'une expérience.

– Quelle expérience ?

– Une initiation. Un voyage dans la douleur.

Kasdan conserva le silence. La suite allait venir.

– D'abord, nous devions effectuer nous-mêmes les exercices sur les détenus. Ce qu'il appelait les « travaux pratiques ».

– C'est vous qui torturiez ?

– Oui. Hartmann nous plaçait dans une cellule. Seuls avec le détenu. Nous devions le « travailler ». Selon telle ou telle technique. Il se passait alors un phénomène étrange. Une sorte de partage. La souffrance saturait la pièce, rebondissait contre les murs, nous rentrait dans la chair. Elle nous enivrait. Comme une drogue. Il nous fallait les cris, le sang, les pleurs... Plusieurs fois, on a dû stopper un exécutant à l'œuvre. Il était en train de tuer son prisonnier.

Kasdan comprit qu'eux aussi effectuaient un périple. Au fond de la folie humaine. Ils avaient pénétré dans un labyrinthe – celui de la douleur, de la cruauté – dont le Minotaure était Hartmann. Depuis le départ, ils marchaient dans ce dédale et ils n'avaient pas de fil d'Ariane.

– Ensuite, poursuivit La Bruyère, venait le deuxième stade. Selon Hartmann, un expert de la torture se devait d'essayer lui-même les sévices. Cette idée n'était pas nouvelle. Déjà, en Algérie, le général Massu, dans son bureau d'Hydra, avait expérimenté sur lui-même la gégène.

– Vous vous êtes prêté à ces expériences ?

– Sans hésiter. Nous étions des militaires. Pas question de se dégonfler.

– Vous vous êtes pris des décharges ?

– Faibles, au début. Hartmann savait ce qu'il faisait. Il voulait nous faire pénétrer dans le cercle des supplices. Dans son vertige.

– C'est ce qui s'est produit ?

– Pas pour tous. La plupart des officiers sont retournés à des travaux plus... orthodoxes. Mais quelques-uns ont été mordus.

– Comme vous ?

– Comme moi. La fée Endorphine m'a rendu fou.

Volokine prit la parole. Il ne quittait pas des yeux La Bruyère mais s'adressait à Kasdan :

– Quand le corps éprouve une douleur, il sécrète une hormone particulière : l'endorphine. Un analgésique naturel qui anesthésie le corps. Ce réflexe physiologique limite la sensation négative. Mais cette hormone provoque aussi une sorte d'euphorie. C'est variable, bien sûr. Sinon, chaque séance de torture serait une partie de plaisir.

Le général leva un index crochu en direction de Volokine :

– Hartmann savait ce qu'il faisait ! En nous soumettant à ces douleurs progressives, il déclenchait le mécanisme. La libération régulière de l'endorphine nous rendait dépendants. On avait mal, mais sous la souffrance, se produisait un autre niveau de sensations. Une acuité. Une jouissance...

– C'est ce qu'on appelle être en « subspace », continua le Russe.

L'épouvantail hocha sa tête étroite, toujours enfoncée dans l'oreiller :

– Exactement.

Kasdan était dépassé. Le tourment qui procurait du plaisir. Un général défoncé qui se tailladait comme on se masturbe. Volokine, lui, paraissait en territoire d'intelligence. Mais à bout de nerfs.

Il se mit debout, tirant sur son nœud de cravate :

– Les sadomasos se gargarisent de ces explications à la con. Pour moi, vous n'êtes qu'une bande de pervers fêlés, et basta !

La Bruyère eut un rire bref. Derrière son attitude, il y avait l'épanouissement de la drogue. Plus rien ne pouvait fâcher le général.

– Vous devriez essayer, gloussa-t-il. Peut-être ressentiriez-vous ces courants contradictoires. Le chaud. Le froid. Intimement mêlés. Pour ma part, j'y ai rapidement pris goût. Je ne distinguais plus le bien du mal. Seule comptait l'intensité !

Volokine agrippa le rebord du lit et cracha :

– C'est comme ça que tu es devenu SM ?

– Je n'aime pas ce mot.

– Putain de défoncé. Je...

Le Russe bondit pour secouer le vieillard. Kasdan l'attrapa par la veste.

– Calme-toi ! (Il fixa La Bruyère.) Combien de temps ont duré ces... exercices ?

– Je ne sais plus. Pour ma part, j'ai sombré. Je suis devenu l'esclave de Hartmann mais il n'a pas tardé à me rejeter.

– Pourquoi ?

– À cause du plaisir. Le plaisir que j'éprouvais en souffrant. Ce n'était pas le sens de la recherche de l'Allemand. Pas du tout. Le plaisir est étranger à sa philosophie. C'est pour ça qu'il m'a toujours méprisé. J'aimais trop ça, vous comprenez ?

– Non. Je ne comprends rien. Que cherchait Hartmann au juste ?

– Personne ne le saura jamais. Je pense qu'il voulait contrôler les endorphines pour endurcir à la fois le corps et l'esprit. Maîtriser la douleur, dans un sens stoïcien. Sa quête était une épure. La souffrance devait devenir une force. Une source d'énergie. En vue d'une nouvelle naissance.

– Vous avez revu Hartmann, après vos séminaires ?

– Jamais. Je suis rentré en France en 1976 et je ne suis jamais retourné au Chili. De toute façon, je vous le répète : je ne l'intéressais pas. J'étais impur. Je tirais ma jouissance du mal. Je me scarifiais. L'Allemand ne pouvait supporter ça. Il ne voulait jamais voir une cicatrice.

– Pourquoi ?

– La souffrance est un secret. La souffrance est spirituelle.

– Aujourd'hui, vous pensez que Hartmann est mort ?

– J'en suis certain. Mais je n'en ai pas la preuve matérielle. Du reste, ce n'est pas si important.

– Pourquoi ?

– Parce qu'il est un esprit. Une école. Et les écoles ne meurent jamais.

On lui avait déjà dit cela une fois. Il changea de direction :

– À Santiago, il y avait un autre officier français. Le général Py.

– C'est exact.

– L'avez-vous revu ?

– Jamais.

– Savez-vous ce qu'il est devenu ?

– Une brillante carrière. L'armée a besoin d'hommes comme lui. Un reptile au sang froid.

– Savez-vous où nous pouvons le trouver ?

– Personne ne le sait. Il n'a pas cessé de louvoyer au sein de l'armée. Dans ses secrets, ses réseaux, ses opérations clandestines. Py a toujours été chargé des basses besognes. Élimination. Torture. Chantage. L'efficacité militaire, dans sa version la plus sombre. D'ailleurs, il a changé de nom plusieurs fois. Avant de s'appeler Py, il s'appelait Forgeras.

– Jean-Claude Forgeras ?

– Lui-même.

Kasdan écrasa cette information au fond de sa tête. Trop dangereuse. Pour lui. En cet instant.

– Connaissez-vous les noms qu'il a portés ensuite ?

– Non. Je ne l'ai jamais revu. Des rumeurs ont circulé, c'est tout.

L'Arménien changea encore une fois de braquet :

– En 1987, alors que vous étiez déjà à la retraite, on vous a chargé de veiller sur un transfert de « réfugiés » chiliens.

– Vous êtes bien renseignés.

– Pourquoi vous ?

– Parce que je les connaissais. Ces hommes appartenaient à nos séminaires. Des tortionnaires sans vergogne.

– Pourquoi les avoir accueillis en France ?

– Personne n'avait intérêt à ce qu'ils racontent notre implication durant ces années noires. D'ailleurs, le droit d'asile, on l'accorde à n'importe quel nègre. Alors, pourquoi pas à des militaires ? Après tout, ces hommes avaient dirigé un pays.

– Parmi eux, il y avait un homme nommé Wilhelm Goetz.

– Encore exact. Le chef d'orchestre personnel de Hartmann.

– Il y avait aussi trois hommes : Reinaldo Gutteriez. Thomas Van Eck. Alfonso Arias. Où sont-ils aujourd'hui ?

– Aucune idée.

– Nous avons mené des recherches. Ils semblent avoir disparu.

– C'est dans l'ordre des choses. Ils étaient venus pour se dissoudre dans notre pays.

– Ils ont changé d'identité ?

– Tout est possible. Ces hommes étaient nos invités. Des invités de prestige.

– À votre avis, ont-ils conservé des contacts avec Hartmann ?

– Je ne pense pas. Ils voulaient tirer un trait sur le passé.

– Même Goetz ?

– Goetz était un faible. Le chien de Hartmann. Peut-être n'a-t-il pas pu se défaire de son maître.

L'Arménien balaya plusieurs questions.

– Le terme d'El Ogro vous dit quelque chose ?

– Non.

– Avez-vous entendu parler, à l'époque, d'un hôpital où des Allemands pratiquaient des vivisections humaines ?

– Hartmann, dans son enclave, à Asunción, avait un hôpital. Je n'y suis jamais allé. Mais il devait y pratiquer des opérations... originales.

– Selon vous, qu'est devenu le groupe de Hartmann ?

– Il a été dissous à la fin des années 80. La « Colonie », comme on appelait son domaine, a été démantelée. Trop de plaintes, trop de complications. Et l'Allemand vieillissait...

– Vous venez de nous dire qu'il avait fait école.

– Ailleurs. D'une autre façon. Je ne sais pas.

– Quand nous sommes arrivés, vous avez parlé d'enfants. Qui sont-ils ?

– Je ne veux pas en parler.

Soudain, le général La Bruyère parut se réveiller au temps présent.

– Pourquoi toutes ces questions ? Pourquoi déterrez-vous ces vieilles histoires ?

Volokine revint s'asseoir sur le lit, au plus près de l'officier :

– Wilhelm Goetz a été assassiné il y a quatre jours.

– Comme quoi le crime ne paie pas.

– Qui, à Paris, pourrait nous parler de la Colonie ? Qui pourrait savoir ce que sont devenus ses disciples ?

– Si je suis gentil avec vous, vous êtes gentil avec moi...

Volokine se leva et franchit le seuil de la chambre en murmurant :

– Je reviens.

Kasdan demeura seul avec l'épave. Il était agité par un curieux sentiment. Ils avaient collecté des éléments importants dans cette chambre infernale mais il ne savait toujours pas comment les assembler – et les relier directement à la série des meurtres. Une seule certitude. L'ombre de Hartmann se rapprochait.

Volokine réapparut sur le seuil. Il attrapa les boîtes en fer. Les lança en direction du vieillard. Puis déposa un sachet de papier cristal sur les surfaces chromées :

– Tiens, Papy. Je suppose que tu es assez réveillé pour te fixer toi-même. Dans le cul ou ailleurs, c'est toi qui vois.

La Bruyère saisit le sachet et les boîtes, les serra contre lui comme s'il s'agissait d'un nourrisson.

Le Russe se planta devant le lit :

– Qui à Paris peut nous parler d'Asunción ?

Le général se passa la langue sur ses lèvres d'une manière gourmande. Son regard considérait les minutes à venir – l'instant d'une nouvelle piqûre – avec concupiscence.

– Il y a un homme... Il s'appelle Milosz. Un ancien « enfant » de Hartmann. Un des rares qui s'en soit sorti. Il est arrivé à Paris dans les années 80.

– Où peut-on le trouver ? demanda Kasdan.

– Facile. Il a pignon sur rue.

– C'est un commerçant ?

– Un commerçant, oui. Mais il vend une denrée très particulière...

– Quoi ?

– De la souffrance. Il a un lieu, à Paris. Le Chat à neuf queues.

– Je connais, fit Volokine. Une boîte SM.

Le vieillard ne les regardait plus. Il ouvrait déjà la boîte en fer. Ses doigts tordus agrippaient la seringue, la cuillère, le caoutchouc. Les yeux baissés sur ses trésors, il émit un ricanement de hyène :

– Milosz ne peut produire que ce qu'il a connu : la douleur. Vous devez comprendre une vérité. Hartmann est une maladie. Une maladie incurable. Une fois que vous l'avez contractée, vous crevez avec !

# 51

– JE VAIS VOUS RACONTER UNE HISTOIRE.

Le timbre de Volokine trahissait son espoir de se calmer au plus vite. Kasdan conduisait, les yeux rivés sur l'autoroute. Les deux hommes étaient tendus à bloc. Pour des raisons différentes.

– Il y a quelques années, attaqua le Russe, j'avais une copine qui habitait au 28 de la rue de Calais, dans le neuvième arrondissement, près de la place Adolphe-Max. Une fois, je prends un taxi et donne au chauffeur le nom de la rue. Aussi sec, il me demande : « Au 28 ? » Je confirme mais je ne relève pas.

Les phares des voitures, en face, lacéraient l'habitacle.

Les bretelles du boulevard périphérique apparurent.

– Quelques semaines plus tard, je reprends un taxi et j'indique la rue de Calais. Le mec réplique : « Au 28 ? » Ce n'est pas arrivé à tous les coups, mais plusieurs fois. *Rue de Calais. Au 28 ?* Je suis flic et je n'aime pas les questions sans réponse. J'ai enquêté sur l'immeuble et ses habitants. Je n'ai rien trouvé. Rien qui puisse expliquer cette célébrité bizarre. Puis un jour, un chauffeur plus malin que les autres m'a affranchi. Il y avait une boîte échangiste, tendance SM, au 34. Les clients, n'osant jamais donner la bonne adresse, plaçaient quelques numéros entre eux et leurs fantasmes. Ça tombait chaque fois sur le 28.

Les panneaux indicateurs brillaient dans la nuit. Porte de Bagnolet. Porte des Lilas. Pré-Saint-Gervais. Même à l'approche de la capitale, la circulation demeurait fluide. La voiture semblait glisser, portée par la nuit. Les compteurs du tableau de bord brillaient comme ceux d'un avion.

– Très drôle, fit Kasdan. Quel rapport avec Milosz ?

– La boîte, c'était Le Chat à neuf queues.

– Très fort. Et bien sûr, tu sais ce que ce nom veut dire ?

– Un symbole dans la pratique BDSM. Un fouet à plusieurs lanières, avec un nœud au bout de chacune. On dit que les pirates s'en servaient pour punir les indisciplinés. Le condamné devait lui-même faire chaque nœud. Dans le monde BDSM, pratiquer le « chat à neuf queues », ça veut vraiment dire quelque chose. Un cran sur l'échelle de la douleur.

– Je vois que tu es en verve. BDSM : qu'est-ce que ça veut dire ?

– C'est un acronyme. Bondage. Domination. Sado-Masochisme. Mais on peut y lire aussi Soumission, Discipline... Vous voyez autour de quoi ça tourne.

– Le « bondage », qu'est-ce que c'est ?

– L'art des liens et des entraves. Vous n'avez jamais lu ce genre de bandes dessinées, où les filles sont ligotées et suppliciées ?

– Il y a longtemps.

– Bon. Ce qu'il faut savoir, c'est que le BDSM ne correspond pas au SM au sens large. C'est beaucoup plus sûr. Moins douloureux.

– Je ne vois pas la nuance.

– Le BDSM est fondé sur des pratiques sécurisées et consentantes. Des rites d'humiliation et de douleur, mais superficiels. Le SM est plus dur. Rites de sang. Tortures. Parfois aussi, « no limit ».

L'Arménien retrouva son sourire :

– C'est moi le vieux et c'est toi le maître.

Volokine rit en retour :

– Prenez le périph jusqu'à la porte de La Chapelle. On filera jusqu'au boulevard de Rochechouart. Ensuite, vous prendrez à droite. Direction l'Étoile. Place Clichy, on braquera à gauche, dans le neuvième arrondissement.

Kasdan ouvrit la bouche pour signaler au môme qu'il arpentait Paris depuis 40 ans, mais il se tut. Autant lui lâcher la bride. Le gamin avait traversé une épreuve hors norme une heure auparavant. Le contact avec l'héroïne. La manipulation du fix. Et aussi quelque chose d'autre que l'Arménien ne parvenait pas à définir. Il s'en était sorti comme un bon petit soldat, mais certainement pas indemne.

– Milosz, tu le connais ?

– De loin. Il s'appelle en réalité Ernesto Grebinski. À la BPM, on a une fiche sur lui.

– Il aime la chair fraîche ?

– Non. Mais on a plusieurs fois chopé des mineurs dans sa boîte. Des « pain-sluts » qui n'avaient pas dix-huit balais. Rien à voir avec la pédophilie.

– « Pain-sluts » : tu peux m'expliquer ?

– Des créatures qui bandent exclusivement pour la douleur.

– Et ce surnom, Milosz : pourquoi ?

– Aucune idée. Ça fait plus slave. Plus brutal. Le mec est réglo, à sa façon. Il a son strict territoire. Partouzes. BDSM. Il fait du mal aux gens et les gens le payent pour ça. Point barre.

– Jamais de tendance dure ? De SM ?

– Il doit y avoir des soirées spéciales. Je ne sais pas.

– Il faudrait fermer toutes ces saloperies.

– Pour qu'il y ait délit, il faut qu'il y ait plainte. Nous parlons ici d'adultes majeurs, vaccinés et consentants.

Le métro aérien, boulevard de Rochechouart, était en vue. Kasdan tourna à droite et longea l'arche immense qui ressemblait à une fondation colossale soutenant la nuit. L'Arménien songea au Titan Atlas condamné à porter le ciel sur ses épaules. À 3 h du matin, le boulevard était absolument vide.

À la station de métro « Blanche », Volo ordonna :

– Tournez à gauche.

Rue Blanche. Rue de Calais.

– OK. C'est là. Garez-vous, qu'on n'ait pas l'air de mateurs.

Kasdan s'exécuta. Le petit commençait à le chauffer avec ses ordres et ses explications. Ils sortirent en un seul mouvement. Un crachin glacé planait dans l'air. Les lampes à sodium distillaient un halo pigmenté. La nuit de Noël se corrodait, devenait spongieuse sous l'effet de l'averse acide.

Le Chat à neuf queues n'arborait aucune enseigne, ni plaque

fixée au mur. Seulement une porte noire, frappée d'un loquet de cuivre et d'un judas.

– Laissez-moi faire, murmura Volokine.

Il attrapa le loquet et frappa à l'ancienne, comme au portail du château de Dracula. Aussitôt, la lucarne s'ouvrit. Une minuscule grille aux mailles serrées.

Une voix demanda :

– Vous avez la carte du Club ?

– Bien sûr.

Volokine plaqua son insigne sur le judas. La porte s'ouvrit. Un colosse se dressait sur le seuil. Il était plus grand que Kasdan, ce qui surprit l'Arménien : il n'avait pas l'habitude de regarder les autres en contre-plongée.

– Vous ne pouvez pas entrer, fit le cerbère, d'une voix curieusement aiguë. En pleine nuit, vous n'avez aucun droit. Je connais la loi.

Le Russe ouvrit la bouche mais Kasdan intervint :

– Il y a la loi. Et la sauce autour. Si nous n'entrons pas maintenant, je te promets de grosses emmerdes pour demain. Garanti sur facture.

Le géant, costume croisé impeccable, dansait d'un pied sur l'autre, tapant nerveusement son poing droit dans sa paume gauche. Sa gourmette scintillait à la lueur des réverbères.

– Je dois en référer au propriétaire.

– Réfère, mon gars. C'est justement lui qu'on vient voir.

L'homme sortit son téléphone portable, sans lâcher ses visiteurs du regard :

– Veuillez décliner vos noms et vos grades, s'il vous plaît.

Kasdan et Volokine éclatèrent de rire. C'était un rire nerveux, trop fort, vaine tentative pour repousser un peu le poids de cette nuit qui les oppressait.

L'Arménien finit par dire :

– Dis-lui seulement : Hartmann.

– C'est qui ? L'un de vous ?

– Hartmann. Il comprendra.

L'homme se tourna et parla dans son cellulaire. Ses épaules étaient si larges qu'elles fermaient complètement l'embrasure de la porte. Kasdan ordonna à voix basse à Volokine qui s'agitait sur place :

– Calme-toi.

– Je suis calme.

Depuis la visite au vieux drogué, Volokine ressemblait à une charge de Semtex dotée d'une minuterie aléatoire. Un truc qui pouvait péter d'un instant à l'autre.

Le videur se retourna et s'effaça :

– Entrez, je vous prie. (Il verrouilla la porte derrière eux puis avança dans le sombre vestibule.) Suivez-moi.

Ils s'arrêtèrent devant une nouvelle porte en acier. Elle comportait un verrou de sûreté et un système de fermeture électronique. Le portier composa un code et manipula une poignée à levier chromée, qui rappelait celles des portes frigorifiques.

Derrière ce seuil, l'enfer commençait.

# 52

TOUT ÉTAIT ROUGE.

Rouges les murs et le plafond du couloir, où pendaient des douilles de chantier. Rouges les ampoules elles-mêmes, qui diffusaient une lumière mate, froide, avec quelque chose de retenu dans leur éclat. Rouges, les ombres. Les fragments de visages. Les éclats de menottes, de chaînes, de clous. Rouges enfin, les cellules qui s'ouvraient de part et d'autre du corridor, exhibant leurs parpaings et leurs corps moulés de cuir. Des petits enfers bien conditionnés, compressés par la chaleur, les odeurs de sueur et d'excréments.

Comme tous les flics parisiens, Kasdan avait eu l'occasion d'effectuer des descentes dans des bars échangistes ou dans des parties fines tendance SM. Parfois, il allait finir la nuit avec les collègues dans une boîte à partouzes, comme ça, juste pour déconner. À l'époque, cela semblait marrant. Ce soir, cela ne le faisait pas rire. Pas du tout.

La première chose qu'il vit vraiment fut une femme enchaînée, les mains dans le dos, à un réseau de plomberie. Elle avait un bâillon-boule dans la bouche. Kasdan s'arrêta. Ses cheveux et ses sourcils étaient décolorés, à la manière d'une albinos. Kasdan s'approcha pour obtenir confirmation d'un détail. Ses yeux étaient vairons. L'un clair, l'autre sombre. Kasdan songea à ce chanteur rock qui le fascinait : Marilyn Manson. Il baissa le regard. Une des jambes de la femme était emprisonnée dans un appareil orthopédique en métal comprimant ses chairs à les faire saigner. Il devinait que l'appareil ne cessait de se resserrer, augmentant peu à peu la souffrance.

Volokine le tira par la veste. Ils reprirent leur marche, croisant des distributeurs de Kleenex et de préservatifs. Une autre scène, dans une alcôve, capta son attention. Deux créatures moulées dans des combinaisons noires s'agitaient lentement comme des félins de latex, mélange indistinct de membres moirés. Les deux ombres portaient des masques de cuir. Impossible de définir leur sexe. En y regardant de plus près, l'une des silhouettes était suspendue au plafond, en position assise, bras et jambes écartés, alors que l'autre était penchée entre ses cuisses, en une attitude attentive.

Soudain, l'ombre inclinée recula et dressa son poing ensanglanté. Le geste fut si brutal que les deux partenaires reculèrent à l'unisson, comme si un diable avait jailli de celui qui se cambrait au bout de ses chaînes, gémissant si fort que Kasdan eut peur qu'il s'étouffe sous son masque de cuir. Mais l'Arménien se raisonna : ici on n'en était plus là.

– C'est salé ce soir, murmura Volokine.

Le portier en costume croisé continuait d'avancer tranquillement, comme s'il faisait visiter un château de la Loire. Couloir de ciment nu, tuyaux filant le long des murs, armatures de métal. Le propriétaire des lieux avait recréé l'aspect d'une cave mais on ne respirait ici ni l'odeur du moisi ni celle de la poussière. Dans ce boyau planait une forte odeur de musc, mêlée à des relents de déjections humaines. Kasdan ne put s'empêcher de penser : « Avec tous ces culs à l'air... » Il percevait aussi, très loin, des effluves d'eau de Javel.

Leur guide tourna à droite, dans un nouveau couloir. La lumière rouge reculait au profit d'une pénombre doucereuse. D'autres niches – Kasdan ne regardait plus. Ce merdier était en train de briser son pouvoir de concentration – et il fallait être au meilleur de sa forme pour affronter Milosz.

Des cliquetis de chaînes retentirent et il pivota malgré lui. Un box s'ouvrait à gauche. Plus large, aussi grand qu'un garage de voiture. En fait de bagnole, un large matelas était posé par terre. Dessus, deux amants nus, chaussures aux pieds, se tordaient en position de 69, entravés par des chaînes – des ébats presque banals dans un tel lieu. Mais la scène laissait supposer quelque chose de pire dans l'obscurité. Kasdan scruta les ténèbres. Au fond, une femme était accroupie. Jupes relevées, elle urinait doucement, en observant le couple s'ébattre.

Il pouvait percevoir le bruissement de l'urine qui se répandait sur le sol et se mêlait aux cliquetis des chaînes. La femme assise sur ses talons était pâle comme un cachet. Les yeux hors de la tête, elle semblait au bord de l'évanouissement. Elle tressautait à petites secousses, au rythme des amants sur le matelas. L'Arménien crut qu'elle se masturbait mais il aperçut son ventre blanc et comprit. Main enfouie entre ses cuisses, elle se cisaillait avec une lame de rasoir, à gestes secs, comme si elle souffrait d'une démangeaison, s'acharnant sur sa vulve. Dans l'obscurité, la flaque de pisse se teintait de sang noir.

Kasdan se sentait totalement débordé. Et en même temps, une curieuse familiarité émanait de ces perversités. Depuis sa retraite, rien n'avait changé. L'homme était toujours pourri jusqu'à la moelle. L'Homo erectus, celui de tous les jours. En guise de confirmation, il croisait, dans ce couloir maculé de Kleenex usagés, des gens ordinaires, vêtus en civil, parasites, voyeurs ou simples curieux, munis de lampes électriques, qui semblaient très intéressés par tout ce qui se déroulait ici.

Volokine le poussa dans la salle suivante. Une piscine. Une pièce carrelée s'ouvrait sur un bassin rectangulaire, distillant des bouillons de vapeur, de nouveau éclairés en rouge. Parmi les lambeaux de brume, on apercevait des corps qui s'enlaçaient, se masturbaient, se suçaient dans une espèce d'entrelacs indescriptible.

Kasdan espérait que l'eau n'était rouge qu'à cause des néons suspendus au plafond. En fait de sang, il aurait plutôt misé sur du sperme, de la pisse et de la merde, tant les relents écœurants dominaient les odeurs d'eau de Javel. Tout se passait ici comme si la plomberie humaine s'était libérée de ses vannes. Crachant leurs déjections et leurs odeurs, les orifices humains les plus obscurs venaient rappeler que le plaisir jaillissait de là et de nulle part ailleurs.

Des maîtres nageurs, en slip de bain, cagoule, gilet de cuir et collier clouté, veillaient sur les baigneurs. Kasdan se concentra sur les visages qui flottaient. Les yeux. Les bouches. Il se demanda si ces gens s'étaient déjà vus auparavant. S'ils s'étaient parlé avant d'entrer dans le combat. Ces nœuds de chair s'enroulaient au nom du plaisir mais il ne pouvait s'empêcher de discerner, sous ces corps, une tragédie. Le goût de la mort.

La bande-son était un poème. Cris, plaintes, gémissements – auxquels se mêlaient des fulgurances néo-métal, des cadences disco. Le tout créait une sorte de rythme sourd, obsédant, qui rappelait le martèlement des galères romaines. L'analogie sonnait d'autant plus juste que les maîtres nageurs tenaient des fouets et en jouaient de temps à autre, pour encourager leurs « galériens ».

– Putain, murmura Kasdan, qu'est-ce qu'on fout là ?

Il avait demandé cela d'une voix d'asphyxié. Il se tourna vers Volokine. Le gamin semblait plus malade encore. Leur guide revint sur ses pas. Il affichait un large sourire, trop heureux de river leur clou à ces deux grandes gueules de flics.

– On est arrivés, dit-il de sa voix de perruche.

# 53

– ENTREZ, COUSINS. Je vois que Noël, ce soir, c'est même pour les grands.

Volokine pénétra dans le bureau de Milosz avec soulagement. Un violent malaise l'avait saisi durant la visite. Un trouble qui n'avait plus rien à voir avec la dope approchée mais avec une strate cachée de sa personnalité. Ces visions de tortures et d'actes sexuels contre nature remuaient chez lui des sables enfouis. Des profondeurs qu'il ne parvenait pas à identifier. Toujours ce trou noir... Il n'en ressentait que les symptômes. Des signes extérieurs qui l'éloignaient toujours de la source. *La névrose est la drogue de l'homme qui ne se drogue pas...*

Le Russe se passa la main sur le visage et se concentra. Il n'était jamais venu dans cette pièce. Des murs vierges, tendus de vinyle blanc. Un sol de linoléum rouge, sur lequel se déployait une bâche transparente, comme si on allait les buter tous les deux, puis les rouler à l'intérieur de la toile plastique.

Au fond, Milosz était assis sur un trône de bois sombre posé sur une estrade d'un mètre de haut. Massif, l'hôte était enveloppé dans une cape noire. Seule sortait de ce lourd drapé une tête absolument chauve, sans sourcils, sur laquelle on avait barbouillé les traits d'un bouledogue placide. Un Nosferatu croisé avec un sharpei. Au-dessus de son crâne livide, le dossier du trône, percé de figures ésotériques, parachevait l'image du maître SM.

Milosz leva le bras. Sa main boudinée semblait légère :

– Ne faites pas attention au décor. Ma clientèle adore qu'on en rajoute...

Volokine approcha en souriant. Il retrouvait son sang-froid :

– Salut, Milosz. Sacrée soirée que tu nous offres là...

– Les soirées à thème : ça marche toujours.

Volokine se tourna vers Kasdan, qui semblait hébété, puis revint au maître des lieux :

– On se demandait avec mon collègue... Quel est le thème de ce soir ?

– « Les ennemis de Noël ». Ce qu'on ne dit jamais aux petits enfants.

Milosz éclata d'un rire sonore. Sa voix, ses mots, son rire, tout cela semblait sortir d'une grande caverne. Son accent espagnol renforçait encore ses modulations de basse.

– Je te présente Lionel Kasdan, commandant à la Crim. On est en pleine enquête et...

– Cousins, je sens que vous êtes la cerise sur mon gâteau...

– Quelle cerise ? Quel gâteau ?

Le monstre leva ses deux bras aux manches amples, à la manière d'un Gandalf diabolique :

– Si j'ai bien compris, vous êtes venus me parler de ma tendre enfance.

– Nous voulons t'interroger sur Hans-Werner Hartmann.

Il joignit ses mains en signe de prière puis les agita comme s'il allait lancer des dés :

– Toute une époque !

– Je suis content que tu le prennes comme ça. Tu nous évites de jouer aux flics menaçants.

– Personne ne menace Milosz. Si Milosz veut parler, il parle, c'est tout.

– Très bien, mon gros. Alors, nous t'écoutons.

– Tu es sûr que tu n'as rien oublié ?

Volo songea à du fric. Mais le mentor n'avait rien à voir avec un indic à la petite semaine.

– Si tu veux que je parle, reprit le gourou, il faut parler d'abord. Il faut tout dire à Milosz. Pourquoi cette enquête ? Le cadavre de Hans-Werner Hartmann doit croupir sous la terre depuis des siècles.

– Wilhelm Goetz, fit le Russe, ça te dit quelque chose ?

– Bien sûr. Le toutou de Hartmann. Le chef des voix célestes.

– Tu l'as connu... personnellement ?

– Ma puce, j'ai chanté sous sa baguette. Dans tous les sens du terme.

– Tu savais qu'il vivait à Paris ?

– Je l'ai toujours su, oui.

– Pourquoi ?

– Un habitué de mon club. (Il sourit.) Un juste retour des choses. À Paris, c'est lui qui chantait sous ma trique ! Complètement accro à la douleur.

– Goetz a été assassiné il y a quatre jours.

Aucune réaction, puis, dans un souffle ironique :

– Que le diable ait son âme.

Volokine passa son index sous son col de chemise. Desserra sa cravate. La chaleur était intolérable. La masse de Milosz, lourde et noire, renforçait l'oppression du lieu.

– À ton avis, qui aurait pu faire le coup ?

– L'homme a eu une vie longue et tourmentée. C'est dans ce passé que se trouve le mobile.

– C'est ce que nous pensons.

– D'où vos questions sur Hartmann.

– On nous a dit que tu avais vécu à la Colonie Asunción. C'est vrai ?

– Qui vous a dit cela ?

– Le général La Bruyère.

– Un autre bon client. Je le croyais mort.

– Il l'est, pour ainsi dire.

Volokine cherchait ses mots pour formuler sa première question mais Milosz ouvrit ses lèvres de poisson charnu :

– Le mieux, c'est que je vous raconte l'histoire. Toute l'histoire.

Le Russe lança un regard autour de lui. Pas de siège, pas le moindre fauteuil. Les visiteurs du maître SM devaient arriver à quatre pattes, un collier de chien autour de cou. Volokine fourra les mains dans ses poches. Kasdan se tenait toujours immobile. Il paraissait abasourdi.

– Je suis arrivé à la *Colonia* en 1968. J'avais 10 ans. Je venais d'un petit village près de Temuco, au pied de la Cordillère. Hartmann offrait la nourriture et l'école à tous ceux qui voulaient bien aider aux champs, travailler dans les mines, participer à sa chorale. Il nous apprenait les coutumes germaniques, la musique, l'allemand...

– Comment était la vie dans la colonie ?

– Spéciale, cousin. Très spéciale. D'abord, le temps s'était arrêté aux années 30. Je parle des membres du noyau dur. Pas des étrangers comme nous. Les femmes portaient des tresses et des robes traditionnelles. Les hommes des culottes de peau. On se serait crus au Land.

– Quelle langue parlaient-ils ?

– Avec nous, l'espagnol. Entre eux, l'allemand. *Wie Sie befehlen, mein Herr !* Mais attention : la Colonie n'était pas une secte nazie. Pas du tout. Il y avait, disons, un air de famille. Je me souviens : des drapeaux, des étendards flottaient partout. Avec un sigle curieux : une silhouette oblique, étirée, qui rappelait l'aigle nazi. C'était comme l'ombre d'un idéal qui pesait sur nous. À la fois christique et maléfique.

– Je suppose qu'il y avait des règles strictes.

– C'était pas l'école du rire, c'est sûr. On vivait en complète autonomie. On produisait tout, sauf le sel et le café. Les hommes et les femmes n'avaient droit entre eux à aucun contact. Hartmann, et Hartmann seul, décidait des mariages. Ensuite, les couples mariés ne pouvaient pas se voir dans la journée. Ni même parfois la nuit. Le taux de natalité était strictement contrôlé. Dans les champs, dans les mines, il était interdit de parler, de siffler ou de rire. Des gardes et des chiens nous encadraient. Si je devais citer toutes les contraintes, on serait encore ici demain...

– Donne-nous quand même d'autres règles. Seulement quelques-unes.

– Hartmann considérait la civilisation moderne comme une corruption. Nous n'avions pas le droit de toucher à certains matériaux, comme le plastique, l'inox, le nylon. Ni de manger certains aliments ou de boire certaines boissons, comme le Coca-Cola. Nous n'avions pas le droit non plus d'effectuer certains gestes comme se serrer la main. Ces contacts étaient considérés comme des souillures. Hartmann visait une existence absolument pure.

– Les engins modernes étaient aussi interdits ?

– Non. Hartmann n'était pas si bête. L'usage de l'électricité, des tracteurs, tout cela était autorisé. L'Allemand avait une propriété agraire à faire tourner et il savait s'y prendre. En réalité, il y avait deux zones. La zone « blanche », sans électricité ni la moindre source de pollution, où grandissaient les enfants. La zone électrifiée, qui comprenait l'hôpital, le réfectoire et tous les espaces agricoles.

– Cette existence était assez proche de celle des Amish, non ?

– Au milieu des années 80, un journaliste de *La Nación* a osé écrire un papier sur *la Comunidad*. Il l'a intitulé « les Amish du Mal ». L'appellation a été reprise ensuite par le magazine allemand *Stern*. Pas mal vu. Sauf que Hartmann ne suivait la loi d'aucun fondateur particulier. Il pratiquait une espèce de syncrétisme, fondé sur une ligne chrétienne très dure où se mêlaient des notions d'anabaptisme, de méthodisme et même de bouddhisme. Je crois qu'il avait fait un voyage au Tibet...

– À partir de quand as-tu été accepté dans la secte à proprement parler ?

– Très rapidement. À cause de ma voix. J'avais un don pour le chant. Cela avait l'air d'une chance mais ce n'en était pas une. C'était même carrément dangereux.

– Dangereux ?

– Dans le monde de Hartmann, les fausses notes se payaient cher.

– Qui dirigeait la chorale ? Wilhelm Goetz ?

– À cette époque-là, c'était lui, ouais. Après, il y en a eu d'autres...

– C'était lui qui vous punissait ?

– Parfois. Mais Goetz était plutôt une bonne pâte. Il y avait des surveillants pour distribuer les tannées.

– Comment viviez-vous ? À part le travail aux champs et la chorale ?

– En communauté. Nous mangions ensemble. Travaillions ensemble. Dormions ensemble. Il n'était pas question de famille, au sens traditionnel du terme. Hartmann appliquait le précepte de Dieu à Abraham : « Sépare-toi de ton pays et de ta famille. » Notre seul foyer, c'était la Colonie. Et dans une certaine mesure, on y trouvait une certaine chaleur. Les choses se corsaient après.

– Après ?

– À la puberté. Quand nous perdions notre voix d'ange, alors on passait à l'Agôgé.

Le mot évoqua en Volokine une vague réminiscence.

– Qu'est-ce que c'est ? demanda-t-il.

– Un mot grec, qui appartient à la tradition de Sparte. Sous l'Antiquité, les enfants de cette nation, à partir d'un certain âge, devaient quitter leur foyer pour être initiés aux pratiques de la guerre. C'est ce qui se passait dans la Colonie. Close-combat. Maniement des armes. Épreuves d'endurance. Et toujours, bien sûr, les châtiments...

– Vous aviez des armes à feu ?

– La Colonie possédait un arsenal. Elle était conçue comme une forteresse. Personne ne pouvait s'en approcher. Au fil des années, j'ai vu défiler toutes les innovations technologiques en matière de sécurité. Hartmann était paranoïaque. Il s'attendait toujours à une attaque. Sans compter l'Apocalypse, dont il nous menaçait, chaque soir, chaque matin. Une vie de fous.

Le Russe tentait d'imaginer le calvaire de ces enfants, perdus, châtiés, vivant dans un monde où le délire d'un seul homme faisait office de loi. Cette seule idée le rendait physiquement malade. Toujours le même truc. L'idée de souffrance chez les enfants touchait chez lui une membrane secrète. Un point sensible qu'il refusait de sonder.

– Parle-nous des châtiments.

– Cousin, ce n'est pas pour les cœurs fragiles.

– Ne t'en fais pas pour nous. Décris-moi ce que vous subissiez.

– Pas ce soir. Ne gâchons pas cette belle nuit de Noël.

– Nous avons traversé ta boîte. Pas mal, comme mise en bouche...

– Ma boîte est une clownerie. Je te parle maintenant de la souffrance, la vraie.

– Quelle est la différence ?

– La peur. Ici, tout le monde fait semblant. Chacun sait qu'en levant la main, la douleur s'arrêtera net. Le vrai tourment commence quand il n'y a pas de limite, excepté la volonté de ton bourreau. Là, oui, on peut parler de souffrance.

– C'est ce que tu as connu ?

– C'est ce que nous avons tous connu à la Colonie.

Volokine n'insista pas. Il prit un chemin de traverse :

– Ces châtiments, à quelle occasion tombaient-ils ?

– On punissait la faute, mais pas seulement. Les sévices pouvaient s'exercer pour rien. Par surprise. En plein sommeil. N'importe quand. Des fois, quand on rentrait des champs, Hartmann jaillissait et choisissait quelques-uns des nôtres. Sans un mot, il nous emportait dans les sous-sols de la ferme principale. Nous savions ce qui nous attendait. Des trucs de son cru, impliquant des sondes, des injections, des produits chimiques. Hartmann se considérait comme un chercheur. Un scientifique. Bien sûr, la part spirituelle était toujours présente. Nous devions avouer nos fautes. Implorer le pardon et la grâce. À la fin du châtiment, nous devions même lui baiser la main. *Dios en el cielo, yo en la tierra.* Il était notre seul Maître ici-bas.

Kasdan, volontairement, mit les pieds dans le plat :

– Torturer des mômes, ce n'est pas très chrétien.

Milosz éclata de rire :

– Cousins, vous n'avez rien compris à la philosophie de Hans-Werner Hartmann ! À ses yeux, il n'y avait rien de plus chrétien que cette souffrance. Vous n'avez jamais entendu parler de mortification, de macération ? Je crois qu'un petit cours de théologie ne vous ferait pas de mal. Écoutez-moi, mes oiseaux, parce que ce soir, je suis en verve...

« Pour atteindre la pureté, il y a la prière bien sûr. Mais surtout la souffrance. Le châtiment agit comme un agent purificateur. Il permet de dégraisser l'homme. C'est la clé de toute croissance spirituelle. Brûler le mal en nous. Consumer la part terrestre. La part charnelle. Jusqu'à devenir une âme pure et libre.

« Laissez-moi vous expliquer cette alchimie particulière. Un paradoxe, en quelque sorte. Parce qu'il faut s'absoudre de son corps mais en même temps, ce corps est un véhicule, un instrument de connaissance... À mesure qu'on souffre dans sa chair, le dialogue avec Dieu s'instaure. On devient martyr de soi-même. On devient un élu. Libéré de soi et du monde. *Extra mundum factus...*

Volokine lança un regard interloqué à Kasdan. Le Chat à neuf queues était le dernier endroit au monde où il se serait attendu à recevoir un cours de théologie. Milosz continuait :

– Ne faites pas cette tête, camarades. Je vous parle de sensations très concrètes. Vous n'avez jamais remarqué que, lorsque vous avez faim, votre conscience devient plus aiguë ? Vous accédez à un champ de conscience développé. Hartmann avait dû faire cette expérience dans le Berlin d'après-guerre. En pleine crise mystique, la faim augmentait ses visions, ses révélations... Il avait trouvé sa voie : la prière, le jeûne, les mortifications... Ces épreuves vous ouvrent l'âme, cousins. L'esprit s'affine, s'aiguise, jusqu'à voir Dieu. Les bouddhistes appellent ça l'éveil. Les soufis musulmans pratiquent ces exercices depuis des siècles.

« Mais chez les chrétiens, cette voie a un modèle précis. Celui du Christ. Le Messie est venu sur Terre dans la peau d'un homme. Il a souffert, physiquement, pour retrouver le chemin de Son Père. Sa souffrance a été le chemin. Il nous a montré la Voie.

« À Asunción, l'Imitation du Christ était devenue très concrète. Hartmann s'adressait avant tout aux enfants. Il cherchait donc des exemples frappants. Durant les séances de flagellation, il utilisait un bois particulier. Soi-disant le bois d'origine de la Couronne du Christ. Ainsi, les enfants, en souffrant, pouvaient s'identifier à Jésus. Comme un enfant ordinaire s'identifie à un héros télévisé lorsqu'il revêt un déguisement.

Volokine et Kasdan échangèrent un regard. S'ils avaient eu encore besoin d'un lien entre le passé et le présent, la Colonie et les meurtres actuels, c'était chose faite. Un putain de nœud bien serré autour de l'acacia du Jardin des Plantes...

Milosz ajouta, du velours dans la voix :

– Vous savez, toute cette souffrance n'était pas inutile. Nous assumions une mission... cosmique. Nous rachetions, par nos tourments, les péchés des hommes. Aux yeux de Hartmann, notre communauté était absolument nécessaire. Nous étions un foyer, une concentration de foi et de douleur, qui rééquilibrait, à son échelle, le monde des pécheurs...

Volokine reprit la parole. Il voulait revenir sur un terrain plus concret :

– Tout ça ne nous dit pas pourquoi, en 1973, la Colonie est devenue un centre de torture pour prisonniers politiques.

– Hartmann n'accordait pas le moindre crédit aux généraux de Santiago. Pas plus qu'il ne s'intéressait aux secousses politiques du pays. Non. Seul comptait le regard de Dieu posé sur nous. Seul comptait notre combat contre le démon !

– Je ne vois pas le rapport.

– Un des visages du diable était le communisme. Il fallait sauver les prisonniers égarés. Les faire parler, certes, mais aussi les purifier. En torturant, nous sauvions leur âme. Nous leur apprenions, pour ainsi dire, le dialogue avec Notre Père. Malheureusement, très peu survivaient. Il se passait aussi de drôles de choses à l'hôpital mais nous n'y avions pas accès. Les médecins y avaient repris ces bonnes vieilles expériences médicales des camps de concentration.

Milosz se déplaça sur son trône et produisit un cliquetis étrange. Volokine se demanda si l'obèse n'avait pas le cul vissé sur des tessons de verre.

– Combien de temps es-tu resté à la Colonie ?

– J'ai vécu son âge d'or, jusqu'en 1979.

– Tu as torturé des hommes à la Colonie ? Je veux dire : des prisonniers politiques ?

– Cela faisait partie de l'Agôgé. J'avais 17 ans. J'avais connu le flux. Il était temps de découvrir le reflux. Oui, j'ai infligé les tourments qu'on m'avait imposés. Sans état d'âme. Un enfant n'a pas de repères. Il n'est que le résultat d'une éducation. Les tueurs de Pol Pot, au Cambodge, étaient des gamins. Au Liberia, les enfants jouaient au football avec les têtes qu'ils avaient tranchées eux-mêmes.

Milosz joignit ses mains en une posture de prière comique :

– Mon Dieu, pardonnez-leur car ils ne savent pas ce qu'ils font !

– Dans quelles conditions es-tu parti ?

– Je me suis sauvé. Ils ne m'ont pas poursuivi. Ils avaient d'autres chats à fouetter. La Colonie était devenue une véritable usine à torture. Et ils étaient certains que je crèverais en route. Ou que je serais arrêté par les militaires.

– Comment tu t'en es tiré ?

– Je suis descendu plein sud, jusqu'à Chiloe. J'ai embarqué avec des pêcheurs qui naviguaient sous pavillon australien. Une fois en Terre d'Adélaïde, j'ai rejoint l'Europe.

– Qu'as-tu fait ensuite ?

– Je me suis prostitué. J'ai découvert que la souffrance pouvait devenir un business. D'abord à Londres. Puis à Paris. J'ai fait prospérer ma petite affaire.

Volo tenta de revenir au cœur du sujet :

– Nous supposons que la voix des enfants est une des clés du meurtre de Goetz. Peut-être le mobile central. Qu'en penses-tu ?

– Hartmann poursuivait des recherches sur la voix humaine mais il est mort avec son secret.

Kasdan s'énerva tout à coup :

– Bon Dieu, mais que cherchait-il ?

– Personne n'a jamais su. Quand je vivais à la Colonie, il y avait des rumeurs... On disait que Hartmann avait fait une découverte, à l'époque des camps de concentration. À propos de la voix. Je ne sais pas quoi. Il possédait des enregistrements de cette période. Il enregistrait aussi nos séances de torture. Il s'enfermait des journées entières pour écouter ces hurlements.

Milosz marqua un temps, puis reprit la parole, un ton plus bas :

– Je ne sais rien de votre enquête. Je ne sais pas ce que vous cherchez. Mais si la Colonie est impliquée, alors ce secret l'est aussi. Cette découverte a existé. Elle a contaminé tous ceux qui s'en sont approchés. C'est un secret qui peut tuer et provoquer une réaction en chaîne. Même aujourd'hui.

– Tu parles de la secte au temps présent ?

Le chauve arbora un sourire, du bout de ses lèvres épaisses :

– Vous m'avez l'air de patiner sec, mes canards.

– Si tu sais quelque chose, c'est le moment de nous affranchir.

– La secte ne s'est jamais dissoute. Asunción existe toujours.

– Où ?

– On a parlé du Paraguay. Des îles Vierges. Du Canada. Mais pour moi, c'est l'hypothèse la plus folle qui est la bonne.

– Quelle hypothèse ?

– Hartmann et sa clique se sont installés en Europe. Ici même, en France, pour être précis. Après tout, votre délicieux pays est une terre de tolérance, non ?

Volokine jeta un regard à Kasdan : il y lut la stupeur qu'il éprouvait lui-même. Un tel postulat éclairait d'un coup de multiples aspects de l'affaire.

– Qu'est-ce que tu sais sur cette implantation ?

– Rien. Et je ne tiens pas à m'en mêler. Mais l'idée n'est pas absurde. Des centaines de sectes se sont développées en France. Pourquoi pas la Colonie ?

– Qui la dirigerait ?

– Le roi est mort. Vive le roi ! L'esprit de Hartmann règne toujours. Parmi ses « ministres », il y en a forcément un qui a pris la relève.

Volokine réfléchit. Une secte fondée sur le mal et le châtiment. Une communauté qui torture des enfants et vit selon des règles à coucher dehors. Il en aurait forcément entendu parler à la BPM.

Une violente nausée stoppa ses pensées. Il se sentit mal, à ne plus tenir debout. Ses muscles étaient tétanisés. Sa poitrine écrasée, au point de lui briser les côtes. Le manque ? Il n'eut plus qu'une idée : en finir avec l'interrogatoire.

– Pour trouver la Colonie, insista Kasdan, tu n'as aucune piste à nous donner ?

– Aucune. Et vous n'en trouverez pas. Si la secte est en France, croyez-moi, elle est invisible.

Volokine recula vers la porte : il fallait qu'il sorte. Kasdan parut prendre conscience du problème. Il avança d'un pas et provoqua le colosse :

– Tu as encore peur d'eux, non ?

– Peur ? Milosz n'a jamais peur. On ne peut plus lui faire de mal. Impossible.

Le maître SM s'appuya sur un des accoudoirs du trône, produisant à nouveau un bruit de bouteilles qui s'entrechoquent.

Volokine, en reculant, voyait la scène palpiter à travers un voile sombre.

– Qu'est-ce que vous croyez ? Que ma formation n'a laissé aucune trace ? Le mal m'habite depuis toujours, cousins. Mais je suis immunisé.

Volokine atteignit la porte. Il sentait dans l'air l'imminence d'une explosion, d'une déflagration maléfique.

– Milosz ne craint pas le Mal. Milosz *est* le mal.

D'un geste, il ouvrit les pans de sa cape noire. Son torse gras et nu portait une multitude de ventouses, à l'ancienne. Des globes de verre qui lui suçaient la peau en abritant chacun un cauchemar bien spécifique – sangsue, scorpion, mygale, frelon... Une légion tout droit sortie d'un delirium tremens, dévorant ses chairs rougies et sanglantes.

# 54

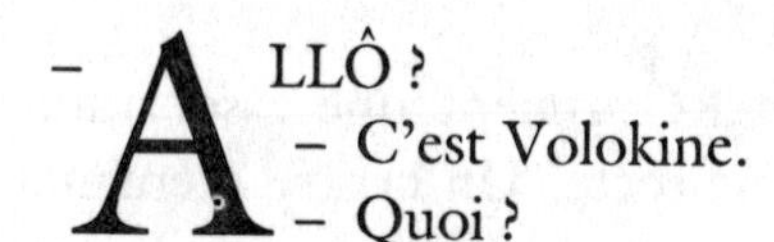

– ALLÔ ?

– C'est Volokine.

– Quoi ?

– Cédric Volokine.

Le téléphone avait sonné douze fois avant qu'on ne décroche. À 4 heures du matin, ce n'était pas étonnant. Le silence à l'autre bout de la connexion, comme ouaté, enveloppé d'obscurité et de sommeil.

– Putain..., reprit enfin la voix. Ça va pas non ? T'as vu l'heure ?

– Je suis sur une enquête.

– Qu'est-ce que j'en ai à foutre ?

– J'ai besoin de te parler.

– De quoi, nom de Dieu ?

– Des sectes en France.

– Ça peut pas attendre demain, non ?

– On est demain.

Nouvelle pause. Volokine lança un coup d'œil convaincu à Kasdan, comme s'il était en train d'ouvrir un coffre-fort sur le point de céder.

– Où tu es, là ?

– Devant chez toi.

– J'y crois pas...

Le moment de porter l'estocade.

– Tu me dois, Michel. Ne l'oublie pas.

L'homme libéra un profond soupir puis grommela :

– Je vous ouvre. Et faites pas de bruit. Tout le monde dort ici.

Volokine coupa le portable de Kasdan, connecté sur le haut-parleur. Il allait sortir de la voiture quand l'Arménien dit :

– Attends. J'aime savoir où j'en suis. Ce mec, c'est qui ?

– Michel Dalhambro. Un mec des RG. Il a participé au groupe d'études qui a recensé les sectes dans les années 90. Aujourd'hui, il appartient à une « mission de lutte contre les dérives sectaires ». Il connaît le truc à fond.

– Pourquoi tu lui as dit : « Tu me dois » ?

– Une longue histoire.

– Le temps qu'il trouve ses pantoufles, tu peux m'affranchir.

Volokine prit son souffle. Les dates, les faits, en une version compacte :

– C'était en 2003. Les gars des RG avaient une association dans le collimateur. Pas vraiment une secte. Un centre d'enfants handicapés mentaux, à Antony. Ils pratiquaient des soins à tendances ésotériques. Dans la nomenclature des RG, on appelle ça un « groupe de guérison ». Les dirigeants demandaient des sommes importantes aux parents et leurs pratiques n'avaient pas l'air très nettes.

– Qu'est-ce qui s'est passé ?

– Dalhambro a mené l'enquête. Il a interrogé le directeur. Il a rédigé un rapport en béton. Selon lui, le gars était blanc comme neige.

– C'est tout ?

– Non. Un an plus tard, des parents ont porté plainte. Ils ne parvenaient pas à récupérer leurs gosses. Le dossier est arrivé chez nous, à la BPM. Je suis allé au centre et j'ai interrogé le directeur. À ma façon. Le gars s'est mis à table.

– Que se passait-il ?

– Il emmenait ses petits attardés, par deux ou trois, dans sa voiture, pour des balades sur les parkings. Il les violait. Il les forçait à s'attoucher. Il les filmait. Si Dalhambro avait senti le vent, on aurait pu éviter un an de souffrance aux mômes.

– Personne n'est à l'abri d'une erreur.

– C'est pour ça que j'ai déchiré son rapport. Personne à la PJ n'a su à quel point Dalhambro s'était planté. Depuis ce jour, il me doit. Quand je ne sais plus où dormir, il m'invite. Je sais que j'ai toujours chez lui une assiette au chaud.

Kasdan ouvrit sa portière, affichant un large sourire :

– On est vraiment une grande famille.

Volo jeta un œil au pavillon.

– J'espère que c'est le bon. Ils se ressemblent tous.

Michel Dalhambro vivait dans un village stéréotypé, aux abords de Cergy, composé de pavillons absolument identiques. Dans la nuit, les boules des réverbères se détachaient à la manière de lunes de poche. Le long des allées, les maisons, toits rouges et façades de crépi blanc, se déployaient à perte de vue, comme des jouets sur une chaîne de production.

Les gens qui habitaient ici finissaient-ils par tous vivre, penser, bouffer de la même façon ? Ou était-ce le contraire ? S'étaient-ils réunis ici parce qu'ils partageaient une seule et même existence ? Kasdan songea à une monstrueuse secte, dont le lavage de cerveau était soft, invisible, indolore. Un conditionnement fondé sur les publicités, les jeux télévisés, les centres commerciaux. En un certain sens, le clonage existait déjà. On pouvait mourir ici. L'Être, au sens philosophique du terme, se poursuivait, dépassant chaque individualité.

Volokine frappa avec précaution. Il semblait remonté. Pourtant, cela faisait plusieurs heures qu'il n'avait ni mangé ni fumé. Son comportement était un mystère. Le gamin paraissait traverser des secousses intimes, anticyclones, dépressions, éclaircies, qui ne regardaient que lui. Mais l'enquête semblait saturer son corps et son esprit. Au point d'en balayer le manque ?

Michel Dalhambro était un mec épais, de taille moyenne, dont la quarantaine ne possédait aucun signe distinctif. Quelque chose de gras évoquait chez lui un hot-dog ou un hamburger. Sa peau, mi-mate, mi-orange, rappelait les croûtes de pain de la junk-food. Les traits bouffis de sommeil, hirsute, le menton bombardé de picots de barbe, il portait un sweat-shirt de marque CHAMPION et un pantalon de jogging trop court, qui lui faisait une culotte de zouave.

Il barra ses lèvres de son index :

– Faites pas de bruit. Les gamins dorment au premier. Et retirez vos godasses. Si ma femme vous voit, elle vous vire au fusil.

Les deux partenaires s'exécutèrent et franchirent le seuil pour découvrir que le clonage continuait à l'intérieur. Pas un meuble, pas un tableau, pas un bibelot qui ne devait être reproduit à des milliers d'exemplaires dans les autres pavillons. Kasdan se força à détailler cette décoration à crédit.

La pièce blanche faisait à la fois office de salon et de salle à manger. Au fond, au pied d'un escalier, deux canapés en « L », face à l'inévitable écran plat. Plus près, une table ronde entourée de chaises formait l'espace-repas, avant une porte qui s'ouvrait sur la cuisine. Des bibliothèques chargées d'objets exotiques plutôt que de livres. Des coffres, des tapis, des commodes en droite provenance d'Ikea. Taches de couleur à peu près aussi inspirées qu'une mire de télévision.

Dalhambro chuchota :

– Faites gaffe aux cadeaux !

Près de la baie vitrée, un sapin clignotait mollement, entouré de paquets argentés ou bigarrés. Kasdan éprouva une gêne. Guirlandes, étoiles, boules scintillantes, tout semblait confit dans une gelée d'ennui et de banalité.

– Café ?

Ils acceptèrent d'un signe de tête et s'installèrent autour de la table, sans retirer leurs treillis. Kasdan se dit qu'ils ne valaient pas mieux que cette petite vie conforme. Ils puaient la nuit glacée. Ils puaient la merde. Ils puaient cette odeur de solitude et d'abandon des SDF – et ils n'avaient rien à faire dans cette maison réconfortante.

Dalhambro déposa sur la table un plateau avec trois tasses fumantes.

– Cette enquête, ça pouvait pas attendre, non ?

Volokine fit glisser un sucre dans son café :

– Je t'ai dit que c'était hyper-chaud.

– Un rapport avec le meurtre de Saint-Augustin ?

– T'es au courant ?

– C'est passé au journal de 20 heures.

– C'est lié, ouais.

– Et le lien avec la BPM ?

– Laisse tomber.

Le Russe désigna un ordinateur portable, posé sur un coin de la table :

– Tu peux effectuer une recherche de chez toi ?

– Ça dépend sur quoi.

– À ton avis ?

Dalhambro but son café cul sec puis plaça l'ordinateur devant lui. Il chaussa des lunettes et marmonna :

– Nous avons un nouveau programme, qui recense toutes les sectes en France. (Il pianotait à une vitesse impressionnante.) Attention : c'est un programme secret. On n'a eu que des emmerdes avec notre première liste, dans les années 90. En France, le culte religieux est un droit libre et démocratique. Aujourd'hui, on doit parler de « dérives sectaires »... Et pour bouger, il nous faut du lourd. Escroqueries, viols psychiques, séquestrations...

Kasdan eut un élan de curiosité :

– Combien y a-t-il de sectes en France ?

– On dit : « mouvements spirituels ». C'est fluctuant. Ça dépend si on prend en compte les groupuscules sataniques, les groupes intégristes islamiques. Mais je dirais plusieurs centaines. Au moins. Pour 250 000 personnes impliquées.

Dalhambro leva les yeux au-dessus de ses lunettes :

– Bon. Votre groupe, là, c'est quoi ?

– On sait pas grand-chose, répondit Volokine. Il est d'origine germano-chilienne. À une époque, quand il était implanté en Amérique du Sud, il s'appelait la « Colonie Asunción ». Son chef spirituel était Hans-Werner Hartmann. Un genre de nazi, qui doit être mort aujourd'hui mais qui a fait école. On pense qu'ils sont plusieurs centaines et qu'ils se sont installés en France à la fin des années 80.

Le flic des RG tapait toujours, intégrant chaque donnée.

– Leur credo, continua Volo, s'appuie sur le châtiment corporel et sur le chant. Deux voies pour atteindre à la pureté spirituelle.

– Encore des gens équilibrés.

– On suppose qu'ils conditionnent des enfants, jusqu'à les transformer en assassins. Ces enfants-tueurs seraient impliqués dans trois meurtres récents, dont celui du prêtre de Saint-Augustin. (Volokine lança un regard à Kasdan.) À notre avis, ce n'est que l'arbre qui cache la forêt. Nous soupçonnons aussi des enlèvements de gamins. Des expérimentations humaines.

Dalhambro eut un sifflement ironique :

– Vous êtes sur un gros morceau.

– Ça ne te dit rien ?

– Que dalle.

Il pianotait toujours. Rajusta ses lunettes :

– Quelle tendance spirituelle ? Évangélique ? Syncrétique ? New Age ? Orientaliste ? Guérisseurs ? Ufologique ? Alternatifs ?

– Plutôt chrétiens.

– Quelle branche ? Catholiques ? Protestants ? Apocalyptiques ?

– On les a comparés aux Amish. Mais leur culte paraît vraiment... unique.

– J'ai l'habitude. Ils ont tous leur petite originalité. Ont-ils une activité professionnelle ?

– Au Chili, ils possédaient une propriété agricole et des mines. Peut-être qu'ils ont développé une de ces spécialités sur le territoire français.

Dalhambro joua encore du clavier puis appuya sur la touche ENVOI. L'ordinateur ronronna durant plusieurs secondes.

– Je n'ai rien.

– Sûr ?

– Certain. Avec tes données, le programme aurait dû percuter. Vous faites fausse route, les gars. Il n'y a rien en France qui ressemble de près ou de loin à votre histoire.

Les partenaires restèrent silencieux. Kasdan savait que Volokine pensait comme lui. Après ce rendez-vous, ils n'avaient plus rien. Rien d'autre qu'un Noël qui ne les concernait pas. Et un épuisement aussi lourd que la masse d'une étoile froide.

Ils se levèrent. Dalhambro puisa dans sa poche de jogging un paquet de Gitanes. Il en proposa à ses invités qui refusèrent. Il enjamba les cadeaux, ouvrit la baie vitrée et alluma une cigarette, plongeant son bras droit à l'extérieur et secouant vigoureusement la main gauche, afin de chasser toute fumée.

– Je le sens pas, votre truc. On parle de gros délits, là. Homicides, violences, lavages de cerveaux. Il y aurait forcément eu des plaintes. Vos mecs ne sont pas en France.

– Tu peux tout de même gratter ? demanda Volokine. Peut-être qu'ils ont changé de nom. Qu'ils se sont constitué une façade honorable. Peut-être qu'ils sont répertoriés sous le nom d'une coopérative agricole ou d'une société minière...

– Mon truc, fit-il en tenant toujours sa cigarette au-dehors, c'est les sectes. Pas les OGM.

– Tu vois ce que je veux dire.

Au bout de quelques taffes, Dalhambro extirpa de sa poche une petite boîte en fer dans laquelle il écrasa son mégot. Il referma la boîte, la glissa dans sa poche, attrapa une bombe odorante derrière un rideau. Il pulvérisa quelques nuages dans le salon et ferma la baie vitrée. Mme Dalhambro ne semblait pas être un modèle de tolérance.

– Les mecs, conclut-il en frappant dans ses mains, je ne vais pas vous déranger plus longtemps, comme on dit. Mes gosses vont se réveiller dans deux heures et je vais passer ma matinée à assembler des jouets incompréhensibles. Alors, j'aimerais dormir un peu...

Le Russe insista :

– Tu pourras jeter un œil ?

– Je vais voir...

– Aujourd'hui ?

– Tout ce que je peux faire, c'est gratter sur les autres pays d'Europe. Interpol possède un département consacré aux mouvements sectaires. Je vais consulter leur programme. Mais je ne pourrai appeler personne. Pas aujourd'hui.

Dalhambro les poussait vers la porte. Volokine ne bougeait pas. Il semblait vissé au sol. Il y avait quelque chose de pathétique dans son insistance.

– Tu n'as jamais entendu parler de sectes maléfiques, qui préconisent le meurtre ?

– Pas en France, non. Ici, les sataniques jouent à touche-pipi. Et même ailleurs. Il faudrait remonter à Charles Manson, aux États-Unis. Ou au Mexique, où on pratique la « Sangria ». Ou encore en Afrique du Sud, où règne toujours la sorcellerie. Ça fait un peu loin de chez nous, non ?

Dalhambro ouvrit sa porte et eut un geste sans équivoque : « Bonsoir chez vous. »

En quelques secondes, ils étaient dehors.

En quelques secondes, ils étaient nulle part.

# 55

– T'ES SÛR DE TON COUP ?

– Non. Mais je veux vérifier.

Volokine avait insisté pour prendre le volant. Ils roulaient sur l'autoroute A86, en direction du port de Gennevilliers. Le Russe conduisait penché sur son volant, comme s'il voulait le tordre. À peine leur visite achevée, il avait expliqué :

– Pendant que Dalhambro pianotait sur sa bécane, il m'est revenu un détail. Milosz a expliqué que Hartmann considérait la civilisation moderne comme une corruption. Qu'il interdisait à ses disciples de toucher certains matériaux, comme le plastique.

– Ça t'évoque quelque chose ?

– Hier matin, j'ai interviewé Régis Mazoyer. Vous savez, cet ancien chanteur devenu garagiste. Il était 6 heures du matin. Le type bossait déjà. Le truc étrange, c'était qu'il manipulait le métal à mains nues mais, quand il m'a préparé du café, il a chaussé des gants de feutre. Il m'a expliqué qu'il était allergique au plastique. Vous connaissez beaucoup de gens allergiques au plastique ?

– Personne.

– On est d'accord. Il pourrait y avoir une explication à ce geste bizarre. Ce type a peut-être passé du temps dans la Colonie, version française. Et il en a conservé des tics.

– Pourquoi serait-il allé dans la secte ?

– Pour chanter. Quand il avait 12 ans, Régis Mazoyer avait une voix extraordinaire. Vous l'avez entendue. L'Ogre avait peut-être repéré le gosse...

– Et Mazoyer ne t'en aurait pas parlé ?

– Il m'a seulement mis sur la voie. À mon avis, il a peur. Il m'a donc laissé entrevoir la piste, me parlant d'El Ogro et me soufflant qu'il avait suivi des stages de chant. L'un d'eux s'est passé chez Hartmann, j'en suis sûr. Et sa mue précoce l'a sauvé d'un danger.

– Quel danger ?

– Je sais pas. Mais il peut nous en dire plus. Après ça, on va se coucher.

Volokine prit la sortie « Port de Gennevilliers ». Ils ne parlaient plus. Leur silence était comme un pacte. Kasdan était secrètement reconnaissant à Volokine d'avoir eu cette idée. Ils étaient possédés par le syndrome du requin. S'ils s'arrêtaient, ils crevaient...

Après un dédale d'échangeurs et de bretelles, ils traversèrent une zone industrielle, qui faisait courir dans la nuit les lignes de ses entrepôts et de ses parcs de stationnement. Kasdan songea à de grandes feuilles tracées au fusain. Des esquisses. Des brouillons. Des plans. La banlieue industrielle, c'était ça : des lignes, des formes, toujours grises, jamais achevées, jetées à la surface de la terre.

Volokine ralentit dans une rue en contrebas, au pied d'un vaste parvis, cerné de barres d'immeubles plantées en « U ». Des devantures éteintes s'égrenaient, puis des box de parking.

Le Russe se gara sur le parc de stationnement, en face. Il stoppa le moteur. Tira le frein à main. Trop fort, au goût de Kasdan.

– Bienvenue à la cité Calder. Le mec a installé son garage dans plusieurs de ces box. Je suis sûr qu'on va le trouver à cette heure. Il bosse très tôt. Et il dort dans son garage.

Ils sortirent dans la nuit. Des fantômes de buée s'exhalaient de leurs lèvres.

Kasdan rappela le petit :

– Tu fermes pas la bagnole ?

– Vous n'avez même pas de télécommande.

– Justement. Tu risques pas de laisser une portière ouverte par distraction.

Volokine soupira et verrouilla les portes à la main. Ils s'orientèrent vers les garages. L'un des rideaux de fer était ouvert à mi-hauteur, laissant filtrer une faible lumière. Ils s'approchèrent.

Aucun bruit. Le Russe frappa sur la paroi. Pas de réponse. Il se baissa pour voir à l'intérieur, sous la cloison entrouverte.

La seconde suivante, il reculait en étouffant un juron et en dégainant son Glock.

Kasdan s'écarta en un geste réflexe. Il tenait déjà son Sig Sauer.

Les deux flics se plaquèrent à droite et à gauche de la porte, sans un mot. En un parfait accord, ils levèrent le cran de sûreté de leur arme et tirèrent sur le ressort de la culasse.

Volokine fit une sommation.

Pas de réponse.

Cinq secondes.

Dix secondes.

D'un signe de tête, Volo fit comprendre : « Moi, le premier. » Il se glissa sous le volet, Glock en avant. Kasdan le suivit. À l'intérieur, une lanterne était accrochée au pont élévateur, diffusant une faible clarté. Ce n'était pas la lumière qui frappait mais l'odeur. Sourde, métallique, pleine de rancœur. L'odeur du sang.

Du sang en quantité astronomique.

Du sang comme du vin macérant au fond d'une cuve.

Volokine enfonça sa main à l'intérieur de sa manche. À tâtons, le long du mur, il trouva un commutateur.

La lumière jaillit, et la gerbe avec.

L'atelier de Régis Mazoyer avait été transformé en abattoir.

Du sang, partout. Sur les murs. Sur le sol, en flaques coagulées. Sur le rebord de l'établi, en croûtes épaisses. Dans la fosse, en traînées noires. Sur les instruments de mécanique et les pneus, en éclaboussures séchées.

Et partout, des empreintes de pas.

À l'œil nu, du 36.

Kasdan pensa : « Changement de modus operandi. » Les mômes avaient torturé et mutilé le garagiste avant de le tuer. Une autre idée traversa son esprit. Peut-être avaient-ils procédé comme d'habitude, détruisant d'abord ses tympans, mais la victime avait survécu à ses blessures. Son cœur avait poursuivi son activité. Le sang avait couru dans le corps – et giclé partout.

Au fond de la pièce, entre un cric et une pile de pneus, le cadavre mutilé était assis par terre, dos au mur, visage baissé. Pratiquement dans la même position que Naseer. Sauf que l'ancien chanteur tenait ses bras croisés sur son ventre. Kasdan s'approcha. La victime était blottie dans une mare noire, encore fraîche. Le meurtre ne datait que de quelques dizaines de minutes...

Tout en percevant la réalité de chaque détail, Kasdan était assailli par des visions de cauchemar. Des artères tranchées crachant leur jus. Des muscles vibrant sous l'effet des spasmes d'agonie. Un corps se vidant avec frénésie. Les dernières convulsions d'un sacrifice humain.

Kasdan sentit soudain qu'il touchait un point crucial.

Un sacrifice.

Du sang versé pour Dieu.

Volokine avait déjà enfilé des gants. Un genou au sol, se tenant à la frontière de la flaque, il tourna la tête de la victime. Des traînées noires avaient coulé de son oreille gauche. Il vérifia l'autre côté. Traces identiques. Confirmation. L'homme avait été assassiné par les tympans. Mais la technique n'avait pas fonctionné. Mazoyer avait survécu.

Cela n'avait pas arrêté les tueurs.

Ils s'étaient acharnés sur leur victime agonisante.

Volokine releva le visage de Régis. Il avait la bouche fendue d'une oreille à l'autre, plaie sombre révélant les pointes blanchâtres des dents au fond des chairs sectionnées. Toujours ce sourire béant, atrocement comique, rappelant, comme chez Naseer ou Olivier, l'expression sarcastique d'un auguste défiguré.

Mais cette fois, toute la surface du visage avait été attaquée au couteau, au point que la peau ressemblait à un champ de labour. Hérissé. Retourné. Un coup en particulier avait déformé le côté gauche, enfonçant l'œil en une tuméfaction de boxeur, alors que l'autre paraissait blanc et écarquillé, prêt à tomber.

Kasdan voyait maintenant ce qui intéressait Volokine. Le garagiste portait un bleu de chauffe, raidi d'hémoglobine. La fermeture Éclair en était descendue sur la poitrine. Les deux bras qu'il croisait sur son ventre se fondaient en une boue sombre, en voie de coagulation. Avec lenteur, le Russe attrapa l'une des manches et tira. Le mort semblait serrer un objet contre lui.

Volo n'eut pas à forcer. La raideur cadavérique n'avait pas encore joué. L'objet apparut, contre le ventre. Le cœur de l'homme. Sombre. Luisant. En y regardant de plus près, ce n'était pas seulement la combinaison qui était ouverte mais les chairs du thorax. Ou plutôt, chairs et fermeture Éclair béaient en une seule et même rivière noire.

Volokine ne dit rien. Il paraissait aussi froid qu'une barbaque congelée. Kasdan non plus ne réagissait pas. Ils avaient franchi un seuil de non-retour – et tout ce qu'ils découvraient maintenant leur semblait étranger à la réalité.

Au monde tel qu'ils le connaissaient.

Au fond, ni lui ni le Russe n'étaient étonnés.

L'explication était barbouillée au-dessus de la victime, en lettres de sang :

CRÉE EN MOI UN CŒUR PUR, Ô MON DIEU,
ET RENOUVELLE AU FOND DE MOI MON ESPRIT.

L'écriture. Toujours la même. Liée. Appliquée. Enfantine. Kasdan songea à un atelier de dessin ou de découpage, comme on en organise dans les classes d'école primaire.

Volokine auscultait toujours le corps.

Palpant le torse, glissant ses doigts dans les chairs ouvertes.

Soudain, il bascula en arrière et tomba le cul sur le sol.

Kasdan braqua son arme, sans comprendre.

Il leur fallut quelques secondes pour saisir la situation.

La sonnerie d'un téléphone.

Sur le cadavre.

Volokine scruta les mains de Kasdan : il n'avait pas enfilé de gants. Le Russe se mordit les lèvres. Se releva. Palpa les poches du mort.

Il trouva l'appareil.

Ouvrit le clapet et écouta.

Il braqua le combiné dans la direction de Kasdan.

L'Arménien tendit l'oreille : des rires.

Des gloussements d'enfants, entrecoupés de bruits de cannes.

La connexion s'interrompit.

Les deux partenaires restaient figés.

Alors, ils entendirent le tapotement, tout proche.

Léger, furtif, insistant.

Les enfants-tueurs étaient là, dehors.

Ils les attendaient.

# 56

LE PARVIS ÉTAIT DÉSERT.

Deux cents mètres de long. Fermé sur trois côtés par des immeubles de plusieurs dizaines d'étages. Derrière, la haute cheminée fumait à gros panaches. Au-delà, le ciel. Toile bleue qui avait éliminé en cette nuit tout nuage, et présentait une pureté impassible, froide et lisse. Une luminescence sans limite qui avait l'intensité, dans la clarté de la lune, d'une toile d'Yves Klein.

Volokine fit quelques pas, les deux poings noués sur son Glock. Les enfants n'étaient pas là. Il regarda Kasdan, qui tenait aussi son arme braquée sur le grand vide. L'Arménien semblait fluorescent dans le lait bleuté de la nuit, comme s'il était recouvert de minuscules cristaux. Le Russe comprit qu'il avait la même apparence. Deux poissons prisonniers de leur croûte de sel. Leurs yeux, taches blanches et noires, suspendues dans l'immobilité de l'instant, ressemblaient à des stalactites. Le seul mouvement du tableau était la buée qui s'échappait de leurs lèvres.

Ils ne dirent pas un mot – mais se comprenaient.

Tous les flics vivent pour de tels moments.

Et eux n'avaient vécu depuis cinq jours que pour cette minute.

Ils avancèrent sur le parvis.

Bras tendu à l'oblique, canon pointé vers le sol.

Les barres d'immeubles étaient absolument opaques. Pas une fenêtre allumée. Silence total, à l'exception, au fond du paysage, du sourd martèlement d'une usine. Le rythme d'un cœur géant, enfoui dans un corps d'acier et de béton.

Ils marchèrent encore, à découvert.

Leurs silhouettes se détachaient sur l'esplanade avec la précision d'un scalpel. Leur ombre collait à leurs pas, mandibule d'insecte finement découpée.

Ils tendaient l'oreille. Les tapotements de bois avaient disparu. Seule la cadence du site industriel, au-delà des cités, secouait les plis de l'ombre.

Puis, soudain, un rire.

Les deux flics braquèrent leurs automatiques dans cette direction.

Puis un autre ailleurs.

Des gloussements étouffés.

Des pas précipités.

Répartis aux quatre coins du parvis.

Kasdan et Volokine avançaient lentement, pivotant plus lentement encore, dessinant avec leurs bras armés des arcs vers les murailles qui les cernaient.

Un rire, une nouvelle fois.

Une cavalcade.

– Ils jouent, murmura Volokine. (La buée, entre ses syllabes.) Ils jouent avec nous.

Ils se déployaient, s'éloignant l'un de l'autre, se dirigeant chacun vers un immeuble, à gauche et à droite. Les ricanements fusaient, s'évanouissant aussitôt. Sous les porches. Les escaliers. Les buissons de troènes. Impossible de les localiser exactement.

Soudain, au pied de la barre du fond, une faille d'argent scintilla.

Volokine plissa les yeux. L'éclat disparut. Il songea au chrome d'une arme. La lumière brilla de nouveau, dix mètres plus à droite. Puis encore une fois, tout à fait à gauche, à trente mètres.

Le Russe lança un regard interrogateur à Kasdan : il ne comprenait pas. Les yeux écarquillés, l'Arménien ne semblait pas plus avancé que lui. Que signifiaient ces éclairs ? Volokine pensa à l'équivalent d'un sifflement, mais traduit en lumière. Ces flashes avaient l'acuité d'un larsen, d'une lame sonore.

Nouveau flash.

Nouveau miroitement.

L'impression exacte était qu'on agitait des miroirs devant eux, captant le reflet de la lune et le renvoyant dans une version, tranchante, acérée. Oui, des lames de lune les éblouissaient. Les éclaboussaient. Aiguës comme des giclées de mercure.

Volokine comprit.

Les enfants étaient là, au pied de la nuit.

Enveloppés dans des manteaux noirs, leurs corps étaient invisibles, mais ils portaient des masques. Des masques de métal... Chacun d'eux tenait aussi une baguette de bois clair, dénuée d'écorce. Sans aucun doute l'acacia seyal, débarrassé de ses épines...

Bruits de course, à gauche. Volokine pivota. Des rires, plus loin. Un éclat, à droite. Le flic ne savait plus où donner de la tête. Les enfants s'éclipsaient, aussitôt apparus, sous les escaliers, derrière les troènes.

Il fit trois pas en avant, vers le bâtiment de gauche. Par-dessus son épaule, il lança un regard vers Kasdan, qui s'approchait de l'immeuble de droite. Les deux hommes se tenaient maintenant à cent mètres l'un de l'autre. Volokine longea un premier buisson couvert de givre.

Le silence. Le vent. Le froid.

Un détail se précisait. Un bruit à peine audible, derrière le taillis, apporté par une rafale puis balayé par une autre. Les enfants chuchotaient. Ils préparaient un coup. Volokine suivit la haie, essayant de voir au travers. Sous la lune, la visibilité était parfaite. Il braquait son Glock mais une certitude ne le lâchait plus. Il ne ferait pas usage de son arme. Jamais il ne ferait feu contre de tels adversaires.

Le combat était perdu d'avance.

Il était impuissant face à ses ennemis.

Cailloux crissants. Mottes de terre gelées. Il longeait toujours les troènes. Le murmure s'était arrêté. La haie prit fin. Volo bondit vers la gauche, braquant l'espace étroit entre ce buisson et le suivant.

Personne.

Le flic fit jouer ses doigts sur la crosse. Malgré le froid, un film de sueur vernissait son visage. Son cœur s'était décroché. Tombé au fond de son estomac.

Il reprit sa marche. Lente. Tendue. Et en même temps flottante. Tout lui paraissait distancié. Sa conscience jaillissait hors de son corps, planant autour de lui. Il posait un regard neutre, presque abstrait, sur son environnement. Il s'échappait de l'instant, de la tension, de la menace...

Frottement sur sa gauche.

Il réagit avec un centième de seconde de retard : l'enfant était sur lui.

Volokine s'arrêta. Ou plutôt, ce fut l'instant – le temps, l'espace, l'univers – qui s'arrêta, se démultipliant à l'infini. Il vit ce qu'il ne pouvait croire. Le masque de l'enfant. Fondu dans du métal scintillant, sculpté à coups de marteau. Des bosses, des crêtes, des creux chahutaient sa surface.

Le Russe, d'une manière absurde, songea aux balles d'argent fondu que les héros des bandes dessinées de son enfance utilisaient pour tuer les loups-garous.

Cette nuit, le loup-garou, c'était lui.

Les traits du masque le subjuguaient.

Un masque antique, à l'expression outrée. Joie. Rire. Douleur. Grands losanges noirs pour les yeux. Orifice plus grand encore pour la bouche. La grimace était dilatée, comme écartelée par l'âme qui se tenait derrière. Dans le théâtre antique, chaque sentiment se dressait sur la scène, grandiose, universel. Volokine pensa : « Tu es un enfant-dieu... »

À cet instant, l'enfant murmura :

– *Gefangen.*

Il planta son couteau dans la cuisse de Volokine.

Le flic hurla. Parvis et ciel se mirent à tanguer. Deux miroirs sombres, avec la cheminée et les immeubles qui vacillaient entre les deux surfaces. Il tenta de se reprendre mais déjà, l'équilibre lui échappait. Il baissa les yeux sur sa plaie, sentant la brûlure proliférer à la vitesse de la lumière à travers son corps. Il vit la petite main enfoncer la lame jusqu'à la garde. Il pensa, en mode staccato : garde en bois, couteau du XIXe siècle, Amish du Mal...

Puis il eut un hoquet, alors que le sol tournait pour de bon, renversant le ciel dans le même mouvement. Il voulut attraper le bras du gamin de la main gauche mais manqua son coup.

Il tomba à genoux.

Loin, très loin, il perçut le cri de Kasdan qui courait vers lui :

– VOLO !

Puis, tout près, avec une intimité bouleversante, il entendit le rire, derrière le masque. Un rire de triomphe. L'enfant n'avait pas lâché le manche du couteau. Il appuya de toutes ses forces, à deux mains, et brisa la lame au fond de la blessure. CLAC.

La douleur gagna plusieurs degrés. Volokine fixa l'expression figée du masque, fracassée de lumière lunaire. Calmement, il songea à un cours qu'il avait jadis suivi à la fac, sur « les racines de la mythologie grecque ». Il songea au commencement du monde, au dieu créateur, Ouranos, à ses noces avec la Terre, Gaïa. Il songea à ses enfants, les Titans, dont Cronos, qui coupa les organes génitaux de son père.

– Des enfants-Titans...

Il voulut hurler mais sa langue s'était dilatée dans sa bouche.

Il s'écroula.

Sa tempe claqua sur le sol comme un clap de fin. Il vit en image verticale : le sol, la cheminée, la lune – et l'ombre de Kasdan, immense, démesurée, le treillis battant au vent, brandir droit devant lui son Sig Sauer.

Volokine voulut crier « non ! » mais il vit la flamme blanche de l'arme exploser. Le ciel se révéla, comme sous l'effet d'un éclair. Les tours s'imprimèrent en négatif.

Kasdan avait manqué sa cible – les enfants-dieux étaient immortels.

L'Arménien avait tiré dans le vide.

Et ils avançaient, tous les deux, dans un vide éternel.

Puis le vide fondit sur lui et il sombra dans le néant.

# 57

– POLICE. C'est une urgence !

6 h 30.

Service des urgences de l'hôpital Lariboisière.

Kasdan soutenait Volokine sur son épaule. Ils traversèrent la salle d'attente et se dirigèrent vers le comptoir d'accueil désert.

L'Arménien frappa du poing, en répétant :

– Police ! Y a personne ?

Pas de réponse. Il installa son partenaire sur un des sièges vissés au mur puis remarqua les autres silhouettes qui attendaient dans la pénombre de la salle. Par un sinistre coup du sort, en cette nuit de Noël, il n'y avait ici que des couples tenant dans leurs bras des enfants. Des parents qui n'avaient récolté cette nuit, en guise de cadeaux, que blessures, virus et infections.

Des pas, derrière lui.

Une infimière.

Kasdan marcha à sa rencontre, tendant sa carte tricolore.

– Mon collègue est blessé.

– Vous n'êtes pas prioritaire. Vous auriez dû aller à l'Hôtel-Dieu.

– Il pisse le sang ! Appelez un médecin. Je m'expliquerai avec lui.

La femme tourna les talons.

Dans la salle, personne n'osait bouger. Kasdan pouvait sentir le sillage de violence et de brutalité qu'il imposait dans ce lieu calme et douloureux.

Trois hommes en blouse blanche apparurent. D'eux d'entre eux poussaient une civière. Kasdan retourna dans la salle d'attente et souleva, avec précaution, Volokine, à demi conscient. Sur le parvis de Gennevilliers, il lui avait fait un garrot à la naissance de la cuisse avec sa ceinture. Il avait récupéré son Glock. Les enfants avaient disparu. Kasdan avait soutenu son collègue à travers l'esplanade. Ils avaient roulé jusqu'à la porte de Clignancourt, remonté le boulevard Rochechouart, pilé devant le premier hôpital rencontré : Lariboisière, boulevard Magenta. En chemin, Kasdan avait parlé, parlé, pour maintenir Volokine en éveil.

– Qu'est-ce qui s'est passé ?

– On a été agressés, répondit-il. On était en patrouille.

– Suivez-moi au bloc.

Derrière l'homme, les infirmiers installaient Volokine sur la civière. Kasdan aperçut sa jambe blessée, brillante de sang. Le médecin pivota et suivit le brancard qui roulait dans le couloir.

Kasdan leur emboîta le pas :

– C'est grave ?

– On va voir.

Une part de lui-même était réconfortée. Ils étaient parvenus chez les pros. Le territoire du savoir, du matériel, des perfusions. Mais une autre partie de son cerveau notait la tristesse souterraine, la puissance malsaine du lieu. Le brancard grinçait. La chaleur était étouffante. Une odeur d'éther saturait l'espace.

Ils parvinrent dans une pièce blanche, éclaboussée de lumière. Des civières, des instruments chromés, des machines éteintes, aux câbles enroulés, dans un désordre évoquant un grenier médical.

On plaça Volokine sur un table couverte de papier vert. Toujours dans les vapes. Deux infirmières découpèrent son pantalon trempé d'hémoglobine. Dénouèrent le garrot. Une autre enserrait déjà le biceps du Russe avec le brassard d'un tensiomètre.

Le médecin observa brièvement la plaie puis leva les yeux vers Kasdan :

– Il est OK sur les vaccins ?

– Aucune idée.

Kasdan songea à la pureté des matériaux manipulés par les enfants-tueurs. Le couteau était ancien mais ne devait être ni rouillé, ni souillé. Chaque acte de violence entrait en cohérence avec le culte de Hans-Werner Hartmann. Comment expliquer ça au toubib ?

Ce dernier s'adressait aux infirmières :

– OK. Globuline antitétanique. Sédation puis anesthésie. On va passer en salle.

Kasdan observait les manipulations, le cœur crispé. Des lambeaux de souvenirs déchiraient son cerveau. Il songeait à sa femme, aux veines de son crâne nu, à sa voix flottante, dans la pénombre de la dernière chambre. À son fils, quand il avait fallu l'amener aux urgences, à l'âge de 3 ans, alors qu'il déclarait une méningite. À lui-même, accueilli si souvent aux urgences de Sainte-Anne comme un prisonnier, alors qu'on lui retirait son arme à feu, sa ceinture, ses lacets de chaussures pour ne pas qu'il fasse de « bêtises ». Une garde à vue de l'esprit.

– Ça va aller.

– Pardon ?

Le médecin se tenait devant lui. Le scialytique crachait une clarté implacable. Des milliers de facettes de verre, l'œil monstrueux d'une mouche blanche.

– Ça va aller, répéta l'urgentiste. La lame a glissé contre le muscle. Aucune zone importante n'est touchée. Mais il va falloir lui extraire le morceau qu'il a dans la chair. Il a perdu pas mal de sang. Vous êtes de quel groupe sanguin ?

– A+.

– On va vous prélever quelques millilitres. Votre collègue en a besoin.

– Pas de problème.

Kasdan ôta son treillis et s'installa dans un coin de la salle, alors qu'une infirmière relevait sa manche. L'interne partit observer une nouvelle fois le corps du jeune flic puis revint vers l'Arménien :

– Sur l'agression, vous pouvez m'en dire plus ?

Kasdan ne répondit pas tout de suite, contemplant son sang qui courait dans le tube. Sombre. Lourd. Inquiétant. *Ma vie fout le camp*, pensa-t-il, puis il considéra le médecin :

– Tout s'est passé très vite. On était en mission à Gennevilliers.

– En pleine nuit ?

– Vous êtes de l'IGS ou quoi ?

– Je dois faire un rapport.

L'infirmière emporta ses fioles. Kasdan replia son bras. Ce toubib commençait à lui chauffer les nerfs.

– Faites ce que vous voulez, fit l'Arménien, mais sortez-lui cette lame de la jambe !

– Ne soyez pas agressif. J'aurais besoin de vos noms et de vos matricules.

– Vous allez l'opérer, oui ou merde ?

– Dans quelques minutes. En attendant, je voudrais entendre votre version de l'histoire. Nous allons rédiger ensemble le...

– Kasdan.

Volokine venait de parler, les yeux au plafond. L'Arménien se leva et demanda à l'interne, plus calmement :

– Vous pouvez nous laisser une minute ?

L'urgentiste soupira, faisant signe aux infirmières :

– Une minute. Ensuite, on passe en salle d'op.

Kasdan bougea. L'homme le retint par le bras et baissa la voix :

– Dites-moi, votre collègue...

– Quoi ?

– Il est drogué jusqu'à l'os, vous le savez, ça ?

– Il a arrêté.

– C'est récent, alors, parce que les marques de piqûres, c'est...

Il acheva sa phrase en secouant la main, l'air de dire : « plutôt gratiné ».

– Je vous dis qu'il a arrêté, c'est clair ?

Le médecin fit un pas en arrière et considéra Kasdan dans toute sa splendeur. Gris, trempé, chèche humide autour du cou. L'interne sourit, d'un air consterné. Il franchit le seuil, suivi par les infirmières.

Kasdan s'approcha de Volokine. Il avait chaud, il avait peur, et se sentait de plus en plus mal à l'aise dans ce service. Comme si le désordre de la salle lui était passé dans le sang, foutant le bordel dans ses propres cellules.

Il se composa une mine réjouie :

– On va te transfuser mon sang, mon gars. (Il lui serra l'épaule.) Une bonne pinte de sang arménien. Ça va te requinquer.

Volokine sourit. Un pâle sourire, à travers lequel on voyait en transparence.

– Les mômes... Ils ont joué avec nous, vous comprenez ?

– Tu me l'as déjà dit. Ne t'énerve pas.

– Celui qui m'a touché, il m'a dit un mot. Je crois que c'était de l'allemand... « Gefangen » ou « gefenden ». Cherchez ce que ça veut dire...

– OK. Pas de problème. Calme-toi.

– Je suis très calme. Ils m'ont filé un sédatif... Vous avez vu leurs masques ?

Kasdan ne répondit pas. Les faces d'argent scintillantes, terribles, tragiques. Il cherchait à évacuer cette image.

– Des enfants-dieux..., murmura le jeune flic. Ce sont des enfants-dieux...

Il ferma les yeux. L'Arménien lui prit la main. Au fond de son âme, il pria. Le dieu des Arméniens, Celui qui les avait oubliés tant de fois, pour qu'Il pense ce matin à ce jeune Odar. Ce non-Arménien qui avait la vie devant lui.

– Kasdan.

– Quoi ?

– Parlez-moi de votre femme.

L'ancien flic blêmit mais trouva au fond de lui un soupçon de sourire :

– Tu veux nous la jouer mélo ?

– C'est bon pour ma jambe...

– Qu'est-ce que tu veux savoir ?

– Elle est morte, non ?

Kasdan prit son souffle. Il leva les yeux et contempla la salle. Les autres tables qui évoquaient une morgue. Le désordre des appareils. La lumière écrasante. Tout semblait ici usé, corrodé par l'incessante bataille contre la maladie, contre la mort.

– Kasdan...

– Quoi ?

– Votre femme, merde. Je vais passer au bloc.

L'Arménien serra les mâchoires. La tête lui tournait. Le dernier moment qu'il aurait choisi pour parler de Nariné. Mais il devinait ce que cherchait Volokine. Une confidence. Une berceuse à voix basse. Quelque chose qui puisse l'apaiser et atténuer le cauchemar qu'ils venaient de vivre.

– Ma femme est morte en 2001, dit-il enfin. Cancer généralisé. Rien d'original.

– Vous avez morflé ?

– Bien sûr. Mais depuis sa disparition, je me sens plus fort, plus lucide. À force de vivre dans la violence, j'avais fini par me croire invincible, tu vois ? Quand Nariné est partie, ce n'est pas l'intrusion violente de la mort dans la vie qui m'a surpris. C'est le contraire. J'ai compris à quel point la vie appartient à la mort, à quel point elle n'est qu'une brève parenthèse. Un sursis dans un océan de néant. La mort de Nariné, pour moi, ça a été ça. Un rappel à l'ordre. Nous sommes tous des morts en devenir...

Kasdan baissa les yeux. Volokine dormait. Il se mordit la lèvre. Pourquoi avait-il menti ? Pourquoi jouait-il encore les fiers-à-bras, les philosophes à la petite semaine, face à ce gamin qui lui avait demandé, justement, une marque de sincérité ?

À 63 ans, certains mots ne parvenaient toujours pas à franchir ses lèvres.

Il n'avait pas parlé de Nariné, mais de sa mort. Même pas : de la mort en général. S'il avait été sincère, il aurait dû cracher un autre discours. Il aurait dû dire qu'aujourd'hui encore, il appelait sa femme d'une pièce à l'autre. Qu'au moindre détour de pensée, elle jaillissait dans sa conscience. *Il faut que j'en parle à Nariné... Je dois appeler Nariné...*

Il était dans la peau du sprinter qui vient de franchir la ligne d'arrivée, encore emporté par son élan. Il courait, charriant avec lui sa vie révolue, ses anciens repères, ses sentiments familiers. Puis, soudain, il butait contre le présent – le vide du présent – et c'était comme si on le tirait en arrière pour lui faire passer la ligne d'arrivée, encore et encore. Pour qu'il se le foute bien dans la tête : Nariné est morte. Morte et balayée. La course est finie.

Voilà ce qu'il aurait dû dire au gamin.

Il aurait dû lui dire que, chaque jour, il imaginait une scène, se souvenait d'un détail. Chaque objet, chaque élément se mettait en place dans sa tête, les sentiments naissaient, coloriant le tableau, puis, d'un coup, le motif central s'effaçait. Nariné n'était plus. Alors, la scène s'effondrait comme un mauvais décor et il demeurait dans un état de stupeur incrédule.

Il aurait dû lui dire aussi que, parfois, c'était le contraire. Un élément du présent ramenait Nariné à la vie, comme un ressac. Il la sentait près de lui, vivant dans la trame même de sa propre existence. La vie quotidienne. La rumeur de la pensée. Les habitudes. Tout cela appartenait encore à Nariné. Toutes ces choses auraient dû mourir avec elle mais non, elles lui avaient survécu. Et d'une certaine façon, elle-même survivait en retour, grâce à ces éléments. Le goût de son vin préféré. Un feuilleton à la télévision. Les amis qu'elle détestait. Le monde de Nariné vivait toujours. Et elle avec.

Il aurait dû surtout lui dire qu'il s'attendait à cette mort. Qu'attend-on d'une personne de 57 ans, dont le cancer a éclaté partout à la fois ? Une femme qui est devenue un champ de métastases ? Pourtant, il n'avait pas prévu le trou béant laissé par l'explosion finale. Sa profondeur. Son diamètre. Ce trou qu'il mesurait chaque jour, au contact de la vie qui perdurait. Depuis longtemps, il n'aimait plus Nariné. Il ne se souvenait même plus du moment où son amour avait cessé. Encore moins du moment où cet amour avait commencé. Depuis des années, Nariné n'était plus pour lui qu'une source d'agacement, une charge négative. Leur relation n'était qu'une suite d'orages et de trêves, un échange empoisonné qui avait fini par produire ses propres anticorps.

C'était cette ennemie intime qui était morte. Pourtant, à la faveur de son absence, il avait découvert une autre vérité, une autre profondeur. Nariné existait en deçà de sa conscience. Depuis longtemps, elle n'habitait plus sa vie de surface. Elle évoluait ailleurs. Là où il n'allait jamais. Dans les coulisses de sa propre vie. Là où tout se décide, se prépare, se mûrit. Un lieu qui coulait de source, qui allait de soi, sur lequel on ne s'attarde plus...

Alors, il avait mesuré l'ampleur des dégâts. Quand ses pas résonnaient dans son théâtre vide, il comprenait qu'il avait perdu la bataille. Définitivement. Non, Nariné ne vivait pas grâce à son esprit, c'était son esprit, à lui, qui était mort avec sa disparition, ayant perdu toute cohérence, toute raison d'être.

La sonnerie d'un portable l'arracha à ses pensées.

Ce n'était pas son cellulaire. Il réalisa qu'il pleurait à chaudes larmes. Il tendit l'oreille. La sonnerie provenait du treillis de Volokine, posé sur une autre civière.

Il attrapa l'engin, scruta l'écran – il ne reconnaissait pas le numéro, bien sûr. Sans répondre, il emporta le téléphone hors de la chambre.

Qui pouvait appeler le môme à 6 heures du matin ?

# 58

IL REMONTA LE COULOIR sous l'œil réprobateur des infirmières. L'usage du portable est interdit dans les locaux de l'hôpital. Il poussa la porte battante et se retrouva près des ascenseurs.

– Allô ?

– Dalhambro.

– C'est Kasdan, annonça-t-il en s'essuyant les yeux avec la paume. Qu'est-ce qu'il y a ?

– Volokine n'est pas là ?

– Indisponible. Je t'écoute.

Brève hésitation. L'homme ne s'attendait pas à tomber sur le colosse.

– OK, fit-il. Je n'ai pas réussi à me rendormir. J'ai gratté sur votre histoire de secte chilienne.

Kasdan se dit qu'ils avaient, dans ce chaos, de la chance. Il existait encore des hommes, comme ce Dalhambro ou Arnaud, qui pouvaient être mordus par le virus d'une enquête en quelques secondes. Des hommes qui n'étaient pas totalement anesthésiés par les fêtes de Noël.

– Tu as trouvé quelque chose ?

– Je crois, ouais. Mais ce n'est pas une secte. Un territoire autonome.

– Quoi ?

– Cela paraît dingue mais c'est la stricte vérité. Le gouvernement français a accordé un territoire à une fondation à vocation non commerciale du nom de « Asunción » en 1986. Le nom complet est « Sociedad Asunción benefactora y educacional ». Il semblerait qu'il y ait eu un accord franco-chilien pour transférer le groupe. Attention : je ne parle pas d'une simple propriété privée. C'est un vrai pays, au sein de l'Hexagone. Ni français, ni chilien.

– C'est possible ?

– Tout est possible. Il y a d'autres exemples. C'est ce qu'on appelle un micro-État. Ici, il s'agit d'un territoire souverain, où la justice française n'a aucun droit. On ne connaît pas le nombre exact de ses habitants. Ni la topographie précise des lieux et des constructions. On ne sait pas non plus combien d'avions et d'hélicoptères possède cette « nation ». Ils ont leur propre espace aérien. Impossible de survoler Asunción.

Des rouages se mettaient en marche dans son cerveau. Ce statut à part pouvait expliquer certains mystères. Comme la disparition des trois collègues de Wilhelm Goetz. Reinaldo Gutteriez, Thomas Van Eck, Alfonso Arias. Des hommes qui n'étaient plus en France mais qui n'étaient pourtant jamais sortis du territoire. Ils avaient été *absorbés* par ce pays dans le pays.

Kasdan se souvint alors où il avait déjà entendu les mots de Volokine, à propos des trois bourreaux chiliens : « Tout se passe comme s'ils avaient été avalés par le territoire français. » Deux jours auparavant, Ricardo Mendez, le légiste, avait dit la même chose, à propos de la prothèse que portait Wilhelm Goetz, dont il ne parvenait pas à retrouver trace. Goetz avait été opéré de la hanche là même où les trois tortionnaires s'étaient planqués.

– Qui dirige cette communauté ?

– Aucune idée. Le gouvernement français ne sait plus ce qui se passe là-bas. J'ai même l'impression qu'on ne veut rien savoir. Ce groupe devient encombrant, tu piges ?

– Tu n'as pas le nom d'un dirigeant ? D'un ministre ? D'un secrétaire général ?

– Si. Attends... Il y a une sorte de Comité central. (Kasdan perçut un bruit de feuilles. Dalhambro avait pris des notes.) Voilà. L'homme qui coiffe tout ça s'appelle Bruno Hartmann.

– Tu veux dire : Hans-Werner Hartmann ?

– Ce n'est pas le nom que j'ai. Bruno Hartmann.

David Bokobza, le chercheur israélien, avait dit : « Il a même un fils, je crois, qui a dû prendre le relais. » Milosz avait résumé : « Le roi est mort. Vive le roi ! »

– Où est située la colonie ?

– D'après mes recherches, il y a eu deux implantations. Une première n'a pas fonctionné, en Camargue. La tribu s'était installée dans un site isolé, à cinquante kilomètres des Saintes-Maries-de-la-Mer. Ils ne dérangeaient personne mais la Camargue est un pays touristique. Il y a eu des plaintes. Le conseil général a joué de ses appuis pour expulser les Chiliens. Ils préféraient encore les Manouches à ces religieux bizarres. Les statuts n'ont jamais été signés. Au bout de plusieurs années, la communauté agraire a dû déguerpir.

– C'était quand ?

– En 1990.

– Où sont-ils allés ?

– Dans la partie la plus déserte de France : le Causse Méjean. Au sud du Massif Central. Là, je peux te dire qu'ils ne dérangent personne. C'est une espèce de steppe, paraît-il, genre Mongolie, qui s'étale sur des centaines de kilomètres. Ils ont là-bas plusieurs milliers d'hectares. Leurs seuls voisins sont des chevaux préhistoriques qu'on préserve dans un parc naturel. Je pense que, cette fois, la région s'est félicitée de cette arrivée. La Colonie a fait prospérer la zone. Ils ont creusé des puits, développé l'agriculture. Les colons sont devenus des pionniers. Aujourd'hui, ils vivent en complète autarcie. Sur le plan de la nourriture et de l'énergie. C'est une exploitation agricole géante, qui possède ses propres turbines pour l'électricité.

Kasdan était fasciné. Trait pour trait, c'était l'histoire de la Colonie au Chili qui se reproduisait en France. Bruno Hartmann était-il arrivé en France avec une horde d'enfants blonds, comme son père dans les années 60, sur le territoire chilien ?

– Tu parles du Causse Méjean. Tu sais où est situé exactement le site ?

– Le bled le plus proche s'appelle Arro. Ça doit être un village en ruine, où une poignée d'habitants meurent à petit feu.

– Quel nom tu dis ?

– Arro. A.R.R.O.

Kasdan marchait de nouveau dans le couloir de l'hôpital, en direction du bloc chirurgical.

– Donne-moi une seconde.

Il pénétra dans la pièce en désordre. Vide. Volokine était en salle d'opération. Il fouilla la gibecière du gamin et trouva son bloc Rhodia, sur lequel il notait ses idées, les noms, les détails qui comptaient. Kasdan fit claquer les pages et trouva les acrostiches d'après les œuvres vocales que dirigeait Goetz en ce Noël 2006. Requiem, Oratorio, Ave Maria, Requiem...

Les lettres lui pétèrent à la gueule.

Volokine avait inscrit sur la page quadrillée :

ORAR
ROAR
ARRO
RARO

Le petit génie avait donc vu juste, une fois de plus. En assemblant les premières lettres des pièces chorales de la fin d'année, on pouvait déchiffrer le nom du village près duquel se trouvait la secte. Voilà le secret que Goetz avait caché dans sa musique. Voilà ce qu'il voulait dire à tous. Les tortionnaires chiliens étaient en France et poursuivaient leur œuvre. *Les crimes continuent.*

– C'est tout ce que je peux vous dire, conclut Dalhambro face au silence de Kasdan. Vous pouvez continuer à gratter par vous-mêmes.

– Comment ?

– Sur le Net. La communauté possède un site qui décrit son credo religieux, ses activités agricoles, ses productions artisanales. Les mecs se présentent comme un ordre chrétien, à la manière de moines ou de sœurs catholiques. Sauf qu'ils sont très prospères. Leurs marques sont distribuées en France. Miel, légumes, charcuterie... Tout ça a l'air plutôt inoffensif. Je ne sais pas ce que vous cherchez mais...

– L'adresse du site : c'est quoi ?

Dalhambro dicta les coordonnées. Kasdan les nota sur le bloc de Volokine. Il avait l'impression de fusionner avec le cerveau du môme.

– Merci.
– Volokine, où il est ?
– Blessé.
– C'est grave ?
– Non. On te rappelle.
Kasdan repartit dans le couloir. Stoppa une infirmière qui traînait des sabots. Sans reprendre son souffle, il lui servit le baratin habituel : police, enquête, urgence.
– Que voulez-vous ?
– Je dois consulter un site Internet. J'ai besoin d'un ordinateur.
– Il n'y a pas de machines connectées avec l'extérieur. Nous sommes ici en réseau interne.
– Pas une bécane branchée sur la Toile, dans tout l'hosto ? Vous me prenez pour un con ?
L'infirmière recula, effrayée.
– Eh bien, il y a l'espace Plein Ciel. Je crois qu'ils ont des ordinateurs et...
– Où est-ce ?
– Au dernier étage.
– C'est fermé, non ?
– Oui. L'espace est ouvert entre 14 h et...
– La clé. Vite.
Elle hésita un bref instant puis murmura :
– Attendez-moi ici.
Elle se glissa dans un bureau vitré – le quartier général des infirmières. Kasdan la suivit du regard, vérifiant qu'elle n'appelait pas un de ses supérieurs ou, pire encore, la police, *la vraie*. Elle revint vers lui, un trousseau à la main. Sans un mot, elle détacha une clé. Kasdan l'attrapa en crachant un bref « merci ». Il courut jusqu'aux ascenseurs.

Deux minutes plus tard, il sillonnait l'espace Plein Ciel, noyé d'obscurité. Des billards, des baby-foot, des flippers, des écrans de télévision géants... Sur la droite, il aperçut une salle de musique, où brillaient les cymbales d'une batterie.

Puis, sur la gauche, il repéra la salle des écrans.

Lumière. Connexion. Kasdan composa les coordonnées du site de la Colonie Asunción. La page d'accueil apparut.

Il dut se frotter les yeux pour y croire.

La présentation générale – mise en pages, photos, textes – rappelait celle d'un village du Club Méditerranée. Des enfants éclataient de rire, allongés dans l'herbe. Des hommes aux traits radieux travaillaient aux champs, dans la pulvérulence dorée du soleil. Des jeunes femmes, de vrais visages d'anges, s'appliquaient sur des métiers à tisser. La Colonie avait su s'adapter à la France et au nouveau millénaire. Ses membres portaient des tenues sobres, noires et blanches. Il n'était plus question de costumes bavarois. Ni de drapeau au sigle noir et effilé.

Kasdan passa aux autres pages. On y détaillait les activités agricoles de la *Comunidad* (le mot était plusieurs fois écrit en espagnol). De vastes granges en bois, des tracteurs flambant neufs, des champs aux couleurs violentes, à la fertilité puissante, s'étalaient sur chaque page. Ce qui frappait le plus était la beauté des bâtiments du « Centre de Pureté » – là où vivaient les membres du groupe religieux proprement dit. Hartmann, père ou fils, avait imposé un style architectural moderne. Aux côtés des bâtisses d'habitation, très sobres, l'église et l'hôpital dressaient des lignes futuristes. Le site hospitalier soutenait un auvent bombé, miroitant, qui ressemblait à l'aile déployée d'un oiseau de métal. L'église arborait un campanile dont les quatre côtés se croisaient en hauteur, jusqu'à s'ouvrir vers leur sommet, en une sorte de vasque cubiste.

D'où sortait tout ce pognon ? Ce n'était pas en cultivant des patates que les Germano-Chiliens avaient pu se construire de telles infrastructures. Les économies venues de l'or du Chili ? Ou des fonds provenant de nouveaux membres ? Bruno Hartmann enrôlait-il des adeptes, sur le sol français, de préférence fortunés, à la manière de n'importe quelle secte ?

Sur d'autres pages, on présentait les services proposés par la Communauté au monde extérieur – une partie du territoire était ouverte au public. Chaque dimanche, les habitants de la région pouvaient suivre une messe matinale, assortie d'un concert. Ou encore profiter des soins de l'hôpital, gratuitement. Un centre d'éducation était aussi proposé, qui comprenait une crèche, une maternelle, une école primaire, un collège et un lycée. Le texte garantissait un « enseignement libre et laïque ».

Tout cela était trop parfait. Plus la communauté apparaissait chaleureuse, plus Kasdan était glacé. Le groupe avait reproduit ici la formule qui avait fait sa fortune au Chili. L'Arménien était sidéré qu'un tel délire, concevable à la rigueur en terre de dictature, ait pu trouver sa place en France. La Colonie poursuivait-elle aussi ses activités de tortionnaires professionnels, comme au Chili ?

Il poursuivit sa visite virtuelle avec les « Contacts ». En guise de coordonnées, une boîte postale, à Millau. Il n'était pas possible d'écrire directement à la Communauté. Ni même de laisser un courrier électronique. Ce site ne marchait que dans un seul sens.

Kasdan cliqua sur l'entrée « Concerts ». Régulièrement, la Colonie donnait des récitals de musique hors de son territoire – pour l'essentiel, des œuvres vocales, jouées dans des églises de la région. Il consulta la liste des dates et remarqua un fait crucial. Les Petits Chanteurs d'Asunción proposaient un concert, aujourd'hui même, 25 décembre, à 15 heures, au sein de l'enclave.

Une aubaine inespérée.

L'occasion rêvée de pénétrer dans l'enceinte interdite.

Kasdan regarda sa montre. Pas encore 8 heures du matin. Il se connecta avec le site Mappy et fit une recherche rapide. Arro se trouvait à quelques dizaines de kilomètres d'une ville plus importante, Florac, dans le département de la Lozère. Le site prévoyait six heures et demie de route. Il pouvait couvrir la distance en cinq heures, sans respecter les limitations de vitesse. Il alluma l'imprimante de la salle et lança l'édition de l'itinéraire détaillé.

Attrapant la feuille, il songea à Volokine. Sous anesthésie générale, le gamin en avait pour la journée. Il se réveillerait en fin d'après-midi. Kasdan l'appellerait alors – et le rejoindrait à la nuit, pour un débriefing complet.

Kasdan prit l'ascenseur, s'arrêta au rez-de-chaussée et jeta un dernier coup d'œil au bloc opératoire. Volo n'était toujours pas sorti. Il griffonna un mot à son intention. Avec un peu de chance, il serait revenu avant que le gamin ne reprenne ses esprits.

Il s'achemina dans le couloir, galvanisé. Il ne ressentait aucune peur, aucune fatigue. Seulement une espèce de sillage d'héroïsme autour de lui. Il avait connu toutes sortes d'affaires criminelles.

Des affaires où le coupable avait agi en solitaire. Parfois, c'était un couple d'assassins. D'autres fois, une bande de malfrats.

Aujourd'hui, le suspect était bien plus vaste.

Ce n'était ni un homme, ni un duo, ni un groupe.

Le suspect était un pays tout entier.

Une zone vierge sur la carte de France.

L'empire de la peur.

# III

# LA COLONIE

# 59

KASDAN ROULA quatre heures d'affilée, tenant une moyenne de 180 kilomètres-heure. À chaque radar, il accélérait encore, avec une secrète satisfaction. Il conduisait à une telle vitesse qu'il ne songeait plus à l'enquête. Ni à la secte. Le moindre frémissement du volant pouvait lui être fatal et son attention était entièrement absorbée par le ruban d'asphalte qui filait, filait, filait...

Il était descendu en ligne droite, plein sud, en direction de Clermont-Ferrand, puis avait continué sur l'A75 vers le Puy et Aurillac. Cent kilomètres plus tard, après le pont sur la Truyère, il s'arrêta à une station-service pour refaire le plein. Sur le parking de la cafétéria, il se décida à appeler le commissariat principal de Gennevilliers. Sans donner son nom, il prévint les flics qu'une sinistre trouvaille les attendait dans le garage de Régis Mazoyer, au pied de la cité Calder. Kasdan raccrocha avant la moindre question.

Il savait ce qu'il faisait. Midi. Un groupe de la sécurité publique allait vérifier. Le substitut de permanence serait contacté. L'affaire serait confiée au service départemental de police judiciaire des Hauts-de-Seine. Tout ça un 25 décembre. Aucune enquête sérieuse ne serait engagée avant le 26. Le télex à l'État-Major sortirait à ce moment-là. Un lien serait effectué avec les autres meurtres. Mais on serait déjà le 27. Quant aux résultats de l'autopsie et des relevés de scène de crime, ils ne seraient disponibles que plus tard encore. Autant d'avance pour leur propre enquête.

Kasdan pénétra dans la cafétéria. Pas un rat. Tout le monde était au chaud, savourant son repas de Noël.

Il se paya un café et rouvrit son cellulaire. Il voulait vérifier un autre fait. Il composa le numéro de portable d'un camarade, membre d'une des associations de la rue Goujon. Un Arménien à l'ancienne, partageant ses journées entre tavlou et souvenirs du pays. L'homme avait vécu une partie de sa vie à Munich.

– Kegham ? Doudouk.

– Tu m'appelles pour le Noël des Odars ?

– Non. J'ai un renseignement à te demander.

– Je me disais aussi...

– Je cherche la traduction d'un mot allemand. « Gefangen » ou « gefenden ».

– Dans quel contexte ?

Le couteau s'enfonçant dans la jambe de Volokine.

Kasdan résuma :

– Le mot était prononcé par un enfant.

– Dans le cadre d'un jeu ?

– Un jeu. C'est ça.

– Alors, c'est l'équivalent du « chat et de la souris ». En Allemagne, les gamins appellent ça *Fangen*, qui signifie « attraper ». L'un des gosses court après les autres. Quand il touche un copain, il dit *Gefangen* : « attrapé ». Le gamin touché devient le *Fänger*, « l'attrapeur »...

Kasdan revit les masques d'argent frappé.

Des enfants-monstres, qui jouaient avec le sang et la souffrance.

– Merci, vieux, conclut-il. On se voit pour Noël, à Saint-Jean-Baptiste.

– Avec plaisir.

Les Arméniens fêtent Noël au moment de l'Épiphanie. Encore une manière de marquer leur différence. Les frontières de leur monde strict. Mais tout cela, en cet instant, lui paraissait à des années-lumière. Il reprit un café. Avala dans la foulée son Depakote et son Seroplex. Le noir n'avait aucun goût mais le principal était fait. L'équilibre pour la journée. Le soulagement d'avoir assimilé sa dose.

Dans la vitre de la salle, il aperçut sa silhouette. Il avait pris le temps de repasser chez lui. Douché, rasé, il portait maintenant un manteau noir, pur laine, un costard sombre de première, celui qu'il avait acheté pour l'enterrement de Nariné, avec pli rasoir et revers sur la chaussure, chemise blanche, cravate de soie moirée et Weston cirées. Il était fin prêt pour la grand-messe chorale de la Colonie.

Il saisit sa clé de contact et sortit dans le vent glacé.

Après quelques kilomètres d'autoroute, il emprunta la N88 et découvrit des plaines pigmentées de givre. Sapins noirs. Herbes rases. À perte de vue. D'après son plan, il longeait maintenant le plateau de la Lozère. C'était un hiver sans neige et cette région ne faisait pas exception à la règle. Un ciel gris surplombait les surfaces en friche. Rien ne bougeait dans ce désert, excepté le vent, qui s'en donnait à cœur joie. Sa Volvo était secouée comme une barque dans la tempête.

Il avait ralenti. Laissait ses pensées se préciser. Il était prêt maintenant pour affronter un élément si inattendu qu'il l'avait jusqu'ici remisé dans un coin de son crâne. Au détour de cette enquête, un fragment de sa propre existence avait surgi. Un fragment enfoui. Enterré. Soi-disant oublié. Il n'en avait pas parlé à Volokine. Il ne se l'était même pas avoué à lui-même. Mais le fait était là. En traquant les trois tortionnaires français qui avaient sévi au Chili, il avait retrouvé la trace du colonel Jean-Claude Forgeras, devenu le général Py.

40 ans pour croiser à nouveau la route du salopard.

Ce coup de hasard confirmait sa conviction secrète. Conviction qui n'avait cessé de s'affirmer en lui depuis la découverte du cadavre de Goetz dans la cathédrale Saint-Jean-Baptiste. Cette enquête était beaucoup plus que sa dernière affaire. Elle était une conclusion. Une rédemption. L'occasion pour lui de solder tous ses comptes.

Aux abords de Balsièges, il attaqua la N106 et découvrit un paysage semi-montagneux, où sapins et prairies semblaient plus âpres. Il ne croisait ni à-pics ni falaises. Seulement des dépressions longues et nettes, écrasées par des rafales féroces. Pas l'ombre d'un homme. Ni même d'un mouton. En hiver, le bétail restait dans les bergeries. Il monta encore. Franchit le Col de Montmirat. L'atmosphère de désolation était totale.

Florac en vue. Une vraie ville, de taille moyenne, préservée, médiévale, traversée par une rivière qui filait comme au fond d'un gosier asséché. Kasdan se demanda si les habitants d'ici allaient se rendre au concert de la Colonie.

Il croisa une poignée de jeunes, faisant du surplace à vélo et mobylette autour d'un banc. Il demanda sa route. La première réponse des gamins fut un sifflement, qui voulait dire : « Vous êtes pas arrivé. » Puis vinrent les précisions. Pour atteindre Arro, il fallait continuer vers le sud, sur la D907, puis bifurquer à droite, dix kilomètres plus tard.

– Il y aura un panneau ?

– Pas de panneau, m'sieur. C'est même plus une route. Un sentier qui traverse le Causse en diagonale. Pfffffttt ! (Le gosse accompagna le sifflement d'un geste tranchant de la main.) Comptez bien les kilomètres pour tourner où il faut.

– Ensuite, Arro sera loin ?

– Quinze kilomètres environ.

– C'est grand, comme village ?

Les gamins éclatèrent de rire.

– Dix baraques, à tout casser. C'est des vieux babas qu'habitent là-bas. Y font des fromages, avec leurs chèvres. Mais faites gaffe, y sont pas commodes.

Un des ados renchérit, s'appuyant sur son guidon :

– Y vont vous accueillir à coups d'fusil !

Kasdan remercia le comité. Il passa la première, se disant que le temps commençait à courir. 14 h. Il n'avait plus qu'une heure pour trouver non seulement Arro, mais la Colonie.

Il reprit sa route, croisant un panneau qui mettait en garde les conducteurs sur l'absence de station-service sur plus de cent kilomètres. Il n'avait jamais vu ça. Coup d'œil à sa jauge. Assez de carburant pour aller et revenir, à condition de ne pas se perdre...

Quelques kilomètres plus tard, l'Arménien découvrit le paysage qu'il attendait depuis qu'il avait quitté l'autoroute. Un plateau calcaire immense, à mille mètres d'altitude, cerné par des montagnes peu élevées, dessinant de longues courbes sur l'horizon. Le Causse Méjean. Toujours pas de neige mais une atmosphère précise, pointilliste, comme piquée par le froid. Parfois, la plaine ondulait dans le vent, prairie d'herbes sèches et jaunes, puis lui tenait tête au contraire, gazon serré aussi dru qu'un green de golf.

Les dimensions du tableau pouvaient effrayer. Mais c'était le contraire qui se produisait. Les lignes régulières, les courbes adoucies de l'horizon offraient un équilibre, une plénitude au regard. On se sentait bien sur cette mer jaune et verte, naviguant au gré du ruban d'asphalte.

Kasdan avait réglé son compteur kilométrique. Au bout de dix bornes, il trouva un sentier sur la droite et bifurqua. La ressemblance avec les steppes mongoles ou les déserts de l'Utah était frappante. Il était stupéfait que la France puisse offrir un tel paysage. Il n'y avait ici plus trace de civilisation humaine. Pas l'ombre d'un poteau électrique, ni d'un champ cultivé. À mesure qu'on traversait ces plaines, on sillonnait le temps à rebours, remontant jusqu'à des temps immémoriaux.

Kasdan roulait maintenant à une allure d'escargot, dans un tourbillon de poussière qui limitait vitesse et visibilité. Il ne croisait aucune voiture. Personne ne se rendait donc au concert ? Ou était-il sur la mauvaise route ? Il finit seulement par repérer des rapaces dans le ciel. Peut-être des vautours...

Il traça encore. Les paroles de Milosz lui revinrent en tête. La pureté de la chorale. Les châtiments qui sauvaient le monde. L'Agôgé, l'initiation guerrière des adolescents. Le paysage était parfait pour ces idées. Il avait l'impression de rouler parmi des roches mères, cette génération minérale qui a précédé les rocs et les silex de notre Terre. Il sillonnait le temps des Titans. Le temps des origines. Il éprouvait, physiquement, la sensation d'approcher un mystère.

La piste se couvrit de dalles. Cahotant sur les pierres, Kasdan ralentit jusqu'à repérer, grises sur le ciel d'ardoise, une grappe de maisons. Cela ressemblait plutôt à un hameau fantôme, abandonné depuis des lustres. Aucun panneau. Pas l'ombre d'un commerce ou d'un câble électrique.

L'Arménien rétrograda et pénétra dans le village. La route s'étrécit pour se glisser entre les constructions. En pierres apparentes, maculées de lichen, elles semblaient restaurées mais dans le style de la région. Le style décrépit. Kasdan se tordait le cou pour apercevoir un habitant. Personne. Le vent mugissait et les tuiles tremblaient sur leur charpente. S'il n'avait pas su qu'une bande de hippies vivaient ici, il aurait juré avoir affaire à un tas de pierres rendues à leur solitude éternelle.

Il allait sortir du hameau – une quinzaine de baraques tout au plus, chapelle comprise – quand des hommes surgirent des deux côtés de la route. Kasdan crut à une vision. Vêtus de parkas sombres, ils tenaient des fusils. Et pas n'importe lesquels. Des armes d'assaut dernier cri. Un grand gaillard sortit du lot, cheveux blancs et doudoune bleu électrique. Il s'approcha, lui faisant signe de ralentir.

Des années plus tôt, Kasdan avait accompagné un homme politique français en Israël, à titre d'agent de sécurité. Lorsqu'ils avaient pénétré dans les zones colonisées, ils avaient rencontré des milices armées. C'était la même atmosphère. Méfiance. Hostilité. Détente facile.

Il baissa sa vitre, se composant un beau sourire.

– Où vous allez comme ça ? demanda l'homme.

Kasdan faillit répondre : « Qu'est-ce que ça peut te foutre ? » mais il accentua son sourire et rétorqua, de sa voix la plus calme :

– C'est une route privée ?

L'homme sourit en silence. Il se pencha et inspecta l'intérieur de la voiture, tranquillement. Ses manières ne cadraient pas avec la violence de l'attaque. Il paraissait courtois, décontracté. La soixantaine, une belle gueule de cow-boy, tannée par le soleil. Deux yeux clairs perçaient la peau sèche. Deux points d'eau dans le désert. Comme ses propres yeux, *à lui*.

– Vous venez de Paris ?

– Vous avez vu ma plaque.

– Qu'est-ce que vous venez faire ici ?

– Assister au concert d'Asunción. Leur chorale chante aujourd'hui.

Accoudé à la fenêtre, l'homme prenait son temps.

– Je suis au courant, fit-il d'une voix grave et douce.

– Vous arrêtez tous les automobilistes ?

– Seulement ceux que nous ne connaissons pas.

Il se redressa et baissa son arme. Un pistolet-mitrailleur MP-5, fabriqué par Heckler & Koch. Un engin redoutable, utilisé par les unités spéciales. Calibre 9 mm. Trois positions. Coup à coup. Rafale de trois coups. Rafale libre. Crosse rétractable. Support de visée télescopique. Où ces babas s'étaient-ils procuré de tels engins ? Et l'autorisation légale de s'en servir ?

– Ça fait un bout de chemin pour simplement écouter des mômes chanter, non ?

– C'est ma passion. Les maîtrises d'enfants. La chorale d'Asunción est réputée.

– Si je peux me permettre, vous n'avez pas franchement une tête de mélomane.

Kasdan eut soudain envie de lui braquer sa carte sous le nez. Mais il devait rester anonyme. Et son interlocuteur n'était pas du genre à se faire rouler par une carte de flic périmée depuis 4 ans.

– Je suis pourtant un spécialiste. (Il retrouva son sourire et demanda :) Vous n'allez pas au concert, vous ?

– La Colonie et nous, c'est une longue histoire.

– Vous travaillez pour eux ?

L'homme éclata de rire. Une onde de joie sereine, posée, lancée dans le vent. Les hommes derrière lui rirent en écho.

– Ce n'est pas ce que je dirais, non.

– Contre eux ?

– Les gens de la Colonie font ce qu'ils veulent à l'intérieur de leurs terres. Mais dehors, c'est une autre histoire. Dehors, c'est chez nous.

Le combattant s'accouda de nouveau à la fenêtre :

– Ici, à force de regarder les pierres, on acquiert une conviction. Même les roches les plus dures finissent par se fendre.

– Vous attendez la fissure d'Asunción ?

Sourire et silence lui répondirent. Les yeux clairs et rieurs, la voix posée, ne collaient décidément pas avec le MP-5.

L'homme murmura :

– Tout a une fin, « monsieur de Paris ». Même une forteresse comme Asunción peut baisser la garde. Ce jour-là, nous serons prêts.

Kasdan eut envie d'interroger le gaillard aux cheveux blancs, mais cela aurait été se trahir. L'homme tendit sa main à travers la fenêtre.

– Pierre Rochas. Je suis le maire d'Arro.

Kasdan serra la main rugueuse, sans se présenter.

– Je peux y aller maintenant ?

– Aucun problème. Vous continuez sur cette piste pendant cinq kilomètres. Ensuite, une autre route se présentera sur votre droite. Vous ne pouvez pas vous tromper : elle est bitumée. Encore trois kilomètres et ce sera Asunción.

Rochas se recula et fit un geste circulaire. Ses complices s'écartèrent. Leurs âges s'étageaient entre 18 ans et la quarantaine. Des gardiens entraînés, déterminés, qui tenaient fermement leurs armes semi-automatiques. Les dépassant, Kasdan se dit que ces autochtones constituaient un danger qu'il n'avait pas prévu. Si jamais Rochas et sa bande décidaient d'attaquer la Colonie, cela finirait en massacre.

Des images de feu et de sang traversèrent son esprit. Des dates, aussi. 1994. Le FBI attaque la secte de Waco, au Texas. Bilan : 86 morts. 1993. Se sentant menacés, les dirigeants de l'Ordre du Temple solaire « suicident » leurs membres. 64 morts. 1978. Toujours sous la menace, le pasteur Jim Jones conduit au suicide collectif les 914 adeptes de son « Temple du peuple », en Guyana. Il ne faisait pas bon d'attaquer les sectes.

Dans son rétroviseur, il vit Rochas et ses hommes lever leurs armes d'assaut en signe d'adieu.

# 60

VOLOKINE SE RÉVEILLA, avec la sensation d'avoir la tête prise dans un immense presse-papier de résine. Papillon ou scarabée immortalisé en transparence. Du talc dans la bouche. Du plomb dans les dents. Les idées comme du riz gluant.

Il consulta sa montre. Il ne la portait plus. À la place, un cathéter pénétrait son bras. Au-dessus, une poche translucide s'écoulait avec lenteur. Elle devait contenir un médicament associé à du glucose.

Son regard voyagea vers la fenêtre. Le jour déclinait. Il avait donc dormi plus de huit heures. Merde. Dans la pénombre, il réalisa où il était : une chambre d'hôpital à quatre lits. Aucun autre n'était occupé. Tout semblait jaunâtre, tirant sur le beige.

– Vous êtes réveillé ?

Volokine ne répondit pas : ses yeux ouverts faisaient foi.

– Comment vous vous sentez ?

– Lourd.

L'infirmière eut un large sourire. Sans allumer le plafonnier, elle s'approcha de la perfusion et vérifia le débit. Elle ne quittait pas son sourire. Il avait déjà compris. L'éclat singulier des yeux. L'expression appuyée. Il avait la cote. Même endormi, même boiteux, l'infirmière l'avait repéré.

Il était habitué à ce régime. Il plaisait aux filles, sans se forcer ni faire quoi que ce soit de spécial. Il vivait ce privilège avec indifférence. Parfois même avec tristesse. Il savait pourquoi il branchait les meufs. Il y avait sa petite gueule d'ange rebelle, bien sûr, mais pas seulement. Les femmes, avec leurs antennes paraboliques, sentaient qu'il n'était pas disponible. Il était *ailleurs*. Il appartenait, jusque dans la moindre fibre de son corps et de son esprit, à la dope. Quoi de plus désirable que ce qui vous échappe ? Et puis, qu'on le veuille ou non, un suicidaire, c'est toujours romantique.

– Personne n'est passé pour moi ? demanda-t-il d'une voix pâteuse.

– Non.

– Je peux récupérer mon portable ?

– C'est interdit dans l'enceinte de l'hôpital mais pour vous, je vais faire une exception.

Elle ouvrit l'armoire. La seconde suivante, il avait son cellulaire dans la main. Il consulta sa messagerie. Aucune nouvelle de Kasdan. Où était le Vieux ? Il se sentit seul, abandonné, perdu. Les larmes montèrent. L'amitié était dangereuse. C'était comme le reste : on pouvait devenir accro.

L'infirmière était toujours là, debout devant son lit. Il lui sembla qu'elle se réjouissait de sa messagerie vide et de sa gueule déconfite. Sans compter qu'il ne portait pas d'alliance.

– Tout s'est très bien passé, prononça-t-elle d'une voix suave. Dans une semaine, vous gambaderez comme un lapin. Je vous emmènerai au cinéma fêter ça.

– Quand je pourrai sortir ?

– Il faut compter trois jours.

À l'expression de son visage, elle ajouta :

– Peut-être deux. Il faut voir avec l'interne.

Volokine se tourna vers la fenêtre et rabattit sa couverture sur lui :

– Faut que je dorme.

– Bien sûr, chuchota-t-elle. Je vous laisse...

Il entendit la porte se refermer avec soulagement. Une semaine sans dope. Pas mal. Mais il avait la victoire amère. Une force terrible lui appuyait sur la cage thoracique. Les effets de l'anesthésie reculaient et révélaient une autre oppression. Plus dure, plus ancienne. Une tristesse sans fond, dont il n'identifiait pas la cause.

Il ferma les yeux et se sentit bombardé par les fragments récents de l'enquête. Le visage ouvert en deux de Naseer. Le corps nu de

Manoury. Le cœur noir de Mazoyer. Puis le couteau dans sa propre chair... *Gefangen...*

Il comprit la vérité. Il ne s'agissait pas de sa blessure. Ni des crampes du manque. C'était cette enquête qui le rendait malade. Il avait l'habitude de l'enfance maltraitée mais il y avait dans cette histoire de secte, prônant la foi et le châtiment, une cruauté particulière qui le touchait d'une manière aiguë. Quelque chose qui lui rappelait sa propre histoire. Cette histoire dont, justement, il ne se souvenait pas.

Tout se passait sans lui.

Une connexion s'était faite entre les faits et son inconscient.

Il rouvrit les yeux. La tête lui tournait. Avec difficulté, il parvint à s'asseoir sur son lit. Puis il s'achemina vers le placard où étaient rangés ses vêtements et sa gibecière. Il était à poil sous une blouse en papier et cette tenue lui semblait aggraver encore sa fragilité.

Il s'agenouilla. Découvrit une feuille écrite sur sa sacoche. Un message de Kasdan. Incompréhensible. Le vieux expliquait que la secte Asunción était implantée en France, dans le Sud, et qu'il était parti écouter un concert là-bas. Qu'est-ce que ça signifiait ? Volokine n'avait pas les idées assez claires pour en déduire quoi que ce soit.

Il trouva le shit, le papier à rouler, les tickets de métro.

Retourna s'asseoir sur son lit et attaqua la confection d'un pétard.

Anesthésie personnelle.

Tout en encollant ses feuilles, il réfléchit. À son propre passé. Même sous la torture, il ne l'aurait pas avoué mais il avait un problème de mémoire. Deux années de son enfance lui avaient été volées. Un gouffre. Une béance. Pourquoi ne s'en souvenait-il pas ? Avait-il vécu un traumatisme, qu'il refusait d'admettre et dont il ne parvenait pas à se rappeler ? Les voix. Une église. Une ombre. Oui : dans les terres inaccessibles de son inconscient, un souvenir rôdait. Un évènement s'infectait comme le ciseau d'un chirurgien oublié au fond de son ventre.

Il ouvrit la Craven et déversa le tabac blond sur les feuilles. De nouveau, sa conviction revint en force. Il pressentait, sans pouvoir l'expliquer, que son traumatisme possédait un lien avec l'enquête. Ou du moins, il sentait qu'en identifiant ce choc des origines, il se sentirait plus libre, plus clairvoyant – et il comprendrait d'un coup l'affaire de la Colonie.

Creuser en lui-même.

Se souvenir.

Pas pour lui.

*Pour l'enquête.*

Il songea à Bernard-Marie Jeanson et ses conneries de cri primal. Pas si con que ça, en vérité. Il devait cracher lui-même son abcès. Ce point gangréné au fond de ses viscères. Cette libération lui permettrait d'avancer d'un cran dans l'enquête.

Soudain, alors qu'il brûlait le cannabis, il eut une sensation d'imminence.

Il était au bord de se souvenir.

Le seuil était là, à portée de main.

Il fallait simplement pousser...

Mais sa volonté ne suffisait pas.

Visiter Jeanson ? Hurler son refoulement ? Non. Il ne croyait pas assez aux délires du psychiatre. Pour se libérer, il ne connaissait qu'un seul moyen – radical. Il alluma son joint en se disant que son raisonnement n'était qu'une mauvaise excuse. Mais il était déjà trop tard. L'idée avait germé. Se déployait en lui, développant ses tentacules autour de son cerveau.

Il vacilla de nouveau jusqu'au placard. Sortit ses affaires et remarqua qu'on avait déposé là un pantalon de jogging pour remplacer son fute déchiré. Sans doute une attention de l'infirmière. Il s'habilla. Boutonna sa chemise. Ferma par-dessus son treillis. Passa son sac en bandoulière. Paré pour le grand départ, mais il lui manquait quelque chose.

Fouillant dans son treillis, puis dans sa gibecière, il ne trouva pas son automatique. Kasdan, à tous les coups. Une suée se figea sur son visage. Il faudrait effectuer une psychanalyse du sentiment de puissance lié au port d'une arme. Tous les flics connaissent ce sourd réconfort, cette délectable impression d'être au-dessus de la masse. Maintenant, Volokine se sentait castré. Maigre consolation, il trouva au fond de sa poche sa plaque de flic. C'était mieux que rien.

Il se glissa dans le couloir, après avoir soigneusement écrasé son cône et l'avoir enfoui dans sa poche. Tête baissée, boitant, il longea les murs et ne croisa aucune infirmière. En quelques secondes, il était dehors, sur le campus. Il ne savait même pas dans quel hôpital il se trouvait. Il s'orienta au flair et constata que sa jambe n'était pas trop douloureuse.

Il sortit de l'enceinte. Se retrouva boulevard Magenta. À ce moment seulement, il mit un nom sur l'hosto. Lariboisière. Il eut une pensée pour Kasdan qui l'avait amené jusqu'ici, ensanglanté, inconscient. Il revaudrait ça à l'Arménien.

Cette pensée appela d'autres images. Le parvis moiré de la cité Calder. La cheminée crachant son panache bleu éclairé par la lune. L'enfant au masque d'argent. *Gefangen*. Il revit la main du gamin. La lame dans ses chairs. Le souvenir se mua en sensation. La sensation en nausée. Il crut qu'il allait vomir sur le trottoir.

Il aperçut un taxi et se jeta dedans.

– Rue d'Orsel.

Il contempla ses mains. Elles tremblaient par brèves secousses. Il s'enfonça dans son siège et ferma les yeux.

Pour le commun des mortels, l'univers de l'héroïne est un outre-monde hanté par des zombies aux cernes noirs, ponctué d'overdoses tragiques et de mauvais payeurs assassinés dans des poubelles. La vérité est plus banale. Le monde de la drogue, c'est surtout des coups de téléphone, des attentes, des allées et venues dans des escaliers. Et puis, chez le dealer, des conversations qui ne riment à rien, des disparitions interminables dans les toilettes, des réflexes sociaux, des attitudes décalées, visant toujours à donner le change, à imiter les gens normaux – ceux qui ne sont pas malades.

Le Russe attrapa son cellulaire. Composa un numéro qu'il avait effacé de sa mémoire électronique mais qu'il connaissait par cœur :

– Marc ? Volo.

– C'est pas vrai...

– J'arrive.

– J'ai des appuis chez les flics, maintenant. Tu peux plus...

– J'arrive. Tu me parleras de tes appuis.

– Putain...

L'homme avait prononcé ces dernières syllabes sur un ton d'extrême fatigue. Volokine raccrocha en souriant. Le taxi remontait la rue de Clignancourt. Tourna à gauche. La rue d'Orsel.

– C'est bon. Arrêtez-moi là. Et attendez.

Il s'enfouit derrière les voitures stationnées. Dépassa quelques numéros. Se glissa sous le porche.

Cinq étages sans ascenseur.

Il avait oublié ce détail – son calvaire commença.

À chaque palier, il ralentit pour reprendre son souffle. À chaque fois, il croisait des spectres qui descendaient, l'air nerveux ou défoncé, selon qu'ils s'étaient fixés ou non chez le dealer.

Dernier étage. Un gugus sortait de l'appartement. Volokine aurait pu se glisser à l'intérieur mais il préféra sonner. Il ne voulait pas entrer. Il ne voulait pas éprouver l'atmosphère poisseuse de dépendance qui règne toujours chez un revendeur.

À sa vue, le trafiquant grimaça un sourire, mi-colère, mi-mépris. Un sourire à bouffer de la merde.

– Ça va pas recommencer, non ? Faut que je gagne ma vie, moi.

– Ça recommencera pas, j'ai décroché.

– Je vois ça.

– Ta gueule.

– Tu comprends pas. J'ai des amis dans la police maintenant et ils...

Volokine empoigna le mec à la gorge et le plaqua contre le chambranle :

– Ta gueule, je te dis. File-moi ce que je veux et je disparais.

– Tu fais vraiment chier. C'est du racket...

Volokine resserra sa prise.

– File.

Le contact du papier plié, au fond de la main.

Le frémissement, la chaleur de l'héroïne, imminente...

Volokine lâcha le dealer et recula, déjà rasséréné par le poison tout proche.

– Adios, ducon. C'était la dernière.

– Ben voyons.

Le flic plongea dans les escaliers, boitillant mais ne sentant plus la douleur.

Il rejoignit son taxi et prévint :

– Je dois trouver une pharmacie de garde.

Des seringues. De l'alcool à 90°. Du coton hydrophile. Et surtout, dégoter un refuge pour son opération de catharsis. Pas question de retourner chez lui, rue Amelot. Pas question non plus d'atterrir dans un hôtel de troisième zone. Il pouvait opter pour une brasserie et commander un thé citron. Le thé pour la cuillère. Le citron pour le jus. Mais à l'idée de se fixer dans des chiottes sordides, son estomac se soulevait.

Le chauffeur s'arrêta sous une croix de néons. Vert fluorescent. Granit du ciel. Volokine bondit sur le trottoir. Cette mobilité était une bonne surprise. Il pourrait poursuivre son enquête, sans respecter la moindre convalescence.

Le flic traversa l'espace de la pharmacie, où s'alignaient crèmes de soin et kits de régime miracle. Il dépassa la file d'attente puis effectua sa commande, d'un ton qui ne tolérait aucune réplique.

La pharmacienne risqua :

– Vous avez une ordonnance ?

– Non. Mais je suis pressé. Je suis héroïno-dépendant.

– Vous plaisantez ?

Volokine sortit sa carte de flic :

– Bien sûr. Mon collègue est diabétique. Il m'attend dans la voiture. Vous pouvez faire vite ?

La femme, légèrement rassurée, s'exécuta. Trois minutes plus tard, il était de retour dans le tacot, les bras serrés sur son butin.

– Boulevard Voltaire, ordonna-t-il.

Il savait maintenant où il allait. Il n'y avait pas d'autre lieu, pas d'autre repaire possible. En quelques minutes, il fut sur place. Sa clé universelle pour le porche. Son passe pour les verrous trois points. Il referma la porte avec le pied et sentit une onde de bien-être. D'une certaine façon, il était chez lui.

Chez Lionel Kasdan.

Chez le Vieux.

Il laissa tomber gibecière et treillis. S'installa dans la chambre, après s'être lavé les mains et avoir récupéré une cuillère et un citron dans la cuisine. Frissonnant à l'idée du sacrilège qu'il commettait, il trouva une cravate pour son garrot. Puis s'assit sur le bord du lit et se livra à son rituel. Il se sentait étrangement calme. C'était la première fois qu'il préparait un shoot dans un but bien précis.

Aujourd'hui, l'héroïne jouerait le rôle de sérum de vérité.

Il déposa le coton dans la cuillère. Planta l'aiguille dans le lacis de fibres imbibées. Le poison monta dans la seringue. *The needle and the damage done.* Volokine n'éprouvait aucun remords. Il se dit : « C'est pour la bonne cause. » Il se dit : « C'est la dernière fois. » Puis, sourire aux lèvres : « Ne jamais faire confiance à un junkie. » Il ricana. Il avait franchi le cercle. Là où plus rien ne compte, excepté l'extrême bien-être qui approche.

Il glissa l'aiguille sous sa chair. Appuya sur le piston. Sentit l'onde de chaleur s'amplifier en lui. Il aurait pu écrire un livre sur la rapidité de la circulation sanguine. Sur la magie du réseau des veines qui véhicule à grande vitesse douceur et sagesse éternelles.

Durant quelques secondes, il savoura la vague de bienfaisance. Tout reculait. Le monde. Son emprise. Son poids. Pour céder la place à une extrême légèreté, délicieusement savoureuse. Le temps était aboli. Arc-bouté sur son plaisir, Volokine s'imagina en train de surfer sur une mousse lactée. Une frise délicate de bulles éthérées, crépitant à ses tympans, comme du gel à raser qu'il aurait oublié, un matin irréel, au fond de ses oreilles...

L'explosion de jouissance lui coupa le souffle. Il eut un hoquet. Le genre de sursaut qu'on a juste après l'orgasme. Puis il tomba en arrière, au ralenti, sur le lit, chaviré de bien-être et de sérénité. Il n'était plus qu'un corps en orbite, tournant autour de son propre plaisir, de son propre cerveau, qui couvait à feu doux, doré comme un bouddha au fond d'une grotte.

Se souvenir...

Se concentrer sur le passé pour libérer le noyau de vérité...

Il ferma les yeux et sentit quelque chose céder en lui.

Il y eut un craquement, violent, comme un déclic d'os sous la poigne d'un ostéopathe.

Puis, putain, oui, la porte s'ouvrit...

Dans un grand éblouissement, il sut.

# 61

SON PREMIER CONTACT avec la Colonie fut un portail électronique, cerné par une clôture de fils d'acier hérissés de lames de rasoir, visiblement électrifiés, et des miradors. Deux jeunes hommes apparurent. Physique poupin, joues roses et cheveux fins, emmitouflés dans des épaisses vestes de toile noire qui leur donnaient l'air de cheminots du siècle dernier.

Ils firent descendre Kasdan de voiture. Inspectèrent en détail son véhicule. L'Arménien avait planqué son arme, à la sortie de Florac, au fond de son coffre, sous la roue de secours. Les gardes-frontières lui demandèrent s'il n'avait pas apporté de caméra ou d'appareils photo, toute prise d'images étant interdite au sein du domaine. Ils observèrent ses papiers puis lui demandèrent, très poliment, l'autorisation de le fouiller. Toutes ces attentions étaient absurdes. Il s'agissait d'assister à un concert de musique vocale, au sein d'une communauté a priori inoffensive. L'Arménien se prêta à la procédure. Pas le moment de se faire remarquer. Son simple statut de Parisien était en soi singulier.

Les deux gardiens le remercièrent. L'ambiguïté jouait à plein : douceur et courtoisie d'un côté, fouille au corps et lames de rasoir de l'autre. Kasdan remonta dans sa voiture. Il franchit le portail avec un étrange sentiment. Curiosité mêlée d'appréhension...

Il parcourait maintenant le territoire de la Colonie et pouvait juger de son immensité. À perte de vue, ce n'était que champs cultivés, dessinant des figures géométriques, aussi précises que des « crub-circles ». En cette saison, la plupart des terres étaient noires. Certaines recouvertes de bâches plastiques. D'autres offraient des pelouses rases – peut-être des pâturages destinés à un élevage quelconque. Des silos s'élevaient, se détachant sur la ligne d'horizon comme des campaniles d'argent.

Il roula plusieurs kilomètres, longeant les cultures. Kasdan avait imprimé les pages du site Asunción, mais n'avait pas eu le temps de les lire et ne savait pas à quel type d'activités agricoles se livraient les adeptes de Hartmann. Même en plein sommeil hivernal, ces terres respiraient une fertilité profonde, une puissante richesse. Il reconnaissait ici la démesure de l'Amérique latine, l'opulence du Nouveau Monde. Comme si les Chiliens avaient importé la grandeur et la fraîcheur de leur pays d'origine. Des terres neuves, impatientes, réactives à la moindre semence.

Une nouvelle enceinte apparut. Des remparts de bois. Le mur serpentait parmi les taillis, épousant le relief des côteaux à la manière d'une petite muraille de Chine. Kasdan songea à l'acacia seyal et aux cannes des enfants. Cette paroi n'était pas construite dans une essence aussi rare mais il aurait parié tout de même pour une variété noble, dressant un contrefort face à la civilisation moderne et son impureté. Les parties communes de la Colonie – locaux administratifs, hôpital, église, écoles, lieux d'habitation pour les ouvriers agricoles – devaient se trouver de l'autre côté.

Nouveau check-point. Plus rigoureux encore.

Cette fois, les hommes – toujours les mêmes gars sains et polis – passèrent un miroir sous le châssis de sa voiture, fouillèrent son coffre en détail. Kasdan songea encore une fois à son arme mais elle était fixée, avec du gaffeur, à l'intérieur même de la roue. Il dut retirer son manteau, ses chaussures, franchir un portique anti-métal. Il dut donner encore une fois ses papiers, photographiés grâce à un appareil numérique. Il était 15 h 10 mais Kasdan n'était plus inquiet. Il devinait que tout ce petit monde communiquait par VHF et que le début du concert attendrait son arrivée.

Il tenta un brin de conversation :

– Il y a du monde aujourd'hui ?

– Comme chaque année.

Il surprit un détail. Une inflexion dans la voix, un accent peut-être...

– Qu'est-ce que vous allez chanter ?

– On vous donnera un programme.

Pas un accent, autre chose... Un voile dans le timbre qui provoquait un malaise. Kasdan ouvrit la bouche pour relancer l'échange mais l'homme lui rendit ses documents, ainsi qu'un plan surligné. La conversation était terminée.

La route était maintenant bitumée et serpentait parmi des taillis serrés qui rappelaient le maquis corse. De loin en loin, des bâtiments jaillissaient, derrière des bouquets d'arbres ou des étendues de roseaux. Tout semblait agencé comme dans un tableau et n'avait plus rien à voir avec les steppes du Causse. Les reliefs, les lignes de la végétation paraissaient avoir été dessinés par l'homme. Mystérieusement, le trouble généré par la voix du garde-frontière était relayé par ce paysage trop parfait. Tout ici était artificiel.

Les constructions étaient en bois. Bois sombre ou clair, selon les bâtiments, mais toujours assemblées selon le même plan épuré. Hartmann et sa clique avaient oublié le style bavarois pour des maisons sobres, robustes, conçues pour affronter le froid et la neige. Un double toit protégeait des intempéries et les façades offraient un lacis serré de planches conservant la chaleur en hiver, la fraîcheur en été.

Kasdan repéra, enfouies dans les buissons, des bornes d'éclairage. Il était certain que des cellules photoélectriques et des caméras étaient intégrées à ces bornes. Toujours le double langage. D'un côté, la vie traditionnelle dont tout signe de modernité était banni. De l'autre, les innovations les plus performantes pour surveiller les membres de la communauté et les éventuels étrangers.

Il parvint sur un parking où des voitures étaient stationnées. Un troisième enclos se dressait. De nouveau en fils d'acier. De l'autre côté, sans doute, le Saint des Saints, le « centre de pureté », où vivaient les membres de la secte proprement dite. Il reconnut l'hôpital, un des rares bâtiments en béton, avec son auvent bombé en aluminium, se dressant à cheval sur la clôture. Son hall, vitré et déjà allumé, avait un air de grand vaisseau spatial posé sur l'herbe rase.

Au-delà, au creux d'une légère dépression, on distinguait une place, dessinée par des bâtiments et des serres disposés en étoile. Au centre, une sculpture colossale, en bois, représentait une main ouverte sur le ciel. Geste tendu vers Dieu qui tenait à la fois de l'offrande et de la supplique. Un bref instant, l'Arménien fut tenté de pénétrer dans l'hôpital puis de chercher une issue de l'autre côté, vers cette vallée interdite. Mais il fallait se tenir à carreau.

Il regarda son plan. Le concert se déroulait dans la salle principale du Conservatoire, à trois cents mètres sur la droite, à côté de l'église, qui tendait son étrange clocher composé de quatre barres de métal croisées. Kasdan remonta à pied le sentier de gravier. Tout était désert. Il ne voyait aucune sentinelle mais se sentait pourtant épié. Il atteignit le Conservatoire, qui ressemblait à une grange, percée d'un portail à double battant et surmontée d'une croix.

À l'intérieur, il découvrit un grand vestibule au parquet clair et aux murs blancs. Des cimaises, le long des cloisons, soutenaient des photos en couleur, représentant des scènes de la vie quotidienne de la communauté.

– Vous êtes en retard.

– Excusez-moi, sourit Kasdan. Je viens de loin.

L'homme qui venait d'apparaître ne lui rendit pas son sourire. La trentaine, épaules larges, veste noire, chemise blanche. Il semblait prêt pour lire un extrait des Évangiles à la messe du soir.

– Le programme, dit-il en tendant une feuille imprimée.

Il entrouvrit la double porte en bois qui donnait accès à la salle de concert. Une pièce d'un seul tenant, ouverte jusqu'à la charpente, traversée en son centre par une poutre longitudinale. Par réflexe, Kasdan leva les yeux et prit la mesure de la hauteur du lieu : au moins dix mètres. Puis il baissa le regard. La salle était comble. Aux premiers rangs, des membres de la Colonie – col blanc et veste noire. Derrière, le public, fermiers des environs, notables, bergers, hommes et femmes pomponnés, mais dépareillés.

Au fond, sur une estrade, un homme parlait dans un micro. La cinquantaine, il arborait un collier de barbe qui lui donnait l'air d'un pasteur scandinave. Il portait, lui aussi, l'uniforme d'Asunción : chemise blanche et veste de toile noire. Kasdan remarqua que la veste n'avait pas de bouton. Sans doute un autre interdit de la secte.

L'homme parlait d'une voix douce. Kasdan n'écoutait pas. Ce qu'il notait, c'était l'atmosphère de réunion paroissiale. Sauf que le micro n'envoyait pas de larsen et qu'il ne faisait pas un froid de canard, comme dans n'importe quelle église française. Au contraire, il se dégageait de cette cérémonie une profonde chaleur, une convivialité qui n'avait rien à voir avec la dureté de la religion catholique.

Tout ça n'était qu'une mise en scène. Une vitrine destinée à donner le change. Il songea au camp de Theresienstadt, le ghetto modèle que les nazis avaient construit en Tchécoslovaquie, où Hartmann avait fait ses armes. Était-il ici dans un petit « Terezin », où les enfants étaient torturés, où des recherches atroces étaient menées sur la souffrance humaine ?

Des applaudissements le surprirent. Le prêcheur attrapait déjà le pied chromé de son micro pour dégager la scène. Les enfants apparurent, en file indienne. Une trentaine, tous vêtus d'une chemise blanche et d'un pantalon noir. Des garçons uniquement, âgés de 10 à 16 ans. Ils avaient les traits si fins, si réguliers, qu'ils auraient pu aussi bien être des filles.

Tout le monde s'assit. Le programme annonçait quatre pièces chorales. La première était une œuvre du XIVe siècle, a cappella, extraite de la *Messe de Tournai*, « Gloria in excelsis Deo ». La seconde, accompagnée au piano, le « Stabat mater dolorosa » du *Stabat Mater* de Giovanni Pergolèse, datait du XVIIIe siècle. La troisième – le programme suivait un ordre chronologique – était le *Cantique de Jean Racine*, op. 11 de Gabriel Fauré, transcrit pour voix et piano. Enfin, les *Trois Petites Liturgies de la Présence divine* d'Olivier Messiaen.

Kasdan se dit qu'il allait sacrément se faire chier, quand le chef d'orchestre apparut. Nouveaux applaudissements. Il songea à Wilhelm Goetz. Avait-il lui-même dirigé cette chorale ? Avait-il vécu ici ?

Le chœur commença. Tout de suite, les voix l'emmenèrent dans un monde où il n'y avait plus de sexe, de péchés, de pesanteur. Kasdan se rappela le *Miserere* qu'il avait écouté, le premier soir, chez Goetz. Tout était parti de là. De cette pureté. De ces notes qui évoquaient le souffle d'un orgue céleste. Mais dans son esprit épuisé, un autre bruit vint se superposer : le cri de souffrance de Goetz, prisonnier des tuyaux de plomb.

La polyphonie résonnait dans l'espace et imposait, malgré le décor de bois chaleureux, des images d'abbayes glacées, de voûtes de pierres austères, de bures et de sacrifice. Une sorte de négation de la vie, qui visait plus haut, et qui couvrait le réel, l'ici-bas, d'un manteau sinistre.

Kasdan se concentra sur le visage des enfants : désincarné. Ces figures ressemblaient aux masques d'argent de la nuit précédente. Elles avaient la même froideur, la même inexpressivité. Dans un frémissement, il ressentit la cruauté du jeu nocturne, la menace de ces silhouettes qui évoquaient l'enfance et qui n'étaient que des concrétions de pulsion meurtrière. Il était bien dans l'antre du cauchemar. Parmi ces chanteurs au visage de vélin, il y avait les bourreaux de Régis Mazoyer. Les « enfants-dieux » de Volokine, les tueurs de Hartmann, les anges à la pureté démoniaque...

# 62

– K-O AU QUATRIÈME ROUND. Vainqueur : Olivier Messiaen.

Kasdan se réveilla en sursaut. Un visage se tenait au-dessus de lui. Un homme d'une soixantaine d'années, gueule carrée, cou large, cheveux gris coupés très court. Kasdan pouvait sentir sa lourde main posée sur son épaule. Il se remit d'aplomb sur son banc. La salle était vide.

– J'ai bien peur de ne même pas avoir tenu jusqu'à Pergolèse, marmonna-t-il. Je suis désolé.

L'homme se recula en souriant. Il n'était pas grand mais massif. Au lieu de la veste noire du clan, il portait un costume anthracite croisé, aussi strict qu'un uniforme.

– Je m'appelle Wahl-Duvshani, dit-il. Je suis un des médecins de l'hôpital.

– Désolé, répéta Kasdan en se levant et en retrouvant vaguement sa lucidité.

Le médecin tendit sa carte. Kasdan lut le nom composé. Difficile d'en deviner l'origine. Comme s'il entendait ses pensées, Wahl-Duvshani commenta :

– C'est un nom compliqué. Comme mon histoire.

Il désigna la double porte, d'où s'élevait la rumeur d'un cocktail :

– Venez boire un verre. Un peu de bière vous fera du bien.

– De la bière ?

– Nous la fabriquons nous-mêmes.

Ce « nous » valait toutes les présentations. Wahl-Duvshani appartenait à la secte. Il en était même un des membres éminents. Kasdan le suivit docilement. Les portes s'ouvrirent. Le public était là, debout, un verre à la main, souriant et bavardant. Une réunion de Noël dans une mairie de province, comme il devait s'en dérouler des milliers à cet instant aux quatre coins de France.

Le médecin poussa Kasdan dans l'assistance et lui souffla :

– Buvez. Mangez. Reprenez des forces !

Kasdan s'orienta vers le buffet. Des jeunes gens à l'allure androgyne se tenaient derrière les verres et les plateaux.

– Que désirez-vous, monsieur ?

Cette fois, il crut identifier l'origine du malaise de la voix. Il répondit :

– Une bière, s'il vous plaît.

Le garçon ouvrit une bouteille sans étiquette. Kasdan essaya de le faire parler.

– Ça va ? Pas trop fatigant de rester debout comme ça ?

– Nous avons l'habitude, dit-il en versant la bière dans un verre.

– Vous organisez souvent des réceptions ?

– Non.

Il tendit le verre en signe de conclusion et lui tourna le dos. Kasdan avait sa réponse. Il savait d'où provenait son trouble. Le timbre de ce garçon était asexué. Ni homme, ni femme. Et sans âge. Kasdan imagina le pire : des castrations, des injections chimiques privant les enfants de tout développement sexuel. Ou encore un traitement par la douleur, qui aurait étouffé la puberté des adolescents, comme les maîtres japonais entravent la croissance des arbres, par un réseau atroce de fils, jusqu'à donner naissance aux horribles petits bonsaïs. *Oui, c'est ça. Des bonsaïs sexuels...*

Il but une gorgée de bière. Pas mauvais. Aussitôt, une autre idée revint le saisir. Il se souvenait d'une secte américaine, Heaven's Gate, dont les membres s'étaient suicidés à la fin des années 90, afin de rejoindre un vaisseau spatial situé derrière une comète lointaine. Kasdan avait lu l'article dans *Le Monde.* Une des règles de la secte était l'annulation de toute différence entre hommes et femmes. Tous les suicidés, découverts dans une villa de Californie, étaient coiffés de la même façon, portaient les mêmes pyjamas noirs de Vietcongs. Et la plupart des hommes étaient castrés.

– Vous n'êtes pas de la région ?

Kasdan pivota et découvrit un personnage filiforme, presque aussi grand que lui. Tempes ondulées grisonnantes, profil effilé de fouine. L'homme portait un costume bleu sombre de bonne facture qui respirait pourtant la province. L'Arménien n'aurait su dire où était le vice. Peut-être les chaussures marron clair, qui juraient avec le tissu indigo.

– Comment le savez-vous ?

Le rire de l'homme éclata comme un pétard :

– C'est simple. Dans la région, je connais tout le monde.

Il serra fébrilement la main de Kasdan. Il tenait dans l'autre un verre de bière. Ils étaient tous logés à la même enseigne.

– Bernard Liévois, maire de Massac, une petite ville à l'est de Florac. D'où venez-vous ?

– De Paris. Je m'intéresse aux chorales.

– Celle-ci vaut le détour, non ?

– Il y a longtemps que je n'avais pas entendu une telle... pureté.

L'homme baissa la voix et prit le bras de Kasdan :

– Vous savez au moins où nous sommes, n'est-ce pas ?

– Si j'en juge par les barrages que j'ai dû franchir...

Liévois accentua son ton de conspirateur :

– Les hommes d'Asunción se méfient et ils ont raison. Ils ont leurs partisans, mais surtout beaucoup de détracteurs.

– Je ne vous demande pas de quel côté vous êtes ?

L'homme haussa les sourcils en signe d'évidence :

– Quand ces gens sont arrivés, la région était un désert. Rien n'y poussait. Rien n'y passait. Vous voyez le résultat ? Ils ouvrent les portes de leur hôpital aux habitants du coin. Gratuitement ! Ils nous proposent les meilleures écoles. Ils offrent du boulot aux jeunes. Et tout cela en échange de quoi ? De rien. Moi, je dis qu'il faut vraiment un mauvais coucheur pour critiquer une telle démarche.

– Certains disent que cette colonie est une secte.

Liévois balaya l'allusion d'un geste désinvolte :

– Vous savez ce qu'on dit : « La seule différence entre une secte et une religion, c'est le nombre des adeptes. » Les gens d'Asunción ont leur propre credo. Et alors ? Je peux vous certifier une chose : ils ne jouent pas aux prosélytes. Leur école est laïque et leur hôpital est rempli de médecins aussi athées que moi. D'ailleurs, je serais incapable de vous décrire leur confession. Ils n'en parlent jamais !

– Cette discrétion pourrait dissimuler ce qu'on appelle aujourd'hui des « dérives sectaires ».

– Comme ?

– La communauté me paraît incroyablement prospère...

– C'est bien l'esprit français. Gagnez de l'argent, on vous soupçonnera de malversations. Mon ami, ces gens travaillent de l'aube jusqu'au soir. Ils ont révolutionné l'agriculture de la région. Un tel effort mérite récompense.

Kasdan était bien décidé à enfoncer le clou :

– Et ces enfants ? Ils ne vous semblent pas un peu... étranges ?

– Un biscuit, monsieur ?

Kasdan pivota, s'attendant à voir un jeune homme, et découvrit une jeune fille, qui tenait un plateau couvert de sablés. Trompé par la voix, encore une fois. Quoi qu'en dise le maire enthousiaste, les enfants d'Asunción avaient vraiment l'air d'extraterrestres.

Il saisit un biscuit, sans quitter des yeux la jeune femme. Visage étroit. Bouche large. Longs bras. Hanches droites. À part la finesse des traits, elle n'avait rien de féminin.

Il se retourna, prêt à cuisiner encore le maire mais ce dernier avait été aspiré par un autre groupe. Une main lui saisit le bras et l'attira sur la droite. Wahl-Dushavni.

– J'ai entendu un fragment de votre conversation avec Liévois. J'ai l'impression que vous nous prêtez de mauvaises intentions...

Le médecin avait dit cela sans agressivité. Plutôt d'un ton matois.

– Pas du tout, se défendit Kasdan, sans conviction.

– L'innocence est tellement rare de nos jours qu'elle suscite tous les soupçons.

– Je ne pense pas, non.

– Parce que vous êtes policier. Vous êtes policier, n'est-ce pas ?

Sa bière dans une main, son sablé dans l'autre, Kasdan avait l'impression d'être tenu en joue par son interlocuteur. Il ne répondit pas.

– Nous avons l'habitude de ce genre de visites, reprit l'homme. Les Renseignements généraux. La DST. Les gendarmes. Parfois, ils viennent à découvert. On leur refuse alors l'accès au domaine. D'autres fois, ils tentent de se glisser incognito. Comme vous, aujourd'hui, à l'occasion de nos journées « portes ouvertes ». Mais à la lumière de notre communauté, votre noirceur crève les yeux.

– Je comprends.

– Non. Vous ne comprenez rien. La clarté de notre dessein vous dépasse. Je vous le dis sans agressivité. Vous ne pouvez pas saisir nos réponses. Parce que vous n'avez pas idée des questions.

Kasdan secoua la tête, en toute neutralité. Il demanda, histoire de recadrer le débat :

– Bruno Hartmann n'est pas là ?

Wahl-Dushavni éclata de rire :

– Vous n'êtes pas un policier comme les autres. Vous avez conservé quelque chose de franc, d'inattendu en vous. (Il rit encore, répétant pour lui-même :) Me demander si Bruno Hartmann est là...

– Je ne vois pas ce que ma question a de drôle.

– Je crois que vous ne savez pas grand-chose, capitaine ? Commandant ?

– Commandant Lionel Kasdan.

– Commandant. Sachez que personne ne peut se vanter d'avoir vu, physiquement, Bruno Hartmann depuis au moins 10 ans. En réalité, cela n'a pas d'importance. Seul compte son esprit. Son Œuvre.

– C'est ce que disait Pol Pot, à la grande époque des Khmers rouges. Seule comptait l'Angkar, la force dévastatrice qu'il avait mise en œuvre. Vous connaissez le résultat.

Le médecin regarda son verre de bière. Les nuances d'or se reflétaient dans ses yeux bleus, qui prenaient au contact de ce mélange une teinte tilleul.

– Vous possédez une certaine culture pour un policier. Peut-être que Paris s'est enfin décidé à nous envoyer des éléments de valeur...

– Où est Hartmann ?

Kasdan avait posé la question brutalement – comme si Wahl-

Dushavni était déjà en garde à vue. Grossière erreur. Le sourire sec du médecin se figea. L'Arménien n'était qu'un étranger toléré.

– Me croiriez-vous si je vous disais que je ne le sais pas ? Que personne ne le sait ?

– Non.

– Vous devrez pourtant vous contenter de cette réponse.

Kasdan respira à pleins poumons. Il en avait marre de jouer à ce petit jeu. Il était au paradis des ordures, il le savait, et cette réunion de province, avec sa rumeur feutrée, son babillage futile, ne masquait rien.

Il leva son verre :

– C'est vous qui l'avez dit, docteur : je ne suis pas un flic ordinaire. Pas du tout. Alors, je ne me contenterai pas de vos sourires entendus et de vos réponses de faux cul. Regardez-moi bien. Et pensez à moi. Souvent. Parce que je vais revenir en force.

# 63

– BOUGRE DE CON !

Volokine était endormi sur le parquet, tenant sa gibecière contre son ventre. Du vomi tachait sa chemise. Son sommeil puait la drogue. En guise de confirmation, Kasdan aperçut la seringue et la cuillère posées sur la table de nuit. *Sa* table de nuit. Il eut envie de réveiller le môme à coups de pied et de le foutre sous une douche glacée.

Au lieu de cela, il le tira par les aisselles. Le hissa sur son lit. Le déshabilla. Le nettoya avec une serviette humide. Puis le glissa sous les couvertures. Sa colère l'avait déjà quitté. Exsudée comme une mauvaise sueur.

Il y avait longtemps qu'il ne jugeait plus personne. Il ne croyait plus à la trahison parce qu'il ne croyait plus aux serments. Au fond, il était nihiliste. Des années au compteur n'avaient cessé de le rapprocher, comme la courbe d'une asymptote, du *Vanitas vanitatum* de Bossuet, qui citait déjà l'Ecclésiaste : « Je me suis appliqué à la sagesse et j'ai vu que c'était encore une vanité. » Bossuet ajoutait, et ces mots avaient hanté Kasdan toute sa vie : « Toutes nos pensées, qui n'ont pas Dieu pour objet, sont du domaine de la mort. »

Seul problème, lui n'avait pas trouvé Dieu au fil de son destin.

Il observa le gamin qui dormait. Il se raisonnait déjà. Si le môme avait craqué, peut-être avait-il une raison sérieuse. Ou peut-être était-ce sa faute, à lui, parce qu'il l'avait abandonné. À cette seconde, Kasdan se dit que tout n'était peut-être pas si vain.

Et c'était ce jeune drogué, instable, maladif, qui lui montrait la voie. Avec sa rage. Sa fureur. Son obsession de la vérité.

Il restait un combat.

Il restait leur enquête.

Kasdan baissa les yeux sur la sacoche de Volokine. Bourrée de notes, de fiches, de photos, de coupures de presse. Non : tout n'était pas vain. Il y avait ces enfants enlevés. Ces meurtres. Ces mutilations. Il y avait cette souffrance qui vibrait derrière cette secte sinistre.

Il ramassa les vêtements du môme. Les fourra dans la machine à laver. Tout en programmant la bécane – lavage, rinçage, séchage –, il prit une décision : le Russe n'aurait pas de rechute. Parce que maintenant, il était là. L'un et l'autre ne se lâcheraient plus.

Il retourna dans la chambre et borda le jeunot. Il se souvint de David. L'enfant. Pas l'adulte qui avait claqué la porte en promettant de conquérir l'Arménie. Il s'assit au bord du lit, en proie à un souvenir. Le toubib de SOS Médecins venait de partir, diagnostiquant une simple grippe. Nariné était partie acheter les médicaments. Il était resté seul avec son enfant, sur le canapé, là même où le médecin l'avait ausculté. David, 6 ans, s'était endormi, roulé en boule, brûlant comme une braise dans un sauna.

Ce jour-là, Kasdan avait eu une révélation. Ni la maladie, ni aucune force étrangère ne pourrait plus atteindre son fils. Il serait toujours là pour lui. Ce petit corps lové lui avait donné un sentiment proche de celui qu'une mère doit ressentir lorsqu'elle porte son enfant dans son ventre. Un lien inextricable. Une intégration totale. Une fusion complète des chairs et du sang. C'était le cœur de son enfant qui battait dans sa poitrine. Sa fièvre qui brûlait ses membres. Ce jour-là, Kasdan avait éprouvé sa mission de père, au sens où on éprouve un serment. Chaque acte, chaque décision qu'il prendrait désormais serait pour son fils. Chaque respiration, chaque pensée serait dédiée au petit bonhomme. Et comme *définie* par lui. Comme tous les pères, il était maintenant l'enfant de son propre fils.

L'Arménien se leva et enfila son treillis. Attrapa ses clés. Repartit en voiture, à la recherche d'une pharmacie de garde. Brandissant sa carte de flic en guise d'ordonnance, il obtint plusieurs boîtes de Subutex. Il s'y connaissait assez en défonce pour faire la différence entre les deux principaux produits de substitution de l'héroïne : la méthadone et la buprénorphine, vendue sous le nom de Subutex.

La buprénorphine avait les mêmes vertus que la première mais ne procurait aucun effet euphorisant, contrairement à la méthadone. Or, Kasdan ne voulait pas se trimbaler un flic dans le gaz.

De retour dans son appartement, il chercha la clé de sa cave et descendit dans les entrailles de l'immeuble. Il exhuma, du fond d'un carton, des fringues de David – pull, chemise, jean – qui conviendraient à Volokine. Il remonta dans son appartement. Les frusques puaient le moisi. Il démarra une nouvelle machine.

Ensuite, il mit à chauffer une pleine bouilloire d'eau en vue de se préparer une Thermos de café. Il était atteint d'hyperactivité – toujours le syndrome du requin, s'agiter ou mourir. En même temps, la fatigue le cernait de toutes parts. Il avait failli s'endormir plusieurs fois sur la route du retour d'Asunción. Ses paupières, s'il les laissait baissées une seconde, lui semblaient plus lourdes que des rochers.

Il regroupa son dossier d'enquête. Chaussa ses lunettes. S'installa dans son canapé pour une nouvelle lecture. Ces notes recélaient forcément un détail, un fait qui lui permettrait d'attaquer la forteresse sous un autre angle.

Durant plusieurs secondes, il considéra le verre qu'il avait glissé dans un sac à scellés. Le verre de Wahl-Duvshani, portant ses empreintes, qu'il avait discrètement piqué lors de la réunion paroissiale, après que le médecin l'eut posé sur le comptoir.

Il voulait vérifier l'identité de l'homme. Son instinct lui soufflait qu'il n'était pas celui qu'il prétendait être. D'ailleurs, il n'avait rien dit sinon évoquer son « destin compliqué ». Avec un peu de chance, ses empreintes seraient fichées à la BNRF – la Brigade Nationale de Recherche des Fugitifs...

Il se plongea dans sa lecture. Une heure plus tard, il avait terminé. Et n'avait rien trouvé. Kasdan alla vérifier que Volokine dormait toujours puis lança le séchage des fringues. Il se dirigea vers son bureau, prit son ordinateur portable et s'installa de nouveau sur le canapé du salon. Il se connecta avec le site Internet de la Colonie. Il avait lu les pages principales du site mais il y avait peut-être encore à creuser.

L'Arménien se concentra. Passa la page d'accueil et les informations générales. Il cliqua sur HISTOIRE, pour récolter une version messianique du destin de Hans-Werner Hartmann. Rien de neuf. Seulement la confirmation que Hartmann et sa bande se considéraient, véritablement, comme un « peuple élu ». Avec l'Allemand dans le rôle de Moïse et le reste du monde dans celui des Égyptiens.

Paupières brûlantes, Kasdan cliqua sur MAÎTRISE. Plusieurs entrées : ACCUEIL, PRÉSENTATION, HISTOIRE, SCOLARITÉ, DISCOGRAPHIE, CONCERTS... Il s'arrêta sur ce dernier mot. La chorale d'Asunción se produisait ailleurs que sur son territoire. C'était peut-être la brèche qu'il cherchait. Un point de contact avec le monde extérieur.

La maîtrise donnait chaque année plusieurs dizaines de concerts dans le centre et le sud de la France, couvrant les régions de la Lozère, l'Hérault, le Lubéron, la Provence. Chaque concert se déroulait dans une église – des paroisses de petites villes. Asunción jouait la discrétion maximale.

Kasdan fit défiler les années à rebours. 2006. 2005. 2004. Toujours en quête d'un signe, d'un détail qui pourrait approfondir la faille. Tout ce qu'il trouva, ce fut un nom qui revenait plusieurs fois. L'église Saint-Sauveur, dans la région d'Arles.

Sans trop savoir ce qu'il faisait, il chercha le numéro et appela la paroisse. 22 h. Il y avait bien là-bas un curé à réveiller. Au bout de cinq sonneries, on répondit. L'Arménien se présenta, ne prenant aucune précaution particulière. Il était flic. Il était de la Criminelle. Il cherchait des renseignements sur la chorale d'Asunción. Au bout de la connexion, la voix rugueuse ne parut pas impressionnée.

– Qu'est-ce que vous voulez savoir au juste ? demanda le prêtre.

– Vous n'avez jamais rien remarqué de bizarre avec ces gens ?

– Écoutez. On m'a déjà interrogé plusieurs fois sur ce groupe. Peut-être qu'Asunción est fiché dans vos dossiers en tant que « secte ». Tout ce que je peux vous dire, c'est qu'en près de 15 ans de visites, il ne s'est jamais rien passé de choquant ou qui prête au moindre commentaire. Nous recevons plusieurs chorales chaque année et celle-ci ne diffère pas des autres.

– Les enfants ne vous semblent pas étranges ?

– Vous voulez parler des vêtements ?

– Entre autres.

– C'est une communauté religieuse. Ils suivent des règles strictes. Leur credo ne cadre pas avec notre liturgie catholique mais notre rôle est de le respecter. Pourquoi devrions-nous nous méfier de ces chanteurs ? Ils ont l'air apaisé, discipliné, cohérent. Beaucoup de gens, dans nos villes modernes, pourraient en prendre de la graine. Dieu peut avoir plusieurs visages. Seule la foi...

Kasdan coupa l'homme, pour passer aux faits pratiques :

– Quand les enfants viennent pour un concert, ils voyagent comment ? En car ?

– En car, oui. Une sorte de bus scolaire.

– Ils repartent aussitôt après le concert ou ils restent dormir sur place ?

– Ils restent dormir. Nous avons un dortoir, près du presbytère.

– Le matin, vous leur servez un petit déjeuner ?

– Mais... bien sûr. Je ne comprends rien à vos questions.

Kasdan non plus. Il cherchait simplement à imaginer le séjour des gamins.

– Au menu, rien de spécial ?

– Les enfants d'Asunción apportent leur propre nourriture. Des céréales naturelles, issues de leur propriété agricole, je crois.

– Le matin, vous faites l'appel ?

– Les accompagnateurs s'en chargent.

– Ils vous donnent une liste des enfants ?

– Oui.

– Oui ?

– C'est obligatoire. Pour les assurances.

– Vous gardez ces listes dans vos archives ?

– Oui. Enfin, je crois.

– Écoutez-moi bien, fit Kasdan en prenant une inspiration. Je voudrais que vous retrouviez chaque liste, depuis leur premier concert, et que vous me les faxiez au numéro que je vais vous donner.

– Je ne comprends pas. Vous avez vraiment besoin de ces renseignements ?

– Vous pouvez me les faxer, oui ou non ?

– Oui. Je vais chercher ce que je peux...

– Maintenant ?

– Je vais faire au plus vite.

– Merci, mon père.

Kasdan raccrocha après avoir dicté ses cooordonnées, ne sachant toujours pas ce qu'il avait trouvé. Ni même ce qu'il cherchait. Mais il venait de gagner un point. Pour la première fois, il allait obtenir les noms précis des enfants qui avaient appartenu à la secte. Il ne s'attendait pas à voir jaillir les noms des gamins disparus – mais ces listes pourraient permettre de remonter à d'autres parents et les interroger.

Une éclipse occulta sa conscience. Kasdan réalisa qu'il ne s'était toujours pas préparé son café. Il décida de se lever pour s'en concocter un bon litre bien serré.

La seconde suivante, il dormait au fond du canapé.

# 64

– SECOUEZ-VOUS. Noël, c'est fini.

Kasdan ouvrit un œil. Il était recroquevillé sur son divan. Une couverture matelassée sur les épaules. La couette de son propre lit. À la verticale, il vit Volokine qui s'agitait dans la cuisine. Il avait revêtu les vêtements de son fils, qu'il se souvenait vaguement avoir été chercher à la cave.

Volokine capta son regard :

– Je ne sais pas à qui sont ces fringues, mais elles me vont nickel, dit-il en attrapant des chopes. Je les ai dénichées dans la machine à laver : c'était pour moi, non ?

Kasdan parvint à se relever sur un coude. Des courbatures entravaient ses membres. L'odeur puissante du café emplissait les chambres en file indienne. Sa lucidité revenait par vagues lentes, entrecoupées de brefs éclairs noirs.

Le Russe continuait, parlant à tue-tête :

– J'ai aussi trouvé vos médocs.

Il pénétra dans le salon, apportant deux chopes de café. Kasdan remarqua qu'il boitait à peine. Capacité à récupérer impressionnante. Il avait les cheveux mouillés et était rasé de frais.

– Le Subutex, murmura-t-il. De vieilles retrouvailles. Quand j'étais jeune et que je n'avais pas un rond, je m'injectais du « Sub » dans les veines. L'héroïne du pauvre. Mais vous avez raison : le sevrage à sec, c'était pas mon truc.

Kasdan se redressa, s'assit, attrapa son café avec les deux mains :

– Le shoot. Hier. Pourquoi tu as fait ça ?

– Raisons personnelles.

– Tu n'as rien de plus original ?

Le Russe empoigna un fauteuil et s'installa face à Kasdan :

– Je déconne pas. J'avais une raison sérieuse de plonger. (Il dressa son index en l'air). Une fois.

– Quelle raison ?

– C'est mes oignons. Buvez. (Il se recula.) On a du pain sur la planche.

Kasdan but une gorgée. La brûlure passa, mi-souffrance, mi-jouissance.

– Arnaud a téléphoné, reprit Volokine, talons coincés contre la table basse.

– Qui ?

– Arnaud, votre conseiller militaire. Il a retrouvé le troisième général. À mon avis, votre pote n'a pas lâché son ordinateur ni son portable de la nuit. Même pas pour la bûche.

Kasdan se concentrait : ses idées se remettaient en place. Le troisième général. Py. L'homme des origines.

– Il a retrouvé Forgeras ? demanda-t-il en écho.

– Vous vous souvenez de ça ? C'était son premier nom, ouais. Il est surtout connu sous celui de Py. Il s'est aussi appelé Ganassier, Clarais, Mizanin. Selon Arnaud, il était une espèce d'âme noire de l'armée. Un Méphisto qui apparaît chaque fois qu'il y a un sale boulot à faire. Quarante ans d'opérations secrètes. Aucun doute qu'il était mouillé jusqu'à l'os dans le plan Condor. Et dans bien d'autres. Arnaud m'a conseillé de nous méfier. Le mec a le bras plus long encore que Condeau-Marie. Il m'a filé son adresse personnelle.

– Où est-il ?

– À Bièvres. En région parisienne.

L'Arménien leva sa lourde carcasse, se mit debout, vacilla. Volokine se dressa sur ses jambes et le soutint par le bras :

– Doucement, Papy. Vous tenez plus sur vos pattes.

Kasdan s'accrocha à son épaule sans répondre.

– Filez dans la salle de bains, conseilla le garçon. Une bonne douche, ça vous remettra la tête à l'endroit. Ensuite, visite au général. Je suis sûr qu'il a gardé des contacts avec la secte.

Kasdan lui lança un regard de biais :

– Pourquoi ?

– Parce que c'est un spécialiste des plans tordus. Et qu'en matière d'embrouille, l'installation d'une secte criminelle chilienne sur le sol français se pose là. Hartmann et son clan jouent un rôle ici, sur le plan militaire. C'est certain. Allez, à la douche. Vous me raconterez en route comment s'est passée votre visite à Asunción.

– Comment tu sais que je suis allé là-bas ?

– Vous m'avez laissé un message, vous ne vous rappelez pas ? Et j'ai fouillé vos poches. Vous avez gardé le programme du concert. C'était bien ?

– Super.

– Filez. Je dois encore passer quelques coups de fil.

Kasdan s'appuya au plafond mansardé et se dirigea vers la salle de bains, d'un pas d'ours bourré à l'alcool de miel.

# 65

ILS PARVINRENT à Bièvres sur le coup des 11 h.

Volokine conduisait. Il avait imprimé un plan et s'orientait le long des routes, sa carte sur les genoux. Il ne demandait aucun conseil à Kasdan, qui semblait épuisé. Ils longèrent une forêt tout en contrastes, arbres noirs sur fond de feuilles rouges, et trouvèrent un chemin bitumé, sur la droite, marqué d'un panneau LE PONCHET. C'était le nom de la demeure de Py. Ils s'enfouirent dans les bois. Même à travers la vitre, Volo pouvait sentir l'humidité ambiante. Une humidité rouge, palpitante, organique...

Au détour du sentier, la maison du général apparut.

En réalité, plusieurs édifices de béton et de verre, aux toits en appentis, évoquant une pyramide aztèque. Ces blocs semblaient plantés dans le tapis de feuilles mortes comme l'épave d'un sous-marin dans les sables des grands fonds.

Volokine rétrograda. Des fenêtres étroites s'étiraient au premier étage, façon meurtrières. Des baies vitrées, noires, laquées, se déployaient au rez-de-chaussée. Sur la gauche, une tour biseautée avait l'agressivité d'un cutter, lame sortie. Des écoulements striaient les surfaces de béton, dessinant des motifs, des ombres.

Un parking vide apparut à gauche. Volokine manœuvra et coupa le moteur. Ils sortirent avec précaution, prenant soin de ne pas claquer leur portière. Puis ils s'avancèrent vers le bloc principal. Le sol détrempé absorbait le bruit de leurs pas.

La propriété était totalement intégrée au paysage, cernée au plus près par les taillis et les sapins. Kasdan actionna la sonnette. Elle était assortie d'un interphone et d'une caméra. Pas de réponse. Volokine inspecta à nouveau le parking. Pas de voiture. Py était parti en vadrouille.

Ils reculèrent pour scruter encore les baies et les fenêtres de la bâtisse, en quête d'un signe de vie. Rien. Volokine se demanda si cela valait le coup de fouiller les lieux en douce. Il allait consulter Kasdan à voix basse quand un bruit retentit à l'arrière de la maison.

Des caquètements, sur lesquels se greffait une voix d'homme.

Sans un mot, ils contournèrent la bâtisse, suivant un chemin de garde qui filait vers l'arrière. Ils découvrirent un petit étang en contrebas. Des joncs bordaient le rivage et des saules, de l'autre côté des eaux, se penchaient comme de vieilles chevelures de sorcières.

À gauche, près d'une cabane en bois noir, un homme était cerné par un troupeau d'oies, qui criaillaient et claquaient du bec. L'homme avait de l'alllure. Très grand, il portait un anorak kaki, dont la capuche et l'extrémité des manches étaient bordées de fourrure. Ses bottes en caoutchouc étaient enfoncées jusqu'aux chevilles dans la boue noire. Son crâne nu, où s'ébouriffaient quelques mèches blanches, paraissait rose dans la lumière de midi, se détachant bien net sur la surface sombre du lac.

Ils s'approchèrent. Même à cette distance, Volo était impressionné par la stature de l'homme. Ses traits osseux, émaciés, restaient superbes. L'abrasion de la vieillesse ne l'avait pas enlaidi. Au contraire. L'amaigrissement avait aiguisé sa beauté aristocratique. Volokine sourit. C'était leur troisième général. Chaque fois, il s'était attendu à rencontrer un De Gaulle. Il le tenait enfin.

L'homme parlait aux oies à voix basse, piochant de la nourriture dans un seau posé à terre. Quand ils furent à trois mètres du troupeau, le général Py daigna enfin se redresser. Son regard les toucha comme une balle perforante. Il ne semblait ni surpris ni effrayé. Il sourit, au contraire, et les rides de son visage circonscrirent plus nettement ses traits, comme un dessinateur accentue son esquisse à coups de biffures légères. Sa figure était aussi impénétrable qu'une tôle de blindage.

– Je leur donne des châtaignes en hiver, fit-il dans un panache de buée. C'est mon secret. Plus tard, beaucoup plus tard, on sent au fond de leur foie cette saveur particulière. Elles renforcent le goût de noisette du foie gras. Et aussi, je crois, sa délicieuse couleur rose. (Il lança une poignée de châtaignes aux oies qui battaient ses jambes.) Dans le Périgord, on dit : « rose comme le cul d'un ange ».

Silence des deux flics. Py observa leur expression et éclata de rire :

– Ne faites pas cette tête ! Je produis moi-même mon foie gras. Ce n'est pas un crime. Ni une activité barbare, comme on le raconte. Les oies sont des oiseaux migrateurs. Elles sont équipées, physiologiquement, pour tolérer le gavage. Sans ces réserves qu'elles accumulent chaque année, elles ne pourraient pas voler durant des semaines. Encore une idée reçue sur la soi-disant cruauté des hommes...

– Vous n'avez pas l'air étonné de notre visite, déclara Kasdan.

– On m'a prévenu.

– Qui ?

Py haussa les épaules et se pencha de nouveau vers ses volatiles. La peau de son cou pendait comme les pendeloques d'un coq. Ce seul signe révélait que l'homme avait atteint le quatrième âge. 80 ans ou plus. Il lançait toujours ses châtaignes à la volée.

Il s'arrêta enfin, considérant ses deux visiteurs :

– Qui êtes-vous au juste ? La police montée ?

– Commandant Kasdan, capitaine Volokine. Brigade criminelle. Brigade de protection des mineurs. Nous enquêtons sur quatre homicides.

– Et vous êtes venu me trouver, au fond de ma forêt, un lendemain de Noël. C'est tout naturel.

– Nous pensons que cette série d'assassinats est liée à la Colonie Asunción.

Py eut un bref rictus.

– Bien sûr.

Il se dirigea vers l'appentis, entraînant le troupeau dans son sillage. On pouvait reconnaître les mâles parmi les femelles grises : ventre et tête noirs. Le général ouvrit la porte. Une dizaine d'oies se dandinèrent jusqu'au seuil. D'autres allèrent s'ébrouer près de l'étang.

Il ôta ses gants, s'avança vers ses visiteurs :

– Je ne sais rien. Je ne peux rien pour vous.

– Au contraire, fit Kasdan. Vous connaissez l'histoire de la Colonie. Au Chili et en France. Vous pouvez nous expliquer pourquoi notre gouvernement a toléré l'implantation d'une telle secte. Au point de leur accorder un territoire autonome. Un État de droit souverain !

L'homme se tourna vers le lac, battant ses gants. Les eaux étaient sombres près des rives. Plus loin, elles s'éclaircissaient en un vert léger, rieur. Des algues, des nénuphars, des particules se groupaient pour former une nappe lisse et claire.

– C'est une longue histoire.

– Nous sommes venus tout exprès pour l'entendre.

Py se tourna vers eux :

– Savez-vous ce qu'est un site noir ?

– Non, répondirent les deux partenaires, presque en même temps.

Le général fourra ses gants dans ses poches, puis fit quelques pas. Volokine scruta ses yeux, qui brillaient comme deux étoiles dans la lumière grise. Le Russe fut traversé par cette phrase de Hegel, vieux reliquat de la fac : « C'est cette nuit qu'on découvre lorsqu'on regarde un homme dans les yeux – on plonge son regard dans une nuit qui devient *effroyable*... »

– Un site noir, reprit Py, c'est un lieu à part. Un no man's land dont les démocraties ont parfois besoin pour faire le sale boulot.

– Vous parlez de torture, fit Kasdan.

– Nous parlons d'un danger véhément. Les actes terroristes, les attentats-suicides connaissent actuellement une progression exponentielle. Face à de tels ennemis, il n'y a pas de pitié à avoir. Le fanatisme est la pire des violences. Nous ne pouvons y répondre que par la même violence. En la surpassant, si possible... Comme disait Charles Pasqua : « Il faut terroriser les terroristes. »

– C'est un point de vue.

Le général revint vers ses interlocuteurs. Les boutons-pression de sa parka étincelaient au soleil de la mi-journée. Il souriait calmement.

– Plutôt le fruit d'une longue expérience. L'arme principale des terroristes est le secret. Quelques hommes ont pu détruire deux tours gigantesques, tuer des milliers d'hommes, humilier la nation la plus puissante du monde, avec cette seule arme. Le secret. L'unique réplique contre ces assaillants est de briser leur silence. Or, malgré nos recherches, nous ne savons toujours pas lever, chimiquement, la volonté des détenus. Restent les moyens physiques. Qui ne plaisent à personne mais qui ont fait leurs preuves.

– Tout ça, rétorqua Kasdan, c'est de la rhétorique. Vous démontrez simplement que vous ne valez pas mieux que ceux que vous poursuivez.

– Qui a dit que nous valions mieux ? Nous sommes des hommes au combat. D'un côté comme de l'autre.

Volokine songea à l'Algérie. Et surtout à la bataille d'Alger. En 1957, le général Massu et ses troupes, dotés des pouvoirs spéciaux, étaient parvenus à démanteler l'appareil politico-militaire du FLN en quelques mois. Leurs armes : enlèvements, séquestrations, exécutions. Et surtout : torture pratiquée d'une manière systématique. Aucun doute : la politique de l'horreur avait été efficace.

Py marcha de nouveau. Les nuages de buée qui s'échappaient de ses lèvres répondaient à ses mèches blanches qui flottaient dans le vent.

– En ce sens, les États-Unis sont moins hypocrites que nous. Leur système législatif commence à admettre la nécessité de la torture. Mais il y aura toujours les apôtres de la bonne conscience. L'immense armée de ceux qui ne font rien et jugent toujours. Sans offrir la moindre solution. Voilà pourquoi, aujourd'hui, plus que jamais, nous avons besoin de sites noirs.

– Vous parlez de lieux comme Guantanamo ?

– Non. Guantanamo est le contraire d'un site noir. Un lieu de détention officiel. Très en vue. Un sujet récurrent pour les journaux télévisés. Je peux vous certifier que les prisonniers d'importance sont interrogés ailleurs.

– Où ?

– En Pologne. En Roumanie. Les États-Unis ont des accords avec ces pays. On leur ménage des morceaux de terre où aucune loi n'a plus cours. Excepté celle de l'efficacité. La CIA a ainsi installé des centres de détention où on interroge les « cibles de grande importance ». Des suspects tels que Khaled Cheikh

Mohammed, le cerveau des attaques du 11 septembre, capturé au Pakistan.

Malgré son âge, Py semblait au jus des affaires actuelles. Pourtant, Volokine ne croyait pas à ces rumeurs de sites secrets, d'interrogatoires cachés.

– Vos histoires font de l'effet, intervint-il, mais elles ne tiennent pas la route. Le monde est régi par des lois, des règles, des conventions.

– Bien sûr. Mais qui est derrière le système ? Des hommes qui ont peur. Je peux vous assurer que l'OTAN s'est chargé d'organiser ces sites. La Pologne appartient à l'OTAN et la Roumanie aspire à l'intégrer. Des accords secrets ont été passés. Des autorisations de survoler ces territoires, d'atterrir et de faire le boulot, près des bases aériennes. Les pays ont donné des garanties de non-ingérence. Ces sites n'appartiennent plus ni à la Pologne, ni à la Roumanie. Encore moins aux États-Unis. Ce sont des zones de non-droit, qui échappent aux lois des États.

Kasdan coupa :

– Vous allez nous dire qu'Asunción est un site noir ?

– La Colonie fonctionne sur le même principe, oui. Un territoire sans nationalité. Aucune législation ne peut s'y ingérer. Tout y est permis.

– La France n'a pas de problèmes terroristes. Du moins pas du calibre de ceux que rencontrent actuellement les Américains.

– C'est pourquoi la Colonie est une cellule dormante. Un laboratoire qui, pour l'instant, n'a pas d'application. Nous ne voulons pas savoir ce qui s'y passe. Nous n'avons qu'une conviction : les recherches avancent. Le moment venu, nous pourrons utiliser le savoir d'Asunción. Son expérience.

– Votre cynisme vous donne une réalité terrifiante.

– Toujours le même problème, sourit Py. On aime que le boulot soit fait. Mais on ne veut savoir ni où ni comment.

– Vous parlez de recherches, continua Kasdan. Savez-vous, précisément, sur quoi travaillent les dirigeants de la communauté ?

– Non. Ils maîtrisent une grande diversité de techniques.

Volokine intervint :

– Une de ces techniques s'appuie-t-elle sur la voix humaine ?

– Un protocole concerne le son, oui, mais nous ne savons rien de plus. À une époque, nous pensions que Hartmann avait mis au point une sorte de décodeur de la voix. Quelque chose qui permettrait de surprendre des vérités précises à travers les cris, les inflexions. Nous avions tort. La recherche de Hartmann porte sur une autre dimension de l'organe phonatoire. Quelque chose de plus dangereux, à mon avis. Quelque chose qui se situe au-delà de la douleur...

– Quand vous dites « Hartmann », vous parlez du père ou du fils ?

– Du fils, bien sûr. Le père est mort au Chili, avant la migration de la *Comunidad*. Mais cette disparition n'a pas entravé le développement d'Asunción. L'esprit de Hartmann...

– ... a fait école, acheva Kasdan. On nous a déjà servi ce plat. Quel âge a aujourd'hui le fils ?

– Je dirais dans les 50 ans. Mais son âge, ainsi que sa réelle identité, reste un mystère. Bruno Hartmann a compris la leçon. Durant sa jeunesse, il a vu son père traqué, menacé par des plaintes, des perquisitions. Il a saisi qu'un chef identifié peut devenir une faiblesse pour sa communauté. Il a donc réglé le problème. Personne, en France, ne peut se vanter d'avoir vu son visage. Et si un jour une quelconque association s'attaquait à Asunción, elle n'aurait aucun responsable à se mettre sous la dent.

Volokine insista :

– Pensez-vous que Hartmann se cache dans le Causse ou qu'il vit ailleurs ?

– Je ne sais pas. Personne ne le sait.

– Je suis allé à Asunción, reprit Kasdan. J'ai rencontré un médecin du nom de Wahl-Duvshani. Vous le connaissez ?

– Une des têtes pensantes de la Colonie, oui.

– C'est son vrai nom ?

– Vous savez, les noms...

– Combien sont-ils dans ce genre-là ?

– Une douzaine, je pense.

– Ce sont eux qui mènent les recherches ?

– On ignore comment s'organise le groupe. Il doit exister un Conseil. Un Comité central. Mais ces hommes en réfèrent toujours à Hartmann.

– Vous, reprit Volokine, quel est votre lien avec Asunción ?

– J'ai vécu dans leur communauté, quand ils étaient basés au Chili. J'ai aidé à leur installation en France. Je veille maintenant sur eux.

– Je pensais que c'était La Bruyère qui faisait venir ces Chiliens en France...

– Ce vieux La Bruyère... Il s'est occupé du transfert de quelques-uns, oui. Mais il n'avait pas les épaules pour la suite. Créer ce *Freistaadt Bayern*. Un État libre.

Kasdan paraissait de plus en plus nerveux :

– Nous cherchons une faille pour pénétrer dans la Colonie.

– Oubliez. Personne ne peut y entrer. Ni légalement. Ni clandestinement. Nous avons circonscrit ce petit monde, dans un sens comme dans l'autre. Impossible d'y entrer. Impossible d'en sortir.

– Pourquoi vous nous racontez tout ça sans difficulté ? demanda Volokine.

– Ces informations sont accessibles à tous. Sur Internet. Dans les articles de presse. Dans les couloirs des ministères. Mais personne ne peut les utiliser. Et personne n'y croit. C'est l'essence même de la Colonie. Exposée aux yeux de tous, mais invisible. Je peux vous décrire les rouages de la machine. La machine vous échappera toujours. La machine, juridiquement, n'existe pas. Et la machine dépasse l'imagination.

Silence des hommes. Murmure des oies. Py remonta la pente et observa plus attentivement Kasdan. Les nappes vertes du lac voyageaient derrière ses épaules.

– C'est étrange..., murmura-t-il. J'ai l'impression de te connaître.

Kasdan sursauta à l'utilisation du tutoiement. Il était gris. Il passa au livide.

– Oui... Je te connais.

– Pas moi, répondit l'Arménien les dents serrées. Je me souviendrais d'un enculé comme toi.

– Tu as suivi une carrière militaire avant d'être flic ?

– Non. (Kasdan se passa la main sur le visage.) Revenons à la Colonie. Vous évoquez des recherches. Vous parlez d'atouts militaires. D'après ce que nous savons, il s'agit surtout de mauvais traitements exercés sur des enfants. De fanatiques qui prônent la loi du châtiment et une foi religieuse d'un autre temps.

Py ramassa un morceau de bois. Il éprouva sa résistance des deux mains.

– Connaissez-vous les chiffres concernant les mauvais traitements infligés aux mineurs, rien qu'en France ? Au moins les enfants d'Asunción apprennent-ils quelque chose. Ils grandissent dans la discipline et la foi. Ils intègrent la souffrance et deviennent de vrais soldats. En mettant les choses au pire, leur sacrifice n'est jamais vain. Ils font avancer, indirectement, notre puissance armée.

– Putain de salopard, grogna l'Arménien. Tu peux donc imaginer ces mômes torturés sans bouger ? Il s'agit de gamins ! Il s'agit d'innocents qui...

Py brandit son morceau de bois à la face de Kasdan :

– Ces enfants ne tombent pas du ciel. Ils dépendent de leurs parents, qui sont tous membres d'Asunción. Des adultes libres et consentants.

Volokine vit les tempes luisantes de Kasdan – il était en sueur. Le Russe prit la parole pour faire diversion.

– Nous avons la preuve, bluffa-t-il, que Hartmann et sa clique ont fait enlever plusieurs enfants, issus de chorales parisiennes.

– Ridicule. Jamais les dirigeants de la Colonie ne prendraient un tel risque. Ils ont leurs propres enfants. Vous ne connaissez pas Asunción. C'est un monde clos, autonome, qui vit sur ses propres forces.

Kasdan recula. Quand il parla, sa voix paraissait maîtrisée :

– Nous enquêtons sur les meurtres de quatre personnes. Parmi ces victimes, il y a Wilhelm Goetz, Alain Manoury, Régis Mazoyer. Ces noms vous disent-ils quelque chose ?

– Wilhelm Goetz, oui. Je l'ai connu au Chili. Mais il a aussi séjourné dans la Colonie française, quand elle était implantée en Camargue. Les autres noms ne me disent rien. Pourquoi ces meurtres seraient-ils liés à Asunción ? Votre enquête n'est ni faite ni à faire...

Kasdan ne bougeait plus, les pieds plantés dans la boue :

– Pensez-vous que les enfants d'Asunción pourraient suivre un entraînement au combat ? Pourraient-ils apprendre à tuer ?

– Ce type de préparation est prévue, mais pas pour les enfants. Jusqu'à la mue, les gosses se concentrent sur le chant. Ensuite, à la puberté, ils passent à un autre type d'enseignement. Combat. Art de la guerre. L'Agôgé, comme à Sparte...

– Vous savez de quoi est morte Sparte ?

– Non.

– De l'appauvrissement du sang. Asunción pourrait avoir besoin de nouveaux enfants pour nourrir ses rangs. Son sang.

Py jeta son morceau de bois à terre. Il perdait son sang-froid :

– Asunción accueille chaque année de nouvelles familles. Des volontaires. Vos histoires de rapts sont ridicules.

– La *Comunidad* pourrait avoir besoin d'enfants spéciaux. Des enfants qui possèdent une voix *spéciale*. Des enfants qui auraient été sélectionnés par des maîtres de chœur, comme Goetz ou Manoury.

– Vous délirez.

Kasdan avança d'un pas.

– Non. Et c'est pour ça que tu chies dans ton froc !

– Je sais où je t'ai déjà vu, dit Py en plissant les yeux. Oui, je te connais...

– Les cinglés de la Colonie font le ménage, Forgeras ! Ils ont peur. Ils tuent pour réduire des hommes au silence. Des hommes qui savent quelque chose ! Quelque chose que tu sais toi aussi !

– Tu m'appelles Forgeras... À l'époque, je m'appelais ainsi. Et toi, tu...

– Ils tuent hors de leur territoire et c'est leur erreur. Parce que ces meurtres se passent en France, et ça, c'est notre domaine, tu piges ?

– Cameroun. 1962.

– Quand les salopards de ton espèce seront-ils hors d'état de nuire ?

– Je te reconnais, murmura Py. Tu es la petite salope qui...

L'Arménien dégaina et planta le canon de son arme contre le torse du vieil homme.

– Kasdan, non !

Volokine se précipita. La détonation le pétrifia. Dans son œil, la scène se décomposa. Le général se fracassa contre un arbre. Roula contre le fût et tomba en contrebas, visage dans la boue. Les oies couraient en tout sens le long de l'étang.

Kasdan fit un pas et tira une nouvelle fois. Dans la nuque.

Volokine attrapa l'Arménien par l'épaule. Il hurla au-dessus des oies :

– Vous êtes dingue ? Putain, mais qu'est-ce qui se passe ? Qu'est-ce qui se passe ?

Kasdan se libéra de son emprise et mit un genou à terre. Il ramassa les douilles percutées. Il enfila un gant de latex. Plongea ses doigts à l'intérieur des chairs fumantes. Il cherchait les balles qui avaient perforé le cœur et la moelle épinière du général.

Volo recula, pataugeant dans la gadoue, répétant plus bas :

– Qu'est-ce qui se passe ?

Alors, il comprit le bruit étrange qui flottait dans la puanteur de cordite.

Kasdan pleurait à chaudes larmes.

# 66

– LIONEL KASDAN est mort le 23 août 1962. Dans une embuscade, près de Bafang, à l'ouest du Cameroun. Il avait 19 ans.

– Qui êtes-vous ?

– J'ai découvert l'Afrique en 1962. J'avais 17 ans. Tu te souviens de ce que tu faisais à cet âge ? Moi, j'aiguisais mes rêves comme on affûte des couteaux. Malraux. Kessel. Cendrars. L'aventure, l'action, le combat, mais aussi les mots qui vont avec. Je m'imaginais écrivain. Un destin d'action d'abord, puis les livres qui suivraient. Je me suis engagé, en pensant à Rimbaud plutôt qu'à de Gaulle, en me disant que, pour écrire, il fallait d'abord vivre. Et que pour vivre, il fallait d'abord mourir. Sous les balles. Sous le soleil. Sous les moustiques.

Kasdan parlait d'une voix blanche. Regard fixe. Rivé au tableau de bord. Volokine avait conduit jusqu'à une aire d'autoroute. Moteur coupé. Habitacle glacé. La pluie avait repris, frappant les vitres en cadence légère. Le Russe lui-même ne savait plus où ils étaient.

– Répondez à ma question : qui êtes-vous ?

Kasdan ne semblait pas entendre :

– Quand je suis arrivé à Yaoundé, je n'ai pas été dépaysé. C'était la France mais dans une version à l'arrache. Il y avait les marques : les Peugeot, les Monoprix, les engins Moulinex... Il y avait les PTT, l'école publique et ses maîtres d'école. Mais tout ça était rouge, déglingué, usé jusqu'à la corde. C'était la France, mais retournée comme un gant, révélant ses tripes au soleil. Une farce tragique, où la vérité de l'homme jaillissait à nu.

« Après quelques semaines de cantonnement, on est partis pour la garnison de Koutaba, au nord-ouest, là où ça chauffait. Je pourrais te parler des heures de la beauté du paysage. Et aussi de notre beauté à nous, les troupes. Le vert de nos treillis qui contrastait avec la latérite. Le 17e Bataillon d'Infanterie de Marine... On était des braves. Des héros. En fusion avec cette terre solaire...

« Je te fais grâce du contexte politique. En gros, on avait rendu le Cameroun à son peuple. Finie la colonie. Mais le ménage n'était pas terminé. Avant de partir, il fallait nettoyer les rebelles, les gars de l'UPC, pour laisser un territoire propre à Ahidjo, le président, "l'ami des Français". Pour qu'il puisse continuer à nous servir la soupe.

« Le problème, c'est qu'on n'avait plus le droit, officiellement, d'être là. Tu peux chercher dans les archives. Tu ne trouveras jamais une note, un bulletin sur nos actions. Il n'y avait plus d'ordre écrit. Il était interdit de hisser le drapeau français. Interdit de parler à la presse. Interdit d'utiliser des mots tels que "quadrillage", "secteur", etc. Pourtant, le boulot devait être fait. On avait deux missions. Anéantir les troupes rebelles. Remettre les populations dans le droit chemin. Tous ces paysans qui sympathisaient avec les maquisards.

« Au début, on menait des opés sans danger. Surveiller la voie ferrée. Escorter des convois de marchandises. On était une seule compagnie. Deux cents hommes à tout casser. Ensuite, on est descendus le long du lac de Baleng, jusqu'à plonger dans le triangle infernal dessiné par trois villes : Bafoussam, Dschang et Bafang. On a d'abord suivi les pistes en blindés. Puis il a fallu se cogner la vraie brousse, à pied, avec le matos sur le dos. C'était la saison des pluies. On se prenait des saucées dantesques. Le paysage croulait sous nos pas, fondait, ruisselait, et nous emportait avec lui.

« On crevait de peur et en même temps, avec nos armes, on se sentait forts. La forêt, c'était la même chose. D'un côté, il n'y avait pas plus flippant que ce milieu humide, obscur, fourmillant, rempli de rebelles qui se croyaient invincibles grâce à la sorcellerie. En même temps, la forêt était merveilleuse. Quand on installait le campement, à la tombée de la nuit, il y avait quelque chose de féerique dans ces trouées de feuilles, ces lucioles qui apparaissaient, ces parfums qui jaillissaient de la terre...

« Très vite, on a compris à qui on avait affaire. Je veux dire : nos chefs. Les rebelles, on les voyait jamais. En revanche, Lefèvre, notre capitaine, et Forgeras, son lieutenant, on commençait à bien les cadrer. Deux salopards, tout frais sortis d'Algérie, obsédés par la "campagne de sensibilisation" qu'on devait mener dans les villages. Un euphémisme pour dire qu'il fallait terroriser la population et lui faire passer le goût de coopérer avec l'UPC. La méthode était simple. À chaque village, on frappait, on détruisait, on brûlait. On ne croisait que des civils désarmés. Des femmes, des gosses, des vieux. C'était dégueulasse.

« Nos deux officiers étaient des fêlés de la torture. Dans un bled, je me souviens plus du nom, ils ont installé un DOP. Dispositif Opérationnel de Protection. En fait, un centre d'interrogatoire. Ils utilisaient un engin électrique, la génératrice de notre poste radio, un genre de gégène, mais qui marchait au diesel. Jamais j'oublierai l'odeur de l'essence. Et les cris qui allaient avec...

« Mais il y avait pire. Les appelés prenaient goût à ces saloperies. L'homme est une ordure. Et quand il n'est pas une ordure, c'est un lâche. Ceux qui ne voulaient pas jouer le jeu y allaient tout de même, par peur des représailles. On est devenus des bêtes. Une sorte d'ivresse nous montait à la tête. Et aussi une espèce de lucidité sourde qui nous rendait malades. Et plus méchants encore. D'une certaine façon, on en voulait à nos victimes. À tous ces cons de villageois qui pactisaient avec l'ennemi. On en voulait à l'Afrique. On en voulait à la pluie, qui n'arrêtait pas...

« J'ai tout de suite pensé à déserter. C'était pas si compliqué. Trouver un guide. Voler des vêtements civils. Fuir dans la forêt. En quelques jours, je pouvais rejoindre le Nigeria. Mais c'était une fuite. Impossible. Je devais stopper la machine. Libérer les autres des deux givrés. Je devais sauver les Noirs. Il n'y avait qu'une seule solution : buter les salauds qui nous servaient de chefs. Pendant des jours, j'ai échafaudé des plans. Je ne voyais même plus ce qui se passait autour de moi. J'ai frappé, pillé, détruit... Mais je gardais la tête haute. Grâce à mon projet. J'allais arrêter tout ça. J'allais sauver l'Afrique !

« À ce moment-là, il y a eu l'embuscade. On devait être à dix kilomètres de Bafang. En pleine jungle. Les premiers coups de feu ont retenti. On n'a rien entendu, à cause de la pluie. Des feuilles se sont déchirées. Des éclats d'écorce sont partis dans le rideau de flotte – et un homme est tombé, devant moi. Lionel Kasdan, un petit Arménien très croyant qui ne parlait plus depuis des semaines. Un môme de mon âge, aux yeux globuleux, qui semblait attendre une espèce de Jugement dernier. C'est ce que j'ai pensé alors. Sous le feu, je me suis dit : “Ça y est. Dieu s'est enfin décidé. On va tous y passer...”

« Dans les bruissements de l'averse, Lefèvre et Forgeras hurlaient des ordres. Les hommes tentaient de se mettre à couvert, alors qu'un treillis serré de gouttes et de balles, d'eau et de fer, nous tombait dessus. Moi, j'étais frappé de paralysie. Je bougeais pas. Un genou au sol, près de Kasdan, je regardais la mort dans ses yeux et j'attendais qu'elle me prenne aussi.

« Mais je ne mourais pas. Les balles sifflaient. La pluie crépitait. Et je demeurais là, invincible. Alors, j'ai compris la vérité. J'appartenais au plan de Dieu. Il nous punissait, oui, mais il me donnait aussi l'occasion de réaliser Sa vengeance. Le corps de Kasdan dans mes bras. Ses papiers dans son treillis. La possibilité d'une fuite et d'un autre salut, sous un autre nom. J'ai fouillé le cadavre. Trouvé son portefeuille. Y avait tout. Papiers d'identité. Documents militaires. Photos de famille. Tout. J'ai embarqué l'ensemble et traîné le corps à l'abri. Là, enfin, j'y suis allé de mes rafales. Mais j'étais plus le même. Je n'étais plus Étienne Juva, c'était mon nom, ni Lionel Kasdan. J'étais personne. Juste un bras armé. L'instrument de Dieu, qui allait frapper. Éliminer les deux cinglés qui nous avaient foutus dans cet enfer.

« Ce jour-là, l'embuscade n'a fait qu'un mort. Kasdan. De notre côté. De l'autre, impossible à savoir. Les rebelles avaient disparu dans l'averse. On les avait même pas vus. Tout le monde se demandait si ces histoires de sorcellerie n'étaient pas vraies. Des combattants possédés qui pouvaient devenir invisibles. On est rentrés au camp de base. On a inhumé le corps de Kasdan.

Impossible de le conserver avec la chaleur et l'humidité. Et on a fait le point.

« Lefèvre et Forgeras étaient comme des fous. Ils ne voulaient ni rentrer à Koutaba ni appeler des renforts. Ils voulaient foutre le feu à toute la brousse. Écraser les rebelles. Torturer leurs complices – les villageois. Faire payer au pays entier notre humiliation ! Les soldats étaient prêts à tout, eux aussi. Plus personne, à ce moment, n'était dans son état normal. On avait faim. On avait peur. On avait la fièvre. Et la mort de Kasdan nous enfonçait encore dans notre ressentiment...

« On est repartis. Le capitaine et le lieutenant avaient une cible. Une espèce de dispensaire. Un hôpital de brousse, soi-disant dévoué aux rebelles, à une demi-journée de marche. Quand on est arrivés, on n'a découvert qu'un bâtiment en torchis, abritant des gamins malades, des grabataires, des femmes enceintes. On a sorti tout le monde puis on a mis le feu au dispensaire. Alors, les deux fumiers ont "interrogé" les femmes et les enfants. Les prisonniers tenaient même pas debout. Leurs pansements se déroulaient. Leurs plaies attiraient les mouches. C'était atroce. Ils ne savaient rien. Ils hurlaient de panique. Alors Forgeras a commencé à pousser les mômes dans le feu. Les gosses criaient. Refusaient de se jeter dans les flammes. Forgeras leur tirait dans les jambes pour les décider. Le calvaire a duré toute la journée. Tous les malades ont fini brûlés vifs. Ceux qui ne pouvaient pas marcher ont été traînés, jetés dans le brasier comme des cadavres.

« Quand ça a été fini, le silence est retombé sur nous. Le goût de la cendre dans la gorge. Et la honte. Lefèvre et Forgeras sentaient qu'ils nous perdaient. La mutinerie n'était pas loin. Il fallait nous maintenir dans cette espèce de délire. Ils nous ont dirigés jusqu'à un autre village. Y avait plus là-bas que des femmes et des mômes. Les hommes avaient pris la fuite, ayant autant la trouille, la nuit, des rebelles, que de l'armée française, le jour. Alors, les officiers nous ont ordonné de nous détendre un peu avec les femmes et les gamines... Les troufions y sont allés. Comme pour s'enfoncer davantage. Se venger de ces Noirs qui nous avaient transformés en monstres.

« Toute la nuit, les femmes ont hurlé dans les cases. Il y avait aussi des petites filles. Certaines d'entre elles n'avaient pas 10 ans.

Avec quelques autres gars, on est restés là, pétrifiés, au coin du feu. Je voyais, à quelques mètres de là, Lefèvre et Forgeras, indifférents aux cris, à la panique, qui préparaient la campagne du lendemain. Leur folie était là. Dans l'éclat de leurs yeux. Dans leurs lèvres qui s'agitaient, posément, alors qu'on violait des mères sous les yeux de leurs gosses.

« Ils se sont éclipsés dans une case, à l'écart, accompagnés de deux Tchadiens qui nous servaient d'éclaireurs. Il était temps d'agir. Je suis parti m'équiper puis, caché dans les taillis, j'ai attendu. Un des deux, au moins, allait sortir pisser. C'est Lefèvre qui est apparu aux premières lueurs du jour. Il était vêtu d'une djellaba, comme s'il portait une robe de chambre. Quand il s'est arrêté pour soulager sa vessie, j'ai écrasé le canon de mon .45 sur sa nuque. Je pouvais pas parler. Sans m'en rendre compte, j'avais hurlé toute la nuit en silence, en mordant mon poing. Du canon, je l'ai poussé dans la forêt. On a marché. Longtemps. Lui et moi on le savait, on marchait vers les rebelles. Chaque pas nous rapprochait d'eux et pouvait nous être fatal. Mais c'était pas grave. Je pouvais mourir avec lui. Ce qui comptait, c'était de faire disparaître la maladie de notre section. Et Étienne Juva était déjà mort.

« On est tombés sur une clairière. Un cercle de terre rouge, cerné d'arbres et de plantes. Lefèvre, c'était un grand gaillard de 40 ans, sec comme une trique, à demi chauve. Quand il a voulu se retourner, je l'ai frappé au visage avec ma crosse. Il est tombé. J'ai frappé à nouveau. Il encaissait sans crier. Il craignait peut-être d'attirer les rebelles. Ou c'était sa dignité de soldat, je sais pas.

« J'ai frappé si fort que ma crosse s'est ouverte en deux. J'ai balancé mon arme et j'ai continué à coups de pied. Lefèvre tentait de se relever. À chaque fois, je le cueillais d'un coup de botte. Son visage était labouré, retourné. Une bouillie de chair et de terre.

« Il ne bougeait plus mais il vivait toujours. J'ai frappé encore. Dans le dos. Dans le ventre. Dans la face. Puis, à coups de talon, j'ai cherché à briser tout ce qui pouvait l'être. Le crâne. Les pommettes. Les côtes. Les vertèbres. Je pensais aux enfants dans les flammes. Aux femmes et aux gamines dans les cases. Je cognais, encore et encore, jusqu'à sentir les os craquer sous ma pointe ferrée. Enfin, je me suis arrêté. Je sais pas s'il était mort, mais il n'était plus un homme. Un simple amas de viande sanglante.

« En maîtrisant mes tremblements, j'ai ouvert le jerrican de gasoil que j'avais apporté et j'ai répandu l'essence. J'avais un briquet Zippo – un cadeau de mon père avant mon départ. Je savais que je ne reverrais plus jamais ma famille. J'ai allumé le briquet et je l'ai balancé sur le corps.

« C'est la pluie qui m'a rappelé à moi-même. J'étais toujours vivant. Les rebelles n'étaient pas apparus. Le campement était à des années-lumière. Et le capitaine Lefèvre n'était qu'un débris noirci, mi-cendre, mi-carcasse, déjà emporté par la boue. Je n'avais plus qu'à fuir en m'orientant vers l'ouest. En marchant deux à trois jours, je traverserais la frontière du Nigeria sans difficulté.

« C'est ce que j'ai fait. En buvant à la liane. En mangeant le manioc que j'avais emporté. J'ai suivi la piste. J'ai croisé des villages fantômes. J'ai tremblé dans la nuit fourmillante. J'ai sursauté mille fois en croyant tomber sur les gars de l'UPC ou sur une section des nôtres, mais j'ai marché. Au bout de trois jours, j'ai trouvé le fleuve Cross. J'ai payé un pêcheur qui m'a fait franchir la frontière, à travers un dédale de marigots. Ensuite, j'ai trotté à nouveau, plein sud, jusqu'à trouver la ville de Calabar, au Nigeria. De là, j'ai volé jusqu'à Lagos. Puis, de Lagos, j'ai pris un vol régulier pour Londres – le Nigeria est anglophone.

« La suite, tu la connais. L'homme qui est arrivé à Londres s'appelait Lionel Kasdan. J'avais un projet. Le vrai Kasdan, celui qui était tombé sous mes yeux, ne cessait de parler d'un monastère sur une île près de Venise, qui appartenait à des moines arméniens. Il s'était juré, s'il s'en sortait, de s'enfouir là-bas et d'approfondir la culture de son peuple. J'ai tenu sa promesse. De Londres, je suis parti en Italie et j'ai rejoint San Lazzaro dei Armeni. Les prêtres, les livres, les pierres de l'abbaye ont été les seuls témoins de ma métamorphose. Quand je suis sorti de là, en 1966, j'étais devenu, au plus profond de ma chair, arménien. J'ai passé le concours de flics et voilà.

Après un long silence, Volokine murmura :

– Je me souviens. Dans un de vos canards à deux balles, vous avez raconté vos souvenirs de cette époque. Une phrase m'a frappé. Une phrase de poète : « À l'ombre du campanile, dans la paix des rosiers, j'ai suivi les contours et les ciselures de l'alphabet arménien, y retrouvant les lignes des pétales, des pierres et des nuages du dehors... »

– Je ne mentais pas. Depuis cette époque, je n'ai plus jamais menti. Lionel Kasdan était revenu à la vie. Il n'a plus jamais dérogé à sa ligne, fondée sur la traque du mal, quel que soit son visage.

Volokine murmura sur un ton étrange, entre dégoût et tendresse :

– Vous êtes un vrai fêlé.

– C'est la guerre qui est fêlée. Je peux te jurer qu'avant mes 17 ans et l'Afrique, j'étais un gamin équilibré. Cette guerre a été mon électrochoc. Elle a bouleversé la chimie de mon cerveau. Depuis ces jours maudits, je poursuis un chemin de crises, de cauchemars, de hantises. Que tu le croies ou non, je suis avant tout une victime. La victime ordinaire de faits extraordinaires. À moins que cela ne soit l'inverse. La victime extraordinaire de faits qui, dans toute leur laideur, n'ont fait que révéler la violence ordinaire de l'homme.

Le jeune Russe tourna la clé de contact :

– Je vous ramène à la maison.

# 67

LA NUIT.

Sa première pensée. La seconde : il revenait de loin. De très loin. Un sommeil de fonte. Sans rêve. Sans durée. Il n'avait aucune idée de l'heure ni du lieu exacts. 1962, sur les pistes de Bafoussam ? 2006, dans son appartement ?

Il leva la tête puis retomba, la nuque raide. D'autres sensations se précisaient. Bouche pleine de cendres. Soif terrible. Il était dans son lit. Hier soir, il s'était concocté un cocktail particulier. Un assommoir. Xanax. Stilnox. Loxapac. Un comprimé de chaque, appuyé d'une rasade d'eau gazeuse.

Effet instantané. Les molécules s'étaient fondues dans son corps, s'amplifiant telles des ondes magnétiques, enveloppant chacune de ses ramifications nerveuses d'un gel anesthésiant, ralentissant ses circuits mentaux, mettant toute la machine en hibernation. Jusqu'à l'endormissement.

Maintenant, au fond de lui, il surprenait autre chose. Un sentiment de pureté, qui l'emplissait de la tête aux pieds. Une neige brillante, sans l'ombre d'une trace, tapissait son âme. Un silence translucide l'enveloppait. D'où venait ce sentiment de virginité ? L'image de Forgeras s'écroulant dans la boue le fit tressaillir. Était-ce son crime qui l'apaisait maintenant ? Non. Cet acte absurde n'était que l'obscure résolution d'une colère jamais refroidie. Une pulsion de vengeance persévérant sous les années.

Il n'en avait tiré ni soulagement, ni satisfaction. Il fallait qu'il le fasse, c'était tout. Au nom du passé. Au nom des gamins qui avaient brûlé dans le dispensaire. Des femmes violées dans les cases. Il fallait terminer le boulot commencé 40 ans plus tôt, dans la jungle.

Le sentiment de pureté venait d'ailleurs.

Il avait parlé. Il avait avoué son crime. Cet acte innommable qu'il n'avait jamais réussi à confesser. Ni à Dieu. Ni à son psy. Ni à Nariné. Ce caillot empoisonné, il l'avait craché aux pieds de Volokine. Les mots avaient franchi ses lèvres, cristallisant sa douleur et l'évacuant dans le même mouvement. Maintenant, oui, il se sentait intensément propre, intensément lumineux. Tout pouvait recommencer.

Du bruit dans l'appartement. Pas d'horloge. Pas de montre. Et la porte de sa chambre close. Il tendit l'oreille. Cliquetis. Claquements. On s'affairait dans la cuisine.

Il appela :

– Volo ?

Quand il se réveilla, la chambre était claire. Jour terne à la fenêtre. Gueule d'équerre. Fringues éparses sur le fauteuil, près du lit. Et toujours, au fond de lui, le soulagement. Ce matin, malgré sa gueule de bois chimique, malgré son meurtre de la veille, il se sentait léger. Léger et libéré.

– Volo ? appela-t-il encore.

Pas de réponse. Avec effort, il se leva. Enfila un sweat-shirt et ouvrit la porte de sa chambre. L'appartement était vide. Le Russe s'était fait la malle. Se tenant au mur mansardé, Kasdan remonta chaque pièce. Sans café, point de salut.

Il pénétra dans la cuisine et resta en arrêt.

Fixé sur la cafetière avec du Scotch, un mot l'attendait.

Il décolla la feuille pliée et l'ouvrit, avec un sentiment d'appréhension.

*Kasdan,*

*Vous êtes un salopard mais je ne vaux pas mieux que vous. Je ne cherche pas à vous comprendre. Surtout pas. Pourtant, malgré tous mes efforts, je crois que je vous comprends tout de même un peu...*

*Nous connaissons vous et moi la solution. Il faut infiltrer la Colonie. C'est le seul angle d'attaque possible. Vous ne pouvez pas vous y coller. On connaît là-bas votre sale tête de facho. Alors, je suis en route pour*

*Asunción. Ils embauchent des ouvriers agricoles pour le début d'année. Je me suis rasé les cheveux et, avec vos fringues, j'ai l'air d'un vrai blaireau.*

*Au début de notre association, je vous ai dit : « À nous deux, on fera peut-être un flic potable. » À l'arrivée, la vérité est différente : je crois qu'à nous deux, nous faisons un honnête criminel...*

*Mais le boulot doit être fait.*

*N'approchez pas de la Colonie. Je suis à l'intérieur. Je stopperai la force maléfique qui y est à l'œuvre. J'arrêterai les meurtres et percerai le mystère du* Miserere. *Je sauverai les enfants.*

*D'après ce que je sais, les Arméniens fêtent Noël au début du mois de janvier. Je suis sûr que, malgré tout, vous devez faire comme eux. Alors, pensez à moi sous le sapin.*

*Je vous embrasse.*

*VOLO*

*P-S : Ne cherchez pas le verre du toubib de la Colonie : je l'ai emporté. C'est ma clé pour ouvrir les profondeurs du repaire...*

Kasdan lut deux fois la lettre. Il ne pouvait y croire. Volokine s'était jeté dans la gueule du loup. L'Arménien balança un coup de pied dans sa cuisinière. Sa tête était maintenant sous l'emprise d'une seule pensée. Rejoindre le gamin. Le rattraper avant qu'il ne soit trop tard.

Il se précipita dans sa chambre et ouvrit la penderie qui occupait le mur de droite. Il écarta les vestes, les chemises, les costumes, découvrant un coffre-fort mural. Code digital. À l'intérieur, plusieurs mallettes ainsi que des housses de cordura. Il déposa l'ensemble sur son lit et en vérifia le contenu.

La première boîte, un container logistique de résine, abritait un fusil de précision longue distance, le Tikka T3 Tactical, dont on avait l'habitude de dire qu'il appartenait à une catégorie à part : la sienne. Les pièces détachées de l'arme, auxquelles s'ajoutaient sa lunette de précision et ses chargeurs, étaient soigneusement encastrées dans leurs compartiments de mousse.

La seconde boîte, une mallette en polymères à serrures à pompe, protégeait un pistolet semi-automatique « Safe Action » Glock 21, calibre .45. Une arme magnifique que ses collègues lui avaient offerte à son départ en retraite, équipée d'une « lampe tactique » – torche au xénon et faisceau laser adaptés au canon.

Kasdan vérifia la housse suivante. Elle contenait un pistolet Sig Sauer P 220, calibre 9 mm Para. Mi-noir, mi-chromé, il avait la beauté d'une sculpture de Brancusi et l'acuité d'une arme de pointe.

Dans la dernière sacoche, un revolver Manhurin l'attendait. Le fameux MR 93 S.6, le calibre .357 qui l'avait accompagné durant plus de 20 ans.

Kasdan compléta son équipement avec un aérosol lacrymogène, portant le sigle « Police Nationale » et une matraque télescopique. Plaçant son arsenal dans un sac de sport, il réfléchissait déjà aux possibilités d'attaque de l'enceinte de la Colonie. D'une manière ou d'une autre, il fallait pénétrer la propriété et arracher le jeune fauve à la secte.

Un bref instant, il envisagea d'alerter les forces d'intervention qualifiées. Ses collègues du RAID. Mais sur quelles bases ? Il n'avait aucune légitimité. Ni l'ombre d'une preuve de la culpabilité de la Colonie. De plus, le lieu se situait hors de la juridiction des autorités de police. Il aurait fallu en référer aux forces de la gendarmerie qui à leur tour contacteraient le GIGN... Mais même cette démarche n'aurait servi à rien. Asunción était protégée par son statut. En vérité, seul le Quai d'Orsay, le ministère des Affaires étrangères, aurait pu décider d'une action.

Il caressa ensuite l'idée de contacter les responsables de l'enquête en cours. Marchelier à la Crim. Les gars des RG et de la DST. Ceux qui avaient placé des micros chez Goetz. Après tout, ces mecs-là devaient être au parfum. Mais comment agir en toute rapidité ? Le temps que Kasdan les persuade de la réalité des enjeux, Volokine aurait le temps de se faire couper en rondelles par les médecins fêlés de la *Comunidad*.

Kasdan retourna au coffre-fort. Il attrapa plusieurs boîtes de munitions. Fermant le sac de sport, il eut une autre idée. Pierre Rochas. Le maire d'Arro. Le cow-boy du Causse, qui dirigeait lui aussi sa communauté au cœur de la steppe. Des paysans, des éleveurs, des fermiers, héritiers des *Seventies*, qui semblaient avoir un sérieux compte à régler avec Hartmann et sa bande. Ces hommes armés pouvaient constituer de solides alliés dans le cadre d'une bataille rangée.

Kasdan prit le temps de se doucher, de se raser, puis s'habilla chaudement. Sous-vêtements de Gore-Tex. Laines polaires. Pantalon de ski. Se dirigeant vers la porte d'entrée, il aperçut un détail dans son bureau qui l'arrêta. Un long ruban de papier sortait du fax, jusqu'à toucher le sol.

Sur le coup, il ne vit pas de quoi il s'agissait.

Puis il se souvint. La liste des enfants-chanteurs d'Asunción, envoyée par le prêtre de Saint-Sauveur, l'église des environs d'Arles. La liste qu'il avait demandée deux nuits auparavant.

Kasdan croyait à l'instinct. Il n'aurait pu citer un exemple précis d'enquête résolue à la seule force de son intuition mais il y croyait, c'était comme ça. Une voix lui souffla d'aller jeter un coup d'œil sur ces listes d'enfants – les maîtrises des années passées...

Il posa son sac à terre et pénétra dans son bureau.

# 68

Victor Amiot
Paul Baboukchem
Thomas Bonnani
Florian Brey
Emmanuel Cantin
Julien Charvet
France Dubois
Raphaël Gaillon
Anthony Kuzma
Mathieu Leclerc
Maxime Moinet
Lucas Pelovski
Guillaume Pierrat
Bertrand Plance
Théo Rabol
Loïc Shricke
Jacques-Marie Tys
Cédric Volokine
Louis Werner
Dylan Zimbeaux

Un seul coup d'œil suffit à repérer le signe.
La convergence hallucinante.
Cette liste correspondait au premier passage de la chorale

d'Asunción à Saint-Sauveur, en 1989. Kasdan secoua la tête en signe de dénégation. Ce n'était pas possible. Trop fou. Trop incroyable. Trop, en un mot.

Kasdan connaissait un nom de cette liste.

Le dernier auquel il aurait pu s'attendre : *Cédric Volokine.*

Volo, âgé de 11 ans, avait appartenu à la chorale maléfique !

Retenant souffle et pensée, Kasdan vérifia les autres listes, froissant le long ruban de papier entre ses doigts fébriles.

1990.

*Cédric Volokine.*

1991.

Pas de Cédric Volokine.

Le môme avait donc appartenu à la secte durant deux années. Au moins. Puis il s'en était sorti. Kasdan lâcha l'air qu'il avait comprimé dans ses poumons et s'effondra sur la chaise de son bureau. L'esprit humain ne peut assimiler qu'une certaine quantité de vérités à la fois. Kasdan, les yeux fixés sur la liste, tenta d'intégrer les faits induits par ce simple nom sur du papier thermique.

En y mettant de l'ordre.

Au début de l'affaire, Kasdan avait enquêté sur le jeune flic. Greschi, le patron de la BPM, supposait que Volo avait vécu un traumatisme dans son enfance. Un choc qui l'avait rendu sensible aux affaires touchant les mineurs. Durant leurs journées passées ensemble, Kasdan n'avait jamais lâché cette conviction. Volo avait un compte à régler avec les pédophiles et, d'une façon générale, avec tous ceux qui faisaient du mal aux enfants.

Le traumatisme était désormais identifié.

Deux années passées à la Colonie.

Qu'avait-on fait au môme ? Quelles tortures, quels sévices Cédric, 10 ans, avait-il subis chez les fanatiques ? Pas de réponse. Kasdan passa à la seconde question : comment le gamin avait-il pu atterrir à Asunción ? Il rassembla les pièces. Toujours au début de son enquête, il avait parlé à une animatrice, dans un foyer d'accueil d'Épinay-sur-Seine. La femme lui avait précisé que le grand-père de Cédric avait récupéré la tutelle de son petit-fils autour de sa dixième année. Elle avait ajouté que le vieux salaud avait agi dans l'espoir de toucher quelques subsides de l'État.

Une autre vérité était possible.

Les hommes de la Colonie, à la recherche de petits chanteurs, avaient repéré Cédric et sa voix magnifique. Ils avaient contacté le grand-père et lui avaient proposé un marché. L'enfant contre de l'argent. Le vieux Russe avait vendu son petit-fils à la secte. Le gosse avait vécu deux ans en enfer. Il avait suivi les règles de la communauté. Il avait chanté dans la maîtrise. Puis on l'avait libéré. Peut-être après sa mue. Ou bien alors il s'était sauvé. Comme Milosz.

Dans cet écheveau, un fait ne collait pas. À l'évidence, durant l'enquête, Volokine ignorait tout de la secte. Le Russe était-il à ce point comédien ou, sous la force d'un choc, avait-il perdu la mémoire ? Kasdan penchait pour la deuxième solution. L'enfant traumatisé ne se souvenait plus d'Asunción mais il en gardait une blessure intérieure. Blessure qui l'avait conduit, inconsciemment, à défendre les enfants subissant des violences. Blessure aussi qui l'avait rendu accro à l'héroïne.

Kasdan froissa la liste. Il se jura de sortir non seulement Volokine de ce guêpier mais aussi de sa névrose. À l'issue de l'enquête, le Russe serait libéré, comme lui-même s'était affranchi de ses hantises.

À cette pensée, la panique monta en lui.

Il comprenait maintenant l'urgence de la situation. Volokine s'était non seulement jeté dans la gueule du loup mais le loup allait le reconnaître ! Le Russe avait-il totalement perdu la mémoire ? Ou avait-il décidé de plonger en connaissance de cause, prenant le risque d'être identifié par ses anciens tortionnaires ? Avait-il décidé de se venger en solitaire de ceux qui l'avaient meurtri ?

Dans son message, le gamin avait écrit : « Je suis à l'intérieur. Pour faire ce qui doit être fait. » La vérité était encore différente. D'une manière ou d'une autre, le gosse avait retrouvé la mémoire au fil de l'investigation. Peut-être était-ce la raison de ce shoot mystérieux de l'avant-veille. Ou au contraire, était-ce cette injection qui lui avait rendu la mémoire... Dans tous les cas, Volokine voulait maintenant régler ses comptes.

L'Arménien fourra le papier thermique chiffonné dans sa poche puis revint dans le vestibule, arrachant son sac du sol.

Il ouvrit la porte et demeura en arrêt.

Trois hommes se tenaient sur le seuil.

Il n'en connaissait qu'un seul : Marchelier.

Alias « Marchepied ».

Les deux autres se tenaient de part et d'autre, enfouis dans des vestes de cuir.

Le trio avait l'air d'éboueurs d'humeur meurtrière. Trois mousquetaires dont les armes dépassaient ostensiblement des pans de leur veste. Ils étaient terrifiants, mais pas assez pour Kasdan. Dans un flash de lucidité glacée, il comprit l'ironie de l'instant. Ces trois guignols venaient lui demander des comptes de bon matin et ils allaient ralentir sa course.

– T'as mauvaise mine, Doudouk, fit Marchelier. Faut que t'arrêtes les joints.

– Qu'est-ce que vous voulez ?

– Tu nous fais pas entrer ?

– J'ai pas trop le temps, là.

Le flic de la BC baissa les yeux sur le sac :

– Tu pars en voyage ?

– Les fêtes de Noël. Tu sais ce que c'est, non ?

– Non.

Marchelier, mains dans les poches, fit un pas en avant.

– Je vous dis que j'ai pas le temps ! fit Kasdan.

Marchelier secoua la tête en souriant. Il avait un visage étroit. Ses traits semblaient s'y être concentrés pour exprimer un maximum d'hostilité en un minimum d'espace.

– Le temps, c'est une question de bonne volonté. Quand on veut, on peut.

Les trois hommes occupaient tout l'espace du couloir. Marchelier lança un regard sur sa droite :

– Rains. DST.

Puis sur sa gauche :

– Simoni. DCRG.

Silence. Marchelier reprit :

– Alors, ce café : tu nous l'offres ou quoi ?

Kasdan recula, laissant entrer les trois Pieds Nickelés.

*Les expédier puis prendre la route.*

# 69

LES TROIS HOMMES s'installèrent dans le salon.

Le premier, Rains, s'affala dans un fauteuil. Il portait les écouteurs de son Ipod enfoncés dans les oreilles et tenait le petit bloc plat entre ses mains, luminescent comme du phosphore.

Le deuxième, Simoni, s'appuya sur le chambranle de la cuisine. Il portait une casquette de base-ball qu'il ne cessait de faire tourner sur son crâne rasé, en tenant sa visière de deux doigts.

Marchelier se planta devant une fenêtre, contemplant les toits de l'église Saint-Ambroise, faisant craquer ses doigts avec un bruit funeste.

Kasdan partit dans la cuisine préparer du café. En réalité, il attrapa un fond qui croupissait dans un broc et le passa au micro-ondes. Une horloge tournait sous son crâne, dans un cliquetis assourdissant. Quand il revint dans le salon, cafetière et chopes en main, les flics n'avaient pas bougé.

– T'as du sucre ?

Kasdan fit un nouveau voyage. Il déposa sucre et cuillères sur la table basse. Marchelier se déplaça vers la table, fit tomber un carré dans sa chope puis revint à son poste, devant la fenêtre.

Il dit, tournant sa cuillère avec lenteur :

– Tu chies dans nos bottes, camarade.

– Qu'est-ce que ça veut dire ?

– Wilhelm Goetz. Naseer « je-sais-plus-qui ». Alain Manoury. Régis Mazoyer. Ça nous fait quatre cadavres. En moins d'une semaine. Selon le même mode opératoire. Mutilations. Citations sanglantes, dans trois cas au moins. Issues de la même prière. Un massacre est en marche à Paris et tu penses quoi ? (Il se tourna pour fixer Kasdan.) Qu'on mange de la dinde en attendant ?

*Cela va être plus compliqué que prévu.* En même temps, Kasdan était soulagé qu'on ne lui parle pas du général Py. Il conserva le silence. Marchelier sortit sa cuillère, l'égoutta au-dessus du café puis la déposa sur la table. Il portait une grosse chevalière en argent. Il retourna devant la lumière du jour et déclara :

– Tu nous prends pour des cons, Doudouk. Ça a toujours été ton défaut. La condescendance.

– Je comprends pas.

– Qu'est-ce que tu crois ? Qu'on sait pas lire des rapports de légistes ? Qu'on sait pas additionner des faits ? Qu'on a passé Noël sous le sapin ?

Kasdan restait toujours muet. Il n'y avait rien à répondre.

– Ça fait une semaine que tu marches sur nos plates-bandes.

– J'admets que cette affaire m'intéresse.

– Tu parles. Tu t'es pris pour la Crim à toi tout seul.

– J'ai gêné la procédure ?

– À nous de voir. Maintenant, il est temps de partager les infos.

– Je n'ai pas avancé. C'était Noël et...

Marchelier éclata de rire.

Simoni fit tourner sa casquette.

Rains sourit, sous ses écouteurs.

– Je vais t'expliquer ce que tu as fait. Tu as d'abord enquêté sur Wilhelm Goetz, parce que le mec est mort dans ta paroisse. Ce qui t'a placé sur la trace du petit Naseer. Je sais pas si tu l'as croisé de son vivant mais c'est toi qui as découvert son cadavre. Ensuite, tu as appris qu'en fait de réfugié politique, Goetz était un ancien tortionnaire. Tu as secoué la communauté chilienne de Paris, interrogé des vieux de la vieille et t'es tombé sur le monde étrange de Hans-Werner Hartmann...

Kasdan finit par lâcher, d'un ton buté :

– J'ai fait votre boulot, ouais.

– Ce boulot, on l'avait déjà fait. Rains, ici présent, surveillait Goetz. Quant à Simoni, il garde un œil sur la Colonie depuis longtemps.

L'Arménien ouvrit ses mains, dans une posture ironique :

– Alors, vous savez tout ?

La gueule de fouine sourit puis but une gorgée de café :

– Non. Mais nous savons des choses que toi, tu ne sais pas.

– Comme ?

– Tout cela concerne, comme on dit, des intérêts supérieurs.

– Tu vas me faire le coup de la raison d'État ?

– Il faudrait parler plutôt de coup d'État. Parce qu'on ne peut rien faire contre Asunción.

Kasdan songea à Volokine, tête rasée, jouant à l'ouvrier agricole au cœur de la secte. Peut-être avait-il opté pour la seule solution possible : tirer dans le tas.

– Vous protégez ces salopards ?

Marchelier regarda Rains. Sans quitter ses écouteurs, l'homme prit la parole, parlant d'une voix anormalement basse :

– Des promesses ont été faites. À une certaine époque. Dans un certain contexte. Sous un certain gouvernement. Le tout est de savoir maintenant si ces gens se sont mis à déconner.

– Quatre meurtres en moins de sept jours : comment vous appelez ça ?

– Personne est sûr de rien. Des présomptions, dans une affaire pareille, c'est peau de balle.

– Et les enfants enlevés ? Durant toutes ces années, vous avez fermé les yeux sur ces rapts et les atrocités commises à Asunción !

Rains secoua la tête. Il avait l'air épuisé. Seuls les plis de cuir de sa veste semblaient le maintenir droit.

– Kasdan, la Colonie, c'est un autre pays. Un État souverain. Tu as compris ça, non ? Il est pas question de perquises, ni de mises en examen. Ni de rien.

– Qu'est-ce que vous attendez pour tout faire péter ?

– Des preuves directes. Du solide.

Marchelier reprit la parole :

– T'as ça en magasin ?

– Non.

Rains gloussa, relayé par les deux autres :

– C'est bien ce qu'on se disait...

Marchelier quitta enfin sa fenêtre et se planta devant Kasdan :

– On est venus pour deux choses. D'abord, pour récupérer ton dossier. Ensuite, pour te stopper net. T'es sur notre route et tu nous gênes.

– Pour des mecs sur la brèche, je ne vous ai pas beaucoup croisés.

– Parce qu'on est loin devant. File-nous ton dossier, Kasdan, et profite des fêtes de Noël.

– Que ferez-vous, concrètement ?

– La Crim est sur le coup. (Il regarda ses camarades.) La DST est sur le coup. Les RG, la Brigade financière et l'Observatoire des dérives sectaires sont sur le coup. Alors, crois-moi, on n'a pas besoin d'un vieil emmerdeur arménien. Laisse-nous faire notre boulot, putain !

En quarante ans de police, Kasdan avait appris une vérité. Trop de forces en présence nuisent à l'efficacité. Ces brigades accumulées ne signifiaient qu'une chose : paperasseries, lenteur et chassés-croisés d'informations.

Sans compter le principal. La Colonie était un État de droit. En admettant que les auteurs des meurtres soient démasqués, il faudrait mener des procédures d'extradition, des démarches administratives qui allaient prendre encore des semaines. Voire des mois.

Lui pouvait agir maintenant.

Lui et son cheval de Troie : Volokine.

L'Arménien se composa une tête de vaincu :

– Mon dossier est dans la pièce d'à côté. C'est tout ce que je possède.

Marchelier fit un signe à Simoni qui disparut, pour revenir aussitôt, les bras chargés de notes, de rapports, de photos. Les trois flics s'installèrent sur le canapé et tripotèrent les documents, l'air concentré.

Kasdan avait l'impression qu'on fourrageait dans son slip mais ce n'était pas grave. Réunir des preuves concrètes. Mener une procédure normale. Il n'en était plus là. Il fallait filer à Arro. S'adjoindre l'aide de Rochas. Attaquer la Colonie.

– OK, fit enfin Marchelier en se levant. On embarque tout ça.

– Bon courage. Fermez la porte derrière vous.

– T'as pas compris, ma vieille. Tu viens avec nous.

– Quoi ?

– Tu vas nous raconter ton histoire à ta façon. On va tout consigner par écrit.

– Ce n'est pas possible.

– T'as rendez-vous ?

– Non, mais...

– Alors, en route.

# 70

–OM ?

– Girard.

– Prénom ?

– Nicolas.

– Âge ?

– 26 ans.

– Pourquoi tu viens nous voir ?

– J'cherche du travail.

– Un 27 décembre ?

– J'étais en famille. Chez moi. À Millau. On m'a parlé de la Colonie.

– Qu'est-ce que tu sais sur nous ?

La question-piège. Volokine se tenait debout, dans le vent, face à la cahute de surveillance de la deuxième enceinte du domaine, son sac de marin aux pieds. Il avait franchi le premier poste-frontière sans difficulté, montrant sa fausse carte d'identité, éditée par la Préfecture de Police elle-même, pour ses infiltrations dans les milieux pédocriminels.

Tout de suite, le ton avait été donné. Clôtures d'acier. Fouille au corps. Interrogatoire. Photos anthropométriques, prises à l'aide d'un appareil numérique, pendant que son sac était retourné. Volokine se demandait quels étaient les moyens de vérification d'identité de la secte. On l'avait escorté jusqu'au second portail, à bord d'un 4 × 4 noir, à travers les champs de culture.

Maintenant, les choses sérieuses commençaient. L'entretien

d'embauche. Le maître d'œuvre avait été appelé par les premiers sbires. Quand Volokine était parvenu devant la seconde enceinte, il avait vu arriver en même temps un autre 4 × 4, par un sentier oblique, rugissant dans la poussière.

– Alors, qu'est-ce que tu sais ?

– Pas grand-chose, m'sieur, répondit Volo sur un ton penaud. À Millau, on m'a dit qu'vous étiez les seuls à embaucher dans la région. J'veux dire : en ce moment. Les seuls qu'avaient encore du boulot...

Un sourire passa sur les lèvres de son interlocuteur. Il était fier de sa Colonie. De cette fertilité dans un monde aride. C'était un homme d'une trentaine d'années au visage large, musclé, percé de deux yeux noirs soucieux. Il ressemblait à un agriculteur moderne, avec cette régularité de traits que semble donner parfois la proximité de la terre. Le seul élément troublant était la voix. Une voix qui n'aurait pas mué. Ou mué de travers, hésitant indéfiniment entre deux âges. Entre deux sexes.

– C'est vrai, fit-il. Ici, nous avons aboli les saisons. Ou plutôt, nous avons créé nos propres saisons, sans hiver, sans temps mort. Un cycle continu. Tu veux travailler pour nous ?

– Bah oui, m'sieur.

– Tu connais nos conditions ?

– On m'a dit que c'était bien payé.

– Je parle de nos règles. Tu rentres dans une communauté, tu comprends ? Un territoire qui a ses propres lois. Tu saisis ?

Le maître d'œuvre lui parlait comme à un débile mental. Le Russe secouait sa tête rasée à chaque affirmation.

– Qu'est-ce que tu as fait ces derniers temps ?

Volo fouilla dans sa gibecière :

– J'ai un CV, m'sieur. Cet automne, j'ai fait les vendanges et...

L'homme lui arracha des mains. Il trouva le CV, ses papiers d'identité, puis donna la sacoche à ses accolytes qui la fouillèrent une nouvelle fois. Le maître d'œuvre parcourait la « bio » que Volokine avait rédigée avant de partir. Une vie inventée d'ouvrier agricole, ponctuée de fautes d'orthographe.

L'homme partit dans la cahute. Encore une fois, Volokine se demanda quels étaient leurs moyens de vérification. Les minutes passèrent. Il s'était attendu à flipper à l'approche du site. À voir surgir les souvenirs. Fragments atroces qu'il tenait encore à distance, au fond de sa tête. Les chocs électriques. L'eau glacée. La privation de sommeil. Les flagellations. Mais non. Pour l'instant, seules les sensations du présent le tenaient. Le vent qui enserrait sa boule à zéro. Son rôle à jouer. Cette citadelle dans laquelle il fallait pénétrer, coûte que coûte.

Le maître d'œuvre revint. Il tenait à la main une nouvelle feuille qui claquait dans le vent.

– Très bien, dit-il. On va te prendre à l'essai quelques jours.

Il déplia le document sur le capot du 4 × 4. C'était un plan. Au premier coup d'œil, on distinguait une sorte de corolle, quatre arcs de cercle qui cernaient, à bonne distance, un bloc de bâtiments eux-mêmes disposés en cercle. Volokine devinait que ce plan était faux. Pour ce qui concernait le cœur du domaine en tout cas, le dessin n'avait aucune valeur. Jamais on n'aurait montré la topographie exacte de la cité à un étranger.

Le maître d'œuvre posa son doigt sur un bâtiment isolé, situé au sud.

– Actuellement, nous sommes ici. Au portail d'entrée de la Colonie. Les bâtiments que tu vois là... (Il désignait les arcs de cercle inférieurs) sont les sites qui te concernent. Les parties communes qui accueillent les ouvriers et celles qui sont consacrées aux activités agricoles. Les bâtiments ne portent pas de noms mais des numéros.

Volokine se pencha pour mieux voir. Chaque contour portait un numéro en effet. À la manière de ces jeux d'enfant où il faut colorier les zones chiffrées. Les parties de 1 à 11, au centre du plan, étaient cernées d'un liséré rouge.

– La ligne rouge signifie qu'il est interdit d'approcher ces bâtiments. Compris ?

– Compris.

L'homme désigna les parties satellites et les zones cultivées :

– Peu à peu, tu découvriras chaque partie du domaine qui te concerne. Les zones où le matériel est entreposé. Les granges. Les silos. Les enclos pour le bétail. Et aussi le dortoir, le réfectoire. Par ailleurs, nous avons un centre scolaire et un hôpital, qui sont d'un accès libre. Mais a priori, tu n'as rien à y faire.

L'homme fourra le plan dans sa poche. Il s'appuya dos contre la voiture, les bras croisés, d'une manière désinvolte. Il la jouait « ami-ami », tout en restant autoritaire.

– Il y a d'autres règles. Par exemple, nous n'acceptons pas les noms venus de l'extérieur.

Il sortit de sa veste la fausse carte d'identité de Volokine.

– À partir de maintenant, tu ne t'appelles plus Nicolas Girard mais, disons, Jérémie.

– Jérémie, d'accord.

– Tant que tu travailleras parmi nous, nous t'appellerons ainsi. Nous gardons tes papiers. Tu n'en as plus besoin ici.

Comment s'était-il appelé la première fois ? Un prénom biblique, c'était certain, mais pas moyen de l'identifier. Ses souvenirs étaient encore confus. Sporadiques.

– Par ailleurs, continua l'homme, tu ne dois avoir aucun contact avec les membres de la Communauté.

– Je ne vais pas travailler avec eux ?

– Non. Ceux de la Colonie, en hiver, travaillent exclusivement dans les serres.

– Entendu.

– C'est très important. Parfois, tu verras passer des convois. Il est interdit de parler aux passagers. Interdit aussi de toucher les mêmes objets, les mêmes matériaux.

Volokine acquiesça d'un signe de tête. Il se tenait maintenant dans une posture militaire. Une espèce de garde-à-vous docile.

– Tu dois aussi te mettre dans la tête que nous sommes un groupe religieux. Nous suivons des règles strictes. Par exemple, nous portons des vêtements particuliers, et nous ne travaillons pas comme les autres. Ne cherche pas à saisir ces règles. Ignore-les.

Il jugea opportun de tendre une perche :

– Et si jamais ces règles... m'intéressent ? Je veux dire : pour moi-même ?

– C'est possible, sourit l'homme. Cela arrive souvent. Alors, nous en reparlerons. Mais ce n'est pas d'actualité. Assure d'abord ton travail agricole.

– Je ferai de mon mieux, m'sieur.

– Le dimanche est ton jour de repos mais il est obligatoire d'assister à la messe matinale. Et au concert qui suivra. C'est un cadeau que nous offrons à nos ouvriers.

– Un cadeau ?

– Écouter notre chorale est une forme de purification. Qui s'intègre à l'emploi du temps de la semaine. La terre se cultive ici en toute pureté. Pas besoin de te signaler que tout contact avec les femmes est prohibé.

Volokine garda le silence. Une pause qui était un assentiment. L'homme sourit. Il voulait avoir l'air jovial, mais sa voix d'hybride le coupait de toute joie. Et même de tout sentiment humain.

– En réalité, tu n'as qu'une liberté ici : celle de nous quitter. Tu peux partir quand tu veux.

Volokine raidit encore sa nuque. Façon de signifier qu'il avait intégré ces données. Non seulement avec sa tête, mais avec son corps.

– Ce soir, tu verras avec l'intendance pour ton salaire et les problèmes d'assurance, de couverture sociale. On va te conduire maintenant au dortoir pour que tu déposes tes affaires, puis au centre d'affectation, le bâtiment 18. On t'expliquera ton travail d'aujourd'hui.

Volokine attrapa son sac de marin.

– Dernier point, conclut le maître d'œuvre. Qu'est-ce que c'est que ça ?

Le Russe leva les yeux : l'homme tenait dans sa paume une boîte d'allumettes.

– On les a trouvées dans ton sac.

– Ce sont mes allumettes, m'sieur.

– Tu fumes ?

– Non, m'sieur. Une vieille habitude, quand j'étais berger. Quand ma torche marchait plus, j'allumais une bougie.

L'homme sourit et lui lança la boîte :

– Les gars vont t'emmener dans tes quartiers. Après ça, boulot.

Volokine grimpa dans le 4 × 4 qui l'avait amené jusqu'ici. À cet instant, sans aucune raison claire, il songea à un flic de Calcutta qu'il avait connu en 2003, à Paris. Un type du bureau d'Interpol du Bengale qui traquait en France un pédocriminel diffusant ses propres images prises avec des enfants, en Asie du Sud-Est.

Un soir que Volokine avait invité l'Indien dans un restaurant français, espérant l'initier à des saveurs plus tempérées que le curry ou les épices, le Bengali lui avait parlé d'un symbole, courant dans son pays, qui résumait selon lui sa propre quête : celui de la « pluie parfaite ». *The perfect rain.* Celle qui vient avec la deuxième mousson, une fois les impuretés de la pollution atmosphérique évacuées par la première averse. L'Indien rêvait d'un réseau Internet – et d'un monde – parfaitement assaini du fléau de la pédophilie. Une pureté qui viendrait après le premier nettoyage...

Les battants du portail s'ouvrirent et la voiture pénétra à l'intérieur de la Colonie. Volo comprit pourquoi il songeait à ce symbole. Lui aussi rêvait à cette pureté. Un monde débarrassé de la Colonie. L'enquête avait été la première averse, balayant les impuretés, mettant en place les éléments de vérité. Maintenant, il était parvenu au stade de la « pluie parfaite ». Celui de la grande purification.

Mais, Volokine le savait, cette pluie était une pluie de sang.

Il ne ferait pas de quartier.

# 71

– ON REPREND TOUT À ZÉRO.

– Tu déconnes là ?

– J'en ai l'air ? Joue le jeu, Kasdan, et dans quelques heures, tu es chez toi.

– Putain...

– Comme tu dis. Alors, cette histoire ?

Kasdan recommença. Saint-Jean-Baptiste. Wilhelm Goetz. L'interrogatoire des gamins. Le témoignage de Naseer. La découverte des micros. Il n'avait plus aucune raison de cacher quoi que ce soit. Autant nourrir leur dossier ras la gueule. Et en finir au plus vite.

– Sur le meurtre de Wilhelm Goetz, qu'est-ce que tu sais ?

– Le mec est mort de douleur. On lui a perforé les deux tympans.

– Avec quelle arme ?

– L'arme pose un problème. On n'a retrouvé aucune particule d'aucune matière, après analyse au microscope des organes auriculaires. Mais tu sais tout ça. Pourquoi me faire répéter ces informations ?

En guise de réponse, Marchelier frappait sur le clavier de son ordinateur. Il y avait quelque chose de comique à être assis là, dans son ancien bureau, installé sur la chaise du témoin, ou de l'accusé. Il n'avait pas compris ce qu'il était au juste.

– Sur ce premier meurtre, reprit le flic de la Crim, tu as entendu parler d'indices ?

Kasdan parla des empreintes de chaussures. Des particules de bois. Puis, de lui-même, il passa au deuxième meurtre. Naseer et son sourire tunisien. L'arme utilisée pour les mutilations, différente de celle qui crevait les tympans. Une arme en fer, qui devait dater du XIXe siècle. Il évoqua aussi la citation du *Miserere*. Le sens profond de cette prière. Le péché et le pardon.

Ce commentaire renvoyait directement à Volokine mais il avait décidé de ne pas parler du gamin. Pour ne pas lui attirer d'emmerdes. Après tout, Volo avait encore sa carrière devant lui.

– Pourquoi a-t-on tué Goetz et Naseer, à ton avis ?

Kasdan se tassa au fond de son siège et répondit, d'un ton plus tassé encore :

– Pour les réduire au silence. Goetz s'apprêtait à témoigner contre la Colonie. Il avait sans doute parlé à Naseer. Vous êtes parfaitement au courant. Les deux hommes étaient sur écoute !

– Le meurtre du père Olivier. Qu'est-ce que tu sais là-dessus ?

Kasdan évoqua la logique du ou des meurtriers. La prière. Les mutilations. Toujours la faute et l'absolution. Le soupçon de pédophilie qui pesait sur le prêtre. La piste des chorales et des enlèvements d'enfants, qui se profilaient derrière Goetz et Manoury...

– Pourquoi tu ne me parles pas de ton équipier, Cédric Volokine ?

Kasdan n'était pas étonné. Il avait présenté le Russe à Vernoux et à Puyferrat. En toute logique, sa présence était revenue aux oreilles de Marchelier.

– Un flic de la BPM, dit-il à reculons. Il s'intéressait aussi à l'enquête. À cause des mômes enlevés. On a fait équipe un moment mais il a quitté l'affaire en route. Le gars a des problèmes de drogue.

– Où est-il maintenant ?

– Retourné dans son foyer de désintox, dans l'Oise.

– On vérifiera. Revenons au père Olivier.

Kasdan déroula la suite. L'indice du bois sacré. Puis le virage de l'enquête, avec Goetz dans la peau d'un ancien tortionnaire. Il évoqua le témoignage de Peter Hansen et effectua un raccourci. C'était Hansen qui lui avait parlé de la colonie chilienne et l'avait rancardé sur la présence de la secte en France. Kasdan ne voulait pas évoquer les trois généraux. Parler de Condeau-Marie, de La Bruyère et de Py, c'était dresser un lien entre lui et le meurtre de Py, alias Forgeras.

Marchelier pianotait toujours, s'arrêtant brusquement, fixant son clavier comme s'il y cherchait une lettre qui n'existait pas. Kasdan voyait l'heure tourner. 15 h à la pendule murale.

Il acheva son histoire. Les dernières trouvailles. La secte. Ses règles. Son statut. Ses enfants. Le meurtre de Régis Mazoyer, un « ancien » d'Asunción. Il ne parla pas de l'affrontement avec les gamins masqués. Il ne voulait pas évoquer à nouveau le Russe.

Il conclut en résumant le contexte général des meurtres. Une secte religieuse qui travaillait à de mystérieuses recherches sur la voix humaine, consacrant une importance particulière aux chœurs d'enfants. Des enfants qui étaient élevés dans la souffrance et dans la foi, conditionnés jusqu'à devenir des enfants-tueurs. Une secte qui était brutalement sortie du bois pour réduire au silence des hommes susceptibles de révéler, justement, le sens de ces recherches.

Le flic de la Crim leva le nez de son clavier :

– Tu crois pas que tu pousses un peu, non ?

– Non. Ces enfants sont commandés, guidés par les chefs de la secte. Et surtout par son gourou, Bruno Hartmann, le fils de Hans-Werner. Personne ne l'a jamais vu sur le sol français. Mais il est là, quelque part, et c'est lui qui tire les ficelles.

Marchelier croisa les bras, arrêtant d'écrire :

– Selon toi, où va cette histoire ?

– Il y a peut-être d'autres témoins à éliminer. Une seule chose est sûre.

– Quoi ?

– Il s'est passé un évènement au sein de la secte qui provoque ce vent de panique. Tout est parti de ce fait, j'en suis certain.

– À quoi penses-tu ?

– Je ne sais pas. La secte prépare peut-être un attentat contre les « impies ». Comme les Japonais de la secte Aun, en 1995. Ce qui aurait décidé Goetz à parler.

– Ton histoire, c'est du roman.

Kasdan se pencha au-dessus du bureau :

– Tu n'as pas les mêmes infos ?

– Si, mais...

– Mais quoi ? Il faut les arrêter. Putain. D'une manière ou d'une autre, il faut stopper ces tarés !

Le flic leva les yeux. Pour la première fois, il avait lâché son expression narquoise et hostile :

– Tu te rends compte que ton enquête ne repose sur rien ? Que t'as pas l'ombre d'une preuve directe ?

– Il y a les empreintes de chaussures. Ces pompes qui datent de la dernière guerre mondiale. Et les particules de bois. Un acacia spécifique, qui porte des traces de pollens venus du Chili.

– Tout ça ne vaut rien si on ne peut pas dresser un lien direct entre la secte et les victimes. Je suis sûr que, de ce côté-là, tout le monde a pris ses précautions. Crois-moi, ni Goetz ni Manoury n'envoyait des e-mails à Hartmann.

Kasdan frappa le bureau :

– Ces mecs enlèvent et torturent des enfants ! Ils tuent en série Il faut les arrêter. Pas de quartier !

– Calme-toi. On a beau avoir un dossier épais comme ça sur ces gars, on ne peut rien faire et tu le sais. En réalité, on ne peut même pas les approcher. Les gens d'Asunción sont surarmés. À la moindre attaque, ce qu'on obtiendrait, au mieux, c'est un suicide collectif, tendance Temple Solaire. Au pire, une bataille rangée à la Waco, avec des morts des deux côtés.

– Alors quoi ?

Marchelier frappa une touche de son clavier. La commande d'impression.

– Tu signes ton PV et tu retournes à ta tranquillité. Nous, on continue l'enquête. On a peut-être une autre piste.

– Quelle piste ?

– La thune. Ces mecs manipulent trop de fric. Soit ils blanchissent de l'argent sale, venu du Chili, soit ils se livrent à des trafics cachés. La brigade financière est sur la trace de leurs comptes en Suisse. On attend des autorisations côté banques. On étudie aussi leurs sociétés anonymes, qui sont encastrées comme autant d'écrans.

– Tout ça prendra des mois.

– Des années peut-être. Mais c'est tout ce qu'on a.

Marchelier attrapa les feuilles imprimées et les tendit à Kasdan :

– Signe ta déposition. On la mettra dans la catégorie : « heroic fantasy ».

Kasdan s'exécuta, soulagé de pouvoir partir, irrité de voir la machine policière au point mort. Il tentait de déglutir, sans y parvenir. Cela lui rappelait les années 80, le temps des crises, quand les neuroleptiques lui asséchaient la gorge.

Kasdan se leva et salua le flic d'un signe de tête.

Il attrapait la poignée de porte quand l'autre l'interpella :

– Il y a une autre solution.

– Laquelle ?

– Infiltrer la Colonie. Trouver Hartmann. On a la certitude que l'Allemand vit dans le Causse. Il faudrait l'enlever et le ramener en France, pour le juger en toute discrétion. Comme les Israéliens l'ont fait avec les nazis.

– Qui pourrait faire ça ?

– Pas nous en tout cas. Ni les forces de police officielles. Ni l'armée. Seuls des francs-tireurs pourraient agir. Des gars qui n'ont rien à perdre.

Kasdan comprit que le flic pensait à lui-même dans le rôle de l'infiltré. Un bonhomme de 63 ans, repérable à cent kilomètres...

– C'est une bénédiction ?

– Il faut faire le ménage. Peu importe qui se charge du boulot.

– Tu ferais confiance à un vieil Arménien ?

– Non. Mais je ne peux pas t'empêcher de partir en classe de neige.

– Il ne neige pas cette année dans le Causse Méjean.

– Cherche bien. Au sommet, il doit y avoir de quoi faire du sport.

# 72

L'ASPERGE est une plante de saison froide.

En tout cas, cette variété spécifique en était une. Volokine n'avait pas saisi : « turions blancs », « étoilés » ou « verts ». À cela s'ajoutait la douceur de l'hiver 2006, qui permettait de la planter plus sûrement encore en décembre.

À certaines conditions.

La veille, ses collègues ouvriers avaient placé du fumier au fond des tranchées et désinfecté les racines avec de l'eau de Javel. Maintenant, on pouvait planter les « griffes » selon un schéma particulier. Les sillons devaient être espacés de 100 centimètres, creusés à une profondeur de 25-30 centimètres. Quant à la distance des plants eux-mêmes, elle devait respecter 45 à 50 centimètres. Il fallait d'abord répartir à nouveau du fumier puis placer le plant à plat, les racines orientées dans la longueur du rang. Ensuite, on recouvrait le tout de cinq centimètres de terre, à l'aide de la binette.

Cela faisait deux heures que Volokine répétait ces gestes, courbé au-dessus d'une terre puante, les gants pleins de merde. Son dos était endolori. Ses mains rougissaient. Et sa patte folle brûlait comme une bûche ardente dans le froid polaire.

– On s'fait une pause ?

Volokine se redressa. Il bossait en équipe avec un jeune Tunisien à l'allure vigoureuse. Le gars – il s'appelait Abdel – tendit une cigarette à Volokine.

– On a le droit de fumer ?

– On les emmerde.

Ils étaient tous deux vêtus d'une veste et d'un pantalon de toile noire, croquenots et casquettes de base-ball de même ton, fournis par la Colonie. Allumant sa clope, une Marlboro pleine d'une chaleur et d'une rancœur délicieuses, le Russe songea au célèbre tableau *L'Angélus*. C'était bien la même scène. Deux gus debout parmi des sillons, dans une lumière mordorée. Sauf que leur costume les apparentait plutôt à des taulards d'Angola, la plus grande prison de Louisiane.

Abdel expira une bouffée, puis souffla dans ses mains en disant :

– Oublie jamais le proverbe : « S'il neige en décembre, la récolte elle protège. »

– Qu'est-ce que ça veut dire ?

Le Maghrébin éclata de rire :

– Aucune idée. De toute façon, cette année, y a pas de neige.

– Tu viens d'où ?

– Le Vigan. J'viens chaque année ici, en octobre. Et toi ?

– Millau. L'été, je bosse par-ci par-là, aux récoltes. Après ça, je fais les vendanges. Normalement, l'hiver, je me casse dans les Alpes. Moniteur de ski. C'est la première fois que je reste à la ferme. Je trouve ça plutôt dur-dur.

– Tu m'étonnes.

Ils fumèrent en silence. Volokine lança son regard aux alentours. Au-delà des cultures, le paysage était d'une aridité lunaire. Les arbres étaient rares et des rocs vert-de-gris jaillissaient au bord des plantations. Planait ici une espèce d'éternité desséchée, qui serrait la gorge. Ici, on était seul avec Dieu. Et encore, les jours de chance.

Volokine se dit que son compagnon était mûr pour un interrogatoire indirect :

– Comment c'est ici ? Je veux dire : l'ambiance ?

– Mortel. Les gars de la Colonie sont archi-religieux. D'ailleurs, on les voit pas. On est tenus à l'écart. On est impurs, tu comprends ?

– Pas trop, non.

– Moi non plus. Mais je peux te dire qu'il y a un gouffre entre les terres où on bosse et celles où les autres travaillent, là où il y a les serres.

– Tu n'y es jamais allé ?

– Non. C'est une zone protégée. Barbelés. Gardiens. Serrures électroniques qui s'ouvrent avec ton empreinte digitale.

– Qui travaille là-bas ?

– Les enfants. Du boulot raffiné. (Il agita les doigts dans l'obscurité.) Spécialement conçu pour leurs petites mains...

– Les gamins, tu les vois parfois ?

– De loin. Ils vivent de l'autre côté.

– Tu penses qu'on peut rejoindre l'autre zone par l'hosto ?

– Qu'est-ce que tu cherches ?

Volokine ignora la question :

– Sur les enfants, qu'est-ce que tu sais ?

– Pas grand-chose. Y a des rumeurs. Quand ils bossent pas aux cultures, ils chantent. Et quand ils chantent pas, ils se prennent des trempes.

– Tu as des détails ?

– Non. Toute cette communauté est barrée. Mais bon, y payent bien et tant que tu suis les règles, t'es peinard. Tu...

Abdel balança sa cigarette et racla la terre par-dessus :

– Merde.

Volokine perçut à son tour le bruit de moteur. Il imita son équipier, enterrant sa clope. Un camion arrivait à faible allure, cahotant sur le sentier. Un modèle à plate-forme ouverte. Des ouvriers se tenaient debout dans la benne. À la lumière du soleil, la poussière pigmentait l'air, donnant corps à l'atmosphère et offrant à la scène, malgré le froid, une allure de convoi saharien.

Le Russe distingua les silhouettes à bord du pick-up. Des enfants. Droits et immobiles. Leur visage se détachait à contre-jour comme des bougies blanches. Ils n'étaient pas vêtus de vêtements bavarois mais de costumes de toile noire. Leur chemise blanche à col mao dépassait de leur veste. Ce détail renforçait encore leur aspect monastique. Des petits pasteurs luthériens.

Le camion passa devant eux, à une centaine de mètres. Volokine remarqua un détail. La plate-forme était tapissée de bois. Sans doute pour que les passagers n'aient pas à toucher le moindre matériau moderne. Les enfants portaient tous une casquette de base-ball noire. À cette distance, ces casquettes rappelaient les chapeaux que portent les Amish. *Des Amish du Mal.*

Le Russe frissonna alors que le véhicule disparaissait dans la poussière.

Il était là pour eux.

Il allait les sauver.

# 73

IL AVAIT DÉJÀ VÉCU cet instant.
L'imminence de la résolution finale.
Le fond de la bonde à portée de main.

Toujours ce même moment paranormal. La vérité si proche qu'elle éclabousse le temps à rebours, offrant de brèves prémonitions. On sent alors dans ses veines les vibrations de l'impact à venir. Comme les ondes infraterrestres d'un orage que seuls les animaux peuvent percevoir.

À plus de 200 kilomètres-heure sur l'autoroute, Lionel Kasdan en était là de sa vie.

1 h du matin. Il venait de dépasser Clermont-Ferrand et descendait droit vers Millau. Dans deux cents bornes, il prendrait, comme la première fois, la N88 pour rejoindre Florac. Il n'avait pas de plan établi. Aucune idée pour pénétrer la Colonie ou entrer en contact avec Volokine. Il comptait sur l'inspiration du moment. Et aussi sur les paysans armés. Rochas et sa clique.

Il avait fait le plein à hauteur du Puy et s'était soulagé la vessie. Maintenant, il avait encore envie de pisser. Signe de vieillesse. Ou de frousse. Ou des deux. Il repéra une aire de parking. Quitta les lumières de l'autoroute pour plonger dans les ténèbres. Des toilettes publiques lui tendaient les bras. Kasdan préféra s'enfouir parmi les buissons. Quand il eut fini son affaire, un cri s'éleva, au-dessus de la rumeur lointaine des voitures.

Le cri d'un oiseau.

Une plainte déchirante, à la fois rauque et brisée.

Debout dans les taillis, Kasdan tendit l'oreille.

Le râle retentit à nouveau, traversant la nuit d'une manière oblique, décisive.

Il demeura immobile encore quelques secondes, sentant les rouages de son cerveau se débloquer. Mystérieusement, quelque chose prenait forme. Quelque chose qui avait toujours été là, à portée d'esprit, mais qu'il n'était jamais parvenu à définir.

Le cri.

Telle était la clé.

Comment n'y avait-il pas pensé plus tôt ? Les chercheurs de la secte travaillaient sur la voix humaine. Or, il le sentait maintenant, ces travaux visaient à découvrir une arme. Une puissance destructrice, liée à la capacité vocale.

Voilà le projet.

Contrôler l'organe phonatoire afin d'en faire un instrument mortel.

D'autres éléments se mirent en place.

Hartmann père avait été fasciné par l'influence des chants tibétains sur les objets. Il avait perçu les vibrations sur les cuivres des trompes et des gongs. Puis il avait étudié, à Auschwitz, les cris de terreur des prisonniers. Il avait constaté des phénomènes inédits. Sans doute les effets indirects des voix décuplées par la peur sur la matière. Des ampoules qui explosaient. Des chambranles qui vibraient. Comme lorsqu'une cantatrice parvient à briser, par sa voix, un verre de cristal...

Il avait enregistré ces hurlements et mesuré leur intensité.

Il avait travaillé sur les ondes sonores et pénétré le monde de leur influence.

Telle était la quête de l'Ogre.

La recherche d'un cri qui deviendrait une arme de guerre.

Le cri qui tue.

Un mythe présent dans toutes les civilisations. Hans-Werner Hartmann en avait fait l'objet de son programme scientifique. Voilà pourquoi il recherchait des enfants à la voix pure. Voilà pourquoi il les torturait. Pour obtenir des ondes sonores exacerbées. Des décharges qui pouvaient atteindre en retour l'organe auriculaire de l'homme et le détruire. Par un phénomène inconnu, la gorge des gamins, portée à leur paroxysme, produisait une onde meurtrière.

Comme s'il tirait un fil, Kasdan se rappela d'autres détails.

Qui confirmaient cette piste.

La phrase de France Audusson, l'experte ORL de l'hôpital Trousseau, quand elle parlait de l'aiguille qui avait percé la cochlée de Goetz : « Elle s'est déplacée dans l'appareil auriculaire comme une onde sonore, mais à une très grande puissance. »

Kasdan n'avait pas envisagé la solution la plus simple.

L'arme du crime *était* une onde sonore.

Voilà pourquoi on n'avait pas trouvé de traces matérielles au sein des organes auditifs des victimes. L'instrument était *immatériel.*

Autre détail, autre évidence. Quand il était monté sur le balcon de la cathédrale, il avait perçu un sifflement dans les tuyaux de l'orgue. Il en avait déduit qu'il s'agissait du sillage du hurlement de Goetz, mort de souffrance.

Mais c'était l'inverse.

C'était le vestige du cri qui l'avait tué.

Le cri qu'avait poussé un des enfants.

Un enfant-hurleur qui maîtrisait l'arme létale.

Un son si dense, si fort, qu'il s'insinuait dans le tympan jusqu'à en violer les mécanismes et briser par la douleur l'équilibre interne des deux systèmes nerveux, sympathique et parasympathique. Le cœur s'arrêtait. La circulation sanguine s'arrêtait. Le cerveau s'arrêtait.

Kasdan courut à sa voiture. S'installa derrière son volant. Attrapa son portable.

Il avait mémorisé le numéro de France Audusson.

À 3 h du matin, la femme répondit au bout de six sonneries.

– Allô ?

– Bonsoir. Je suis le commandant Lionel Kasdan. Je suis désolé de vous déranger à cette heure mais...

– Qui ?

– Kasdan. Je suis en charge de l'enquête sur le meurtre de Wilhelm Goetz. Je suis venu vous voir le...

– Je me souviens. Vous m'avez menti. D'autres policiers m'ont interrogée ensuite et...

– C'est vrai, coupa-t-il, étonné par la présence d'esprit de la femme ensommeillée. Je n'ai aucun rôle officiel dans cette affaire mais la victime était un de mes amis, vous comprenez ?

Le silence en guise de réponse. Kasdan en profita pour reprendre :

– Je n'ai pas d'arguments pour vous convaincre mais je vous demande de me faire confiance.

– Pourquoi m'appelez-vous ? En pleine nuit ?

La voix était chargée d'exaspération. Il décida de resserrer d'un cran l'échange :

– Parce que je pense que vous tenez, vous et vous seule, la clé de l'homicide.

– Quoi ?

– La première fois que vous m'avez parlé des dégâts causés par l'arme du crime, vous avez évoqué l'effet d'une onde sonore. À titre de comparaison.

– Je m'en souviens.

– Je pense aujourd'hui qu'il s'agissait *vraiment* d'une onde sonore.

– Comment ça ?

– Un son peut endommager les tympans, non ?

– Oui. Le traumatisme commence à 120 décibels. Une intensité assez fréquente. Un marteau-piqueur émet un volume de 100 décibels.

France Audusson avait vraiment les idées claires. Elle s'exprimait maintenant comme en plein jour.

– Une voix peut-elle atteindre cette intensité ?

– L'organe d'une cantatrice franchit facilement le cap des 120 décibels.

– C'est ce qui se passe quand elle casse un verre par l'effet de sa voix ?

– Absolument. L'intensité de l'onde brise les molécules du cristal.

– La hauteur du son est importante ?

– Non. Ce qui compte c'est le volume. Le « blast », comme on dit en anglais.

Kasdan devait réviser sa théorie. L'appareil phonatoire de l'enfant ne portait pas à cause de sa tessiture, mais grâce à sa seule puissance.

– Je ne comprends pas vos questions. Vous me réveillez en pleine nuit et...

– Je pense que Wilhelm Goetz a été tué par un cri.

– C'est absurde. Ces histoires de cri qui tue sont des légendes qui...

– À force d'entraînement, des hommes ont réussi à obtenir chez l'enfant un son de cette intensité. Un hurlement qui crève les tympans et bouleverse l'équilibre des systèmes nerveux. C'est vous-même qui m'avez expliqué ces mécanismes...

France Audusson eut un souffle incrédule :

– Il faudrait que l'émission soit d'une force extraordinaire...

– Les hommes dont je vous parle obtiennent cette puissance par la douleur. Ils torturent des enfants afin de leur extirper un volume vocal hors norme. Une arme insensée, que les gamins contrôlent ensuite et qu'ils peuvent utiliser à volonté.

L'experte ne répondit pas. Le cauchemar prenait place dans son esprit.

Dans ce silence, Kasdan trouva l'assentiment qu'il cherchait.

Il salua la femme et raccrocha.

Il tourna la clé de contact et fit jouer ses mains autour du volant.

Wilhelm Goetz.

Naseerudin Sarakramahata.

Alain Manoury.

Régis Mazoyer.

Tous, ils avaient été tués par le cri.

Kasdan embraya et prit la voie d'accès de l'autoroute.

Dans quelques heures, il serait en vue de la Colonie.

L'empire du Cri.

# 74

LA BRÛLURE DE L'ÉLECTROCHOC le réveilla en sursaut.

Volokine se dressa sur sa couchette, haletant, couvert de sueur. Il avait rêvé. Non. Il s'était souvenu. Tout simplement. Mais surtout, putain, il s'était endormi. Ce n'était pas prévu au programme. Pas du tout. Il regarda sa montre. 4 h du matin. Encore le temps d'agir. Il tendit l'oreille. Le silence pesait sur l'obscurité du dortoir.

La grande pièce ressemblait à un refuge pour clochards, mais d'une extrême propreté. Des lits superposés s'alignaient de part et d'autre de la salle, avec une rangée supplémentaire au centre. Entre les lits, il ne devait pas y avoir plus d'un mètre d'espace. Volokine avait choisi une couchette inférieure afin de pouvoir se lever sans bruit ni fanfare.

Il sortit du lit, habillé sous sa couverture. Il était épuisé. À la fois par sa demi-journée de boulot et par ses efforts – vains – pour ne pas s'endormir. En même temps, il se sentait électrique, fiévreux. Tendu vers son objectif. Cet état le réconfortait. Il n'était plus question de manque, ni de malaise. Seuls des souvenirs effrayants ne cessaient de le court-circuiter, à la manière de décharges blanches. D'une certaine façon, ces flashes le stimulaient aussi.

Il fouilla dans sa gibecière. Trouva la boîte d'allumettes. Enfila son treillis, chaussa ses baskets au lieu des croquenots, puis, lentement, très lentement, se faufila parmi le dédale des lits. Enfin, il atteignit la porte. Risqua un regard. Personne dans le couloir.

Il se glissa dans la pénombre et s'achemina vers la sortie. Des veilleuses rouges éclairaient faiblement l'espace et révélaient la hauteur du lieu. Au moins dix mètres. Le dortoir était construit sur le même modèle que les granges et les entrepôts. Des bâtisses en bois, d'un seul tenant, ouvertes jusqu'à la charpente, elle-même soutenue par des croisées de métal.

Il franchit le seuil et demeura un moment dans l'ombre de la porte. Un projecteur braquait son rayon oblique sur le perron. Une caméra devait filmer en permanence cette flaque de lumière. Volokine opta pour la solution la plus simple. Courir et traverser le halo en toute rapidité. Une seconde plus tard, il était sur le sentier noyé de pénombre. Il plongea dans le fossé qui bordait la route et fit le point. Tout ce que la caméra avait imprimé, c'était une ombre furtive. Aucun moyen de l'identifier. Et une sérieuse chance pour que les vigiles – si vigiles il y avait – n'aient même pas remarqué cette fulgurance.

Volokine se mit en marche, revenant sur le chemin. Le domaine devait grouiller de capteurs invisibles. Cellules photoélectriques. Rayons infrarouges. Caméras thermiques. Peut-être était-il déjà repéré. Peut-être au contraire les dirigeants de la Colonie ne se méfiaient-ils pas à ce point de leurs ouvriers et les mesures de sécurité n'étaient-elles pas si draconiennes. Il fallait avancer. Le meilleur moyen pour connaître le degré de surveillance des salopards et évaluer leur temps de réaction.

En suivant ce chemin, plein ouest, il s'orientait vers le cœur de la Colonie. À titre de confirmation, il apercevait parfois, lorsqu'il était au sommet d'une colline, les faibles lumières de l'hôpital qui brillaient à la manière d'un petit tas de braises.

Il marcha ainsi une heure – couvrant sans doute entre quatre et cinq kilomètres. Le terrain montait et descendait au fil des côteaux. Autour, on devinait d'autres collines qui semblaient faire le dos rond dans l'obscurité. Et aussi, parfois, des grandes bâtisses en bois ou les axes argentés des silos. L'herbe croustillait sous ses pas comme de la neige dure. À la lueur de la lune, tout le paysage miroitait comme un quartz aux longues lames brillantes.

Volokine se sentait bien. À l'abri des regards, dans le souffle revigorant de la nuit. Il éprouvait, sans doute comme tous les évadés du monde, une secrète complicité avec le vent, le froid, les ténèbres. Il pressentait les milliards d'étoiles, très haut dans le ciel, impassibles mais bienveillantes. Le cosmos était là, complice, ridiculisant, dans sa grandeur infinie, les dérisoires efforts des dirigeants d'Asunción pour créer un monde fermé, maîtrisé, surveillé.

Il vit apparaître le premier obstacle. Le mur de bois qui protégeait les parties communes du domaine : hôpital, église, conservatoire... Volokine pria pour que son plan fonctionne.

À cet instant, un bruit de voiture perturba la nuit de verre. Volo plongea dans le fossé et attendit. Les phares. Le moteur. Une patrouille. Il attendit encore. Cinq minutes. Puis sortit de sa planque. Il était à deux cents mètres du portail qui se dessinait sous un faisceau croisé de projecteurs. Pas de gardien près des battants. Un système entièrement électronique. Volokine sentit sa température monter à l'idée que sa stratégie était la bonne.

Quand il fut à quelques dizaines de mètres des portes, il plongea de nouveau dans le fossé et sortit sa boîte d'allumettes. Il l'ouvrit puis vida toutes les allumettes qu'il fourra dans sa poche. Au fond, il décolla le premier support de carton et saisit la fine pellicule transparente qu'il avait cachée dessous.

Cette pellicule était sa clé pour pénétrer dans la Colonie.

Des années auparavant, les hakers allemands du Chaos Computer Club ne lui avaient pas seulement appris à violer les verrous de sécurité d'un ordinateur. Ils lui avaient aussi enseigné comment déjouer les systèmes biométriques qui se multipliaient dans le monde d'aujourd'hui.

Comment, notamment, fabriquer de fausses empreintes digitales.

Avant de partir pour la Colonie, Volokine avait effectué quelques courses dans une papeterie puis était retourné dans son appartement de la rue Amelot. Là, il avait versé de la superglue au creux d'un bouchon de bouteille puis l'avait fixé, avec du ruban adhésif, sur le verre qu'avait tenu le Dr Wahl-Duvshani.

En séchant, la colle avait dégagé des vapeurs qui avaient révélé les résidus gras des empreintes. Des sillons bien nets sous une couche blanche. Volo avait choisi la meilleure trace puis l'avait photographiée avec son appareil numérique. Il avait intégré l'image dans son ordinateur et l'avait contrastée au maximum, pour bien distinguer son dessin. Il l'avait inversée pour obtenir un négatif. Sillons blancs sur fond noir.

Il avait glissé dans son imprimante un rhodoïd transparent et avait édité le tirage.

Ensuite, il avait appliqué de la colle à bois sur la feuille translucide et avait attendu deux heures que la colle forme, en séchant, une couche transparente. Délicatement, il avait décollé la pellicule qui portait maintenant, en positif, les sillons de l'empreinte. Il n'y avait plus qu'à découper le contour de l'image, afin de pouvoir la fixer, le moment venu, à l'extrémité de son propre doigt.

C'était cette fausse empreinte que Volokine venait d'extirper de la boîte d'allumettes. Il la plaça sur son index, prenant soin de ne pas la froisser, puis sortit de son trou comme un renard. Il trottina jusqu'au portail. Franchit encore une fois le halo de lumière. Se pressa contre le pilier droit du portail. Sans surprise, il découvrit à l'intérieur du pylône une niche dans laquelle un orifice s'ouvrait, de la largeur d'un doigt. Une serrure digitale.

Volokine appuya son doigt muni de l'empreinte.

Les battants s'ouvrirent avec lenteur.

Devant lui, l'hôpital. Vaste édifice de trois cents mètres de long, dressant un immense auvent argenté. À droite, se découpaient l'église avec son clocher en feuilles de métal et le bâtiment de bois qu'il se rappelait être le Conservatoire – là où il avait tant de fois répété le *Miserere*.

Il avança encore. À sa gauche, une aire de stationnement, avec quelques voitures. D'autres bâtisses, toujours en bois, avec leur dalle-parasol en guise de double toit. Tout cela ressemblait à un village de vacances, planté parmi des bosquets taillés. Un seul détail révélait l'hostilité du lieu. La nouvelle clôture de fils d'acier et les projecteurs fixés sur les miradors qui tournaient lentement et faisaient scintiller les picots en forme de lames de rasoir. Derrière, se déployait le cœur de la Colonie.

Il s'orienta vers l'hôpital, pratiquant une large boucle. Rejoignant le côté droit de la construction, Volokine découvrit une porte latérale. Son chambranle était doté d'une serrure biométrique. Volokine joua de l'empreinte. La porte s'ouvrit sans la moindre résistance. Le Russe se dit que Wahl-Dushavni était vraiment un des cadors des lieux. Sa marque devait ouvrir toutes les entrées.

Volokine plongea dans un couloir obscur. Pour l'instant, il ne voulait pas fouiner dans les méandres de l'hosto mais accéder au territoire interdit des enfants. Nouvelle porte coupe-feu. Nouveau capteur digital. Il se livra au même manège que les deux premières fois. Il franchit le seuil et put sentir, physiquement, qu'il traversait une frontière. Celle des picots d'acier, dehors, et de tous les secrets, dedans.

Il marcha encore. Le ronronnement lointain d'une climatisation lui parvenait. La lumière des veilleuses de secours, ses pas absorbés par le linoléum, les murs uniformément blancs, tout concourait à donner une impression ouatée, anesthésiante, presque soporifique. Il n'avait aucun souvenir de ce lieu. Il n'y était jamais venu lors de son séjour. C'était sans doute pourquoi il était toujours vivant.

Il parvint à un nouveau hall d'entrée. Le reflet inversé du premier. La seule différence était que cet espace était privé d'éclairage. Seulement baigné par les rayons de la lune. Volokine le traversa puis sortit, sans difficulté.

La « zone de pureté ». Plus précisément « l'atrium ». Il se souvenait maintenant des noms. Des bâtiments et des serres étaient disposés selon une ligne ovale très ample, au creux d'une vallée peu profonde, aux pentes douces.

Au centre, une gigantesque main en bois tournée vers le ciel. À l'époque, cette figure le terrifiait. Une main d'inspiration chrétienne mais qui possédait un lien mystérieux avec les totems des cultures du Pacifique. Ces mondes des confins où règnent de puissants esprits, les Manas. Oui : cette paume de bois, orientée vers la voûte céleste, avait quelque chose de païen, de primitif, qui semblait précéder l'histoire chrétienne.

Volokine contourna la sculpture et traversa l'atrium en direction des serres, marchant toujours en dehors des sentiers. Ce qui le frappait maintenant, c'était la douceur de la pelouse. Ce n'était plus l'herbe rase de la steppe, qui crissait sous les semelles, mais une sorte de velours. Un autre détail l'intriguait : l'absence de vigiles et de chiens. La surveillance était entièrement électronique. Pas une bonne nouvelle. D'une façon ou d'une autre, à son insu, il était repéré.

Volokine pénétra dans la première serre. Odeurs de terre. Parfums humides. Un souvenir. Ses propres mains, enfant, cueillant ces fleurs – parce que la serre était emplie de fleurs. Il rejeta ce souvenir, qu'il ne comprenait pas, et attendit que ses yeux s'habituent à l'obscurité. Il distingua deux parterres, divisés par une allée centrale.

Des tulipes, a priori.

L'instant suivant, il rectifiait son jugement.

Pas des tulipes, des pavots.

Un sourire lui échappa. Les hommes de la Colonie, sur leur territoire autonome, cultivaient des champs d'opium. Protégés du froid et des regards étrangers. La suite était facile à imaginer. L'exportation en Europe, qui bénéficiait d'une immunité diplomatique. L'expérience de l'Amérique du Sud pour la culture de la drogue. Les moyens astronomiques d'Asunción.

La boucle était bouclée.

Pour Volokine, tout avait commencé avec la drogue.

Cette nuit, tout s'achevait avec elle.

Il avança dans la moiteur des pétales. Il en était sûr. Les serres étaient équipées de caméras. On allait le surprendre d'un instant à l'autre. Mais il s'en foutait. À mesure qu'il longeait ces parterres, le poison coulait dans son cœur. La faim. Le manque. L'appel... Il approcha sa main d'un bulbe. Elle tremblait... Elle...

Des jets d'eau se déclenchèrent, partout dans la serre. Un brouillard monta au point de transformer l'atmosphère en une poudre blanche vaporisée. Il n'eut que le temps que de reculer vers la porte. Déjà trempé.

Il sortit en riant.

Un rire de triomphe.

Ces fleurs du mal avaient un parfum particulier.

Un délicieux parfum de procédure...

Si on pouvait prouver que la Colonie cultivait du pavot, il y aurait moyen de confondre ses dirigeants sur le plan international. Car, frontière ou pas, la culture de la drogue était prohibée à l'échelle de la planète.

# 75

RETOUR À L'HÔPITAL.

Volo n'avait aucune raison de s'arrêter en si bon chemin. Il voulait maintenant trouver les traces des activités centrales de la secte. La torture. Les expérimentations humaines.

Il s'orienta vers les ascenseurs. Un coup de paluche et les portes chromées s'ouvrirent. À l'intérieur de la cabine, un clavier digital. Au-dessus, un tableau de commande éteint. C'était trop beau pour continuer. Il fallait un code pour commander l'ascenseur. Le Russe se pencha et remarqua qu'il s'agissait d'un clavier à lettres. Au flanc, il composa : MISERERE.

Le tableau s'alluma, prêt à l'emploi.

Il éprouva un sentiment de victoire puis, aussitôt, une crispation d'angoisse. Trop facile. L'idée d'un piège prenait forme dans son esprit. Peut-être se dirigeait-il exactement là où on l'attendait...

L'ascenseur se mit en marche. Premier sous-sol. Silence. Veilleuses. Personne. Dans du beurre, encore une fois.

Pas de murs blancs ni de linoléum mais du ciment et des ampoules grillagées. Il s'orienta vers la droite. Son malaise augmentait. Il était déjà venu ici. Il avait souffert ici. Une nouvelle porte coupe-feu. Un capteur biométrique encastré à droite. Un coup d'index et la porte s'ouvrit.

Une salle d'exposition. Dans la pénombre, des blocs de verre rétro-éclairés étaient posés sur des stèles. Remplis d'un liquide épais, ils abritaient des choses brunes, filandreuses, organiques.

Des étranges arbustes, tournoyant lentement dans la lumière rosâtre.

Des organes humains. Volo ne pouvait les identifier mais ces arabesques avaient subi un traitement particulier de conservation. Elles semblaient dures, cristallisées, à l'abri du pourrissement. Comme si on les avait vernies ou enduites de plastique.

Volokine s'approcha. Les fibres, les os, les textures... Les teintes de chaque partie offraient toutes les nuances de la circulation sanguine : cramoisi des capillaires, vermillon des veines, amarante des artères...

Une trentaine de blocs s'élevaient ainsi. Il songea au credo de la secte. Échapper à la modernité. Vivre dans la soustraction au temps. Ce lieu ne cadrait pas avec ces principes. C'était au contraire un musée futuriste, isolant des fragments humains comme auraient pu faire des extraterrestres dressant une galerie anatomique.

Il se glissa entre les stèles. Aperçut, au-delà de cette première salle, un laboratoire de recherche. Une grande pièce modulée en plusieurs sas. Parois vitrées. Tables d'opération. Lampes éteintes. Et aussi des ordinateurs, des éprouvettes, des flacons, des centrifugeuses...

Volo remarqua les dimensions étranges des tables d'opération. Trop grandes pour des animaux. Trop petites pour des hommes. Volo n'eut pas à réfléchir longtemps. Des enfants. Les expériences de la secte portaient exclusivement sur des enfants. Sans doute ceux qui avaient mué et que leur voix transformée rendait inutiles. Les Hugo Monestier, Tanguy Viesel, Charles Bellon... Combien d'autres ?

Volo sentit d'un coup le froid qui régnait dans la pièce. Il considéra à nouveau les organes prisonniers du verre et de la lumière. Il comprit. Ces organes étaient des gorges. Des larynx. Des cordes vocales. Sa pensée se précisa. Des organes qui avaient été arrachés avant de devenir impurs. Avant d'être distordus par les hormones de la puberté.

Les larmes aux yeux, Volokine tendit la main vers l'un des quadrilatères de verre.

Comme pour toucher des coraux en suspens.

À cette seconde, un faisceau lumineux jaillit, fixant ses doigts dans un halo blanc.

Il crut que sa main elle-même devenait un arbuste organique.

Mais non : le rayon de lumière était celui d'une torche.

Une lampe tactique, intégrée à une arme automatique.

– Avec des mains comme ça, à qui tu voulais faire croire que tu étais ouvrier agricole ?

Volokine tourna la tête et sourit. Deux hommes en vareuse noire avançaient. Il les reconnaissait : le maître d'œuvre et l'un de ses cerbères.

Les enfants de la Colonie.

Qui n'avaient pas de problèmes avec les matériaux modernes.

Ils tenaient chacun un pistolet-mitrailleur MP7 A1, de marque Heckler & Koch. Une arme de protection rapprochée conçue pour « traiter » des objectifs « durcis », comme disent les manuels spécialisés. Traduction : des hommes équipés de gilets pare-balles.

Volokine ne répondit pas. Au fond de lui, il n'avait jamais douté de cette issue. Que cherchait-il en se jetant dans la gueule du loup ? Pas de réponse dans sa petite tête de drogué suicidaire.

Pourtant, une réponse existait.

Elle surgit de l'ombre, prenant la forme d'une silhouette familière.

L'homme aux cheveux blancs se précisa à la faveur d'un bloc rétro-éclairé :

– Cédric, mon enfant. J'ai toujours su que tu nous reviendrais.

# 76

– JE REVIENS sans ma voix, fit Volokine, étonné par son propre calme. Mais avec intention de nuire.

– Bien sûr, rétorqua Bruno Hartmann. Tu es même devenu policier. Tu as toujours gardé en toi, à ton insu, ce projet secret. Revenir ici et nous détruire. D'un côté, c'est un peu ridicule. De l'autre, c'est valeureux. (L'homme sourit.) Tu étais un enfant valeureux, Cédric. Je savais qu'un jour ou l'autre, tu deviendrais pour nous une source d'ennuis.

– Pourquoi ne pas m'avoir pas tué, à l'époque ?

– Inutile. Après ta fuite, nous t'avons retrouvé. Tu avais été hospitalisé au CHU de Millau. Nous avons pris nos renseignements. Tu avais marché plus de cinquante kilomètres, brûlé, blessé, hébété. Tu avais fait du stop, en état de choc. Et tu ne te souvenais de rien, à l'exception de ton nom. Personne ne savait d'où tu venais. Pourquoi nous risquer à intervenir ? Il n'y avait aucun lien possible entre toi et Asunción.

– Vous m'avez regretté ?

Volokine avait demandé cela sur un ton ironique.

Toujours ce sang-froid venu de nulle part.

– Tu étais un bon élément. Mais nous ne serions jamais parvenus au moindre résultat avec toi. Trop dur, trop chaotique. Nous avons échoué à retourner ta force pour en faire une arme constructive. Du reste, au moment où tu as fui, ta mue avait commencé.

Hartmann avança entre les colonnes rétro-éclairées. Les choses abjectes, qui tournaient lentement à l'intérieur du verre, renvoyaient des reflets d'algues sur son visage d'ancien dur à cuire. Il portait une veste de toile noire et ressemblait à un vieil acteur des années 60 dont Volokine ne se rappelait plus le nom. Kasdan aurait su, lui.

– Tu devines où nous sommes, non ?

Volokine ne répondit pas.

– Dans un musée. Une galerie d'art, commencée par mon père, il y a plus de 60 ans, à Auschwitz.

Hartmann ouvrit ses bras vers les organes qui flottaient dans leurs tours de lumière rose :

– Des gorges. Trachée. Larynx. Cordes vocales. L'instrument de la voix. Le sujet des recherches de mon père. C'était sa passion. Il voulait conserver ces organes d'enfants qui avaient fait la preuve de certains prodiges. Une tradition à Auschwitz. Josef Mengele collectionnait les yeux vairons, les fœtus, les calculs biliaires. Johann Kremer les échantillons « frais » de foie. L'originalité de la collection de mon père, c'était son mode de préservation. Sa méthode préfigurait les techniques actuelles de plastination. Du formol. De l'acétone. De la résine... Mais laissons cela... L'important, c'est que nous ayons pu conserver cette collection et l'enrichir au fil des années.

Dans sa vareuse noire, avec sa tête de vieux lion fatigué, Hartmann ressemblait à un super-méchant de la série des James Bond. C'était assez fascinant de contempler un tel profil dans la réalité. Laissant aller ses pensées, Volokine ne comprenait ni son calme, ni sa distance. Il avait l'impression d'avoir fumé un méga-joint.

– Le paradoxe, continua l'Allemand, c'est que cet ensemble regroupe seulement des échecs. Des gorges qui n'ont pas atteint l'objectif que nous visions. Des organes que nous avons sauvés, in extremis, de la mue mais qui n'ont pas réussi à briser le monde. La prouesse que nous avons toujours cherchée, espérée...

– Je ne comprends rien à vos conneries.

– Le cri, Cédric. Toutes nos recherches convergent vers le cri.

Volokine ne lâchait pas son sourire. Il jouait avec les nerfs de l'Allemand. Malgré sa position de condamné, il possédait ce pouvoir. Hartmann était un requin et la peur était son océan. Ses eaux naturelles. Par son attitude, Volo était en train de l'assécher.

– Tous les grands destins commencent avec celui du père, reprit l'Allemand. L'histoire d'Œdipe est d'abord celle de Laïos, son père, qui viola un jeune garçon. Et la psychanalyse n'aurait pas existé sans la faute de Jakob, le père de Sigmund Freud, qui cachait une seconde épouse.

– À chaque fois, il s'agit donc d'une faute. Quelle était celle de ton père ?

Sourire crispé de Hartmann. À ce moment, il ressemblait bien à ce qu'il était : un ogre. Un personnage de conte déambulant dans une forêt miniature et rosâtre.

– Au Tibet, en écoutant les mantras des moines tibétains, mon père a pris la mesure de l'influence de la voix sur la matière. L'onde sonore pouvait faire vibrer les objets. Les briser. Cette découverte s'est confirmée à Auschwitz. Mon père observait les Juifs dans les douches. Il enregistrait leurs hurlements. Il constatait des phénomènes. Des ampoules électriques explosaient comme des œufs sous l'impact des voix. Des grilles se descellaient sous l'effet des ondes sonores. Des prisonniers avaient les oreilles qui saignaient à cause des cris qui les assaillaient. L'appareil vocal était un territoire en friche. Une arme potentielle, qui pouvait atteindre une intensité insoupçonnée.

« Après la guerre, mon père a connu une crise mystique. Dans les ruines de Berlin, il a attiré à lui d'autres désespérés. Parmi ses disciples, il y avait beaucoup d'enfants. Des orphelins livrés à eux-mêmes. Mon père avait constaté, dans les chambres à gaz, la puissance particulière des voix enfantines. L'idée de poursuivre ses recherches sur le cri est revenue. Tout a pris une soudaine logique. Le meilleur moyen de se rapprocher de Dieu était la souffrance. Or, cette souffrance permettait d'accéder à une nouvelle capacité vocale. Dans l'esprit de mon père, Dieu lui accordait une arme : le cri qui tue.

Face au délire de Hartmann, Volokine se sentait libre, léger, ironique. Son intrusion dans la Colonie opérait comme une catharsis. Il n'avait plus peur de ses souvenirs. Il n'avait plus envie de drogue. Il avait percé la fine membrane de sa conscience. Le pus s'en exsudait maintenant. La guérison était cette libération, cette sérénité. Et s'il devait mourir, il mourrait en toute pureté.

– J'ai dix années d'arts martiaux derrière moi, fit-il. Ces histoires de « cri qui tue » et de points vitaux ne sont que des conneries. Des légendes.

– Les légendes ont toujours une source véridique ! Sais-tu que le dieu Pan, dans l'Antiquité, était célèbre pour son rugissement qui terrifiait les voyageurs ? Que le mot « panique » vient de ce mythe ? Sais-tu que les Irlandais utilisaient un cri particulier pour faire fuir leurs ennemis ? Un cri de guerre qui se dit en gaélique « *sluagh-gairm* » et qui a donné le mot « slogan » ? Le cri est au cœur de nos cultures, Cédric. Au cœur de nos corps. Nous ne faisons ici que remonter à cette source. Nous remontons au mythe pour que le mythe redevienne une réalité.

– Conneries.

Hartmann reprit son souffle. L'expression du sage face à l'éternelle ignorance.

– Prenons les choses autrement. Tu serais étonné de la puissance que nous atteignons grâce à notre technique. La douleur, la peur révèlent une voix dans la voix. Une émission qui jaillit du plus profond du corps, qui libère tout l'appareil phonatoire et parvient à dépasser des seuils insoupçonnés.

Volokine se souvint des séances subies à la Colonie. Les décharges d'électricité. Les coups. Les brûlures. Et les cris. Ces cris qui résonnaient dans les couloirs souterrains. Enregistrés. Étudiés. Analysés. La voix qui se brise et qui doit briser le monde en retour.

La peur revenait. Cette peur qui ne l'avait jamais quitté et révélait maintenant sa raison d'être. Les salopards avaient fouillé ses entrailles pour débusquer le cri. Ils avaient traqué cette puissance au fond de son organisme d'enfant, à coups de décharges, de tortures sophistiquées.

Il demanda, d'une voix méprisante :

– Pourquoi s'acharner sur les enfants ?

– Tu sais d'où vient le mot « ascèse » ? Il dérive du grec ancien « *askâris* », qui signifie : « exercice », « pratique ». Un mot qui suggère un entraînement, une discipline mais aussi un art. Les enfants sont mes œuvres ! Mon but est d'en faire des chefs-d'œuvre. En matière de cri, les enfants ont de meilleurs résultats. Les cordes vocales de petite taille atteignent une puissance insurpassable. Par la souffrance, nous réussissons à limiter la longueur de ces fibres. Nous préservons un organe absolument pur, exempt des scories de la sexualité.

Volokine tremblait maintenant. Il en avait assez entendu. Il fallait revenir à la réalité. Aux mobiles de l'affaire.

– Les quatre meurtres, pourquoi ?

– Une réaction en chaîne. Wilhelm Goetz travaillait pour nous. Quand il a contacté cette avocate, nous avons compris qu'il voulait témoigner contre nous. Nous avons dû l'éliminer. Dans le même mouvement, nous avons tué son giton. Il possédait peut-être des informations. Quand Manoury a appris la nouvelle, il a paniqué à son tour. Il prospectait pour la communauté depuis notre arrivée en France. Lui aussi pouvait se mettre à table.

– Et Régis Mazoyer ?

– Une autre mesure de prudence. Régis a séjourné ici. Peut-être avait-il compris le sens de nos recherches. Quand tu es venu l'interroger, tu nous as pris de vitesse. Nous étions certains que tu reviendrais le cuisiner. Il fallait exclure tout risque.

– Les mutilations, les inscriptions : pourquoi ?

– Pur folklore. J'espérais vous mettre sur la piste d'un tueur en série religieux. Utiliser le *Miserere* me semblait ironique. Ce chant est au cœur de nos recherches. Nous l'utilisons pour tester la pureté des tessitures.

– Comment des mômes ont pu faire ça ?

– Conditionnement. Endoctrinement. Drogue. Ce n'est pas si compliqué. L'histoire regorge d'enfants guerriers, d'enfants tueurs. Nous sommes parvenus à produire des pures concrétions du Mal. Nous avons réussi à débarrasser ces créatures de tout sentiment, de toute trace d'humanité qui pourraient les pervertir.

Volokine sentait qu'il manquait la pièce centrale dans la mosaïque.

L'élément qui expliquait *pourquoi* tout était survenu *maintenant.*

– Goetz travaillait depuis 30 ans avec vous. Il a participé aux enlèvements d'enfants, aux séances de torture, aux chorales. Pourquoi cette crise soudaine de remords ? Pourquoi vouloir parler à 64 ans ?

– Il a pensé que nos recherches devenaient trop dangereuses.

– Pourquoi ?

Hartmann sourit et, cette fois, la peur traversa les os de Volokine.

– Tu ne devines pas ? Nous avons enfin abouti. Nous possédons le cri.

– Ce n'est pas possible...

– Soixante années de recherches, de sacrifices, ont enfin donné le résultat attendu. Nous avons démontré la justesse des intuitions de mon père. Pour dire la vérité, nous n'en sommes qu'aux balbutiements. Un seul enfant maîtrise la technique. Mais grâce à cet exemple, nous allons pouvoir développer la méthode.

Volokine devint rêveur. Il songea à cet enfant-dieu qui pouvait tuer par son cri. Il songea aux mômes masqués qui l'avaient agressé sur le parvis.

– C'est comme ça que vous allez me finir ?

Hartmann s'approcha et joignit lentement ses mains.

– Non. Nous n'en faisons pas une affaire personnelle, Cédric. Nous ne te considérons même pas comme un traître. Mais tu es un flic. Et les flics méritent un traitement de faveur.

La gorge sèche à l'intérieur.

Alors que son cou, à l'extérieur, était enduit de sueur.

– Un traitement de faveur ?

Hartmann fit un signe de tête. Les sbires s'emparèrent de Volokine. Il perdit pied. Il eut l'impression de chuter, au fond de lui-même. Un des hommes tenait une minuscule seringue. L'autre le soutenait par les bras.

– Je te confie à nos médecins. Tu verras, ils ont mis au point des protocoles très sophistiqués.

Volokine hurla. Mais le cri resta à l'arrière de sa gorge. Avec un peu de chance, sa voix resterait bloquée jusqu'au bout.

Il saurait mourir en silence.

# 77

ARRO, 6 HEURES DU MATIN.

Kasdan repéra la plus grande maison du hameau.

Il gara son break. Bondit dehors. Frappa à la porte.

Le jour n'était pas levé. La nuit semblait verrouillée sur les pierres comme un tombeau sur des os. À la lueur de ses phares, Kasdan avait aperçu des paysages de terreur. Des plaines de caillasses. Des falaises d'herbe rase. Une vision primitive, d'avant les hommes, d'où tout signe de civilisation est absent. Un paysage où les champs sont des steppes. Les pylônes, des stèles de pierre. Les routes des sentiers de poussière. Un paysage qui laisse un goût de silex dans la bouche.

Kasdan sourit. Il se sentait en éveil. L'instant lui semblait porter une imminence. L'affrontement. La vengeance.

Il frappa encore.

Pas de réponse.

La moitié des baraques étaient en ruine. Les autres, restaurées, semblaient tout de même avoir un pied dans la tombe. Mais Kasdan avait l'impression d'avancer dans le temps. Après la préhistoire, on passait, disons, au Moyen Âge.

Il frappa plus fort.

Enfin, des bruits à l'intérieur.

Un jeune homme ouvrit. Arme au poing. Le clan d'Arro était en guerre. Une espèce de guerre de clans, comme aux temps primitifs, quand on s'entre-tuait pour un point d'eau ou une poignée de braises.

– Je dois voir Rochas.

Le jeune gars, carrure athlétique, cheveux blonds et plats, portait un ensemble de laine polaire bleu turquoise. Il ressemblait à un alpiniste dans son camp de base, prêt à attaquer le K2. Sans répondre, il lança un coup d'œil à sa montre.

– Il doit être dehors à cette heure-ci, fit-il. Il fait son quart.

– Vous faites des rondes ?

L'athlète sourit. Des rides autour des paupières révélèrent un âge plus avancé qu'on n'aurait pu croire.

– Ils pensent tout surveiller, murmura-t-il. Mais ce sont eux qui sont surveillés.

– Rochas, vous pouvez le contacter ?

Il avança sur le seuil, sans proposer à Kasdan d'entrer. Au contraire. Il le tenait en joue du regard, prenant sa mesure. Un flic de Paris, la mine pas fraîche, tremblant, tout ça à 6 h du matin.

– Quelle est l'urgence ?

Kasdan expliqua la situation. Volokine. Ses années d'enfance passées à la Colonie. La quasi-certitude qu'il ne passerait pas la nuit. L'urgence d'intervenir, hors de toute légalité.

– Entrez. Et calmez-vous. Je vais appeler Rochas.

Dans le corps habité d'une ferme, on espère toujours trouver chaleur et réconfort, des matériaux feutrés, de la douceur, qui rompraient avec la dureté du dehors. Mais en général, c'est l'inverse qui vous attend. Carrelage au sol. Ciment au mur. Quelques meubles disparates. Pas de chauffage. On est à l'intérieur mais on est toujours dehors. Dans le froid et la brutalité.

– Café ?

Le jeune homme vivait dans une grande pièce carrée, obscure, où trônait une grande table recouverte d'une toile cirée qui donnait froid dans le dos.

– Café, répondit Kasdan. Mais contactez Rochas.

L'homme s'affaira sans répondre. La cuisine occupait un angle de la pièce. À l'opposé, dans un coin sombre, un lit était défait. Toutes les vies se comprimaient dans ce seul espace.

La machine à café crépita. Aussitôt relayée par les crachotements d'une VHF. Le gars appelait son chef.

Servit le café dans deux chopes.

– Rochas arrive.

– Il est d'accord pour intervenir ?

– Vous allez lui expliquer vous-même. Sucre ?

Kasdan nia de la tête. But une gorgée. La sensation l'apaisa. Il fallait rester calme. Convaincre cette petite armée. Sans elle, pas d'intervention. Sans intervention, pas de sauvetage.

Il laissa passer quelques secondes puis demanda :

– Depuis combien de temps vous vivez à Arro ?

L'homme chaussait des bottes de Gore-Tex.

– Depuis toujours.

– Vous êtes né dans la communauté ?

– Je suis le fils de Pierre Rochas.

À cet instant, et à cet instant seulement, Kasdan remarqua la clarté singulière du regard posé sur lui. Il se souvenait de la brillance extraordinaire des yeux de Rochas. Le fils avait attrapé ces iris de cristal en guise d'héritage.

– Vous me devez des explications.

Kasdan se tourna vers la voix qui venait de retentir. La silhouette de Rochas père se découpait à contre-nuit. Chevelure épaisse, larges épaules, engoncées dans un anorak brillant, fusil d'assaut calé sous l'aisselle. L'ensemble avait la symétrie d'un tableau, chargé de puissance et d'héroïsme.

L'ancien flic répéta ses explications. Insistant sur le fait que Volokine allait être démasqué dans les prochaines heures. Si ce n'était déjà fait.

– Votre collègue est taré.

– Volokine est un super-flic. Mais il est kamikaze.

– Et vous croyez qu'on va attaquer comme ça la Colonie ? Pour le petit déjeuner ?

– Je ne vous parle pas d'attaque, mais d'intervention. Vous connaissez Asunción. Vous savez sans doute comment y pénétrer. Il faut récupérer Volokine. C'est l'urgence. Après ça, on aura tout le temps de prévenir les flics, les vrais.

Rochas entra dans la salle et se servit une chope de café. Son calme le rapprochait du paysage minéral, dehors.

– Soit votre protégé n'a pas été identifié et la mission est simple. La zone des ouvriers agricoles est accessible. Soit il est déjà prisonnier et ça risque d'être beaucoup plus compliqué. Voire impossible.

– Vous êtes partant ou j'y vais seul ?

Rochas sourit et s'adressa à son fils d'un ton neutre. Rien entre eux ne trahissait leurs liens familiaux.

– Tu réveilles les autres. (Il se tourna vers Kasdan.) Vous, vous venez avec moi. Je vous expliquerai en chemin l'opération.

– Vous avez déjà votre idée ?

Rochas avança d'un pas. La clarté de ses yeux évoquait la mer. Plus que la mer, un certain coin de mer, une crique, un lagon.

– L'idée, elle est ici. (Il pointa son index sur sa tempe.) Depuis toujours. Seule l'occasion manquait. (Il sourit encore. Un plissement de séduction, irrésistible, s'opéra dans son visage.) Après tout, l'occasion, c'est peut-être vous et votre histoire de flic infiltré. Du jamais vu.

Rochas ouvrit une carte de la région sur la table de toile cirée.

Kasdan posa sa chope et se concentra.

La conquête de Troie commençait.

# 78

QUAND VOLOKINE se réveilla, la première chose qu'il perçut était un chant. À la fois lointain et diffus. Il se dit : « Ça y est. J'y suis. Je suis au cœur de l'enfer. » Puis il remarqua qu'il ne s'agissait pas du *Miserere*, mais *d'autre chose*. Il prit conscience qu'il ne pouvait pas bouger. Il n'était pas ligoté mais son cerveau ne commandait plus ses membres.

Le chant continuait.

Douceur inimitable d'un chœur, qui semblait avoir dépassé la matérialité des instruments pour devenir totalement abstrait. Il songea au *Requiem allemand* de Brahms, une des œuvres les plus mystérieuses jamais écrites. Mais non, ce n'était pas le Requiem.

Volokine repoussa mentalement cette musique qui l'hypnotisait et analysa son environnement immédiat. Il était allongé, nu, sur une table de métal recouverte de papier. Il sentait le froid de l'acier contre ses épaules. Lui-même respirait sous une longue feuille de papier. Un projecteur chirurgical était braqué sur son visage. Il se rappela que ce type de lampes ne produisait aucune ombre et cette idée lui fit peur. Rien pour se cacher. Totalement exposé. Totalement vulnérable.

La musique revint au premier plan de sa conscience. Les vagues continuaient, douces, suaves, tissées de voix d'enfants. Avec un effet retard, Volo constata qu'il ne souffrait plus de son allergie chronique aux chœurs. Il était guéri – mais c'était trop tard. Il était sur son lit de mort.

Dans un effort surhumain – qui lui parut surhumain –, il parvint à lever, très légèrement, la tête. Au bout de la table chirurgicale, il y avait une autre table. Un guéridon, couvert d'un tapis vert, sur lequel tombait une flaque de lumière, provenant d'un autre projecteur.

Autour, trois joueurs de cartes.

Tous masqués de papier, tous vêtus de blouses vert pâle.

Confusion de l'esprit. Panique en saccades. Volokine se dit que les chirurgiens attendaient, tout simplement, qu'il se réveille. Qu'il soit conscient pour l'opérer à vif – *pour lui faire mal.*

À cet instant, un des hommes leva les yeux au-dessus de son jeu. Il observa Volokine. Sous leur charlotte de papier, les joueurs avaient tous des cheveux blancs. Trois vieillards. Trois chirurgiens. Vicieux et cinglés.

Le médecin murmura, d'une voix où se mêlaient accents allemand et espagnol :

– Notre ami se réveille.

Volokine laissa retomber sa tête. La lumière. La musique. La chaleur de la lampe. Le froid du métal. Un cauchemar. Il allait se faire charcuter par trois chirurgiens nazis sortis de leurs tombeaux sud-américains. Et le chœur montait toujours, de partout à la fois. Sans attaque, sans accent. Juste des nappes qui vous portaient comme le lent ressac d'une mer tiède.

Bruit de chaises.

Volokine s'accrocha au moindre détail.

Un des hommes s'était levé.

Froissements de papier.

Le frottement des protège-chaussures.

Un visage masqué apparut dans son champ de vision. Des rides agglutinées autour des yeux. Une peau grise et parcheminée. Ce toubib ne pouvait pas devenir poussière, il était déjà poussière. Volokine songea à Marko, *Sandman*, l'homme-sable qui lutte contre Spiderman.

– « Le chœur des pèlerins » de *Tannhäuser*..., chuchota l'homme. A-t-on jamais écrit quelque chose de plus beau ?

Il battait lentement la mesure avec un bistouri étincelant, sous le nez de Volokine. Il chantonnait des syllabes en allemand. Volo ne pouvait y croire. Il était plongé au cœur d'une caricature terrifiante. Cette union, légendaire et horrifique, de la cruauté nazie et de la musique allemande.

– « *Beglückt darf nun dich, o Heimat, ich schauen, und grüben froh deine lieblichen Auen...* », chantait le vieillard de sa voix enrouée. Tu sais ce que ça veut dire ?

Volokine ne répondit pas. Sa langue lui semblait dilatée, sèche comme un galet. Il comprenait maintenant qu'il était sous anesthésie. Ou sous un autre produit paralysant. Il allait mourir ici, entre les mains de médecins pervers. Mais peut-être lui épargnerait-on la souffrance...

– « Ô ma patrie, il m'est enfin permis de t'embrasser d'un œil comblé... », murmura le chirurgien. Des paroles d'une infinie tristesse... Des paroles qui nous parlent à nous, éternels exilés...

Volokine remarqua qu'il s'agissait d'une transcription de l'œuvre de Wagner pour voix enfantines. C'était bien le chœur d'Asunción qui chantait quelque part, dans une pièce voisine. À moins que cela ne soit un enregistrement. La musique lui semblait trop proche. Soudain, il se souvint du témoignage de Peter Hansen, l'homme à qui on avait prélevé les oreilles, sur fond de chorale.

Comme pour confirmer le pire, l'Allemand susurra à son tympan :

– Mon père était un grand chercheur. Il a beaucoup travaillé à Buchenwald puis à Sachsenhausen. Il travaillait sur la survie. Sur les forces profondes de l'homme qui lui permettent de se cramponner à l'existence. Il prélevait, un à un, les organes de ses sujets et chronométrait. Étonnant, paraît-il, à quel point des hommes entièrement vidés continuent de vivre, s'accrochant à la conscience en hurlant...

Volokine sentait la sueur inonder son visage.

Une autre voix retentit dans la pièce, étouffée par le masque chirurgical :

– Tu viens jouer, oui ?

– J'arrive.

Le cinglé désigna la table ronde avec son bistouri :

– Tu sais que notre jeu te concerne ? Tu t'en doutes, non ?

La voix rauque du vieillard se mêlait au chœur d'enfants. *Ce sont des voix sans gravité. Des voix d'anges. Des voix de démons.*

– Il faut que j'y aille. Sinon, mes compagnons vont tricher. Je les connais. Mais fais-moi confiance, j'ai de quoi les mettre au tapis...

Il disparut. Volokine en éprouva un bref soulagement. Puis des fragments du témoignage de Hansen revinrent lui brûler l'esprit. Des hommes qui s'étaient amusés à prélever des organes puis à faire deviner au Suédois quelles ablations ils avaient pratiquées. Allaient-ils faire la même chose avec lui ? Ou bien allaient-ils lui arracher, un à un, chaque organe jusqu'à la mort, pour mesurer son temps de survie ?

– Nous jouons au poker, l'interpella le vieillard. Au Texas Hold'em. Rien de très original. Ce qui est inédit, c'est la nature de nos mises...

Volokine crut entendre des rires, étouffés par les masques.

– Sais-tu ce que nous misons ? Tes organes, mon petit. Nous avons déjà joué ton foie, tes yeux, ton appareil génital. Tu es notre cagnotte. Et je dois dire que, dans tous les cas, tu ne gagneras pas ce soir. Ce que nous gagnerons, nous, c'est le plaisir de récupérer nos gains, au sein de ton corps.

Volokine refusait d'écouter. Les explications maléfiques du taré. Les voix aériennes des petits diables. *Ils m'ont fait une péridurale ou une injection de ce genre, je ne vais rien sentir. Je ne vais pas souffrir...* Cette réflexion rassurante était aussitôt anéantie par sa petite sœur. L'idée qu'on allait l'évider comme un lapin. Ses couilles posées dans une cuvette d'inox. Ses yeux placés dans un bocal. Il ne sentirait rien. Il entendrait seulement ces voix merdiques chanter Wagner. Il voulut hurler mais la peur lui barrait toujours la gorge.

– Je vois.

– Je me couche.

Il y eut un claquement de cartes. Puis un silence. Du moins à la table de jeu. Car les voix continuaient toujours :

> *« Der Gnade Heil ist dem Büber beschienden,*
> *Er geht einst ein in der Seligen Frieden... »*

À ce moment, Volokine eut une révélation. Il avait chanté cette ode. Il l'avait chantée durant ses deux années d'initiation et, dans son esprit tordu par l'angoisse il se souvint de la traduction des mots :

> *« Tu accordes au pécheur le secours de ta Grâce,*
> *ainsi un jour il goûtera la paix des Bienheureux... »*

La grâce lui serait-elle accordée, à lui ?

Goûterait-il un jour la paix des Bienheureux ?

Les pensées se disloquaient dans son cerveau. Les suées coulaient sur son corps nu. Il avait l'impression d'exsuder des rigoles, des rivières, des fleuves. Il avait l'impression de se diluer dans sa propre peur. De se résoudre dans un cauchemar qui n'était pas réel. Il allait se réveiller. Ou bien Kasdan alllait surgir. Ou bien...

Nouveaux grincements de chaises.

– Hans, vraiment, ce soir, tu es verni...

– C'est notre ami qui m'a porté chance.

Des pas qui approchent.

Le visage raviné, coiffé de sa charlotte :

– Mes compagnons ont perdu gros, ce soir. J'ai beaucoup de travail.

Il tira un drap suspendu sur un portique, qui courait au-dessus de la table chirurgicale.

Quand il vit le rideau blanc emplir son champ de vision, Volokine hurla.

Cette fois, sa gorge était débloquée.

# 79

– JE VOUS REJOINS, dit Kasdan.

Il regagna son break dans la ruelle pavée. Ouvrit son coffre. Attrapa le sac contenant son arsenal. Il aurait le temps, une fois sur place, de monter et de vérifier chaque arme. Ses mains tremblaient. La tête lui tournait. La fatigue. La faim. Et aussi l'excitation. Cette opération lui rappelait l'époque de la BRI.

Kasdan revint vers le 4 × 4 de Rochas. Il se demandait quel genre d'opération d'infiltration ils allaient entreprendre avec un tel véhicule. Un monstre qu'on entendait arriver à un kilomètre à la ronde. Il se demanda aussi où les babas trouvaient le pognon pour être ainsi équipés. Mais il ne posa aucune question. Ce matin, il était un invité. Une sorte de témoin diplomatique, tout juste toléré.

Le jour se levait. Péniblement. Douloureusement. Comme on se réveille d'un lendemain de cuite. Les premiers rayons de lumière évoquaient des courbatures, des migraines, des gestes entravés.

Près du véhicule, Rochas tirait sur une cigarette, les mains dans les poches de sa doudoune. Il ressemblait à un loup de mer.

– Ce qu'il vous faut, fit-il, c'est un petit Entebbé pour vous tout seul.

– Exactement.

– On va vous montrer qu'on peut mieux faire que ces salauds de youdes !

Kasdan tressaillit à l'insulte. Un relent d'antisémitisme affluait soudain, comme porté par le vent sec. Rochas sourit. Et le charme de son sourire effaça tout.

– Je plaisante, fit-il en balançant sa clope. On vit ici comme des sauvages. Les pires préjugés nous guettent toujours. On lutte mais ce n'est pas évident. Du reste, cela n'enlève rien à notre efficacité. Montez.

Rochas lui ouvrit la porte. Kasdan grimpa dans la voiture, sac sur les genoux. Il commençait à sentir quelque chose de glacé sous la peau du vieil homme. La même force froide qu'on surprend parfois chez les écologistes, qui prétendent aimer la Terre mais détestent l'humanité.

Le maire démarra. Manœuvra. Sortit du hameau. La steppe s'ouvrit dans la lumière du jour comme une mer, sans le moindre obstacle, la moindre construction, la moindre trace de vie humaine ni même de vie tout court. Comment ménager une attaque-surprise dans un tel paysage ?

Kasdan lança un coup d'œil dans le rétroviseur extérieur et aperçut deux 4 × 4 qui les suivaient sur le sentier. Un vrai cortège, plein de grondements et de poussière.

– Il y a un passage, dit Rochas, comme lisant dans ses pensées.

– Un passage ?

– La Colonie est vaste. Ils ne peuvent la surveiller en permanence. Nous connaissons un point de faiblesse. Un défilé dans le calcaire où nous pourrons passer sans être vus ni même soupçonnés. Nous déboucherons au plus près de l'enclos, en surplomb, sans qu'ils aient pu prévoir notre arrivée. Ce sera notre bataille des Thermopyles, sauf que le passage ne nous aidera pas à résister mais au contraire à nous infiltrer.

Kasdan lança un coup d'œil à Rochas :

– Vous étiez ici, avant la Colonie ?

– Nous l'avons vue s'installer, évoluer, s'étendre. Comme un cancer. Aujourd'hui, nous étudions le développement des métastases.

– Qu'est-ce que vous appelez « métastases » ?

– L'hôpital. Les écoles. Les concerts. Tous ces mensonges qui endorment la méfiance des habitants de la région et dissimulent le Mal.

Kasdan songea aux enfants torturés. Aux expériences inimaginables. Il songea à Volokine, qui avait connu ce cauchemar. Qui l'avait intégré dans sa chair, oublié, puis transformé en faim de drogue. Était-il déjà aux mains des bourreaux ?

Cahots et vrombissements du moteur ne cessaient de se répondre, en une sorte de dialogue serré. Les véhicules ne suivaient plus une piste mais roulaient à travers la plaine. L'immensité du territoire sidérait Kasdan. Nouveau coup d'œil au rétroviseur. La file de voitures s'était enrichie de deux autres véhicules. L'assaut était en marche.

Ils roulaient depuis dix minutes. À combien de kilomètres se trouvait la faille ? Peut-être le temps de connaître les motivations de chacun. Et leur fiabilité...

– Et vous, demanda-t-il, vous avez une histoire personnelle avec la Colonie ?

– Bien sûr. Mais ce serait trop long à vous raconter. Si nous nous en sortons, nous en parlerons plus tard. Vous comprendrez mes raisons.

Rochas ralentit et rétrograda. La steppe n'avait pas changé. Absolument rien ne distinguait la zone. Toujours les mêmes dunes rases. Toujours les rochers et les fondrières. La lumière mordorée du matin ne parvenait pas à adoucir ce désert.

Kasdan sortit du véhicule, alors que les conducteurs et passagers des autres 4 × 4 jaillissaient, tenant tous une arme automatique. Cliquetis caractéristiques des fusils. Électricité de l'air, propre à une communauté armée quand la bataille est imminente. Kasdan devait faire un effort pour contrôler son excitation. Au fond de lui, une joie secrète l'étreignait. Il ne pensait plus éprouver cela avant sa mort.

Il posa son sac au sol et l'ouvrit. Sortit la mallette de sécurité du fusil à lunette. Attrapa au fond de sa poche son jeu de clés miniatures. Déverrouilla les deux serrures à pompe. Ouvrit le coffret en résine et admira les pièces soigneusement encastrées dans la mousse crénelée.

Il allait sortir le canon et la lunette quand un pressentiment lui fit lever les yeux. Cinq hommes en doudoune brillante se déployaient autour de lui, fusil au poing.

Les armes étaient toutes braquées sur lui.

Les faisceaux laser se concentraient sur sa poitrine.

Avant qu'il ait pu comprendre, un contact vint compléter le cercle.

Un canon sur sa nuque.

La voix de Rochas, chaude, enjouée :

– Kasdan, en un sens, tout ça est ce qui pouvait t'arriver de mieux.

Il ne répondit pas.

Il ne comprenait pas.

– Lève-toi. Lentement. Et tourne-toi. Les mains écartées, évidemment.

Kasdan s'exécuta. Dans ce mouvement, la vérité prit forme. Si tordue, et en même temps, instantanément, si évidente, qu'il s'en voulut de ne pas y avoir pensé plus tôt. Quand il rencontra la nacre bleutée du regard de Rochas, il sut que oui, il avait deviné juste.

Pierre Rochas était Bruno Hartmann.

Arro et ses hippies n'étaient que les sentinelles de la Colonie.

– Tu connais l'histoire du roi invité par un autre souverain, qu'on place dans un labyrinthe pour se moquer de lui ? demanda-t-il en se plaçant face à Kasdan. En retour, le roi invite son hôte et l'abandonne dans le désert de son royaume. Il lui dit : « Voici mon labyrinthe, sans porte ni escalier. Un labyrinthe dont on ne ressort pas, parce qu'il n'a ni limite ni issue. » Cette steppe est mon labyrinthe, Kasdan.

Il se pencha et le fouilla, saisissant son 9 mm puis le lançant à l'un de ses sbires. Il palpa ses chevilles et trouva le Glock 33, « le missile de poche », que Kasdan avait l'habitude de porter à la cheville.

– Une frontière n'est pas une question de clôtures. Nos ennemis se sont toujours concentrés sur les enclos de la Colonie, cherchant à y pénétrer alors que nos territoires commencent bien avant. Et que ses membres majeurs vivent hors de l'enceinte. C'est l'éternelle histoire de la lettre volée. On ne trouve jamais quelque chose qui n'est pas caché. Depuis des années, je veille sur ma colonie, faisant mine de la surveiller. En réalité, je vous surveille, vous, les intrus.

Une ultime vérité traversa l'esprit de Kasdan. Wilhelm Goetz, en choisissant de diriger des œuvres chorales dont les premières lettres formaient le nom de « Arro », ne cherchait pas à désigner le hameau le plus proche de la Colonie. Il voulait révéler le secret de la secte. Son roi habitait Arro. Bruno Hartmann, le cerveau de la communauté, ne se trouvait pas derrière les clôtures coupantes mais *en dehors*...

– Où est Volokine ?

– En traitement.

– Qu'est-ce que vous lui faites ?

– Ne t'inquiète pas. Ta visite m'a fait revoir mes plans. J'ai décidé de vous associer à une opération utile. Une chasse à l'homme. Pour entraîner mes enfants. Une étape nécessaire de l'Agôgé.

– Quelles en sont les règles ?

– Dix minutes d'avance pour toi et le gamin.

– Qu'est-ce que nous gagnons ?

– Votre temps de survie. Je n'ai rien d'autre à vous offrir.

Kasdan prit une bouffée d'air glacé. Mourir comme un gibier dans cette steppe ne serait pas une mort si déshonorante. Mieux que de crever d'un cancer dans un hôpital parisien. Ou d'une rupture d'anévrisme dans son sommeil.

– Volokine, où est-il ?

– Dans la lande. Avec un peu de chance, vous vous retrouverez et vous pourrez unir vos efforts.

Kasdan sourit.

Oui. Cette fin n'était pas si mal.

Mourir au côté de Volokine, après s'être battus comme des Spartiates.

# 80

VOLOKINE ne comprenait pas comment il s'en était sorti.

Pourquoi il n'avait pas été charcuté.

Pourquoi il courait maintenant dans la steppe, vêtu de l'uniforme de la Colonie – vareuse et pantalon de toile noire, croquenots d'origine allemande.

Il courait, après avoir été balancé d'un 4 × 4 comme on jette un appât avant la chasse.

Il courait sans se poser de questions.

Il courait en observant le paysage et en évaluant ses chances de survie.

Pas de champs cultivés. Seulement une plaine infinie. Paysage lunaire, percé de cratères et de marécages. Gris et vert, vert et gris, d'où saillait de temps à autre un sapin hiératique, dont même les épines n'avaient pas résisté aux bourrasques du vent. Loin, très loin, l'horizon était si net, si dur, qu'il évoquait le frottement de deux silex, ciel contre terre, prêts à faire jaillir le feu.

Il courait encore. Le sifflement du vent dans les oreilles. Les vautours tournant en cercle au-dessus de sa tête. Il sentait l'herbe gelée craquer sous ses pas. Il avait l'impression de marcher sur la fine couche de glace d'un lac, croustillante comme la croûte d'une crème caramel. Une couche qui menaçait de craquer d'un instant à l'autre et de l'engloutir dans des eaux noires. Mais pour l'instant, ça tenait. Et lui-même tenait. Malgré sa jambe blessée. Malgré les relents de l'anesthésie. Malgré la fatigue et les crampes.

Il courait toujours. Fonçait d'un rocher à l'autre. Dévalait et escaladait les ravines. Trébuchait dans les trous. Il s'accrochait à son propre rythme. À ses propres sensations. Souffle régulier. Foulée régulière. Même la douleur de sa cuisse était devenue régulière. Une présence amie. Chaleureuse.

Il commençait à reprendre espoir quand une présence subliminale le toucha au cerveau et le fit courir de travers. Il se tordit la cheville. S'arrêta à couvert d'une dalle. Lança un coup d'œil derrière lui.

Ils étaient là.

À cinq cents mètres sur sa gauche. Marchant côte à côte, couvrant une ligne latérale de cent mètres de largeur. Col blanc, veste noire, casquette noire. Volo distinguait leurs visages blêmes, fermés, magnifiques. Les plus âgés ne devaient pas avoir 12 ans. Tous tenaient une baguette avec laquelle ils battaient les herbes devant eux. Une baguette d'acacia seyal. Le bois de la Sainte-Couronne. La seule manière autorisée de « toucher le monde »...

À les voir ainsi, tapotant la terre, fouettant les herbes, on songeait à une armée en marche. Une armée sans états d'âme, traquant, cherchant, flairant l'ennemi. Ils ressemblaient aussi à des petits sourciers cherchant de l'eau avec leur baguette. *Ce sont des enfants. Ils ont la pureté des diamants les plus parfaits. Pas d'ombre, pas d'inclusion, pas de faille. Mais leur pureté est celle du Mal.*

Le cœur brûlant, le corps laqué de sueur, Volo jeta un regard devant lui. La lande, à perte de vue. En courant encore, il finirait bien par atteindre un village. Ou une route bitumée. Mais il n'avait aucun repère. Durant le trajet, on lui avait bandé les yeux. Et d'ailleurs, avec les résidus d'anesthésie dans ses veines, la panique qui l'avait secoué sur la table d'opération, l'ahurissement du trajet en 4 × 4, il n'avait plus son esprit. Rendu à l'état de bête, il lui fallait courir. Et courir encore. Comme un cerf dans une chasse à courre.

Volo repartit à petites foulées. Il ne sentait plus les reliefs durs sous ses pieds. Ni la douleur lancinante de sa jambe. Ni l'attaque du froid et du vent. Il ne sentait que son propre rythme, sa propre chaleur, qui formait une sorte de carapace à l'abri du temps et de l'espace. Ses forces fonctionnaient. Son intelligence fonctionnait. Il pouvait s'en sortir. L'homme est le meilleur ami de l'homme.

Soudain, une présence, sur sa droite. Un autre groupe. Le

même bataillon aux visages blancs et aux vêtements noirs. Les baguettes qui cinglent l'air. La marche inéluctable.

La peur et la surprise lui filèrent un point de côté. Plus moyen de courir. Il dérapa. Se cassa la gueule sur la pente, mordant la mousse qui remplaçait ici l'herbe courte. Il se redressa, retenant un gémissement et fixa l'horizon, des larmes plein les yeux. Sa terreur s'approfondit encore. Devant lui, à quelques centaines de mètres, la lande prenait fin. Une falaise coupait court à tout espoir.

La suite était écrite. Les deux groupes d'enfants allaient se rejoindre et avancer, inexorablement, jusqu'à l'acculer, dos au précipice. Volokine essaya une autre idée. Ils n'étaient pas armés, il en était sûr. Et ce n'était que des mômes. Trois claques et il fendrait la ligne de front pour repartir en sens inverse. Facile. Mais les enfants, connectés avec les chasseurs adultes, signaleraient sa position et ce serait fini. Il n'en pouvait plus. Sa jambe blessée le consumait. Son torse brûlait. Sa tête était enserrée dans un étau de fièvre.

D'une façon ou d'une autre, il devait se reposer.

Se cacher.

Le salut jaillit d'un champ de pierres, sur sa gauche.

Un marécage d'où émergeaient des centaines de rochers pointus.

Traînant la patte, arc-bouté au plus près de la pente, Volo rejoignit le sanctuaire naturel. Pas un marécage comme il l'avait cru. Juste de la terre gelée où semblaient avoir poussé ces dalles hérissées, couvertes de lichen. Elles ressemblaient à des têtes étroites sortant d'un étang, le crâne enduit de particules verdâtres. Volo se choisit un bloc de plus d'un mètre de haut, incliné en direction de la falaise, puis creusa. Son idée, ce n'en était pas une, était de se planquer sous la pierre, au risque de bouffer de la terre la journée entière.

Il creusa.

Et creusa encore.

Doigts en sang. Ongles à la retourne. Souffle bref. La terre était gelée. L'odeur métallique du lichen lui montait à la tête. Enfin, la niche fut suffisante pour qu'il s'y glisse. Il s'était efforcé d'éparpiller la terre retournée autour du rocher. Il avait aussi pris soin de conserver une plaque de mousse, gelée, de près d'un mètre carré de surface pour se constituer une couverture de camouflage. Il se glissa dans son trou, tira à lui la feuille de lichen et se sentit des affinités profondes avec les sangliers qu'on chasse en Corse.

Il attendit.

Le temps se mesurait en pulsations cardiaques.

Au refroidissement de son corps.

*Rien.*

Il attendit encore.

Il s'était fondu dans la terre. Dans les ténèbres. Et aspirait maintenant au néant. Ne plus exister. Ne plus respirer. Laisser passer les démons puis repartir dans la direction opposée.

Soudain, les fouets.

Les baguettes de bois parmi les herbes. Contre les roches.

Les enfants hurleurs s'étaient éparpillés.

Volo se recroquevilla. S'enfonça dans sa cache. Il percevait les vibrations des bâtons qui fouinaient partout. Il imaginait les enfants observant chaque rocher, contournant chaque bloc, grattant la terre et la mousse autour. Quelles étaient ses chances ?

D'un coup, la lumière vint le chercher dans son trou.

Un cillement et il vit la petite silhouette, se découpant sur le ciel.

Sans réfléchir, il tendit son bras.

Attira le môme dans sa planque.

Avant que le gamin ait pu crier, il frappa.

Et frappa à nouveau.

Jusqu'à sentir entre ses bras le corps mou, inanimé.

Volo attrapa la croûte de lichen, sa seule protection, et la ramena sur lui comme un linceul. Il percevait, près de lui, la chaleur du gosse évanoui. Et se dit que la boucle de son enquête était close. Il frappait maintenant les enfants. Et peut-être que, pour survivre, il allait être obligé d'en tuer.

Impossible de dire combien de temps s'écoula.

Mais aucun autre ne vint le débusquer au fond de son terrier.

Avec prudence, il écarta la mousse et risqua un œil.

Personne.

Il sortit la tête et lança un regard circulaire.

Personne.

Il s'extirpa à mi-corps, tendit sa tête et observa la lande à 360 degrés.

Vraiment *personne.*

Les gamins étaient partis.

Pour l'heure, il était sauvé.

Il s'extirpa de la cavité et tira l'enfant à l'air libre.

Bien amoché mais vivant.

Il le fouilla. Pas d'arme. Pas de VHF.

Rien qui puisse lui servir dans l'immédiat.

Il roula le corps sous le rocher et pria pour que le gosse ne se réveille pas avant longtemps.

Il repartit au pas de course, en direction du lever du soleil.

La chasse continuait.

# 81

KASDAN n'avait aucune chance.

63 ans.

Cent dix kilos de chairs épuisées.

Nourries aux normothymiques et aux antidépresseurs.

Trouées de faim, de fatigue et d'angoisse.

Un poids mort face à une bande de cinglés dans la force de l'âge, motorisés et armés de fusils d'assaut.

Kasdan marchait. Il marchait comme il avait marché au Cameroun, dans la brousse, en direction du Nigeria. Il marchait comme un robot. Comptant vaguement sur son joker : un entraînement régulier à la course à pied, qui lui permettrait de démarrer au quart de tour quand ça chaufferait vraiment.

Pour l'heure, il essayait de trouver ses repères. Le soleil se levait sur sa droite. À l'est. Il lui semblait qu'ils avaient roulé en stricte ligne droite depuis Arro, qui était situé au sud de la Colonie. Il était donc en train de marcher vers Asunción. Ce n'était pas forcément une mauvaise chose. Hartmann, alias Rochas, compterait sur son sens de l'orientation et son espoir de fuir au contraire le cauchemar – la Colonie. Il marchait donc dans la direction opposée à celle qu'on pouvait lui prêter. Cette mince ruse pouvait lui offrir un avantage...

En vue de l'enceinte, il improviserait. Mais il était certain qu'il avait plus de chances de se battre aux abords d'Asunción qu'en pleine steppe. Se rapprocher des murs, des bâtiments en dur, des hommes. Plutôt que de chercher à fuir en solitaire dans la lande.

Il regarda sa montre. Les dix minutes d'avance étaient passées depuis longtemps. Où était l'ennemi ? Parti dans la mauvaise direction ? Il était assez simple de séparer les troupes et de sillonner la plaine selon les quatre orientations cardinales. Dans peu de temps, très peu de temps, un des 4 × 4 serait à ses trousses. Envisageant cette possibilité, il balaya son champ de vision et ressentit une crispation de désespoir. La plaine rase était uniformément plate. Pas un abri, pas une planque sur cette surface qui venait à bout du regard.

Un bruit de moteur s'éleva.

D'abord un ronronnement indistinct, comme la rumeur d'un avion, puis le grondement plus précis d'un véhicule qui avalait les ornières et les cahots, ne lâchant pas sa vitesse. Kasdan jeta un regard. Un 4 × 4 noir filait dans sa direction, dans un nuage de poussière et d'herbes arrachées.

Kasdan sourit à l'idée de l'inégalité des forces en présence.

*C'est le moment de se donner, mon vieux.*

Il accéléra, comme il le faisait chaque matin, au bois de Vincennes, retenant d'abord ses enjambées, afin de chauffer progressivement son corps. Cette première cadence ne dura pas. Ses muscles étaient déjà déliés par la marche intensive des dernières minutes. Il passa la seconde. Puis la troisième.

Quand le véhicule fut vraiment dans son dos, Kasdan en était au sprint, sentant les rouages de son corps s'activer en un bel ensemble. Il capta un rugissement de moteur. La bagnole était à la lutte avec les creux, les bosses, les rochers. Il sentait l'ombre du véhicule s'approcher... Il pratiqua un virage brutal et accéléra encore. Un autre virage. Ce jeu du chat et de la souris n'allait pas durer. Kasdan ne pouvait s'appuyer sur aucun obstacle. Malgré le relief du terrain, la bagnole le suivait sans difficulté.

Rugissement de moteur. Ses poursuivants n'étaient plus qu'à un mètre. Il partit encore sur la droite, dans un déhanchement de danseur. Puis sur la gauche. Balança un regard. Ce qu'il vit entre deux souffles était le tableau de sa fin. Un homme se tenait sur le marchepied du véhicule, sanglé à la galerie du toit, tenant une sorte de canne à pêche. Nouveau déhanchement à droite. Puis à droite encore, histoire de varier les ruses. Nouveau coup d'œil. Deux faits nouveaux. La canne était une tige surmontée d'un lasso

– comme cet instrument qu'utilisent les cavaliers mongols pour attraper leurs chevaux. Le chasseur était le fils Rochas.

Kasdan n'en pouvait plus. Ce n'était pas la sensation de brûlure de ses poumons. Ni sa gorge qui happait l'air à la manière d'une chaudière affamée. C'était une immense lassitude, une grande limite qui résonnait à travers tout son corps. Son seuil de tolérance était dépassé. Son énergie de sexagénaire consumée.

À cet instant, sentant que la fin était là, Kasdan serra les épaules, comme pour faciliter la tâche du chasseur. Le lasso l'entoura. La voiture ralentit. Le lien se tendit sur son ventre, compressant ses bras sur ses côtes. Mû par une inspiration, Kasdan se laissa choir brutalement. Après tout, cent dix kilos, ce n'était pas rien. Cette chute prit de court le chasseur. Le lasso se tendit encore. La tige se raidit. Le fils Rochas fut emporté par le mouvement. Kasdan espérait qu'il lâche prise. Mais il comprit, en une pensée réflexe, que le chasseur était lui-même ceinturé à la tige. Ils étaient tous deux inextricablement liés, emportés maintenant par l'élan de la voiture. Kasdan fut traîné sur plusieurs mètres alors que le 4 × 4 s'arrêtait pour de bon.

Il entendit une voix à court de souffle :

– Libérez-moi, bon Dieu !

Il leva les yeux. Vision oblique. Un passager du véhicule jaillit. Contourna la voiture. Grimpa sur le marchepied, couteau à la main, pour libérer Rochas. À cet instant, et à cet instant seulement, Kasdan sut qu'il avait une carte à jouer.

Rochas s'extirpa de sa courroie et se rua sur Kasdan, tenant toujours sa perche, les traits défigurés par la colère et l'asphyxie. Il vacillait, comme un boxeur qui vient de se prendre un direct au foie. Quand il fut à portée de talons, Kasdan se détendit d'un coup. Ses pieds atteignirent l'entrejambe du fils qui avala son souffle. Kasdan se dressa sur les genoux. Ne chercha pas à se libérer du lasso. Il aurait brûlé la seconde dont il disposait. Il tendit ses avant-bras. Agrippa les revers de la doudoune. Attira le chasseur à lui en renversant la tête pour la ramener brutalement. Le nez de Rochas éclata. L'homme se cambra dans un hurlement et un jet de sang mais Kasdan, sans lâcher la doudoune, trouva de l'autre main la faille sous l'anorak ouvert. À la ceinture, un pistolet était glissé dans un holster à Velcro. Il arracha le Velcro. Saisit l'arme. Paria pour une culasse chargée et un cran de sûreté levé. Pressa la détente. Le coup projeta l'ennemi à deux mètres.

Le tout n'avait pas duré trois secondes. Et s'était passé à l'insu des deux autres assaillants, le corps de Rochas faisant écran. Maintenant, son champ de vision était libre. Il tira et tira encore. Le passager qui tenait un couteau fut écorché par une balle. Tournoya comme s'il avait été crocheté par un hameçon. Le conducteur démarra alors que ses vitres volaient en éclats.

En position de tir riposte, Kasdan, toujours ligoté au torse, appuya encore sur la détente, visant la bagnole qui s'arrachait dans un tourbillon d'herbes et de poussière. Puis se retourna, alerté par un réflexe, les deux poings cramponnés à son arme. Il lâcha trois balles en direction du fils Rochas qui venait de se relever. L'homme fut de nouveau propulsé plusieurs mètres en arrière, le torse devenu un trou béant de chairs calcinées. La plaine était toujours aussi vaste, aussi nue, mais Kasdan se sentait maintenant comme un puits de force, un cratère brûlant, prêt à cracher sa lave à qui l'emmerderait.

Le percuteur s'écrasa sur la chambre vide. Kasdan balança l'automatique. Ouvrit ses bras. Se libéra du lasso. Cette opération prit plusieurs dizaines de secondes. Le temps pour le passager touché de ressusciter. L'homme dégaina. Kasdan vit, sur un écran rouge, sa seule chance. Une grosse pierre posée dans l'herbe, entre lui et l'autre. Il plongea, arracha la dalle, la leva sur l'homme. Le tireur tendait son arme vers lui. C'était foutu. Mais l'adversaire, dans un incompréhensible réflexe, rentra la tête dans les épaules, au lieu de presser la détente. Mauvais choix. La pierre lui écrasa le crâne comme un œuf.

Kasdan tomba en arrière, touchant le sol avant même sa victime, qui vacilla encore puis s'écroula, la boîte crânienne enfoncée.

Silence.

Bourrasques.

Élancements dans les tempes.

Ne pas réfléchir. Ne pas analyser. Laisser l'animal s'exprimer en lui. Il se releva, jambes flageolantes. Premier réflexe. Prendre son arme au cadavre. Deuxième réflexe. Trouver des chargeurs dans les poches des hommes au sol. Au passage, récupérer l'automatique du fils Rochas. Dans un coin de sa conscience, il identifia les modèles. M9 Beretta, en inox, à visée trois points. USP .45 H&K, équipé d'une lampe tactique et d'une visée laser. Il glissa les deux flingues dans sa ceinture.

Troisième réflexe. Courir.

Le conducteur était parvenu à fuir. Ils allaient revenir en force. Humiliés. Enragés. Kasdan fonça, l'ivresse au cœur, voyant l'horizon tressauter devant lui.

Quels repères maintenant ? Au fond de son esprit, l'homme revint et prit le pas sur la bête. Il réfléchit. Malgré lui. Malgré tout. Et discerna une nouveauté. La plaine n'était pas infinie comme il l'avait cru. Au contraire, elle finissait de manière abrupte, quelques centaines de mètres plus loin. La falaise devait tomber sur un plateau inférieur, là où la Colonie cultivait ses terres.

Kasdan saisit une autre vérité. Dans la voiture, Rochas n'avait pas menti. Il existait un passage. Une faille dans le calcaire friable. Le défilé des Thermopyles. Il fallait trouver la terrasse rocheuse qui offrait cette fissure permettant de descendre vers l'autre plateau et, éventuellement, rester planqué un moment.

Voyant se profiler l'à-pic, il vira à droite plutôt qu'à gauche, sans raison apparente. Il courait encore quand il sentit le sol changer de résonance sous ses pas. Ce n'était plus de l'herbe mais de la roche nue. Un plateau grisâtre, strié de veines herbues, constellé de dalles, à l'allure d'un vaste monument mégalithique, style Stonehenge, dont les pierres auraient été abattues par un phénomène naturel.

La faille existait quelque part, il en était sûr.

Il avança encore, ralentissant le pas, se tordant les chevilles dans les anfractuosités. Par miracle, au bout de quelques mètres, il découvrit la fissure de calcaire. Elle était large. Du moins en son point de départ. Ensuite, vers l'extrémité de la falaise, elle se rétrécissait.

Kasdan plongea, repérant des marches naturelles sur l'une des parois.

Quelques minutes plus tard, Kasdan touchait le fond. Au sens propre. Il avait descendu au moins vingt mètres de déclivité. Il leva les yeux. Les deux parois étaient irrégulières, se rapprochant puis s'éloignant selon les passages, mais ici, au sol, le boyau conservait une largeur constante de trois mètres environ.

Kasdan se mit en marche, sans savoir encore s'il s'était enfoncé dans un piège ou s'il avait trouvé le défilé qui lui permettrait d'approcher la Colonie en toute discrétion. Ou simplement une planque pour attendre la nuit.

Il marcha. Il voulait au moins éprouver son intuition. Voir si ce passage menait au plateau inférieur, le niveau d'Asunción. Peut-être son attention se relâcha-t-elle parce qu'il était à l'abri. Peut-être l'épuisement avait-il repris ses droits. Mais quand le bruissement retentit dans son dos, il était trop tard.

La seconde suivante, il était fauché au sol.

Ventre à terre, bras écartés, sans même avoir pu frôler la crosse de ses automatiques.

Un instant flotta.

Il sentit un genou entre ses omoplates et une pointe qui s'enfonçait dans sa nuque.

Une injure chuchotée.

L'emprise qui se relâchait.

Kasdan se plaça sur ses coudes et balança un coup d'œil pardessus son épaule.

Volokine se tenait derrière lui.

Croquenots aux pieds. Jambes écartées. Visage verdâtre.

Vêtu de la vareuse et du pantalon de toile réglementaires, torse nu en dessous, il brandissait une espèce de lance primitive. Un bâton au bout duquel un silex était fixé avec un lacet de chaussure. Le visage du gamin était couvert de lichen vert qui donnait à ses yeux l'allure de deux spectres avides, hallucinés.

Globalement pathétique, mais vivant.

Kasdan sourit.

Face à leur équipe, la Colonie aurait du fil à retordre.

# 82

IL N'AVAIT PAS ACHEVÉ sa pensée que des grondements de moteur retentirent à la surface. Des bagnoles. Une, deux, trois peut-être. Des portières qui claquent. Des pas au bord de la faille. Ils étaient repérés. Pris au piège au fond du défilé.

– Kasdan !

La voix de Hartmann, ricochant contre les roches. Grave. Posée. Mais altérée. La colère. La haine. L'émotion. Le mentor était déjà averti de la mort de son fils.

– Réponds-moi ! Nous savons que vous êtes là !

Kasdan se tut, observant Volokine en état de choc.

Hartmann éclata de rire.

Kasdan imaginait ce rire scintillant dans l'éclat du soleil.

– Tu crois que je pleure mon fils ? Tu crois que je suis meurtri par sa disparition ? Mon fils a été sacrifié, comme nous le serons tous ! Nous ne comptons pas. Nous sommes des pionniers. Des précurseurs. Il est normal que nous soyons sacrifiés. Nous appartenons à un progrès logique et nécessaire !

Exactement les mêmes mots que Hans-Werner Hartmann lorsqu'il avait été interrogé par le psychiatre américain, à Berlin, en 1947. La folie s'était transmise de père en fils.

– Kasdan !

Le Chilien ne s'adressait qu'à lui. Privilège de l'âge. Il y avait là une carte à jouer. Entretenir le dialogue avec le fou pendant que Volokine remonterait à la surface.

Kasdan empoigna les épaules du gamin. Son visage couvert de mousse verdâtre évoquait un chewing-gum à la chlorophylle.

Il dégaina l'USP .45 H&K. Lui fourra dans la main. Il saisit les chargeurs qu'il avait volés sur les cadavres et les enfonça dans les poches de sa vareuse. Sans un mot, il désigna le trait de ciel au-dessus d'eux. *Monte là-haut.* Puis d'un autre geste explicite : *Je parle avec le fêlé.*

Volokine glissa l'automatique dans sa ceinture et s'attaqua directement à la paroi rocheuse.

Au même instant, un sifflement retentit à l'intérieur du boyau. Les deux hommes se figèrent. Se regardèrent. Leur visage torturé fut la dernière chose qu'ils virent. Une volute de fumée se répandit dans la faille. Puis une autre. Puis une autre encore. Des gaz lacrymogènes. Technique classique pour pousser la proie hors de son terrier.

Kasdan recula. Ferma son treillis. Enfonça sa tête dans son col et retint sa respiration. Les yeux embués de larmes, il s'éloigna des nuages acides, espérant que Volo escaladait déjà la surface rocheuse, profitant des volutes blanchâtres qui le camouflaient.

Il observa le boyau et nota un autre avantage. La fumée matérialisait l'air dans le boyau vertical. Les sillons laser apparaissaient. Lignes rouges obliques, cherchant, traquant, sondant leurs victimes à l'intérieur du défilé. Et révélant, par contrecoup, la position des tireurs en surface.

Il y en avait quatre mais Kasdan ne s'y fiait pas à cent pour cent. D'autres tireurs pouvaient être présents, munis d'armes sans visée. Il recula encore et fut frappé par la beauté de l'instant. Les traits rouges dessinaient les cordes d'une harpe pourpre et magistrale. On aurait pu en attendre une musique enchantée...

– Kasdan !

Il ne respirait plus. Ne voyait plus. S'efforçait seulement de tendre l'oreille, guettant les coups de feu qui lui donneraient le signal de grimper à son tour.

– Je te propose de négocier ! lança-t-il, à court de souffle.

Le rire de Hartmann encore.

Cinglant comme un coup de cymbales.

– Négocier quoi ? Avec qui ? C'est la fin, Kasdan. Vous avez été pour nous une étape. Une épreuve envoyée par Dieu. La dernière avant la victoire.

– Quelle victoire ?

– Nous possédons le cri, Kasdan. Le père, le fils et le cri. Telle est notre Trinité !

Kasdan vacillait. Ses paupières brûlaient. Sa gorge brûlait. Sortir de là. Grimper. Avant de sombrer complètement.

– Ne sens-tu pas la beauté du projet, Kasdan ? Un attentat à la seule force de la voix ? Une empreinte de pureté dans votre misérable monde. Une encoche de Grâce dans votre ici-bas ! Personne ne comprendra. Et cette incompréhension même sera notre récompense ! Le signe de votre médiocrité !

Que foutait Volokine ?

Étaient-ils si nombreux là-haut qu'il ne pouvait même pas attaquer ?

– Nous donnons naissance à l'Homme Nouveau, Kasdan ! Il faut lui céder la place ! C'est la loi élémentaire de l'évolution. Tout ce qui s'est passé avant n'était que le prologue d'aujourd'hui. Sortez de là et prosternez-vous ! Vous devez contribuer à la marche inéluctable de notre Progrès ! Vous devez vous incliner devant la volonté de Dieu !

Kasdan tomba à genoux. Son visage ruisselait de larmes. L'asphyxie lui coupait la gorge. Son corps cuisait comme dans une rôtissoire. Dans quelques secondes, il s'évanouirait. *Volokine.* Une voix gémissait au fond de son crâne. *Volokine...* Ce n'était plus un appel mais une supplique...

*La première fois.*

La paroi rocheuse n'avait pas posé de problèmes. Il l'avait escaladée en quelques secondes. Maintenant, il n'était plus qu'à deux mètres de la surface. À deux mètres des tireurs. Assis sur ses talons, à la manière d'un singe. Les pieds calés contre une arête. Les mains suspendues à une autre.

*La première fois.*

C'était la première fois qu'il allait faire usage de son arme. Le moment d'appliquer les gestes qu'il avait répétés des milliers de fois devant sa glace, chargeur à vide, yeux fermés. Combien étaient-ils là-haut ? Combien pourrait-il en buter avant de se prendre une rafale ?

Il prit un nouvel appui. Un mètre de la surface. Retrouva sa position de singe. D'une main, il dégaina son H & K. Vérifia la culasse. Le cran de sûreté. Oublia de faire une prière. Compta jusqu'à trois.

*Un, deux...*

Il jaillit de la faille rocheuse.

Roula dans l'herbe et se mit debout, genoux fléchis, appréhendant l'ennemi d'un seul regard. Ils étaient cinq. Plus Hartmann. Deux de son côté de la faille. Trois de l'autre. Le mentor penché sur la fissure, à déblatérer ses délires. Entre eux, la fumée des gaz s'échappait comme d'une brèche de l'enfer. Avant qu'ils aient pu comprendre, Volokine s'arc-bouta. Il leva ses deux poings verrouillés à 45 degrés. Inspira. Bloqua.

Deux pressions de détente.

Un gugus en l'air, lâchant son fusil automatique.

En un millième de seconde, Volo jugea que l'effet de surprise jouait encore et qu'il pouvait tenter un autre carton. Il pivota. Inspira. Bloqua. Tira. Deux pressions plus une. Deuxième homme à terre. Hartmann avait disparu.

Une rafale fendit l'air, sifflant parmi les gaz. Le Russe plongea dans l'herbe, bras baissés. Ses mains vibraient encore du recul du tir. D'un bond, il se remit sur ses talons. Dix ans de muay thaï, ça aide. Montée de bras. Lâcher de coups. Un. Deux. Trois. À travers la fumée, un homme virevolta sur sa gauche, éperonné par l'impact. Un autre tira. Volo, sans bouger, riposta. Sa main cuisait du feu de l'arme. Sur les deux adversaires, l'un s'effondra. L'autre lâchait toujours la purée. Volo battit en retraite, derrière le 4 × 4.

Fumée. Silence. Il lui sembla qu'il avait touché sa dernière cible mais il n'en était pas sûr. Loin, très loin au fond de son crâne, une question. *Où était Hartmann* ? Dans un voile rouge, il perçut que sa culasse était sortie. Chargeur vide. D'une poussée, il l'éjecta. En attrapa un autre. L'encastra dans la crosse.

Des pas. Coup d'œil. Des ombres à travers la fumée acide, de l'autre côté de la faille. Au moins deux salopards encore debout. Un cerbère et Hartmann en personne. Une pensée vint lui lacérer le cerveau. *Kasdan* ? Les deux hommes planqués derrière le second 4 × 4. D'instinct, il se dit qu'il ne devait pas attendre. Ils allaient appeler du renfort. Ils allaient prendre position. Ils allaient lui niquer la tête.

Il sortit de sa planque. Pression de détente. Respiration. Pression. Respiration. Il lâchait ses coups à l'aveugle, dans l'espoir de faire bouger ses cibles. Dans le but de *les voir*. Un coude, un crâne, au bout du capot. Il visa et lâcha simultanément.

En retour, les phares de son 4 × 4 explosèrent. Pare-brise. Rétroviseurs. Il s'accroupit, dos à la roue. Pluie de verre.

Deux enfoirés.

Des fusils d'assaut.

Il n'avait aucune chance.

*Et Kasdan ?*

Il lui sembla percevoir le bruit d'une VHF. Ils appelaient les autres. Le ronflement d'un moteur. Les salopards prenaient la fuite. Volokine jaillit à découvert et cadra la scène. Tout se passa en même temps. Le 4 × 4 qui démarrait, Hartmann au volant. Le sbire fusil au poing révélé par la bagnole qui s'arrachait, le visant, lui. Kasdan jaillissant de sa faille enfumée comme un diable de sa boîte.

Le sbire vit Kasdan. Changea de position. Arma. Tira. Un clic en retour. Son fusil était enrayé. Volokine comprit que Dieu était avec eux. Il leva son .45. Appuya. Un autre clic en écho. Dieu n'était avec personne. Deux armes enrayées au même instant. Volokine vit Hartmann manœuvrer et foncer sur Kasdan qui dégainait à son tour. Kasdan n'eut que le temps de se reculer, lâchant son flingue, alors que le 4 × 4 bondissait sur lui. Il hurla. Volokine mit une seconde à comprendre. Dans son mouvement, le flic s'était embroché lui-même sur le couteau de combat que le nervi venait de brandir, après avoir jeté son fusil à terre. Kasdan se retourna et, le couteau planté dans l'aine, attrapa la tête de son attaquant et lui mordit le crâne à pleines dents, arrachant un morceau de scalp.

Les deux hommes roulent au sol. Dans la chute, le couteau s'éjecte de la plaie. Mêlée. Une main attrape le couteau. La main de Kasdan. Le plante dans la gorge de l'adversaire. Geysers de sang. Par à-coups. La victime s'écrase sur Kasdan.

La scène n'a pas duré cinq secondes. Volokine n'a pas bougé. Pétrifié. Vidé.

Kasdan crie, en tentant de se dépêtrer du cadavre :

– La bagnole !

Volo se réveille enfin. Balance son flingue et court vers l'autre

4 × 4. Empêcher Hartmann de fuir. L'écraser au risque de s'écraser lui-même. La clé sur le contact. Il va la tourner quand un choc l'envoie à toute volée contre le pare-brise. Hartmann a eu la même idée. Il vient de l'emplafonner.

Le Russe tente de sortir de l'habitacle. Impossible. Portière coincée. Par la vitre, il voit Kasdan qui rampe dans l'herbe rouge. Il voit Hartmann, couvert de sang, sortir du 4 × 4, Beretta au poing. Il le voit approcher, force ramassée autour de son bras tendu, vers LUI.

Volokine enclenche la marche arrière. La manque. Conduite automatique. Il lit les inscriptions sur la boîte de vitesses. La seconde suivante, Hartmann est là, flingue braqué. Détonation. La vitre se fissure. Volokine hurle. Son sang sur le tableau de bord. Son sang parmi les éclaboussures de verre. Sa mort, partout, projetée sur le pare-brise et les sièges.

Une seconde de suspens.

Une seconde à l'envers.

Mais non : il n'est pas mort.

Il n'est pas touché.

La vitre éclate pour de bon. La tête de Hartmann traverse le verre. La moitié du crâne en moins.

Derrière lui, des hommes en combinaison noire. Gilets pare-balles. Casques. Fusils d'assaut HK G36. Les THP (Tireurs Haute Précision) de la BRI. Leurs visières brillent dans l'air comme des quartz glacés.

Volokine éclate de rire, hébété. Fragments de cervelle sur le visage. Joues entaillées par les débris de verre. Il rit. La tête ouverte de Hartmann sur les genoux. Le monstre est mort. Volokine le berce entre ses bras trempés de sang.

Quelques secondes plus tard, il est dehors. D'autres hommes de la BRI, ceux de la brigade « Effraction », l'ont désincarcéré comme un maquereau de sa boîte de conserve. Il titube vers Kasdan, déjà soigné par une équipe de secours, masque d'oxygène sur le visage.

Un homme en combinaison noire et visière relevée, en train de dire en riant :

– Vous avez été nos petits chevaux. Nos petits chevaux de Troie.

# 83

LES ENFANTS CHANTAIENT comme on se baigne dans une rivière.

Avec fluidité, souplesse, mais aussi gaieté et vivacité.

Chacune de leurs syllabes conservait une fraîcheur intime, secrète, vibrante. Les mots latins s'échappaient de leurs lèvres comme autant de cellules invisibles porteuses de paix.

Acupuncture de l'âme.

Baume du cœur.

Lorsque les troupes de la BRI avaient investi le centre de la Cité, Kasdan et Volokine avaient suivi. Après tout, c'était leur enquête. Leur victoire. Même si maintenant la Brigade criminelle et la Brigade de Recherche et d'Intervention s'emparaient de l'affaire et pénétraient la « zone de pureté » comme des conquérants.

Les hommes en combinaison noire couraient. Ouvraient des portes. Brandissaient leurs fusils d'assaut. Cela ressemblait à un pillage ouaté, où nulle résistance, nul cri ne se levait jamais. Où les ennemis étaient désarmés et ne portaient pas de boutons à leur veste.

Ensemble, Kasdan et Volokine avaient perçu un détail, alors que les soldats se déployaient autour du symbole central de la Colonie – la main tournée vers le ciel.

La rumeur des voix.

Elle provenait du Conservatoire. Ils s'étaient dirigés vers la construction de bois, près de l'église, alors que les groupes « Anti-commando », « Varappe », « Effraction » et « Tireurs Haute Précision » poursuivaient leur invasion.

Kasdan et Volokine avaient ouvert les portes avec précaution.

Brisés, ensanglantés, anéantis, ils s'étaient effondrés sur les bancs de bois clair.

Il était 10 heures du matin.

Et, en ce 28 décembre, comme n'importe quel autre jour, la chorale répétait.

Maintenant, Kasdan, dit « Doudouk », écoutait le *Miserere*, sentant se mêler en lui les courants diffus, et pas si éloignés, de l'épuisement et de l'émotion. Le *Miserere* de Gregorio Allegri résonnait, dehors et dedans, caressant ses os, infiltrant sa chair, anesthésiant ses nerfs.

Le *Miserere.*

Seule oraison funèbre possible à toute l'histoire.

Kasdan ne cherchait plus à recoller les morceaux. À comprendre comment lui et Volokine avaient été les dindons de la farce. Les otages d'une intervention clandestine et souterraine du RAID. Les ressortissants français qui avaient servi d'alibi aux forces de police traditionnelles pour mener une opération éclair. Bientôt, il faudrait s'expliquer et les ennuis commenceraient. Mais le principal était fait. L'État français avait libéré ses sujets.

Kasdan souriait. L'idée même que leurs vies aient pu être sauvées par des guignols tels que Marchelier, Rains ou Simoni valait en soi son pesant de cacahuètes. Mais envisager en plus qu'ils avaient été manipulés, à distance et à leur insu, était la meilleure, ou la pire blague qu'il pouvait imaginer.

Tout cela n'avait plus d'importance. Bruno Hartmann et sa garde rapprochée étaient neutralisés. Morts. Blessés. Arrêtés. Quant aux médecins givrés, l'officier de police Cédric Volokine se ferait un plaisir de témoigner contre eux. Même s'il ne les avait vus qu'à travers leur masque chirurgical.

Il serait sans doute possible de démontrer d'autres méfaits. Des installations, des appareils, des lieux spécialisés allaient être découverts, révélant les sévices exercés sur les enfants et les adolescents. Sans compter que, désormais, l'origine mystérieuse de la fortune de la secte attendait les enquêteurs officiels sous les verrières des serres. Il ne serait pas non plus difficile de découvrir les laboratoires de raffinerie ni de remonter les filières spécifiques d'Asunción. On pouvait même espérer, au cours des perquisitions, mettre la main sur les traces écrites de cette comptabilité cent pour cent illicite.

Côté humain, des centaines d'auditions allaient commencer. Tous les maillons du système allaient être isolés, interrogés, puis mentalement soignés. On chercherait la trace des enfants enlevés. On trouverait les vestiges de leur passage ici – des gorges dans le formol d'un musée lugubre.

En matière de « dérives sectaires », la Colonie se posait là. Une fois ses dirigeants confondus, il faudrait placer un gouvernement de tutelle et attaquer les procédures de démantèlement. Avant de fermer pour de bon l'antre du cauchemar.

Côté meurtres récents, on pourrait mettre en relation les traces de chaussures, les particules de bois trouvées sur chaque scène de crime et les habitudes de la Secte : ces enfants chaussés à l'ancienne, leur manie de « tâter le terrain » avec leurs baguettes d'acacia. Sans doute des psychologues s'y colleraient. Peut-être même trouverait-on, parmi les gamins, les acteurs directs des meurtres de Wilhelm Goetz, Naseerudin Sarakramahata, Alain Manoury, Régis Mazoyer...

Restait la question centrale. Que préparaient au juste Hartmann et ses hommes ? Un attentat ? Bruno Hartmann, penché au-dessus des fumées, avait parlé avant de mourir d'un « attentat à la seule force de la voix », une « empreinte de pureté dans votre misérable monde »... Oui. L'Allemand préparait un carnage, sous le signe du cri.

Songeant à la secte Aun et leur attaque au gaz sarin dans le métro de Tokyo, Kasdan imagina un hurlement meurtrier résonant dans les couloirs du métro parisien. L'écho fatal se répercutant sur les milliers de carreaux de céramique et déchirant les tympans des victimes.

Les enfants chantaient toujours.

C'était le moment – le fameux moment – où la mélodie soliste s'envole au-dessus du chœur, touchant la membrane la plus sensible de l'auditeur. Comme la première fois, Kasdan sentit les larmes monter. Ces voix d'enfants soulevaient l'âme comme deux doigts délicats le dos d'un petit chat, en toute légèreté, en toute douceur...

Kasdan ne pensait plus.

La violence avait figé ses pensées. Seul son corps résonnait – resplendissait – de cette polyphonie, comme sous la voûte d'un cloître en plein recueillement. Il observait les visages des chanteurs qui, soudés par leurs voix, ne craignaient plus rien. Ils portaient tous la veste et le pantalon de toile noire. Et leurs traits, sereins, détendus, semblaient emplis d'un écho céleste. Quelque chose qui aurait été traduit du silence du ciel...

Seuls auditeurs de ce concert irréel, les deux partenaires demeuraient fascinés, abasourdis, étrangers à eux-mêmes. Ils ne parlaient pas. Respiraient à peine.

Pourtant, sous le chant, ils percevaient autre chose.

Sans se concerter. Sans se regarder.

L'énigme cruciale.

Parmi ces voix d'anges, une seule recélait le pouvoir.

Parmi ces enfants, un seul maîtrisait le cri meurtrier.

Lequel ?

DU MÊME AUTEUR

*Aux Éditions Albin Michel*

LE VOL DES CIGOGNES, 1994
LES RIVIÈRES POURPRES, 1998
LE CONCILE DE PIERRE, 2000
L'EMPIRE DES LOUPS, 2003
LA LIGNE NOIRE, 2004
LE SERMENT DES LIMBES, 2007

*Composition Nord Compo*
*Impression Firmin-Didot, août 2008*
*Éditions Albin Michel*
*22, rue Huyghens, 75014 Paris*
*www.albin-michel.fr*
*ISBN 978-2-226-18846-5*
*N° d'édition : 25696 – N° d'impression : 91052*
*Dépôt légal : septembre 2008*
*Imprimé en France*